HEYNE <

Das Buch

Jahrhundertelang war die schöne Vampiraristokratin Marissa in einer lieblosen Ehe mit Wrath, dem König aller Vampire, gefangen. Auch nachdem die Verbindung endlich gelöst wurde, ist Marissas Zukunft alles andere als rosig: Ohne einen Gefährten wartet auf sie nicht nur ein Leben voller Einsamkeit, sie wird auch noch von den Vampiren ihres Standes mit Verachtung gestraft. Das Blatt scheint sich jedoch zu wenden, als sie eines Tages im Hauptquartier der Bruderschaft der BLACK DAGGER dem ebenso raubeinigen wie attraktiven Cop Butch begegnet: Zum ersten Mal in ihrem Leben erfährt Marissa, was es bedeutet, jemanden zu begehren und von ihm begehrt zu werden. Zum ersten Mal erlebt sie wahre Leidenschaft. Doch auch mit Butch scheint Marissa kein gemeinsames Glück vergönnt zu sein, denn ihre große Liebe ist nur ein Mensch, und eine Beziehung zwischen einem Menschen und einer Vampirin ist nicht nur verpönt – sie ist auch gefährlich ...

Butch & Marissa, die Fortsetzung von J.R. Wards Bestsellerserie BLACK DAGGER, enthält die beiden Bände *Menschenkind* und *Vampirherz.*

Die Autorin

J.R. Ward begann bereits während des Studiums mit dem Schreiben. Nach dem Hochschulabschluss veröffentlichte sie die BLACK DAGGER-Serie, die in kürzester Zeit die amerikanischen Bestsellerlisten eroberte. Die Autorin lebt mit ihrem Mann in Kentucky und gilt seit dem überragenden Erfolg der Serie als Star der romantischen Mystery.

Mehr über Autorin und Werk erfahren Sie auf:
www.jrward.com

www.twitter.com/HeyneFantasySF
@HeyneFantasySF

J. R. WARD

Black Dagger

BUTCH & MARISSA

Roman

Mit spannendem Bonusmaterial
zu Butch & Marissa

WILHELM HEYNE VERLAG
MÜNCHEN

Titel der Originalausgabe:
LOVER REVEALED
Aus dem Amerikanischen von Astrid Finke

Der Verlag weist ausdrücklich darauf hin, dass im Text enthaltene externe Links vom Verlag nur bis zum Zeitpunkt der Buchveröffentlichung eingesehen werden konnten. Auf spätere Veränderungen hat der Verlag keinerlei Einfluss. Eine Haftung des Verlags ist daher ausgeschlossen.

FSC
www.fsc.org
MIX
Papier aus verantwortungsvollen Quellen
FSC® C014496

Verlagsgruppe Random House FSC® N001967

Überarbeitete Neuausgabe 06/2016

Printed in Germany
Umschlaggestaltung: DAS ILLUSTRAT, München
Autorenfoto © by John Rott
Satz: Buch-Werkstatt GmbH, Bad Aibling
Druck und Bindung: GGP Media GmbH, Pößneck

ISBN 978-3-453-31771-0

www.heyne.de

Gewidmet: Dir.

Mann, du warst von Anfang an der Hammer, ehrlich.
Aber dann kamst du mit deinem
Schau mir in die Augen, Kleines …
Ich liebe dich wie verrückt.

1

»Weißt du, wovon ich träume, Süßer?«

Butch O'Neal setzte seinen Scotch ab und betrachtete die Blondine, die ihn angesprochen hatte. Hier im VIP-Bereich des *ZeroSum* war sie in ihren weißen Lacklederstrapsen schon eine heiße Nummer. Eine Kreuzung aus Barbie und Barbarella. Das Sortiment des Reverend war immer vom Feinsten, aber vielleicht war sie auch Model für *FHM* oder *Maxim*.

Sie legte ihre Hände auf den Marmortisch und beugte sich zu ihm vor. Ihre Brüste waren perfekt, das Beste, was man für Geld kaufen konnte. Und ihr Lächeln war strahlend, ein Versprechen auf kommende Freuden, für die man Kniepolster benutzt. Ob nun für Geld oder nicht, das war eine Frau, die ausreichend zu schlucken bekam und das auch gut fand.

»Na, was ist, Süßer?«, übertönte sie die hämmernden Techno-Beats. »Willst du meinen Traum nicht in Erfüllung gehen lassen?«

Er verzog leicht die Lippen. Keine Frage, sie würde heute Nacht jemanden glücklich machen. Vermutlich eine ganze Busladung voller Glückspilze. Aber er würde nicht in dem Doppeldecker mitfahren.

»Sorry, du musst dir einen anderen Prinzen suchen.«

Ihr völliger Mangel an Reaktion klärte die Frage nach

ihrem Berufsstand. Mit einem leeren Lächeln schwebte sie zum nächsten Tisch und zog dort die gleiche Nummer ab.

Butch legte den Kopf in den Nacken und saugte den letzten Rest Lagavulin aus seinem Glas. Ohne weitere Verzögerung winkte er einer Kellnerin. Sie kam gar nicht an seinen Tisch, sondern nickte nur und machte sich direkt auf die Socken, um Nachschub zu beschaffen.

Es war fast drei Uhr morgens, der Rest des Dreigespanns würde also in einer halben Stunde auflaufen. Vishous und Rhage waren unterwegs, um *Lesser* zu jagen, die seelenlosen Bastarde, die ihre Art vernichten wollten. Doch wahrscheinlich würden die beiden Vampire enttäuscht hier landen. Der geheime Krieg zwischen ihrer Spezies und der Gesellschaft der *Lesser* war den ganzen Januar und Februar über eher stockend geführt worden, denn nur wenige Vampirjäger ließen sich blicken. Das war eine gute Nachricht für die Zivilbevölkerung, gab der Bruderschaft aber Grund zur Sorge.

»Hallo, Bulle.« Die tiefe Männerstimme ertönte direkt hinter Butchs Kopf.

Butch lächelte. Bei dem Geräusch musste er immer an nächtlichen Nebel denken; die Sorte, die eine tödliche Gefahr verhüllt. Gut, dass er etwas für die dunkle Seite übrighatte.

»N'Abend, Reverend«, gab er zurück, ohne sich umzudrehen.

»Ich wusste, du würdest sie wegschicken.«

»Kannst du Gedanken lesen?«

»Manchmal.«

Butch warf einen Blick über die Schulter. Der Reverend stand in lässiger Pose im Schatten, die Amethystaugen leuchtend, der Iro auf seinem Kopf kurz rasiert. Sein schwarzer Anzug war großartig: Valentino. Butch besaß genau den gleichen.

Wobei das gute Stück im Fall des Reverend von seinem eigenen Geld gekauft worden war. Der Reverend, alias Rehvenge, alias Bruder von Zs *Shellan* Bella, war der Eigentümer des *ZeroSum* und verdiente an allem, was hier über beziehungsweise unter dem Ladentisch ging, mit. Bei all der Verderbtheit, die in diesem Club zum Verkauf stand, war sein Sparschwein sicher am Ende jeder langen Nacht bis zum Bersten gefüllt.

»Nee, die war nichts für dich.« Jetzt setzte sich der Reverend neben ihn und glättete die perfekt geknotete Versace-Krawatte. »Und ich weiß auch, warum du Nein gesagt hast.«

»Ach ja?«

»Du magst keine Blondinen.«

Nicht *mehr*, genauer gesagt. »Vielleicht hat sie mir einfach nicht gefallen.«

»Ich weiß, was du willst.«

Als Butchs frischer Scotch eintraf, befasste er sich sofort intensiv mit dem Inhalt seines Glases. »So, so, weißt du das.«

»Das ist mein Job. Vertrau mir.«

»Nichts für ungut, aber in der Sache lieber nicht.«

»Ich sag dir mal was, Bulle.« Der Reverend beugte sich ganz nah zu ihm, und der Mann roch fantastisch. *Cool Water* von Davidoff war eben einfach immer wieder gut. »Ich helfe dir trotzdem.«

Butch schlug ihm auf die massige Schulter. »Ich interessiere mich nur für Barkeeper, Kumpel. Von barmherzigen Samaritern bekomme ich Ausschlag.«

»Manchmal wirkt einfach nur das Gegenteil.«

»Dann haben wir aber verdammtes Pech.« Butch deutete mit dem Kopf auf die halb nackte Menge, die sich zugedröhnt auf der Tanzfläche wand. »Hier sehen alle gleich aus.«

Komisch, während seiner Jahre bei der Polizei von Caldwell war Butch das *ZeroSum* immer ein Rätsel gewesen. Jeder wusste, dass es eine Sex- und Drogenhölle war. Aber niemand war in der Lage gewesen, genügend Verdachtsmomente auf den Tisch zu legen, um endlich einen Durchsuchungsbefehl zu bekommen – obwohl man an jedem beliebigen Abend hier reinmarschieren und Dutzende von Gesetzesverstößen beobachten konnte. Meistens gleich zwei auf einmal.

Doch seit Butch sich mit der Bruderschaft herumtrieb, wusste er, warum. Der Reverend hatte einiges in der Trickkiste, wenn es darum ging, die menschliche Wahrnehmung von Ereignissen und Umständen zu verändern. Als Vampir konnte er das Kurzzeitgedächtnis jedes Menschen löschen, Überwachungskameras manipulieren und sich nach Lust und Laune dematerialisieren. Der Typ und sein Laden waren ein bewegliches Ziel, das sich nie bewegte.

»Sag mal«, begann Butch, »wie hast du es eigentlich geschafft, deine kleine Nebenbeschäftigung hier vor deiner Aristokratenfamilie geheim zu halten?«

Der Reverend lächelte leicht, sodass nur die Spitzen seiner Fänge zu sehen waren. »Sag mal, wie hat es ein Mensch geschafft, so dicke mit der Bruderschaft zu werden?«

Nachdenklich tippte Butch an sein Glas. »Manchmal geht das Schicksal bescheuerte Wege.«

»Wie wahr, Mensch. Wie wahr.« Als Butchs Handy klingelte, stand der Reverend auf. »Ich schicke dir was rüber, Kumpel.«

»Wenn es kein Scotch ist, will ich es nicht haben.«

»Du wirst schon sehen.«

»Glaube ich nicht.« Butch klappte sein Handy auf. »Was ist los, V? Wo seid ihr?«

Vishous keuchte wie ein Rennpferd, im Hintergrund heulte der Wind: die Symphonie einer Verfolgungsjagd. »Scheiße, Bulle. Wir haben Probleme.«

Sofort wurde bei Butch sämtliches Adrenalin auf einmal ausgeschüttet. »Wo seid ihr?«

»In einem Vorort. Die verdammten *Lesser* haben angefangen, Zivilisten in ihren Häusern zu jagen.«

Butch sprang auf. »Ich bin schon unterwegs …«

»Nichts da. Du bleibst, wo du bist. Ich hab nur angerufen, damit du nicht glaubst, wir wären tot oder so, wenn wir nicht auftauchen. Bis später.«

Die Verbindung war weg.

Butch ließ sich wieder auf seinen Platz sinken. Vom Nachbartisch dröhnte lautes, fröhliches Lachen herüber, irgendein toller Witz, der alle zum Prusten brachte.

Butch starrte in sein Glas. Vor sechs Monaten hatte er nichts im Leben gehabt. Keine Frau. Keine Familie, der er nahestand. Kein vernünftiges Zuhause. Und sein Job bei der Mordkommission hatte ihn aufgefressen. Dann war er wegen Polizeigewalt an die Luft gesetzt worden und hatte sich in Folge einiger wirklich absonderlicher Ereignisse der Bruderschaft angeschlossen. Hatte die eine und einzige Frau kennengelernt, die ihm je den Atem verschlagen hatte. Und außerdem hatte er seinen Klamottenstil vollkommen umgekrempelt.

Zumindest der letzte Punkt war positiv zu bewerten.

Eine Zeit lang hatten diese Veränderungen die Realität verschleiert, aber nach und nach war ihm aufgefallen, dass er trotz aller äußeren Unterschiede im Prinzip genau da stand, wo er seit jeher gestanden hatte: Er war auch nicht besser dran als damals, als er noch in seinem alten Leben dahinvegetierte. Er gehörte immer noch nirgends dazu, fühlte sich stets außen vor, drückte sich die Nase an der Scheibe platt.

Während er seinen Scotch leerte, dachte er an Marissa und stellte sich ihr hüftlanges blondes Haar vor. Ihre blasse Haut. Ihre hellblauen Augen. Ihre Fänge.

Der Reverend hatte recht – keine Blondinen für ihn. Mit einer Hellhaarigen könnte er nie im Leben intim werden.

Ach, was sollte dieser Haarfarbenblödsinn. Keine Frau in diesem Club oder auf dem ganzen Planeten konnte Marissa das Wasser reichen. Sie war rein wie ein Kristall, sie brach das Licht, verbesserte das Leben um sich her, leuchtete durch ihre Anmut.

Mist. Er war ja so ein Trottel.

Aber es war einfach so wunderbar mit ihnen beiden gewesen. In der kurzen Zeit, als sie sich von ihm angezogen zu fühlen schien, hatte er gehofft, sie könnten zusammen etwas aufbauen. Doch dann war sie urplötzlich von der Bildfläche verschwunden. Was selbstverständlich nur ein Beweis für ihre Intelligenz war. Er hatte einer Frau nicht viel zu bieten, und das lag nicht allein daran, dass er nur ein Mensch war.

Im Dunstkreis der Bruderschaft trat er auf der Stelle: An ihrer Seite kämpfen konnte er nicht, weil er war, was er war; in die Welt der Menschen zurückkehren konnte er ebenfalls nicht, weil er zu viel wusste. Und der einzige Weg aus dieser gottverdammten Position heraus war der Abtransport in einem Sarg.

Sprich: Er war ein echter Jackpot für jede Partnervermittlungsagentur!

Mit einem weiteren Ausbruch von Lustig-lustig-tralalalala ließ die Gruppe am Nebentisch eine neue Salve lautstarker Lacher los, und Butch schielte zu ihnen hinüber. Im Zentrum der Party stand ein kleiner blonder Kerl im geschniegelten Anzug. Er sah aus wie fünfzehn, war aber seit einem Monat Stammgast im VIP-Bereich und warf mit Geld um sich, als wäre es Konfetti.

Ganz offensichtlich machte der Bursche seine physischen Defizite durch den Einsatz seiner Brieftasche wett. Ein weiteres Beispiel dafür, dass Geld nicht stinkt.

Butch leerte seinen Lagavulin, winkte der Kellnerin und musterte dann den Boden seines Whiskyglases. Scheiße. Nach vier Doppelten spürte er noch immer nichts, was ihm eindeutig zeigte, wie gut sich seine Toleranzschwelle entwickelte. Er war eindeutig in die Profiliga des Alkoholismus aufgestiegen. Das hier war kein Amateurkram mehr.

Und als auch diese Erkenntnis ihm nicht weiter zu schaffen machte, wurde ihm klar, dass er endgültig nicht mehr auf der Stelle trat. Jetzt ging es steil bergab.

Er hatte heute ja wirklich mal wieder blendende Laune.

»Der Reverend meinte, du bräuchtest etwas Zuspruch.«

Butch machte sich nicht die Mühe aufzublicken. »Nein, danke.«

»Warum schaust du mich nicht erst mal an?«

»Sag deinem Boss, ich weiß seine …« Butch hob den Kopf und hielt die Klappe.

Er erkannte die Frau sofort; wobei die Sicherheitschefin des *ZeroSum* auch nicht leicht zu vergessen war. Gut einen Meter achtzig groß. Pechschwarze Haare mit einem Männerschnitt. Augen von dem Dunkelgrau eines Gewehrlaufs. In dem ärmellosen Feinrippshirt sah man, dass sie den Oberkörper eines Spitzensportlers hatte, nur Muskeln, kein Gramm Fett. Ihre Ausstrahlung verriet deutlich, dass sie Knochen brechen und Spaß dabei haben konnte, und gedankenverloren betrachtete Butch ihre Hände. Lange Finger. Kräftig. Von der Sorte, die richtig Schaden anrichten konnten.

Zum Teufel auch … es würde ihm gefallen, wenn man ihm wehtäte. Heute Nacht würde er zur Abwechslung gerne mal *körperlichen* Schmerz empfinden.

Jetzt lächelte die Frau ein wenig, als könnte sie seine Gedanken lesen, und dabei erhaschte er einen Blick auf ihre Fänge. Aha … sie war also keine menschliche Frau. Sie war eine Vampirin.

Der Reverend hatte recht gehabt, der alte Bastard. Mit ihr würde es hinhauen, weil sie das absolute Gegenteil von Marissa war. Und weil sie für die Art von anonymem Sex stand, die Butch sein gesamtes Erwachsenenleben über gehabt hatte. Und weil sie genau die Sorte Schmerz verkörperte, nach der er sich unbewusst sehnte.

Als er die Hand unter das Jackett seines *Ralph Lauren Black Label*-Anzugs steckte, schüttelte sie den Kopf. »Ich arbeite nicht für Bares. Niemals. Betrachte es als Gefallen für einen Freund.«

»Ich kenne dich gar nicht.«

»Ich spreche auch nicht von dir.«

Butch sah ihr über die Schulter und entdeckte Rehvenge. Der Vampir lächelte ihm selbstzufrieden zu, dann verschwand er in seinem Büro.

»Er ist ein sehr guter Freund von mir«, murmelte sie.

»Ach ja? Wie heißt du denn?«

»Das spielt keine Rolle.« Sie hielt ihm die Hand hin. »Komm schon, Butch alias Brian, Nachname O'Neal. Komm mit mir. Vergiss für ein Weilchen, warum auch immer du einen Whisky nach dem anderen in dich reinkippst. Ich verspreche dir, die ganze Selbstzerstörung wird noch immer auf dich warten, wenn du zurückkommst.«

O Mann, es begeisterte ihn wirklich nicht besonders, wie gut sie ihn durchschaute. »Sag mir doch erst mal, wie du heißt.«

»Heute Nacht darfst du mich Sympathy nennen. Wie wäre das?«

Er musterte sie vom Scheitel bis zu den Stiefeln. Sie trug eine schwarze Lederhose. Wer hätte das gedacht. »Du hast nicht zufällig zwei Köpfe, Sympathy?«

Sie musste lachen, ein tiefer, satter Ton. »Nein, und ich bin auch keine Transe. Dein Geschlecht ist nicht das Einzige, das stark sein kann.«

Er blickte in ihre stahlgrauen Augen. Sah dann zu den Toilettenräumen. Gott ... das alles war so vertraut. Ein Quickie mit einer Fremden, ein bedeutungsloser Zusammenprall zweier Körper. Das war das tägliche Brot seines Sexlebens gewesen, solange er denken konnte – nur, dass er sich nicht erinnern konnte, jemals diese krankhafte Verzweiflung dabei verspürt zu haben.

Egal. Wollte er wirklich enthaltsam bleiben, bis ihn die

Leberzirrhose dahinraffte? Nur, weil eine Frau, die er gar nicht verdiente, ihn nicht haben wollte?

Er warf einen Blick auf seine Hose. Sein Fleisch war willig. Zumindest in der Hinsicht passte alles.

Butch erhob sich, die Brust so kalt wie winterlicher Asphalt. »Gehen wir.«

Mit einem traumhaften Geigentremolo wechselte das Orchester zu einem Walzer über, und Marissa beobachtete, wie die glanzvolle Menge sich im Ballsaal zusammenfand. Um sie herum gingen Männer und Frauen aufeinander zu, verschränkten die Hände, pressten ihre Körper aneinander, sahen einander in die Augen. Dutzende unterschiedlicher Variationen des Bindungsduftes vermischten sich zu einem üppigen Aroma.

Sie atmete durch den Mund ein, um nicht zu viel davon riechen zu müssen.

Flucht war allerdings zwecklos, denn so lief es nun mal. Die Aristokratie mochte stolz auf ihre Etikette und ihre Umgangsformen sein, doch die *Glymera* unterlag trotz allem den biologischen Realitäten ihrer Spezies: Wenn ein Vampir sich an eine Vampirin band, war seinem Besitzanspruch ein ganz bestimmter Duft eigen. Nahm eine Vampirin den Partner an, dann trug sie diesen dunklen Geruch mit Stolz auf der Haut.

Oder zumindest ging Marissa davon aus, dass es Stolz war.

Von den einhundertfünfundzwanzig Vampiren im Ballsaal ihres Bruders war sie die einzige Frau ohne Partner. Es gab eine Reihe von unverheirateten Männern, aber keiner davon würde sie jemals um einen Tanz bitten. Lieber setzten sie den Walzer aus oder führten ihre

Schwestern und Mütter auf die Tanzfläche, als sich ihr auch nur zu nähern.

Nein, sie war wie immer unerwünscht, und als ein Paar direkt vor ihr vorbeiwirbelte, war sie so höflich, zu Boden zu blicken. Sie wollte ja nicht, dass die beiden sich gegenseitig über die Füße stolperten, nur weil sie krampfhaft ihrem Blick auswichen.

Ihre Haut zog sich zusammen, und sie war sich nicht sicher, warum ihr heute Nacht ihr Status als Ausgestoßene besonders belastend vorkam. Du meine Güte, seit vierhundert Jahren hatte ihr kein Angehöriger der *Glymera* mehr in die Augen gesehen, daran war sie längst gewöhnt: Zuerst war sie die ungeliebte *Shellan* des Blinden Königs gewesen. Jetzt war sie die ehemalige ungeliebte *Shellan,* die zugunsten seiner angebeteten Mischlingskönigin abserviert worden war.

Vielleicht war sie einfach nur erschöpft davon, nie dazuzugehören.

Mit zitternden Händen und schmalen Lippen hob sie den schweren Rock ihres Kleides leicht an und schritt auf die prächtige Flügeltür des Ballsaals zu. Die Rettung lag gleich draußen in der Halle, und sie schob mit einem Stoßgebet die Tür zum Damensalon auf. Die Luft, die ihr entgegenströmte, roch nach Freesien und Parfüm, und in den Armen ihrer unsichtbaren Liebkosung lag … nur Stille.

Der Jungfrau der Schrift sei gedankt.

Ihre Anspannung ließ etwas nach, als sie eintrat und sich umsah. Diesen speziellen Toilettenraum im Haus ihres Bruders hatte sie schon immer als eine Art üppiges Umkleidezimmer für Debütantinnen betrachtet. Im leuchtenden Stil der russischen Zarenzeit eingerichtet, bot der blutrote Sitz- und Schminkbereich zehn zusammenpassende Frisiertische, jeder davon mit allem ausgestattet, was eine Vampirin zur Verschönerung ihres Erscheinungsbildes nur benötigen konnte. Am anderen Ende des Salons lagen die separaten Waschräume, jeder davon nach dem Vorbild eines anderen Fabergé-Eis aus der umfangreichen Sammlung ihres Bruders gestaltet.

Vollendet weiblich. Vollendet schön.

Hier inmitten all der Pracht wollte sie am liebsten laut schreien.

Doch sie biss sich nur auf die Lippe und beugte sich vor, um ihre Frisur in einem der Spiegel zu überprüfen. Das schwere, blonde Haar, das ihr offen bis zur Hüfte reichte, war kunstfertig hochgesteckt. Selbst nach mehreren Stunden saß noch alles perfekt, sogar die Perlenschnur, die ihr *Doggen* eingearbeitet hatte, war noch an Ort und Stelle.

Andererseits hatte das Herumstehen am Rande der Tanzfläche ihre Marie-Antoinette-Toilette auch nicht gerade besonders in Anspruch genommen.

Allerdings war ihr Halsschmuck schon wieder verrutscht. Sie zupfte das doppelreihige Perlenhalsband gerade, sodass die davon herabtropfende dreiundzwanzig Millimeter messende Tahitiperle wieder direkt ihr Dekolleté betonte.

Das taubengraue Abendkleid stammte von Balmain; sie hatte es in den 1940ern in Manhattan gekauft. Kette, Ohrringe und Armband waren von Tiffany, wie üblich: Als ihr Vater Ende des neunzehnten Jahrhunderts den großen Louis Comfort entdeckt hatte, wurde seine Familie umgehend zu einer treuen Kundschaft und war es bis heute geblieben.

Was doch auch das Markenzeichen der Aristokratie war, oder nicht? Beständigkeit und Niveau in allen Dingen; Veränderungen und Fehler waren unbedingt mit deutlicher Missbilligung zu quittieren.

Sie stellte sich gerade hin und ging rückwärts, bis sie sich ganz im Spiegel sehen konnte. Das Bild, das sie sah, war paradox: Ihre Erscheinung war makellos, eine überirdische Schönheit, die mehr gestaltet denn geboren schien. Sie war groß und schlank, ihre Konturen grazil, ihr Gesicht einfach betörend, das Zusammenspiel von Lippen und Augen und Wangen und Nase vollkommen. Ihre Haut war wie Alabaster. Die Augen silberblau. Das Blut in ihren Venen gehörte zum reinsten der gesamten Spezies.

Und doch stand sie nun hier. Die Verlassene. Die Übriggebliebene. Die ungeliebte, schadhafte alte Jungfer, die nicht einmal ein reinrassiger Krieger wie Wrath sexuell hatte ertragen können, nicht ein einziges Mal, und sei es nur, um sie endlich aus ihrem Zustand als Novizin zu erlösen. Und dank seiner Zurückweisung war sie noch immer ungebunden, obwohl sie endlos lange mit Wrath zusammen gewesen war. Denn man musste genommen werden, um als jemandes *Shellan* zu gelten.

Die Trennung war überraschend gekommen und gleichzeitig überhaupt keine Überraschung gewesen. Für niemanden. Trotz Wraths öffentlicher Erklärung, sie habe ihn verlassen, kannte die *Glymera* die Wahrheit. Jahrhundertelang war sie unberührt geblieben, hatte nie seinen Bindungsduft getragen, nie einen Tag allein mit ihm verbracht. Um es auf den Punkt zu bringen: Keine Frau hätte Wrath jemals freiwillig verlassen. Er war der Blinde König, der letzte reinrassige Vampir der Welt, ein großer Krieger und Mitglied der Bruderschaft der Black Dagger. Es gab keinen Vampir, der über ihm stand.

Und welche Schlussfolgerung zog die Aristokratie daraus? Mit ihr musste etwas nicht stimmen, etwas, das sehr wahrscheinlich unter ihren Kleidern verborgen war. Und der Defekt war vermutlich sexueller Natur. Warum sonst sollte ein Vollblutkrieger keinen erotischen Drang ihr gegenüber verspüren?

Sie holte tief Luft. Dann noch einmal. Und noch einmal.

Der Duft frischer Schnittblumen stieg ihr in die Nase, süß schwoll er an, wurde dichter, verdrängte die Luft ... bis sie nur noch dieses Aroma in der Lunge hatte. Ihre Kehle schien zugeschnürt, als wollte sie die Attacke abwehren. Sie zerrte an ihrer Kette. Eng ... sie war so eng an ihrem Hals. Und schwer ... wie Hände, die sie würgten ... Sie öffnete den Mund, um zu atmen, aber das half nicht. Ihre Lungen waren verstopft vom Blumengestank, ummantelt davon ... sie erstickte, ertrank, obwohl sie nicht im Wasser war ...

Auf wackeligen Beinen schwankte sie zur Tür, doch sie konnte den tanzenden Paaren einfach nicht gegenübertreten, diesen Leuten, die sich selbst darüber definierten, dass sie Marissa geächtet hatten. Nein, sie durfte sich ihnen nicht zeigen ... sie würden ihr ansehen, wie verstört sie war. Sie würden merken, wie schwer das für sie war. Und dann würden sie sie noch mehr verachten.

Ihr Blick wanderte im Raum herum, schnellte über jeden Gegenstand, prallte von den Spiegeln ab. Panisch versuchte sie zu ... was machte sie nur? Wohin konnte sie ... gehen, Schlafzimmer, oben ... Sie musste ... o Gott ... *sie bekam keine Luft.* Sie würde hier sterben, genau hier und jetzt, und zwar daran, dass ihre Kehle sich zusammenzog, als würde sie gewürgt.

Havers ... ihr Bruder ... sie musste ihn rufen. Er war Arzt ... Er würde kommen und ihr helfen – doch dann wäre sein Geburtstag ruiniert. *Ruiniert* ... ihretwegen. Alles ihretwegen ruiniert ... Es war alles ihre Schuld ... alles. Die ganze Schande war ihre Schuld. Der Jungfrau sei Dank waren ihre Eltern lange tot und hatten nicht miterlebt ... was sie war ...

Übergeben. Sie müsste sich definitiv übergeben.

Die Hände zitternd, die Knie weich wie Pudding stürzte sie in eine der Toiletten und schloss sich ein. Im Vorbeilaufen stellte sie das Wasser an, um ihr Keuchen zu übertönen, falls jemand hereinkommen sollte. Dann fiel sie auf die Knie und beugte sich über die Schüssel.

Sie würgte und röchelte, ihre Kehle kämpfte sich durch die Krämpfe, doch nichts als heiße Luft kam aus ihrem Magen. Ihr brach der Schweiß auf der Stirn, unter den Achseln und zwischen den Brüsten aus. Alles drehte sich. Gedanken ans Sterben, einsam und ohne Hilfe, an den Geburtstag ihres Bruders, den sie ruinieren würde, an den Abscheu der anderen vor einer wie ihr schwirrten wie Bienen ... Bienen in ihrem Kopf herum, summten, stachen ... brachten Tod ... Gedanken wie Bienen ...

Marissa begann zu weinen – nicht, weil sie dachte, sie würde sterben, sondern weil sie wusste, dass es nicht so war.

Mein Gott, ihre Panikattacken in den vergangenen Monaten waren brutal gewesen, ihre Ängste verfolgten sie auf Schritt und Tritt, ohne je zu ermüden. Und jedes Mal, wenn sie einen Zusammenbruch erlitt, war die Erfahrung eine neuerliche und grausige Offenbarung.

Den Kopf in die Hand gestützt, schluchzte sie heiser, Tränen rannen ihr über das Gesicht und verfingen sich in den Perlen und Diamanten an ihrem Hals. Sie war so allein. Eingesperrt in einem wunderschönen, reichen, vornehmen Albtraum, wo die schwarzen Männer Fräcke und Smokings trugen und die Krähen auf Schwingen aus Satin und Seide herabschwebten, um ihr die Augen auszupicken.

Sie holte tief Luft, versuchte, die Kontrolle über ihre Atmung zurückzugewinnen. Ruhig ... ganz ruhig. Alles ist gut. Du hast das schon einmal erlebt.

Nach einer Weile schaute sie in die Toilette. Die Schüssel war aus massivem Gold, und unter ihren Tränen kräuselte sich das Wasser, als schiene Sonnenlicht hinein. Unvermittelt wurde ihr bewusst, dass die Fliesen unter ihren Knien hart waren. Und dass ihr Korsett ihr in die Rippen stach. Und dass ihre Haut klamm war.

Sie hob den Kopf und blickte sich um. Na, sieh mal einer an. Sie hatte sich ausgerechnet ihre Lieblingstoilette für ihren Kollaps ausgesucht, die mit dem Maiglöckchenmotiv. Sie sah sich umgeben von zartrosa Wänden mit handgemalten hellgrünen Ranken und kleinen weißen Blümchen. Fußboden und Waschbecken waren aus rosa Marmor mit cremefarbener Maserung. Die Wandleuchter waren golden.

Sehr hübsch. Der perfekte Hintergrund für eine Panikattacke, also wirklich. Andererseits konnte man Angst heutzutage ja zu allem tragen. Das neue Schwarz.

Marissa erhob sich vom Boden, stellte das Wasser ab und ließ sich auf den kleinen, mit Seide bezogenen Stuhl in der Ecke sinken. Ihr Kleid bauschte sich um sie herum wie ein Tier, das alle viere von sich streckt, nun, da das Drama vorüber war.

Sie betrachtete sich im Spiegel. Ihr Gesicht war fleckig, die Nase rot. Das Make-up war ruiniert. Ihre Haare völlig zerzaust.

So nämlich sah sie von innen aus; kein Wunder, dass die *Glymera* sie verachtete. Irgendwie wussten alle, dass dies ihr wahres Gesicht war.

Gott … vielleicht hatte Butch sie deshalb nicht gewollt …

Ach, Blödsinn. An ihn zu denken war nun wirklich das Letzte, was sie jetzt gebrauchen konnte. Sie musste sich erst mal wieder zusammenreißen und dann in ihr Zimmer flüchten. Schon richtig, sich zu verstecken war wenig reizvoll, aber das war sie selbst ja auch nicht.

Gerade, als sie ihre Haare in Ordnung bringen wollte, hörte sie die Außentür des Salons aufgehen, die Kammermusik wurde lauter, dann wieder gedämpfter, als die Tür sich wieder schloss.

Na toll. Jetzt saß sie in der Falle. Aber vielleicht war es ja nur eine Frau, dann müsste sie sich keine Sorgen machen, irgendwelche Gespräche zu belauschen.

»Ich kann nicht fassen, dass ich mir den Schal bekleckert habe, Sanima.«

Okay, jetzt war sie nicht nur ein Feigling, sondern auch die Lauscherin an der Wand.

»Man sieht es kaum«, entgegnete die Angesprochene, Sanima. »Trotzdem danke ich der Jungfrau, dass du es bemerkt hast, bevor es jemand anderem auffallen konnte. Komm, wir tupfen es mit Wasser ab.«

Marissa schüttelte sich, um wieder einen klaren Kopf zu bekommen. *Mach dir keine Sorgen um die, kümmere dich einfach nur um dein Haar. Und wisch dir um Himmels willen diese Wimperntusche ab. Du siehst aus wie ein Waschbär.* Sie nahm einen Waschlappen und befeuchtete ihn leise, während die beiden Frauen in die kleine Kabine gegenüber gingen. Offenbar ließen sie die Tür offen stehen – ihre Stimmen waren klar und deutlich zu hören.

»Aber wenn es doch jemand gesehen hat?«

»Sch-sch ... jetzt zieh den Schal erst mal aus ... o mein Gott.« Man hörte ein kurzes Auflachen. »Dein Hals.«

Die Stimme der jüngeren Frau senkte sich zu einem begeisterten Flüstern herab. »Das war Marlus. Seit unserer Hochzeit letzten Monat ist er ...«

Jetzt lachten sie gemeinsam.

»Kommt er oft während des Tages zu dir?« Sanimas geheimnistuerischer Tonfall klang entzückt.

»O ja. Als er sagte, er wolle eine Verbindungstür zwischen unseren Schlafzimmern, wusste ich zuerst nicht, warum. Jetzt weiß ich es. Er ist ... unersättlich. Und er ... er will sich nicht nur nähren.«

Marissa verharrte regungslos mit dem Waschlappen unter dem Auge. Nur einmal hatte sie die Begierde eines Mannes nach ihr erlebt. Ein Kuss, nur ein einziger ... und diese Erinnerung bewahrte sie sorgfältig. Sie würde als Jungfrau begraben werden, und dieses kurze Aufeinandertreffen zweier Münder war alles an Sexualität, was sie jemals erleben würde.

Butch O'Neal. Butch hatte sie so geküsst wie ... *Schluss jetzt.*

Sie wandte sich ihrer anderen Gesichtshälfte zu.

»Frisch verheiratet, wie wunderbar. Obwohl du diese Stellen niemanden sehen lassen solltest. Deine ganze Haut ist wund.«

»Deshalb bin ich doch hierhergerannt. Was, wenn jemand mich aufforderte, doch den Schal abzunehmen, weil ich Wein darüber vergossen habe?« Das wurde mit der Art von Entsetzen in der Stimme geflüstert, die normalerweise für Missgeschicke mit großen Messern reserviert ist.

Wobei Marissa nur zu gut verstehen konnte, warum man vermeiden wollte, die Aufmerksamkeit der *Glymera* auf sich zu ziehen.

Sie warf den Waschlappen beiseite und widmete sich ihrem Haar ... und gab es schließlich auf, die Gedanken an Butch zu verdrängen.

Wie gerne sie seine Zahnabdrücke vor den Augen der *Glymera* verborgen hätte. Wie gerne sie unter ihrer gesitteten Kleidung das köstliche Geheimnis gewahrt hätte, dass ihr Körper seinen gekostet hatte. Und wie gerne sie den Duft seiner Bindung an sie auf der Haut getragen hätte, ihn noch durch ein perfekt passendes Parfüm betont hätte, wie andere Vampirinnen es taten.

Doch nichts davon würde jemals geschehen. Zum einen banden sich Menschen nicht auf diese Art und Weise, soweit sie gehört hatte. Und selbst wenn – bei ihrer letzten Begegnung hatte Butch O'Neal sie einfach stehen gelassen, also hatte er kein Interesse mehr an ihr. Wahrscheinlich hatte er von ihrem Defekt gehört. Da er der Bruderschaft nahestand, wusste er zweifellos mittlerweile alles Mögliche über sie.

»Ist da jemand drin?«, fragte Sanima scharf.

Marissa unterdrückte einen Fluch, sie musste wohl gerade laut geseufzt haben. Sie gab es auf, ihre Haare oder ihr Gesicht in Ordnung bringen zu wollen, und öffnete die Tür. Als sie heraustrat, senkten beide Frauen den Blick, was in diesem Augenblick ausnahmsweise eine gute Sache war. Ihr Haar sah aus wie ein Vogelnest.

»Sorgt euch nicht. Ich werde nichts verraten«, murmelte sie. Denn Sex besprach man niemals an einem öffentlichen Ort. Eigentlich auch nicht an einem privaten.

Die beiden verneigten sich pflichtgetreu, erwiderten aber nichts, während Marissa hinausging.

Sobald sie aus dem Damensalon trat, spürte sie noch mehr Blicke, die sich von ihr abwandten … besonders die der unverheirateten Männer mit ihren Zigarren hinten in der Ecke.

Gerade als sie dem Ball den Rücken zudrehte, fing sie Havers' Blick durch die Menge auf. Er nickte und lächelte traurig, als wüsste er, dass sie keine Sekunde länger bleiben konnte.

Mein über alles geliebter Bruder, dachte sie. Er hatte sie immer unterstützt, hatte nie den Anschein erweckt, sich für sie zu schämen. Allein schon ihrer gemeinsamen Eltern wegen hätte sie ihn geliebt; doch seiner Loyalität wegen betete sie ihn an.

Mit einem letzten Blick auf die *Glymera* in all ihrer Pracht verschwand sie auf ihr Zimmer. Sie duschte rasch, zog sich dann ein schlichteres, bodenlanges Kleid und Schuhe mit flachen Absätzen an und stieg die Hintertreppe hinunter.

Unberührt und ungeliebt, damit konnte sie leben. Wenn das das Schicksal war, dass die Jungfrau der Schrift ihr zugedacht hatte, dann sei es so. Es gab schlechtere Leben zu führen; und in Anbetracht all dessen, was sie besaß, zu beklagen, was ihr fehlte, wäre eintönig und selbstsüchtig.

Womit sie jedoch nicht umgehen konnte, war, nutzlos zu sein. Sie dankte der Jungfrau, dass sie ihren festen

Platz im Rat der *Princeps* innehatte und dass ihr der Sitz kraft ihrer Blutlinie garantiert war. Doch darüber hinaus gab es noch einen anderen Weg, die Welt zum Besseren zu gestalten.

Als sie einen Code eintippte und eine Stahltür öffnete, beneidete sie die Paare, die am anderen Ende des Hauses miteinander tanzten, und vermutlich würde sie das immer tun. Das aber war ihr nicht vorbestimmt.

Sie hatte andere Pfade zu beschreiten.

2

Butch verließ das *ZeroSum* um drei Uhr fünfundvierzig, und obwohl der Escalade hinter dem Gebäude geparkt war, ging er in die entgegengesetzte Richtung. Er brauchte Luft. Du lieber Himmel … er brauchte Luft.

Mitte März war immer noch Winter hier im Norden des Bundesstaates New York, und die Nacht war kühlhauskalt. Sein Atem kondensierte zu kleinen weißen Wölkchen. Die Kälte und die Einsamkeit taten ihm gut: Ihm war immer noch zu heiß und zu eng, obwohl er das Gedränge des Clubs hinter sich gelassen hatte.

Seine Ferragamos schlugen hart auf das Pflaster der Trade Street, die Absätze zermalmten das Salz und den Sand auf dem kleinen Betonstreifen zwischen den schmutzigen Schneehaufen. Im Hintergrund wummerte gedämpft die Musik aus den anderen Bars der Straße, obwohl bald Zapfenstreich sein würde.

Als er beim *McGrinder's* ankam, schlug er den Kragen hoch und beschleunigte seinen Schritt. Diese Bluesbar mied er, weil die Jungs von der Polizeitruppe dort gern saßen und er sie nicht treffen wollte. Soweit seine ehemaligen Kollegen vom Caldwell Police Department informiert waren, hatte er sich einfach auf Nimmerwiedersehen aus dem Staub gemacht, und das konnten sie von ihm aus auch gern weiter glauben.

Nebenan lag das *Screamer's,* aus dem Hardcore-Rap donnerte, der das gesamte Gebäude in einen einzigen Subwoofer verwandelte. Als er ans andere Ende der Kneipe gelangte, blieb er stehen und ließ den Blick über die kleine Gasse schweifen, die seitlich an dem Laden vorbeiführte.

Hier hatte alles angefangen. Der Startschuss für seinen bizarren Trip in die Vampirwelt war im vergangenen Juli genau hier gegeben worden, mit seinen Ermittlungen zur Explosion einer Autobombe: ein in die Luft gesprengter BMW. Ein Mann war zu Asche verbrannt. Keinerlei Beweismaterial war übrig geblieben, außer ein paar Wurfsternen. Der Anschlag war extrem professionell ausgeführt worden – die Sorte Attentat, die eine Botschaft enthält. Und kurz danach waren die Leichen der Prostituierten hier in der Gegend aufgetaucht. Aufgeschlitzte Kehlen. Vollgeknallt mit Heroin. Noch mehr asiatische Kampfsportwaffen im Umkreis.

Er und sein Partner José de la Cruz waren davon ausgegangen, dass die Sprengladung Teil einer Revierfehde zwischen Zuhältern gewesen war und die toten Frauen aus Rache ermordet worden waren. Aber schon bald hatte er die Hintergründe erfahren. Darius, ein Mitglied der Bruderschaft der Black Dagger, war von den Feinden der Vampire getötet worden, von den *Lessern.* Und die Morde an den Prostituierten gehörten zur Strategie der Gesellschaft der *Lesser,* um zivile Vampire zu kidnappen und zu verhören.

Mann, damals hätte er niemals auch nur in Betracht gezogen, dass es Vampire überhaupt gab. Erst recht nicht, dass sie 90 000 Dollar teure BMWs fuhren. Oder so raffinierte Feinde hatten.

Butch fand genau die Stelle, an der der 650i damals hochgegangen war. Immer noch konnte man einen schwarzen Rußstreifen von der Hitze der Bombe an dem Gebäude erkennen. Er legte die Fingerspitzen auf die kalten Ziegel.

Hier hatte alles angefangen.

Jetzt fuhr ihm ein Windstoß unter den Mantel, hob den edlen Kaschmirstoff hoch, drang zu dem schicken Anzug darunter vor. Er ließ die Hand sinken und betrachtete seine Aufmachung. Der Überzieher war von Missoni, ungefähr fünf Riesen wert. Der Ralph-Lauren-Anzug drei Riesen. Die Schuhe gab es für geschenkte Siebenhundert. Die Manschettenknöpfe von Cartier hingegen bewegten sich im fünfstelligen Bereich. Die Uhr von Patek Philippe kostete fünfundzwanzig Riesen.

Die beiden Vierzig-Millimeter-Glocks unter seinen Achseln kosteten je zweitausend.

Das bedeutete, er hatte … Hölle, ungefähr 44 000 Dollar an Klamotten und Waffen am Leib. Und das war nur die Spitze des Eisbergs. In seinem Zimmer auf dem Anwesen hatte er zwei komplette Schränke voll von dem Zeug. Nichts davon hatte er selbst gekauft. Für alles hatte die Bruderschaft geblecht.

Scheiße … er trug Klamotten, die ihm nicht gehörten. Lebte in einem Haus und aß Lebensmittel und saß vor einem Plasmafernseher – und nichts davon war seins. Trank Scotch, den er nicht selbst bezahlte. Fuhr eine Spitzenkarre, die nicht sein Eigentum war. Und was tat er dafür? Nicht gerade viel. Jedes Mal, wenn es ernst wurde, hielten ihn die Brüder am Spielfeldrand.

Schritte ertönten am anderen Ende der Gasse, hämmernd, donnernd, immer näher kommend. Und es waren viele.

Butch drückte sich in den Schatten, knöpfte blitzschnell seinen Mantel und seine Anzugjacke auf, sodass er freien Zugang zu seinen Knarren hätte, falls es nötig würde. Er hatte nicht die Absicht, sich in anderer Leute Angelegenheiten einzumischen; aber er war auch nicht der Typ, der sich vornehm zurückhielt, wenn ein Unschuldiger in Bedrängnis war.

Offenbar war der Bulle in ihm noch nicht ganz tot.

Da die Seitenstraße nur zu einer Seite hin offen war, würden die Sprinter auf jeden Fall an ihm vorbeikommen. Um einem eventuellen Kreuzfeuer zu entgehen, drängte er sich dicht an einen Müllcontainer und wartete ab.

Ein junger Kerl schoss vorbei, Entsetzen im Blick, der ganze Körper zuckend vor Panik. Und dann ... wer hätte das gedacht: die beiden Schlägertypen, die ihm am Hintern klebten, hatten helle Haare. Groß wie Kleiderschränke. Rochen nach Talkum.

Lesser. Auf der Jagd nach Vampiren.

Butch umfasste eine seiner Glocks, drückte gleichzeitig die Kurzwahl von Vs Handy und nahm die Verfolgung auf. Im Laufen hörte er die Mailbox anspringen, also schob er sich das Telefon wieder in die Tasche.

Als er am Schauplatz ankam, standen die drei am Ende der Gasse, und es sah nicht gut aus. Jetzt, da die Jäger den Vampir in die Ecke gedrängt hatten, bewegten sie sich träge, kamen näher, wichen wieder zurück, lächelnd, spielerisch. Der junge Mann zitterte. Seine Augen waren so weit aufgerissen, dass das Weiße im Dunkeln leuchtete.

Butch legte die Waffe an. »Hallo, Blondchen, wie wär's, wenn ihr mir eure Hände zeigt?«

Die *Lesser* drehten ihm die Köpfe zu. Mann, das war, wie von Scheinwerfern festgenagelt zu werden, vorausgesetzt, man war ein Reh, und das Gerät, das auf einen zukam, ein Zwölftonner. Diese untoten Dreckskerle waren pure Kraftpakete, ergänzt mit eiskalter Logik – eine gemeine Kombination, besonders in doppelter Ausführung.

»Das hier geht dich nichts an«, sagte der Linke.

»Das sagt mein Mitbewohner auch immer, aber weißt du, ich hab's nicht so mit Befehlen.«

Eins musste man den *Lessern* lassen: schlau waren sie. Der eine behielt ihn im Blick. Der andere ging auf den Vampir zu, der aussah, als wäre er viel zu verängstigt, um sich dematerialisieren zu können.

Das hier kann sich jederzeit zu einer Geiselnahme entwickeln, dachte Butch.

»Warum verpisst du dich nicht einfach?«, sagte der rechte Kerl. »Wäre besser für dich.«

»Kann schon sein. Aber schlechter für ihn.« Butch deutete mit dem Kopf auf den Vampir.

Eine eisige Brise wirbelte durch die Gasse, scheuchte verwaiste Zeitungsseiten und leere Plastiktüten auf. Butchs Nase juckte, und er schüttelte den Kopf. Er hasste diesen Geruch.

»Was ich schon immer mal wissen wollte«, sagte er, »die Sache mit dem Talkum – wie ertragt ihr *Lesser* das eigentlich?«

Die blassen Augen des Jägers musterten ihn von oben bis unten, als würde er nicht kapieren, warum der Kerl da vor ihm überhaupt dieses Wort kannte. Und dann ging plötzlich alles ganz schnell. Der eine *Lesser* schnappte sich den Vampir und zerrte ihn sich an die Brust. *Sag ich doch, Geiselnahme.* Im selben Moment stürzte sich der andere blitzschnell auf Butch.

So leicht ließ sich Butch allerdings nicht aus der Fassung bringen. Ruhig zielte er und schoss dem miesen Drecksack in die Brust. Ein gespenstisches Heulen drang aus der Kehle des *Lessers,* und er schlug auf den Boden auf wie ein Sandsack, völlig bewegungsunfähig.

Was nicht die normale Reaktion dieser Untoten war, wenn sie eine Kugel verpasst bekamen. Normalerweise schüttelten sie so etwas einfach ab, aber Butch benutzte dank der Bruderschaft Spezialmunition.

»Was zum Henker«, raunte der Jäger, der noch auf den Beinen war.

»Überraschung, Schwanzlutscher. Ich hab hier ganz besonderes Blei.«

Der *Lesser* fing sich wieder und zerrte den Vampir mit einem Arm um die Taille hoch, um ihn als Schutzschild vor sich zu halten.

Butch zielte auf die beiden. Verdammt noch mal. *Keine freie Bahn.* »Lass ihn gehen.«

Ein Pistolenlauf tauchte unter der Achsel der Geisel auf.

Butch machte einen Hechtsprung in einen Hauseingang, als die erste Kugel vom Asphalt abprallte. Gerade, als er in Deckung gehen wollte, raste ihm eine zweite durch den Oberschenkel.

Scheeeeiiiße, das tat weh. Sein Bein fühlte sich an, als würde ein rot glühender Zimmermannsnagel tief ins Fleisch gebohrt, und die Nische, in die er sich drückte, bot ungefähr so viel Schutz wie ein Laternenpfahl. Zudem suchte sich der *Lesser* bereits eine bessere Schussposition.

Butch griff sich eine leere Bierdose und schleuderte sie über die Straße. Als der Kopf des *Lessers* um die Schulter seines Opfers herumschnellte, um das Geräusch zu orten, feuerte Butch vier präzise Schüsse in einem Halbkreis um die beiden herum ab.

Der Vampir geriet in Panik, genau wie erwartet, und war dadurch schwer festzuhalten. Als er dem Griff des Jägers entkam, schoss Butch dem *Lesser* eine Kugel in die Schulter, die ihn ins Taumeln brachte. Er landete mit dem Gesicht zuerst auf dem Asphalt.

Super Schuss, aber der Untote bewegte sich noch, mit Sicherheit wäre er in ein oder zwei Minuten wieder auf den Füßen. Diese Spezialmunition war gut, aber die Wirkung hielt nicht ewig an, und es war eindeutig besser, die Brust zu treffen als einen Arm.

Und das war noch nicht alles. Mehr Probleme waren schon im Anmarsch.

Nun, da der Vampir frei war, hatte er angefangen zu schreien.

Butch humpelte zu ihm, fluchend vor Schmerz. Du meine Güte, dieser Bursche machte genug Krach, um eine ganze Polizeimannschaft auf den Plan zu rufen – und zwar aus New York.

Mit hartem Blick baute sich Butch unmittelbar vor dem Jungen auf. »Du musst jetzt aufhören zu schreien, okay? Hör mir zu. Du darfst nicht schreien.« Der Vampir stotterte, dann bekam er plötzlich keinen Ton mehr heraus, als wäre seinem Kehlkopfmotor der Sprit ausgegangen. »Sehr gut. Du musst jetzt zwei Dinge tun. Erstens musst du dich beruhigen, sodass du dich dematerialisieren kannst. Verstehst du mich? Atme langsam und tief – genau. So ist es brav. Und ich möchte, dass du dir die Augen zuhältst. Mach schon, zuhalten.«

»Woher weiß ich ...«

»Von Reden habe ich nichts gesagt. Schließ die Augen und halte sie dir zu. Und atme weiter. Alles wird gut, vorausgesetzt, du schaffst es, aus dieser Straße zu verschwinden.«

Als der Vampir sich mit bebenden Händen die Augen zuhielt, ging Butch zu dem anderen *Lesser,* der mit dem Gesicht auf dem Asphalt lag. Schwarzes Blut sickerte aus der Schulter und ein leises Stöhnen war zu hören.

Butch packte ihn an den Haaren, riss den Kopf hoch und hielt den Lauf der Glock ganz nah an die Schädelbasis. Er drückte ab. Die Arme und Beine des Jägers zuckten noch kurz, als es ihm die obere Gesichtshälfte wegriss. Dann wurde sein Körper reglos.

Doch die Arbeit war noch nicht erledigt. Um wirklich tot zu sein, mussten diese Burschen ein Messer in die Brust gerammt bekommen. Und Butch hatte nichts Scharfes, Glänzendes bei sich.

Er zog das Handy aus der Tasche und drückte wieder die Kurzwahltaste, während er den Jäger mit einem Fuß auf den Rücken rollte. Während es bei V klingelte, durchsuchte Butch die Taschen des *Lessers.* Ein BlackBerry, eine Brieftasche ...«

»Verfluchte Scheiße«, keuchte Butch. Das Handy des Untoten war an, offenbar hatte er telefonisch um Unterstützung gebeten. Und durch die Leitung war schweres Atmen und das Geräusch von flatternden Kleidern zu hören, ein lautes und deutliches Zeichen dafür, dass die Verstärkung nicht mehr weit sein konnte.

Butch blickte zu dem Vampir hinüber, während er darauf wartete, dass V abhob. »Wie sieht's bei dir aus? Du wirkst ganz gelassen. Sehr ruhig und beherrscht.«

V, geh an das verdammte Telefon. V …

Der Junge ließ die Hände sinken, sein Blick fiel auf den Jäger, dessen Stirn jetzt auf der Hausmauer klebte. »O … gütige Jungfrau …«

Butch stellte sich vor ihn. »Darüber mach dir mal keine Gedanken.«

Da zeigte der Vampir nach unten. »Und du wurdest angeschossen.«

»Ja, aber um mich brauchst du dir auch keine Sorgen zu machen. Du musst dich beruhigen und von hier verschwinden Mann.« *Verpiss dich endlich, Jungchen.*

Gerade als Vs Mailbox ansprang, hörte man schwere Stiefel, die donnernd die Straße hinabkamen. Butch steckte das Handy in die Hosentasche und lud seine Glock neu. Schluss jetzt mit dem Händchenhalten. »Dematerialisieren«, befahl er. *»Jetzt sofort.«*

»Aber … aber …«

»Hau ab! Verflucht noch mal, beweg deinen Arsch hier weg oder du kommst in einer Kiste nach Hause!«

»Warum tust du das? Du bist nur ein Mensch …«

»Ich habe es so satt, das zu hören. Verzieh dich!«

Endlich schloss der Vampir die Augen, hauchte ein Wort in der Alten Sprache und verschwand.

Während das höllische Trampeln der *Lesser* immer lauter wurde, sah Butch sich nach einem Versteck um. Sein linker Schuh triefte von seinem eigenen Blut. Der schmale Hauseingang war seine einzige Chance. Fluchend presste er sich hinein und hielt Ausschau nach dem, was sich da auf ihn zubewegte.

»Ach du Scheiße …« Lieber Gott im Himmel … sie kamen zu sechst.

Vishous wusste, was als Nächstes passieren würde, und er legte keinen gesteigerten Wert darauf, zuzuschauen. Als ein heller weißer Lichtblitz die Nacht zum Tag machte, wandte er sich schnell ab und bohrte die Stiefel in den Boden. Und es gab auch keinen Grund, sich umzudrehen, als das laute Brüllen der Bestie durch die Nacht dröhnte. V kannte den Ablauf schon: Rhage hatte sich verwandelt, die Kreatur hatte sich befreit, und die *Lesser,* gegen die sie gekämpft hatten, wurden zum Abendessen. Im Prinzip das Übliche – außer ihrem derzeitigen Aufenthaltsort: dem Footballfeld der Caldwell High School.

Bulldogs vor! Hurra!

V lief die Treppe zu den Tribünen hinauf, bis ganz nach oben in den Bereich für die Cheerleader. Unten auf dem Spielfeld schnappte sich die Bestie einen *Lesser,* schleuderte ihn hoch in die Luft und fing ihn mit den Zähnen wieder auf.

Vishous sah sich um. Der Mond war nicht zu sehen, was super war, aber um die Schule herum standen bestimmt etwa fünfundzwanzig Häuser. Und all die Menschen in den Bungalows und den Doppelhaushälften waren gerade sicher von einem Blitz mit der Helligkeit einer Atombombenexplosion aufgewacht.

V fluchte unterdrückt und zog sich den bleigefütterten Handschuh von der rechten Hand. Den Blick fest auf das Spielfeld gerichtet, konzentrierte V sich auf seinen Herzschlag, spürte das Pumpen in seinen Venen, fühlte den Puls, den Puls, den Puls …

Sanfte Wellen strömten aus seiner Handfläche, liefen

über die Tätowierungen, die auf beiden Seiten von seinen Fingerspitzen bis zum Handgelenk reichten. Die Wogen ähnelten Hitzewellen, die vom Asphalt aufsteigen. Genau als die ersten Verandalichter aufleuchteten und Haustüren geöffnet wurden und besorgte Väter die Köpfe aus ihren Eigenheimen steckten, begann die Verhüllung des *Mhis* zu wirken: Die Geräusche und Szenerie des Kampfes auf dem Spielfeld wurde durch die völlig alltägliche Illusion ersetzt, dass alles gut und in bester Ordnung war.

Von der Tribüne aus beobachtete V dank seiner hervorragenden Nachtsicht die Menschen, die sich umsahen und einander zuwinkten. Als einer lächelnd die Achseln zuckte, konnte V sich ihr Gespräch lebhaft vorstellen.

Hey, Bob, hast du das gerade auch gesehen?

Ja, Gary. Wahnsinnslicht. Irre hell.

Sollen wir die Polizei rufen?

Sieht aber doch alles ganz normal aus.

Stimmt. Komisch. Hey, haben du und Marilyn und die Kids am Samstag Zeit? Wir könnten vielleicht zusammen ins Einkaufszentrum gehen und danach Pizza essen.

Super Idee. Ich frage mal Sue. Gute Nacht.

Gute Nacht.

Während sich die Türen wieder schlossen und die beiden Männer zweifelsohne zum Kühlschrank schlurften, um sich noch einen kleinen Snack zu holen, hielt V die Verhüllung weiterhin aufrecht.

Die Bestie brauchte nicht lange. Und ließ nicht viel übrig. Als alles vorüber war, blickte sich der schuppige Drache um, und als er V entdeckte, rollte ein Knurren die Tribüne hinauf, das in einem Schnauben endete.

»Bist du so weit, Großer?«, rief V nach unten. »Nur

zur Info, der Torpfosten da drüben würde sich hervorragend als Zahnstocher eignen.«

Noch ein Schnauben. Dann legte sich das Wesen auf den Boden, und Rhage erschien nackt an seiner Stelle auf dem schwarz durchtränkten Rasen. Sobald die Rückverwandlung vollendet war, trabte V die Stufen hinunter und lief über das Spielfeld.

»Mein Bruder?«, stöhnte Rhage, der zitternd im Schnee lag.

»Ja, Hollywood, ich bin's. Ich bringe dich jetzt heim zu Mary.«

»Ist nicht ganz so schlimm wie früher.«

»Gut.«

Jetzt schälte sich V aus seiner Lederjacke und breitete sie über Rhages Brust; danach zog er das Handy aus der Tasche. Zwei Anrufe von Butch waren eingegangen, und er rief sofort zurück. Er brauchte so schnell wie möglich einen Wagen, um Rhage nach Hause zu schaffen. Als niemand abhob, rief er in der Höhle an, erreichte dort aber nur den Anrufbeantworter.

Verflucht noch mal ... Phury war bei Havers, um sich seine Prothese neu anpassen zu lassen. Wrath konnte nicht Auto fahren, weil er blind war. Und Tohr hatte seit Monaten niemand gesehen. Das heißt, es blieb nur ... Zsadist. Nach einhundert Jahren Umgang mit diesem Vampirbruder konnte Vishous sich einen Fluch nur schwer verkneifen, als er seine Nummer aufrief. Z war nicht unbedingt das Idealbild eines Retters in der Not; eher schon konnte man vor ihm selbst Angst bekommen. Aber welche andere Möglichkeit hatte er schon? Außerdem hatte sich der Bruder ein bisschen gebessert, seit er eine Partnerin gefunden hatte.

»Ja«, drang es knapp aus dem Handy.

»Hollywood hat mal wieder seinen inneren Godzilla rausgelassen. Ich brauche ein Auto.«

»Wo seid ihr?«

»Weston Road. Auf dem Footballfeld der Caldwell High School.«

»Bin in etwa zehn Minuten bei euch. Braucht ihr Verbandszeug?«

»Nein, wir sind beide intakt.«

»Alles klar. Dauert nicht lange.«

Die Verbindung war abgebrochen, und V betrachtete sein Telefon. Die Vorstellung, dass man sich auf diesen gruseligen Kerl verlassen konnte, war verblüffend. Das hätte er niemals kommen sehen ... nicht, dass er überhaupt noch etwas voraussah.

V legte seine gute Hand auf Rhages Schulter und blickte in den Himmel hinauf. Ein unendliches, unbegreifliches Universum umgab ihn, umgab sie alle, und zum allerersten Mal jagte ihm diese riesige Weite Angst ein. Andererseits flog er auch zum ersten Mal in seinem Leben ohne Sicherheitsnetz.

Seine Visionen waren verschwunden. Diese Schnappschüsse der Zukunft, diese ätzenden, aufdringlichen Übertragungen des Kommenden, diese Bilder ohne Daten, die ihn fertigmachten, seit er denken konnte, waren einfach verschwunden. Genau wie seine Fähigkeit, in den Geist anderer Leute einzudringen und ihre Gedanken zu lesen.

Er hatte sich immer gewünscht, allein in seinem Kopf zu sein. Wie paradox, dass er die Stille nun ohrenbetäubend fand.

»V? Alles okay?«

Blinzelnd blickte er auf Rhage hinunter. Die makellose blonde Schönheit des Bruders war immer noch beeindruckend, trotz des ganzen *Lesser*-Blutes auf seinem Gesicht. »Wir werden gleich abgeholt. Dann bringen wir dich heim zu deiner Mary.«

Rhage murmelte etwas, und V ließ ihn einfach gewähren. Der arme Kerl. So ein Fluch war kein Kindergeburtstag.

Zehn Minuten später bog Zsadist mit dem BMW seines Zwillingsbruders direkt auf das Spielfeld ein, durchpflügte einen schmutzigen Schneeklumpen und hinterließ darauf schlammige Reifenspuren. V war klar, dass sie die ledernen Rücksitze des M5 ruinieren würden; andererseits bekam Fritz, der unvergleichliche Butler, manchmal Flecken heraus, die seine Fähigkeiten beinahe unheimlich erscheinen ließen.

Zsadist stieg aus dem Wagen und kam um die Motorhaube herum. Nachdem er sich ein Jahrhundert lang freiwillig fast zu Tode gehungert hatte, wog er jetzt stolze hundertzwanzig Kilo bei knapp zwei Metern Größe. Die Narbe auf seinem Gesicht blieb auffällig, genau wie seine tätowierten Sklavenfesseln; aber dank seiner *Shellan* Bella waren seine Augen keine bodenlosen schwarzen Löcher voll blanken Hasses mehr. Zumindest meistens.

Ohne ein Wort zu sagen, schleppten die beiden Rhage zum Auto und wuchteten den massigen Körper auf den Rücksitz.

»Verpuffst du dich nach Hause?«, fragte Z, als er sich hinters Steuer setzte.

»Ja, aber erst muss ich hier bisschen aufräumen.« Was bedeutete, mit seiner Hand das überall verspritzte Blut der *Lesser* einer Feuerreinigung zu unterziehen.

»Soll ich auf dich warten?«

»Nein, bring unseren Jungen nach Hause. Mary wird sich so schnell wie möglich um ihn kümmern wollen.«

Mit einer raschen Kopfbewegung suchte Zsadist die Umgebung ab. »Ich warte.«

»Ehrlich, Z, kein Problem. Ich bleibe nicht lange hier.«

Zs zerstörte Lippe verzog sich leicht nach oben. »Wenn du nicht beim Haus bist, wenn ich dort ankomme, werde ich dich holen.«

Kurz darauf raste der BMW los, Schlamm und Schnee hinter sich aufwühlend.

Mannomann, Z war wirklich eine Hilfe.

Zehn Minuten später materialisierte sich V im Hof des Anwesens, genau als Zsadist mit Rhage vorfuhr. Während Z Hollywood ins Haus brachte, sah sich Vishous die geparkten Autos an. Wo zum Teufel war der Escalade? Butch müsste längst zurück sein.

V nahm sein Handy aus der Tasche und wählte. Es ging nur die Mailbox dran. »Hey, Kumpel. Ich bin zu Hause. Wo bist du, Bulle?«

Da die beiden einander ständig anriefen, wusste er, dass Butch sich schon bald melden würde. Vielleicht wurde der Bursche ja zum ersten Mal seit Beginn der Geschichtsschreibung in Sachen Sex aktiv? Es war höchste Zeit, dass der traurige Penner mal seine Besessenheit mit Marissa ad acta legte und sich ein bisschen Erleichterung verschaffte.

Apropos Erleichterung ... V musterte prüfend den Himmel. Ihm blieben noch etwa eineinhalb Stunden Dunkelheit, und er war wirklich verdammt zappelig. Etwas ging heute Nacht vor, aber ohne seine Visionen wusste er nicht, was es war. Und dieser Tabula-rasa-Zustand machte ihn schier wahnsinnig.

Wieder tippte er eine Nummer in sein Handy. Als das Klingeln aufhörte, wartete er nicht erst auf eine Begrüßung. »Du wirst dich jetzt sofort für mich bereit machen. Du wirst tragen, was ich für dich gekauft habe. Dein Haar wird zusammengebunden und dein Nacken frei sein.«

Die einzigen drei Worte, die ihn interessierten, kamen ohne jede Verzögerung: »Ja, mein *Lheage*«, sagte die Frauenstimme.

V legte auf und dematerialisierte sich.

3

Das *ZeroSum* lief in letzter Zeit ganz ausgezeichnet, dachte Rehvenge, während er das Gedränge betrachtete. Das Geld floss in Strömen. Es war ein Wachstum bei den Sportwetten zu verzeichnen. Die Besucherzahlen hatten einen neuen Höchststand erreicht. Wie lange betrieb er den Club jetzt schon? Fünf, sechs Jahre? Und endlich reichte das Einkommen aus, um durchzuatmen. Selbstverständlich war das eine widerwärtige Art des Geldverdienens, mit dem Sex, den Drogen, dem Sprit und den Wetten. Aber er musste nun mal seine *Mahmen* unterhalten und bis vor Kurzem auch seine Schwester Bella. Und dann waren da noch die allgemeinen Unkosten für Erpressung, die er abdecken musste.

Geheimnisse zu bewahren konnte ganz schön teuer sein.

Rehv blickte auf, als die Tür zu seinem Büro geöffnet wurde. Seine Sicherheitschefin trat ein, und er konnte O'Neals Duft noch an ihr riechen. Er lächelte. Er behielt gerne recht. »Danke, dass du dich um Butch gekümmert hast.«

Xhex' graue Augen wichen seinem Blick wie üblich nicht aus. »Wenn ich ihn nicht gewollt hätte, hätte ich es nicht getan.«

»Und ich hätte dich auch nicht darum gebeten, wenn

ich das nicht gewusst hätte. Also, wie sieht's draußen aus?«

Sie setzte sich ihm gegenüber an den Schreibtisch, ihr kraftvoller Körper so hart wie der Marmor, auf den sie die Ellbogen stützte. »Sex im Männerklo auf dem Zwischengeschoss. Leider nicht einvernehmlich. Ich habe mich darum gekümmert. Die Frau wird Anzeige erstatten.«

»Konnte der Kerl noch laufen, nachdem du mit ihm fertig warst?«

»Ja, aber er trug ein neues Paar Ohrringe, wenn du verstehst, was ich meine. Außerdem habe ich zwei Minderjährige entdeckt und rausgeschmissen. Und einer der Türsteher hat sich bestechen lassen, also habe ich ihn gefeuert.«

»Sonst noch was?«

»Wir hatten wieder eine Überdosis.«

»Scheiße. Bestimmt nicht unser Produkt, oder?«

»Nein. Müll von draußen.« Sie zog eine kleine Zellophantüte aus der Gesäßtasche ihrer Lederhose und warf sie auf den Schreibtisch. Ich konnte das hier beiseiteschaffen, bevor die Sanis hier waren. Ich werde ein paar Extraleute einstellen, die sich um die Angelegenheit kümmern.«

»Gut. Und wenn du den verantwortlichen Freischaffenden auftreibst, schaff seinen Arsch zu mir. Ich will mich der Sache persönlich annehmen.«

»Geht klar.«

»Hast du sonst noch was für mich?«

In der folgenden Stille beugte sich Xhex nach vorn und verschränkte die Hände ineinander. Ihr ganzer Körper bestand nur aus Muskeln, nichts als harte Kanten, außer ihren hohen, kleinen Brüsten. Sie hatte eine herrlich androgyne Ausstrahlung, obwohl sie durch und durch eine echte Frau war, soweit er gehört hatte.

Der Bulle sollte sich glücklich schätzen, dachte er. Xhex hatte nicht so häufig Sex, und wenn, dann nur, wenn sie den Mann für würdig befand.

Außerdem vergeudete sie keine Zeit. Normalerweise.

»Xhex, spuck's aus.«

»Ich möchte etwas wissen.«

Rehv lehnte sich im Stuhl zurück. »Wird mich die Frage sauer machen?«

»Ja. Suchst du eine Partnerin?«

Als seine Augen anfingen, violett zu leuchten, senkte er das Kinn und sah sie unter seinen Wimpern hervor an. »Wer sagt das? Ich will den Namen wissen.«

»Logische Schlussfolgerung, kein Klatsch. Laut GPS-Berichten war dein Bentley in letzter Zeit oft bei Havers. Zufällig weiß ich, dass Marissa nicht gebunden ist. Sie ist wunderschön. Kompliziert. Aber dir war die *Glymera* ja schon immer egal. Spielst du mit dem Gedanken, dich mit ihr zu vereinigen?«

»Überhaupt nicht«, log er.

»Gut.« Als Xhex' Blick sich in ihn hineinbohrte, war offensichtlich, dass sie ihn durchschaute. »Denn das wäre reiner Wahnsinn. Sie würde die Wahrheit über dich erfahren – und ich spreche jetzt nicht von dem Laden hier. Sie ist ein Mitglied des *Princeps*-Rats, um Himmels willen. Wenn sie wüsste, dass du ein *Symphath* bist, würde das uns beiden schaden.«

Rehv erhob sich und umfasste seinen Stock. »Die Bruderschaft weiß bereits über mich Bescheid.«

»Woher?«, flüsterte Xhex entgeistert.

Er dachte an die kleine Knabberepisode zwischen ihm und einem dieser Brüder, Phury, und beschloss, diese Information lieber für sich zu behalten. »Sie wissen es eben. Und jetzt, wo meine Schwester sich mit einem von ihnen vereinigt hat, bin ich ein verdammtes Mitglied der Familie. Also selbst wenn der *Princeps*-Rat es herausfinden sollte, könnten die Krieger ihn normalerweise auf Abstand halten.«

Zu schade, dass sein Erpresser sich nicht an die Verhaltensregeln des Normalen hielt. Symphathen, so hatte er erfahren müssen, gaben miese Feinde ab. Kein Wunder, dass seine Art so verhasst war.

»Bist du dir da ganz sicher?«, fragte Xhex.

»Es würde Bella umbringen, wenn ich in eine dieser Kolonien geschickt würde. Glaubst du, ihr *Hellren* wäre begeistert, wenn sie sich derartig aufregen würde? Besonders jetzt, da sie schwanger ist? Z ist ein ausgesprochen böser Bursche, und er hütet sie wie seinen Augapfel. Also: Ja, ich bin mir ganz sicher.«

»Hatte sie niemals auch nur einen Verdacht, was dich betrifft?«

»Nein.« Und obwohl Zsadist Bescheid wusste, würde er es seiner Partnerin nicht erzählen. Keinesfalls würde er Bella in so eine Lage bringen. Laut Gesetz war man unter Strafandrohung verpflichtet, einen Symphathen zu melden.

Rehv kam um den Schreibtisch herum; da nur Xhex anwesend war, stützte er sich schwer auf seinen Stock. Das Dopamin, das er sich regelmäßig spritzte, hielt die schlimmsten der Symphath-Triebe in Schach und ermöglichte ihm dadurch, als normal durchzugehen. Er war sich nicht sicher, wie Xhex das anstellte. War sich nicht sicher, ob er es überhaupt wissen wollte. Aber klar war, dass er den Stock brauchte, um nicht hinzufallen, wenn sein Tastsinn unterdrückt war. Räumliches Sehen allein half einem auch nicht weiter, wenn man seine Füße und Beine nicht spürte.

»Mach dir keine Sorgen«, sagte er zu ihr. »Niemand weiß, was wir beide sind. Und so wird es auch bleiben.«

Graue Augen blickten ihn direkt an. »Nährst du sie, Rehv.« Keine Frage, eine Forderung. »Nährst du Marissa?«

»Das ist meine Sache, das geht dich nichts an.«

Sie schoss hoch. »Gott verdammt – wir waren uns einig. Vor fünfundzwanzig Jahren, als ich mein kleines Problemchen hatte, waren wir uns einig. Keine Partner. Kein Nähren von Normalen. Was zum Teufel tust du nur?«

»Ich habe alles unter Kontrolle, und diese Unterhaltung ist beendet.« Er sah auf die Uhr. »Und sieh mal einer an, wir schließen jetzt, und du brauchst eine Pause. Die Mauren können abschließen.«

Einen Moment lang funkelte sie ihn an. »Ich gehe erst, wenn der Job erledigt ist …«

»Ich sagte, du sollst nach Hause gehen, ich wollte nicht nett sein. Wir sehen uns morgen Nacht.«

»Nimm's mir nicht übel, aber leck mich, Rehvenge.«

Sie stapfte zur Tür, jede ihrer Bewegungen verriet unmissverständlich, dass sie eine Killerin war. Was ihn daran erinnerte, dass dieser Securitykrempel, den sie für ihn erledigte, nichts im Vergleich zu dem war, wozu sie eigentlich fähig war.

»Xhex«, sagte er. »Vielleicht lagen wir falsch, was die Partner angeht.«

Ihr Blick über die Schulter fragte ganz deutlich: *Spinnst du total?* »Du setzt dir zwei Spritzen am Tag. Glaubst du etwa, Marissa würde das nicht irgendwann auffallen? Mal abgesehen von dem winzigen Detail, dass du wegen des Neuromodulators, auf den du dich verlässt, zu ihrem Bruder, dem braven Arzt, gehen musst? Und was würde wohl eine Aristokratin wie sie zu all … dem hier sagen?« Sie machte eine raumgreifende Handbewegung. »Wir lagen nicht falsch. Du vergisst nur, warum wir alles so beschlossen haben.«

Die Tür fiel lautlos hinter ihr ins Schloss, und Rehv blickte an seinem tauben Körper herunter. Er sah Marissa vor sich, so rein und schön, so anders als die anderen Frauen um ihn herum, so anders als Xhex … von der er sich nährte.

Er begehrte Marissa, war ein bisschen in sie verliebt. Und der Mann in ihm wollte beanspruchen, was ihm gehörte, obwohl seine Drogen ihn impotent machten. Wobei er natürlich auf keinen Fall verletzen würde, was er liebte, selbst wenn seine dunklen Seiten zum Vorschein kommen sollten. Oder?

Er dachte an sie, in ihren hübschen Haute-Couture-Kleidern, so sittsam, so vornehm, so … sauber. Die *Glymera* hatte unrecht, was sie betraf. Sie war nicht defekt; sie war perfekt.

Er lächelte, und sein Körper wurde von einem Brennen überspült, das nur hammerharte Orgasmen löschen konnten. Es war bald wieder so weit, sie würde sich bald bei ihm melden. Ja, sie würde ihn wieder brauchen … schon bald. Da sein Blut verdünnt war, musste sie sich mit erfreulicher Häufigkeit nähren, und das letzte Mal war schon fast drei Wochen her.

In wenigen Tagen würde sie ihn zu sich rufen. Und er konnte es kaum erwarten, ihr zu Diensten zu sein.

In den allerletzten Minuten vor der Dämmerung erreichte V das Anwesen der Bruderschaft und materialisierte sich direkt vor der Eingangstür des Pförtnerhäuschens. Er hatte gehofft, seine Art von Sex würde ihm Entspannung gewähren, aber nein, er stand immer noch vollkommen neben sich.

Er schritt durch den Eingangsbereich der Höhle und legte noch im Gehen die Waffen ab, völlig verspannt und absolut scharf auf eine Dusche. Er musste den Geruch der Vampirin loswerden. Eigentlich hätte er Hunger haben müssen; doch er sehnte sich nur nach einem ordentlichen Schluck Wodka.

»Butch, Kumpel!«, rief er laut.

Stille.

V ging zum Zimmer des Polizisten. »Hast du dich schon aufs Ohr gehauen?«

Er schob die Tür auf. Das riesige Bett war leer. War der Bulle vielleicht im Haupthaus bei den anderen?

Im Trab durchquerte V die Höhle und steckte den Kopf durch die Haustür. Ein schneller Rundblick um die auf dem Hof geparkten Autos, und sein Herz begann wie ein Trommelwirbel zu schlagen. Kein Escalade. Also war Butch nicht auf dem Gelände.

Im Osten wurde der Himmel allmählich hell, der Schein des anbrechenden Tages brannte V in den Augen. Also verkroch er sich wieder ins Haus und setzte sich vor seine Computer. Eilig gab er die Koordinaten ein und stellte fest, dass der Escalade hinter dem *Screamer's* parkte.

Was gut war. Zumindest hatte sich Butch nicht um einen Baumstamm gewickelt ...

V erstarrte. In Zeitlupe steckte er die Hand in seine Gesäßtasche, eine schreckliche Ahnung überfiel ihn, heiß und kribbelnd wie ein Ausschlag. Er klappte das Handy auf und rief seine Mailbox an. In der ersten Nachricht hörte man Butch nur auflegen.

Als die zweite Nachricht abgerufen wurde, fuhren die Stahlrollläden schon automatisch für den Tag herunter.

V runzelte die Stirn. Man hörte nur ein Zischen. Doch plötzlich ratterte es so laut, dass er den Hörer vom Ohr wegreißen musste.

Dann Butchs Stimme, hart, laut: *»Dematerialisieren. Jetzt sofort.«*

Eine ängstliche männliche Stimme ertönte: *»Aber ... aber ...«*

»Hau ab! Verflucht noch mal, beweg deinen Arsch hier weg ...« Gedämpftes Flattern.

»Warum tust du das? Du bist nur ein Mensch ...«

»Ich habe es so satt, das zu hören. Verzieh dich!«

Metallgeräusche, eine Waffe wurde nachgeladen.

Und Butchs Stimme sagte: »Ach du Scheiße ...«

Dann brach die Hölle los. Schüsse, Grunzen, dumpfe Schläge.

V sprang so heftig auf, dass er den Stuhl umkippte, nur um festzustellen, dass das Tageslicht ihn eingesperrt hatte.

4

Das Erste, was Butch dachte, als er wieder zu sich kam, war, dass jemand mal diesen verfluchten Wasserhahn abdrehen musste. Tropf, tropf, tropf – das Geräusch war wirklich nervig.

Dann öffnete er ein Augenlid einen Spaltbreit und stellte fest, dass es sein eigenes Blut war, das zu Boden tropfte. *Ach … ja.* Er war geschlagen worden, und jetzt leckte er wie eine kaputte Dichtung.

Das war ein langer, langer, sehr schlimmer Tag gewesen. Wie viele Stunden war er befragt worden? Zwölf? Gefühlt waren es tausend.

Er versuchte, tief einzuatmen, doch einige seiner Rippen waren gebrochen, also entschied er sich doch lieber für den Sauerstoffmangel und gegen noch mehr Schmerzen. O Mann, dank der Aufmerksamkeiten seines Entführers tat ihm alles höllisch weh. Aber zumindest hatte der *Lesser* die Schusswunde abgedichtet.

Allerdings nur, damit er die Befragung länger hinziehen konnte.

Das Einzige, was ihn mit diesem Albtraum ein bisschen versöhnte, war, dass kein Wort über die Bruderschaft über seine Lippen gekommen war. Nicht eines. Nicht einmal, als der Vampirjäger sich an seinen Fingernägeln und zwischen seinen Beinen zu schaffen gemacht hatte.

Butch würde bald sterben, aber wenigstens könnte er Petrus, falls er in den Himmel käme, in dem Bewusstsein in die Augen sehen, dass er kein Verräter war.

Oder war er schon gestorben und in die Hölle gekommen? War das des Rätsels Lösung? In Anbetracht einiger Dinge, die er auf Erden so abgezogen hatte, würde ihm schon einleuchten, warum er eher in Satans Gästetrakt landen sollte. Andererseits – müsste sein Peiniger dann nicht Hörner haben, wie es sich für Dämonen gehörte?

Okay, jetzt ging seine Fantasie mit ihm durch.

Er öffnete die Augen noch ein bisschen weiter, es war vielleicht Zeit, die Realität von dem hirnzerfressenden Quatsch zu trennen. Er hatte so ein Gefühl, dass dies vermutlich seine letzte Chance auf Bewusstsein war, deshalb sollte er lieber etwas Vernünftiges damit anfangen.

Seine Sicht war verschwommen. Hände ... Füße ... ja, genau, er war angekettet. Und er lag immer noch auf etwas Hartem, einem Tisch. Der Raum war ... dunkel. Es roch nach Erde, also war er vermutlich in einem Keller. Die nackte Glühbirne beleuchtete ... aha, das Folterwerkzeug. Schaudernd wandte er den Blick von der Ansammlung scharfer Gegenstände ab.

Was war das für ein Geräusch? Ein dumpfes Brüllen. Lauter werdend. Und noch lauter.

Sobald es abbrach, ging oben eine Tür auf, und Butch hörte einen Mann mit gedämpfter Stimme sagen: »Meister.«

Leise Antworten. Undeutlich. Dann eine Unterhaltung, zu der ein Paar Füße auf und ab lief, was Staub durch die Dielen nach unten rieseln ließ. Schließlich wurde eine weitere Tür quietschend geöffnet, und die Treppe neben ihm knarrte.

Butch brach kalter Schweiß aus, er senkte die Augenlider. Durch den schmalen Spalt zwischen seinen Wimpern hindurch beobachtete er, was da auf ihn zukam.

Vorne lief der *Lesser,* der ihn bearbeitet hatte, der Kerl von letztem Sommer, aus der Caldwell Martial Arts Academy – Joseph Xavier war sein Name, wenn Butch sich richtig erinnerte. Der Typ dahinter war von Kopf bis Fuß in einen leuchtend weißen Umhang gehüllt, auch Gesicht und Hände waren vollständig bedeckt. Sah aus wie eine Art Mönch oder Priester.

Nur, dass er bestimmt kein Mann Gottes war. Als Butch die Ausstrahlung dieser Gestalt aufnahm, bekam er keine Luft mehr vor Widerwillen. Was auch immer sich da unter dem Umhang verbarg, war die Essenz des Bösen, die Sorte Schlechtigkeit, die Serienkiller antreibt und Vergewaltiger und Mörder und Leute, die Spaß daran haben, ihre Kinder zu schlagen: Hass und Bosheit, destilliert und in menschliche Form gegossen.

Butchs Angst wuchs schlagartig. Mit Prügel konnte er umgehen; der Schmerz war gemein, aber es gab einen definierten Endpunkt, und zwar, wenn sein Herz zu schlagen aufhörte. Doch was auch immer sich da unter dem Umhang versteckte, verhieß Leid von biblischem Ausmaß. Woher er das wusste? Sein ganzer Körper rebellierte, seine Instinkte befahlen ihm wegzurennen, sich zu retten … zu beten.

Worte kamen ihm in den Sinn, spazierten durch seinen Kopf. *Der Herr ist mein Hirte, mir wird nichts mangeln …*

Das Haupt der verhüllten Gestalt drehte sich mit dem widerstandslosen Kreisen eines Eulenkopfes zu Butch herum.

Hektisch schloss er die Augen und betete den dreiundzwanzigsten Psalm herunter. Schneller … er musste sich die Worte ins Gedächtnis rufen, schneller. *Er weidet mich auf einer grünen Aue und führet mich zum frischen Wasser … Er erquicket meine Seele und führet mich auf rechter Straße um seines Namens willen …*

»Ist das der Mann?« Die Stimme, die durch den Keller hallte, brachte Butch völlig aus dem Konzept, und er verlor den Faden: Sie war volltönend und hatte ein Echo, klang wie aus einem Science-Fiction-Film, mit unheimlicher Verzerrung.

»In seiner Waffe steckten die Kugeln der Bruderschaft.«

Zurück zum Psalm. Und schneller. *Genau, und ob ich schon wanderte im finsteren Tal, fürchte ich kein Unglück …*

»Ich weiß, dass du wach bist, Mensch.« Die Echostimme bohrte sich direkt in Butchs Ohr. »Betrachte mich und erkenne den Meister deines Wächters.«

Butch schlug die Augen auf, wandte den Kopf und schluckte zwanghaft. Das Gesicht, das auf ihn herabblickte, war verdichtete Schwärze, ein zum Leben erwachter Schatten.

Omega.

Das Böse lachte kurz. »So, du weißt also, was ich bin?« Es richtete sich auf. »Hat er dir irgendetwas gesagt, Haupt-*Lesser?*«

»Ich bin noch nicht fertig.«

»Das heißt also *nein*. Und du hast ihn nicht geschont, wie man sieht, denn er ist dem Tode nahe. Ja, ich kann den Tod kommen fühlen. Er ist ganz nah.« Omega beugte sich wieder herunter und atmete die Luft über Butchs

Körper ein. »Ja, er stirbt innerhalb einer Stunde. Vielleicht schneller.«

»Er wird so lange durchhalten, wie ich es will.«

»Nein, das wird er nicht.« Omega begann den Tisch zu umkreisen, und Butchs Blick folgte ihm. Das Entsetzen wurde immer beklemmender, es verstärkte sich in der Zentrifugalkraft der Schritte des Bösen. Herum, herum, herum, immer im Kreis ... Der Ex-Cop zitterte so heftig, dass seine Zähne klapperten.

In der Sekunde, als Omega am hinteren Ende des Tisches stehen blieb, hörte das Zittern auf. Schattenhände erhoben sich, ergriffen die Kapuze des weißen Umhangs und zogen sie herunter. Die nackte Glühbirne flackerte, als würde ihre Helligkeit von der schwarzen Gestalt eingesaugt.

»Du lässt ihn gehen«, sagte Omega mit einer Stimme wie eine Welle, die durch die Luft abwechselnd gefiltert und verstärkt wurde. »Du lässt ihn aus dem Wald heraus. Du sagst den anderen, sie sollen sich von ihm fernhalten.«

Was?, dachte Butch.

»Was?«, fragte der Haupt-*Lesser.*

»Zu den Schwächen der Bruderschaft gehört eine unbedingte Loyalität, ist es nicht so? Ja, eine schon stupide Treue. Sie beanspruchen, was ihnen gehört. Das ist das Tier in ihnen.« Omega streckte die Hand aus. »Ein Messer, bitte. Ich beabsichtige, diesen Menschen zu einem nützlichen Werkzeug zu machen.«

»Gerade sagten Sie noch, er würde sterben.«

»Aber ich werde ihm ein wenig Leben geben, sozusagen. Wie auch ein Geschenk. *Messer.*«

Butch riss die Augen weit auf, als eine zwanzig Zentimeter lange Jagdklinge von einer Hand in die andere wanderte.

Omega legte eine Hand auf den Tisch und setzte die Klinge an der Fingerkuppe an. Ein Knacken ertönte, so als würde man frische Karotten schneiden.

Dann beugte Omega sich über Butch. »Wohin damit, wohin damit ...«

Als das Messer angehoben wurde und über Butchs Bauch schwebte, schrie er auf. Und er schrie immer noch, als die Klinge flach in seine Bauchdecke eindrang. Dann hob Omega das kleine Stück seiner selbst auf, die schwarze Fingerkuppe. Butch wehrte sich, er zerrte wie wahnsinnig an den Fesseln. Vor Grauen quollen seine Augen hervor, bis ihn der Druck auf die Sehnerven blind machte.

Omega schob die Fingerkuppe in Butchs Bauch, dann senkte er den Kopf und blies über den frischen Schnitt. Die Haut verheilte, das Fleisch schloss sich. Unmittelbar fühlte Butch die Fäulnis in sich, spürte das Böse sich winden, sich bewegen. Er hob den Kopf. Die Haut um den Schnitt herum verfärbte sich bereits grau.

Tränen schossen ihm in die Augen. Rannen über seine wunden Wangen.

»Lass ihn frei.«

Der Haupt-*Lesser* machte sich an den Ketten zu schaffen, doch als sie entfernt waren, stellte Butch fest, dass er sich nicht rühren konnte. Er war gelähmt.

»Ich werde ihn wegbringen«, erklärte Omega. »Und er wird überleben und seinen Weg zurück zur Bruderschaft finden.«

»Sie werden Euch spüren.«

»Vielleicht, aber sie werden ihn trotzdem zu sich nehmen.«

»Er wird es ihnen erzählen.«

»Nein, denn er wird sich nicht an mich erinnern.« Omegas Gesicht neigte sich zu Butch herunter. »Du wirst dich an überhaupt nichts erinnern.«

Als ihre Blicke sich trafen, konnte Butch die Verbundenheit zwischen ihnen fühlen, das Band spüren, das nun zwischen ihnen bestand. Er weinte um seiner selbst willen, doch mehr noch um die Bruderschaft. Sie würden ihn aufnehmen. Sie würden versuchen, ihm zu helfen, soweit sie es irgendwie vermochten.

Und so sicher, wie das Böse in ihm war, würde er sie am Ende verraten.

Außer natürlich, Vishous oder die anderen Brüder würden ihn nicht finden. Wie sollten sie? Und ohne Kleider würde er sicher bald an Unterkühlung sterben.

Omega wischte ihm die Tränen von der Wange. Der feuchte Schimmer lag schillernd auf den durchsichtigen schwarzen Fingern, und Butch wollte zurück, was er verloren hatte. Keine Chance. Das Böse hob die Hand und ergötzte sich an Butchs Schmerz und Furcht, leckte ... saugte.

Die Verzweiflung vernebelte Butch das Gehirn, doch der Glaube, dem er einst abgeschworen hatte, spuckte eine weitere Zeile des Psalms aus: *Gutes und Barmherzigkeit werden mir folgen mein Leben lang, und ich werde bleiben im Hause des Herrn immerdar.*

Doch das ging jetzt nicht mehr, oder? Er hatte das Böse in sich, trug es unter seiner Haut.

Omega lächelte, obwohl Butch keine Ahnung hatte, woher er das wusste. »Ein Jammer, dass wir nicht mehr Zeit haben, da du in einem so empfindlichen Zustand bist. Aber du und ich werden in Zukunft noch mehr Gelegenheiten haben, uns besser kennenzulernen. Was ich für mich beanspruche, kommt zu mir zurück. Und jetzt schlaf.«

Als hätte jemand einen Schalter umgelegt, schlief Butch ein.

»Beantworte verdammt noch mal die Frage, Vishous.«

V wandte den Blick im selben Moment von seinem König ab, als die Standuhr in der Ecke des Arbeitszimmers zu schlagen anfing. Nach vier Schlägen hörte sie auf, also war es vier Uhr nachmittags. Die Bruderschaft war schon den ganzen Tag in Wraths Kommandozentrale, tigerte durch den absurd eleganten Salon im Stil Ludwigs XIV., sättigte das zarte Ambiente des Raumes mit ihrer Wut.

»Vishous«, knurrte Wrath jetzt. »Ich warte. Wie willst du Butch finden? Und warum hast du mir nicht früher etwas davon erzählt?«

Weil er gewusst hatte, dass es Probleme verursachen würde, und sie hatten schon mehr als genug Scheiß an der Backe.

Während V überlegte, was er darauf entgegnen konnte, musterte er seine Brüder. Phury saß auf der blassblauen Seidencouch vor dem Kamin, das Möbelstück wirkte im Vergleich zu ihm winzig. Sein mehrfarbiges Haar ging ihm schon wieder bis unters Kinn. Z stand hinter seinem Zwillingsbruder an den Kaminsims gelehnt, die Augen wieder schwarz, weil er so aufgebracht war. Rhage stand an der Tür, das wunderschöne Gesicht zu einem gemeinen Ausdruck verzogen, die Schultern zuckend, als wäre die Bestie in ihm genauso stinksauer.

Und dann war da noch Wrath. Bedrohlich saß er hinter seinem zierlichen Schreibtisch, mit unbarmherziger

Miene, die schwachen Augen hinter einer Panoramasonnenbrille mit schwarzem Rand verborgen. Seine schweren Unterarme, deren Innenseiten mit Tätowierungen geschmückt waren, die seine reinblütige Abstammung anzeigten, ruhten auf einer mit Gold geprägten Mappe. Dass Tohr nicht dabei war, empfanden alle von ihnen als klaffende Wunde.

»V? Los, beantworte meine Frage, sonst muss ich es aus dir rausprügeln.«

»Ich weiß eben einfach, wie ich ihn finden kann.«

»Was verheimlichst du uns?«

V ging hinüber zur Bar, goss sich einen kräftigen Schluck Wodka ein und kippte ihn in einem Zug herunter. Er seufzte, dann ließ er die Bombe platzen.

»Ich habe ihn genährt.«

Mehrstimmiges, ungläubiges Keuchen waberte durch den Raum. Als Wrath fassungslos aufstand, goss sich V noch eine Portion Wodka ein.

»Du hast *was?«* Das letzte Wort wurde gebrüllt.

»Ich habe ihn von mir trinken lassen.«

»Vishous …« Wrath marschierte um den Schreibtisch herum. Seine schweren Stiefel knallten auf den Boden wie Felsbrocken. Der König baute sich so dicht vor ihm auf, dass sich ihre Gesichter beinah berührten. »Er ist ein *Mann.* Ein *Mensch.* Was zum Teufel hast du dir dabei gedacht?«

V leerte das Glas und schüttete sich Nummer drei ein. »Durch das Blut, das ich ihm gegeben habe, kann ich ihn finden, und deshalb habe ich ihn trinken lassen. Ich habe gesehen … dass ich es tun soll. Also habe ich es getan, und ich würde es jederzeit wieder tun.«

Wrath wandte sich ab und wanderte im Zimmer auf

und ab, die Hände zu Fäusten geballt. Der Rest der Bruderschaft sah dem Frustmarsch ihres Chefs neugierig zu.

»Ich habe getan, was ich musste«, fauchte V und setzte das Glas an.

Vor einem der riesigen Fenster hielt Wrath an. Noch waren die Rollläden für den Tag heruntergelassen, kein Licht drang hindurch. »Hat er von deiner Vene getrunken?«

»Nein.«

Einige der Brüder räusperten sich, als wollten sie ihn dazu drängen, ehrlich zu sein.

V fluchte und goss sich noch einen Schnaps ein. »Du lieber Himmel, so ist das nicht mit ihm. Ich habe ihm etwas Blut in ein Glas geschüttet. Er wusste nicht, was er da trank.«

»Scheiße, V«, murmelte Wrath, »damit hättest du ihn umbringen können …«

»Das war vor drei Monaten. Er hat es überstanden, also ist doch eigentlich nichts passiert …«

Wraths Stimme donnerte plötzlich so laut wie ein Luftangriff über sie hinweg. »Du hast gegen das Gesetz verstoßen! Einen Menschen zu nähren, bei der Jungfrau! Was soll ich denn jetzt machen?«

»Wenn du mich der Jungfrau der Schrift übergeben willst, werde ich bereitwillig gehen. Aber eins muss klar sein. Zuerst werde ich Butch finden und nach Hause bringen, tot oder lebendig.«

Wrath schob seine Sonnenbrille hoch und rieb sich die Augen, eine Geste, die er sich in letzter Zeit angewöhnt hatte, wenn ihm die Bürde, König zu sein, zu schwer wurde. »Wenn er befragt wurde, hat er vielleicht geredet. Wir könnten in Gefahr geraten.«

V sah in sein Glas und schüttelte langsam den Kopf. »Er würde eher sterben, als uns aufzugeben. Das garantiere ich euch.« Er schluckte den Wodka und spürte, wie er brennend seine Kehle hinunterlief. »Er ist mein Freund, und ich verlasse mich auf ihn.«

5

Rehvenge hatte kein bisschen überrascht gewirkt, als sie ihn angerufen hatte, dachte Marissa. Andererseits hatte er sie schon immer auf eine unheimliche Art und Weise durchschauen können.

Ihren schwarzen Umhang zusammenraffend, trat sie durch die Hintertür des Hauses ihres Bruders. Die Nacht war eben erst angebrochen, und sie zitterte, allerdings nicht wegen der Kälte. Es lag an diesem grauenhaften Traum, den sie tagsüber gehabt hatte. Sie war geflogen, über die Landschaft, über einen gefrorenen Teich, der von Kiefern gesäumt wurde, dann weiter an einem Ring von Bäumen vorbei, bis sie schließlich langsamer geworden war und nach unten gespäht hatte. Dort, auf dem verschneiten Boden, zusammengerollt und blutend, hatte sie … Butch entdeckt.

Der Drang, die Bruderschaft anzurufen, verließ sie ebenso wenig wie die Bilder des Albtraums. Aber wie albern würde sie sich vorkommen, wenn die Brüder genervt zurückriefen, bloß um ihr mitzuteilen, dass mit Butch alles völlig in Ordnung war? Wahrscheinlich würden sie denken, dass sie ihm nachstieg. Aber dennoch … diese Vision von ihm war eine Heimsuchung, wie er blutend auf der weißen Erde lag, hilflos zusammengekauert wie ein Embryo.

Es war doch nur ein Traum. Lediglich ... ein Traum.

Sie schloss die Augen, zwang sich zu äußerlicher Gelassenheit und dematerialisierte sich. Ihr Ziel war die Stadt, eine Penthouseterrasse im dreißigsten Stock. Sobald sie wieder Gestalt annahm, schob Rehvenge eine der sechs Glastüren auf.

Sofort runzelte er die Stirn. »Du bist beunruhigt.«

Mühsam brachte sie ein Lächeln zustande, während sie auf ihn zuging. »Du weißt doch, dass ich mich immer etwas unbehaglich fühle.«

Er deutete mit seinem gravierten Stock auf sie. »Nein, heute ist es anders.«

Noch nie hatte sie jemanden gekannt, der ihre Gefühle so gut zu lesen verstand. »Es geht schon.«

Als er sie am Ellbogen fasste und ins Zimmer zog, wurde sie von einer tropischen Wärme umhüllt. Bei Rehv war es immer warm, und trotzdem behielt er den bodenlangen Zobelmantel stets so lange an, bis sie bei der Couch ankamen. Sie hatte keine Ahnung, wie er diese Hitze aushielt, aber er schien förmlich danach zu lechzen.

Jetzt schloss er die Schiebetür. »Marissa, ich möchte wissen, was los ist.«

»Nichts, ehrlich.«

Mit einer Drehung legte sie den Umhang ab und drapierte ihn auf einem Chromstuhl. Drei Seiten des Penthouses wurden von Glasfronten eingenommen, und der ausgedehnte Blick über Caldwell zeigte die schimmernden Lichter der Innenstadt, die dunkle Biegung des Hudson River, und die Sterne, die über allem leuchteten. Doch im Gegensatz zu der glitzernden Landschaft vor den Fenstern war die Inneneinrichtung minimalistisch, viel Ebenholz und cremeweiße Eleganz. Elegant wie Rehv selbst, mit seinem schwarzen Irokesenschnitt, der goldenen Haut und den perfekten Kleidern.

Unter anderen Umständen hätte sie das Penthouse begeistert.

Unter anderen Umständen wäre sie vielleicht auch von dem Besitzer begeistert gewesen.

Rehvs violette Augen verengten sich, er stützte sich auf seinen Stock und kam auf sie zu. Er war sehr groß, hatte eine Statur wie ein Mitglied der Bruderschaft. Doch jetzt wirkte er finster, das attraktive Gesicht hatte einen harten Ausdruck angenommen. »Lüg mich nicht an.«

Sie musste lächeln. Vampire wie er neigten zu einem ausgeprägten Beschützerinstinkt, und wenn sie beide auch nicht miteinander vereinigt waren, so überraschte es sie doch nicht, dass er bereitwillig um ihretwillen kämpfen würde. »Ich hatte nur einen verstörenden Traum heute Morgen, der mich noch nicht ganz losgelassen hat. Das ist alles.«

Er musterte sie, und in ihr stieg ein merkwürdiges Gefühl auf, so als erforsche er sie, erkunde ihr Inneres, ihre Emotionen.

»Gib mir deine Hand«, forderte er sie auf.

Ohne zu zögern, gehorchte sie. Immerhin befolgte er die Gepflogenheiten der *Glymera,* und er hatte sie noch nicht so begrüßt, wie es der Brauch erforderte. Doch als ihre Handflächen sich berührten, strich er ihr nicht mit den Lippen über die Fingerknöchel, sondern er legte ihr den Daumen auf das Handgelenk und drückte sanft zu. Dann etwas fester. Plötzlich, als hätte er eine Art Ablauf geöffnet, flossen ihre Ängste und ihre Sorgen durch ihren Arm hinaus zu ihm, herausgezogen durch die bloße Berührung.

»Rehvenge?«, flüsterte sie zaghaft.

Sobald er sie wieder losließ, kehrten die Gefühle zurück, wie in eine Quelle, die nicht länger angezapft wird.

»Heute Abend wirst du nicht bei mir sein können.«

Sie errötete und rieb sich die Haut dort, wo er sie berührt hatte. »Natürlich werde ich … es ist Zeit.«

Um einen Anfang zu machen, ging sie zu dem schwarzen Ledersofa, das sie normalerweise benutzten, und stellte sich daneben. Einen Moment später kam Rehvenge zu ihr herüber, zog seinen Zobelmantel aus und breitete ihn glatt aus, damit sie sich darauflegen konnten. Dann knöpfte er seine schwarze Anzugjacke auf und streifte sie ebenfalls ab. Die Finger öffneten das feine Seidenhemd, das sehr weiß wirkte, und entblößten die breite, haarlose Brust. Auf den Brustmuskeln trug er Tätowierungen, zwei fünfzackige Sterne in roter Tinte. Auf dem muskulösen Bauch befanden sich noch mehr Muster.

Als er sich hinsetzte, spannten sich seine Muskeln an. Sein leuchtender Amethystblick nahm sie gefangen, genau wie seine Hand, als er den Arm ausstreckte und den Zeigefinger krümmte. »Komm her, *Tahlly.* Ich habe, was du brauchst.«

Sie hob den Rock ihrer Robe etwas an und kletterte zwischen seine Beine. Rehv bestand immer darauf, dass sie an seinem Hals trank, doch alle drei Male, die sie das bisher getan hatte, war er nicht einmal erregt gewesen. Was sie zwar erleichterte, aber auch ungute Erinnerungen weckte. Auch Wrath hatte nie eine Erektion gehabt, wenn er in ihrer Nähe war.

Als ihr Blick hinunter auf Rehvs glatte, männliche Haut fiel, traf sie der unterdrückte Hunger, den sie seit einigen Tagen verspürte, heftig. Sie legte ihm die Handflächen auf die Brust und beugte sich über ihn. Er schloss die Augen, neigte das Kinn zur Seite und strich ihr mit den Händen über die Arme. Ein leises Stöhnen kam über seine Lippen, was immer geschah, kurz bevor sie zubiss. Normalerweise hätte sie gesagt, das sei Vorfreude, aber sie wusste, dass das nicht stimmen konnte. Sein Körper reagierte nicht auf sie, und sie konnte sich nicht vorstellen, dass es ihm so gut gefiel, benutzt zu werden.

Sie öffnete den Mund, die Fänge verlängerten sich, fuhren aus dem Oberkiefer herab. Sie senkte den Kopf und …

Das Bild von Butch im Schnee ließ sie erstarren, sie musste den Kopf schütteln, um sich wieder auf Rehvs Hals und ihren Hunger zu konzentrieren.

Trink, mahnte sie sich. *Nimm, was er dir anbietet.*

Wieder versuchte sie es, nur um mit dem Mund an seinem Hals innezuhalten. Frustriert kniff sie die Augen zu. Rehv legte ihr die Hand unter das Kinn und hob es an.

»Wer ist es, *Tahlly?«* Sein Daumen strich ihr über die Unterlippe. »Wer ist es, den du liebst, aber der dich nicht nährt? Und ich wäre sehr gekränkt, wenn du es mir nicht erzählen würdest«

»Ach, Rehvenge … es ist niemand, den du kennst.«

»Er ist ein Dummkopf.«

»Nein. Ich bin der Dummkopf.«

Völlig unerwartet zog Rehv sie an seinen Mund. Sie war so geschockt, dass sie nach Luft schnappte. In einem erotischen Vorstoß drang seine Zunge in sie ein. Er küsste sie geübt, seine Bewegungen waren weich und geschmeidig. Sie spürte keine Erregung, aber sie konnte sich vorstellen, was für ein Liebhaber er wäre: dominant, kraftvoll … gründlich.

Als sie gegen seine Brust drückte, gab er nach.

Als er sich zurücklehnte, leuchteten seine Amethystaugen. Ein wunderschönes violettes Licht strömte aus ihnen, und strömte in sie hinein. Obwohl sie in seiner Lendengegend keine Erektion spürte, sagte ihr doch das Beben, das durch seinen großen, muskulösen Körper lief, dass er ein Mann war, der Sex im Kopf und im Blut hatte – und dass er in sie eindringen wollte.

»Du siehst überrascht aus«, sagte er.

In Anbetracht der Art und Weise, wie die meisten Männer sie ansahen, war sie das auch. »Das kam unerwartet. Besonders, weil ich dachte, du kannst nicht …«

»Ich bin in der Lage, mich mit einer Frau zu vereinigen.« Seine Lider senkten sich, und einen Augenblick lang wirkte er Furcht einflößend. »Unter bestimmten Umständen.«

Aus dem Nichts schob sich ein schockierendes Bild vor ihr geistiges Auge: Sie lag nackt auf einem Bett, unter sich eine Zobeldecke und über sich Rehv, nackt und voll erigiert, wie er ihre Beine mit seinen Hüften auseinanderdrückte. An der Innenseite ihres Schenkels war eine Bisswunde, als hätte er sich dort von ihrer Vene genährt.

Als sie hörbar die Luft einsaugte und sich die Hände vor die Augen legte, verschwand das Bild, und er murmelte: »Verzeih mir, *Tahlly*. Ich fürchte, meine Fantasien sind ziemlich stark ausgeprägt. Aber keine Sorge, wir können sie einfach in meinem Kopf einsperren.«

»Gütige Jungfrau, Rehvenge, ich hatte ja keine Ahnung. Und vielleicht, wenn die Dinge anders lägen …«

»Ist schon okay.« Er betrachtete ihr Gesicht, dann schüttelte er den Kopf. »Ich würde wirklich gerne deinen Partner kennenlernen.«

»Das ist ja das Problem. Er ist nicht mein Partner.«

»Dann ist er ein Dummkopf, wie ich schon sagte.« Rehv berührte ihr Haar. »Und obwohl du so durstig bist, müssen wir das Trinken auf ein anderes Mal verschieben, *Tahlly*. Dein Herz würde es heute Nacht nicht zulassen.«

Sie schob sich von ihm weg und stand auf, ihr Blick wanderte durch die Fenster auf die leuchtende Stadt. Sie fragte sich, wo Butch wohl war und was er machte, dann sah sie wieder zu Rehv. Sie wollte wirklich gerne wissen, warum sie sich von ihm nicht angezogen fühlte. Er war auf Kriegerart wunderschön – stark, dickblütig, mächtig ... besonders jetzt gerade, wo sein wuchtiger Körper ausgestreckt auf dem Sofa lag, die Beine in unverhohlen einladender Pose gespreizt.

»Ich wünschte, ich würde dich wollen, Rehv.«

Er lachte trocken. »Komisch, ich weiß ganz genau, was du meinst.«

V trat aus der Eingangshalle des großen Hauses hinaus in den Hof. Im Windschatten der hoch aufragenden Mauern sandte er seine Sinne hinaus in die Nacht, ein Radar auf der Suche nach einem Signal.

»Du gehst auf keinen Fall allein«, knurrte Rhage ihm ins Ohr. »Du findest den Ort, an dem sie ihn festhalten, und dann rufst du uns.«

Als V nicht reagierte, packte ihn Rhage am Nacken und schüttelte ihn wie eine Stoffpuppe. Trotz des Umstands, dass er massige zwei Meter groß war.

Jetzt schob der Bruder sein Gesicht direkt vor seins, mit strenger Miene. »Vishous. Hast du mich gehört?«

»Ja, ist ja gut.« V schob den anderen Vampir von sich weg, nur um festzustellen, dass sie nicht allein waren.

Die gesamte Bruderschaft wartete schon, bewaffnet und wütend, eine geladene Kanone. Doch durch den Nebel all ihrer Aggression hindurch sah er, dass sie ihn besorgt musterten. Ihre Sorge machte ihn wahnsinnig, also wandte er sich ab.

Er sammelte sich und tastete sich im Geist durch die Nacht, forschte nach dem kleinen Echo seines Ichs in Butchs Körper. Die Dunkelheit durchdringend, suchte er Felder ab und Berge, gefrorene Seen und rauschende Flüsse ... hinaus ... hinaus ... hinaus ...

O mein Gott.

Butch war noch am Leben. Aber nur ganz knapp. Und er war ... nordöstlich. Zwanzig, vielleicht fünfundzwanzig Kilometer entfernt.

V zog seine Glock, woraufhin eine eiserne Hand seinen Arm umschloss. Rhage war wieder da. »Du legst dich nicht allein mit diesen *Lessern* an.«

»Ich hab's kapiert.«

»Schwör es«, bellte Rhage. Als wüsste er verdammt genau, dass V sich diejenigen, die Butch gefangen hielten, allein vorknöpfen und die Brüder erst zum Saubermachen rufen wollte.

Doch das war eine persönliche Sache, hier ging es nicht nur um den Krieg zwischen den Vampiren und der Gesellschaft der *Lesser.* Diese untoten Scheißkerle hatten seinen – er konnte selbst nicht ganz genau sagen, was Butch für ihn war. Aber ihre Verbundenheit ging tiefer als alles, was er seit langer Zeit erlebt hatte.

»Vishous ...«

»Ich rufe euch, wenn ich so weit bin.« Aus dem Griff seines Bruders heraus dematerialisierte sich Vishous.

Als lockere Ansammlung von Molekülen reiste er in

die ländliche Umgebung von Caldwell, bis zu einem Wäldchen hinter einem noch gefrorenen Teich. Er tauchte etwa hundert Meter von dem Signal entfernt wieder auf, das er von Butch empfing, und machte sich sofort zum Kampf bereit.

Was ein großartiger Plan war, denn – gütige Jungfrau der Schrift – er konnte überall *Lesser* fühlen ...

V runzelte die Stirn und hielt den Atem an. Er drehte sich in einem Halbkreis herum, suchte mit Augen und Ohren, nicht mit dem Instinkt. Es waren keine Vampirjäger in der Nähe. Es war überhaupt nichts in der Nähe. Nicht einmal ein Schuppen oder eine Jagdhütte.

Unvermittelte erschauerte er. Doch, etwas war sehr wohl hier in diesem Wald – etwas Gewaltiges, eine verdichtete Substanz der Bosheit, ein Übel, das ihn unruhig machte.

Omega.

Als er den Kopf zu der furchtbaren Verdichtung herumwirbelte, hämmerte ihm ein eiskalter Windstoß ins Gesicht, so als wolle ihn Mutter Natur in die entgegengesetzte Richtung drängen.

Scheiße. Er musste seinen Mitbewohner hier rausholen.

V rannte in die Richtung, in der er Butch spüren konnte, seine Stiefel hinterließen tiefe Furchen in dem verkrusteten Schnee. Vor ihm leuchtete der Mond hell am Rande eines wolkenlosen Himmels, doch die Gegenwart des Bösen war so deutlich fühlbar, dass V den Weg auch mit verbundenen Augen gefunden hätte. Und Butch war nahe bei dieser Schwärze.

Fünfzig Meter weiter entdeckte V die Kojoten. Sie umrundeten etwas auf dem Boden, knurrten aber nicht, als hätten sie Hunger, sondern, als würde ihr Rudel bedroht.

Und was auch immer ihr Interesse geweckt hatte, war von solchem Ausmaß, dass sie Vs Anwesenheit überhaupt nicht bemerkten. Um sie zu zerstreuen, zielte er mit der Waffe in die Luft und schoss ein paarmal. Die Kojoten liefen in alle Richtungen davon und …

Schlitternd blieb V stehen. Beim Anblick dessen, was dort auf dem Boden lag, konnte er nicht schlucken. Sein Mund war völlig ausgetrocknet.

Butch lag auf der Seite im Schnee, nackt, zusammengeschlagen, das Gesicht geschwollen und blau. Er war über und über mit Blut bedeckt. Sein Oberschenkel war verbunden, doch die Wunde hatte durch den Verbandmull geblutet. Nichts von all dem war jedoch das Entsetzliche, das V gespürt hatte. Das Böse war überall um den Polizisten herum … überall um ihn … verdammt, *er* war der schwarze, ekelhafte mentale Abdruck.

O du gütige Jungfrau im Schleier.

Rasch suchte Vishous die nähere Umgebung ab, dann ließ er sich auf die Knie fallen und legte sanft seine behandschuhte Hand auf die Schulter seines Freundes. Ein schmerzhafter Stich schoss ihm den Arm hinauf, und Vs Instinkte ermahnten ihn abzuhauen, solange er noch konnte. Denn das, auf was er seine Hand gelegt hatte, galt es um jeden Preis zu meiden. *Das Böse.*

»Butch, ich bin es. Butch?«

Stöhnend regte sich der Ex-Cop, ein Hoffnungsschimmer zeigte sich auf seinem zerschlagenen Gesicht, als hätte er den Kopf nach einem langen Winter endlich zur Sonne erhoben. Doch dann wich der Ausdruck.

Lieber Himmel, die Augen des Mannes waren zugefroren, weil er geweint hatte und die Tränen in der Kälte nicht weit gekommen waren.

»Keine Sorge, Bulle. Ich werde …« *Was tun?* Der Mensch würde bald sterben, aber was zum Teufel hatte man mit ihm gemacht? Er war durchtränkt von Dunkelheit.

Butchs Mund öffnete sich. Die heiseren Geräusche, die herauskamen, hätten Worte sein können, aber man hörte sie nicht.

»Nicht sprechen, Bulle. Ich kümmere mich jetzt um dich …«

Butch schüttelte den Kopf und bewegte sich. Erbärmlich schwach streckte er die Arme aus und krallte sich in den Boden, versuchte seinen geschundenen Körper durch den Schnee zu schleppen. Weg von V.

»Butch, ich bin es …«

»Nein …« Jetzt wurde der Ex-Cop panisch, bohrte die Finger in die Erde, krabbelte weiter. »Verseucht … weiß nicht, wie … verseucht … du kannst … mich nicht mitnehmen. Weiß nicht, warum …«

Vs Stimme traf ihn wie eine Ohrfeige, scharf und laut. »Butch! Hör auf!«

Der Mensch blieb regungslos liegen. Ob er dem Befehl gehorchte oder einfach keine Kraft mehr hatte, konnte V nicht feststellen.

»Zum Henker, was haben sie bloß mit dir gemacht, mein Junge?« V zerrte eine Rettungsdecke aus der Jacke und legte sie um seinen Mitbewohner.

»Verseucht.« Schwerfällig drehte sich Butch auf den Rücken und schob die Silberfolie herunter, eine verletzte Hand fiel auf den Bauch. »Ver … seucht.«

»Ach du Scheiße …«

In der Magengegend war ein etwa faustgroßer schwarzer Kreis zu sehen, fast wie ein blauer Fleck mit ganz deutlicher Kante. Genau in der Mitte war offenbar … eine Operationsnarbe.

»Mist.« Sie hatten etwas in ihn *hineingesteckt.*

»Töte mich.« Butchs Stimme war ein schauderhaftes Röcheln. »Töte mich sofort. Verseucht. Etwas … in mir drin. Wächst …«

V hockte sich auf die Fersen und raufte sich die Haare. Mit Gewalt drängte er seine Gefühle in den Hintergrund und schaltete seinen Verstand ein. Er betete, dass seine Überdosis grauer Zellen ihm helfen würde, einen Ausweg zu finden.

Die Lösung, zu der er Augenblicke später gelangte, war radikal, aber logisch, und urplötzlich kam große Ruhe über ihn. Ohne jedes Zittern zog er einen der schwarzen Dolche, denen die Bruderschaft ihren Namen verdankte, und beugte sich über Butch.

Was nicht dorthin gehörte, musste heraus. Und da es das Böse war, musste es hier entfernt werden, auf neutralem Boden, statt zu Hause oder in Havers' Klinik. Zudem saß dem Polizisten der Tod im Nacken, und je eher er entseucht wurde, desto besser.

»Butch, Kumpel, du musst jetzt ganz tief einatmen und stillhalten. Ich werde …«

»Gib gut acht, Krieger.«

In der Hocke wirbelte V herum. Dicht hinter ihm und knapp über dem Boden schwebte die Jungfrau der Schrift. Wie immer war sie die reine Kraft. Ihr schwarzer Umhang blieb völlig unbewegt vom Wind, und ihre Stimme war klar wie die Nachtluft.

Vishous machte den Mund auf, aber sie unterbrach

ihn. »Bevor du deine Grenzen überschreitest und eine Frage an mich richtest, werde ich dir sagen: Nein, ich kann dir nicht unmittelbar helfen. Dies hier ist eine Angelegenheit, von der ich mich fernhalten muss. Jedoch werde ich dir dieses sagen. Du würdest dich als klug erweisen, enthülltest du den Fluch, den du verabscheust. Das zu berühren, was in dem Menschen ist, wird dich dem Tode näher bringen, als du es jemals warst. Und niemand außer dir könnte es entfernen.« Sie lächelte zart, als hätte sie seine Gedanken gelesen. »Ja, dieser Augenblick ist zum Teil der Grund, warum du von ihm geträumt hast. Doch es gibt noch einen anderen Grund, welchen du im Lauf der Zeit auch erkennen wirst.«

»Wird er überleben?«

»Mach dich an die Arbeit, Krieger«, wies sie ihn statt einer Antwort an. »Du wirst seiner Rettung förderlicher sein, wenn du handelst, statt mich zu beleidigen.«

Hastig beugte sich V über Butch und zog das Messer über seinen Bauch. Ein Stöhnen entrang sich den Lippen des Polizisten, und ein breites Loch klaffte auf.

»O du großer Gott.« Etwas Schwarzes war in sein Fleisch eingebettet worden.

Die Jungfrau der Schrift war jetzt näher gekommen und schwebte unmittelbar neben Vs Schulter. »Entblöße deine Hand, Krieger, und beeile dich. Es breitet sich rasch aus.«

V schob den schwarzen Dolch zurück in das Brusthalfter und zerrte sich den Handschuh von der Hand. Er wollte schon die Hand in die Wunde stecken, da hielt er inne. »Warte. Ich kann niemanden damit berühren.«

»Die Verseuchung wird dem Menschen Schutz gewähren. Tu es jetzt, Krieger, und wenn du damit in Berührung kommst, stell dir das weiße Leuchten ganz um dich herum vor. Stell dir vor, du besäßest eine Haut aus Licht.«

Gehorsam streckte Vishous seine Hand aus und sah sich im Geist umgeben von einem reinen, leuchtenden Strahlen. Im selben Moment, als er das schwarze Ding berührte, lief ein Schauer durch seinen Körper, und er bäumte sich auf. Was auch immer es war, es löste sich mit einem Zischen und einem Knall in Luft auf. Aber Mannomann, war ihm übel.

»Atme«, ermahnte ihn die Jungfrau der Schrift. »Atme einfach weiter, bis es vorbei ist.«

Vishous schwankte und ging auf die Knie, sein Kopf hing herunter, sein Hals zog sich zusammen. »Ich glaube, ich muss …«

O ja, er übergab sich. Und als ihn das Würgen wieder und wieder überfiel, spürte er, wie er sanft hochgehoben wurde. Die Jungfrau der Schrift half ihm durch das Schlimmste, und als es vorbei war, sackte er an sie gelehnt in sich zusammen. Einen Moment lang glaubte er sogar, sie streichle ihm über das Haar.

Dann tauchte völlig aus dem Nichts sein Handy in seiner Hand auf, und ihre Stimme drang kraftvoll an sein Ohr. »Geh jetzt, nimm diesen Menschen mit und vertraue darauf, dass der Sitz des Bösen die Seele ist, nicht der Körper. Und du musst die Kanope eines eurer Feinde holen. Bring sie hierher und benutze deine Hand. Beginn dies alles ohne Verzögerung.«

V nickte. Freiwillig erteilte Ratschläge der Jungfrau der Schrift ließ man nicht links liegen.

»Und Krieger, halte deinen Schild aus Licht um diesen Menschen herum aufrecht. Noch mehr, nutze deine Hand, um ihn zu heilen. Er könnte immer noch sterben, wenn nicht genug Licht in seinen Körper und in sein Herz gelangt.«

Jetzt spürte V ihre Macht verblassen, gleichzeitig überkam ihn eine weitere Welle der Übelkeit. Während er noch mit den Auswirkungen seines Kontakts mit diesem Ding zu kämpfen hatte, dachte er, wenn er sich schon so mies fühlte, konnte er sich ungefähr ausmalen, wie es Butch ging.

Als das Telefon in seiner Hand klingelte, wurde ihm bewusst, dass er einige Zeit auf dem Rücken im Schnee gelegen hatte. »Hallo?«, meldete er sich benommen.

»*Wo bist du? Was ist da los?*« Rhages Bassdonnern war eine Riesenerleichterung.

»Ich habe ihn. Ich habe« – V beäugte das blutige Häuflein Elend neben sich, das sein Mitbewohner war – »ich brauche unbedingt einen Wagen hier. Ach Scheiße, Rhage«, V legte sich die Hand auf die Augen und begann zu zittern. »Rhage, was sie mit ihm gemacht haben …«

Sofort wurde der Ton seines Bruders sanfter, als wüsste er, dass V am Ende war. »Okay, ganz ruhig. Sag mir, wo du bist.«

»Wald … ich weiß es nicht …« Gott, sein Gehirn hatte sich völlig ausgeklinkt. »Kannst du mich mit dem GPS aufspüren?«

Eine Stimme aus dem Hintergrund, vermutlich Phury, rief: »Ich hab ihn!«

»Alles klar. V, wir haben dich, und wir kommen.«

»Nein, der Ort hier ist verseucht.« Als Rhage anfing, Fragen zu stellen, schnitt V ihm das Wort ab. »Auto. Wir brauchen ein Auto. Ich werde ihn hier raustragen müssen. Niemand sonst darf hierherkommen.«

Lange sagte niemand etwas. »In Ordnung. Geh schnurstracks nach Norden, mein Bruder. Nach ungefähr einem Kilometer triffst du auf die Route 22. Da warten wir auf dich.«

»Ruf …« Er musste sich räuspern und die Augen wischen. »Ruf Havers an. Sag ihm, wir bringen ihm einen Schockpatienten. Und sag ihm, wir brauchen ein Quarantänezimmer.«

»Du lieber Himmel … was zum Teufel haben sie mit ihm gemacht?«

»Beeil dich, Rhage – warte! Bring eine *Lesser*-Kanope mit.«

»Warum?«

»Ich hab jetzt keine Zeit für Erklärungen. Bring unbedingt eine mit.«

V schob das Handy in die Tasche, zog den Handschuh wieder an und drehte sich zu Butch um. Er wickelte ihn sorgfältig in die Rettungsdecke, nahm ihn in die Arme und hob ihn hoch. Butch zischte vor Schmerz.

»Das wird jetzt ungemütlich, Alter. Aber wir müssen los.«

Doch dann fiel V etwas ein, und er betrachtete skeptisch den Boden. Butch blutete nicht mehr, aber was war mit den Fußspuren im Schnee? Wenn zufällig ein *Lesser* zurückkam, könnte er sie verfolgen.

Da wehten völlig unvermittelt Sturmwolken herbei, und es begann heftig zu schneien.

Verdammt, die Jungfrau der Schrift war gut.

Auf dem Weg durch den aufgekommenen Schneesturm stellte sich V einen Schutzschild aus Licht um sich und den Mann in seinen Armen vor.

»Du bist gekommen!«

Marissa lächelte, als sie die Tür zu dem fröhlichen fensterlosen Krankenzimmer hinter sich schloss. In dem Krankenhausbett lag ein kleines und zartes siebenjähriges Mädchen. Neben ihr, nur ein kleines bisschen größer, aber noch viel zerbrechlicher wirkend, saß die Mutter des Kindes.

»Ich habe doch gestern Nacht versprochen, dass ich dich wieder besuchen würde, oder?«

Als die Kleine grinste, sah man ein schwarzes Loch, wo ihr ein Vorderzahn fehlte. »Trotzdem, du bist gekommen. Und du siehst so hübsch aus.«

»Du aber auch.« Marissa setzte sich auf die Bettkante und nahm die Hand des Mädchens. »Wie geht es dir?«

»*Mahmen* und ich haben uns *Dora* im Fernsehen angeschaut.«

Die Mutter lächelte schwach, doch ihr unscheinbares Gesicht und ihre Augen wurden davon nicht berührt. Seit die Kleine vor drei Tagen eingeliefert worden war, schien die Mutter wie ferngesteuert. Abgesehen davon, dass sie jedes Mal zusammenschreckte, wenn jemand ins Zimmer kam.

»*Mahmen* sagt, wir können nicht mehr so lange hierbleiben. Stimmt das?«

Die Mutter öffnete den Mund, aber Marissa kam ihr mit einer Antwort zuvor: »Darum brauchst du dir keine Sorgen zu machen. Zuerst müssen wir uns um dein Bein kümmern.«

Dies waren keine wohlhabenden Vampire, vermutlich konnten sie sich diese Behandlung nicht leisten. Aber Havers wies niemals jemanden ab. Und er würde sie sicherlich nicht vorzeitig entlassen.

»*Mahmen* sagt, mein Bein ist schlimm. Stimmt das?«

»Nicht mehr lange.« Marissa betrachtete die Bettdecke. Havers würde den offenen Bruch schnellstens operieren. Hoffentlich würde der Schnitt gut verheilen.

»*Mahmen* sagt, ich muss für eine Stunde in das grüne Zimmer. Kann es auch kürzer dauern?«

»Mein Bruder wird dich dort nur so lange behalten, wie es nötig ist.«

Das Schienbein würde durch eine Titanstange ersetzt werden müssen, was zwar besser war, als das Bein zu verlieren, aber immer noch schwer genug. Die Kleine würde noch mehrmals operiert werden müssen, solange sie im Wachstum war, und den erschöpften Augen der Mutter nach zu urteilen, wusste sie, dass dies hier nur der Anfang war.

»Ich habe keine Angst.« Das Mädchen drückte sich einen zerfledderten Stofftiger an den Hals. »Mastimon kommt mit. Die Schwester hat gesagt, ich darf ihn mitnehmen.«

»Mastimon wird auf dich aufpassen. Er ist ein grimmiger Tiger, so wie es sich gehört.«

»Ich hab ihm aber gesagt, dass er niemanden fressen soll.«

»Das war klug von dir.« Marissa schob die Hand in die Tasche ihres blassrosa Kleides und zog eine lederne Schachtel hervor. »Ich habe etwas für dich.«

»Ein Geschenk?«

»Ja.« Marissa drehte die Schachtel zu dem Kind herum und klappte den Deckel auf. Darin lag ein Goldteller von der Größe einer Untertasse, und das kostbare Objekt war auf Hochglanz poliert. Man konnte sich darin spiegeln, es glänzte wie die Sonne.

»Das ist aber schön«, hauchte das Mädchen.

»Das ist mein Wunschteller.« Marissa nahm ihn heraus und drehte ihn um. »Siehst du meine Initiale auf der Rückseite?«

Die Kleine kniff die Augen zusammen. »Ja. Und sieh mal! Da ist auch ein Buchstabe wie der aus meinem Namen.«

»Ich habe deinen dazuschreiben lassen. Es ist für dich.«

Man hörte die Mutter geräuschvoll einatmen. Ganz eindeutig wusste sie, was so viel Gold wert war.

»Ehrlich?«

»Streck die Arme aus.« Marissa legte dem Mädchen die goldene Scheibe in die Handflächen.

»Wie schwer der ist.«

»Weißt du, wie diese Wunschteller funktionieren?« Als die Kleine den Kopf schüttelte, holte Marissa ein Stück Pergament und einen Füller heraus. »Denk dir einen Wunsch aus, und ich schreibe ihn auf. Während du schläfst, wird die Jungfrau der Schrift kommen und deinen Wunsch lesen.«

»Aber wenn sie mir den Wunsch nicht erfüllt, heißt das dann, dass ich ein schlechtes Kind bin?«

»O nein. Es heißt einfach nur, dass sie etwas Besseres für dich im Sinn hat. Also, was möchtest du? Du kannst dir wünschen, was du willst. Eiscreme, wenn du aufwachst. Oder noch eine Folge von *Dora?*«

Das kleine Mädchen runzelte angestrengt die Stirn. »Ich möchte, dass meine *Mahmen* aufhört zu weinen. Sie tut so, als würde sie nicht weinen, aber seit ich … die Treppe runtergefallen bin, ist sie so traurig.«

Marissa schluckte, sie wusste sehr gut, dass das Kind sich nicht auf diese Art und Weise das Bein gebrochen hatte. »Ich glaube, das geht in Ordnung. Das schreibe ich auf.«

In den komplizierten Zeichen der Alten Sprache notierte sie mit roter Tinte: *Wenn es gestattet wäre, würde ich mir wünschen, dass meine Mahmen wieder fröhlich ist.*

»Da, siehst du? Wie ist das?«

»Toll.«

»Und jetzt falten wir es und legen es hierhin. Vielleicht wird die Jungfrau der Schrift dir antworten, während du im OP – im grünen Zimmer bist.«

Das Kind drückte seinen Tiger noch fester an sich. »Das wäre schön.«

Als die Schwester hereinkam, stand Marissa auf. Eine Welle der Hitze stieg plötzlich in ihr auf, sie spürte den beinahe gewalttätigen Drang, das Mädchen zu beschützen, sie vor dem zu behüten, was bei ihr zu Hause geschehen war und was nun im OP geschehen würde.

Doch Marissa konnte nur die Mutter anblicken. »Alles wird gut werden.«

Als sie ihr die Hand auf die knochige Schulter legte, erschauerte die Frau zuerst, dann aber ergriff sie ihre Hand, so fest sie konnte.

»Bitte sag mir, dass er nicht hier hereinkommen kann«, raunte die Frau. »Wenn er uns findet, bringt er uns um.«

Marissa flüsterte zurück: »Niemand kann den Aufzug betreten, ohne sich über eine Kamera zu identifizieren. Ihr beide seid hier in Sicherheit. Ich schwöre es.«

Als die Vampirin nickte, ging Marissa hinaus, damit das Kind seine Beruhigungsspritze bekommen konnte.

Draußen auf dem Gang lehnte sie sich an die Wand und fühlte noch mehr Zorn in sich aufsteigen. Dass diese beiden so unter dem Jähzorn eines Mannes leiden mussten, brachte sie so auf, dass sie am liebsten gelernt hätte, eine Schusswaffe zu benutzen.

Gütige Jungfrau, allein der Gedanke, die Frau und ihr Kind wieder in die Welt hinauszuschicken, war furchtbar. Ihr *Hellren* würde sie mit Sicherheit finden, wenn sie die Klinik verließen. Zwar war den meisten Vampiren ihre Partnerin teurer als ihr eigenes Leben, doch hatte es schon immer auch häusliche Gewalt gegeben, und diese Realität war ebenso hässlich wie unleugbar.

Eine Tür, die links von ihr geschlossen wurde, ließ sie den Kopf heben. Havers kam den Flur hinunter, den Kopf in einer Patientenakte vergraben. Merkwürdig ... seine Schuhe waren mit gelben Plastikhüllen überzogen, wie er sie sonst zu einem ABC-Schutzanzug trug.

»Warst du schon wieder in deinem Labor, Brüderchen?«, fragte sie.

Ruckartig hob er den Blick von seiner Akte und schob sich die Hornbrille auf der Nase hoch. Seine fröhliche rote Fliege saß schief am Hals. »Wie bitte?«

Lächelnd deutete sie mit dem Kopf auf seine Schuhe. »Das Labor.«

»Ach so ... ja, war ich.« Er beugte sich herunter, zog die Hüllen von seinen Schuhen und zerknüllte das gelbe Plastik in den Händen. »Marissa, könntest du mir einen Gefallen tun und ins Haus zurückkehren? Ich habe den *Leadhyre* und sieben weitere Mitglieder des *Princeps*-Rats am kommenden Montag zum Essen eingeladen. Das Menü muss perfekt sein. Ich würde ja selbst mit Karolyn sprechen, aber ich muss in den OP.«

»Aber natürlich.« Doch dann schlich sich ein misstrauischer Ausdruck auf Marissas Gesicht, da ihr Bruder regungslos wie eine Statue stehen blieb. »Ist alles in Ordnung?«

»Ja, danke. Geh … geh jetzt. Geh … bitte jetzt.«

Sie war stark versucht nachzuhaken, doch sie wollte ihn nicht von der Operation der Kleinen abhalten, also küsste sie ihn auf die Wange, rückte seine Fliege gerade und ging. An der Doppeltür zum Empfangsbereich jedoch wandte sie sich noch einmal um.

Havers stopfte die Plastikhüllen von seinen Füßen in einen Eimer für Biomüll, auf seinem Gesicht waren tiefe Falten zu sehen. Er holte tief Luft, dann drückte er die Tür zum Vorraum des OP auf.

Ach so, dachte sie, das war es. Die Operation des Mädchens machte ihm zu schaffen. Wer konnte ihm das verdenken?

Sie wandte sich zurück zur Tür … und dann hörte sie die Stiefel.

Sie erstarrte. Nur eine Sorte Mann machte so einen donnernden Lärm, wenn er sich näherte.

Ihr Kopf wirbelte herum, und sie sah Vishous den Flur entlangkommen, den dunklen Kopf gesenkt. Hinter ihm gingen Phury und Rhage, in ähnlich bedrohlicher Haltung. Alle drei strotzten vor Waffen, und Vishous hatte getrocknetes Blut auf der Lederhose und der Jacke. Die Männer wirkten schon auf den ersten Blick furchtbar erschöpft. Aber warum waren sie in Havers' Labor gewesen? Denn das war eigentlich die einzige Räumlichkeit dort hinten.

Die Brüder bemerkten Marissa erst, als sie sie praktisch über den Haufen rannten. Kollektiv blieben sie stehen, die Augen blitzschnell abgewandt, zweifellos weil sie bei Wrath in Ungnade gefallen war.

Gütige Jungfrau, von Nahem sahen sie wirklich furchtbar aus. Krank, aber nicht unwohl, wenn das irgendeinen Sinn ergab.

»Kann ich etwas für euch tun?«, fragte sie.

»Alles wunderbar«, sagte Vishous mit harter Stimme. »Entschuldige uns.«

Der Traum ... Butch im Schnee liegend ... »Ist jemand verletzt? Ist Butch ...«

Vishous zuckte nur die Achseln und schritt an ihr vorbei, dann drückte er die Tür zum Empfangsraum auf. Die anderen beiden lächelten steif und folgten ihm.

Sie ging ihnen mit einigem Abstand nach, am Schwesternzimmer vorbei bis zum Aufzug. Während sie darauf warteten, dass die Türen sich öffneten, legte Rhage Vishous eine Hand auf die Schulter. Der andere Bruder schien zu zittern.

Diese Geste ließ ihre Alarmglocken schrillen, und sobald die Aufzugtüren sich wieder geschlossen hatten, machte Marissa sich auf den Weg in den Klinikflügel, aus dem die drei gerade gekommen waren. Rasch lief sie an dem geräumigen, hell erleuchteten Labor vorbei und steckte ihren Kopf in die sechs älteren Krankenzimmer. Alle waren leer.

Warum waren die Brüder hier gewesen? Vielleicht nur, um mit Havers zu sprechen?

Einem Instinkt folgend ging sie zur Rezeption, loggte sich in den Computer ein und durchsuchte die Aufnahmen. Es war nichts über einen der Brüder oder Butch zu finden, doch das hieß noch gar nichts.

Die Krieger wurden nie registriert, und sehr wahrscheinlich würde mit Butch genauso verfahren, wenn er hier wäre. Was sie wissen wollte, war, wie viele der fünfunddreißig vorhandenen Betten belegt waren.

Die Zahl erschien, und Marissa machte einen schnellen Rundgang durch alle Zimmer. Alles stimmte überein. Nichts Ungewöhnliches zu erkennen. Butch war nicht aufgenommen worden – außer natürlich, er befand sich in einem der anderen Räume im Haupthaus. Manchmal wurden prominente Patienten dort untergebracht.

Marissa raffte ihre Röcke und eilte auf die Hintertreppe zu.

Butch rollte sich zusammen, obwohl ihm nicht kalt war, frei nach der Theorie: Wenn er nur seine Knie hoch genug anzog, würde der Schmerz in seinem Bauch etwas nachlassen.

Na klar. Der heiße Schürhaken in seinen Eingeweiden war von dem Plan überhaupt nicht beeindruckt.

Er zwang seine geschwollenen Augenlider auseinander, und nach einigem Blinzeln und ein paar tiefen Atemzügen kam er zu folgendem Schluss: Er war nicht tot. Er war in einem Krankenhaus. Und irgendwelches Zeug, das ihn zweifellos am Leben erhielt, wurde in seinen Arm gepumpt.

Als er sich ganz vorsichtig umdrehte, machte er noch eine Entdeckung. Sein Körper musste als Sandsack benutzt worden sein. Ach – und irgendetwas war mit seinem Bauch nicht in Ordnung, als wäre seine letzte Mahlzeit ranziges Roastbeef gewesen.

Was zum Henker war mit ihm passiert?

Nur eine Reihe schemenhafter Schnappschüsse kam ihm in den Sinn: Vishous, der ihn im Wald fand. Er selbst mit dem dringenden Bedürfnis, allein zu sterben. Dann eine Messeraktion … irgendwas mit Vs Hand, die hell leuchtete, während er etwas Widerliches aus seinem Körper entfernte ...

Bei dem bloßen Gedanken daran wälzte Butch sich auf die Seite und würgte. In seinem Leib war das Böse gewesen. Die reine, unverdünnte Bosheit. Und der schwarze Schrecken hatte sich immer weiter ausgebreitet.

Mit zitternden Händen zerrte er den Krankenhauskittel hoch, den er trug. »Ach du ... lieber Himmel ...«

Die Haut an seinem Bauch war verfärbt und sah aus wie von einem Brandfleck überzogen. Verzweifelt durchpflügte er sein Gedächtnis, versuchte sich zu erinnern, wie diese Narbe dorthin gekommen war, und was das war. Aber das Ergebnis war eine große, fette Null.

Als alter Cop konnte er nicht aus seiner Haut, also nahm er den Tatort – sprich, seinen Körper – genauer in Augenschein. Er hob eine Hand und stellte fest, dass seine Fingernägel völlig kaputt waren, als hätte man ihm eine Feile oder kleine Metallstifte unter einige davon gehämmert. Ein tiefer Atemzug klärte ihn darüber auf, dass seine Rippen zumindest angeknackst waren. Und seinen zugeschwollenen Augen nach zu urteilen, musste er davon ausgehen, dass sein Gesicht intensive Bekanntschaft mit einem Schlagring gemacht hatte.

Er war gefoltert worden. Und das vor kurzer Zeit.

Wieder durchsuchte er sein Gedächtnis schürfte in seinem Kopf, versuchte den letzten Ort zu rekonstruieren, an dem er gewesen war. Das *ZeroSum*. Er war im *ZeroSum* gewesen, mit ... ach herrje, mit dieser Vampirin. In der Toilette. Schneller, harter, Scheißegal-Sex. Dann hatte er den Club verlassen und ... *Lesser*. Er hatte mit den *Lessern* gekämpft. War angeschossen worden und dann ...

An diesem Punkt kamen seine Erinnerungen ins Trudeln. Schossen über den Rand des Wahnsinns hinaus in einen Abgrund aus Ratlosigkeit.

Hatte er die Bruderschaft verpfiffen? Sie verraten? Hatte er seine besten Freunde den *Lessern* ausgeliefert?

Und was zum Teufel war mit seinem Bauch passiert? Gott, was da in seinen Venen floss, fühlte sich an wie dreckiger Schlamm dank dem, was in seinem Körper geschwärt hatte.

Er ließ sich in die Matratze sinken und atmete eine Weile durch den Mund. Und stellte fest, dass er keinen Frieden fand.

Es war, als wolle sein Gehirn keine Ruhe geben. Ununterbrochen brachte sein Geist wahllos Bilder aus der fernen Vergangenheit hervor. Geburtstage, an denen sein Vater ihn böse anfunkelte und seine Mutter rauchte wie ein Schlot. Weihnachtsfeste, an denen seine Brüder und Schwestern Geschenke bekamen und er nicht.

Heiße Julinächte, die kein Ventilator abkühlen konnte und deren Hitze seinen Vater zum kalten Bier trieb. Das Bier, das seinen Vater dazu trieb, Butch mit geballten Fäusten spezielle Nachrichten zukommen zu lassen.

Erinnerungen, die er seit Jahren verdrängt und vergraben hatte, kehrten zurück, alles unwillkommene Besucher. Er sah seine Schwestern und Brüder, fröhlich, lärmend, auf grünem Gras spielend. Und wusste noch genau, wie er sich gewünscht hatte, so zu sein wie sie, statt immer nur zurückzubleiben, der Spinner, der niemals dazugehören würde.

Und dann – o Gott, nein, nicht diese Erinnerung.

Zu spät. Er sah sich als Zwölfjährigen, dürr und zottelig, auf dem Bürgersteig vor dem Haus der Familie O'Neal im Süden Bostons stehen. Es war ein klarer, wunderschöner Herbstnachmittag gewesen, als er seine Schwester Janie in einen roten Chevette mit Regenbogenstreifen auf der Seite einsteigen sah. Gestochen scharf war das Bild, wie sie ihm durch die Rückscheibe zuwinkte, als sie davonfuhr.

Nun, da die Tür zu dem Albtraum aufgestoßen worden war, konnte er die Horrorshow nicht mehr stoppen. Er erinnerte sich daran, wie die Polizisten an jenem Abend bei ihnen geklingelt hatten und seiner Mutter die Knie nachgaben, als sie ihren Vortrag beendet hatten. Er wusste noch genau, dass die Beamten ihn befragt hatten, weil er der Letzte gewesen war, der Janie lebend gesehen hatte. Er hörte die jüngere Version seiner selbst zu den Uniformierten sagen, dass er die Jungs aus dem Auto nicht gekannt hatte, und dass er seiner Schwester am liebsten gesagt hätte, sie solle nicht einsteigen.

Vor allem aber sah er die Augen seiner Mutter vor sich, in denen ein so ungeheurer Schmerz brannte, dass sie nicht einmal Tränen vergießen konnte.

Dann ein Zeitsprung, zwanzig Jahre später. Wann hatte er zuletzt mit seinen Eltern gesprochen? Oder mit seinen Brüdern und Schwestern? Vor fünf Jahren? Wahrscheinlich. O Mann, seine Familie war so erleichtert gewesen, als er wegzog und sich nach und nach nicht mehr an den Feiertagen blicken ließ.

An der Weihnachtstafel hatten alle anderen zum O'Neal-Familientischtuch gehört, nur er war der Fleck gewesen. Schließlich hatte er die Besuche zu Hause ganz eingestellt und ihnen nur Telefonnummern hinterlassen, unter denen sie ihn erreichen konnten, Nummern, die sie nie gewählt hatten.

Also würden sie es auch nicht erfahren, wenn er jetzt stürbe, oder? Mit Sicherheit wusste Vishous alles über den O'Neal-Clan, bis hin zu ihren Sozialversicherungsnummern und Kontoauszügen, aber Butch hatte nie über sie gesprochen. Würde die Bruderschaft sie anrufen? Was würden sie sagen?

Butch sah an sich herunter und wusste, es bestand eine reelle Chance, dass er diesen Raum nicht lebend verlassen würde. Sein Körper sah denjenigen ziemlich ähnlich, die er während seiner Zeit bei der Mordkommission zu Gesicht bekommen hatte, der Sorte, die von Sonntagsspaziergängern im Wald aufgefunden wurde. Klar. Dort hatte man ja auch ihn gefunden. Weggeworfen. Missbraucht. Zum Sterben abgelegt.

Ähnlich wie Janie.

Ganz genau wie Janie.

Jetzt schloss er die Augen und schwebte dem Schmerz in seinem Körper weg. Und zwischen all der Qual und dem Dreck hatte er eine Vision von Marissa, wie sie in jener ersten Nacht ausgesehen hatte. Das Bild war so lebendig, dass er beinahe ihren Meeresduft riechen konnte und alles wieder deutlich vor sich sah: ihr zartes gelbes Kleid, das Haar über den Schultern, den zitronenfarbenen Salon, in dem sie zusammen gewesen waren. Für ihn war sie die Unvergessliche, die Eine, die er nie hatte und niemals haben würde, die aber dennoch bis in sein Innerstes vorgedrungen war.

Mann, er war ja so was von müde.

Er schlug die Augen auf und machte sich an die Arbeit, ehe er noch begriff, was er da eigentlich tat. Zuerst riss er sich das Klebeband vom Unterarm, wo der Zugang gelegt war. Die Nadel herauszuziehen war leichter, als er gedacht hatte. Andererseits tat ihm alles so weh, dass dieser kleine Schmerz nur ein Tropfen auf den heißen Stein war.

Hätte er die Kraft besessen, dann hätte er sich etwas mit ein bisschen mehr Power gesucht, um sich um die Ecke zu bringen. Aber die Zeit – die Zeit war die Waffe, die er einsetzen würde, denn die stand ihm zur freien Verfügung. Und so mies, wie er sich fühlte, würde es bestimmt nicht lange dauern. Er konnte seine inneren Organe praktisch den Geist aufgeben hören.

Er schloss die Augen und ließ los. Nur vage drang ihm ins Bewusstsein, dass die Maschinen hinter dem Bett Alarm schlugen. Da er von Natur aus ein Kämpfer war, überraschte ihn die Leichtigkeit, mit der er aufgab, selbst. Doch dann rollte eine riesenhafte Welle der Erschöpfung über ihn hinweg. Instinktiv wusste er, dass das nicht die Erschöpfung des Schlafes war, sondern die des Todes, und er war froh, dass sie so schnell kam.

Befreit schwebte er über allem und stellte sich vor, er stünde am Anfang eines langen, hellen Ganges, an dessen Ende sich eine Tür befand. Vor diesem Eingang stand Marissa; sie lächelte ihn an und öffnete ihm die Tür zu einem weißen Zimmer voller Licht.

Seine Seele entspannte sich, während er tief einatmete und anfing vorwärtszugehen. Gern hätte er geglaubt, in den Himmel zu kommen, trotz all der schlimmen Dinge, die er getan hatte. Insofern war die Vision nur folgerichtig.

Ohne Marissa wäre es nicht das Paradies.

6

Vishous stand auf dem Klinikparkplatz und blickte Rhage und Phury nach, die in dem schwarzen Mercedes wegfuhren. Sie würden Butchs Handy in der Seitenstraße hinter dem *Screamer's* suchen, dann den Escalade beim *ZeroSum* abholen und nach Hause fahren.

Es verstand sich von selbst, dass V heute Nacht nicht noch einmal losziehen würde. Die Nachwirkungen des Bösen, mit dem er in Kontakt gekommen war, schwächten seinen Körper. Doch schlimmer noch – Butch in diesem Zustand, ihn halb tot zu sehen, hatte ihm eine innere Verletzung zugefügt. Er fühlte sich, als wäre ein Teil von ihm aus den Fugen geraten, als stünde in seinem Inneren eine Luke offen, und Bruchstücke seiner selbst entkämen aus seinem Zentrum.

Eigentlich hatte er dieses Gefühl schon länger, seit seine Visionen ihn im Stich gelassen hatten. Aber diese Horrornacht machte es noch so viel schlimmer.

Ruhe. Er musste unbedingt allein sein. Allerdings war ihm die Vorstellung, in die Höhle zu fahren, unerträglich. Die Stille dort, die leere Couch, auf der Butch für gewöhnlich saß, das bedrückende Wissen, dass etwas fehlte, würde er nicht aushalten.

Also ging er zu dem Ort, den er vor aller Welt geheim hielt. Dreißig Stockwerke hoch in der Luft nahm er wieder Gestalt an und materialisierte sich auf der Terrasse seines Penthouses im *Commodore*. Der Wind heulte, und das fühlte sich gut an, er biss durch seine Kleider, ließ ihn wenigstens etwas anderes fühlen außer dem klaffenden Loch in seiner Brust.

Er ging zum Rand der Terrasse. Die Arme an der Kante abgestützt, blickte er an dem Wolkenkratzer hinab nach unten auf die Straßen. Da waren Autos. Menschen, die in die Hotellobby gingen. Jemand, der eine Hand in ein Taxifenster streckte und den Fahrer bezahlte. So normal. So völlig normal.

Und gleichzeitig starb er hier oben einen kleinen Tod.

Butch würde es nicht schaffen. Omega war in ihm gewesen; das war die einzige Erklärung für das, was man ihm angetan hatte. Und obwohl das Böse aus ihm entfernt worden war, musste die Verseuchung tödlich sein, und niemand konnte daran etwas ändern.

V rieb sich das Gesicht. Was zum Henker sollte er ohne diesen klugscheißenden, fluchenden, Scotch inhalierenden Mistkerl nur anfangen? Dieser raue Bursche schaffte es irgendwie, die Kanten des Lebens abzuschleifen, wahrscheinlich, weil er selbst wie Schleifpapier war, ein kratziges, beständiges Reiben, das alles am Ende glatter machte.

V wandte sich von dem hundert Meter tiefen Abgrund ab. Er ging zu einer Tür, zog einen goldenen Schlüssel aus der Tasche und steckte ihn ins Schloss. Dieses Penthouse war sein ganz privater Raum, für seine ganz privaten … Unternehmungen. Und der Duft der Frau, die er vorige Nacht gehabt hatte, hing noch in der Dunkelheit.

Durch seinen bloßen Willen ließ er die Kerzen aufflackern. Die Wände und die Decke und die Fußböden waren schwarz, und dieses chromatische Vakuum absorbierte das Licht, saugte es ein, fraß es auf. Das einzige echte Möbelstück war ein riesiges Bett, das mit schwarzem Satin bezogen war. Aber er verbrachte nicht besonders viel Zeit auf der Matratze.

Die Streckbank war mehr sein Ding. Die Streckbank mit der harten Oberfläche und den Fesseln. Und auch die Spielzeuge, die danebenhingen, benutzte er: die Lederriemen, die Rohrstöcke, den Ballknebel, die Halsbänder und Stacheln, die Peitschen – und immer die Masken. Er brauchte die Frauen anonym, musste ihre Gesichter bedecken, so wie er ihre Körper fesselte. Sie durften nichts anderes sein als ein Werkzeug für seine perversen Spiele.

Er war verderbt, was Sex betraf, und er wusste es auch. Aber nachdem er vieles ausprobiert hatte, hatte er endlich gefunden, was bei ihm funktionierte. Und glücklicherweise gab es Frauen, denen gefiel, was er mit ihnen machte, die danach lechzten, wie er nach der Befreiung lechzte, die er empfand, wenn er sie einzeln oder paarweise unterwarf.

Nur … heute Nacht fühlte er sich beim Anblick seiner Spielwiese schmutzig. Vielleicht lag es daran, dass er nur herkam, wenn er bereit war, seine Utensilien auch zu benutzen. Daher hatte er sich nie wirklich hier umgesehen, wenn er klar im Kopf war.

Sein Handy schreckte ihn aus seinen Gedanken. Als er die Nummer auf dem Display sah, wurde ihm schwarz vor Augen. Havers. »Ist er tot?«

Havers sprach mit seiner professionellen, einfühlsamen Arztstimme. Was unmissverständlich darauf hindeutete, dass Butchs Leben an einem seidenen Faden hing. »Er hatte einen Herzstillstand, Sire. Er hat sich die

Infusion herausgezogen, und seine Werte sind daraufhin stark abgesunken. Wir konnten ihn zurückholen, aber ich weiß nicht, wie lange er noch durchhält.«

»Kannst du ihn fixieren?«

»Das habe ich schon. Aber ich möchte, dass du vorbereitet bist. Er ist nur ein Mensch ...«

»Nein, ist er *nicht.*«

»O ... natürlich, Sire, aber ich meinte das nicht ...«

»Verdammter Mist. Hör mal, ich komme zurück. Ich will bei ihm sein.«

»Mir wäre es lieber, wenn du das nicht tätest. Er regt sich immer auf, wenn jemand im Raum ist, und das macht die Sache nicht besser. Im Augenblick ist sein Zustand so stabil, wie ich ihn bekommen kann, und er ist so schmerzfrei wie nur möglich.«

»Ich will nicht, dass er allein stirbt.«

Eine kleine Pause entstand. »Sire, wir alle sterben allein. Selbst wenn du bei ihm im Zimmer wärest, würde er doch am Ende ... allein in den Schleier gehen. Er braucht unbedingte Ruhe, damit sein Körper sich entscheiden kann, ob er sich noch einmal erholen wird. Wir tun für ihn, was wir können.«

V legte sich eine Hand über die Augen. Mit einer kläglichen Stimme, die er selbst gar nicht erkannte, sagte er: »Ich will nicht ... ich will ihn nicht verlieren. Ich, äh ... ich wüsste nicht, was ich täte, wenn er ...« Er hüstelte. »Ach, Mist.«

»Ich werde für ihn sorgen wie für mein eigen Fleisch und Blut. Gib ihm einen Tag, um sich zu stabilisieren.«

»Gut, dann morgen bei Einbruch der Nacht. Und du rufst mich an, falls sich sein Zustand verschlechtert.«

V legte auf und starrte unverwandt in eine der brennenden Kerzen. Über dem schwarzen Wachs schlängelte sich die kleine Flamme mit den Luftströmungen im Raum.

Die Flamme machte ihn nachdenklich. Das helle Gelb war so … na ja, es hatte Ähnlichkeit mit blondem Haar, fand er.

Er zerrte sein Handy heraus. Havers hatte unrecht, was die Besucherfrage anging. Es hing einfach nur davon ab, wer der Besucher war. Oder die Besucherin.

Noch während er wählte, verabscheute er sich dafür, diese letzte Option zu nutzen, die ihm offenstand. Und wusste, dass das, was er hier tat, vermutlich nicht ganz fair war. Und wahrscheinlich einen Haufen Probleme verursachen würde. Aber wenn ein enger Freund den Tango mit dem Sensenmann tanzte, dann wurden eine ganze Menge Dinge plötzlich scheißegal.

»Herrin?«

Marissa blickte vom Schreibtisch ihres Bruders auf. Die Sitzordnung für das *Princeps*-Abendessen lag vor ihr, aber sie konnte sich nicht darauf konzentrieren. Ihre ganze Suche in der Klinik und im Haus hatte kein Ergebnis gebracht. Mittlerweile schrie alles in ihr danach, dass etwas nicht stimmte.

Sie zwang sich zu einem Lächeln für die *Doggen* im Türrahmen. »Ja, Karolyn?«

Die Dienerin verneigte sich. »Ein Anruf für Euch. Auf Leitung eins.«

»Danke.« Wieder neigte die *Doggen* den Kopf und ließ Marissa dann allein. »Ja?«, fragte sie in den Hörer.

»Er ist in dem Zimmer unten neben dem Labor.«

»Vishous?« Sie sprang auf. »Was …«

»Geh durch die Tür mit der Aufschrift PUTZZEUG. Auf der rechten Seite befindet sich eine Tafel, die du aufdrückst. Vergiss nicht, einen ABC-Anzug überzuziehen, bevor du zu ihm gehst …«

Butch … o mein Gott. *Butch.* »Was …«

»Hast du mich verstanden? Zieh dir den Schutzanzug an, und behalt ihn auch an.«

»Was ist pa…«

»Autounfall. Geh. Jetzt sofort. Er stirbt.«

Marissa ließ den Hörer fallen und eilte aus dem Zimmer. Beinahe hätte sie Karolyn draußen in der Halle umgerannt.

»Herrin! Was ist denn los?«

Marissa schoss durch das Speisezimmer, drückte die Butlertür auf und taumelte in die Küche. In der Kurve zur Hintertreppe verlor sie einen ihrer hohen Schuhe, also schüttelte sie den anderen auch ab und rannte auf Strümpfen weiter. Am Fuß der Stufen tippte sie den Sicherheitscode zum Hintereingang der Klinik ein und stürzte in den Warteraum der Notaufnahme.

Schwestern riefen ihr hinterher, doch sie achtete gar nicht darauf, sondern hastete weiter in den Flur zum Labor. Sie fand die Tür mit der Aufschrift PUTZZEUG und riss sie auf.

Keuchend sah sie sich um … nichts. Nur Schrubber und leere Eimer und Kittel. Aber Vishous hatte ja auch gesagt …

Moment mal. Auf dem Fußboden waren ganz schwache Rillen zu erkennen, ein kleines Muster von Abnutzungsspuren, die auf eine verborgene Tür deuteten. Sie schob die Kittel aus dem Weg und fand eine flache Tafel. Verzweifelt bearbeitete sie sie mit den Fingernägeln und bekam sie schließlich auf. Sie runzelte die Stirn. Dahinter lag ein schwach beleuchteter Beobachtungsraum mit einer Hightech-Computeranlage und Überwachungsmonitoren. Im blauen Schein eines der Bildschirme entdeckte sie ein Krankenhausbett. Und darauf lag ein Mann mit ausgestreckten Armen und Beinen, fixiert durch Schläuche und Drähte, die in seinem Körper steckten. *Butch.*

Ohne zu zögern, stürmte sie an den gelben Schutzanzügen und Gesichtsmasken neben der Tür vorbei und in den Raum hinein. Die Luftschleuse öffnete sich mit einem Zischen.

»Gütige Jungfrau im Schleier …« Ihre Hand legte sich auf ihren Hals.

Er lag eindeutig im Sterben. Sie konnte es spüren. Aber da war noch etwas anderes – etwas Furchtbares, etwas, das ihren Überlebensinstinkt auslöste, als stünde ein Angreifer mit einer gezückten Waffe vor ihr. Ihr Körper wollte wegrennen, flüchten, sich in Sicherheit bringen.

Doch ihr Herz trug sie an das Bett. »O mein Gott.«

Der OP-Kittel bedeckte seine Arme und Beine nicht, und es schien, als hätte er am ganzen Körper Prellungen und Wunden. Und sein Gesicht war völlig zerschlagen.

Als er aufstöhnte, wollte sie seine Hand nehmen – gütiger Himmel, hier auch. Seine Finger waren an den Spitzen geschwollen, die Haut violett, und einige der Nägel fehlten.

Sie wollte ihn berühren, aber sie wusste nicht, wo. »Butch?«

Beim Klang ihrer Stimme lief ein Ruck durch seinen Körper, und er schlug die Augen auf. Zumindest eins davon.

Er richtete den Blick auf sie, und der Anflug eines Lächelns zupfte an seinen Lippen. »Du bist zurück. Ich habe dich ... gerade in der Tür gesehen.« Seine Stimme klang schwach, ein blechernes Echo seines normalen Basses. »Ich habe dich dort ... gesehen und dann aber ... wieder verloren. Aber hier bist du ja.«

Sachte setzte sie sich auf die Bettkante und überlegte, für welche der Schwestern er sie wohl hielt. »Butch ...«

»Wo ist ... dein gelbes Kleid hin?« Seine Worte waren schwer verständlich, da sich sein Mund kaum bewegte, so als wäre sein Kiefer gebrochen. »Du warst so wunderschön ... in diesem gelben Kleid ...«

Eindeutig eine Schwester. Diese Anzüge, die da neben der Tür hingen, waren gel... *Ach du grüne Neune.* Sie hatte keinen übergezogen. Falls sein Immunsystem geschwächt war, brauchte er Schutz.

»Butch, ich gehe nur schnell raus und hole ...«

»Nein ... lass mich nicht allein ... geh nicht ...« Seine Hände begannen sich in der Fixierung zu winden, die Lederbänder knarrten. »Bitte ... lieber Gott ... lass mich nicht allein ...«

»Ist ja gut, ich komme gleich wieder.«

»Nein ... Frau ... ich liebe ... gelbes Kleid ... lass mich nicht allein ...«

Ratlos beugte sie sich herunter und legte ihm die Hand auf die Wange. »Ich lasse dich nicht allein.«

Mühsam schob er sein geschwollenes Gesicht an ihre Finger heran, die aufgesprungenen Lippen strichen über ihre Haut, als er flüsterte: »Versprich es mir.«

»Ich ...«

Die Luftschleuse zischte erneut, und Havers kam in den Raum gestürzt, als hätte man ihn aus einer Kanone geschossen. Und durch die gelbe Maske, die er trug, konnte man das Entsetzen in seinem Blick deutlich erkennen.

»Marissa!« Er schwankte in seinem Schutzanzug, die Stimme gedämpft und panisch. »Gütige Jungfrau im Schleier, was machst du … du müsstest einen Schutzanzug tragen!«

Auf dem Bett begann Butch zu zappeln, und sie streichelte sanft seinen Unterarm. »Sch-sch, ich bin ja da.« Als er sich wieder etwas beruhigt hatte, sagte sie: »Ich ziehe jetzt sofort einen an …«

»Du hast ja keine Ahnung! Lieber Himmel!« Havers bebte am gesamten Körper. »Nun bist du in Gefahr. Du könntest verseucht sein.«

»Verseucht?« Sie sah Butch verwirrt an.

»Du musst es doch gespürt haben, als du hier hereingekommen bist!« Ein Sturzbach von Worten kam über Havers' Lippen, von denen sie kein einziges wirklich wahrnahm.

Während ihr Bruder immer weitersprach, richteten sich ihre Gedanken neu aus, die Zahnräder griffen ineinander. Es spielte keine Rolle, dass Butch keine Ahnung hatte, wer sie war. Wenn diese Verwechslung seinen Kampfeswillen aufrecht hielt und ihn damit leben ließ, dann war das alles, was zählte.

»Marissa, hörst du mich nicht? Du bist vers…«

Sie warf einen Blick über die Schulter. »Tja, wenn ich jetzt verseucht bin, dann heißt das wohl, dass ich hier bei ihm bleibe.«

7

John Matthew nahm die Kampfhaltung ein und festigte seinen Griff um den Dolch. Auf der gegenüberliegenden Seite der Trainingshalle, jenseits eines Meeres blauer Matten, hingen drei Sandsäcke. Er konzentrierte sich, und vor seinem inneren Auge verwandelte sich der mittlere davon in einen *Lesser*. Er stellte sich das weiße Haar vor und die blassen Augen und die bleiche Haut, die ihn in seinen Träumen heimsuchten. Dann rannte er los. Die nackten Füße klatschten auf die dicken Plastikmatten.

Sein schmächtiger Körper besaß weder Geschwindigkeit noch Kraft, aber sein Wille war enorm. Und irgendwann innerhalb des kommenden Jahres würde der Rest von ihm zur Stärke seines Hasses aufholen. Er konnte kaum erwarten, dass endlich seine Transition begann.

Die Klinge hoch über den Kopf erhoben, öffnete er den Mund zu einem Kriegsgeheul. Nichts kam heraus, da er stumm war, aber er stellte sich vor, einen Riesenlärm zu veranstalten.

So wie er das sah, hatten die *Lesser* seine Eltern getötet. Tohr und Wellsie hatten ihn bei sich aufgenommen, ihm erklärt, was er wirklich war, ihm die einzige Liebe gegeben, die er je erfahren hatte. Als diese Bastarde Wellsie ermordet hatten und Tohr daraufhin verschwand, blieb John nichts als seine Rache – Rache für sie und das andere unschuldige Leben, das im Januar verloren worden war.

John näherte sich dem Sandsack frontal, die Arme hoch erhoben. Im letzten Moment duckte er sich, rollte sich über die Matte ab, kam blitzschnell mit dem Messer wieder hoch und traf den Sack von unten mit dem Messer. Wenn das eine echte Kampfsituation gewesen wäre, hätte die Klinge den *Lesser* in die Eingeweide getroffen. Tief hinein.

Er drehte den Griff herum.

Dann sprang er auf die Füße und wirbelte herum. In seiner Fantasie fiel der Untote auf die Knie und hielt sich das Loch in seinem Unterleib. Nun stach er von oben auf den Sandsack ein, wobei er sich vorstellte, die Klinge hinten in seinem Nacken zu versenken …

»John?«

Keuchend schnellte er herum.

Die Frau, die auf ihn zukam, brachte ihn zum Zittern – und das nicht nur, weil sie ihn zu Tode erschreckt hatte. Es war Beth Randall, die Königin, die Halb-Vampirin, die außerdem seine Schwester war, zumindest laut eines Bluttests. Seltsamerweise nahm sich sein Kopf immer eine kleine Auszeit, wenn sie in der Nähe war, und sein Gehirn bekam einen Krampf; aber wenigstens fiel er nicht mehr in Ohnmacht. Was seine erste Reaktion auf sie gewesen war.

Nun lief Beth über die Matten, eine große, schlanke Frau in Jeans und weißem Rolli, das dunkle Haar von exakt derselben Farbe wie seins. Als sie näher kam, konnte er Wraths Bindungsduft an ihr riechen, das dunkle Aroma ihres *Hellren*. John vermutete, dass die Kennzeichnung beim Sex geschah, da der Geruch immer am stärksten war, wenn sie aus ihrem Schlafzimmer kamen.

»John, möchtest du dich zur letzten Mahlzeit der Nacht zu uns setzen?«

Ich muss hierbleiben und üben, bedeutete er mit den Händen. Jeder im Haushalt hatte inzwischen die Zeichensprache gelernt, und dieses Zugeständnis an seine Schwäche, an seine fehlende Stimme, verdross ihn. Er wünschte, sie müssten so etwas nicht für ihn tun. Er wünschte, er wäre normal.

»Wir würden dich gern sehen. Und du verbringst so viel Zeit hier.«

Training ist wichtig.

Sie beäugte die Klinge in seiner Hand. »Andere Dinge aber auch.«

Als er sie nur weiter anstarrte, blickten sich ihre dunkelblauen Augen in der Halle um, als suchten sie nach einem überzeugenden Argument.

»Bitte, John, wir ... machen uns Sorgen um dich.«

Es gab eine Zeit, vor etwa drei Monaten, da hätte er sich über diese Worte von ihr gefreut. Von jedem. Aber jetzt nicht mehr. Er wollte nicht, dass sie sich um ihn sorgte. Er wollte, dass sie ihm aus dem Weg ging.

Er schüttelte den Kopf, und sie seufzte tief auf. »In Ordnung. Ich stelle dir etwas zu essen ins Büro, ja? Bitte ... iss etwas.«

Er neigte den Kopf einmal, und als sie die Hand hob, wie um ihn anzufassen, trat er beiseite. Ohne ein weiteres Wort wandte sie sich ab und ging zurück über die blauen Matten.

Die Tür schloss sich hinter ihr, und John trabte wieder zum anderen Ende der Halle und kauerte sich hin.

Als er erneut losstürmte, hob er die Klinge, so hoch er konnte, sein grenzenloser Hass verlieh seinen Armen und Beinen Kraft.

Mr. X trat um die Mittagszeit in Aktion. Er marschierte in die Garage des Hauses, in dem er seine Akkus wieder auflud, und stieg in den unauffälligen Minivan, der ihm inmitten von Caldwells menschlichem Verkehr als Tarnung diente.

Er hatte kein Interesse an dieser Aufgabe; aber wenn der Meister einen Befehl gab und man der Haupt-*Lesser* war, dann gehorchte man. Entweder das, oder man wurde gefeuert. Das aber hatte Mr. X schon einmal hinter sich gebracht, und es war kein Vergnügen gewesen: Von Omega die Entlassungspapiere zu bekommen war ungefähr so spaßig, wie einen Stacheldrahtsalat zu verspeisen.

Dass Mr. X überhaupt wieder zurück auf dem beschissenen Planeten war und sich erneut in dieser Rolle fand, war für ihn selbst immer noch ein Schock. Aber offenbar hatte der Meister das Personalkarussell unter den Haupt-*Lessern* sattgehabt und wollte bei einem Mann bleiben. Da Mr. X scheinbar seit fünfzig oder sechzig Jahren der Beste in dem Haufen gewesen war, hatte man ihn zu einer weiteren Runde einberufen.

Neu aufgelegt aus der Hölle.

Also ging er heute an die Arbeit. Lustlos steckte er den Schlüssel in die Zündung, er war nicht mehr die Führungspersönlichkeit, die er einst gewesen war. Aber es war auch schwer, sich in dieser Situation zu motivieren; er konnte nur verlieren. Omega würde wieder stinksauer werden, und seinen Zorn an seiner Nummer eins auslassen. Das war unausweichlich.

In der hellen Mittagssonne lenkte Mr. X den Wagen aus der fröhlichen Wohnsiedlung heraus, vorbei an Monopoly-Häusern, die in den späten Neunzigerjahren entstanden waren. Sie alle sahen gleich aus, der gemeinsame Genpool an architektonischen Merkmalen machte sie zu Variationen von Puppenhäusern. Große Terrassen mit etwas Außenstuckverzierung. Viele, viele Plastikfensterläden. Viel, viel jahreszeitliche Deko, momentan zum Thema Ostern.

Das perfekte Versteck für einen *Lesser:* Ein Dornengebüsch aus überforderten Hausfrauen-Mamis und gestressten Karriere-Papis.

Mr. X fuhr über die Lily Lane auf die Route 22. Am Stoppschild hielt er an. Sein GPS zeigte ihm den genauen Punkt im Wald an, den er nach Omegas Willen aufsuchen sollte. Die Fahrtzeit betrug zwölf Minuten, und das war gut. Der Meister war höchst ungeduldig, er wollte unbedingt herausfinden, ob sein Plan mit dem trojanischen Menschen funktioniert hatte, begierig zu erfahren, ob die Bruderschaft ihren kleinen Spielgefährten wieder bei sich aufgenommen hatte.

Mr. X dachte an den Burschen, er war sich ganz sicher, ihm schon einmal begegnet zu sein. Doch obwohl er angestrengt überlegte, wo und wann, spielte das heute überhaupt keine Rolle. Und es hatte auch keine Rolle gespielt, als Mr. X den Mistkerl bearbeitet hatte.

Mannomann, war der Typ ein harter Brocken gewesen. Nicht ein Wort über die Bruderschaft war über seine Lippen gekommen, egal, was er mit ihm angestellt hatte. Mr. X war beeindruckt gewesen. Ein Typ wie der wäre eine echte Waffe, wen man ihn umdrehen könnte.

Oder vielleicht war das auch längst geschehen. Vielleicht war dieser Mensch jetzt einer von ihnen.

Kurze Zeit später parkte Mr. X den Chrysler Town & Country auf dem Seitenstreifen der Route 22 und marschierte in den Wald. In einem bizarren Märzsturm war gestern Nacht noch einmal Schnee gefallen, der nun die Äste polsterte, als hätten sich die Bäume zum Footballspielen verabredet. Eigentlich ganz hübsch. Wenn man auf dem Naturtrip war.

Je weiter er durch den Wald lief, desto weniger brauchte er das Navigationsgerät, denn er konnte die Essenz seines Meisters spüren, so deutlich, als liefe Omega vor ihm. Vielleicht war der Mensch doch nicht von den Brüdern abgeholt worden ...

Na, sieh mal einer an.

Als Mr. X eine Lichtung erreichte, entdeckte er einen versengten runden Fleck auf dem Boden. Die Hitze, die dort aufgelodert war, musste groß genug gewesen sein, um den Schnee zu schmelzen und den Boden matschig werden zu lassen, bevor er wieder gefror. Im ganzen Umkreis hingen Überreste von Omegas Anwesenheit in der Luft, wie der Gestank von Müllsäcken im Sommer, noch lange nachdem sie abgeholt wurden. Er atmete durch die Nase ein. Ja, genau, etwas Menschliches schwang auch in der Mischung mit.

Heilige Scheiße. Sie hatten den Kerl getötet. Die Bruderschaft hatte diesen Menschen vernichtet. Interessant. Nur ... warum hatte Omega nicht gewusst, dass der Mann tot war? Vielleicht hatte er nicht genug von ihm in sich gehabt, um nach Hause zum Meister gerufen zu werden?

Diese Nachricht würde Omega überhaupt nicht gefallen. Er war allergisch auf Misserfolge: Sie machten ihn nervös. Und Nervosität führte zu schlimmen Dingen für Haupt-*Lesser*.

Mr. X kniete sich auf die verdorrte Erde und beneidete den Menschen glühend. Was für ein Glückspilz. Wenn ein *Lesser* ins Gras biss, dann erwartete ihn auf der anderen Seite endloses Elend, ein Horrortrip, die christliche Vorstellung der Hölle hoch zehn: Wurde ein *Lesser* getötet, kehrte er zurück in die Venen von Omegas Körper. Dort kreiste und kreiste er in einer bösen Brühe zusammen mit anderen toten *Lessern* und wurde zu genau dem Blut, das der Meister während der Aufnahmezeremonie in ein neues Mitglied der Gesellschaft pumpte. Und für die wiederhergestellten *Lesser* nahmen die brennende Kälte und der beißende Hunger und der zermürbende Druck kein Ende, denn man blieb bei Bewusstsein. Bis in alle Ewigkeit.

Mr. X überlief ein Schauer. Zu Lebzeiten war er Atheist gewesen, hatte den Tod als Schlusspunkt betrachtet. Jetzt, als *Lesser*, wusste er ganz genau, was ihn erwartete, wenn der Meister die Geduld verlor und ihn wieder feuerte.

Und doch gab es Hoffnung. Mr. X hatte ein kleines Schlupfloch entdeckt, vorausgesetzt, die Puzzleteile fügten sich richtig zusammen.

Mit ein bisschen Glück hatte er einen Weg aus Omegas Welt gefunden.

8

Butch brauchte drei lange Tage, um aufzuwachen, und er tauchte aus dem Koma auf wie eine Boje aus dem Wasser, stieg aus den Tiefen des Nichts hoch und tanzte auf der Oberfläche des Realitätssees aus Geräuschen und Anblicken. Irgendwann gelang es ihm, zu rekonstruieren, dass er auf eine weiße Wand vor sich starrte und im Hintergrund ein leises Piepsen hörte.

Krankenhaus. Genau. Und die Fesseln um Arme und Beine waren jetzt weg.

Nur so aus Spaß drehte er sich auf den Rücken und drückte Kopf und Schultern vom Bett hoch. Diese aufrechte Position behielt er bei, er mochte das Gefühl, dass der ganze Raum sich drehte. Das lenkte ihn von dem bunten Reigen von Schmerzen und Beschwerden in seinem Körper ab.

Mannomann, er hatte schräge, wunderbare Träume gehabt. Marissa, die an seinem Bett saß und ihn pflegte. Seinen Arm, sein Haar, sein Gesicht streichelte. Ihm zuflüsterte, er solle bei ihr bleiben. Ihre Stimme war es gewesen, die ihn in seinem Körper gehalten hatte, die ihn von dem weißen Licht ferngehalten hatte, das eindeutig die Tür zum Jenseits gewesen sein musste. Wie jeder Idiot wusste, der *Poltergeist* gesehen hatte. Für sie hatte er durchgehalten und dem stetigen, kräftigen

Schlagen seines Herzens nach zu urteilen, würde er es schaffen.

Nur, dass natürlich die Träume alle ein Schwindel gewesen waren. Sie war nicht hier, und jetzt steckte er wieder in seiner Haut fest, bis ihn das nächste krasse Erlebnis zu Boden warf.

Typisch, er musste natürlich trotzdem weiteratmen.

Jetzt blickte er an dem Infusionsbeutelhalter hoch. Beäugte den Katheter. Drehte den Kopf seitlich, wo offenbar ein Badezimmer war. Dusche. O Gott, er würde sein linkes Ei für eine Dusche geben.

Als er seine Beine zur Seite schob, war ihm durchaus bewusst, dass das, was er vorhatte, vermutlich keine so tolle Idee war. Aber er sagte sich, während er den Katheterbeutel neben die Infusionen hängte, dass zumindest das Karussell zum Stehen gekommen war.

Ein paar tiefe Atemzüge, dann ergriff er den Infusionshalter als Stütze.

Seine Füße trafen auf den kalten Boden. Das Gewicht verlagerte sich auf die Beine.

Seine Knie gaben postwendend nach.

Als er zurück auf das Bett fiel, wusste er, dass er es niemals ins Bad schaffen würde. Ohne Hoffnung auf heißes Wasser wandte er den Kopf herum und schielte mit nackter Begierde in Richtung der Dusche …

Butch schnappte nach Luft, als hätte er einen Schlag auf den Hinterkopf bekommen.

In der Ecke auf dem Boden lag Marissa, seitlich zusammengerollt. Ihr Kopf ruhte auf einem Kissen, und ein wunderschönes Kleid aus blassblauem Chiffon ergoss sich über ihre Beine. Überall um sie herum lag ihr Haar ausgebreitet, dieser unglaubliche Wasserfall aus hellem Blond, dieser romantische Strom aus welligen Strähnen.

O Gott. Sie war tatsächlich bei ihm gewesen. Sie hatte ihn wahrlich gerettet.

Ganz neue Kräfte strömten in seinen Körper, als er aufstand und über das Linoleum schlingerte. Er wollte sich hinknien, wusste aber, dass er vermutlich nicht wieder hochkäme; also blieb er einfach neben ihr stehen.

Warum war sie hier? Das Letzte, an das er sich im Zusammenhang mit ihr erinnerte, war, dass sie nichts von ihm wissen wollte. Sie hatte ihn ja nicht einmal sehen wollen, als er vergangenen September in der Hoffnung auf … alles zu ihr gekommen war.

»Marissa?« Seine Stimme war völlig im Eimer, und er musste sich erst räuspern. »Marissa, wach bitte auf.«

Ihre Lider flatterten, und wie vom Blitz getroffen setzte sie sich auf. Ihre Augen, diese hellblauen, leuchtenden Augen, begegneten seinen. »Du wirst stürzen!«

Gerade als sein Körper anfing zu kippen und er Übergewicht nach hinten bekam, sprang sie auf die Füße und fing ihn auf. Trotz ihres zarten Körpers hielt sie ihn mit Leichtigkeit, was ihn wieder daran erinnerte, dass sie kein Mensch und wahrscheinlich stärker als er selbst war. Sie half ihm zurück ins Bett und deckte ihn zu. Dass er schwach wie ein kleines Kind war und sie ihn gezwungenermaßen auch so behandelte, verletzte seinen Stolz.

»Warum bist du hier?« Sein Ton war so scharf wie seine Beschämung.

Da sie ihm nicht in die Augen sah, wusste er, dass ihr die Situation genauso unangenehm war. »Vishous sagte mir, du seiest verletzt.«

Aha, also hatte V ihr ein schlechtes Gewissen eingeredet, damit sie hier die Florence-Nightingale-Nummer abzog. Dieser Mistkerl wusste, dass Butch völlig vernarrt in die Frau war, und dass der Klang ihrer Stimme ihn zurückbringen würde. Aber Marissa geriet damit in eine unmögliche Lage, als widerstrebende Leine des sprichwörtlichen Rettungsbootes.

Butch knurrte, als er sein Gewicht verlagerte. Und auch wegen seines angeknacksten Stolzes.

»Wie fühlst du dich?«, erkundigte sie sich.

»Besser.« Vergleichsweise. Allerdings wäre vom Bus überfahren zu werden auch ein Pappenstiel gegen das, was der *Lesser* mit ihm gemacht hatte. »Du brauchst also nicht zu bleiben.«

Ihre Hand rutschte langsam von der Decke, und sie machte einen langsamen Atemzug, ihre Brüste hoben sich unter dem kostbaren Mieder ihrer Robe. Als sie die Arme um sich schlang, nahm ihr Körper eine elegante S-Pose an.

Er wandte den Blick ab, beschämt, weil ein Teil von ihm ihr Mitleid ausnutzen und sie bei sich behalten wollte. »Marissa, du kannst jetzt gehen, wenn du willst.«

»Nein, das kann ich nicht.«

Er runzelte die Stirn und warf ihr einen schnellen Blick zu. »Warum denn nicht?«

Ein Zischen ertönte, und ein Alien kam in den Raum spaziert. Die Gestalt trug einen gelben Anzug und eine Atemmaske. Das Gesicht hinter dem durchsichtigen Plastik war weiblich, die Züge aber verschwommen.

Voller Entsetzen sah Butch Marissa an. »Warum zum Henker trägst du nicht auch so eine Aufmachung?« Er hatte keine Ahnung, was für eine Infektion er haben könnte, aber da das Pflegepersonal so einen Aufwand betrieb, musste sie wohl tödlich sein.

Marissa zuckte zusammen, woraufhin er sich wie ein totaler Trottel vorkam. »Ich … nur so.«

»Sire?«, unterbrach die Schwester sanft. »Ich würde Euch gerne Blut abnehmen, wenn Ihr nichts dagegen habt.«

Marissa immer noch unverwandt anstarrend, streckte er gehorsam einen Arm aus. »Du hättest doch auch so einen Anzug anhaben sollen, als du hereingekommen bist, oder? Oder?«

»Ja.«

»Verdammt«, bellte er. »Warum hast du nicht …«

Als die Schwester ihm die Spritze in die Armbeuge rammte, wich Butchs Kraft aus ihm, als hätte sie einen Ballon mit ihrer Nadel platzen lassen.

Ihm wurde schwindlig, und sein Kopf sank zurück aufs Kissen. Aber er war immer noch sauer. »Du hättest so einen Anzug anhaben sollen.«

Marissa antwortete nicht, sie lief nur im Raum auf und ab.

In der Stille beäugte er die kleine Ampulle, die an seiner Vene hing. Als die Schwester sie gegen eine neue austauschte, fiel ihm unweigerlich auf, dass sein Blut dunkler als normal wirkte. Viel dunkler.

»Du lieber Himmel … was zum Teufel kommt denn da aus mir raus?«

»Es ist schon besser als vorher. Viel besser.« Durch die Maske konnte er die Schwester lächeln sehen.

»Dann will ich nicht wissen, wie es vorher aussah«, murmelte er. Das Zeug sah aus wie bräunlicher Schlamm.

Als die Schwester fertig war, schob sie ihm noch ein

Thermometer unter die Zunge und überprüfte die Maschinen hinter dem Bett. »Ich bringe Euch etwas zu essen.«

»Hat sie etwas gegessen?«, nuschelte er.

»Bitte den Mund geschlossen halten.« Man hörte ein Piepsen, dann nahm die Schwester ihm den Plastikstab wieder ab. »Viel besser. Möchten Sie irgendetwas?«

Er dachte daran, dass Marissa aus schlechtem Gewissen ihr Leben riskierte. »Ja, dass sie geht.«

Marissa hörte die Worte und blieb wie angewurzelt stehen. Sie sackte an die Wand und sah an sich herunter. Überraschenderweise passte ihr das Kleid noch. Sie fühlte sich, als wäre sie auf halbe Größe geschrumpft. Klein. Unbedeutend.

Als die Schwester gegangen war, brannten Butchs haselnussbraune Augen. »Wie lange musst du hierbleiben?«

»Bis Havers mir sagt, dass ich gehen kann.«

»Bist du krank?«

Sie schüttelte den Kopf.

»Was behandeln sie hier?«

»Deine Verletzungen aus dem Autounfall. Die sehr schwer waren.«

»Autounfall?« Er wirkte verwirrt, dann deutete er mit dem Kopf auf die Infusionen, als wollte er das Thema wechseln. »Was ist da drin?«

Sie verschränkte die Arme vor der Brust und zählte die Antibiotika, die Nährlösungen, die Schmerzmittel und die Gerinnungshemmer auf, die man ihm verabreichte. »Und Vishous kommt auch her, um zu helfen.«

Sie dachte an den Bruder und seine entwaffnenden Diamantaugen und die Tätowierungen an der Schläfe … und seine unübersehbare Abneigung gegen sie. Er war der Einzige, der ohne Schutzkleidung in den Raum kam, und zwar zweimal täglich, bei Einbruch der Nacht und vor Morgengrauen.

»V war hier?«

»Er hält seine Hand über deinen Bauch. Das tut dir gut.« Als der Bruder das erste Mal die Decke weggeklappt und den OP-Kittel über Butchs Körper hochgezogen hatte, war sie sowohl angesichts des sehr persönlichen Anblicks als auch der Autorität des Bruders sprachlos gewesen. Doch dann war sie aus einem weiteren Grund verstummt. Butchs Bauchwunde hatte ihr Angst eingejagt – und dann auch Vishous. Er hatte seinen Handschuh abgestreift, den er immer trug, und eine leuchtende Hand enthüllt, die von oben bis unten tätowiert war.

Sie war zu Tode erschrocken gewesen, doch Vishous ließ die Hand einfach nur etwa zehn Zentimeter über Butchs Bauch schweben. Selbst in seiner Bewusstlosigkeit hatte Butch erleichtert aufgeseufzt.

Hinterher hatte Vishous Butchs Kittel wieder heruntergezogen und sich zu Marissa umgedreht. Er hatte ihr befohlen, die Augen zu schließen, und obwohl sie Angst hatte, hatte sie gehorcht. Beinahe unmittelbar hatte sich ein tiefer Frieden über sie gesenkt, als würde sie in weißem, beruhigendem Licht gebadet. Das tat er jedes Mal mit ihr, bevor er wieder ging, und sie wusste, dass er sie schützte. Wenn sie sich auch nicht erklären konnte, warum, da er sie ja eindeutig verachtete.

Nun wandte sie ihre Aufmerksamkeit wieder Butch und seinen Wunden zu. »Du hattest doch einen Autounfall, oder?«

Er schloss die Augen. »Ich bin sehr müde.«

Sie setzte sich auf den nackten Boden und schlang die Arme um die Knie. Havers hatte eine Pritsche oder einen bequemen Stuhl hereinbringen lassen wollen, aber sie hatte befürchtet, so dem Pflegepersonal den Weg zum Bett zu versperren, falls Butchs lebenswichtige Organe wieder versagten. Havers hatte nicht widersprochen.

Nach Gott weiß wie vielen Tagen hier war ihr Rücken steif, und ihre Augenlider fühlten sich an wie Schmirgelpapier. Aber solange sie um Butchs Leben gekämpft hatte, war sie nicht müde gewesen. Sie hatte nicht einmal bemerkt, wie die Zeit verging, war immer überrascht gewesen, wenn Essen gebracht wurde oder eine Schwester oder Havers kam. Oder Vishous eintraf.

Bis jetzt war sie nicht krank. Doch bevor Vishous das erste Mal vorbeigekommen war, hatte sie sich schon unwohl gefühlt. Aber seit er diese Sache mit seiner Hand machte, ging es ihr gut.

Marissa warf einen Blick auf das Bett. Immer noch war sie neugierig, warum Vishous sie in diesen Raum gerufen hatte. Sicherlich bewirkte doch die Hand des Bruders mehr Gutes als sie.

Während die Maschinen leise piepten und das Gebläse an der Decke ansprang, wanderte ihr Blick langsam an Butchs ausgestrecktem Körper herab. Sie errötete, als sie daran dachte, was sich da unter der Decke befand.

Jetzt kannte sie jeden Zentimeter seines Körpers.

Seine Haut straffte sich glatt über all seinen Muskeln, und im unteren Rückenbereich war er mit schwarzer Tinte tätowiert – eine Ansammlung von Strichen, jeweils vier dicht nebeneinander, wobei über jedes Bündel ein Schrägstrich verlief. Fünfundzwanzig davon, wenn sie richtig gerechnet hatte, manche schon verblasst, als wären sie vor Jahren gemacht worden. Woran sie ihn wohl erinnerten?

Was seine Vorderseite betraf, hatte sie der Schatten von dunklem Haar auf seiner Brust überrascht. Sie hatte nicht gewusst, dass Menschen im Gegensatz zu ihrer eigenen Spezies nicht völlig unbehaart waren. Viel Haar hatte er allerdings nicht auf der Brust, und es verjüngte sich rasch zu einer dünnen Linie unter seinem Bauchnabel.

Und weiter unten … Sie schämte sich, aber sie musste zugeben, dass sie seine Männlichkeit angesehen hatte. An der Stelle, wo seine Schenkel sich trafen, war das Haar dunkel und sehr dicht, und in der Mitte hatte er einen dicken Stab, beinahe so breit wie ihr Handgelenk. Darunter lag ein schwerer, kräftiger Hodensack.

Er war der erste Mann, den sie jemals nackt gesehen hatte, und die Aktmodelle aus ihrem Kunstgeschichtskurs waren damit einfach nicht zu vergleichen. Er war wunderschön. Faszinierend.

Sie ließ den Kopf in den Nacken fallen und betrachtete die Zimmerdecke. Wie unschön, dass sie in seine Privatsphäre eingedrungen war. Und wie unschön war es, dass ihr Körper sich bei der bloßen Erinnerung daran regte?

O Gott, wann konnte sie endlich hier raus?

Geistesabwesend betastete sie den zarten Stoff ihrer Robe und neigte den Kopf zur Seite, um den Fall des blassblauen Chiffons zu betrachten. Die zauberhafte Kreation von Narciso Rodriguez hätte eigentlich sehr bequem sein sollen, aber ihr Korsett – das sie immer trug, wie es sich gehörte – störte sie allmählich massiv. Die Sache war nur die, dass sie unbedingt für Butch hübsch aussehen wollte. Obwohl es ihm egal war, was nicht an seiner Krankheit lag. Er fühlte sich einfach nicht mehr von ihr angezogen. Wollte sie auch nicht um sich haben.

Dennoch würde sie sich weiterhin umziehen, wenn frische Kleider gebracht wurden.

Schade nur, dass alles, was sie hier trug, danach in den Ofen musste. Ein Jammer, all diese wundervollen Kleider zu verbrennen.

9

Dieser hellhaarige Kerl ist wieder da, dachte Van Dean mit einem Blick durch den schweren Maschendraht.

Das war jetzt schon die dritte Woche in Folge, dass der Typ Caldwells geheimem »Fight Club« einen Besuch abstattete. Unter der jubelnden Menge um den Käfig herum stach er hervor wie ein Neonschild, obwohl Van sich nicht ganz im Klaren darüber war, warum das so war.

Als ihn ein Knie in die Seite traf, wandte er seine Konzentration wieder dem zu, was er gerade tat. Er zog die nackte Faust zurück und ließ seinen Arm dann vorschnellen, direkt in das Gesicht seines Gegners. Blut spritzte aus dessen Nase hervor, eine rote Fontäne landete den Bruchteil einer Sekunde vor dem dazugehörigen Körper auf der Matte.

Van stellte sich breitbeinig hin und betrachtete seinen Gegner, der unter ihm lag. Schweißtropfen tropften auf dessen Bauch herab. Es gab keinen Schiedsrichter, der Van daran hindern konnte, noch mehr Schläge zu platzieren. Keine Regeln, die ihm untersagten, diesen Fleischklumpen in die Nieren zu treten, bis der Bastard für den Rest seines Lebens zur Dialyse musste. Und sollte dieser menschliche Fußabstreifer auch nur zucken, wäre Van nicht mehr zu halten.

Mit seinen bloßen Händen den Tod zu bringen, genau

das war es, was das spezielle Etwas in ihm wollte, wonach das spezielle Etwas in ihm lechzte. Van war schon immer anders gewesen – nicht nur als seine Gegner, sondern auch als alle anderen, denen er jemals begegnet war: Der Sitz seiner Seele gehörte nicht zu einem normalen Kämpfer, sondern zu einem Krieger vom römischen Typus. Er wünschte sich, in den vergangenen Zeiten zu leben, als man seinen Feind ausweidete, wenn er vor einem fiel … und danach suchte man sein Haus und schändete seine Frau und schlachtete seine Kinder ab und plünderte sein Haus. Und am Ende verbrannte man, was noch davon übrig war.

Aber er lebte im Hier und Jetzt. Und in jüngerer Zeit kam eine weitere Komplikation hinzu. Sein Körper machte nicht mehr so mit. Seine Schulter tat höllisch weh, und seine Knie ebenfalls, wobei er aufpasste, dass niemand davon erfuhr. Weder in noch außerhalb des Kampfkäfigs.

Als er den Arm seitlich ausstreckte, hörte er ein Knacken und verkniff sich eine Grimasse. Inzwischen brüllten die etwa fünfzig Zuschauer und rüttelten an dem drei Meter hohen Maschendrahtzaun. Gott, seine Fans liebten ihn. Riefen ihn beim Namen. Wollten mehr von ihm sehen.

Für das spezielle Etwas in ihm allerdings waren sie weitgehend bedeutungslos.

Inmitten der johlenden Menge traf sich sein Blick mit dem des hellhaarigen Mannes. Diese Augen waren verdammt noch mal gruselig. Ausdruckslos. Kein Schimmer von Leben darin. Und der Kerl klatschte auch nicht.

War ja auch egal.

Van stupste seinen Gegner mit dem Fuß an. Der

Bursche stöhnte, öffnete aber die Augen nicht. *Game over.*

Die Männer um den Käfig herum flippten vor Begeisterung völlig aus.

Ungerührt sprang Van hoch und schwang seine hundert Kilo über den Zaun. Als er auf den Füßen landete, brüllte die Menge noch lauter, wich aber vor ihm zurück. Letzte Woche war ihm einer in die Quere gekommen, und hinterher hatte der kleine Trottel einen Zahn ausgespuckt.

Die Kampfarena lag in einer verlassenen Tiefgarage, und der Besitzer dieser Betoneinöde vermittelte die Fights. Die ganze Angelegenheit war extrem zwielichtig, Van und seine Gegner waren nicht mehr als das menschliche Äquivalent zu Kampfhähnen. Aber die Bezahlung war gut, und bisher hatte es noch keine Razzia gegeben – wobei das trotzdem immer ein Thema war. Zwischen Blut und Wetten hätten die Polizeimarken nichts verloren gehabt, das hier war eine Art Privatklub, und wer quatschte, war dran. Buchstäblich. Der Besitzer beschäftigte ein halbes Dutzend Schläger, die für Ordnung sorgten.

Van ging zu dem Mann mit dem Geld, erhielt seine fünfhundert Mäuse und seine Jacke und machte sich zu seinem Pick-up auf. Sein Unterhemd war voller Blut, aber das war ihm egal. Worüber er sich Sorgen machte, waren seine schmerzenden Gelenke. Und die linke Schulter. Mist. Jede Woche schien es ihm mehr und mehr abzuverlangen, dem speziellen Etwas in sich entgegenzukommen und die anderen Kerle zu verprügeln. Andererseits war neununddreißig auch in der Welt der Kämpfer längst das Rentenalter.

»Warum hast du aufgehört?«

Bei seinem Wagen angekommen, sah Van in die Windschutzscheibe der Fahrerseite. Es überraschte ihn nicht, dass ihm der hellhaarige Mann gefolgt war. »Ich spreche nicht mit Fans, Kumpel.«

»Ich bin kein Fan.«

Ihre Blicke trafen sich auf der glatten Oberfläche der Scheibe. »Und warum kommst du dann immer zu meinen Kämpfen?«

»Weil ich dir einen Vorschlag machen will.«

»Ich will keinen Manager.«

»Und ich bin keiner.«

Van warf einen Blick über die Schulter. Der Kerl war groß und hatte die Haltung eines Kämpfers, massige Schultern und lockere Arme. Hände wie gusseiserne Pfannen, von der Sorte, die sich zu einer Faust von der Größe einer Bowlingkugel ballen konnten.

Also daher wehte der Wind. »Wenn du mit mir in den Ring steigen willst, dann kannst du das da drüben arrangieren.« Er deutete auf den Mann mit dem Geld.

»Auch darauf bin ich nicht aus.«

Jetzt drehte Van sich um, dieses Frage-und-Antwort-Spiel ging ihm allmählich auf den Sack. »Und was willst du dann?«

»Zuerst muss ich wissen, warum du aufgehört hast.«

»Er lag am Boden.«

Ein ärgerlicher Ausdruck huschte über das Gesicht des Kerls. »Na und.«

»Weißt du was? Du gehst mir auf die Nerven.«

»Schön. Ich suche einen Mann, auf den deine Beschreibung passt.«

Na, das schränkte die Suche ja schon mal ziemlich ein.

Krumme Nase in einem 08/15-Gesicht mit Armeehaarschnitt. Gähn. »Viele Typen sehen so aus wie ich.«

Mal abgesehen von seiner rechten Hand.

»Sag mal«, fragte der Kerl, »hat man dir den Blinddarm entfernt?«

Van verengte die Augen und steckte die Autoschlüssel wieder in die Tasche. »Eins von zwei Dingen wird jetzt gleich passieren, und du darfst dir aussuchen, welches. Du schiebst ab, und ich steige in meinen Wagen. Oder du redest weiter, und es wird hässlich. Wie du willst.«

Der bleiche Mann kam noch näher. Du gute Güte ... er roch komisch. Nach ... Talkum?

»Droh mir gefälligst nicht, *Junge.«* Die Stimme war tief, und der Körper hinter den Worten bereit dazu, loszuschlagen.

Na, na, na ... was haben wir denn da. Eine echte Herausforderung.

Van schob sein Gesicht noch näher heran. »Dann komm verflucht noch mal zur Sache.«

»Dein Blinddarm?«

»Weg.«

Der Mann lächelte. Machte einen Schritt zurück. »Hättest du Lust auf einen Job?«

»Ich hab schon einen Job.«

»Auf dem Bau. Und du verprügelst Fremde für Geld.«

»Beides ist ehrliche Arbeit. Und wie lange schnüffelst du schon in meinen Angelegenheiten herum?«

»Lange genug.« Der Kerl streckte die Hand aus. »Joseph Xavier.«

Van ließ die Hand in der Luft hängen. »Kein Interesse, Joe.«

»Für dich heißt das Mr. Xavier, mein Sohn. Und sicherlich hast du nichts dagegen, dir meinen Vorschlag wenigstens anzuhören.«

Van legte den Kopf zur Seite. »Weißt du was, ich habe viel Ähnlichkeit mit einer Hure. Ich lass mich gern bezahlen, wenn einer das bekommt, was er will. Also, wie wär's, wenn du mir zuerst einen Hunderter in die Hand drückst, Joe, und dann hören wir uns mal an, was das für ein Vorschlag ist.«

Als der Mann ihn nur unbewegt ansah, spürte Van unerwartet einen Anflug von Furcht. Mann, irgendwas an dem Kerl war nicht normal.

Die Stimme des Bleichen wurde jetzt noch tiefer. »Zuerst sagst du meinen Namen, mein Sohn.«

Von ihm aus. Für hundert Dollar machte er sogar für einen Freak wie den hier Zungengymnastik. »Xavier.«

»Das heißt *Mr.* Xavier.« Der Kerl lächelte wie ein Raubtier, nur Zähne, keine Fröhlichkeit. »Sag es, mein Sohn.«

Unverständlicherweise machte Van den Mund auf.

Unmittelbar bevor die Worte seine Lippen verließen, hatte er eine lebhafte Erinnerung an ein Erlebnis, das er mit sechzehn Jahren gehabt hatte. Er hatte einen Kopfsprung in den Hudson River gemacht, und mitten in der Luft hatte er den riesigen Fels unter der Wasseroberfläche gesehen, auf den er gleich aufschlagen würde. Er hatte gewusst, dass er nicht ausweichen konnte. Und so war es auch gewesen, unweigerlich traf sein Kopf auf den Stein, als wäre der Zusammenstoß vorbestimmt gewesen, als läge eine unsichtbare Schnur um seinen Hals, und der Fels hätte ihn zu sich gezogen. Aber das war nicht unbedingt schlecht gewesen, zumindest nicht sofort. Kurz nach dem Aufprall war da ein Schweben gewesen, eine süße, zufriedene Ruhe, als hätte sich sein Schicksal erfüllt. Und instinktiv hatte er gewusst, dass diese Empfindung ein Vorbote des Todes war.

Seltsam, dieselbe abgefahrene Desorientierung spürte er jetzt auch. Und dieselbe Ahnung, dass dieser Mann mit seiner papierweißen Haut wie der Tod war: unausweichlich und vorbestimmt – und speziell seinetwegen hier.

»Mr. Xavier«, flüsterte Van.

Als der Hundertdollarschein vor ihm auftauchte, streckte er die Hand mit den vier Fingern danach aus.

Aber er wusste, er hätte auch ohne das Geld zugehört.

Stunden später rollte sich Butch herum und sah sich als Erstes nach Marissa um.

Sie saß in der Ecke, ein Buch lag aufgeschlagen neben ihr. Allerdings war ihr Blick nicht auf die Seiten gerichtet. Sie starrte auf die hellen Linoleumfliesen und zog das Fleckenmuster mit einem langen, vollkommenen Finger nach.

Sie sah schmerzhaft traurig und so wunderschön aus, dass seine Augen brannten. Mein Gott, allein bei der Vorstellung, er könnte sie anstecken oder sie auf irgendeine Art und Weise in Gefahr bringen, wollte er sich die Kehle aufschlitzen.

»Ich wünschte, du wärest nicht hergekommen«, krächzte er. Als sie zusammenzuckte, versuchte er sich zu verbessern. »Was ich meine, ist …«

»Ich weiß schon, was du meinst.« Ihre Stimme wurde härter. »Hast du Hunger?«

»Ja.« Mühsam versuchte er, sich aufzusetzen. »Aber vor allem würde ich gern duschen.«

Mit einer eleganten, fließenden Bewegung stand sie auf, und es verschlug ihm den Atem, als sie auf ihn zukam. Dieses Kleid hatte exakt die Farbe ihrer Augen.

»Lass mich dir ins Badezimmer helfen.«

»Nein, das kann ich schon allein.«

Sie verschränkte die Arme vor der Brust. »Wenn du allein versuchst, ins Badezimmer zu gehen, wirst du stürzen und dir wehtun.«

»Dann ruf eine Schwester. Ich will nicht, dass du mich anfasst.«

Sie sah ihn an. Dann blinzelte sie einmal. Zweimal.

»Würdest du mich bitte kurz entschuldigen?«, sagte sie in gleichmäßigem Tonfall. »Ich muss auf die Toilette. Du kannst die Schwester mit dem roten Knopf dort rufen.«

Sie ging ins Badezimmer und schloss die Tür. Man hörte Wasser laufen.

Butch streckte die Hand nach dem kleinen roten Knopf aus, hielt dann aber inne, als das Rauschen aus dem Wasserhahn weiter durch die Tür drang. Das Geräusch wurde nicht unterbrochen, nicht als würde jemand sich die Hände oder das Gesicht waschen oder ein Glas voll füllen.

Und es ging immer weiter.

Ächzend rutschte er vom Bett und stand auf, dann hängte er sich an die Stange des Infusionshalters, bis das Gerät vor lauter Anstrengung wackelte. Er setzte langsam einen Fuß vor den anderen, bis er die Badezimmertür erreichte. Er presste das Ohr an das Holz. Außer dem Wasser hörte er nichts.

Aus irgendeinem Grund klopfte er leise. Dann ein zweites Mal. Noch einen Versuch, dann drehte er am Griff, obwohl sie sich beide in Grund und Boden schämen würden, wenn sie gerade auf der Toilette säße …

Marissa saß tatsächlich auf der Toilette. Aber der Sitz war heruntergeklappt. Und sie weinte. Zitterte und weinte.

»O mein Gott … Marissa.«

Sie stieß ein Quieken aus, als wäre er der Letzte auf der Welt, den sie sehen wollte. »Hau ab!«

Er stolperte herein und sank vor ihr auf die Knie. »Marissa …«

Das Gesicht in den Händen vergraben, fauchte sie: »Ich wäre gern allein, wenn du nichts dagegen hast.«

Er stellte das Wasser ab. Als sich das Becken mit einem Gurgeln leerte, war ihr ersticktes Atmen zu hören.

»Ist ja gut«, sagte er. »Du kannst ja bald gehen. Du kannst hier raus …«

»Halt den Mund!« Sie ließ die Hände lange genug sinken, um ihn anzufunkeln. »Geh einfach zurück ins Bett, und ruf die Schwester, wenn du das nicht bereits getan hast.«

Er hockte sich auf die Fersen, schwindlig, aber entschlossen. »Es tut mir leid, dass du hier bei mir festsitzt.«

»Darauf möchte ich *wetten.*«

Er zog die Brauen zusammen. »Marissa …«

Das Geräusch der Luftschleuse schnitt ihm das Wort ab.

»Bulle?« Vs Stimme war nicht von Schutzkleidung gedämpft.

»Moment«, rief Butch. Marissa brauchte nicht noch mehr Publikum.

»Wo bist du, Bulle? Alles in Ordnung?«

Butch wollte aufstehen. Ehrlich. Aber als er sich an der Stange des Infusionsbeutelhalters festhielt und hochzog, versagten seine Beine den Dienst. Marissa versuchte noch, ihn zu halten, aber er entglitt ihr und landete mit ausgestreckten Armen und Beinen auf den Badezimmerfliesen, die Wange direkt neben der Abdichtung um den Toilettensockel. Undeutlich hörte er Marissa eindringlich sprechen. Dann kam Vs Ziegenbärtchen in sein Sichtfeld.

Butch sah seinen Mitbewohner an ... und sein Blick verschwamm, so froh war er, den Kerl zu sehen. Vishous' Gesicht war unverändert, der dunkle Bart um den Mund herum genau wie immer, die Tätowierungen an Ort und Stelle, die diamanthellen Augen immer noch leuchtend. Vertraut, so vertraut. Zuhause und Familie verpackt in einem Vampirpaket.

Aber Butch ließ keine Tränen fließen. Er lag schon hoffnungslos bewegungsunfähig neben einer Kloschüssel, liebe Güte. Jetzt noch zu flennen würde das Fass der Peinlichkeit zum Überlaufen bringen.

Wild blinzelnd sagte er: »Wo ist denn deine beschissene Montur? Du weißt schon, der gelbe Anzug.«

V lächelte, die Augen ein wenig glänzend, als hätte auch er einen Kloß im Hals. »Keine Sorge, ich bin geschützt. Dann bist du also wieder bei uns, ja?«

»Und zu allen Schandtaten bereit.«

»So, so.«

»Aber hallo. Ich überlege, ob ich mich nicht zum Klempner umschulen lassen sollte. Wollte nur mal sehen, ob hier alles ordnungsgemäß abgedichtet ist. Ausgezeichnete Verfugung. Solltest du dir mal anschauen.«

»Wie wär's, wenn ich dich zurück ins Bett trage?«

»Erst wollte ich mir noch die Rohre am Waschbecken ansehen.«

Respekt und Zuneigung steckten hinter Vs coolem Grinsen. »Dann lass mich dir wenigstens aufhelfen.«

»Geht schon.« Unter Stöhnen versuchte Butch sich

aufzurichten, aber dann ließ er sich wieder auf den Boden sinken. Wie sich herausstellte, war es ein bisschen zu viel für ihn, den Kopf zu heben. Aber wenn sie ihn einfach lang genug hier liegen ließen – eine Woche, oder zehn Tage vielleicht?

»Jetzt komm schon, Bulle. Gib auf, und lass mich dir helfen.«

Urplötzlich war Butch zu müde, um sich zu verstellen. Als er sich ganz fallen ließ, war ihm bewusst, dass Marissa ihn unverwandt ansah. *Mann, konnte man noch armseliger aussehen?* Das einzig Gute an der Sache war, dass ihm keine kalte Brise über den Hintern strich. Was darauf hindeutete, dass der Kittel nicht verrutscht war. Danke, lieber Gott.

Vs massige Arme schoben sich unter ihn, und dann wurde er mit Leichtigkeit aufgehoben. Beim Gehen kämpfte er dagegen an, den Kopf an die Schulter seines Freundes zu lehnen, wenn ihm auch vor Anstrengung der Schweiß ausbrach. Als er endlich wieder im Bett lag, zitterte er am ganzen Körper, und der Raum drehte sich.

Bevor V sich wieder aufrichtete, packte Butch ihn am Arm und flüsterte: »Ich muss mit dir sprechen. Allein.«

»Was ist denn?«, fragte V in der gleichen Tonlage.

Butch warf Marissa einen Seitenblick zu, die in der Ecke stehen geblieben war.

Errötend blickte sie zum Badezimmer, dann hob sie zwei große Papiertüten auf. »Ich werde wohl mal duschen gehen. Würdet ihr mich entschuldigen?« Sie wartete nicht auf eine Antwort, sondern verschwand einfach nur im Bad.

Als die Tür ins Schloss fiel, setzte V sich auf die Bettkante. »Sprich.«

»Wie groß ist die Gefahr, in der sie schwebt?«

»Ich habe mich um sie gekümmert, und nach diesen drei Tagen scheint es ihr gut zu gehen. Wahrscheinlich kann sie bald gehen. Wir sind inzwischen alle ziemlich überzeugt davon, dass keine Kreuzinfektion stattgefunden hat.«

»Aber wem oder was war sie ausgesetzt? Und wem oder was war ich ausgesetzt?«

»Du weißt doch, dass du bei den *Lessern* warst, richtig?«

Butch hob eine seiner gequälten Hände. »Und ich dachte schon, ich hätte einen Termin im Nagelstudio gehabt.«

»Klugscheißer. Du warst dort etwa einen Tag lang …«

Abrupt umklammerte er Vs Arm. »Ich bin nicht eingeknickt. Egal, was sie mit mir gemacht haben, ich habe kein Wort über die Bruderschaft gesagt. Das schwöre ich.«

V legte seine Hand auf Butchs Finger und drückte sie leicht. »Das weiß ich, Mann. Ich wusste, dass du nichts sagen würdest.«

»Dann ist ja gut.«

Als beide wieder losließen, wanderte Vs Blick zu Butchs Fingerspitzen, als stellte er sich vor, was damit angestellt worden war. »An was erinnerst du dich noch?«

»Nur an die Gefühle. Den Schmerz und die … Angst. Wahnsinnige Angst. Stolz … deswegen weiß ich auch, dass ich nicht geredet habe, deswegen weiß ich, dass sie mich nicht kleingekriegt haben.«

V nickte und zog eine Selbstgedrehte aus der Tasche. Er wollte sie schon anzünden, da fiel sein Blick auf die Sauerstoffmaske, und er fluchte und steckte die Kippe wieder weg. »Hör mal, Kumpel, ich muss dich das fragen … ist mit deinem Kopf alles in Ordnung? Ich meine, so etwas mitzumachen …«

»Alles okay. Für ein Trauma oder so einen Kram war ich schon immer zu blöd. Außerdem kann ich mich nicht deutlich erinnern, was genau passiert ist. Solange Marissa hier heil herauskommt, ist alles gut.« Er rieb sich das Gesicht, spürte die Bartstoppeln, dann ließ er den Arm wieder sinken. Als seine Hand auf seinem Bauch landete, dachte er wieder an die schwarze Wunde. »Hast du eine Ahnung, was sie mit mir gemacht haben?«

V schüttelte den Kopf, was Butch fluchen ließ. Der Typ war ein wandelndes Lexikon. Wenn er nicht Bescheid wusste, war das nicht gut.

»Aber ich bin dran, Bulle. Ich werde eine Antwort für dich finden, das verspreche ich dir.« Er deutete mit dem Kopf auf Butchs Magen. »Wie sieht es denn aus?«

»Keine Ahnung. Ich war zu beschäftig damit, im Koma zu liegen, um mir Gedanken über meine Waschbrettmuskeln zu machen.«

»Was dagegen, wenn ich mal nachsehe?«

Butch zuckte die Achseln und schob die Decke herunter. Als V den Kittel hochhob, betrachteten beide seinen Bauch. Die Haut um die Wunde herum sah nicht gut aus, ganz grau und wellig.

»Tut es weh?«, fragte V.

»Höllisch. Fühlt sich kalt an. Als hätte ich Trockeneis im Magen.«

»Lässt du mich etwas machen?«

»Was denn?«

»Nur so ein kleines Heilungsding, das ich schon ein paarmal gemacht habe.«

»Klar.« Als V allerdings dic Hand hob und den Handschuh auszog, wich Butch zurück. »Was willst du denn damit?«

»Du vertraust mir doch, oder?«

Butch stieß ein bellendes Lachen aus. »Das letzte Mal, als du mich das gefragt hast, bekam ich danach einen Vampircocktail verabreicht, weißt du noch?«

»Das hat dir den Arsch gerettet. So habe ich dich gefunden.«

Also deshalb. »Na dann, immer los.«

Trotzdem zuckte Butch zusammen, als Vs leuchtende Hand näher kam.

»Entspann dich, Bulle. Das wird nicht wehtun.«

»Ich hab dich mit dem Ding schon mal ein Haus abfackeln sehen.«

»Das stimmt zwar, aber in deinem besonderen Fall lassen wir die Grillnummer mal weg.«

Nun hielt V seine tätowierte, leuchtende Hand über die Wunde, und Butch stieß einen Seufzer der Erleichterung aus. Es war, als ströme warmes, sauberes Wasser in die Wunde, flösse dann über ihn hinweg und durch ihn hindurch. Reinigte ihn.

Butch verdrehte die Augen. »O Gott … tut das gut.«

Er wurde ganz schlaff und dann schwebte er, völlig schmerzfrei, glitt in eine Art Traumzustand. Er ließ seinen Körper los, ließ sich selbst los.

Er konnte die Heilung buchstäblich fühlen, als hätten seine regenerativen Kräfte in einen höheren Gang geschaltet. Sekunden vergingen, Minuten vergingen, die Zeit driftete ins Unendliche ab, ihm war, als würden ganze Tage der Ruhe und des guten Essens und des inneren Friedens kommen und gehen und ihn aus seinem desolaten Zustand auf direktem Wege in die Gesundheit katapultieren.

Marissa legte den Kopf zurück und stellte sich direkt unter den Duschkopf, das Wasser strömte an ihrem Körper herab. Sie fühlte sich wackelig und dünnhäutig, besonders nachdem sie beobachtet hatte, wie Vishous Butch zum Bett trug. Die beiden standen einander so nah, die gegenseitige Verbindung war deutlich sichtbar an der Art und Weise, wie ihre Blicke sich begegneten.

Nach einer kleinen Ewigkeit stieg sie aus der Dusche, trocknete sich flüchtig ab und föhnte sich die Haare. Als sie nach frischer Unterkleidung suchte, fiel ihr das Korsett in die Hände. Auf keinen Fall würde sie das verflixte Ding wieder anziehen. Also schob sie es zurück in die Tüte. Sie könnte jetzt nicht ertragen, den eisernen Halt um ihren Brustkorb zu spüren.

Das pfirsichfarbene Kleid über die nackten Brüste zu ziehen fühlte sich merkwürdig an, aber sie hatte die Unbequemlichkeit satt. Zumindest für eine Weile. Außerdem, wer sollte es schon bemerken?

Dann faltete sie das blassblaue Rodriguez-Kleid und steckte es in eine Sondermülltüte, zusammen mit der getragenen Unterwäsche. Schließlich sammelte sie sich kurz und öffnete dann die Tür zum Krankenzimmer.

Butch lag ausgestreckt auf dem Bett, den Kittel bis zur Brust hinaufgeschoben, die Decke auf Hüfthöhe. Vishous' leuchtende Hand hing etwa zehn Zentimeter über der schwärzlichen Wunde.

In der Stille zwischen den beiden Männern kam sie sich vor wie ein Eindringling. Der leider nicht einfach gehen konnte.

»Er schläft«, brummte V.

Sie räusperte sich, aber ihr fiel nichts ein, was sie sagen könnte. Schließlich murmelte sie: »Weiß eigentlich seine Familie, was mit ihm passiert ist?«

»Ja. Die Bruderschaft weiß Bescheid.«

»Nein, ich meinte ... seine menschliche Familie.«

»Sie ist nicht von Bedeutung.«

»Aber sollte man ihnen nicht ...«

Ungeduldig sah V auf, der Blick der Diamantaugen war durchdringend und ein bisschen böse. Aus irgendeinem Grund fiel ihr plötzlich auf, dass er voll bewaffnet war und die gekreuzten Dolche auf der Brust trug.

Wobei sein harter Gesichtsausdruck gut zu den Waffen passte.

»Butchs ›Familie‹ interessiert sich nicht für ihn.« Vs Tonfall war scharf, als ginge sie die Erklärung nichts an, und er gäbe sie nur, damit sie den Mund hielt. »Also sind sie nicht von Bedeutung. Und jetzt komm her. Er braucht dich in seiner Nähe.«

Der Widerspruch zwischen der Miene des Bruders und seinem Befehl, näher zu kommen, brachte sie durcheinander. Genau wie die Tatsache, dass seine Hand die größte Hilfe war.

»Mit Sicherheit braucht er mich hier nicht und will mich auch nicht um sich haben«, gab sie leise zurück. Und fragte sich wieder einmal, warum V sie vor drei Nächten überhaupt gerufen hatte.

»Er macht sich Sorgen um dich. Deshalb will er, dass du gehst.«

Sie errötete. »Du hast unrecht, Krieger.«

»Ich habe niemals unrecht.« Mit einem kurzen Aufblitzen richteten sich die blau umrandeten weißen Augen auf ihr Gesicht. Sie waren so eiskalt, dass sie einen Schritt rückwärts machte, doch Vishous schüttelte den Kopf. »Komm her, berühr ihn. Lass ihn dich spüren. Er muss wissen, dass du hier bist.«

Sie runzelte die Stirn, der Bruder musste verrückt sein. Trotzdem schritt sie zum Bett und strich Butch über das Haar. Bei der Berührung wandte er ihr sofort das Gesicht zu.

»Siehst du?« Vishous wandte seinen Blick wieder der Wunde zu. »Er sehnt sich nach dir.«

Ich wünschte, es wäre so, dachte sie.

»Tust du das wirklich?«

Sie erstarrte. »Bitte lies nicht meine Gedanken. Das ist unhöflich.«

»Das habe ich nicht. Du hast laut gesprochen.«

Zögerlich legte sie Butch die Hand wieder auf das Haar. »Oh. Verzeih.«

Beide wurden sie still und konzentrierten sich auf Butch. Dann sagte Vishous mit schwerer Stimme: »Warum hast du ihn abgewiesen, Marissa? Damals im Herbst, als er zu dir kam, warum hast du ihn nicht sehen wollen?«

Sie sah ihn fragend an. »Er war nie bei mir.«

»O doch.«

»Wie bitte?«

»Du hast mich gehört.«

Als ihre Blicke sich trafen, dachte sie, dass Vishous zwar Furcht einflößend sein mochte, aber kein Lügner. »Wann? Wann ist er zu mir gekommen?«

»Er wartete ein paar Wochen, nachdem Wrath angeschossen worden war. Dann kam er zu deinem Haus. Als er wieder zurückkam, sagte er, du seiest nicht einmal selbst heruntergekommen. Das war wirklich krass von dir, Frau. Du wusstest, was er für dich empfand, aber du hast ihn einfach durch einen Dienstboten abweisen lassen.«

»Nein ... das habe ich nicht getan ... Er war nicht bei mir, er ... Niemand hat mir gesagt, dass er ...«

»Ach, *bitte.*«

»Sprich *nicht* in diesem Ton mit mir, Krieger.« Vishous' warf ihr einen schnellen Blick zu, doch sie war jetzt zu wütend, um sich darum zu kümmern, wer oder was er war. »Gegen Ende des Sommers hat mich die Grippe schwer erwischt, weil ich Wrath so viel genährt und zudem in der Klinik gearbeitet hatte. Als ich nichts von Butch hörte, ging ich davon aus, dass er sich das mit uns anders überlegt hatte. Da ich ... bisher nicht gerade Glück mit Männern hatte, brauchte ich ein Weilchen, um den Mut aufzubringen, auf ihn zuzugehen. Vor drei Monaten dann, als ich es endlich tat, machte er mehr als deutlich, dass er nichts von mir wissen wollte. Also tu mir den Gefallen, und mach mir keine Vorwürfe für etwas, woran ich keine Schuld habe.«

Ein langes Schweigen entstand, und dann überraschte Vishous sie. Er lächelte sie doch tatsächlich an. »Na, das ist ja interessant.«

Nervös streichelte sie wieder über Butchs Haare. »Ich schwöre dir, hätte ich gewusst, dass er es war, ich hätte mich aus dem Bett geschleppt, um ihm selbst die Tür zu öffnen.«

Leise raunte Vishous: »Das ist schön zu hören.«

In der folgenden Stille dachte sie an die Ereignisse des vergangenen Sommers. Die Genesungszeit, die sie gebraucht hatte, hatte nicht allein der Grippe gegolten. Der

Mordversuch ihres Bruders an Wrath hatte sie stark mitgenommen – dass Havers, der ruhige, ausgeglichene Heiler, so weit gegangen war, den Aufenthaltsort des Königs einem *Lesser* zu verraten. Sicher, Havers hatte es nur getan, um Vergeltung für sie zu üben, weil Wrath sie wegen seiner Königin einfach verlassen hatte. Aber das entschuldigte Havers' Handeln nicht im Geringsten.

Gütige Jungfrau im Schleier, Butch hatte sie sehen wollen? Aber warum hatte man ihr nichts davon erzählt?

»Ich wusste doch nicht, dass du bei mir warst«, murmelte sie und strich ihm das Haar zurück.

Nun nahm Vishous die Hand von Butchs Körper und zog die Decke wieder hoch. »Schließ die Augen, Marissa. Du bist dran.«

Sie blickte auf. »Ich wusste nichts davon.«

»Ich glaube dir. Und jetzt mach die Augen zu.«

Nachdem er auch sie behandelt hatte, lief V geschmeidig zur Tür.

An der Luftschleuse warf er noch einen Blick über die Schulter. »Glaub nicht, dass ich der einzige Grund für seine Heilung war. Du bist sein Licht, Marissa. Vergiss das nie.« Seine Augen verengten sich. »Aber eines musst du dir merken. Wenn du ihm jemals absichtlich wehtust, werde ich dich als meine Feindin betrachten.«

John Matthew saß in einem Klassenzimmer, das direkt aus der Caldwell High School hätte stammen können. Es gab sieben lange Tische vor einer Tafel, und an allen außer einem saßen je zwei Auszubildende.

John saß allein ganz hinten. Was ebenfalls genau wie auf der Highschool war.

Der Unterschied zwischen dieser Klasse und der Schule

damals war aber, dass er jetzt sorgfältig mitschrieb und so aufmerksam zur Tafel schaute, als liefe dort ein *Stirb Langsam*-Special.

Andererseits ging es hier auch nicht um Geometrie.

An diesem Nachmittag stand Zsadist vor der Klasse, lief auf und ab und sprach über die chemische Zusammensetzung von C4-Plastiksprengstoff. Der Bruder trug einen seiner typischen schwarzen Rollis und eine weite Jogginghose. Mit seiner Narbe im Gesicht sah er so aus, als hätte er all das getan, was man ihm nachsagte: Frauen getötet, *Lesser* gefressen, selbst seine Brüder grundlos angegriffen.

Das Seltsame daran war, dass er ein wahnsinnig guter Lehrer war.

»Jetzt zu den Zündkapseln«, sagte er. »Ich persönlich bevorzuge ferngesteuerte.«

Als John eine neue Seite in seinem Spiralblock aufschlug, skizzierte Z ein dreidimensionales Modell an der Tafel, eine Art Schachtel mit Drähten. Wenn der Bruder etwas zeichnete, war es immer so detailliert und wirklichkeitsgetreu, dass man fast glaubte, es anfassen zu können.

Als eine kleine Pause gemacht wurde, sah John auf die Uhr. Noch fünfzehn Minuten, dann war es Zeit für eine leichte Mahlzeit, und danach hieß es für ihn ab in die Trainingshalle. Er konnte es kaum erwarten.

Als er die Ausbildung hier begann, hatte er das Kampfsporttraining gehasst. Jetzt liebte er es. Was seine Technik betraf, war er immer noch der Schlechteste in der Klasse. Aber in letzter Zeit machte er das durch Zorn wett. Und seine Aggressionen hatten eine Neuordnung der sozialen Rangordnung zur Folge gehabt.

Als er vor drei Monaten neu in die Schule gekommen war, hatten seine Klassenkameraden ihn gehänselt. Ihm vorgeworfen, am Rockzipfel der Brüder zu hängen. Ihn wegen seines Mals auf der Brust verspottet, weil es aussah wie die typische Kennzeichnung der Bruderschaft. Jetzt passten die anderen Jungs in seiner Nähe auf, was sie sagten. Zumindest alle außer Lash. Der schikanierte ihn immer noch, schloss ihn aus, hackte auf ihm herum.

Nicht, dass John das etwas ausgemacht hätte. Er mochte in derselben Klasse mit den anderen Auszubildenden sein, er mochte theoretisch im Haus der Bruderschaft wohnen, er mochte angeblich über das Blut seines Vaters mit der Bruderschaft verbunden sein. Aber seit er Tohr und Wellsie verloren hatte, betrachtete er sich als seinen eigenen Herrn. Er war an niemanden gebunden.

Also bedeuteten ihm die anderen Leute im Raum nicht das Geringste.

Er heftete den Blick auf Lashs Hinterkopf. Das lange blonde Haar war zu einem Zopf gebunden, der weich auf einer Jacke irgendeines teuren Designerlabels lag. John wusste von den Designerklamotten, weil Lash immer jedem erzählte, was er trug, wenn er in die Klasse kam.

Und er hatte heute Nacht auch erwähnt, dass seine neue Uhr von *Jacob the Jeweler* stammte.

John verengte die Augen, er geriet schon in Rage, wenn er nur an das Sparring dachte, das sie beide später in der Halle absolvieren würden. Als hätte der Bursche die Hitze gespürt, drehte sich Lash um, und sein Diamantohrring blitzte auf. Seine Lippen verzogen sich zu einem gemeinen Grinsen, dann blies er John einen Kuss zu.

»John?« Zsadists Stimme klang hart wie ein Hammer. »Wärst du so freundlich, mir hier etwas Respekt zu zeigen?«

Als John errötete und nach vorne sah, fuhr Zsadist fort und tippte mit seinem langen Zeigefinger an die Tafel. »Wenn ein solcher Mechanismus einmal aktiviert wurde, kann man ihn mit einer Reihe von Gegenständen auslösen. Am häufigsten sind Schallfrequenzen. Man kann von einem Handy aus anrufen oder von einem Computer, oder man kann ein Funksignal verwenden.«

Wieder zeichnete Zsadist etwas, das Kratzen der Kreide tönte laut durch den Raum.

»Das hier wäre ein anderer Zünder.« Zsadist trat einen Schritt zurück. »Der ist klassisch für Autobomben. Man verdrahtet die Bombe mit der Elektrik des Autos. Wenn die Bombe scharf ist und der Motor gestartet wird, geht's los: *Tick, Tick, Bumm.*«

Plötzlich umklammerte John fest seinen Stift und begann hektisch zu blinzeln. Ihm war schwindlig.

Der rothaarige Schüler namens Blaylock fragte: »Geht sie sofort mit der Zündung hoch?«

»Es gibt immer eine Verzögerung von wenigen Sekunden. Außerdem ist zu beachten, dass durch die Umleitung des Stromkreislaufes im Auto der Motor nicht anspringt. Der Fahrer wird also den Schlüssel umdrehen und nur eine Reihe von Klickgeräuschen hören.«

Johns Gehirn fing in rascher, flackernder Reihenfolge an, Bilder abzufeuern.

Regen ... schwarzer Regen auf einer Windschutzscheibe.

Eine Hand mit einem Schlüssel darin, die sich auf ein Zündschloss zubewegt.

Ein Motor, der stottert, aber nicht anspringt. Ein Ge-

fühl der Furcht. Jemand wurde zurückgelassen. Dann ein helles Licht …

John klappte zusammen und fiel von seinem Stuhl auf den Boden, aber ihm war nicht bewusst, dass er einen Anfall hatte: Er war so beschäftigt damit, in seinem Kopf zu schreien, dass er körperlich nichts spürte.

Jemand … wurde zurückgelassen. Er hatte jemanden zurückgelassen …

10

Als der Morgen graute und die Stahlrollläden vor allen Fenstern des Billardzimmers herunterfuhren, biss Vishous in ein Roastbeef-Sandwich. Das Ding schmeckte pappig wie ein Telefonbuch, obwohl es nicht an den Zutaten lag.

Das Geräusch von sanft klackernden Billardkugeln ließ ihn aufblicken. Beth, die Königin, richtete sich gerade wieder vom Filz auf.

»Schöner Stoß«, kommentierte Rhage, der lässig an der mit Seidentapete bespannten Wand lehnte.

»Übung macht den Meister.« Sie spazierte um den Tisch herum und überlegte ihren nächsten Stoß. Als sie sich wieder hinunterbeugte und das Queue auf der linken Hand abstützte, blitzte der Rubin der Nacht an ihrem Mittelfinger auf.

V wischte sich den Mund mit einer Serviette ab. »Sie wird dich wieder schlagen, Hollywood.«

»Wahrscheinlich.«

Leider kam sie aber nicht dazu. Wrath rauschte durch die Tür, ganz offensichtlich schlecht gelaunt. Sein langes schwarzes Haar, das ihm jetzt fast bis auf den in Leder gehüllten Hintern reichte, wehte hinter ihm her.

Beth ließ das Queue sinken. »Wie geht's John?«

»Keinen blassen Schimmer.« Wrath ging zu ihr und

küsste sie auf den Mund, dann auf beiden Seiten ihres Halses auf die Venen. »Er will partout nicht zu Havers gehen. Weigert sich, auch nur in die Nähe der Klinik zu kommen. Jetzt schläft er in Tohrs Büro. Der Junge ist völlig erschöpft.«

»Was hat denn dieses Mal den Anfall ausgelöst?«

»Z hat eine Stunde über Sprengstoff gehalten. Da ist der Kleine einfach ohne Vorwarnung umgekippt und auf dem Fußboden gelandet. Genau wie damals, als er dich zum ersten Mal gesehen hat.«

Beth schlang die Arme um Wraths Taille und lehnte sich an den Körper ihres *Hellren.* Ihr schwarzes Haar vermischte sich mit seinem. Die Haare des blinden Königs waren inzwischen ganz schön lang geworden. Aber es hieß, dass Beth die Matte mochte, deshalb ließ er sie wachsen.

Wieder wischte sich V den Mund ab. *Komisch, was Männer nicht so alles für Frauen machen.*

Beth schüttelte den Kopf. »Ich wünschte, John würde bei uns im Haus wohnen. Immer in diesem Stuhl zu schlafen, immer im Büro zu bleiben ... Er verbringt so viel Zeit allein, und außerdem isst er nicht genug. Und Mary sagt, dass er nicht über Tohr und Wellsie sprechen will. Er weigert sich einfach strikt, sich zu öffnen.«

»Mir ist es egal, über was er spricht, solange er zum Arzt geht.« Der Blick hinter Wraths Panoramasonnenbrille wandte sich zu V. »Und wie geht es unserem anderen Patienten? Ich habe langsam das Gefühl, wir brauchen unseren eigenen Arzt im Haus.«

V nahm sich das zweite Sandwich aus der Papiertüte. »Der Bulle heilt gut. Ich glaube, morgen oder übermorgen kann er raus.«

»Ich will wissen, was zum Teufel sie mit ihm gemacht haben. Die Jungfrau der Schrift gibt mir keinerlei Anhaltspunkt. Sie schweigt wie ein Grab.«

»Ich habe gestern mit der Recherche angefangen. Hab mir zuerst die Chroniken vorgenommen.« Was achtzehn Bände Vampirgeschichte in der Alten Sprache waren. Die Wälzer waren ungefähr so amüsant wie die Inventurliste einer Eisenwarenhandlung. »Wenn ich da nichts finde, dann gibt es noch andere Texte, die ich überprüfen werde. Sammlungen mündlicher Überlieferungen, die im Nachhinein aufgeschrieben wurden, diese Art von Zeug. Es ist höchst unwahrscheinlich, dass in den zwanzigtausend Jahren, die wir uns jetzt auf der Erde tummeln, so etwas noch nie vorgekommen ist. Ich werde heute den ganzen Tag damit verbringen.«

Denn wie üblich würde er keinen Schlaf finden. Es war über eine Woche her, dass er zum letzten Mal eine REM-Phase erlebt hatte, und es sprach nichts dafür, dass sich daran heute Nachmittag etwas ändern würde.

Großer Gott … acht Tage am Stück auf den Beinen zu sein war nicht gut für seine Gehirnströme. Regelmäßig die Traumphase ausfallen zu lassen konnte leicht eine Psychose auslösen, die einem die Kreisläufe im Kopf neu sortierte.

Es war ein Wunder, dass er nicht schon längst durchgedreht war.

»V?«, sagte Wrath.

»Entschuldigung, was?«

»Alles in Ordnung?«

Vishous biss in sein Sandwich und kaute. »Ja, alles im Lot. Alles im Lot.«

Als zwölf Stunden später die Nacht hereinbrach, hielt Van Dean den Pick-up unter einem Ahorn an einer hübschen, sauberen Straße an. Ihm gefiel das nicht.

Das Haus auf der gegenüberliegenden Seite des flachen Rasens sah von außen unscheinbar aus, nichts als ein weiteres nichts sagendes Eigenheim in einem weiteren nichts sagenden Viertel von Caldwell. Das Problem war die Anzahl der Autos in der Auffahrt. Es waren vier Stück.

Man hatte ihm gesagt, er würde Xavier allein treffen.

Van nahm das Haus aus seinem Wagen heraus in Augenschein. Die Jalousien waren alle heruntergezogen. Drinnen brannten nur zwei Lichter. Das Verandalicht war aus.

Aber es stand eine Menge auf dem Spiel. Sich auf diese Nummer einzulassen, würde bedeuten, er könnte die Arbeit auf dem Bau in die Tonne treten, was die Verschleißerscheinungen seines Körpers lindern würde. Und er könnte ungefähr doppelt so viel verdienen, wie er es jetzt tat, sodass er etwas für die Zeit ansparen konnte, wenn er nicht mehr kämpfen konnte.

Also stieg er aus und lief zur Vordertreppe. Die elfenbeinfarbene Fußmatte vor dem Eingang war einfach zu verdammt unheimlich.

Noch bevor er auf die Klingel drücken konnte, schwang die Tür auf. Xavier stand da, riesengroß und ziemlich ausgebleicht aussehend. »Du bist zu spät.«

»Und Sie haben gesagt, wir würden uns allein treffen.«

»Hast du Angst, dass du mit der Gesellschaft nicht klarkommst?«

»Hängt davon ab, was für eine Gesellschaft das ist.«

Xavier trat zur Seite. »Komm doch einfach rein, und mach dir selbst ein Bild.«

Van blieb auf der Matte stehen. »Nur, damit Sie Bescheid wissen, ich hab meinem Bruder gesagt, dass ich herkomme. Hab ihm die Adresse gegeben und alles.«

»Welchem Bruder, dem älteren oder dem jüngeren?« Xavier lächelte, als Van die Augen zusammenkniff. »Ja, wir wissen Bescheid. Wie du schon sagtest, die Adresse und alles.«

Van steckte die Hand in die Tasche seines Parkas. Die Neun-Millimeter-Pistole schmiegte sich in seine Handfläche, als wäre sie dort zu Hause.

Geld, denk an das Geld.

Nach einem kurzen Moment sagte er: »Können wir jetzt endlich mal loslegen, oder wollen wir weiter in der Kälte stehen und rumquatschen?«

»*Ich* stehe nicht auf der falschen Seite der Tür, mein Sohn.«

Van trat ein, ohne Xavier aus den Augen zu lassen. Innen war das Haus kalt, als wäre die Heizung ausgeschaltet. Vielleicht stand das Haus auch normalerweise leer. Der Mangel an Möbeln sprach für Letzteres.

Als Xavier in die Tasche griff, verspannte sich Van. Und was daraus zum Vorschein kam, war auch eine Art Waffe: zehn druckfrische Hundertdollarscheine.

»Also, sind wir uns einig?«, fragte Xavier.

Van sah sich um. Dann nahm er das Geld und stopfte es sich in die Tasche. »Ja.«

»Gut. Du fängst heute Nacht an.« Xavier drehte sich um und marschierte in den hinteren Teil des Hauses.

Van folgte ihm, blieb aber wachsam. Besonders, als sie in den Keller hinuntergingen und er noch sechs weitere Xaviers am Fuß der Treppe entdeckte. Die Männer waren alle groß, hellhaarig und rochen wie alte Frauen.

»Sieht aus, als hättest du selbst ein paar Brüder«, bemerkte Van beiläufig.

»Sie sind keine Brüder. Und benutz dieses Wort hier nicht.« Xavier warf einen Blick auf die Burschen. »Das werden deine Schüler sein.«

Zwar aus eigener Kraft, aber unter den aufmerksamen Blicken einer Krankenschwester in voller Schutzmontur kletterte Butch nach seinem ersten vollständigen Dusch- und Rasiergang zurück ins Bett. Katheter und Infusionen waren entfernt worden, und er hatte erfolgreich eine gute Mahlzeit verspeist. Außerdem hatte er elf der vergangenen zwölf Stunden tief und fest geschlafen.

Allmählich fühlte er sich wieder wie ein Mensch, und die Geschwindigkeit, mit der er wieder auf die Füße kam, war ein Gottesgeschenk, soweit er das beurteilen konnte.

»Das habt Ihr gut gemacht, Sire«, lobte die Schwester.

»Nächste Etappe sind die Olympischen Spiele.« Er zog die Decke über sich.

Nachdem die Schwester gegangen war, blickte er zu Marissa herüber. Sie saß auf dem Feldbett, das auf seinen ausdrücklichen Wunsch hin ins Zimmer gestellt worden war, und ihr Kopf war über eine Handarbeit gebeugt. Seit er vor etwa einer Stunde aufgewacht war, benahm sie sich ein bisschen seltsam, als wollte sie etwas sagen, bekäme es aber nicht über die Lippen.

Sein Blick wanderte von der hellen Krone ihres Kopfes über ihre zarten Hände hin zu der pfirsichfarbenen Robe, die sich über das Klappbett ergoss … und dann wieder zurück nach oben und zu ihrem Dekolleté. Zierliche Knöpfe verliefen über die gesamte Vorderseite des Kleides. Ungefähr hundert Stück.

Butch rutschte rastlos im Bett herum. Und dachte unwillkürlich darüber nach, wie lange er wohl brauchen würde, jede dieser Perlen aufzuknöpfen.

Sein Körper regte sich, das Blut sammelte sich zwischen seinen Beinen und ließ ihn hart anschwellen.

Na, so was. Es ging ihm wirklich besser.

Und Mannomann, war er ein mieser Sack.

Er drehte sich mit dem Gesicht von ihr weg und schloss die Augen. Das Blöde war nur, mit geschlossenen Augen drängte sich ihm das Bild auf, wie er sie auf Darius' Balkon im vergangenen Sommer geküsst hatte. Er sah es so deutlich vor sich wie ein Foto. Er hatte auf einem Stuhl gesessen, und sie zwischen seinen Beinen gehalten, und seine Zunge war in ihrem Mund gewesen. Am Ende hatten sie beide auf dem Boden gelegen, weil er die Stuhllehne abgebrochen …

»Butch?«

Er schlug die Augen auf und drehte sich ruckartig um. Marissas Gesicht befand sich auf gleicher Höhe mit seinem eigenen. Panisch schielte er nach unten, um herauszufinden, ob die Decke verbarg, was zwischen seinen Schenkeln los war.

»Ja?« Seine Stimme knirschte derart, dass er es noch einmal wiederholen musste. Himmel, sein Kehlkopf hatte ja immer so seine Ecken und Kanten, er sprach ständig etwas heiser. Aber was die Sache in jedem Fall noch verschlimmerte, waren Fantasien von nackten Tatsachen.

Ihre Augen musterten ihn so eindringlich, dass er befürchtete, sie könnte bis in sein tiefstes Inneres sehen. Bis dahin, wo seine Besessenheit am stärksten war.

»Marissa, du solltest jetzt etwas schlafen. Dich mal ein bisschen ausruhen und so.«

»Vishous sagte, du seiest zu mir gekommen. Nachdem Wrath angeschossen wurde.«

Wieder kniff Butch die Augen zu. Sein erster Gedanke war, seinen Hintern aus dem Bett zu schleifen, seinen Mitbewohner zu finden und ihn zu verprügeln. Verflucht noch mal, V …

»Man hat mir das nicht erzählt«, sagte sie. Als er sie ansah und die Stirn runzelte, schüttelte sie den Kopf. »Ich wusste nicht, dass du bei mir warst, bis Vishous es mir letzte Nacht erzählt hat. Mit wem hast du gesprochen? Was ist passiert?«

Sie hatte es nicht gewusst? »Ich, äh, eine *Doggen* hat die Tür aufgemacht. Nachdem sie nach oben gegangen war, hat sie mir mitgeteilt, du würdest momentan keinen Besuch empfangen und dich bei mir melden. Da du das nie getan hast … wollte ich mich nicht weiter aufdrängen.«

Na ja, gut … er war manchmal ein bisschen um ihr Haus herum geschlichen. Aber das würde sie Gott sei Dank ja nie erfahren. Außer natürlich V, diese alte Plaudertasche, hatte ihr das auch erzählt. *Vollidiot.*

»Butch, ich war krank und musste ein wenig zu mir finden. Aber ich wollte dich sehen. Deshalb habe ich dich damals im Dezember gefragt, ob du mich besuchen wolltest. Als du abgelehnt hast, dachte ich … dass du das Interesse verloren hättest.«

Sie hatte ihn sehen wollen? Hatte sie das gerade gesagt?

»Butch, ich wollte dich sehen.«

Ja, das hatte sie. Zweimal.

Na, das machte einen Kerl doch mal munter.

»Verdammt noch mal«, stieß er aus und sah ihr in die

Augen. »Hast du eine Ahnung, wie oft ich an deinem Haus vorbeigefahren bin?«

»Wirklich?«

»Praktisch jede Nacht. Ich war in einer erbärmlichen Verfassung.« Um genau zu sein, war er das immer noch.

»Aber du wolltest mich nicht hier im Raum haben. Du warst wütend, mich hier zu sehen.«

»Ich war stinksauer ... äh, also wütend, weil du keinen Schutzanzug anhattest. Und ich bin davon ausgegangen, dass man dich hierherzitiert hat, obwohl du nicht kommen wolltest.« Mit einer zitternden Hand nahm er eine Strähne ihres Haars in die Hand. Mein Gott, es war so weich. »Vishous kann sehr überzeugend sein. Und ich wollte nicht, dass du aus Mitgefühl oder Mitleid an einem Ort bist, an dem du eigentlich nicht sein willst.«

»Aber ich wollte hier sein. Ich *will* hier sein.« Sie ergriff seine Hand und drückte sie.

In der darauf folgenden erwartungsvollen, ungläubigen Stille bemühte er sich, die vergangenen sechs Monate in seinem Kopf neu zu ordnen, um zu begreifen, was gerade mit ihm geschah. Er wollte sie. Sie wollte ihn. Konnte das wahr sein?

Fühlte sich gut an. Fühlte sich richtig an. Fühlte sich ...

Ohne nachzudenken, sprudelten unbedachte, verzweifelte Worte hervor. »Ich bin dir völlig verfallen, Marissa. Gnadenlos verfallen.«

Ihre hellblauen Augen füllten sich mit Tränen. »Und ich dir.«

Butch machte den großen Schritt nicht bewusst. Aber in einem Moment waren ihre Gesichter noch durch Luft getrennt. Im nächsten presste er seinen Mund auf ihren. Als sie leise aufkeuchte, zog er den Kopf zurück.

»Entschuldige …«

»Nein, ich … ich war nur überrascht.« Ihre Augen hingen an seinen Lippen. »Ich möchte, dass du …«

»Okay.« Er legte den Kopf zur Seite und strich über ihren Mund. »Komm näher zu mir.«

Sanft zog er sie zu sich aufs Bett, sodass sie auf ihm lag. Sie fühlte sich kaum schwerer an als warme Wolken, und er war verzückt, besonders da er von ihrem blonden Haar umgeben war. Beide Hände um ihr Gesicht gelegt, betrachtete er sie.

Als sich ihre Lippen zu einem sanften Lächeln teilten, das ihm allein galt, konnte er die Spitzen ihrer Fänge erkennen. O Gott, er musste in sie hinein, musste auf irgendeine Art in sie eindringen. Also hob er den Kopf und ließ seine Zunge die Führung übernehmen. Sie stöhnte, als er das Innere ihres Mundes leckte, und dann küssten sie sich tief. Seine Hände gruben sich in ihr Haar und umfingen ihren Hinterkopf. Er spreizte seine Beine, und ihr Körper rutschte dazwischen, verstärkte noch den Druck auf die Stelle, an der er hart und heiß war.

Aus dem Nichts heraus schoss ihm eine Frage durch den Kopf, eine, die zu stellen er kein Recht hatte. Eine, die ihn aus dem Konzept brachte, woraufhin er seinen Rhythmus verlor. Er zog den Kopf zurück.

»Butch, was ist denn?«

Er strich mit dem Daumen über ihren Mund und fragte sich, ob sie einen Mann gehabt hatte. In den neun Monaten, seit sie sich geküsst hatten – hatte sie sich einen Liebhaber genommen? Vielleicht sogar mehr als einen?

»Butch?«

»Ach nichts«, sagte er, obwohl sich ein heftiger Eifersuchtsstich in seine Brust bohrte.

Wieder drang seine Zunge in ihren Mund ein, und jetzt küsste er sie mit einem Besitzanspruch, der ihm nicht zustand. Eine Hand legte er auf ihren Rücken und presste ihren Körper auf seine Erektion. Er verspürte das dringende Bedürfnis, jedem anderen männlichen Wesen unmissverständlich mitzuteilen, wessen Frau sie war. Was sogar ihm selbst völlig bescheuert vorkam.

Unvermittelt entzog sie sich ihm. Sie schnupperte an ihm und wirkte verwirrt. »Binden sich Menschen auch?«

»Äh … wir entwickeln Gefühle, sicher.«

»Nein … Bindung.« Sie vergrub das Gesicht an seinem Hals, atmete tief ein, dann rieb sie ihre Nase an seiner Haut.

Er umfasste ihre Hüften, unsicher, wie weit sich die Dinge wohl entwickeln würden. Er wusste nicht, ob er schon wieder genug Kraft für Sex hätte, obwohl er vollkommen steif war. Und er wollte sich nicht zu viel herausnehmen. Aber lieber Gott im Himmel, er begehrte sie so sehr.

»Ich liebe deinen Geruch, Butch.«

»Wahrscheinlich die Seife, die ich vorhin benutzt habe.« Dann schabten ihre Fänge sanft über seinen Hals, und er ächzte: »O Scheiße … nicht … aufhören … bloß nicht aufhören …«

11

Vishous kam in die Klinik und marschierte ohne Umwege zum Quarantänezimmer. Niemand auf der Station stellte sein Recht infrage, einfach hier hereinzuplatzen; vielmehr stolperten alle hektisch über die eigenen Füße, um ihm auszuweichen.

Das war schlau. Denn er war schwer bewaffnet und gereizt.

Der ganze Tag war eine Katastrophe gewesen. Zum einen hatte er nichts in den Chroniken gefunden, das auch nur annähernd dem glich, was Butch zugestoßen war. Die mündlichen Überlieferungen waren ebenfalls ein Fehlschlag gewesen. Aber schlimmer noch, er spürte Geschehnisse aus der Zukunft. Schicksale richteten sich teilweise neu aus, aber er konnte die Ereignisse nicht sehen, die seine Instinkte ihm vermittelten. Es war, wie bei geschlossenem Vorhang im Theater zu sitzen: Hin und wieder bemerkte er, wie sich der Samtstoff bewegte, wenn auf der anderen Seite jemand damit in Berührung kam; oder er hörte undeutliche Stimmen, oder das Licht veränderte sich unter dem Saum des Stoffes. Aber er kannte keine Einzelheiten, seine Ahnungen waren nutzlos.

Mit großen Schritten lief er an Havers' Labor vorbei zu dem Putzraum. Als er durch die verborgene

Tür getreten war, fand er den Vorraum leer vor, die Computer und Monitore versahen ihren Wachdienst allein.

V blieb wie angewurzelt stehen.

Auf dem am nächsten gelegenen Bildschirm entdeckte er Marissa auf dem Bett, auf Butch liegend. Die Arme des Polizisten waren um sie geschlungen, seine nackten Knie um ihren Körper herum gespreizt. Beide bewegten sich in einem aufeinander abgestimmten Rhythmus. V konnte ihre Gesichter nicht erkennen, aber es war eindeutig, dass ihre Münder miteinander verschmolzen und ihre Zungen verschlungen waren.

V rieb sich das Kinn, undeutlich nahm er wahr, dass sich seine Haut unter dem Leder erhitzte. Gott … verflucht … Butchs Hand glitt jetzt langsam über Marissas Wirbelsäule, schob sich unter die Fülle ihrer Haare, fand und liebkoste ihren Nacken.

Der Typ war total angeturnt, und trotzdem ging er so sanft mit ihr um. So zärtlich.

V musste an den Sex denken, den er in der Nacht gehabt hatte, als man Butch entführt hatte. Daran war nichts Sanftes gewesen. Was genau der Sinn und Zweck für beide Beteiligten gewesen war.

Butch drehte sich herum und rollte Marissa auf den Rücken. Als er sich auf sie legte, ging der Kittel hinten auf und die Schleifen lösten sich. Sein kräftiger Rücken wurde entblößt. Das Tattoo am unteren Ende seiner Wirbelsäule verzog sich, als er mit den Hüften durch ihre Röcke stieß, den Weg nach Hause suchte. Und während er eine zweifellos steinharte Erektion an ihr rieb, schlängelten sich ihre langen, eleganten Hände um ihn herum und krallten sich in seinen nackten Hintern.

Als sie ihn mit ihren Nägeln kratzte, hob Butch den Kopf, eindeutig um zu stöhnen.

Gute Güte, V konnte es geradezu hören … Ja … er konnte es hören. Und aus dem Nichts heraus durchzuckte ihn ein merkwürdiges Sehnen. *Mist.* Was genau an diesem Szenario gefiel ihm denn so gut?

Butchs Kopf sank wieder auf Marissas Hals herab, und seine Hüften begannen nach vorn zu drängen und sich wieder zurückzuziehen, vor und zurück. Sein Rücken bog sich, die massigen Schultern wurden hochgezogen und wieder locker gelassen, er fand einen Takt, bei dem V ganz schnell blinzeln musste. Und dann blinzelte er überhaupt nicht mehr.

Marissa bäumte sich auf, das Kinn hoch erhoben, den Mund geöffnet. Was für ein Bild sie abgab unter ihrem Mann, das Haar über die Kissen ergossen, ein paar Strähnen davon um Butchs kräftige Oberarme gewickelt. In ihrer Leidenschaft, in diesem leuchtenden, pfirsichfarbenen Kleid sah sie aus wie die Morgenröte, ein Sonnenaufgang, ein Versprechen von Wärme. Und Butch aalte sich darin, der alte Glückspilz.

Da hörte V die Tür zum Vorraum aufgehen und schnellte herum, wobei er den Monitor mit seinem Körper abschirmte.

Havers legte Butchs Krankenakte auf einem Regal ab und griff nach einem Schutzanzug. »Guten Abend, Sire. Du bist wieder gekommen, um ihn zu heilen?«

»Ja …« Vs Stimme versagte beinahe, und er räusperte sich. »Aber jetzt ist kein guter Zeitpunkt.«

Havers hielt inne, den Anzug in der Hand. »Ruht er?«

Im Gegenteil. »Genau. Also sollten wir beiden ihn jetzt schön allein lassen.«

Die Augenbrauen des Arztes zuckten hinter der Hornbrille nach oben. »Wie bitte?«

V drückte dem Arzt die Krankenakte an die Brust, dann nahm er ihm den Anzug aus der Hand und hängte ihn zurück. »Später, Doc.«

»Ich ... ich muss eine Untersuchung durchführen. Ich glaube, er kann vielleicht schon entlassen ...«

»Super. Aber wir gehen jetzt.«

Wieder öffnete Havers den Mund, um etwas zu erwidern, und V wurde die Unterhaltung langsam langweilig. Er umklammerte die Schulter des Arztes, sah ihm in die Augen und suggerierte ihm Zustimmung.

»Ja ...«, murmelte Havers brav. »Später. M-morgen?«

»Ja, morgen ist toll.«

Während V Marissas Bruder vor sich her zurück in den Flur schob, konnte er nur an die Bilder auf diesem Bildschirm denken. Es war so falsch von ihm, zuzusehen.

So falsch von ihm ... es zu wollen.

Marissa stand lichterloh in Flammen.

Butch ... o gütige Jungfrau ... Butch. Er lag schwer auf ihr und war so groß, so groß, dass ihre Beine unter dem Rock weit gespreizt waren, um ihn zwischen sich aufzunehmen. Und wie er sich bewegte ... der Rhythmus seiner Hüften machte sie völlig verrückt.

Als er schließlich den Kuss unterbrach, atmete er heftig, und in seinen haselnussbraunen Augen lag eine unbezähmbare sexuelle Begierde, ein unersättlicher männlicher Hunger. Vielleicht hätte sie überfordert sein sollen, weil sie keine Ahnung hatte, was sie da eigentlich tat. Doch stattdessen fühlte sie sich mächtig.

Das Schweigen zog sich in die Länge, endlich begann

sie: »Butch?« Obwohl sie nicht ganz sicher war, was sie eigentlich fragen wollte.

»O mein Gott, Baby.« Kaum spürbar strich seine Hand über ihren Hals bis zum Schlüsselbein. Am oberen Rand ihres Kleides hielt er inne, offensichtlich um Erlaubnis bittend, die Robe ausziehen zu dürfen.

Was sie rapide abkühlte. Ihre Brüste kamen ihr zwar einigermaßen durchschnittlich vor, doch sie hatte noch keinen direkten Vergleich gehabt. Und sie könnte den Ausdruck von Abscheu nicht ertragen, mit dem Männer ihrer Spezies sie stets betrachtet hatten, wenn er von Butch käme. Nicht auf Butchs Gesicht, und ganz besonders nicht, wenn sie nackt wäre. Dieser Widerwille war schon voll bekleidet und von Männern kommend, die ihr egal waren, schwer genug zu ertragen.

»Ist schon gut«, sagte Butch und nahm die Hand weg. »Ich will dich nicht drängen.«

Er küsste sie zart und rollte sich dann von ihr herunter auf den Rücken, die Decke rasch über die Hüften ziehend. Er legte sich den Unterarm über die Augen, seine Brust hob und senkte sich, als hätte er einen Dauerlauf gemacht.

Marissa sah an ihrem Mieder herunter und stellte fest, dass sie den Stoff so fest umklammerte, dass ihre Knöchel ganz weiß waren. »Butch?«

Er nahm den Arm herunter und drehte den Kopf auf dem Kissen. Sein Gesicht war an manchen Stellen immer noch angeschwollen, und eins seiner Augen schillerte grün und blau. Und sie bemerkte, dass seine Nase gebrochen gewesen war, aber nicht kürzlich. In ihren Augen aber war er wunderschön.

»Was ist, Baby?«

»Hattest du … hattest du schon viele Geliebte?«

Er runzelte die Stirn. Atmete ein. Sah aus, als wollte er nicht antworten. Tat es dann doch. »Ja. Hatte ich.«

Marissas Lunge verwandelte sich zu Zement, als sie ihn sich mit anderen Frauen vorstellte, sie küssend, ausziehend, besteigend. Sie wollte wetten, dass die überwältigende Mehrheit seiner Geliebten keine ahnungslosen Jungfrauen gewesen waren.

Mein Gott, sie würde sich gleich übergeben.

»Was auch ein Grund ist, warum wir lieber aufhören sollten«, sagte er jetzt.

»Warum?«

»Ich will nicht andeuten, dass wir so weit gegangen wären. Aber wenn, dann würde ich ein Kondom brauchen.«

Wenigstens wusste sie, was das war. »Aber wieso? Ich bin nicht fruchtbar.«

Die lange Pause baute nicht gerade Vertrauen auf. Genauso wenig wie sein unterdrückter Fluch. »Ich war nicht immer vorsichtig.«

»Womit?«

»Dem Sex. Ich hatte … oft Sex mit Leuten, die möglicherweise nicht sauber waren. Und ich habe es ohne Schutz gemacht.« Er wurde rot. Die Farbe kroch über seinen Hals bis hinauf in sein Gesicht. »Deshalb würde ich bei dir ein Kondom brauchen. Ich habe keine Ahnung, was ich so mit mir herumschleppe.«

»Warum hast du denn nicht besser auf dich aufgepasst?«

»War mir einfach sch… ähm, also …« Er nahm eine Haarsträhne zwischen die Finger, führte sie an seine Lippen und küsste sie.

Dann sagte er leise: »Jetzt wünschte ich, ich wäre noch eine verdammte Jungfrau.«

»Ich kann mich nicht mit menschlichen Viren anstecken.«

»Ich war nicht nur mit Menschen zusammen, Marissa.«

Jetzt wurde ihr eiskalt ums Herz. Aus irgendeinem Grund schien es ihr etwas völlig anderes zu sein, wenn er mit Frauen seiner Spezies zusammen war. Aber eine Vampirin?

»Mit wem?«, fragte sie verkniffen.

»Ich kann mir nicht vorstellen, dass du sie kennst.« Er ließ die Haarsträhne fallen und legte sich wieder den Arm über die Augen. »Ich wünschte wirklich, ich könnte das ungeschehen machen. Ich würde eine Menge Dinge gern ungeschehen machen.«

O du lieber Gott. »Es ist noch nicht lange her, oder?«

»Ja.«

»Und ... liebst du sie?«

Entrüstet sah er sie an. »Aber nein. Ich kannte sie ja noch nicht mal ... ach, Mist, das klingt jetzt noch schlimmer, oder?«

»Hast du sie mit in dein Bett genommen? Bist du hinterher neben ihr eingeschlafen?« *Warum zum Teufel stellte sie diese Fragen?* Es war, wie mit einem Steakmesser in einer Wunde zu bohren.

»Nein, das war in einem Club.« Der Schock musste ihr deutlich vom Gesicht abzulesen gewesen sein, denn wieder fluchte er. »Marissa, mein Leben ist nicht gerade astrein. So wie du mich kennengelernt hast, bei der Bruderschaft, mit schicken Klamotten ... so habe ich vorher nicht gelebt. Und das bin nicht wirklich ich.«

»Wer bist du dann?«

»Niemand, dem du unter normalen Umständen jemals begegnen würdest. Selbst wenn ich ein Vampir wäre, würden unsere Wege sich niemals kreuzen. Ich bin eher der Proletariertyp.« Auf ihren verwirrten Blick hin ergänzte er: »Unterschicht.«

Sein Tonfall war sachlich, als würde er seine Größe oder sein Gewicht nennen.

»Für mich bist du nicht Unterschicht, Butch.«

»Wie ich schon gesagt habe, du kennst mich nicht richtig.«

»Wenn ich so nah bei dir liege, wenn ich deinen Duft rieche, deine Stimme höre, dann weiß ich alles, was ich wissen muss.« Sie betrachtete ihn von oben bis unten. »Du bist der Mann, mit dem ich mich vereinigen will. Das bist du.«

Ein dunkler, aromatischer Geruch entströmte seiner Haut; bei einem Vampir hätte sie gesagt, es wäre sein Bindungsgeruch. Als sie ihn in sich einsaugte, fühlte sie sich bestärkt.

Mit bebenden Fingern betastete sie den obersten der kleinen Knöpfe ihres Mieders.

Doch er nahm ihre beiden Hände in seine. »Zwing dich nicht zu etwas, Marissa. Es gibt viele Dinge, die ich mir von dir wünsche, aber wir haben Zeit.«

»Ich will es aber. Ich will mit dir zusammen sein.« Sie schob ihn weg und fummelte an den Knöpfen, kam jedoch nicht weit, weil sie so stark zitterte. »Ich glaube, du musst das machen.«

Sein Atem verließ in einem erotischen Zischen den Mund. »Bist du ganz sicher?«

»Ja.« Er zögerte noch, also deutete sie mit dem Kopf auf das Mieder. »Bitte. Zieh mir das aus.«

Langsam, eine nach der anderen knöpfte er die kleinen Perlen auf, seine geschundenen Finger waren ganz ruhig, das Kleid öffnete sich nach und nach. Ohne ihr Korsett darunter wurde ihre nackte Haut in einem schmalen V entblößt.

Als er den letzten Knopf aufmachte, begann ihr gesamter Körper zu beben.

»Marissa, das ist zu viel für dich.«

»Es ist nur … Noch nie hat mich ein Mann nackt gesehen.«

Butch wurde stocksteif. »Du bist noch …«

»Unberührt.« Sie hasste dieses Wort.

Jetzt zitterte *er,* und der dunkle Geruch wurde noch stärker. »Es hätte keine Rolle gespielt, wenn es anders wäre. Das sollst du wissen.«

Sie lächelte zaghaft. »Das weiß ich auch. Würdest du jetzt bitte …« Als seine Hände sich näherten, wisperte sie: »Aber bitte, sei nicht enttäuscht, ja?«

Butch runzelte die Stirn. »Ich werde wunderschön finden, was ich sehe, weil du es bist.« Als sie seinem Blick auswich, beugte er sich ganz dicht zu ihr. »Marissa, für mich bist du wunderschön.«

Ungeduldig riss sie an dem Mieder und entblößte ihre Brüste. Dann schloss sie die Augen, und ihr Atem stockte.

»Marissa. Du bist wirklich wunderschön.«

Vorsichtig öffnete sie die Lider. Sein Blick war gar nicht auf das gerichtet, was sie ihm zeigte.

»Aber du hast mich ja noch gar nicht angesehen.«

»Das muss ich nicht.«

Tränen stiegen ihr in die Augen. »Bitte … sieh mich an.«

Seine Augen wanderten an ihrem Körper herunter, und er sog die Luft durch die Zähne ein. *Ach, verdammt, sie hatte ja gewusst, dass etwas nicht in Ordnung …*

»Lieber Himmel, du bist vollkommen.« Rasch leckte er sich über die Unterlippe. »Darf ich dich berühren?«

Überwältigt nickte sie ruckartig, und seine Hand glitt unter das Mieder, strich über ihren Brustkorb und liebkoste ihre Brüste an der Seite, so sanft wie ein Atemzug. Sie zuckte bei der Berührung kurz zusammen, dann entspannte sie sich. Zumindest bis er mit dem Daumen über ihre Brustwarze fuhr.

Unwillkürlich bäumte sie sich auf.

»Du bist … absolut vollkommen«, sagte er mit heiserer Stimme. »Ich bin geblendet von dir.«

Dann senkte er den Kopf, und seine Lippen fanden die Haut über ihrem Brustbein, küssten sich ihre Brust hinauf. Ihr Nippel richtete sich von ganz allein auf, reckte sich nach … ja, nach seinem Mund. *O mein Gott … ja … sein Mund.*

Ihr fest in die Augen blickend, umschloss er die Spitze ihrer Brust und zog sie zwischen die Lippen. Einen Augenblick saugte er an ihr, dann ließ er wieder davon ab und blies über die glitzernde Spitze. Zwischen ihren Beinen spürte sie eine feuchte Wärme.

»Alles gut?«, fragte er. »Ist das gut?«

»Ich wusste nicht … dass sie sich so anfühlen können.«

»Nein?« Wieder strich er mit den Lippen über ihre Brustwarze. »Du musst diese wunderschöne Stelle doch schon einmal berührt haben? Nein? Noch nie?«

Sie konnte nicht mehr vernünftig denken. »Frauen meines Standes … bringt man bei, dass wir so etwas … nicht tun dürfen. Außer wir haben einen Partner, und selbst dann …« Was war das hier eigentlich für ein Gespräch?

»Aber jetzt bin ich ja da, nicht wahr?« Seine Zunge kam heraus und leckte wieder und wieder über ihren Nippel. »Jetzt bin ich hier. Also gib mir deine Hand, Marissa.« Als sie gehorchte, küsste er die Innenfläche. »Lass mich dir zeigen, wie sich Vollkommenheit anfühlt.«

Er nahm ihren Zeigefinger in seinen Mund und saugte daran, dann gab er ihn wieder frei und führte ihn an eine der aufgerichteten Spitzen. Er zeichnete Kreise darum, berührte sie mit ihrer eigenen Hand.

Sie legte den Kopf in den Nacken, ließ ihn aber nicht aus den Augen. »Es ist so …«

»Weich und fest gleichzeitig, richtig?« Er senkte den Mund, bedeckte ihre Brustwarze und den Finger damit, eine glatte, feuchte Wärme. »Fühlt sich das gut an?«

»Ja … gütige Jungfrau im Schleier, ja.«

Jetzt glitt seine Hand zu ihrer anderen Brust und rollte den Nippel zwischen den Fingern, dann massierte er die Wölbung darunter. Er war so groß über ihr, der OP-Kittel rutschte ihm von den angespannten Schultern, die schweren Arme waren hart von der Anstrengung, seinen Körper über ihrem in der Schwebe zu halten. Als er wieder die Seiten wechselte, um ihre andere Brustwarze zu bearbeiten, strich sein dunkles Haar über ihre helle, seidige Haut.

Völlig versunken in die Hitze ihres Körpers merkte sie gar nicht, dass ihre Röcke hochgeschoben wurden … bis sie sich um ihre Oberschenkel bauschten.

Sie erstarrte. Den Mund auf ihren Brüsten liegend, bat er: »Wirst du mich noch etwas weiter gehen lassen? Wenn ich schwöre, sofort aufzuhören, wenn du es willst?«

»Ähm … ja.«

Seine Handfläche glitt über ihr nacktes Knie, und sie zuckte; doch als er sich wieder ihren Brüsten zuwandte, vergaß sie ihre Furcht. In langsamen, trägen Kreisen rutschte seine Hand höher und höher, bis sie zwischen ihre Oberschenkel glitt …

Unvermittelt spürte sie etwas aus sich herausfließen. In Panik presste sie die Beine zusammen und schob ihn von sich weg.

»Was ist?«

Heftig errötend murmelte sie: »Ich fühle etwas … Komisches …«

»Wo? Da unten?« Er streichelte die Innenseite ihres Oberschenkels.

Als sie nickte, breitete sich ein träges, sexy Grinsen auf seinem Gesicht aus. »Ach ja?« Er küsste sie auf den Mund. Ohne seine Lippen von ihr zu lösen, fragte er: »Inwiefern komisch?«

»Ich bin …« Sie konnte es nicht aussprechen.

Er brachte seinen Mund ganz nah an ihr Ohr. »Bist du feucht?«

Sie nickte, und er knurrte tief in der Kehle. »Feucht ist gut … feucht will ich dich haben.«

»Wirklich? Warum …«

Mit einer geschmeidigen, schnellen Bewegung fasste er ihre Unterhose zwischen ihren Beinen an. Beide zuckten bei der Berührung zusammen.

»O ja«, stöhnte er und ließ den Kopf auf ihre Schulter fallen. »Jetzt bist du bei mir. Jetzt bist du ganz bei mir.«

Butchs Erektion hämmerte, als er seine Hand auf dem warmen, feuchten Satin über Marissas Mittelpunkt liegen ließ. Er wusste, wenn er jetzt das Höschen beiseiteschöbe, würde er in Honig baden. Aber er wollte sie nicht erschrecken und den Moment zerstören.

Er krümmte die Finger um sie herum und rieb mit dem Handballen oben an ihrem Schlitz, genau da, wo es sich am besten anfühlen würde.

Sie keuchte und drängte sich ihm entgegen, dann folgte sie seinem langsamen Rhythmus. Was ihn natürlich fast wahnsinnig machte. Um die Kontrolle über sich zu behalten, drehte er die Hüften herum, sodass er mit dem Bauch nach unten lag und seine Erektion auf der Matratze festklemmte.

»Butch, ich brauche … etwas … ich …«

»Baby, hast du jemals …« Ach Blödsinn, völlig ausgeschlossen, dass sie sich je selbst angefasst hatte. Sie war ja schon völlig verblüfft darüber gewesen, wie sich ihre Nippel anfühlten.

»Was?«

»Ach nichts.« Er nahm die Hand von ihrer Mitte und streichelte über ihr Höschen, ließ nur die Fingerspitzen darübergleiten. »Ich werde mich um dich kümmern. Vertrau mir, Marissa.«

Dann küsste er sie auf den Mund, saugte an ihren Lippen, vernebelte ihr die Sinne. Schob die Hand unter den Satinrand …

»O … Scheiße«, raunte er, in der Hoffnung, sie wäre zu benommen, um den Fluch zu hören.

Doch sie versuchte sich ihm zu entziehen. »Was stimmt denn nicht mit mir?«

»Ganz ruhig.« Er legte ihr den Oberschenkel über die

Beine, um sie ruhig zu halten. Und machte sich dann Sorgen, er könnte einen Orgasmus gehabt haben ... in Anbetracht der Empfindung, die ihm gerade wie eine Rakete durch den Schaft geschossen war. »Gar nichts stimmt nicht. Es ist nur, weil du ... du bist ganz glatt dort.« Er bewegte die Hand weiter, ließ die Finger in ihre Falte gleiten ... meine Güte, sie war so weich. So seidig. So heiß.

Er verlor sich in all der Feuchtigkeit, kaum drang ihre Verwirrung durch den Dunst in seinem Kopf. »Du hast dort keine Haare«, murmelte er.

»Ist das schlimm?«

Er lachte. »Es ist wunderschön. Für mich ist das aufregend.«

Aufregend? Wie wär's mit explosiv. Er wollte nichts als unter ihren Rock kriechen und sie lecken und schlucken und saugen, aber das alles ging definitiv zu weit.

Er war ja so ein Neandertaler – aber die Vorstellung, dass vor ihm noch nie jemand die Hand an diese Stelle gelegt hatte, war höllisch erotisch.

»Wie fühlt sich das an?«, fragte er und erhöhte das Tempo ein bisschen.

»O Gott ... Butch.« Wild bäumte sie sich auf, ihr Kopf fiel in den Nacken, sodass ihr Hals sich bezaubernd nach oben wölbte.

Sein Blick blieb an ihrer Kehle haften, und ein merkwürdiger Instinkt stieg in ihm auf: Er wollte sie beißen. Und sein Mund öffnete sich, als wäre er bereit, es auch zu tun.

Fluchend schüttelte er sich, um diesen absurden Impuls abzuschütteln.

»Butch ... ich brauche ...«

»Ich weiß schon, Baby. Ich kümmere mich darum.« Jetzt legte er den Mund wieder auf ihre Brust und begann sie ernsthaft zu bearbeiten. Er fand einen Rhythmus beim Streicheln, blieb aber immer an der Außenseite, um sie nicht völlig aus der Fassung zu bringen.

Wobei sich herausstellte, dass er derjenige war, der durchdrehte. Die Reibung, ihre Haut unter seiner Hand und ihr Duft vermengten sich, bis ihm endlich bewusst wurde, dass er seine Hüften im Gleichklang mit seiner Hand in die Matratze pumpte. Als sein Kopf zwischen ihre Brüste sank, weil er ihn nicht mehr hochhalten konnte, wusste er, dass er mit der Schwanzmassage aufhören musste, die er sich selbst verabreichte. Er musste sich auf sie konzentrieren.

Also hob er den Kopf und sah sie an. Ihre Augen waren weit aufgerissen und ein bisschen ängstlich. Sie stand gerade auf der Kippe, und sie wirkte verwirrt.

»Ist schon gut, Baby, alles ist gut.« Immer weiter arbeitete er zwischen ihren Beinen.

»Was geschieht mit mir?«

Er legte seine Lippen an ihr Ohr. »Du wirst gleich kommen. Lass dich fallen. Ich bin hier, ich bin bei dir. Halt dich an mir fest.«

Ihre Hände krallten sich in seinen Arm, und als ihre Nägel ihn blutig kratzten, lächelte er. Das war perfekt.

Ein Ruck lief durch ihre Hüften. »Butch …«

»Genau so. Komm für mich.«

»Ich kann nicht … kann nicht …« Sie schwang den Kopf hin und her, gefangen zwischen dem, was ihr Körper wollte, und dem, was ihr Verstand nicht ganz aufnehmen konnte. Sie würde ihren Schwung verlieren, wenn er nicht schnell etwas unternahm.

Ohne auch nur nachzudenken oder zu wissen, warum es helfen könnte, vergrub er sein Gesicht an ihrem Hals und biss sie, direkt oberhalb der Halsschlagader. Und das war es. Sie rief laut seinen Namen und begann zu beben, ihre Hüften zuckten, der ganze Rücken bog sich. Mit tiefer Freude half er ihr, den Orgasmus zu reiten, und sprach die ganze Zeit mit ihr – obwohl Gott allein wissen mochte, was er da sagte.

Als sie wieder landete, hob er den Kopf von ihrem Hals. Zwischen den Lippen konnte er ihre Fänge sehen und spürte plötzlich einen Zwang, gegen den er nicht ankämpfen konnte. Er schob seine Zunge in ihren Mund und leckte über die scharfen Spitzen, fühlte sie über seine Haut schaben. Er wollte sie in sich haben … wollte, dass sie von ihm trank, sich von ihm nährte.

Mühsam zwang er sich dazu, aufzuhören. Der Rückzug fühlte sich so hohl an. Unbefriedigte Bedürfnisse quälten ihn, und sie waren nicht rein sexueller Natur. Er brauchte … Dinge von ihr, Dinge, die er selbst nicht begriff.

Jetzt schlug sie die Augen auf. »Ich wusste nicht, dass es so sein würde.«

»Hat es dir gefallen?«

Ihr Lächeln raubte ihm den Verstand. Er konnte sich kaum noch an den eigenen Namen erinnern. »O ja.«

Sanft küsste er sie, dann zog er ihren Rock wieder herunter und knöpfte das Mieder zu, packte das Geschenk ihres Körpers sorgfältig wieder ein. Dann bettete er sie in seine Armbeuge und legte sich bequem hin. Sie driftete bereits in den Schlaf ab, und er war vollkommen zufrieden damit, ihr dabei zuzusehen. Etwas Besseres hätte er sich gar nicht vorstellen können, als wach zu bleiben, während sie ruhte, und auf sie aufzupassen.

Obwohl er sich aus irgendeinem Grund wünschte, eine Waffe bei sich zu haben.

»Ich kann die Augen nicht offen halten«, murmelte sie.

»Versuch es gar nicht erst.«

Er streichelte ihr über das Haar und dachte, dass er zwar in ungefähr zehn Minuten den schlimmsten Fall von blauen Eiern in der Geschichte der Menschheit erleben würde, aber dass alles auf der Welt vollkommen in Ordnung war.

Butch O'Neal, dachte er, *du hast deine Frau gefunden.*

12

»Er sieht seinem Großvater ja so ähnlich.«

Joyce O'Neal Rafferty beugte sich über die Wiege und zupfte die Decke um ihren drei Monate alten Sohn fest. Diese Debatte lief jetzt schon seit seiner Geburt, und sie hatte es satt.

»Nein, er sieht aus wie du.«

Als Joyce spürte, wie sich die Arme ihres Ehemannes um ihre Taille schlangen, fühlte sie den Drang, sich ihm zu entziehen. Ihn schienen die Extrapfunde von der Schwangerschaft nicht zu stören, aber sie fühlte sich dadurch wahnsinnig unwohl.

In der Hoffnung, ihn abzulenken, sagte sie: »Also, nächsten Sonntag kannst du es dir aussuchen. Entweder kümmerst du dich allein um Sean, oder du holst Mutter ab. Was ist dir lieber?«

Er ließ die Arme sinken. »Warum kann dein Vater sie nicht aus dem Pflegeheim abholen?«

»Du kennst doch Dad. Er kommt mit ihr nicht so gut klar, besonders nicht im Auto. Sie wird sich wieder aufregen, er wird von ihr genervt sein, und wir haben dann den Ärger bei der Taufe, wenn sie endlich angekommen sind.«

Mikes Brust hob und senkte sich. »Ich finde, du solltest dich um deine Mutter kümmern. Sean und ich kommen schon klar. Kann eine deiner Schwestern bei uns mitfahren?«

»Ja. Colleen vielleicht.«

Ein Weilchen schwiegen beide und sahen einfach nur Sean beim Atmen zu.

Dann fragte Mike: »Wirst du ihn einladen?«

Am liebsten hätte sie geflucht. In der Familie O'Neal gab es nur einen »ihn«. Brian. Butch. Der »Er«. Von den sechs Sprösslingen, die Eddie und Odell O'Neal gehabt hatten, waren zwei verlorene Kinder. Janie war ermordet worden, und Butch war im Prinzip nach der Schule verschwunden. Letzteres war ein Segen gewesen, Ersteres ein Fluch.

»Er kommt sowieso nicht.«

»Du solltest ihn trotzdem einladen.«

»Wenn er auftaucht, dreht Mutter durch.«

Odells rasch fortschreitende Demenz brachte mit sich, dass sie gelegentlich glaubte, Butch wäre tot und deshalb nicht mehr da. Ihre andere Strategie, mit dem Verlust umzugehen, bestand darin, sich verrückte Geschichten über ihn auszudenken. Zum Beispiel, dass er als Bürgermeister von New York kandidierte. Oder Medizin studierte. Oder dass er nicht der Sohn seines Vaters war, und Eddie ihn deshalb nicht ausstehen konnte. Was natürlich totaler Quatsch war. Die ersten beiden Geschichten waren aus naheliegenden Gründen Unfug, und die dritte, weil es zwar stimmte, dass Eddie Butch noch nie gemocht hatte; aber nicht, weil er nicht sein leiblicher Sohn war. Eddie hatte keines seiner Kinder je besonders gemocht.

»Du solltest ihn trotzdem einladen, Joyce. Er gehört zur Familie.«

»Nicht so richtig.«

Zum letzten Mal mit ihrem Bruder gesprochen hatte sie … mein Gott, auf ihrer Hochzeit vor fünf Jahren? Und niemand hatte ihn seitdem gesehen oder viel von ihm gehört. Man erzählte sich in der Familie, dass ihr Vater eine Nachricht von Butch bekommen habe, damals im … August? Ja, am Ende des Sommers. Er hatte eine Nummer hinterlassen, unter der man ihn erreichen konnte. Aber das war es dann auch gewesen.

Sean stieß ein leises Schnauben aus.

»Joyce?«

»Ach komm schon, er würde sich doch niemals blicken lassen, wenn ich ihn einlade.«

»Dann kannst du dir auf die Fahne schreiben, dass du ihm zumindest das Angebot gemacht hast, und musst dich trotzdem nicht mit ihm rumschlagen. Oder vielleicht würde er dich auch überraschen.«

»Mike, ich werde ihn nicht anrufen. Wir brauchen wirklich nicht noch mehr Dramen in dieser Familie.« Als würde es nicht vollkommen ausreichen, dass ihre Mutter verrückt war und zusätzlich noch Alzheimer hatte.

Betont entschlossen sah sie auf die Uhr. »Hey, läuft *CSI* schon?«

Und dann zerrte sie ihren Mann aus dem Kinderzimmer, um ihn von Dingen abzulenken, die ihn nichts angingen.

Marissa wusste nicht einmal, wie spät es war, als sie aufwachte, aber sie wusste, dass sie lange geschlafen hatte. Sie schlug die Augen auf und lächelte. Butch schlief tief und fest, von hinten an ihren Rücken gepresst, einen massigen Oberschenkel zwischen ihren Beinen, die

Hand auf ihre Brust gelegt, den Kopf an ihrem Hals vergraben.

Als sie sich langsam zu ihm umdrehte, wanderte ihr Blick an seinem Körper herunter. Die Decke, die er sich vorhin hochgezogen hatte, war heruntergerutscht, und unter dem dünnen Krankenhauskittel befand sich etwas Hartes in seiner Lendengegend. Gütiger ... eine Erektion. Er war erregt.

»Was schaust du da an, Baby?« Butchs tiefe Stimme klang, als ob man Kieselsteine aneinanderrieb.

Erschrocken zuckte sie zurück und hob den Blick. »Ich wusste nicht, dass du wach bist.«

»Ich habe gar nicht geschlafen. Habe dich lieber stundenlang betrachtet.« Er zog die Decke wieder hoch und lächelte. »Wie geht es dir?«

»Gut.«

»Wenn du mal eine Pause machen willst ...«

»Butch.« Wie genau sollte sie das formulieren? »Männer tun auch das, was du gestern bei mir gemacht hast, oder? Ich meine, letzte Nacht, als du mich berührt hast.«

Er errötete und zupfte an der Decke herum. »Ja, tun wir. Aber darüber musst du dir keine Gedanken machen.«

»Warum nicht?«

»Einfach so.«

»Darf ich dich ansehen?« Sie deutete mit dem Kopf auf seine Lenden. »Da unten?«

Er hüstelte. »Willst du das denn?«

»Ja. O ja ... ich möchte dich dort anfassen.«

Ein leiser Fluch, dann murmelte er: »Was dann passiert, könnte ein Schock für dich sein.«

»Ich war geschockt, als deine Hand zwischen meinen

Beinen lag. Meinst du so eine Art Schock? Auf eine gute Art?«

»Ja.« Seine Hüften rutschten unruhig herum, als würden sie am Ende der Wirbelsäule rotieren. »Lieber Himmel … Marissa.«

»Ich will dich nackt.« Jetzt kniete sie sich hin und streckte die Hand nach dem Kittel aus. »Und ich will dich ausziehen.«

Mit festem Griff hielt er ihre Hand fest. »Ich … äh … Marissa, hast du eine Ahnung, was passiert, wenn ein Mann kommt? Denn das wird auf jeden Fall passieren, wenn du mich berührst. Und es wird nicht lange dauern.«

»Ich möchte es herausfinden. Mit dir.«

Er schloss die Augen. Holte tief Luft. »Großer Gott.«

Gehorsam hob er den Oberkörper an und beugte sich nach vorn, sodass sie den Kittel über seine Arme streifen konnte. Dann ließ er sich zurück auf die Matratze sinken. Sein Körper lag entblößt vor ihr: der kräftige Hals auf den breiten Schultern … die schweren Brustmuskeln mit dem Flaum von Haaren darauf … die ausdefinierten Bauchmuskeln … und …

Sie zog die Decke zurück. O Himmel, sein Geschlecht war … »Es ist so riesig geworden.«

Butch stieß ein bellendes Lachen aus. »Du sagst so nette Sachen.«

»Ich habe es gesehen, als es … ich wusste nicht, dass es so …«

Sie konnte die Augen nicht von der Erektion abwenden, die auf seinem Bauch lag. Sein hartes Glied hatte die Farbe seiner Lippen und war schockierend schön, die Spitze stumpf mit einem grazilen Grat, der Schaft vollkommen rund und am Ansatz sehr dick. Und diese beiden Gewichte darunter waren schwer, schamlos, männlich.

Vielleicht waren Menschen dort unten größer als die Männer ihrer Spezies?

»Wie möchtest du berührt werden?«

»Egal, solange du es bist.«

»Nein, zeig es mir.«

Kurz kniff er die Augen zu, und seine Brust dehnte sich aus. Als er die Lider wieder anhob, öffnete er die Lippen und ließ seine Hand langsam über seine Brust und seinen Bauch hinabgleiten. Ein Bein legte er zur Seite, dann umfing er sich selbst mit der Hand, schloss eine Faust um sein dunkelrosa Fleisch. Seine Männerhand war groß genug, um es ganz zu umschließen. Mit bedächtigen, sanften Bewegungen streichelte er seine Erregung, vom Ansatz bis zur Spitze, massierte den Schaft.

»Oder so was in der Art«, sagte er heiser, ohne aufzuhören. »Meine Güte, sieh dich an … ich könnte auf der Stelle kommen.«

»Nein.« Sie schob seinen Arm aus dem Weg, und die Erektion federte steif auf seinen Bauch. »Ich will das machen.«

Sobald sie ihn anfasste, stöhnte er auf, sein ganzer Körper wand sich. Er war heiß. Er war hart. Er war weich. Er war so dick, dass sie mit der Hand nicht ganz darum herum kam.

Zunächst zögerlich folgte sie seinem Beispiel, rieb auf und ab, bestaunte, wie die seidige Haut über den steinharten Kern glitt.

Als er die Zähne zusammenbiss, hörte sie auf. »Ist das richtig so?«

»Ja … verdammt …« Sein Kinn fiel nach hinten, die Venen an seinem Hals traten hervor. »Mehr.«

Jetzt legte sie auch die andere Hand um ihn und bewegte sie zusammen. Sein Mund klappte weit auf, er verdrehte die Augen, ein feiner Schweißfilm breitete sich auf seinem Körper aus.

»Wie fühlt sich das an, Butch?«

»Ich bin schon ganz nah dran.« Er presste die Kiefer aufeinander und atmete schwer. Doch dann hielt er ihre Hände fest. »Warte! Noch nicht …«

Seine Erektion pochte, zuckte heftig in ihren Händen. Ein klarer Tropfen erschien an der Spitze.

Keuchend atmete er ein. »Zieh es in die Länge. Lass mich dafür arbeiten, Marissa. Je länger du mich zappeln lässt, desto besser wird das Ende sein.«

Sein Ächzen und das Spiel seiner Muskeln dienten ihr als Anleitung, sie lernte die Berge und Täler seiner erotischen Reaktion zu erkennen, fand heraus, wann er nahe am Höhepunkt war und wie genau sie ihn auf der Spitze der sexuellen Klinge balancieren konnte.

Gütiger, Sex bedeutete tatsächlich Macht, und im Augenblick hatte sie die vollkommene Macht über ihn. Er war wehrlos, ausgeliefert … genau wie sie selbst es in der vergangenen Nacht gewesen war. *Es war wunderbar.*

»Bitte … Baby …« Wie sie diese heisere Atemlosigkeit liebte. Die gespannten Sehnen an seinem Hals liebte. Die Kontrolle liebte, die sie hatte, wenn sie ihn in der Hand hielt.

Was sie auf eine Idee brachte. Sie ließ los und wandte sich seinen Hoden zu, schob die Hand darunter, umschloss sie. Mit einem unterdrückten Fluch zerknüllte er das Laken mit den Fäusten, bis die Knöchel weiß hervortraten.

Immer weiter machte sie, bis er nur noch zuckte, schweißbedeckt war und zitterte. Dann beugte sie sich herunter und presste ihren Mund auf seinen. Er verschlang sie fast, packte sie ihm Nacken, zog sie an seine Lippen, murmelte etwas Unverständliches, stieß ihr die Zunge in den Mund.

»Jetzt?«, fragte sie mitten im Kuss.

»Jetzt.«

Sie nahm ihn wieder in die Hand und bewegte die Finger schneller und schneller, bis sein Gesicht sich zu einer wunderschönen Maske der Qual verzerrte und sein Körper sich so fest anspannte wie ein Seil.

»Marissa ...« Völlig unkoordiniert zerrte er sich den OP-Kittel über die Hüften, schirmte sich vor ihrem Blick ab. Dann spürte sie, wie er zuckte und erschauerte und etwas Warmes, Dickflüssiges in Wellen aus ihm herausströmte und über ihre Hand floss. Sie wusste instinktiv, dass sie ihren Rhythmus aufrechterhalten musste, bis es vorbei war.

Als seine Augen sich schließlich öffneten, waren sie glasig. Satt. Voller andächtiger Wärme.

»Ich will dich nicht loslassen«, sagte sie.

»Dann tu es nicht. Niemals.«

Langsam wurde er weich in ihrer Hand, ein Rückzug aus der Härte. Sie küsste ihn und zog neugierig die Hand unter dem Kittel hervor.

»Ich wusste nicht, dass es schwarz sein würde«, murmelte sie lächelnd, als sie ihre feuchten Finger betrachtete

Entsetzen breitete sich auf seinem Gesicht aus. *»Um Gottes willen!«*

Havers lief den Flur hinunter zum Quarantänezimmer.

Unterwegs sah er nach dem kleinen Mädchen, das er ein paar Tage vorher operiert hatte. Sie heilte gut, aber er machte sich Sorgen. Was, wenn er sie und ihre Mutter wieder in die Welt hinausschicken musste? Dieser *Hellren* war gewalttätig, und es war zu erwarten, dass sie bald wieder in der Klinik auftauchen würden. Aber was konnte er schon tun? Er konnte sie nicht auf ewig hier behalten. Er brauchte das Bett.

Danach ging er weiter, vorbei an seinem Labor, einer Schwester zuwinkend, die über ein Mikroskop gebeugt saß. Als er vor der Tür mit der Aufschrift PUTZZEUG ankam, zögerte er.

Er fand es furchtbar, dass Marissa mit diesem Menschen dort drin eingesperrt war.

Doch das Wichtigste war, dass sie sich nicht angesteckt hatte. Der gestrigen Untersuchung zufolge ging es ihr gut. Also würde ihre kleine Verirrung sie zumindest nicht das Leben kosten.

Was den Menschen betraf, so konnte er nach Hause gehen. Seine letzte Blutprobe war beinahe normal gewesen, und er gewann mit erstaunlicher Geschwindigkeit an Kraft, weswegen es allerhöchste Zeit wurde, ihn aus Marissas Nähe zu entfernen. Havers hatte die Bruderschaft bereits angerufen und ihnen mitgeteilt, dass sie ihn abholen konnten.

Butch O'Neal war gefährlich, und zwar nicht nur wegen der Verseuchung. Der Mensch begehrte Marissa – das sah man in seinen Augen. Und das war nicht hinnehmbar.

Havers schüttelte den Kopf. Im letzten Herbst hatte er sich bemüht, die beiden voneinander fernzuhalten. Zuerst war er davon ausgegangen, dass Marissa den Menschen aussaugen würde, was völlig in Ordnung gewesen wäre. Aber als offensichtlich wurde, dass sie sich während ihrer Grippeerkrankung nach ihm verzehrte, hatte Havers einschreiten müssen.

Er hoffte so sehr, dass sie irgendwann einen wahren Partner finden würde, aber ganz sicher nicht einen minderwertigen menschlichen Raufbold. Sie brauchte jemanden, der es wert war, sie zu lieben, der sie verdiente; wenn es auch unwahrscheinlich war, dass sie bald auf so jemanden treffen würde, in Anbetracht der Meinung der *Glymera* von ihr.

Aber vielleicht ... na ja, ihm war wohl bewusst, wie gut Rehvenge sie im Auge behielt. Das könnte funktionieren. Rehv konnte von beiden Elternseiten her auf starke Blutlinien zurückblicken. Er war vielleicht ein wenig ... hart, aber in den Augen der Gesellschaft durchaus geeignet.

Möglicherweise sollte man diese Konstellation ermutigen? Immerhin war Marissa noch unberührt, so rein wie am Tag ihrer Geburt. Und Rehvenge hatte Geld, sehr viel Geld, obwohl niemand wusste, woher es stammte. Und was noch wichtiger war: Er ließ sich nicht von der Meinung der *Glymera* beeinflussen.

Ja, dachte Havers. Das wäre eine gute Verbindung. Die Beste, auf die sie hoffen konnte.

Nun fühlte er sich ein bisschen besser, als er die Schranktür aufstieß. Dieser Mensch war schon so gut wie weg, und niemand musste erfahren, dass die beiden tagelang zusammen eingesperrt gewesen waren. Sein Personal war zum Glück verschwiegen.

Mein Gott, er konnte sich gut vorstellen, was die *Glymera* mit ihr anstellen würde, wenn sie wüssten, dass sie in so engem Kontakt zu einem Menschen gestanden hatte. Noch mehr Angriffsfläche konnte sich Marissas angeschlagener Ruf nicht mehr leisten, und um ehrlich zu sein, Havers selbst konnte es auch nicht mehr. Er war vollkommen erschöpft von ihren andauernden sozialen Fehlschlägen.

Er liebte sie, aber er war wirklich am Ende.

Marissa hatte keine Ahnung, warum Butch sie ins Badezimmer zerrte, als sei der Teufel hinter ihm her.

»Butch! Was machst du denn?«

Er riss den Wasserhahn auf, zwang ihre Hände unter den Strahl und schnappte sich ein Stück Seife. Während er sie sauber schrubbte, weitete Panik seine Augen.

»Was zum Henker geht hier vor?«

Sowohl Marissa als auch Butch wirbelten herum. Im Türrahmen stand Havers, ohne Schutzanzug – und wütender, als sie ihn je zuvor erlebt hatte.

»Havers …«

Ihr Bruder schnitt ihr das Wort ab, indem er einen Satz machte und sie am Arm aus dem Badezimmer zog.

»Hör auf … aua! Havers, du tust mir weh!«

Was dann passierte, ging viel zu schnell für sie.

Havers ließ sie urplötzlich … los. Gerade noch zerrte er an ihr, und sie wehrte sich dagegen, im nächsten Moment drückte Butch ihn mit dem Gesicht voraus flach gegen die Wand.

Die Stimme des Ex-Cops war ein gemeines Knurren. »Mir ist scheißegal, ob du ihr Bruder bist. Du wirst sie nicht so behandeln. Niemals.« Er drückte Havers seinen Unterarm in den Nacken, um seiner Botschaft Nachdruck zu verleihen.

»Butch, lass ihn …«

»Haben wir uns verstanden?«, übertönte Butch ihre Worte. Als ihr Bruder nach Luft schnappte und nickte, ließ Butch ihn los, ging zum Bett und wickelte sich in aller Ruhe ein Laken um die Hüften. Als hätte er nicht gerade einem Vampir die Leviten gelesen.

In der Zwischenzeit taumelte Havers durchs Zimmer und konnte sich gerade noch an der Bettkante festhalten, einen wahnsinnigen Ausdruck auf dem Gesicht, während er seine Brille wieder gerade rückte und Marissa anfunkelte. »Du verlässt sofort diesen Raum. Auf der Stelle.«

»Nein.«

Havers klappte der Kiefer herunter. »Wie bitte?«

»Ich bleibe bei Butch.«

»Auf keinen Fall!«

In der Alten Sprache sagte sie: *»Wenn er mich nähme, würde ich als seine* Shellan *an seiner Seite bleiben.«*

Havers sah aus, als hätte sie ihm eine Ohrfeige gegeben: geschockt. Und angewidert. *»Und ich würde es verbieten. Hast du keinen Funken Anstand mehr im Leib?«*

Butch unterbrach sie. »Du solltest wirklich gehen, Marissa.«

Bruder und Schwester sahen ihn erstaunt an. »Butch?«, fragte sie.

Das strenge Gesicht, das sie anbetete, wurde für einen Moment weich, doch dann wieder grimmig. »Wenn er dich herauslässt, solltest du gehen.«

Und nicht zurückkommen, ergänzte seine Miene.

Sie sah ihren Bruder an, ihr Kopf begann zu hämmern. »Lass uns allein.« Als Havers den Kopf schüttelte, rief sie: *»Verschwinde hier!«*

Es gibt Momente, in denen weiblicher Zorn alle Aufmerksamkeit auf sich zieht, und das war einer davon. Butch wurde still, und Havers schien verdutzt.

Dann wandte Havers sich Butch zu und verengte die Augen zu Schlitzen. »Die Bruderschaft kommt dich abholen, Mensch. Ich habe sie angerufen und ihnen gesagt, dass du gehen kannst.« Havers schleuderte Butchs Krankenakte auf das Bett, als gäbe er auf. »Komm niemals hierher zurück. Niemals.«

Als ihr Bruder gegangen war, starrte Marissa Butch an, doch noch ehe sie ein Wort herausbekam, flehte er: »Baby, bitte versteh doch. Ich bin nicht gesund. Da ist immer noch etwas in mir.«

»Ich habe keine Angst vor dir.«

»Ich schon.«

Sie verschränkte die Arme. »Was wird geschehen, wenn ich jetzt gehe? Zwischen dir und mir?«

Keine gute Frage, dachte sie in der zwischen ihnen entstehenden Stille.

»Butch …«

»Ich muss herausfinden, was sie mit mir gemacht haben.« Er blickte an sich herab und betastete die unebene schwarze Narbe neben seinem Bauchnabel. »Ich muss wissen, was da in mir ist. Ich will mit dir zusammen sein, aber nicht so. Nicht so, wie ich jetzt bin.«

»Ich war vier Tage bei dir, und es geht mir gut. Warum jetzt aufhören …«

»Geh, Marissa.« Seine Stimme klang gequält und traurig. Wie seine Augen. »Sobald ich kann, komme ich dich suchen.«

Das wirst du nicht, dachte sie.

Gütige Jungfrau im Schleier, es war alles wieder genau wie bei Wrath. Sie wartete. Immer wartete sie, während irgendein Kerl draußen in der Welt etwas Besseres zu tun hatte.

Sie hatte schon dreihundert Jahre unerfüllte Erwartung hinter sich.

»Das werde ich nicht tun«, murmelte sie. Dann sagte sie mit etwas mehr Nachdruck: »Ich werde nicht mehr warten. Nicht einmal auf dich. Beinahe die Hälfte meines Lebens ist jetzt schon vorbei, und ich habe sie vergeudet, indem ich zu Hause herumsaß und hoffte, dass ein Mann mich abholen würde. Das kann ich nicht mehr … egal wie viel … du mir bedeutest.«

»Du bedeutest mir auch sehr viel. Deshalb bitte ich dich zu gehen. Ich beschütze dich.«

»Du … beschützt mich.« Sie musterte ihn von Kopf bis Fuß. Sie wusste sehr genau, dass Butch Havers nur von ihr hatte wegreißen können, weil er das Überraschungselement auf seiner Seite gehabt hatte und Havers kein Krieger war. Wenn ihr Bruder ein Kämpfer wäre, hätte er Butch getötet. »Du beschützt mich? Herrje, ich könnte dich mit einem Arm über meinem Kopf halten, Butch. Es gibt nichts, was du körperlich tun kannst, was ich nicht besser könnte. Also tu mir keinen Gefallen.«

Was natürlich die völlig falsche Entgegnung war.

Butchs wandte die Augen ab und verschränkte die Arme vor der Brust, die Lippen zu einem Strich verzogen.

O je. »Butch, ich meine damit nicht, dass du schwach …«

»Ich bin sehr froh, dass du mich an etwas erinnert hast.«

O je. »An was denn?«

Sein verkniffenes Lächeln war scheußlich. »Ich stehe in zweifacher Hinsicht am unteren Ende der Hackordnung. Sozial und evolutionär.« Er deutete mit dem Kopf auf die Tür. »Also … ja, geh nur, geh. Und du hast absolut recht. Warte nicht auf mich.«

Sie wollte die Arme nach ihm ausstrecken, aber sein kalter, leerer Blick hielt sie davon ab.

Verdammt, sie hatte es vermasselt.

Nein, sagte sie sich. Es gab nichts zu vermasseln. Nicht, wenn er sie von den unschönen Dingen seines Lebens ausschloss. Nicht, wenn er einfach ging und sie verließ, um vielleicht zu einem unbestimmten, wahrscheinlich niemals eintreffenden Zeitpunkt zurückzukommen.

Marissa schritt zur Tür und musste sich noch einmal zu ihm umdrehen. Das Bild von ihm, wie er in das Laken gewickelt dort stand, nackt, die Verletzungen überall auf ihm noch nicht verheilt … ach, könnte sie es nur vergessen.

Sie ging aus dem Zimmer, und die Luftschleuse schloss ihn mit einem Zischen ein.

Wahnsinn, dachte Butch, als er sich auf den Boden sinken ließ. So fühlte sich das also an, wenn einem bei lebendigem Leib die Haut abgezogen wurde.

Sich das Kinn reibend saß er da und starrte ins Leere, verloren, obwohl er genau wusste, in welchem Raum er sich befand, allein mit den Überresten des Bösen in ihm.

»Butch, alter Knabe.«

Er riss den Kopf hoch. Vishous stand im Zimmer, in voller Ledermontur, eine echte Kampfmaschine. Der Valentino-Kleidersack, der an seinem Handschuh baumelte, wirkte völlig deplatziert, ungefähr so durchgeknallt wie ein Butler mit einer AK-47.

»Ach du Scheiße, Havers muss den Verstand verloren

haben, dich jetzt schon zu entlassen. Du siehst grauenhaft aus.«

»Ich habe nur einen miesen Tag.« Und davon würde es in Zukunft noch einige geben, also sollte er sich besser daran gewöhnen.

»Wo ist Marissa?«

»Sie ist gegangen.«

»Gegangen?«

»Zwing mich nicht, es noch mal zu sagen.«

»Oh. Mist.« Vishous atmete hörbar ein und warf dann mit Schwung den Kleidersack aufs Bett. »Ich habe dir ein paar Klamotten und ein neues Handy …«

»Es ist immer noch in mir, V. Ich kann es fühlen. Ich kann es … schmecken.«

Vs Diamantaugen musterten ihn rasch von Kopf bis Fuß. Dann kam er näher und streckte die Hand aus. »Der Rest von dir heilt gut. Du heilst sogar sehr schnell.«

Butch ergriff die Hand seines Mitbewohners und ließ sich von ihm auf die Füße ziehen. »Vielleicht kommen wir ja gemeinsam dahinter, wenn ich erst mal hier raus bin. Außer, du hast schon was gefunden …«

»Noch nichts. Aber ich habe die Hoffnung noch nicht aufgegeben.«

»Das wäre dann wenigstens einer von uns.«

Butch zog den Reißverschluss am Kleidersack auf, ließ das Laken fallen und schlüpfte in eine Boxershorts. Dann steckte er die Beine in eine schwarze Hose und die Arme in ein Seidenhemd.

In der Straßenkleidung fühlte er sich wie ein Betrüger, denn in Wahrheit war er ein Patient, ein Freak, ein Albtraum. Gütiger, was war nur aus ihm herausgekommen, als er den Orgasmus gehabt hatte? Und

Marissa ... wenigstens hatte er sie, so schnell er konnte, gesäubert.

»Deine Werte sehen gut aus«, las V in der Krankenakte, die Havers aufs Bett geworfen hatte. »Scheint alles wieder völlig normal.«

»Ich habe vor ungefähr zehn Minuten ejakuliert, und das Zeug war schwarz. Von *normal* kann also keine Rede sein.«

Schweigen folgte auf diese fröhliche kleine Enthüllung. Mann, hätte er sich umgedreht und V ohne Vorankündigung einen Schlag auf die Zwölf verpasst, wäre der vermutlich weniger geschockt gewesen.

»Ach, Herrgott noch mal«, murmelte Butch, zog die Gucci-Schuhe über und schnappte sich den schwarzen Kaschmirmantel. »Lass uns einfach abhauen.«

Auf dem Weg zur Tür warf Butch noch mal einen Blick über die Schulter zum Bett. Das Bettzeug war noch ganz zerknüllt von dem Moment, als er und Marissa übereinander hergefallen waren.

Leise fluchend ging er hinaus in den Überwachungsraum, dann V hinterher durch den Einbauschrank mit dem Putzzeug. Draußen im Flur liefen sie an einem Labor vorbei und gelangten dann in die eigentliche Klinik, den Krankenzimmern nach zu urteilen. Durch jede Tür warf er einen Blick, bis er wie angewurzelt stehen blieb.

In einem der Zimmer saß Marissa auf einer Bettkante, das pfirsichfarbene Kleid um sich herum ausgebreitet. Sie hielt die Hand eines kleinen Mädchens und sprach leise mit ihr, während eine ältere Vampirin – vermutlich die Mutter der Kleinen – aus der Ecke zusah.

Die Mutter war es, die den Blick hob. Als sie Butch und

V entdeckte, zog sie den Kopf ein, schlang die Arme fester um ihren schäbigen Pullover und blickte zu Boden.

Butch schluckte heftig und lief weiter.

Sie standen vor den Aufzügen und warteten, als er ansetzte: »V?«

»Ja?«

»Auch wenn es noch nichts Konkretes ist, aber du hast eine Ahnung, was mit mir gemacht wurde, oder?« Er sah seinen Mitbewohner nicht an. Und V sah ihn nicht an.

»Vielleicht. Aber wir sind hier nicht allein.«

Ein elektronisches *Ding* ertönte, und die Türen glitten auf. Schweigend fuhren sie hinauf.

Als sie aus dem Haus in die Nacht hinaus traten, meinte Butch: »Eine Zeit lang habe ich schwarz geblutet, weißt du.«

»In deiner Akte haben sie vermerkt, dass die natürliche Farbe mittlerweile zurückgekehrt ist.«

Völlig unvorbereitet zog Butch V am Arm zu sich herum. »Bin ich jetzt zum Teil ein *Lesser?*«

Da. Jetzt war es raus. Seine größte Angst, sein Grund, vor Marissa wegzulaufen, die Hölle, mit der zu leben er erst lernen müsste.

V sah ihm direkt in die Augen. »Nein.«

»Woher wissen wir das?«

»Ich lehne diese Schlussfolgerung ab.«

Butch ließ die Hand sinken. »Es ist gefährlich, den Kopf in den Sand zu stecken, Vampir. Ich könnte jetzt dein Feind sein.«

»Blödsinn.«

»Vishous, ich könnte …«

Blitzschnell packte V ihn am Revers und riss ihn an sich. Der Bruder zitterte von Kopf bis Fuß, die Augen leuchteten wie Kristalle in der Nacht. *»Du bist nicht mein Feind.«*

Von null auf hundert presste Butch V die Hände auf die mächtigen Schultern und zerknüllte die Lederjacke in seinen Fäusten. *»Woher sollen wir das wissen.«*

V fletschte die Fänge und zischte, seine schwarzen Augenbrauen zogen sich finster zusammen. Butch stand ihm an Testosteron in nichts nach, er hoffte, betete, war bereit für eine Prügelei. Er lechzte geradezu danach, zuzuschlagen und geschlagen zu werden; er wollte Blut fließen sehen.

Eine kleine Ewigkeit lang standen sie so ineinander verkeilt, die Muskeln angespannt, Schweiß auf dem Gesicht, auf der Kippe.

Dann drang Vishous' Stimme durch den Abstand zwischen ihren Gesichtern, ein krächzender Ton auf einem keuchenden, verzweifelten Luftstrom. »Du bist mein einziger Freund. Niemals mein Feind.«

Wer wen zuerst umarmte, war hinterher schwer zu sagen, aber der Drang, aufeinander einzuprügeln, verschwand und ließ nur das Band zwischen ihnen zurück. Sie umschlangen sich fest und blieben eine ganze Zeit so im kalten Wind stehen. Hölzern und verlegen lösten sie sich endlich aus der Umklammerung.

Nach einigem Räuspern auf beiden Seiten holte V eine Selbstgedrehte aus der Tasche und zündete sie an. Er stieß den Rauch aus und sagte: »Du bist kein *Lesser,* Bulle. Das Herz wird entfernt, wenn man umgewandelt wird. Und deines schlägt noch.«

»Vielleicht sind sie nicht ganz fertig geworden, vielleicht wurden sie unterbrochen?«

»Dazu kann ich nichts sagen. Ich habe die Aufzeichnungen unserer Rasse durchforstet und habe nach etwas Vergleichbarem gesucht, nach egal was. Habe aber im ersten Durchgang nichts gefunden, also hab ich mir die Chroniken noch mal vorgenommen. Ich suche sogar in der Menschenwelt, wühle im Internet nach obskurem Quatsch.« Wieder stieß V eine Wolke türkischen Rauchs aus. »Ich kriege es schon raus. Irgendwie werde ich es rauskriegen.«

»Hast du versucht zu sehen, was kommt?«

»Du meinst die Zukunft?«

»Ja.«

»Natürlich.« Vishous ließ die Zigarette auf den Boden fallen, zertrat sie mit dem Stiefel, dann bückte er sich und hob die Kippe auf. Während er sie in die Tasche steckte, sagte er: »Aber es kommt immer noch nichts bei mir an. Scheiße ... ich brauche was zu trinken.«

»Ich auch. *ZeroSum?*«

»Bist du sicher, dass du dazu schon wieder fit genug bist?«

»Nicht im Geringsten.«

»Alles klar, dann also ab ins *ZeroSum.*«

Sie liefen zum Escalade und stiegen ein, Butch auf der Beifahrerseite. Nachdem er sich angeschnallt hatte, legte er die Hand auf seinen Bauch. Er tat höllisch weh, weil er sich so viel bewegt hatte, aber der Schmerz spielte keine Rolle. Eigentlich spielte nichts mehr wirklich eine Rolle.

Sie bogen gerade aus Havers' Auffahrt auf die Straße, als V sagte: »Ach, übrigens, für dich kam gestern ein Anruf. Spätabends. Ein Mikey Rafferty.«

Butch runzelte die Stirn. Warum sollte einer seiner Schwäger anrufen, vor allem dieser? Von all seinen

Schwestern und Brüdern mochte Joyce ihn am allerwenigsten – was wirklich etwas heißen wollte. Hatte sein Vater endlich den Herzinfarkt gehabt, der sich schon lange ankündigte?

»Was hat er denn gesagt?«

»Es gibt eine Kindstaufe. Wollte dir Bescheid geben, damit du vorbeikommen kannst, wenn du Lust hast. Findet diesen Sonntag statt.«

Butch blickte aus dem Seitenfenster. Noch ein Baby. Okay, für Joyce war es das erste, aber insgesamt war es Neffe oder Nichte Numero ... wie viel? Sieben? Nein, acht.

Wortlos fuhren sie ins Stadtzentrum, die Lichter der entgegenkommenden Autos flackerten auf und verblassten wieder. Häuser zogen vorbei. Dann Geschäfte. Dann Bürogebäude aus der Jahrhundertwende. Butch dachte an all die Leute, die in Caldwell lebten.

»Wolltest du je Kinder haben, V?«

»Nein. Kein Interesse.«

»Ich früher schon.«

»Und jetzt nicht mehr?«

»Bei mir wird das nie was werden, aber das ist egal. Es gibt schon ausreichend O'Neals auf der Welt. Mehr als ausreichend.«

Fünfzehn Minuten später parkten sie hinter dem *ZeroSum,* doch es fiel Butch schwer, aus dem Auto auszusteigen. Die Vertrautheit der ganzen Szenerie – das Auto, sein Mitbewohner, der Club – machten ihn unruhig. Denn auch wenn alles gleich geblieben war, hatte er sich doch verändert.

Frustriert und in sich gekehrt holte er eine Red-Sox-Kappe aus dem Handschuhfach. Er zog sie an, drückte die Tür auf und sagte sich, dass er melodramatisch war und das hier alles völlig normal.

Im selben Moment, als sein Fuß aufs Pflaster traf, erstarrte er.

»Butch? Was ist los, Mann?«

Das war doch mal die Eine-Million-Dollar-Frage. Sein Körper schien sich in eine Art Stimmgabel verwandelt zu haben. Energie durchströmte ihn … zog ihn unwiderstehlich …

Er drehte sich um und begann die Tenth Street entlangzulaufen. Schnell. Er musste herausfinden, was das war, dieser Magnet, dieses Signal, das ihn zu rufen schien.

»Butch? Wo willst du hin, Bulle?«

Als V ihn am Arm festhielt, machte Butch sich heftig frei und fiel in einen rascheren Laufschritt. Es war, als hinge er an einem Seil, und jemand zöge ihn.

Undeutlich nahm er wahr, dass V neben ihm hertrabte und gleichzeitig sprach, offenbar telefonierte er auf dem Handy. »Rhage? Ich hab hier ein Problem. Tenth Street. Nein, es ist Butch.«

Jetzt fing Butch an zu rennen. Der Kaschmirmantel flatterte hinter ihm her. Als Rhages baumlanger Körper sich urplötzlich vor ihm materialisierte, schlug er einen Haken um ihn herum.

Rhage sprang ihm direkt in den Weg. »Butch, wo willst du hin?«

Doch als der Bruder ihn festhalten wollte, schubste Butch den Vampir so heftig von sich, dass Rhage gegen eine Ziegelwand knallte. »Fass mich nicht an!«

Zweihundert Meter weiter fand er endlich, was ihn rief: Drei *Lesser* kamen aus einer Seitenstraße.

Butch blieb stehen. Die Vampirjäger blieben stehen.

Und dann gab es einen scheußlichen Moment der Gemeinschaft, der Butch die Tränen in die Augen trieb, da er in ihnen erkannte, was auch in ihm war.

»Bist du ein neuer Rekrut?«, fragte einer der drei.

»Natürlich ist er das«, sagte ein anderer. »Und du hast heute Nacht den Appell verpasst, du Idiot.«

Nein ... nein ... o Gott, nein ...

Völlig synchron blickten die drei Jäger ihm über die Schulter. V und Rhage mussten um die Ecke gekommen sein. Die *Lesser* machten sich zum Kampf bereit, gingen in die Hocke und hoben die Hände.

Butch machte einen Schritt auf das Trio zu. Dann noch einen.

»Butch ...« Die schmerzvolle Stimme hinter ihm gehörte Vishous. »Nein ... bitte *nicht.*«

13

Müde verlagerte John seinen mageren Körper und schloss wieder die Augen. In den kaputten, potthässlichen, avocadogrünen Sessel gekauert, konnte er Tohr bei jedem Atemzug riechen: Dieser Albtraum eines jeden Innenarchitekten war das Lieblingsstück des Bruders und gleichzeitig Wellsies *»sitzus non gratus«* gewesen. Daher war das Möbel hier in das Büro im Trainingszentrum verbannt worden, und Tohr hatte viele Stunden darin verbracht und die Buchhaltung erledigt, während John Hausaufgaben machte.

Seit den Morden hatte John ihn als Bett benutzt.

Gereizt drehte er sich so herum, dass seine Beine über eine Armlehne hingen und sein Kopf und die Schultern oben an der Rückenlehne ruhten. Dann kniff er noch fester die Augen zu und betete um etwas Erholung. Das Blöde war nur, dass ihm das Blut in den Adern summte und in seinem Kopf alles Mögliche herumschwirrte, alles totaler Quatsch.

Erst vor zwei Stunden war der Unterricht zu Ende gewesen, und er hatte noch weitertrainiert, nachdem die anderen Schüler bereits abgefahren waren. Zudem schlief er seit einer Woche nicht gut. Man mochte meinen, er müsste auf der Stelle einschlafen.

Andererseits war er vielleicht wegen Lash immer noch

aufgebracht. Dieser Mistkerl hatte ihn heute nicht in Ruhe gelassen, weil er gestern vor der ganzen Klasse in Ohnmacht gefallen war. Mann, John hasste den Typen, wirklich wahr. Dieser arrogante, reiche, boshafte …

»Mach die Augen auf, Junge, ich weiß, dass du wach bist.«

John zuckte so heftig zusammen, dass er beinahe auf dem Fußboden landete. Als er sich mühsam wieder hochhievte, sah er Zsadist im Türrahmen stehen, gekleidet in seine übliche Uniform aus hautengem Rolli und weiter Jogginghose.

Der Ausdruck auf dem Gesicht des Kriegers war so stahlhart wie sein Körper. »Hör mir gut zu, denn ich werde das nicht zweimal sagen.«

John klammerte sich an den Sessellehnen fest. Er hatte eine grobe Ahnung, worum es gehen könnte.

»Du willst nicht zu Havers gehen, in Ordnung. Aber hör mit dem Blödsinn auf. Du lässt Mahlzeiten aus, du siehst aus, als hättest du seit Tagen nicht geschlafen, und deine Geisteshaltung macht mich allmählich stinksauer.«

Das war nicht unbedingt die übliche Elternsprechstunde, wie John sie kannte. Und er nahm die Kritik nicht gut auf: In seiner Brust machte sich Frustration breit.

Doch Z stach mit dem Zeigefinger in die Luft. »Und du hörst auf, Lash anzustänkern, ist das klar? Lass den kleinen Scheißer in Ruhe. Und von jetzt an kommst du zu den Mahlzeiten ins Haus.«

John zog die Augenbrauen zusammen und tastete nach seinem Block, um sicherzugehen, dass Z auch verstand, was er sagen wollte.

»Vergiss es, Junge. Ich bin an deinem Kommentar nicht interessiert.« Als John langsam richtig wütend wurde, lächelte Z, wobei er seine riesigen Fänge entblößte. »Und du wirst dich ja wohl nicht mit mir anlegen wollen.«

John wandte den Blick ab. Er wusste, dass der Bruder ihn mühelos in zwei Teile zerlegen konnte. Und das ärgerte ihn zu Tode.

»Du lässt den Unfug mit Lash, verstehst du mich? Zwing mich nicht, mich in euren Bullshit einzumischen. Das würde keinem von euch beiden besonders gefallen. Nick mal mit dem Kopf, damit ich weiß, dass du mich verstanden hast.«

John nickte beschämt. Wütend. Erschöpft.

Die ganze Aggression in ihm schnürte ihm die Luft ab, er seufzte und rieb sich die Augen. Sein ganzes Leben lang war er ein ruhiger Typ gewesen, vielleicht sogar ängstlich. Warum brachte ihn in letzter Zeit alles immer gleich auf die Palme?

»Deine Wandlung steht kurz bevor. Deshalb.«

Langsam hob John den Kopf. Hatte er richtig gehört?

Stimmt das wirklich?, fragte er in Zeichensprache.

»Ja. Deshalb musst du unbedingt lernen, dich zu beherrschen. Falls du die Transition überstehst, dann gehst du mit einem Körper daraus hervor, der zu den unglaublichsten Dingen fähig ist. Ich spreche von roher physischer Kraft der brachialen Art. Von der Art, die töten kann. Du glaubst, du hättest jetzt Probleme? Warte mal, bis du dich mit der neuen Situation herumschlagen musst. Deshalb musst du jetzt Beherrschung lernen.«

Zsadist wandte sich ab, blieb dann aber stehen und blickte noch einmal über die Schulter. Licht fiel auf die Narbe, die längs über sein Gesicht verlief und die Oberlippe verzerrte. »Eins noch. Brauchst du jemanden zum Reden? Über … alles Mögliche?«

Ja, klar, dachte John. Nur über seine Leiche würden sie ihn wieder zurück in die Klinik und zu dieser Therapeutin schicken.

Weshalb er sich auch weigerte, sich untersuchen zu lassen. Bei seiner letzten Begegnung mit dem Arzt ihrer Spezies hatte dieser ihn erpresst, eine Therapiesitzung zu machen. Und er hatte nicht die Absicht, sich noch mal auf die Couch zu legen. Nach allem, was in letzter Zeit passiert war, würde er sich nicht weiter mit seiner Vergangenheit befassen. In die Klinik würde er nur zurückkehren, wenn er kurz vor dem Exitus war.

»John? Möchtest du mit jemandem reden?« Als er den Kopf schüttelte, verengte Z die Augen. »In Ordnung. Aber die Sache mit dir und Lash ist bei dir angekommen, richtig?«

John senkte den Kopf und nickte.

»Gut. Und jetzt schieb deinen Hintern ins Haus. Fritz hat dir Essen gekocht, und ich werde persönlich überwachen, dass du es verspeist. Und zwar alles. Du brauchst Kraft für die Wandlung.«

Butch ging noch näher an die Vampirjäger heran, und sie fühlten sich von ihm überhaupt nicht bedroht. Wenn überhaupt, waren sie ärgerlich, so als ob er seine Arbeit nicht ordentlich erledigte.

»Hinter dir, du Volltrottel«, sagte der Mittlere. »Deine Zielpersonen stehen hinter dir. Zwei Brüder.«

Butch umrundete die *Lesser.* Instinktiv konnte er sie verstehen, ihr Verhalten deuten. Er spürte, dass der Größte von ihnen innerhalb des vergangenen Jahres in die Gesellschaft eingeführt worden war: An ihm haftete noch eine Spur des Menschen, der er einmal gewesen war, obwohl Butch nicht sicher war, woher er das wusste. Die anderen beiden waren schon viel länger dabei, und davon überzeugten ihn nicht nur ihre ausgeblichene Haut und die hellen Haare.

Hinter den dreien blieb er stehen und starrte zwischen ihren großen Körper hindurch V und Rhage an … die wiederum ein Gesicht machten, als würde ein guter Freund gerade in ihren Armen sterben.

Butch wusste haargenau, wann die *Lesser* angreifen würden, und bewegte sich mit ihnen nach vorn. Gerade, als Rhage und V in Angriffsstellung gingen, packte Butch den mittleren Jäger im Nacken und schleuderte ihn zu Boden.

Der *Lesser* brüllte, und Butch sprang auf seine Brust, obwohl er wusste, dass er noch nicht wieder in der Verfassung war, um sich auf einen Kampf einzulassen. Dementsprechend wurde er sofort abgeschüttelt, und der *Lesser* setzte sich auf ihn und würgte ihn. Der Kerl war stinksauer und brutal stark, wie ein tollwütiger Sumoringer.

Während Butch Mühe hatte, den Kopf auf den Schultern zu behalten, nahm er schemenhaft einen Lichtblitz und einen leisen Knall wahr. Und dann noch einen. Ganz offensichtlich räumten Rhage und V auf, und Butch hörte ihre donnernden Schritte auf sich zukommen. Gott sei Dank.

Nur, dass genau in dem Moment, als sie bei ihm ankamen, die Freakshow begann.

Zum ersten Mal sah Butch dem Untoten tief in die Augen, und etwas rastete ein, verband die beiden so fest miteinander, als wären ihre Körper von Eisenstangen umgeben. Als der *Lesser* vollkommen reglos wurde, fühlte Butch einen überwältigenden Drang zu ... er wusste selbst nicht, wozu. Aber der Instinkt war so stark, dass er krampfartig ausatmete.

Und in diesem Moment fing das Einsaugen an. Ohne zu wissen, was er da eigentlich tat, füllten sich seine Lungen in einem langen, stetigen Zug.

»Nein ...«, flüsterte der Jäger zitternd.

Etwas passierte zwischen ihren Mündern, eine schwarze Wolke verließ den *Lesser* und wurde in Butch hineingezogen.

Die Verbindung wurde erst durch einen brutalen Angriff von oben unterbrochen. Vishous zerrte den Untoten von Butch herunter und warf ihn mit dem Kopf voran gegen eine Hauswand. Noch ehe sich der Kerl wieder aufrappeln konnte, stürzte sich V auf ihn und hieb mit seiner schwarzen Klinge auf ihn ein.

Als der Funke und das Brutzeln vorbei waren, fielen Butchs Arme schlaff auf den Asphalt. Dann drehte er sich auf die Seite und rollte sich zusammen, die Arme fest um den Bauch geschlungen. Er hatte wahnsinnige Schmerzen, aber noch viel schlimmer war, dass ihm speiübel war, ein unangenehmer Widerhall dessen, was ihn während der schlimmsten Phase seiner Krankheit gepeinigt hatte.

Ein Paar schwere Stiefel schoben sich in sein Sichtfeld, aber er konnte es nicht ertragen, aufzublicken und einen der Brüder anzusehen. Er hatte keine Ahnung, was zum Teufel er getan hatte, oder was geschehen war. Er wusste nur, dass er und die *Lesser* miteinander verbunden waren.

Vs Stimme war so dünn wie Butchs Haut. »Alles okay bei dir?«

Butch schloss die Augen zu und schüttelte den Kopf. »Ich glaube, es wäre am besten … wenn ihr mich hier wegschafft. Und wagt es nicht, mich nach Hause zu bringen.«

Vishous schloss sein Penthouse auf und schleppte Butch hinein, während Rhage die Tür offen hielt. Die drei waren mit dem Lastenaufzug im hinteren Teil des Gebäudes hochgefahren, was nicht ganz unsinnig war. Der Ex-Cop war ziemlich schwer, er wog mehr, als man denken würde. Als würde ihm die Schwerkraft ganz besondere Aufmerksamkeit zukommen lassen.

Jetzt legten sie ihn auf dem Bett ab, und er rollte sich auf die Seite, die Knie bis zur Brust angezogen.

Lange sagte niemand etwas, und Butch schien ohnmächtig werden zu wollen.

Rhage begann im Zimmer auf und ab zu tigern, um seine Anspannung loszuwerden. Nach dem Auftritt gerade war auch V völlig durch den Wind. Er zündete sich eine an und inhalierte tief.

Schließlich räusperte sich Hollywood. »Tja, V … hier gehst du also mit deinen Frauen hin?« Der Bruder lief zu einer Kette, die in die Wand geschraubt war. »Wir haben natürlich Geschichten gehört, aber so richtig geglaubt hat es keiner. Aber die stimmen vermutlich alle.«

»Mag sein.« V ging zur Bar und goss sich ein Wasserglas voll mit Grey-Goose-Wodka. »Wir müssen heute Nacht noch den Wohnungen dieser *Lesser* einen Besuch abstatten.«

Rhage deutete mit dem Kopf Richtung Bett. »Was ist mit ihm?«

Wunder über Wunder, der Ex-Cop hob den Kopf. »Ich gehe erst mal nirgendwohin. Glaubt mir.«

Aus schmalen Schlitzen sah V seinen Mitbewohner an. Butchs Gesicht, das normalerweise bei Anstrengung ein kerniges irisches Rot annahm, war extrem bleich. Und er roch … schwach süßlich. Nach Talkum.

Großer Gott. Als hätte die Nähe zu diesen Vampirjägern etwas anderes in ihm zum Vorschein gebracht – *Omega.*

»V?« Rhages Stimme war sanft. Ganz nah. »Willst du hier bleiben? Oder ihn vielleicht zurück zu Havers bringen?«

»Mir geht's gut«, krächzte Butch.

Eine Lüge in jeder Hinsicht, dachte V.

Er leerte sein Glas und sah Rhage an. »Ich komme mit dir. Bulle, wir sind bald zurück und bringen dir was zu essen mit, ja?«

»Nein. Kein Essen. Und kommt heute Nacht nicht zurück. Sperrt mich nur ein, damit ich nicht rauskann, und dann lasst mich allein.«

Scheiße. »Bulle, wenn du dich im Bad erhängst, dann bring ich dich persönlich danach gleich noch mal um, das schwör ich dir.«

Trübe braune Augen wurden aufgeschlagen. »Ich will unbedingt erfahren, was sie mit mir gemacht haben. Mehr noch, als ich mir das Licht ausknipsen will. Also mach dir keine Sorgen.«

Butch schloss die Lider wieder, und einen Moment später traten Vishous und Rhage auf die Dachterrasse hinaus. Als V die Tür absperrte, musste er feststellen, dass er sich größere Sorgen darum machte, Butch in der Wohnung festzuhalten, als ihn zu beschützen.

»Wohin gehen wir?«, fragte er Rhage. Obwohl doch normalerweise er derjenige war, der immer einen Plan hatte.

»In der ersten Brieftasche war eine Adresse – in der Wichita Street, Nummer 459, Apartment C4.«

»Dann nichts wie los.«

14

Als Marissa die Tür zu ihrem Schlafzimmer öffnete, fühlte sie sich wie ein Eindringling in ihrem eigenen Reich: eine zerrissene, todunglückliche, verlorene … Fremde.

Ziellos sah sie sich um und dachte, was für ein hübscher Raum dies doch eigentlich war. Mit dem großen Himmelbett, der Chaiselongue und den antiken Kommoden und Tischchen. Alles war so feminin, außer den Bildern an den Wänden. Ihre Sammlung von Albrecht-Dürer-Gemälden passte nicht zum Rest der Einrichtung, die klaren Linien und harten Kanten entsprachen eher einem maskulinen Stil.

Doch diese Bilder sprachen sie an.

Sie stellte sich vor eines hin und betrachtete es; flüchtig ging ihr durch den Kopf, dass Havers ihre Dürer-Sammlung noch nie gutgeheißen hatte. Seiner Meinung nach wären zum Beispiel Werke von Maxfield Parrish mit romantischen, verträumten Szenen viel passender für eine weibliche *Princeps* gewesen.

Über Kunst hatten sie sich nie einig werden können. Aber er hatte ihr die Holzschnitte trotzdem gekauft, weil Marissa sie so mochte.

Sie riss sich los, schloss ihre Zimmertür und ging unter die Dusche. Ihr blieb vor dem regulären Treffen des

Princeps-Rates nicht mehr viel Zeit, und Havers kam immer gern früh.

Als sie unter den Wasserstrahl trat, dachte sie, wie seltsam ihr Leben doch war. Als sie mit Butch in diesem Quarantänezimmer gewesen war, hatte sie den Rat und die *Glymera* und … einfach *alles* vergessen. Aber nun war er fort, und die Normalität kehrte zurück.

Die Rückkehr in den Alltag erschien ihr wie ein furchtbares Schicksal.

Nachdem sie sich die Haare geföhnt hatte, stieg sie in ein türkisblaues Kleid von Yves St. Laurent aus den Sechzigerjahren, dann wählte sie aus ihrem Schmuckschrank ein kostbares Brillantset. Die Steine lagen kalt und massiv um ihren Hals, die Ohrringe hingen schwer an den Läppchen, das Armband lag wie eine Fessel um ihr Handgelenk. Beim Betrachten der blitzenden Steine dachte sie, dass Frauen der Aristokratie doch eigentlich nur Schaufensterpuppen waren, die mit dem Reichtum ihrer Familie dekoriert wurden.

Ganz besonders bei Versammlungen des *Princeps*-Rates.

Zwar graute ihr davor, Havers zu begegnen, aber sie wollte diesen Moment auch hinter sich bringen. In seinem Arbeitszimmer war er nicht, also ging sie in die Küche. Sie könnte noch rasch einen Happen essen, bevor sie ging. Gerade als sie die Tür zur Speisekammer aufstieß, sah sie Karolyn aus der Kellertür treten. Die *Doggen* trug einen hohen Stapel zusammengeklappter Umzugskartons.

»Moment, ich helfe dir.« Marissa eilte ihr entgegen.

»Nein, danke … Herrin.« Die Dienerin errötete und wandte den Blick ab, aber genauso waren die *Doggen*.

Sie hassten es, Hilfe von jenen anzunehmen, denen sie dienten.

Marissa lächelte sanft. »Du räumst sicher die Bibliothek aus, damit sie gestrichen werden kann. Ach ja! Dabei fällt mir ein, dass wir noch über das Menü für das Dinner morgen Abend sprechen müssen. Nur bin ich jetzt leider schon spät dran.«

Karolyn verneigte sich sehr tief. »Verzeiht, aber der Herr deutete an, dass die Gesellschaft mit dem *Princeps-Leahdyre* abgesagt wurde.«

»Wann hat er das denn gesagt?«

»Gerade eben, bevor er zum Rat ging.«

»Er ist schon weg?« Vielleicht hatte er angenommen, dass sie sich ausruhen wollte. »Dann sollte ich mich wohl besser beeilen – Karolyn, ist alles in Ordnung? Du siehst unwohl aus.«

Jetzt verbeugte sich die *Doggen* so tief, dass die Kartons am Boden streiften. »Mir geht es sehr gut, wirklich, Herrin. Danke.«

Daraufhin verließ Marissa rasch das Haus. Sie materialisierte sich vor dem Anwesen im Tudorstil, in dem der derzeitige Rats-*Leahdyre* lebte. Sie klopfte an die Tür, in der Hoffnung, Havers habe sich wieder etwas beruhigt. Seine Wut konnte sie ja nachvollziehen angesichts der Szene, in die er hereingeplatzt war. Aber er musste sich keine Sorgen machen. Es war nicht so, als wäre Butch Teil ihres Lebens.

Gott, jedes Mal, wenn sie an ihren Abschied dachte, wollte sie sich übergeben.

Ein *Doggen* ließ sie ein und führte sie in die Bibliothek. Als sie eintrat, nahm keiner der neunzehn an dem polierten Tisch sitzenden Mitglieder ihre Anwesenheit zur Kenntnis. Das war nicht ungewöhnlich. Allerdings hob ihr Bruder ebenfalls nicht den Blick, was auffallend war. Außerdem war für sie kein Platz zu seiner Rechten reserviert. Er stand nicht einmal auf, um den Stuhl für sie vorzuziehen.

Havers hatte sich nicht beruhigt. Nicht im Mindesten.

Na ja, dann würde sie eben nach dem Treffen mit ihm sprechen. Ihn beschwichtigen, besänftigen, obwohl sie es kaum über sich brachte, weil sie im Augenblick gut etwas Unterstützung von ihm brauchen könnte.

Sie setzte sich ans andere Ende des Tisches, auf den mittleren von drei unbesetzten Stühlen. Als noch ein Nachzügler hereinkam, erstarrte er, da er sah, dass alle Plätze außer den beiden neben ihr besetzt waren. Nach einer unangenehmen Pause eilte ein *Doggen* mit einem weiteren Stuhl herbei, und der *Princeps* quetschte sich an anderer Stelle dazwischen.

Der *Leahdyre,* ein distinguierter, hellhaariger Vampir aus einer herausragenden Blutlinie, sortierte einige Unterlagen, tippte mit der Spitze eines goldenen Füllfederhalters auf den Tisch und räusperte sich. »Hiermit erkläre ich die Versammlung für eröffnet und bringe die Tagesordnung ein, die ihr alle erhalten habt. Eines der Mitglieder hat ein beredtes Gesuch an unseren König verfasst, dem wir höchste Dringlichkeit beimessen sollten, wie ich meine.« Er hob ein Blatt cremeweißes Briefpapier und las vor. »Im Lichte der brutalen Tötung der *Princeps* Wellesandra, vollblütige Tochter des *Princeps* Relix und Gefährtin des Kriegers der Black Dagger Tohrment, Sohn des Hharm, und, im Lichte der Verschleppung der *Princeps* Bella, Gefährtin des Kriegers der Black Dagger Zsadist und vollblütige Schwester des *Princeps* Rehvenge, sowie im Lichte zahlreicher Todesfälle unter männlichen Angehörigen der *Glymera,* die in der Blüte ihrer Jugend von der Gesellschaft der *Lesser* gemeuchelt wurden, wird offenbar, dass die sichtbare und augenblickliche Gefahr, der unsere Spezies sich gegenübersieht, in jüngerer Zeit stark gestiegen ist. Daher ersucht das Ratsmitglied respektvoll darum, den Brauch der obligatorischen Bannung aller nicht gebundenen weiblichen Angehörigen der Aristokratie wieder einzuführen, um die Blutlinien unserer Rasse zu bewahren. Da es die Pflicht des Rates ist, alle Angehörigen der Spezies zu schützen, ersucht das Ratsmitglied darüber hinaus respektvoll darum, diesen Usus der Bannung auf alle gesellschaftlichen Klassen auszudehnen.« Der *Leahdyre* blickte auf. »Wie es dem Brauch des *Princeps*-Rates entspricht, werden wir uns nun im Gespräch mit diesem Antrag befassen.«

Die Alarmglocken läuteten schrill in Marissas Kopf, als sie sich im Raum umsah. Von den einundzwanzig anwesenden Ratsmitgliedern waren sechs Frauen, aber sie war die Einzige, die diese Verfügung betreffen würde. Obwohl sie Wraths *Shellan* gewesen war, hatte er sie doch nie genommen. Also galt sie als ungebunden.

Als einhellige Zustimmung und Beifall in der Bibliothek aufkam, betrachtete Marissa ihren Bruder. Havers würde von nun an uneingeschränkte Kontrolle über sie besitzen. Das hatte er schlau eingefädelt.

Wenn er ihr Hüter wäre, könnte sie das Haus nicht ohne seine Zustimmung verlassen. Könnte nirgendwohin gehen, nichts tun, denn sie wäre im Prinzip sein Eigentum.

Und es bestand keine Hoffnung darauf, dass Wrath die Empfehlung zurückweisen würde, falls der Rat der

Princeps dem Gesuch zustimmte. In Anbetracht der momentanen Lage im Krieg gegen die *Lesser* gab es keine rationale Begründung für ein Veto, und obgleich nach dem Gesetz niemand Wrath seines Amtes entheben konnte, würde ein Mangel an Vertrauen in seine Führung unter Umständen zu Unruhen in der Bevölkerung führen. Was ihre Rasse im Augenblick nun wirklich nicht gebrauchen konnte.

Wenigstens war Rehvenge nicht im Raum, also konnte heute Nacht nichts entschieden werden. Das ehrwürdige Gesetz des *Princeps*-Rates verfügte, dass nur Vertreter der sechs ursprünglichen Familien wählen durften, dass aber der gesamte Rat zugegen sein musste, um einen Antrag abzusegnen. Obwohl also alle Blutlinien am Tisch versammelt waren, würde es in Rehvs Abwesenheit keinen Beschluss geben.

Während der Rat begeistert über das Gesuch debattierte, schüttelte Marissa innerlich den Kopf. Wie konnte Havers nur in dieses Wespennest stechen? Und alles umsonst, denn sie und Butch O'Neal waren … gar nichts. Verdammt, sie musste unbedingt mit ihrem Bruder sprechen und ihn dazu bringen, diesen lächerlichen Vorschlag zurückzuziehen. Ja, Wellesandra war getötet worden, und das war erschütternd, aber alle Frauen deshalb in den Untergrund zu zwingen wäre ein unglaublicher Rückschritt ihrer Gesellschaft.

Ein Rückfall in dunkle Zeiten, als Frauen völlig unsichtbar waren und mehr oder weniger als persönliches Eigentum galten.

Mit eiskalter Klarheit sah sie die Mutter und ihre kleine Tochter mit dem gebrochenen Bein in der Klinik vor sich. Ja, es war nicht nur einengend, es war geradezu gefährlich, wenn der falsche *Hellren* die Befehlsgewalt über einen Haushalt ausübte. Und es gab keine Einschränkung dieser Macht; nach dem Gesetz konnte der Hüter einer gebannten Vampirin nach seinem Ermessen mit ihr tun, was er wünschte und für richtig hielt.

Van Dean stand im Keller eines anderen Hauses in einem anderen Teil Caldwells und hielt eine Pfeife zwischen den Lippen. Seine Augen folgten aufmerksam den Bewegungen der blassen Männer vor ihm. Die sechs »Schüler« standen in einer Reihe, die Knie gebeugt, die Fäuste erhoben. In einem schwindelerregenden Tempo boxten sie in die Luft vor sich, abwechselnd rechts und links, die Schultern entsprechend vorschiebend. Ihr süßlicher Geruch hing schwer in der Luft, aber Van bemerkte ihn schon gar nicht mehr.

Er pfiff zweimal. Simultan hob die Einheit die Hände hoch, als umfassten sie den Kopf eines Mannes wie einen Basketball, dann rammten sie wiederholt das rechte Knie nach vorn. Wieder pfiff Van zweimal, und die Männer wechselten das Bein.

Er gab es ja nicht gerne zu, weil das bedeuten würde, zuzugeben, dass er seine besten Zeiten hinter sich hatte; aber Männer im Kampf zu trainieren war um einiges angenehmer, als selbst in den Ring zu steigen. Und er wusste die kleine Pause wirklich zu schätzen.

Zudem war er ganz offensichtlich ein guter Lehrer. Wobei diese Gangmitglieder auch schnell lernten und hart zuschlugen, was ihm die Arbeit erleichterte.

Und es waren eindeutig Gangmitglieder. Trugen alle dieselben Klamotten. Färbten sich die Haare gleich. Schleppten dieselben Waffen mit sich rum. Nicht so klar ersichtlich war, was sie eigentlich vorhatten. Diese Jungs hatten die Disziplin von Soldaten; unter ihnen gab es nicht die Art von Schlamperei, die die meisten Straßenschläger mit Wichtigtuerei und Waffen überspielten. Hätte er es nicht besser gewusst, hätte er angenommen, sie arbeiteten für die Regierung. Sie waren in Eskadrone eingeteilt. Sie hatten eine erstklassige Ausrüstung. Sie waren wahnsinnig ernsthaft. Und es gab viele von ihnen. Er war erst seit einer Woche dabei und unterrichtete fünf Gruppen am Tag, in jeweils anderer Besetzung. Diese spezielle Truppe hier scheuchte er erst zum zweiten Mal durch die Gegend.

Nur – warum sollte das FBI jemanden wie ihn als Trainer einsetzen?

Jetzt stieß er einen langen Pfiff aus, woraufhin alle aufhörten. »Das war's für heute.«

Die Männer zerstreuten sich und holten ihre Taschen. Sie sprachen nicht miteinander. Gingen sich eher aus dem Weg. Sie zogen nichts von dem üblichen Dicke-Hose-Scheiß ab, den Jungs in einer Gruppe normalerweise veranstalteten.

Einer nach dem anderen verließen sie den Keller. Van holte die Wasserflasche aus seiner Sporttasche und trank gierig. Im Anschluss musste er quer durch die Stadt fahren, denn in einer Stunde hatte er einen Kampf. Keine Zeit, sich noch einen Snack zu genehmigen, aber er hatte ohnehin keinen besonderen Hunger.

Er zog sich die Jacke über, trabte die Kellertreppe hinauf und machte einen raschen Rundgang durch das Haus. Keine Möbel. Keine Nahrungsmittel. Es herrschte einfach gähnende Leere. Und exakt so waren auch alle anderen Häuser bisher gewesen. Leeres Gemäuer, das von außen völlig normal wirkte.

Verflucht seltsam.

Er ging durch die Vordertür hinaus, vergewisserte sich, dass er die Tür abgeschlossen hatte, und marschierte auf seinen Pick-up zu. Jeden Tag hatten sie sich an einem anderen Ort getroffen, und er hatte so eine Ahnung, dass das auch so bleiben würde. Jeden Morgen um sieben Uhr teilte man ihm telefonisch die Adresse mit. Er selbst blieb dann an Ort und Stelle, während die Männer wechselten. Jede Unterrichtseinheit in Kampfsporttraining dauerte zwei Stunden. Der Stundenplan verlief reibungslos wie ein Uhrwerk.

Vielleicht waren das paramilitärische Killerbanden.

»Guten Abend, mein Sohn.«

Van erstarrte, dann blickte er über die Motorhaube seines Wagens. Ein Minivan parkte auf der anderen Straßenseite, und Xavier stand so lässig daran gelehnt wie die Supermami, die so ein Gerät eigentlich fahren sollte.

»Was gibt's?«, fragte Van.

»Du machst deine Sache gut.« Xaviers ausdrucksloses Lächeln passte zu seinen ausdruckslosen, hellen Augen.

»Danke. Ich wollte gerade los.«

»Noch nicht.« Ein Kribbeln lief über Vans Haut, als der Kerl sich vom Auto abstieß und die Straße überquerte. »Ich hatte mir gedacht, du möchtest vielleicht in etwas engeren Kontakt mit uns treten.«

In engeren Kontakt, was? »Verbrechen interessieren mich nicht. Sorry.«

»Was lässt dich glauben, dass wir Verbrecher sind?«

»Kommen Sie schon, Xavier.« Der Bursche hasste es, wenn er das *Mr.* wegließ. Weshalb er genau das oft tat. »Ich hab schon mal gesessen. Das ist todlangweilig.«

»Stimmt, wegen dieses Rings von Autodieben, in den

du hineingeraten bist. Ich wette, dein Bruder hatte dazu eine Menge zu sagen, nicht wahr? Aber nein – ich meine nicht den, mit dem du die Diebstähle begangen hast. Ich meine den Gesetzestreuen in der Familie. Den sauberen. Richard, richtig?«

Van runzelte die Stirn. »Ich sag Ihnen mal was. Sie lassen meine Familie aus der Sache raus, und ich halte die Klappe und verrate der Polizei von Caldwell kein Sterbenswörtchen über die Häuser, die Sie benutzen. Ich denke, die Bullen würden liebend gern mal sonntags bei Ihnen zum Essen vorbeischauen, da bin ich mir sicher. Die müsste man nicht zweimal bitten.«

Xaviers Miene wurde verschlossen, und Van dachte: *Erwischt.*

Doch dann lächelte der Mann einfach nur. »Und ich sage dir auch mal was. Ich kann dir etwas geben, was dir sonst niemand geben kann.«

»Ach ja?«

»Zweifellos.«

Unbeeindruckt schüttelte Van den Kopf. »Ist es nicht noch ein bisschen früh, mich hereinzubitten? Was, wenn ich nicht vertrauenswürdig bin?«

»Das wirst du sein.«

»Ihr Zutrauen in mich ist ja süß. Aber die Antwort lautet immer noch nein. Sorry.«

Er rechnete mit Widerspruch. Doch er bekam nur ein Nicken.

»Wie du willst.« Xavier drehte sich um und lief zu seinem Minivan.

Seltsam, dachte Van, als er in den Pick-up stieg. Diese Jungs waren definitiv seltsam.

Aber wenigstens zahlten sie pünktlich. Und gut.

Am anderen Ende der Stadt nahm Vishous auf dem Rasen neben einem gepflegten Mietshaus Gestalt an. Rhage war direkt hinter ihm und materialisierte sich im Hausschatten.

Mist, dachte V. Er wünschte, er hätte sich Zeit für eine weitere Zigarette genommen, bevor er herkam. Er brauchte eine. Er brauchte ... irgendwas.

»V, mein Bruder, alles okay?«

»Ja, super. Legen wir los.«

Nach einer kleinen Manipulation des Schließsystems spazierten sie durch die Vordertür. Innen roch es nach Lufterfrischer, ein künstlicher Orangenduft, der sich auf die Nasenlöcher legte wie die Ausdünstungen öliger Farbe.

Den Aufzug ließen sie links liegen, weil er gerade unterwegs war. Stattdessen nahmen sie die Treppe. Im ersten Stock liefen sie an den Wohnungen C1, C2 und C3 vorbei. V hatte die Hand unter der Jacke auf die Glock gelegt, obwohl sein Gefühl ihm sagte, dass das Schlimmste, das ihnen begegnen würde, vermutlich die Überwachungskamera im Flur wäre. Das Haus war blitzsauber und sah aus wie eine Puppenstube: Plastikblumengestecke hingen an den Türen. Fußmatten mit Herzen oder Efeu darauf lagen auf dem Boden vor den Wohnungen. Gerahmte Bilder mit rührseligen Motiven von rosa oder pfirsichfarbenen Sonnenuntergängen wechselten sich mit flauschigen Welpen und naiven Kätzchen ab.

»Mann«, stieß Rhage hervor. »Da hat aber jemand ganz schön mit der Kitschkeule zugeschlagen.«

»Bis sie kaputt gegangen ist.«

Vor der Tür mit der Nummer C4 blieb V stehen und schob mit der Kraft seines Geistes den Riegel zur Seite.

»Was machen Sie da?«

Er und Rhage schnellten herum.

Gütige Jungfrau, vor ihnen stand eines der *Golden Girls:* Die alte Dame war kaum über einen Meter groß, trug eine weiße Dauerwelle und war so fest in einen gesteppten Morgenmantel gehüllt, als hätte sie sich ihre Bettdecke umgewickelt.

Das Dumme daran war nur, dass sie Augen wie ein Pitbull hatte. »Ich habe Ihnen eine Frage gestellt, junger Mann.«

Rhage übernahm, was eine gute Sache war. Er hatte es einfach eher drauf, seinen Charme spielen zu lassen. »Ma'am, wir wollten hier nur einen Freund besuchen.«

»Kennen Sie Dotties Enkel?«

»Ähm, ja, Ma'am.«

»So sehen Sie auch aus.« Was ganz offensichtlich kein Kompliment war. »Ich bin übrigens der Meinung, er sollte ausziehen. Dottie ist vor vier Monaten gestorben, und er passt hier nicht her.«

Und ihr auch nicht, ergänzte ihr Blick.

»Ähm, er zieht tatsächlich aus.« Rhage lächelte liebenswürdig, behielt aber die Lippen geschlossen. »Er ist schon ausgezogen, um genau zu sein. Heute Nacht.«

Jetzt schaltete sich V ein. »Entschuldigung, ich bin gleich wieder da.«

Obwohl Rhage ihn mit einem durchdringenden Blick dazu aufforderte, ihn auf keinen Fall mit der Schreckschraube allein zu lassen, betrat V die Wohnung und knallte seinem Bruder die Tür vor der Nase zu. Falls Rhage mit dem Muttchen nicht klarkam, konnte er immer noch ihre Erinnerung löschen. Wobei das eher eine Notlösung wäre. Älteren Menschen bekam das Ausradieren manchmal nicht so gut, ihre Gehirne waren nicht mehr robust genug, um dem Eingriff standzuhalten.

Also würden Hollywood und Dotties Nachbarin vermutlich einen netten kleinen Plausch halten, während er die Wohnung in Augenschein nahm.

Angewidert sah V sich um. Mann, alles stank nach *Lesser.* Ekelhaft süß. Wie Butch.

Scheiße. Denk nicht drüber nach.

Er zwang sich dazu, sich auf die Wohnung zu konzentrieren. Im Gegensatz zu anderen *Lesser*-Behausungen war diese hier möbliert, wenn auch ganz offensichtlich noch von der Vorbesitzerin. Und Dottie hatte eine Vorliebe für Blumendrucke, Spitzendeckchen und Katzenfigürchen gehabt. Sie musste hervorragend in dieses Haus gepasst haben.

Sehr wahrscheinlich hatten die *Lesser* aus der Zeitung von ihrem Ableben erfahren und sich ihre Identität beschafft. Theoretisch könnte es sogar tatsächlich ihr Enkel sein, der hier gehaust hatte, nachdem er in die Gesellschaft eingeführt worden war.

V durchforstete die Küche, nicht überrascht, dass keine Lebensmittel in den Schränken oder im Kühlschrank zu finden waren. Als er sich die andere Hälfte der Wohnung vornahm, dachte er, wie komisch es doch eigentlich war, dass die Jäger nicht verheimlichten, wo sie wohnten. Bei den meisten von ihnen stimmte die im Ausweis angegebene Adresse. Andererseits war es ja auch in ihrem Sinne, Konflikte zu schüren.

Hallöchen.

V ging zu einem rosa-weißen Schreibtisch, auf dem ein Dell Inspiron 8600 aufgeklappt stand. Der Laptop lief. Er warf einen kurzen Blick auf die Festplatte. Verschlüsselte Dateien. Alles bis zum Kragen mit Passworten geschützt. Blablabla …

Was ihr Quartier betraf, waren die *Lesser* zwar sehr offenherzig, aber nicht mit ihrer Hardware. Die meisten Jäger hatten einen Computer zu Hause, und die Gesellschaft der *Lesser* veranstaltete im Großen und Ganzen dieselben Schutzmaßnahmen und Kodiermanöver wie V. Weshalb ihr Kram im Prinzip unzugänglich war.

Nur gut, dass ihm das Wort *unzugänglich* fremd war.

Er klappte den Dell zu und zog das Kabel aus der Wand und aus dem Rechner. Dann stopfte er es sich in die Tasche, zog den Reißverschluss an der Jacke hoch und bettete den Laptop vorsichtig an die Brust. Danach sah er sich weiter um. Das Schlafzimmer sah aus, als wäre eine Chintz-Bombe hochgegangen, Blumen- und Rüschenschrapnelle bedeckten Bett und Fenster und Wände.

Und da war sie. Auf einem kleinen Tischchen neben dem Bett, neben einem Telefon, einer vier Monate alten Ausgabe von Reader's Digest und einer Kolonie von orangefarbenen Pillendosen: eine Keramikkanope, etwa in der Größe eines Benzinkanisters.

Er klappte sein Handy auf und wählte Rhage an. Als der Bruder abhob, sagte V knapp: »Ich bin weg. Habe einen Laptop und die Kanope.«

Er legte wieder auf, schnappte sich den Keramiktopf, drückte ihn fest an den Laptop und dematerialisierte sich. Wie praktisch es doch war, dass Menschen ihre Wände nicht mit Stahl auskleideten.

15

Als Mr. X Vans davonfahrendem Wagen nachblickte, wusste er, dass er die Frage zu früh gestellt hatte. Er hätte warten sollen, bis der Typ vernünftig angebissen hatte und seine Machtposition als Trainer der Vampirjäger so richtig genoss.

Aber ihm lief die Zeit davon.

Nicht, dass er sich Sorgen machte, das Schlupfloch könnte sich wieder schließen. Davon war in der Prophezeiung keine Rede. Aber Omega war ausgesprochen verärgert gewesen, als Mr. X ihn zuletzt gesehen hatte. Hatte die Neuigkeit, dass der Mensch von den Brüdern der Black Dagger da draußen auf der Lichtung ausgeschaltet worden war, nicht gut aufgenommen. Die Dinge spitzten sich zu, und das nicht zu Mr. Xs Gunsten.

Aus dem Nichts begann sich sein Brustkorb in der Mitte zu erwärmen, dann spürte er ein Klopfen, wo einst sein Herz gewesen war. Das rhythmische Schlagen rang ihm einen Fluch ab. Wenn man vom Teufel spricht: Der Meister rief ihn.

Mr. X stieg in den Minivan, ließ den Motor an und fuhr sieben Minuten durch die Stadt zu einem schäbigen Bungalow auf einem verkommenen Grundstück in einer miesen Gegend. Der Kasten roch immer noch wie das Cracklabor, das er einst gewesen war, bevor der Eigentümer von einem Geschäftspartner erschossen wurde. Dank der immer noch erhöhten Giftwerte in Haus und Boden hatte die Gesellschaft den Schuppen für einen Spottpreis bekommen.

Mr. X parkte in der Garage und wartete, bis die Tür quietschend ins Schloss gefallen war, bevor er ausstieg. Nachdem er die von ihm selbst installierte Alarmanlage ausgeschaltet hatte, betrat er das Haus und ging in das hintere Schlafzimmer.

Seine Haut juckte und kribbelte, als hätte er am ganzen Körper Ausschlag. Je länger er die Begegnung mit dem Meister aufschob, desto schlimmer würde es werden. Bis er vor Verlangen, sich zu kratzen, fast durchdrehte.

Er ging auf die Knie und senkte den Kopf, er wollte auf keinen Fall Omega zu nahe kommen. Der Meister hatte ein empfindliches Radar, und Mr. Xs eigentliche Ziele gingen nur ihn selbst etwas an, nicht mehr die Gesellschaft. Das Problem war nur, wenn der Haupt-*Lesser* gerufen wurde, dann leistete er der Aufforderung Folge. So lautete die Abmachung.

Sobald Vishous in die Höhle kam, hörte er die Stille, und er hasste sie. Glücklicherweise ertönte innerhalb von fünfzehn Minuten, nachdem er den Laptop des *Lesser* auf seinem Schreibtisch aufgeklappt hatte, ein Hämmern an der Tür. V warf einen Blick auf einen Monitor und ließ dann das Schloss aufschnappen.

Kauend kam Rhage hereinmarschiert, die Hand in einen Plastikbeutel gesteckt. »Schon weitergekommen mit Mr. Dells hochwertigem Produkt?«

»Was isst du da?«

»Den Rest von Mrs. Woolys Bananen-Nuss-Sandwich. Fantastisch. Willst du was?«

V verdrehte nur die Augen und wandte sich wieder dem Laptop zu. »Nein, aber du könntest mir eine Flasche Wodka und ein Glas aus der Küche bringen.«

»Kein Problem.« Umgehend kam Rhage mit der Bestellung zurück, dann lehnte er sich an die Wand. »Also, hast du da drin was gefunden?«

»Noch nicht.«

Als die Stille sich ausdehnte, bis sie den Sauerstoff aus der Höhle zu vertreiben schien, wusste V, dass hinter dem Besuch mehr steckte als der erbeutete Laptop.

Prompt meinte Rhage: »Hör mal, mein Bruder …«

»Ich bin im Moment nicht so scharf auf Gesellschaft.«

»Ich weiß. Deshalb haben sie mich gebeten, zu dir zu kommen.«

V hob den Blick. »Und wer ist ›sie‹?« Dabei wusste er das ganz genau.

»Die Bruderschaft macht sich Sorgen um dich. Du wirst immer nervöser. Du stehst total unter Strom. Versuch bloß nicht, das abzustreiten. Jeder hat es bemerkt.«

»Ach, und deshalb hat Wrath dich gebeten, hier mit mir Rorschach zu spielen?«

»Befehl von oben. Aber ich wollte sowieso herkommen.«

V rieb sich die Augen. »Mir geht's gut.«

»Es ist okay, wenn es dir *nicht* gut geht.«

Nein, das war es eben nicht. »Wenn du nichts dagegen hast, würde ich jetzt gern diesen PC abchecken.«

»Sehen wir dich beim Letzten Mahl?«

»Ja. Klar.« Ganz bestimmt.

V machte sich an der Maus zu schaffen und wühlte

sich weiter durch die Dateien des Computers. Während er auf den Bildschirm starrte, bemerkte er abwesend, dass sein rechtes Auge zu flattern begonnen hatte, als hätte das Lid einen Kurzschluss.

Zwei massige Fäuste donnerten auf den Schreibtisch herunter, und Rhage beugte sich ganz nah zu ihm. »Entweder du kommst, oder ich komme dich holen.«

Ohne Vs funkelndem Blick auszuweichen, schwebte Rhage mit seinen stahlblauen Augen und seiner irrsinnigen Schönheit über ihm.

Aha, sie spielten »Wer zuerst wegschaut«. *Bitte, kannst du haben,* dachte V.

Nur, dass Vishous verlor. Einen Augenblick später senkte er die Augen auf den Laptop, tat so, als müsste er etwas überprüfen. »Ihr müsst ein bisschen Abstand halten, klar? Butch ist mein Mitbewohner, natürlich leide ich mit ihm. Aber das ist keine große Sache …«

»Phury hat es uns erzählt. Dass deine Visionen versiegt sind.«

»Herrgott noch mal.« Ungehalten sprang V von seinem Stuhl auf, schubste Rhage beiseite und lief hektisch im Kreis herum. »Dieses verdammte Klatschweib …«

»Wenn es dir ein Trost ist, Wrath hat ihm wirklich keine Wahl gelassen.«

»Also hat der König es aus ihm rausgeprügelt?«

»Komm schon, V. Wenn es mir mal nicht so gut ging, warst du immer für mich da. Das ist jetzt genau dasselbe.«

»Nein, ist es nicht.«

»Weil es um dich geht.«

»Bingo.« Mann, V konnte einfach nicht darüber reden. Ihm, der sechzehn Sprachen beherrschte, fehlten einfach die Worte für seine wahnwitzige Angst vor der Zukunft: Butchs Zukunft. Seine eigene Zukunft. Die der ganzen Spezies. Seine Visionen des Kommenden hatten ihn immer genervt, aber gleichzeitig waren sie auch ein seltsamer Trost gewesen. Wenn ihm auch manchmal nicht gefiel, was um die nächste Kurve lauerte, dann war er doch zumindest nicht überrascht gewesen, wenn es ihn erwischte.

Rhages Hand landete ohne Vorwarnung auf seiner Schulter, und V machte einen erschrockenen Satz. »Letztes Mahl, Vishous. Wenn du nicht auftauchst, komm ich dich holen, kapiert?«

»Ja. Ist ja gut. Und jetzt schieb endlich ab.«

Kaum war Rhage aus der Tür, da ging V zurück zum Laptop und setzte sich hin. Statt aber ins Land der Bits und Bytes zurückzukehren, wählte er die Nummer von Butchs neuem Handy.

Die Stimme des Polizisten knirschte wie Kies. »Hey, V.«

»Hey.« V klemmte das Telefon zwischen Schulter und Ohr fest und goss sich einen Wodka ein. Als die Flüssigkeit ins Glas plätscherte, hörte man durch die Leitung ein Rascheln, als würde Butch sich umdrehen oder vielleicht seine Jacke ausziehen.

Lange Zeit schwiegen sie beide.

Und dann musste V fragen: »Wolltest du bei ihnen sein? Hast du das Gefühl, du solltest bei den *Lessern* sein?«

»Ich weiß es nicht.« Tiefer Atemzug. Langes, langsames Ausatmen. »Ich werde dir nichts vormachen. Ich hab diese Dreckskerle erkannt. Sie gespürt. Aber als ich in die Augen dieses Burschen gesehen habe, wollte ich ihn vernichten.«

V hob das Glas. Der Wodka brannte sich auf angenehmste Art und Weise seine Speiseröhre hinunter. »Wie geht es dir jetzt?«

»Nicht so toll. Mir ist speiübel. Als hätte ich den Boden unter den Füßen verloren.« Wieder Schweigen. »Hast du davon geträumt? Damals, als du gesagt hast, ich müsste bei der Bruderschaft bleiben … hast du von mir und Omega geträumt?«

»Nein, ich habe etwas anderes gesehen.«

Obwohl nach allem, was geschehen war, kein Weg zu dem zu führen schien, was ihm damals gezeigt worden war. Überhaupt kein Weg: In der Vision hatte er sich selbst nackt gesehen – zusammen mit Butch, der ihn umarmte, und beide hatten hoch oben im Himmel geschwebt, inmitten eines kalten Windes ineinander verschlungen.

Herr im Himmel, er war *gestört. Gestört und pervers.* »Hör mal, ich komme bei Sonnenuntergang rüber und verpasse dir eine kleine Handbehandlung.«

»Gut. Das hilft immer.« Butch räusperte sich. »Aber V, ich kann nicht einfach nur hier rumhängen und das aussitzen. Ich muss selbst etwas unternehmen. Was hältst du davon, wenn wir uns ein paar *Lesser* greifen und sie in die Zange nehmen, sollen sie doch zur Abwechslung mal ein bisschen singen.«

»Harter Tobak, Bulle.«

»Hast du dir angeschaut, was sie mit mir gemacht haben? Glaubst du, ich mache mir Sorgen um die verdammte Genfer Konvention?«

»Lass mich erst mit Wrath darüber sprechen.«

»Aber bald.«

»Heute noch.«

»Alles klar.« Wieder sagte keiner etwas. Dann kam vom anderen Ende: »Gibt's hier auch eine Glotze?«

»An der Wand links vom Bett hängt ein Flachbildschirm. Die Fernbedienung ist … keine Ahnung, wo. Normalerweise … ist mir nicht nach Fernsehen, wenn ich in der Wohnung bin.«

»V, Mann, was ist denn das eigentlich für Zeug hier?«

»Sollte eigentlich selbsterklärend sein, findest du nicht?«

Er hörte ein leises Glucksen. »Ich vermute mal, das hat Phury gemeint, oder?«

»Wann?«

»Als er meinte, du hättest ziemlich spezielle Interessen.«

Plötzlich stand V das Bild von Butch auf Marissa liegend vor Augen. Der Körper des Mannes bäumte sich auf, während sie mit ihren wunderschönen Händen seinen Hintern umklammerte.

Dann sah er, wie Butchs Kopf sich hob, und hörte im Geiste das heisere, erotische Aufstöhnen, das seinem Mitbewohner über die Lippen kam.

Sich selbst verachtend, kippte Vishous den Wodka runter und goss sich eilig einen neuen ein. »Mein Sexleben ist privat, Butch. Genau wie meine … unkonventionellen Vorlieben.«

»Schon klar. Geht nur dich was an. Aber eine Frage hätte ich noch.«

»Was.«

»Wenn die Frauen dich fesseln, lackieren sie dir dann die Zehennägel und so? Oder schminken sie dich nur?« Als V laut loslachte, fuhr der Ex-Cop fort: »Nein warte … sie kitzeln dich mit Federn unter den Fußsohlen, richtig?«

»Klugscheißer.«

»Hey, ich bin doch nur neugierig.« Butchs eigenes Lachen verebbte. »Tust du ihnen weh? Ich meine …«

Mehr Wodka. »Das Wichtigste dabei ist Einvernehmlichkeit. Und ich überschreite nie die Grenze.«

»Gut. Für meine katholische Seele zwar schon ein klein wenig abgefahren, wenn du es scharf findest …«

V ließ den Grey Goose im Glas kreisen. »Dann darf ich dir aber auch eine Frage stellen, oder?«

»Das ist nur gerecht.«

»Liebst du sie?«

Nach einer Pause murmelte Butch: »Ja. Ich könnte kotzen deshalb, aber ja.«

Als der Bildschirmschoner anging, legte V den Finger auf das Touchpad und unterbrach die Abfolge der sich aufbauenden Rohre. »Wie fühlt sich das an?«

Man hörte ein Knurren, als legte sich Butch anders hin und wäre steif wie ein Brett. »Im Moment ist es die Hölle.«

V spielte mit dem Cursorpfeil auf dem Bildschirm, ließ ihn über die Oberfläche wirbeln. »Weißt du … ihr gefallt mir zusammen. In meinen Augen passt ihr perfekt zueinander.«

»Abgesehen davon, dass ich ein Mensch, ein Proletarier und darüber hinaus möglicherweise auch noch ein halber *Lesser* bin, würde ich dir glatt zustimmen.«

»Du verwandelst dich nicht in einen …«

»Gestern Nacht habe ich etwas von dem *Lesser* mit mir genommen. Beim Einatmen. Ich glaube, deshalb habe ich hinterher wie sie gerochen. Nicht, weil wir gekämpft haben, sondern weil ein Teil des Bösen wieder in mir war – *und noch immer ist.*«

V fluchte, er hoffte inständig, dass das nicht der Fall war. »Wir werden dahinterkommen, Bulle. Ich lasse dich nicht allein im Dunklen tappen.«

Kurze Zeit später legten sie auf, und V starrte auf den Bildschirm, immer noch den kleinen Pfeil herumwirbelnd, bis ihm irgendwann auffiel, dass er bloß Zeit vergeudete.

Als er die Arme über den Kopf reckte, bemerkte er, dass der Cursor genau auf dem Wort PAPIERKORB gelandet war. Papierkorb … Müll … Recycling … *Aufbereitung und Wiederverwendung bereits benutzter Rohstoffe.*

Was war das für eine Geschichte mit Butch und dem Einatmen gewesen? Wenn er so darüber nachdachte, fiel ihm ein, dass er das Gefühl gehabt hatte, eine Art Verbindung zwischen den beiden zu unterbrechen, als er den *Lesser* von Butch wegzerrte.

Ruhelos nahm er sein Wodkaglas und schlenderte damit zur Couch. Er setzte sich und nahm noch einen Schluck, dabei fiel ihm die Flasche Lagavulin auf dem Tisch ins Auge.

V beugte sich vor und nahm den Scotch in die Hand. Er schraubte den Deckel ab und nahm einen Schluck. Dann legte er die Flasche auf dem Rand seines Glases ab und goss etwas in seinen Wodka hinein. Unter schweren Lidern beobachtete er die kreisende Mischung, die beiden Flüssigkeiten verbanden sich, der Wodka und der Scotch wurden beide in ihrer reinen Essenz verdünnt und gingen trotzdem zusammen stärker daraus hervor.

V führte sich die Mixtur an die Lippen, legte den Kopf in den Nacken und leerte das Glas. Dann ließ er sich auf die Couch fallen.

Er war müde … so verflucht müde … mü…

Der Schlaf kam so rasch wie ein Schlag auf den Kopf. Aber er dauerte nicht lange an. Minuten später schon weckte ihn *Der Traum,* wie er ihn inzwischen nannte, mit seiner ganzen charakteristischen Heftigkeit: Mit einem Schrei kam er zu sich, gleichzeitig spürte er einen rasenden Schmerz in der Brust, als würde ihm jemand mit einem Stemmeisen die Rippen aufbiegen. Als sein Herz erst stehen blieb und dann loshämmerte, brach ihm der Schweiß aus.

Er riss sein Hemd auf und sah an sich hinab.

Alles war so, wie es sein sollte, es war keine klaffende Wunde zu sehen. Nur das Gefühl blieb weiterhin, das furchtbare Gefühl, erschossen zu werden, die niederschmetternde Vorahnung, dass ihm der Tod bevorstand.

Er rang mühsam nach Atem. Das war's dann wohl mit Schlafen.

Also ließ er den Wodka stehen und stürzte an seinen Schreibtisch, wild entschlossen, sich eingehend mit diesem Laptop vertraut zu machen.

Als der Rat der *Princeps* sich auflöste, war Marissa vollkommen ausgelaugt. Was nicht so verwunderlich war, denn der Morgen würde bald grauen. Es hatte eine Menge Diskussionen über den Antrag auf Bannung gegeben, doch Widerspruch war laut geworden. Alles drehte sich um die Bedrohung durch die *Lesser.* Nicht nur würde der Antrag eindeutig durchgehen, wenn die Abstimmung stattfände; sollte Wrath keine Erklärung dahingehend abgeben, würde der Rat das sogar als Beweis für einen Mangel an Verantwortungsgefühl des Königs gegenüber seinen Untertanen ansehen.

Worauf Wraths Kritiker heimlich nur warteten. Dass er dreihundert Jahre lang auf die Macht verzichtet hatte, hatte in manchem Mund einen bitteren Nachgeschmack hinterlassen, und einige der Aristokraten lauerten nur auf eine günstige Gelegenheit, an seinem Thron zu sägen.

Ungeduldig wartete Marissa neben der Tür zur Bibliothek, sie wollte unbedingt endlich gehen. Doch Havers hörte und hörte nicht auf, mit den anderen zu reden. Irgendwann ging sie einfach allein hinaus und dematerialisierte sich. Notfalls würde sie einfach vor seinem Schlafzimmer kampieren, um mit ihm zu sprechen.

Anders als üblich rief sie nicht nach Karolyn, als sie vor der Tür ihres Hauses eintraf, sondern ging direkt hinauf in ihr eigenes Zimmer. Sie schob die Tür auf und ...

»*O mein Gott.*« Ihr Zimmer war ... eine Einöde.

Ihr begehbarer Kleiderschrank stand offen und war leer, nicht ein einziger Bügel hing noch auf der Stange. Ihr Bett war abgezogen, die Kissen waren weg, ebenso wie das Laken und die Decke. Alle Bilder waren abgenommen worden. Und an der Wand standen Kartons aufgereiht, neben jedem einzelnen Louis-Vuitton-Gepäckstück, das sie besaß.

»Was ...« Ihre Stimme verlor sich, als sie das Badezimmer betrat. Alle Schränke waren leer.

Taumelnd kam sie aus dem Bad, und da stand Havers neben dem Bett.

»Was ist hier los?« Sie machte eine ausladende Armbewegung.

»Du musst dieses Haus verlassen.«

Zuerst konnte sie ihn nur anblinzeln. »Aber ich wohne hier!«

Regungslos nahm er seine Brieftasche hervor, entnahm

ihr einen dicken Stapel Scheine und breitete sie auf dem Schreibtisch aus. »Nimm das. Und geh.«

»Und das alles wegen Butch?«, wollte sie wissen. »Wie soll das bitteschön funktionieren, wenn dein Bannungsantrag vom Rat angenommen wird? Hüter müssen in der Nähe ihrer ...«

»Ich habe den Antrag nicht gestellt. Und was diesen Menschen betrifft ...« Er schüttelte den Kopf. »Dein Leben gehört dir selbst. Und dich zusammen mit einem nackten Mann zu sehen, der gerade eben in einen sexuellen Akt ...« Havers' Stimme versagte, und er musste sich räuspern. »Geh jetzt. Lebe, wie du möchtest. Aber ich werde nicht danebensitzen und zusehen, wie du dich selbst zerstörst.«

»Havers, das ist doch lächerlich ...«

»Ich kann dich nicht vor dir selbst beschützen.«

»Havers, Butch ist nicht ...«

»Ich habe den König bedroht, um Vergeltung für deine Ehre zu üben!« Der Klang seiner Stimme prallte von den Wänden ab. »Um dich dann mit diesem Menschen zu sehen! Ich – ich kann dich nicht mehr in meiner Nähe ertragen. Du löst in mir einen solchen Zorn aus, dass ich mir selbst nicht mehr trauen kann. Dieser Zorn lässt mich gewalttätig werden. Er ...« Er erschauerte und wandte sich ab. »Die *Doggen* sind angewiesen, dich abzusetzen, wo auch immer du hinzugehen wünschst. Aber danach werden sie in diesen Haushalt zurückkehren. Du wirst deine eigenen Diener finden müssen.«

Jedes Gefühl wich aus ihrem Körper. »Ich bin immer noch ein Mitglied des *Princeps*-Rates. Du wirst mich dort sehen müssen.«

»Nein, denn niemand verlangt von mir, dir meinen

Blick zu schenken. Und du setzt voraus, dass du im Rat bleiben wirst, was zweifelhaft ist. Wrath wird keinen Grund haben, das Bannungsgesuch abzulehnen. Da du keinen Partner hast und ich nicht als dein Hüter fungieren werde, kann dir niemand die Erlaubnis erteilen, dich draußen aufzuhalten. Nicht einmal deine Blutlinie kann sich über das Gesetz erheben.

Marissa klappte der Kiefer herunter. Grundgütiger … sie wäre eine Ausgestoßene. Ein wahrhaftiger … Niemand. »Wie kannst du mir das antun?«

Er blickte über die Schulter. »Ich bin es leid. Ich bin es leid, gegen den Drang anzukämpfen, dich vor deinen eigenen Entscheidungen zu beschützen …«

»Entscheidungen! Als Frau der Aristokratie darf ich überhaupt nichts selbst entscheiden!«

»Das ist unwahr. Du hättest Wrath eine richtige Gefährtin sein können.«

»Er wollte mich nicht! Du wusstest das, du hast ihn doch mit eigenen Augen gesehen! Deshalb wolltest du ihn töten lassen!«

»Aber inzwischen frage ich mich … warum hat er denn nichts für dich empfunden? Vielleicht hast du dir nicht genug Mühe gegeben, sein Interesse zu wecken.«

Eine wilde Wut stieg in Marissa auf. Und das Gefühl wurde immer heißer, als ihr Bruder fortfuhr: »Was deine Entscheidungen betrifft: Niemand hat dich gezwungen, dieses Krankenzimmer zu betreten. Du hast selbst entschieden, dort hineinzugehen. Und du hast entschieden … du hättest … nicht bei ihm liegen müssen.«

»Also darum geht es hier? Um Himmels willen, ich bin immer noch eine Jungfrau.«

»Jetzt lügst du.«

Diese drei Worte versetzten ihren Emotionen einen ziemlichen Dämpfer. Während die Hitze sich verflüchtigte, kam die Klarheit, und zum ersten Mal sah sie ihren Bruder, wie er wirklich war: ein brillanter Kopf, seinen Patienten treu ergeben, seiner geliebten toten *Shellan* immer noch nachtrauernd … und vollkommen starr. Ein Mann der Wissenschaft und der Ordnung, der die Regeln und die Vorhersagbarkeit liebte und eine genaue Vorstellung davon brauchte, wie das Leben abzulaufen hatte.

Und ganz eindeutig war er bereit, dieses Weltbild unbedingt zu schützen, auch auf Kosten ihrer Zukunft … ihres Glücks … ihrer selbst.

»Du hast vollkommen recht«, sagte sie mit einer merkwürdigen Ruhe. »Ich muss wirklich gehen.«

Sie betrachtete die Kartons mit den Kleidern darin, die sie getragen, den Dingen, die sie gekauft hatte. Dann wandte sie den Blick wieder zu ihm. Er tat dasselbe, starrte die Kisten an, als wöge er das Leben ab, das sie geführt hatte.

»Die Dürer-Schnitte überlasse ich dir natürlich«, sagte er.

»Natürlich«, flüsterte sie. »Leb wohl, Bruder.«

»Für dich bin ich ab jetzt Havers. Nicht Bruder. Niemals wieder Bruder.«

Er senkte den Kopf und ging aus dem Zimmer.

In der Stille, die darauf folgte, war die Versuchung groß, sich aufs Bett zu werfen und zu weinen. Aber dazu war keine Zeit mehr. Sie hatte nur noch etwa eine Stunde, bevor es hell wurde.

Gütige Jungfrau, wohin sollte sie nur gehen?

16

Als Mr. X von seinem Treffen mit Omega auf der anderen Seite zurückkehrte, war ihm, als hätte er Sodbrennen. Was einleuchtete, da man ihm praktisch seinen eigenen Arsch gefüttert hatte.

Der Meister war über eine Reihe von Dingen ziemlich sauer gewesen. Er wollte mehr *Lesser,* mehr ausgeblutete Vampire, mehr Fortschritt, mehr … von allem. Aber die Sache war die – egal, wie viel man ihm gab, er würde immer unzufrieden sein. Vielleicht war das sein persönlicher Fluch.

Egal. Die Infinitesimalrechnung von Mr. X' Versagen stand an der Tafel, die mathematische Gleichung seiner Zerstörung in Kreide umrissen. Die Unbekannte darin war der Zeitpunkt. Wie lange noch, bevor Omega ausrastete und Mr. X bis in alle Ewigkeit zurückgerufen wurde?

Die Sache mit Van musste beschleunigt werden. Dieser Mann musste an Bord kommen und so schnell wie möglich seinen Platz einnehmen.

Mr. X ging zu seinem Laptop und fuhr ihn hoch. Er setzte sich neben den getrockneten braunen Fleck, den eine Blutlache hinterlassen hatte, rief die Gesetzesrollen auf und fand die relevante Stelle. Die Zeilen der Prophezeiung beruhigten ihn etwas:

Es wird Einer kommen, das Ende vor den Meister zu bringen, ein Kämpfer moderner Zeit,
angetroffen im Siebten des Einundzwanzigsten
und man wird ihn erkennen an den Zahlen, die er trägt:
Eines mehr als der Umkreis, dessen er gewahr wird,
doch zu seiner Rechten bloße Vier zu zählen.
Drei Leben hat er,
zwei Kerben in seiner Front
und mit einem einzigen schwarzen Auge
wird in einem Quell er geboren werden und sterben.

Mr. X lehnte sich mit dem Rücken an die Wand, ließ den Hals knacken und sah sich um. Die stinkenden Überbleibsel des Cracklabors, der Schmutz, die von reuelosen schlechten Taten geschwängerte Luft – das alles war ihm zuwider, aber er konnte nicht einfach gehen. Ebenso wenig, wie er die Gesellschaft der *Lesser* einfach verlassen konnte.

Doch alles würde gut werden. Wenigstens hatte er den Ausweg entdeckt.

Es war eine glückliche Fügung gewesen, Van Dean zu finden. X hatte die übelsten Schlägerhöhlen abgeklappert, um neue Rekruten aufzutreiben. Van war ihm sofort aufgefallen. Er hatte einfach etwas Besonderes an sich, etwas, das ihn über seine Gegner erhob. Und als er den Kerl in jener ersten Nacht beobachtete, hatte Mr. X zunächst geglaubt, eine bedeutende Ergänzung für die Gesellschaft entdeckt zu haben … bis er den fehlenden Finger bemerkt hatte.

Er holte nicht gern jemanden mit einem körperlichen Defekt in die Gesellschaft.

Aber je öfter er Van kämpfen sah, desto klarer wurde X, dass ein fehlender kleiner Finger nicht die geringste Hürde bedeutete. Dann noch ein paar Nächte später sah er die Tätowierung. Van kämpfte immer mit T-Shirt, aber einmal wurde es über seine Brust nach oben geschoben. Auf dem Rücken des Mannes starrte in schwarzer Tinte ein Auge zwischen den Schulterblättern hervor.

Das hatte Mr. X zum Studium der Schriftrollen getrieben. Die Prophezeiung lag tief verborgen im Text des Handbuchs der Gesellschaft der *Lesser*, ein nahezu vergessener Abschnitt inmitten der Regeln zur Einführung neuer Mitglieder. Glücklicherweise hatte Mr. X die Passage, als er zum ersten Mal Haupt-*Lesser* wurde, gründlich genug gelesen, um sich daran zu erinnern.

Wie auch der Rest der Gesetzesrollen, die in den 1930er-Jahren übersetzt worden waren, war der Wortlaut der Prophezeiung ziemlich abstrakt. Aber wenn einem ein Finger an der rechten Hand fehlte, dann konnte man damit nur bis vier zählen. »Drei Leben« stand für Kindheit, Erwachsensein und danach das Leben in der Gesellschaft der *Lesser*. Und den Zuschauern nach zu urteilen, war Van ein heimisches Gewächs, geboren in der Stadt Caldwell, auch bekannt als *The Well*, das englische Wort für Quelle.

Doch da war noch mehr. Die Instinkte dieses Mannes waren schon beinahe unheimlich. Man musste ihm nur in diesem Maschendrahtring zusehen, um sofort zu wissen, dass Nord, Süd, Ost und West nur Teil dessen waren, was er erspürte: Er hatte ein seltenes Talent dafür, vorauszuahnen, wohin sein Gegner sich wenden würde – *eines mehr*. Diese Gabe war es, die ihn auszeichnete.

Der Clou aber war der entfernte Blinddarm. Das Wort

Kerbe konnte man auf verschiedenste Art und Weise verstehen, aber es konnte sich durchaus auch auf eine Narbe beziehen. Und jeder Mensch hatte einen Bauchnabel. Wenn einem also der Blinddarm entfernt worden war, dann hatte man ja wohl zwei Narben in seiner »Front«, nicht wahr?

Außerdem war es das richtige Jahr, um ihn zu finden.

Mr. X tastete nach seinem Handy und rief einen seiner Untergebenen an.

Als es klingelte, war ihm sehr bewusst, dass er Van Dean, den modernen Kämpfer, diesen vierfingrigen Kerl, mehr brauchte als jeden anderen, dem er in seinem Leben begegnet war. Oder nach seinem Tod.

Sobald Marissa sich vor dem grauen Haus materialisiert hatte, griff sie sich mit der Hand an die Kehle. Mein Gott, so viel Gemäuer, das sich aus der Erde erhob, ganze Steinbrüche waren ausgebeutet worden, um das Material dafür zu gewinnen. Und so viele Bleiglasfenster, die rautenförmigen Scheiben sahen aus wie Gitter. Und dann war da noch die sechs Meter hohe Mauer, die den Innenhof und das gesamte Gelände umschloss. Und die Überwachungskameras. Und die Tore.

So sicher. So kalt.

Das Anwesen war genau so, wie sie es erwartet hatte, eher Festung denn Heim. Und es war von einer Pufferzone umgeben, die man im Alten Land *Mhis* genannt hatte. Jemand, der nicht hierher gehörte, konnte die Informationen, die ihm dieser Ort lieferte, nicht vernünftig verarbeiten, sodass ein ungebetener Besucher das Haus nicht fand. Der einzige Grund, warum sie das Anwesen der Bruderschaft überhaupt hatte finden können, war, dass Wrath sich dort befand. Nach dreihundert Jahren, die sie sich von seinem reinen Blut genährt hatte, floss noch so viel davon in ihr, dass sie ihn überall aufspüren konnte. Selbst durch das *Mhis* hindurch.

Als sie vor diesem Steinklotz stand, kitzelte sie etwas im Nacken, als würde sie beobachtet, und sie warf einen Blick über die Schulter. Im Osten gewann das Licht des Tages schon an Kraft, und die ersten Sonnenstrahlen brannten in ihren Augen. Sie hatte nicht mehr viel Zeit.

Immer noch die Hand auf die Kehle gelegt, trat sie vor eine massive Messingtür. Es gab weder Klingel noch Klopfer, also drückte sie einfach dagegen. Die Tür gab nach, was ein Schock war – zumindest, bis sie im Vorraum stand. Aha, hier wurde man überprüft.

Sie hielt ihr Gesicht vor eine Kamera und wartete. Mit Sicherheit musste ein Alarm ausgelöst worden sein, als sie die erste Tür durchschritt, deshalb würde entweder jemand kommen und sie einlassen … oder sie abweisen. In welchem Fall sie auf ihre zweite Wahl zurückgeworfen würde.

Rehvenge war der einzige andere, an den sie sich wenden konnte, aber diese Lösung war ebenfalls kompliziert. Seine *Mahmen* war eine Art spirituelle Ratgeberin der *Glymera* und wäre ohne jeden Zweifel höchst gekränkt durch Marissas Anwesenheit.

Mit einem Stoßgebet an die Jungfrau der Schrift strich sie sich das Haar mit den Händen glatt. Vielleicht hatte sie aufs falsche Pferd gesetzt, aber sie war davon ausgegangen, dass Wrath sie so kurz vor Morgengrauen nicht abweisen würde. Nach allem, was sie seinetwegen ertragen hatte, konnte er ihr doch einen Tag unter seinem Dach gewähren. Außerdem war er ein Ehrenmann.

Wenigstens hielt sich Butch nicht bei der Bruderschaft auf, soweit sie wusste. Den Sommer über hatte er an einem anderen Ort gewohnt, und sie vermutete, dass er immer noch dort lebte. Sie hoffte es.

Die schwere Holztür vor ihr wurde geöffnet, und Fritz, der Butler, schien sehr überrascht von ihrem Anblick zu sein.

»Madam?« Der ältliche *Doggen* verneigte sich tief. »Werdet Ihr … erwartet?«

»Nein.« Sie wurde so wenig erwartet, wie es nur eben ging. »Ich, äh …«

»Fritz, wer ist denn da?«, hörte man eine weibliche Stimme.

Als die Schritte sich näherten, verschränkte Marissa die Hände und senkte den Kopf.

O Gott, Beth, die Königin. Es wäre so viel besser gewesen, zuerst Wrath gegenüberzustehen. Nun musste sie annehmen, dass ihr Plan nicht funktionieren würde.

Sicherlich würde ihre Hoheit sie aber das Telefon benutzen lassen, um Rehvenge anzurufen? Blieb ihr überhaupt noch die Zeit dazu?

Die Türe wurde ächzend weiter aufgezogen. »Wer ist denn … *Marissa?*«

Marissa hielt den Blick zu Boden gesenkt und vollführte einen Knicks, wie es der Brauch war. »Meine Königin.«

»Fritz, würdest du uns entschuldigen?« Einen Augenblick später sagte Beth: »Möchtest du nicht hereinkommen?«

Zögerlich trat Marissa durch die Tür. Ganz am Rande nahm sie ein Gefühl von unglaublicher Farbe und Wärme wahr, aber sie konnte den Kopf nicht heben, um es in sich aufzunehmen.

»Wie hast du uns gefunden?«, fragte Beth.

»Das Blut deines ... *Hellren* fließt noch in mir. Ich ... ich muss ihn um einen Gefallen bitten. Ich würde gern mit Wrath sprechen, wenn es gestattet wäre?«

Es war ein Schock für Marissa, zu fühlen, dass die andere Frau nach ihren Händen griff. »Was ist denn passiert?«

Als sie langsam den Blick zur Königin emporhob, stockte ihr fast der Atem. Beth wirkte so ehrlich besorgt, so fürsorglich. Mit auch nur einem Hauch von Wärme empfangen zu werden, war überwältigend, besonders von dieser Frau, die jeden Grund hatte, sie einfach hinauszuwerfen.

»Marissa, erzähl es mir.«

Wo sollte sie nur anfangen? »Ich, ähm, ich brauche eine Unterkunft. Ich weiß nicht, wohin ich gehen soll. Ich wurde verstoßen. Ich bin ...«

»Moment mal, langsam. Ganz langsam. Was ist geschehen?«

Marissa holte tief Luft und berichtete dann eine Kurzversion der Geschichte, eine, die jegliche Erwähnung von Butch vermied. Die Worte sprudelten nur so aus ihr hervor, und ihre schmutzige Botschaft ergoss sich auf den leuchtenden Mosaikboden, befleckte die Schönheit unter ihren Füßen. Die Schande des Erzählens schmerzte sie im Hals.

»Dann bleibst du bei uns«, verkündete Beth, als sie geendet hatte.

»Nur einen Tag.«

»Solange du möchtest.« Beth drückte Marissas Hand. »Egal, wie lange.«

Als Marissa die Augen schloss und versuchte, nicht

in Tränen auszubrechen, nahm sie undeutlich ein donnerndes Geräusch wahr. Schwere Stiefel kamen die Treppe herunter.

Dann erfüllte Wraths tiefe Stimme die riesige Halle. »Was zum Teufel ist hier los?«

»Marissa zieht bei uns ein.«

Wieder machte Marissa einen Knicks, nun endgültig ihres Stolzes beraubt, so verletzlich, als wäre sie splitternackt. Nichts zu besitzen und sich der Gnade anderer ausliefern zu müssen war eine seltsame Form des Schreckens.

»Marissa, sieh mich an.«

Wraths harter Tonfall klang so vertraut. So hatte er sie immer angesprochen, jahrhundertelang war sie davon zusammengezuckt. Verzweifelt schielte sie nach der offenen Tür zum Vorraum, auch wenn ihr inzwischen definitiv keine Zeit mehr blieb, um nach draußen zu fliehen.

Die hölzerne Tür schlug zu, als hätte der König sie mit seinem Willen geschlossen. »Rede, Marissa.«

»Lass sie in Ruhe, Wrath«, fauchte die Königin. »Sie hat heute Nacht schon genug durchgemacht. Havers hat sie vor die Tür gesetzt.«

»Was? Warum?«

Beth wiederholte kurz das Vorgefallene, und es von einem Dritten zu hören verstärkte Marissas Demütigung nur noch. Ihr Blick wurde verschwommen, sie hatte Mühe, nicht zusammenzubrechen.

Und die Schlacht war endgültig verloren, als Wrath sagte: »Herrgott, was für ein Idiot. Natürlich bleibt sie hier.«

Mit zitternden Händen fing sie die Tränen unter ihren Augen auf und zerrieb sie rasch zwischen den Fingerspitzen.

»Marissa? Sieh mich an.«

Sie hob den Kopf. O je, Wrath war noch genau derselbe, das Gesicht zu unbarmherzig, um wirklich attraktiv zu sein. Und diese Sonnenbrille ließ ihn noch einschüchternder wirken. Gedankenverloren bemerkte sie, dass seine Haare viel länger geworden waren, sie reichten ihm jetzt fast bis aufs Gesäß.

»Ich bin froh, dass du zu uns gekommen bist.«

Jetzt räusperte sie sich. »Ich wäre dankbar, vorübergehend hierbleiben zu dürfen.«

»Wo sind deine Sachen?«

»Sie stehen gepackt bei mir zu Hause – äh, bei meinem Bruder – ich meine, in Havers' Haus. Ich kam vom Treffen des *Princeps*-Rates zurück, und alles war schon in Kisten verstaut. Aber das kann dort bleiben, bis ich weiß …«

»Fritz!« Als der *Doggen* angerannt kam, befahl Wrath: »Fahr zu Havers, und hol Marissas Sachen ab. Nimm besser den Transporter und ein paar Waffen extra mit.«

Fritz verbeugte sich und eilte dann in einem Tempo los, das sie dem alten *Doggen* nicht zugetraut hätte.

Marissa rang nach Worten. »Ich … ich …«

»Ich zeige dir jetzt dein Zimmer«, schlug Beth vor. »Du siehst aus, als würdest du gleich zusammenklappen.«

Marissa folgte der Königin zu der großen Freitreppe. Im Gehen blickte sie noch einmal über die Schulter. Wraths Miene war vor Wut verzerrt, sein Kiefer trat stark hervor.

Sie musste stehen bleiben. »Bist du ganz sicher?«, fragte sie.

Sein zorniges Funkeln wurde noch stärker. »Dein Bruder hat wirklich ein Talent dafür, mir auf den Geist zu gehen.«

»Ich möchte dir keine Umstände bereiten …«

Wrath ließ sie nicht ausreden. »Es ging um Butch, richtig? V hat mir erzählt, dass du bei dem Polizisten warst und ihn zurück ins Leben geholt hast. Lass mich raten – Havers war nicht so begeistert davon, dass du unserem Menschen zu nah gekommen bist, hab ich recht?«

Marissa konnte nur nicken.

»Wie ich schon sagte, dein Bruder geht mir echt auf den Senkel. Butch gehört zu uns, selbst wenn er kein Mitglied der Bruderschaft ist, und jeder, der für ihn sorgt, sorgt für uns. Also kannst du, was mich betrifft, für den verdammten Rest deines Lebens bei uns wohnen.« Wrath stapfte um den Fuß der Treppe herum. »Vergiss Havers. Dieser Idiot. Ich suche V und gebe ihm Bescheid, dass du hier bist. Butch ist zwar nicht da, aber V wird sicher wissen, wo er zu finden ist.«

»O nein, du musst nicht …«

Wrath blieb nicht stehen, er zögerte nicht einmal, was sie daran erinnerte, dass man dem König keine Befehle geben konnte. Nicht einmal, sich keine Sorgen zu machen.

»Tja«, murmelte Beth, »wenigstens ist er im Moment nicht bewaffnet.«

»Es überrascht mich, dass ihn das so mitnimmt.«

»Machst du Witze? Es ist empörend, dich kurz vor Sonnenaufgang vor die Tür zu setzen. Egal, jetzt bringen wir dich erst mal auf dein Zimmer.«

Marissa widersetzte sich dem sanften Zupfen. »Du empfängst mich so freundlich. Wie kannst du so …«

»Marissa.« Beths dunkelblaue Augen waren ruhig. »Du hast den Mann gerettet, den ich liebe. Als er angeschossen wurde und mein Blut nicht stark genug war, hast du ihn mit deinem Blut am Leben erhalten. Deshalb möchte ich eines mal klarstellen: Es gibt nichts, absolut nichts, was ich nicht für dich tun würde.«

Der Morgen brach an, und Licht strömte in das Penthouse. Butch wachte auf, voll erigiert und damit beschäftigt, seine Hüften an einem Knäuel aus Satinlaken zu reiben. Er war schweißgebadet, seine Haut hyperempfindlich, die Erektion pochend.

Benommen, orientierungslos wusste er nicht, was Realität war und was nur Hoffnung. Er griff nach unten. Löste den Gürtel. Vergrub die Hand in den Boxershorts.

Bilder von Marissa wirbelten in seinem Kopf herum, halb der Wunschtraum, in dem er sich so herrlich verloren hatte, halb die Erinnerung an sie. Seine Hand fand einen Rhythmus, er war sich nicht sicher, ob er sich selbst liebkoste … Vielleicht war sie es … Gott, er wollte, dass sie es war.

Er schloss die Augen und bog den Rücken durch. *O ja, das war so gut.*

Doch dann wachte er richtig auf.

Als ihm bewusst wurde, was er da tat, wurde er böse. Wütend auf sich selbst und das, was hier ablief, bearbeitete er sein Geschlecht unsanft, bis er bellend einen Kraftausdruck ausstieß und ejakulierte. Man konnte es nicht einmal einen Orgasmus nennen. Es war mehr, als hätte sein Schwanz laut geflucht.

Ihm war fast schlecht vor Angst, als er die Luft anhielt und auf seine Hand blickte.

Dann sackte er erleichtert in sich zusammen. Wenigstens eine Sache war wieder normal.

Nachdem er die Hose ausgezogen und sich mit der Boxershorts abgewischt hatte, ging er ins Badezimmer und stellte die Dusche an. Unter dem Wasserstrahl konnte er nur an Marissa denken. Er vermisste sie mit einer stechenden Begierde, einer Art sehnsüchtigem Schmerz, der ihn an die Zeit vor einem Jahr erinnerte, als er mit dem Rauchen aufgehört hatte.

Nur leider gab es gegen diese Sucht keine Pflaster.

Gerade, als er mit einem Handtuch um die Hüften aus dem Badezimmer kam, klingelte sein neues Handy. Hektisch wühlte er in den Kissen, bis er es endlich fand.

»Ja, V?«, rasselte er. O Mann, seine Stimme war morgens immer total im Eimer, so auch heute. Er klang wie ein stotternder Motor, der nicht anspringen wollte.

Das war also schon die zweite Normalität zu seinen Gunsten.

»Marissa ist bei uns eingezogen.«

»Was?« Er sank auf die Matratze. »Wovon zum Teufel sprichst du?«

»Havers hat sie rausgeworfen.«

»Meinetwegen?«

»Ganz genau.«

»Dieser Scheißkerl ...«

»Sie ist hier auf dem Anwesen, also mach dir keine Sorgen um ihre Sicherheit. Aber sie ist völlig fertig.« Eine lange Pause entstand. »Bulle? Bist du noch dran?«

»Ja.« Butch ließ sich aufs Bett fallen. Musste feststellen, dass seine Muskeln zuckten, so stark war sein Bedürfnis, bei ihr zu sein.

»Wie ich schon sagte, es geht ihr gut. Soll ich sie heute Nacht zu dir bringen?«

Butch legte die Hand über die Augen. Die Vorstellung, dass jemand ihr wehgetan hatte, machte ihn geradezu wahnsinnig. Bis zur Gewalttätigkeit.

»Butch? Hallo?«

Als Marissa sich in das Himmelbett legte, zog sie die Decke bis zum Hals hoch und wünschte, sie wäre nicht nackt. Das Blöde war nur, dass sie keine Kleider dabeihatte.

Natürlich würde sie hier niemand belästigen, aber trotzdem fühlte es sich … falsch an, nichts anzuhaben. Skandalös, auch wenn niemand es je erfahren würde.

Sie blickte sich um. Das Zimmer, das man ihr gegeben hatte, war wunderschön. Es war in einem dunklen Blau gehalten, und das Motiv einer adligen Dame und eines knienden Verehrers wiederholte sich auf den Wänden, den Vorhängen, der Bettdecke und dem Stuhl.

Nicht unbedingt das, was ihrer derzeitigen Stimmung entgegenkam. Das französische Liebespaar bedrängte sie, als sähe sie es nicht nur, sondern hörte es auch, ein chaotisches Stakkato dessen, was sie mit Butch nicht hatte. Mit Butch niemals haben würde.

Um das Problem zu lösen, löschte sie das Licht und schloss die Augen. Was wie ein Zauber wirkte.

Gütige Jungfrau, was für ein Durcheinander. Und sie musste sich fragen, inwieweit sich die Dinge noch verschlimmern würden. Fritz und die anderen beiden *Doggen* waren unterwegs zu ihrem Bruder – zu Havers –, und sie rechnete halb damit, dass sie mit leeren Händen zurückkehren würden. Vielleicht würde Havers beschließen, ihre Sachen einfach wegzuwerfen. So, wie er es mit ihr getan hatte.

Während sie dort in der Dunkelheit lag, sortierte sie im Geiste die Trümmer ihres Lebens, versuchte herauszufinden, was noch brauchbar war und was sie als unrettbar ausmustern musste. Sie fand nur ein Sammelsurium von unglücklichen Erinnerungen, die ihr keine Richtung wiesen. Sie hatte absolut keine Vorstellung davon, was sie tun, wohin sie gehen sollte.

Und das war doch nicht zu begreifen. Drei Jahrhunderte hatte sie damit verbracht, zu warten und zu hoffen, dass ein Mann ihr seine Gunst schenken würde. Drei Jahrhunderte hatte sie versucht, sich in die *Glymera* einzufügen. Drei Jahrhunderte sich verzweifelt bemüht, jemandes Schwester zu sein, jemandes Tochter, jemandes Gefährtin. All diese äußeren Erwartungen waren die Gesetze gewesen, die ihr Leben beherrscht hatten, tief greifender und unentrinnbarer als die Schwerkraft.

Doch wohin hatte sie das alles geführt? Nun war sie verwaist, ungebunden, ausgestoßen.

Also gut, ihre oberste Regel für den Rest ihrer Tage sollte lauten: Sie würde keine Einmischung von außen mehr suchen. Sie mochte vielleicht keine Ahnung haben, wer sie war, aber besser noch verloren sein und auf der Suche, als von anderen in eine gesellschaftliche Schublade gesteckt zu werden.

Das Telefon neben dem Bett klingelte, und sie schrak zusammen. Nachdem es fünfmal geläutet hatte, hob sie ab, nur weil es einfach nicht aufhören wollte. »Hallo?«

»Madam?« Ein *Doggen*. »Ihr habt einen Anruf von unserem Herrn Butch. Darf ich durchstellen?«

Na großartig. Also hatte er davon erfahren.

»Madam?«

»Äh, ja, ich nehme ihn entgegen.«

»Sehr wohl. Und ich habe ihm Eure Durchwahl gegeben. Bitte bleibt am Apparat.«

Sie hörte ein Klicken und dann die unverkennbar raue Stimme. »Marissa? Geht es dir gut?«

Eigentlich nicht, dachte sie, aber das ging ihn nichts an. »Ja, danke. Beth und Wrath waren sehr gütig zu mir.«

»Hör mal, ich möchte dich gern sehen.«

»Wirklich? Dann darf ich wohl annehmen, dass deine Probleme alle wie durch Zauberhand verschwunden sind? Du musst entzückt sein, dass alles wieder normal ist. Glückwunsch.«

Er fluchte. »Ich mache mir Sorgen um dich.«

»Das ist nett von dir, aber …«

»Marissa …«

»… wir wollen mich ja nicht in Gefahr bringen, oder?«

»Hör mir doch zu, ich …«

»Du hältst dich besser fern, damit ich nicht verletzt werde …«

»Verflucht, Marissa. Scheiß auf die ganze Sache!«

Sie schloss die Augen, zornig auf die Welt, auf ihn, auf ihren Bruder und sich selbst. Und wenn Butch jetzt auch noch wütend wurde, dann war dieses Gespräch wie eine Handgranate, die gleich explodieren konnte.

Mit leiser Stimme sagte sie: »Ich weiß deine Besorgnis zu schätzen, aber es geht mir gut.«

»Ach Mist …«

»Ja, ich denke, das beschreibt die Situation sehr gut. Bis dann, Butch.«

Als sie auflegte, wurde ihr bewusst, dass sie am ganzen Körper zitterte.

Sofort klingelte es wieder, und sie blickte zum Telefon. Mit einer schnellen Bewegung zerrte sie das Kabel aus der Wand.

Dann vergrub sie sich wieder unter der Decke und rollte sich auf der Seite zusammen. Schlafen würde sie auf keinen Fall können, aber die Augen schloss sie trotzdem.

Während sie schäumend vor Wut in der Dunkelheit lag, kam sie zu einem Schluss. Selbst wenn alles … *Mist* war, um Butchs eloquente Zusammenfassung zu benutzen … konnte sie doch eines festhalten: Sauer zu sein war immer noch besser, als eine Panikattacke zu haben.

Zwanzig Minuten später – seine Sox-Kappe tief ins Gesicht gezogen und eine Sonnenbrille auf der Nase – spazierte Butch auf einen dunkelgrünen Honda Accord, Baujahr 2003, zu. Er sah nach rechts und nach links. Niemand zu sehen. Die Gebäude hatten keine Fenster. Kein Auto war auf der Ninth Street unterwegs.

Er bückte sich, hob einen dicken Stein auf und schlug ein Loch in die Scheibe auf der Fahrerseite. Als die Alarmanlage hysterisch losschrillte, trat er einen Schritt beiseite und verschmolz mit dem Häuserschatten. Niemand kam, um zu schauen, was los war. Der Lärm brach ab.

Seit er sechzehn gewesen war und in seiner Heimatstadt die ersten Gesetzesübertretungen begangen hatte, hatte er kein Auto mehr gestohlen, aber er hatte es immer noch drauf. Gelassen öffnete er die Wagentür und stieg ein. Was dann kam, ging schnell und effizient, wodurch wieder einmal bewiesen war, dass er seine kriminelle Ader, zusammen mit seinem Südbostoner Akzent, nie ganz abgelegt hatte: Er riss die Verkleidung unter dem Armaturenbrett ab. Fand die Drähte. Steckte die richtigen beiden zusammen, und … *brumm*.

Die übrigen Glasscherben schob er mit dem Ellbogen aus dem Fenster und fuhr gemächlich los. Da ihm die Knie fast an der Brust hingen, tastete er nach der Sperre, löste sie und rutschte den Sitz so weit wie möglich nach hinten. Dann hängte er den Arm aus dem Fenster, als würde er die Frühlingsluft genießen, und lehnte sich im Sitz zurück.

Beim Stoppschild am Ende der Straße setzte er den Blinker und kam zum vollen Stillstand: Die Verkehrsregeln zu befolgen war ganz entscheidend, wenn man in einem gestohlenen Fahrzeug saß und keinen Ausweis dabeihatte.

Als er links abbog und die Ninth Street entlangfuhr, hatte er ein schlechtes Gewissen dem Besitzer des Autos gegenüber. Die Karre gestohlen zu bekommen war kein Spaß, und an der nächsten Ampel klappte er das Handschuhfach auf. Der Wagen war auf eine Sally Forrester angemeldet. 1247 Barnstable Street.

Er gelobte, den Honda so bald als irgend möglich zu ihr zurückzubringen und ihr noch ein paar Tausender dazuzulegen. Für die Unannehmlichkeiten und die kaputte Scheibe.

Apropos kaputt … er kippte den Rückspiegel so, dass er sich darin erkennen konnte. Verflucht noch mal, er sah katastrophal aus. Er musste sich unbedingt rasieren, und sein Gesicht war immer noch grün und blau. Fluchend stellte er den Spiegel wieder auf den Straßenverkehr ein, damit er seine hässliche Visage nicht mehr sehen musste.

Leider stand ihm immer noch ziemlich klar vor Augen, was los war.

In Sally Forresters Accord, zugerichtet wie ein Sandsack in der Muckibude, überfiel ihn eine anständige Portion Selbsterkenntnis, die ihm überhaupt nicht schmeckte. Immer schon war er auf dem schmalen Grat zwischen Gut und Böse balanciert, war immer bereit gewesen, die Regeln für seine Zwecke zu beugen. Er hatte Verdächtige bearbeitet, bis sie zusammenbrachen. Gelegentlich ein Auge zugedrückt, wenn es ihm wichtige Informationen zu einem Fall einbrachte. Drogen genommen, noch nachdem er zur Truppe gestoßen war … zumindest, bis er mit dem Koks aufgehört hatte.

Die einzigen Tabus für ihn waren Bestechung oder sexuelle Gefälligkeiten im Dienst gewesen.

Letzteres machte ihn vermutlich zum Helden.

Und was hatte er jetzt gerade vor? Eine Frau bedrängen, deren Leben schon in Trümmern lag. Nur, um sich auch noch in die Polonaise von Fiaskos einzureihen, die gerade über sie hinwegtrampelte.

Aber er konnte einfach nicht anders. Nachdem er wieder und wieder Marissas Nummer gewählt hatte, war er nicht in der Lage gewesen, sich diesen kleinen Ausflug zu verkneifen. Er war vorher schon von ihr besessen gewesen. Jetzt konnte er keinen klaren Gedanken mehr fassen. Er musste sich davon überzeugen, dass es ihr gut ging und … na ja, er hatte sich gedacht, vielleicht könnte er ihr einige Dinge dann auch ein bisschen besser erklären.

Eine gute Nachricht gab es allerdings tatsächlich. Innerlich schien er tatsächlich wieder normal zu sein. In Vs Unterschlupf hatte er sich mit einem Messer in den Arm geschnitten, um – trotz des kleinen Handarbeitsexperiments – sein Blut zu überprüfen. Es war rot gewesen, dem Himmel sei Dank.

Jetzt atmete er tief durch – und runzelte die Stirn. Er hielt die Nase an seinen Bizeps und inhalierte noch einmal. Was zum Geier war das? Selbst bei dem Wind, der durch das Auto blies, konnte er etwas riechen, und nein, es war nicht das pappsüße Talkum-Zeug. Dieser Geruch war glücklicherweise verblasst. Jetzt roch er nach etwas anderem.

Herrje, in letzter Zeit kam er sich vor wie einer von diesen Lufterfrischern für die Steckdose, die man mit ständig wechselnden Duftmischungen nachfüllte. Aber wenigstens gefiel ihm dieser würzige Geruch hier …

Wow. Das konnte nicht sein … Nein, unmöglich. Ausgeschlossen. Oder?

Das war absurd. Er holte sein Handy heraus und drückte die Kurzwahltaste. Sobald er Vs »Hallo« hörte, verkündete er: »Achtung, ich komme.«

Er hörte ein Schaben und einen Luftzug, als hätte sich Vishous eine angezündet. »Das überrascht mich nicht. Aber *wie* kommst du?«

»Mit Sally Forresters Honda.«

»Wer ist Sally Forrester?«

»Keine Ahnung, ich hab die Karre gestohlen. Hör mal, keine Sorge, ich mache keine komischen Sachen.« Na, sicher. »Ich meine, nicht im *Lesser*-Sinn von komisch. Ich muss nur unbedingt Marissa sehen.«

Er bekam nicht sofort eine Antwort. »Ich lasse dich durchs Tor. Das *Mhis* hält diese Dreckskerle seit siebzig Jahren vom Gelände fern, sie werden dich also kaum hierherverfolgen können. Und ich glaube nicht, dass du es auf uns abgesehen hast. Oder spinne ich jetzt total?«

»Verdammt, natürlich bin ich nicht hinter euch her.«

Butch schob seine Baseballkappe hoch, wobei sein

Handgelenk seine Nase streifte. Wieder schnappte er diesen Duft auf. »Ähm, V … es gibt da noch eine sonderbare Veränderung bei mir.«

»Was denn?«

»Ich rieche nach Männerparfüm.«

»Schön für dich. Frauen stehen auf so was.«

»Vishous, ich rieche wie *Obsession for Men,* aber ich trage kein Parfüm, verstehst du mich?«

Am anderen Ende der Leitung breitete sich Schweigen aus. Dann: »Menschen binden sich nicht.«

»Ach nein. Willst du das auch meinem zentralen Nervensystem und meinen Schweißdrüsen erzählen? Die wären an diesen Neuigkeiten brennend interessiert, da bin ich mir ganz sicher.«

»Hast du es bemerkt, nachdem ihr beiden zusammen wart?«

»Seitdem ist es schlimmer, aber ich hab mir schon vorher einmal eingebildet, etwas zu riechen.«

»Wann denn?«

»Als ich sie beobachtet habe, wie sie mit einem Kerl in ein anderes Auto eingestiegen ist.«

»Wie lange ist das her?«

»Ungefähr drei Monate. Meine Hand ist sofort zur Glock gewandert, als ich diesen Kerl gesehen habe.«

Stille. »Butch, Menschen binden sich nicht so wie wir.«

»Ich weiß.«

Noch mehr Stille, gefolgt von: »Ist es theoretisch möglich, dass du adoptiert wurdest?«

»Nein. Und in meiner Familie gibt es auch keine spitzen Eckzähne, falls du darüber nachdenkst. V, Mann, ich hab doch von dir getrunken. Bist du sicher, dass ich kein …«

»Das läuft ausschließlich über Genetik. Diese Biss-Verwandlungs-Geschichte ist nur blöder Aberglaube. Pass auf, ich lasse dich durchs Tor, und wir sprechen darüber, wenn du sie gesehen hast. Ach ja, Wrath hat übrigens kein Problem damit, *Lesser* in die Mangel zu nehmen, um etwas über die Sache mit dir herauszufinden. Aber er will nicht, dass du dich daran beteiligst.«

Butchs Hand umklammerte das Lenkrad fester. »Scheiß. Drauf. Ich habe endlose Stunden damit verbracht, mir die Revanche zu verdienen, V. Ich habe *geblutet* für das Recht, diese Arschlöcher zu vermöbeln und meine eigenen Antworten zu bekommen.«

»Wrath ...«

»Ist ein netter Typ, aber er ist nicht mein König. Also kann er sich das klemmen.«

»Er will dich nur beschützen.«

»Sag ihm, den Gefallen braucht er mir nicht zu tun.«

V stieß ein, zwei drastisch klingende Sätze in der Alten Sprache aus, dann murmelte er: »Na schön.«

»Danke.«

»Eine Sache noch, Bulle. Marissa ist ein Gast der Bruderschaft. Wenn sie dich nicht sehen will, fliegst du achtkantig raus, verstanden?«

»Wenn sie mich nicht sehen will, gehe ich von allein. Das schwöre ich.«

17

Als Marissa ein Klopfen an der Tür hörte, machte sie die Augen einen Spalt auf und sah auf die Uhr. Zehn Uhr morgens, und sie hatte keine Sekunde geschlafen. Gütige Jungfrau, sie war so erschöpft.

Aber vielleicht war es Fritz mit einem Bericht über ihre Habseligkeiten »Ja?«

Die Tür wurde geöffnet und gab den Blick auf einen großen, dunklen Schatten mit einer Baseballkappe frei.

Sie setzte sich auf und hielt die Decke über ihren nackten Brüsten fest. »Butch?«

»Hallo.« Jetzt nahm er die Kappe ab, zerknüllte sie in einer Hand, rubbelte sich mit der anderen über die Haare.

Sie ließ eine der Kerzen aufflackern. »Was machst du denn hier?«

»Ähm, ich wollte mich nur persönlich davon überzeugen, dass es dir gut geht. Außerdem ist dein Telefon …« Seine Augenbrauen hoben sich, als er das aus der Wand gezogene Kabel entdeckte. »Also, ja, dein Telefon funktioniert nicht. Darf ich kurz reinkommen?«

Als sie tief Luft holte, konnte sie nur ihn riechen, der Duft drang in ihre Nase und legte sich wie ein Film über ihren gesamten Körper.

Mistkerl, dachte sie. *Unwiderstehlicher Mistkerl.*

»Marissa, ich will dich nicht bedrängen, versprochen. Und ich weiß, dass du sauer bist. Aber können wir uns einfach unterhalten?«

»Gut«, entgegnete sie und schüttelte den Kopf. »Aber ich glaube kaum, dass wir eine Lösung für unsere Probleme finden werden.«

Als er hereinkam, dämmerte ihr, dass dies doch keine so gute Idee war. Wenn er reden wollte, sollten sie sich unten treffen. Immerhin war er sehr männlich. Und sie sehr nackt. Und sie waren jetzt … ganz recht, gemeinsam in einem Schlafzimmer.

Prima Plan. Ganz toll überlegt. Vielleicht sollte sie als Nächstes aus dem Fenster springen.

Butch lehnte sich mit dem Rücken an die geschlossene Tür. »Zuerst mal: Geht es dir gut hier?«

»Ja.« Mein Gott, war das unangenehm. »Butch …«

»Es tut mir so leid, dass ich mich so machomäßig benommen habe.« Sein geschundenes Gesicht verzog sich leicht. »Es ist ja nicht so, als würde ich dir nicht zutrauen, auf dich selbst aufzupassen. Ich habe bloß irrsinnige Angst vor mir selbst, und ich könnte es nicht ertragen, wenn dir etwas zustieße.«

Marissa starrte ihn unbewegt an. Sie wusste es doch, das hier war einfach furchtbar. Diese demütige Entschuldigungsnummer würde am Ende noch Erfolg bei ihr haben, wenn er so weitermachte. »Butch …«

»Warte, bitte – hör mich nur an. Hör mich an und dann gehe ich.« Er holte tief Luft, seine breite Brust dehnte sich unter dem edlen schwarzen Mantel aus. »Dich von mir fernzuhalten, scheint mir momentan der einzige Weg, um deine Sicherheit zu garantieren. Aber das liegt daran, dass ich gefährlich bin, nicht daran, dass du schwach bist. Ich weiß, dass du nicht in Watte gepackt werden musst und kein Kindermädchen brauchst.«

In der anschließenden Stille musterte sie ihn. »Dann beweis es, Butch. Erzähl mir, was mit dir geschehen ist. Es gab keinen Autounfall, oder?«

Er rieb sich die Augen. »Ich wurde von ein paar *Lessern* entführt.« Als sie vor Schreck leise keuchte, fuhr er rasch fort: »Das war nicht so schlimm. Ehrlich ...«

Sie hielt die Hand hoch. »Stopp. Erzähl mir die ganze Geschichte, oder lass es sein. Ich will keine Halbwahrheiten hören. Das setzt uns beide herab.«

Er murmelte etwas Unverständliches. Rieb sich noch ein bisschen die Augen.

»Butch, rede oder verschwinde.«

»Okay, ist ja gut.« Sein haselnussbrauner Blick hob sich. »Soweit wir es rekonstruieren können, wurde ich zwölf Stunden lang befragt.«

Sie umklammerte das Laken so fest, dass ihre Finger taub wurden. »Befragt ... wie?«

»So genau erinnere ich mich nicht, aber den Verletzungen nach zu urteilen, würde ich sagen, das Übliche.«

»Das ... Übliche?«

»Elektroschocks, Fausthiebe, spitze Gegenstände unter die Fingernägel.« Als er abbrach, war sie sich sehr sicher, dass die Liste noch weiterging.

Ihr kam die Galle hoch. »Oh Gott ...«

»Denk nicht drüber nach. Es ist vorbei. Erledigt.«

Gütige Jungfrau im Schleier, wie konnte er so etwas nur sagen?

»Warum ...« Sie räusperte sich. Und dachte sich, sie hatte die ganze Geschichte gewollt, also sollte sie ihm besser beweisen, dass sie die Wahrheit auch aushielt. »Warum warst du dann in Quarantäne?«

»Sie haben etwas in mich hineingesteckt.« Er zog sein Seidenhemd aus der Hose und zeigte ihr die schwarze Narbe am Bauch. »V hat mich mehr tot als lebendig im Wald gefunden und rausgeholt, was auch immer es war. Aber jetzt habe ich ... eine Art Verbindung zu den *Lessern.*« Als sie erstarrte, ließ er das Hemd wieder sinken. »Ja, die Vampirjäger, Marissa. Diejenigen, die deine Art auslöschen wollen. Also glaub mir, dass ich herausfinden will, was mit mir passiert ist, hat nichts mit verquastem Selbstfindungsquatsch zu tun. Deine Feinde haben sich an meinem Körper zu schaffen gemacht. Sie haben etwas in meinen Körper gepflanzt.«

»Bist du ... einer von ihnen?«

»Das möchte ich nicht sein. Und ich will weder dir noch sonst jemandem schaden. Aber genau das ist das Problem. Es gibt so viel, was ich nicht weiß.«

»Butch, lass mich dir helfen.«

»Aber was, wenn ...«

»*Was wenn* bringt uns nicht weiter.« Sie stockte. »Ich werde dich nicht anlügen. Ich habe Angst. Aber ich will dir nicht den Rücken kehren, und du bist ein Dummkopf, wenn du mich dazu bringen willst.«

Er schüttelte den Kopf, in seinem Blick schimmerte Respekt. »Warst du schon immer so mutig?«

»Nein. Aber offenbar kann ich es für dich sein. Wirst du mich lassen?«

»Das möchte ich. Und ich habe das Gefühl, dass ich das muss.« Aber es dauerte noch ein ganzes Weilchen, bis er den Raum durchquert hatte. »Ist es okay, wenn ich mich neben dich setze?«

Sie nickte und machte etwas Platz, und er setzte sich langsam auf die Bettkante. Die Matratze sank durch sein Gewicht ein, wodurch ihr Körper auf ihn zurutschte. Sehr lange sah er sie einfach nur an, dann nahm er ihre Hand.

Er beugte sich herunter und strich ihr mit den Lippen über die Fingerknöchel, rieb seinen Mund daran. »Ich möchte mich gern neben dich legen. Nicht, um Sex zu haben. Nichts in der Art. Einfach nur …«

»Ja.«

Als er aufstand, hob sie die Decke an, aber er schüttelte den Kopf. »Ich lege mich lieber oben auf die Decke.«

Er zog seinen Mantel aus und streckte sich neben ihr aus. Zog sie an sich. Küsste sie auf den Scheitel.

»Du wirkst sehr müde«, sagte er im Kerzenschein.

»Ich bin auch sehr müde.«

»Dann schlaf, und lass mich über dich wachen.«

Zufrieden kuschelte sie sich noch enger an ihn und seufzte. Es tat gut, ihren Kopf auf seine Brust zu legen und seine Wärme zu spüren und ihn von Nahem zu riechen. Träge streichelte er ihren Rücken, und sie schlief so schnell ein, dass sie gar nicht merkte, wie sie wegdöste. Bis das Bett schaukelte und sie aufwachte.

»Butch?«

»Ich muss mit Vishous reden.« Er küsste sie auf den Handrücken. »Ruh dich weiter aus. Du bist viel zu blass.«

Sie lächelte zögerlich. »Kein Kindermädchen, du erinnerst dich?«

»War ja nur ein Vorschlag.« Auf einer Seite zuckte sein Mundwinkel leicht nach oben. »Wie wäre es, wenn wir uns vor dem Ersten Mahl treffen? Ich warte unten in der Bibliothek auf dich.«

Als sie nickte, beugte er sich herunter und fuhr ihr mit

den Fingerspitzen über die Wange. Dann betrachtete er ihre Lippen, und sein Duft wurde unvermittelt stärker.

Ihre Blicke trafen sich.

Es dauerte keine Sekunde, bis in ihren Venen ein Verlangen aufloderte, ein brennendes, stechendes Bedürfnis. Ganz von allein wanderten ihre Augen von seinem Gesicht zu seinem Hals, und ihre Fänge pochten, als ihre Instinkte erwachten: Sie wollte die starke Vene dort durchbohren. Sie wollte sich an ihm nähren. Und sie wollte mit ihm schlafen, während sie das tat.

Blutlust.

Gütige Jungfrau. Deshalb war sie so müde. Sie hatte sich neulich Nacht nicht bei Rehvenge nähren können. Dann noch die Anstrengung durch Butchs schwere Krankheit, gefolgt von seinem Abschied. Und zu allem Überfluss noch die Sache mit Havers.

Nicht, dass die Gründe momentan eine Rolle spielten. Sie wusste nur, dass sie hungrig war.

Ihre Lippen teilten sich, und sie schob den Kopf langsam vor …

Aber was würde passieren, wenn sie von ihm trank?

Das lag auf der Hand. In ihrem Streben, sich zu sättigen, würde sie ihn aussaugen, weil sein Menschenblut so schwach war. Sie würde ihn umbringen.

Aber er musste so gut schmecken.

Sie brachte die Stimme der Blutlust in sich zum Schweigen und steckte mit eiserner Überwindung die Arme unter die Decke. »Dann sehe ich dich heute Abend.«

Als Butch sich aufrichtete, wurde sein Blick trüb, und er legte die Hände vor die Hüften, als versteckte er eine Erektion. Was natürlich ihren Drang, ihn an sich zu reißen, noch verstärkte.

»Pass auf dich auf, Marissa«, sagte er leise und traurig.

Er war schon an der Tür, als sie sagte: »Butch?«

»Ja?«

»Ich halte dich nicht für schwach.«

Er zog die Brauen zusammen, als fragte er sich, wo das jetzt herkam. »Ich auch nicht. Schlaf gut, meine Schöne. Wir sehen uns bald wieder.«

Als sie wieder allein war, wartete sie, bis das Hungergefühl verging, was schließlich auch geschah. Das gab ihr etwas Hoffnung. Bei allem, was gerade vor sich ging, würde sie liebend gern das Nähren eine Weile aufschieben. Rehvenge jetzt so nahe zu kommen fühlte sich irgendwie falsch an.

18

Als die Nacht über Caldwell hereinbrach, fuhr Van Richtung Innenstadt. Er bog vom Highway ab und auf eine schlecht geteerte Zufahrtsstraße zum Fluss, vorsichtig steuerte er den Pick-up um die vielen Schlaglöcher unterhalb der großen Brücke herum. Dann hielt er neben einem Mast, auf dem in Orange *F-8* gesprüht stand, stieg aus und sah sich um.

Der Verkehr brauste über ihn hinweg, Sattelschlepper fuhren donnernd vorbei, Autos hupten hier und da. Hier unten am Wasser war der Hudson beinahe so laut wie das Getöse darüber. Tagsüber war zum ersten Mal ein Hauch von Frühlingswärme zu spüren gewesen, und der Fluss schoss nur so vorbei, genährt von Schmelzwasser.

Der dunkelgraue Strom sah aus wie flüssiger Asphalt. Roch nach Dreck.

Unruhig drehte er den Kopf. Seine Instinkte waren hellwach. Mann, allein unter der Brücke zu sein war nicht zu empfehlen. Besonders nicht bei schwindendem Tageslicht.

Scheiße, er hätte nicht hierherkommen sollen. Schon wollte er wieder zu seinem Wagen gehen.

Xavier trat aus dem Schatten. »Schön, dass du kommen konntest, Sohn.«

Überrascht schnappte Van nach Luft. Dieser Typ war

wie ein Geist. »Warum konnten wir uns nicht am Telefon besprechen?« Na, das klang ja wohl ein bisschen schwach. »Ich habe verflucht noch mal Besseres zu tun.«

»Ich brauche deine Hilfe.«

»Ich hab Ihnen schon gesagt, dass ich nicht interessiert bin.«

Xavier lächelte kaum sichtbar. »Ja, das hast du, nicht wahr?«

Das Geräusch von Reifen auf lockerem Kies drang in Vans Ohren, und er blickte nach links. Der Chrysler, dieser goldmetallicfarbene, völlig unscheinbare Minivan, hielt direkt neben ihm an.

Den Blick fest auf Xavier geheftet, steckte Van die Hand in die Tasche und legte die Finger auf den Abzug seiner Neunmillimeter. Wenn sie versuchen würden, ihm eins überzuziehen, konnten sie sich auf ein Bleigefecht gefasst machen.

»Da ist was für dich auf dem Rücksitz. Na, geh schon. Schau's dir an« Eine kurze Pause entstand. »Angst, Van?«

»Leck mich.« Er trat zum Wagen, jederzeit bereit, seine Waffe zu ziehen. Aber als er die Tür öffnete, wich er entsetzt zurück. Sein Bruder Richard war mit einem Nylonseil gefesselt, auf den Augen und über dem Mund hafteten Klebebandstreifen.

»Du lieber Himmel, Rich …« Als er die Hand ausstreckte, hörte er, wie der Hahn einer Pistole entsichert wurde, und wandte den Kopf dem Fahrer des Minivans zu. Der hellhaarige Scheißkerl hielt ihm eine Smith & Wesson direkt vor die Nase.

»Ich würde mich freuen, wenn du noch mal über meine Einladung nachdenken würdest«, sagte Xavier.

Hinter dem Steuer von Sally Forresters Honda fluchte Butch, als er an einer Ampel links abbog und einen Streifenwagen vor dem Lebensmittelladen an der Ecke Framingham und Hollis parken sah. So ein Mist. In einem geklauten Auto mit zwei Riesen in der Tasche herumzufahren konnte einen ganz nervös machen.

Gut, dass er Rückendeckung hatte. V folgte ihm unmittelbar im Escalade.

Neuneinhalb Minuten später hatte Butch Sallys kleines Häuschen auf der Barnstable Road gefunden. Er machte die Scheinwerfer aus, ließ den Accord ausrollen und unterbrach die Verbindung der Drähte. Der Motor erstarb. Das Haus lag im Dunkeln, also marschierte er direkt zur Eingangstür, schob den Umschlag mit dem Geld durch den Briefschlitz und rannte dann zum Escalade. Er machte sich keine Sorgen, auf dieser ruhigen Straße geschnappt zu werden. Wenn jemand dumme Frage stellte, würde V ihm einfach einen mentalen Vollwaschgang verpassen.

Er stieg gerade in den Wagen, als er erstarrte. Ein merkwürdiges Gefühl durchfuhr ihn.

Ohne ersichtlichen Grund fing sein Körper an zu klingeln – anders konnte er es nicht beschreiben. Als hätte er ein Handy mitten in der Brust.

Am Ende der Straße ... am Ende der Straße. Er musste zum Ende der Straße laufen.

O mein Gott – dort waren *Lesser.*

»Was ist los, Bulle?«

»Ich fühle sie. Ganz in der Nähe.«

»Das Spiel beginnt also.« Vishous stieg aus dem Wagen, und beide schlugen ihre Türen zu. Die Lichter des Escalade leuchteten einmal kurz auf, als V die Alarmanlage einschaltete. »Lass dich treiben, Bulle. Mal sehen, wohin uns das führt.«

Butch ging los. Dann begann er zu laufen.

Zusammen rannten sie durch die Schatten des friedlichen Wohnviertels, mieden den Lichtschein von Straßenlaternen und Verandabeleuchtungen. Sie kürzten durch einen Garten ab. Wichen einem Swimmingpool aus. Drückten sich an einer Garage vorbei.

Die Gegend wurde mieser. Hunde bellten warnend. Ein Auto ohne Scheinwerfer, aus dem hämmernder Rap dröhnte, fuhr vorbei. Ein verlassenes Gebäude tauchte in Butchs Sichtfeld auf. Daneben befand sich ein leeres Grundstück. Bis er und V schließlich ein baufälliges zweistöckiges Haus aus den Siebzigerjahren erreichten, das von einem drei Meter hohen Holzzaun umgeben war.

»Hier drin«, sagte Butch und sah sich nach einem Tor um.

»Räuberleiter, Bulle.«

Als Butch die Hände auf den oberen Rand der Holzlatten legte und sein Knie abknickte, warf V ihn über den Zaun wie die Morgenzeitung. Er landete in der Hocke.

Da waren sie. Drei *Lesser.* Von denen zwei einen Mann an den Armen aus dem Haus zerrten.

Butch rastete übergangslos aus. Er war auf hundertachtzig wegen dem, was man mit ihm gemacht hatte, frustriert wegen seiner Angst um Marissa, gehandicapt durch sein Menschsein – und diese Jäger wurden jetzt zur Zielscheibe seiner Aggression.

Nur, dass V sich neben ihm materialisierte und ihn an den Schultern festhielt. Als Butch herumschnellte, um den Bruder zum Teufel zu jagen, zischte Vishous: »Du kannst sie dir ja vorknöpfen. Aber sei dabei so leise wie möglich. Hier sind überall Augen, und ohne Rhage als Verstärkung muss ich aus allen Rohren schießen, kapiert? Also kann ich hier kein *Mhis* veranstalten. Ich werde die Sache hier nicht verhüllen können.«

Butch betrachtete seinen Mitbewohner, und ihm wurde bewusst, dass er ihm zum ersten Mal freie Hand beim Kämpfen ließ. »Warum lässt du mich jetzt plötzlich mitmachen?«

»Wir müssen sicher sein, auf welcher Seite du stehst«, sagte V und zog seinen Dolch. »Und so werden wir es herausfinden. Also, ich nehme die beiden mit dem Vampir und du greifst dir den anderen.«

Butch nickte knapp, dann machte er einen Satz nach vorn, ein lautes Dröhnen zwischen den Ohren und im ganzen Körper. Als er die Verfolgung des *Lessers* aufnahm, der gerade auf das Haus zu schlich, drehte der Untote sich so schnell um, als hätte er ihn kommen hören.

Der Kerl wirkte lediglich ärgerlich, als er Butch sah. »Wurde aber auch Zeit, dass sich Verstärkung blicken lässt.« Rasch wandte er sich wieder ab. »Da drin sind zwei Frauen. Die Blonde ist echt schnell, deshalb will ich sie ...«

Butch stürzte sich von hinten auf den *Lesser* und umklammerte seinen Kopf und die Schultern wie ein Schraubstock. Der Jäger wurde völlig wild und wirbelte herum, und dabei schlug er nach Butchs Armen und Beinen. Als das nichts half, rammte er sie beide rückwärts so fest gegen das Haus, dass die Aluminiumverkleidung eine Delle bekam.

Butch blieb oben, den einen Unterarm fest auf die Speiseröhre des *Lessers* gedrückt, mit dem anderen sein

Handgelenk nach hinten ziehend. Zur Sicherheit schlang er noch die Beine um die Hüften des Jägers, verschränkte die Knöchel und drückte mit den Oberschenkeln zu.

Es dauerte eine Weile, aber der Sauerstoffmangel und die Anstrengung verlangsamten den Untoten schließlich.

Bis die Knie des *Lessers* allerdings endlich langsam einknickten, wusste Butch, wie sich eine Flipperkugel fühlen musste. Er war gegen die Hauswand geknallt worden, dann gegen den Türpfosten, und jetzt standen sie im Flur, und er wurde in dem engen Raum hin und her geschleudert. Sein Gehirn kreiste im freien Fall durch seinen Schädel, seine inneren Organe fühlten sich an wie Rührei, aber verdammt noch mal, er würde nicht loslassen. Je länger er den *Lesser* beschäftigt hielt, desto bessere Chancen hatten die Frauen zu entkommen …

Ach du Scheiße, jetzt war Karussell fahren angesagt. Die Welt drehte sich, und dann schlug zuerst Butch auf, und kurz darauf ging der *Lesser* auf ihm zu Boden.

Kein guter Platz. Jetzt war er derjenige, der keine Luft bekam.

Er zog ein Bein hervor und trat gegen die Wand, dann kroch er unter dem Untoten hervor. Leider drehte der Mistkerl sich auch herum, sodass die beiden auf dem orangefarbenen Teppich herumrollten. Schließlich verließen Butch die Kräfte.

Ohne große Mühe warf ihn der *Lesser* jetzt auf den Rücken, dann klemmte er Butch unter sich fest und machte ihn bewegungsunfähig.

Okay … jetzt wäre ein Superzeitpunkt für V, auf der Bildfläche zu erscheinen.

Stattdessen sah der *Lesser* auf Butch herab und blickte ihm in die Augen, und alles wurde einfach immer langsamer. Kam zum Stillstand. Vollkommene Ruhe überkam ihn.

Eine andere Art von Schraubstock fesselte sie jetzt aneinander, aber dieses Mal waren es ineinander verkeilte Blicke, und Butch hatte die Kontrolle, obwohl er unten lag. Der *Lesser* wurde völlig starr, und Butch folgte einfach seinem Instinkt.

Was bedeutete, er öffnete den Mund und begann, langsam einzuatmen.

Aber er nahm keine Luft in sich auf. Er nahm den Vampirjäger in sich auf. Absorbierte ihn. Verschlang ihn. Es war wie neulich in der kleinen Straße, aber jetzt kam ihm niemand dazwischen. In einem endlosen Zug saugte Butch immer weiter, ein schwarzer Schatten strömte aus den Augen und der Nase und dem Mund des *Lesser* heraus und in Butch hinein.

Der sich fühlte wie ein Ballon, der sich mit Smog füllt. Der sich fühlte, als lege er sich die Hülle des Feindes um.

Als es vorbei war, zerfiel der Körper des *Lessers* einfach zu Asche. Der feine Staub aus grauen Partikeln rieselte auf Butchs Gesicht, seine Brust, seine Beine.

»Ach du Scheiße.«

Völlig verzweifelt wandte Butch den Blick ab. V kam gerade zur Vordertür herein und klammerte sich am Rahmen fest, als hielte ihn allein das Haus aufrecht.

»O Gott.« Butch rollte sich auf die Seite, der hässliche Teppich kratzte über seine Haut. Ihm war ekelhaft schlecht, und sein Hals brannte, als hätte er stundenlang einen Scotch nach dem anderen gekippt. Aber schlimmer noch, das Böse war wieder in ihm, floss in seinen Adern.

Als er durch die Nase atmete, roch er Talkum. Und

wusste, dass er das war, und nicht etwa die Überreste des *Lessers*.

»V …«, begann er hilflos, »was habe ich da gerade gemacht?«

»Ich weiß es nicht, Bulle. Ich habe keine Ahnung.«

Zwanzig Minuten später bugsierte Vishous sich und seinen Mitbewohner in den Escalade und verriegelte alle Türen. Während er eine Nummer in sein Handy tippte und sich das Telefon ans Ohr hielt, beäugte er Butch. Der Ex-Cop sah total elend aus, als wäre er gleichzeitig seekrank, hätte die Mutter aller Jetlags und bekäme eine Grippe. Und er stank nach Talkum, schwitzte den Duft aus jeder Pore aus.

Noch bevor am anderen Ende der Leitung abgehoben wurde, startete V den Wagen, legte den Gang ein und dachte an die Voodooaktion, die Butch da gerade mit dem *Lesser* veranstaltet hatte.

Um es mit den Worten des Bullen zu sagen: *Heilige Maria, Mutter Gottes.*

Mann … diese Saugnummer war eine Wahnsinnswaffe. Aber die Nebenwirkungen waren unabsehbar.

Wieder blickte V zur Seite. Und stellte fest, dass er sich vergewissern wollte, dass Butch ihn nicht betrachtete, wie ein *Lesser* ihn betrachten würde.

Scheißdreck.

»Wrath?« Endlich hatte jemand abgehoben. »Hör mal, ich – Mist … unser Knabe hier hat sich gerade einen *Lesser* reingezogen. Nein, nicht Rhage. Butch. Ja, *Butch*. Was? Nein, ich hab zugeschaut, wie er … den Burschen eingesaugt hat. Ich weiß nicht wie, aber der *Lesser* hat sich buchstäblich in Staub aufgelöst. Nein, es war kein

Messer im Spiel. Er hat den verdammten Typen *inhaliert.* Jedenfalls gehe ich auf Nummer sicher und fahre ihn jetzt in meine Wohnung, damit er sich ausschlafen kann. Danach komme ich nach Hause. Genau … Nein, ich habe keinen Schimmer, wie er das gemacht hat, aber ich werde euch haarklein davon berichten, wenn ich da bin. Ja. Genau. M-hm. Ja, es geht mir *gut,* und hör auf, mich das zu fragen, zum Henker. Ciao.«

Als er auflegte und das Handy auf das Armaturenbrett warf, wehte Butchs Stimme schwach und heiser zu ihm herüber. »Ich bin froh, dass du mich nicht nach Hause bringst.«

»Ich wünschte, ich könnte es.« V holte eine Selbstgedrehte aus der Tasche und zündete sie gierig an. Er öffnete das Fenster einen Spalt. »Lieber Himmel, Butch, woher wusstest du, dass du das kannst?«

»Ich wusste es nicht.« Er hüstelte, als täte ihm der Hals weh. »Gib mir einen von deinen Dolchen.«

V runzelte die Stirn und sah seinen Mitbewohner an. »Wozu?«

»Gib ihn mir einfach.« Als V immer noch zögerte, schüttelte Butch traurig den Kopf. »Ich werde mich nicht auf dich stürzen, das schwöre ich beim Leben meiner Mutter.«

Sie mussten an einer roten Ampel halten, und V schob den Sicherheitsgurt beiseite, um einen der Dolche aus dem Brusthalfter ziehen zu können. Dann reichte er Butch die Waffe mit dem Griff zuerst und wandte den Blick wieder auf die Straße. Ein Seitenblick zeigte ihm, dass Butch den Ärmel hochgekrempelt hatte und sich auf der Innenseite des Unterarms mit der Klinge ritzte. Beide betrachteten, was hervorquoll.

»Ich blute wieder schwarz.«

»Tja … keine echte Überraschung.«

»Ich rieche auch wie sie.«

»Stimmt.« Mann, V gefiel es überhaupt nicht, wie der Bulle den Dolch anstarrte. »Wie wär's, wenn du mir mal die schwarze Klinge zurückgibst, Kumpel?«

Butch gehorchte, und V wischte das Messer an der Lederhose ab, bevor er es wieder in den Schaft steckte.

Jetzt schlang Butch die Arme um seinen Körper. »Ich will nicht in Marissas Nähe sein, wenn ich so bin, okay?«

»Kein Problem. Ich kümmere mich um alles.«

»V?«

»Was denn?«

»Ich würde eher sterben, als dich verletzen.«

Vs Blick schnellte quer über den Sitz. Das Gesicht des Polizisten war finster, die braunen Augen todernst, die Worte kein bloßer Ausdruck eines Gedankens, sondern ein Schwur: Butch O'Neal war bereit, sich aus dem Spiel des Lebens zu verabschieden, falls es kritisch wurde. Und er war auch absolut in der Lage dazu.

Wieder zog V an seiner Zigarette, bemüht, sich nicht noch enger an den Menschen zu binden. »Dazu wird es hoffentlich nicht kommen.«

Bitte, gütige Jungfrau, lass es nicht dazu kommen.

19

Marissa lief zum wiederholten Male in der Bibliothek der Bruderschaft einen Kreis ab und landete schließlich vor dem Fenster, das auf Terrasse und Pool blickte.

Der Tag musste warm gewesen sein, dachte sie. Es waren Löcher in den Schnee geschmolzen, durch die man den schwarzen Schiefer der Terrasse und die braune Erde des Rasens erkennen …

Ach, wer zum Henker interessierte sich schon für die Landschaft.

Butch war nach dem Ersten Mahl weggefahren, er müsse kurz etwas erledigen, hatte er gesagt. Was völlig okay war. Super. Gar kein Problem. Aber das war vor zwei Stunden gewesen.

Blitzschnell drehte sie sich um, als jemand den Raum betrat. »Butch – o, du bist es.«

Vishous stand da, ein Vollblutkrieger, eingerahmt von dem prächtigen vergoldeten Blätterschmuck des Türrahmens.

Gütige Jungfrau im Schleier … seine Miene war völlig ausdruckslos. So ein Gesicht setzte man auf, wenn man schlechte Nachrichten zu überbringen hatte.

»Sag mir, dass er noch lebt«, bat sie. »Rette auf der Stelle mein Leben, und sag mir, dass er noch lebt.«

Vishous nickte. »Er lebt.«

Vor Erleichterung gaben ihre Knie nach. »Aber er kommt nicht, oder?«

»Nein.«

Abwesend bemerkte sie, dass er zu seiner schwarzen Lederhose ein edles weißes Hemd trug. Turnbull & Asser. Sie erkannte den Schnitt. Butch trug so etwas.

Marissa legte sich einen Arm um die Taille, überwältigt von Vishous, obwohl er sich am anderen Ende des Raumes befand. Er wirkte so gefährlich – und zwar nicht wegen der Tätowierungen an der Schläfe oder dem schwarzen Ziegenbärtchen oder dem furchterregenden Körper. Der Bruder war durch und durch kalt, und jemand, der so unnahbar war, war zu allem fähig.

»Wo ist er?«, wollte sie wissen.

»Es geht ihm gut.«

»Warum ist er dann nicht hier?«

»Nur ein kurzer Kampf.«

Ein kurzer Kampf. Wieder gaben ihre Knie nach, als Erinnerungen an Butchs Krankenlager über sie hereinbrachen. Sie sah ihn in dem Krankenhauskittel zwischen den weißen Laken liegen, zerschunden, dem Tode nah. Verseucht von etwas Bösem.

»Ich will ihn sehen.«

»Er ist nicht hier.«

»Ist er bei meinem Bruder?«

»Nein.«

»Und du wirst mir nicht sagen, wo er ist, oder?«

»Er wird dich bald anrufen.«

»Hatte es etwas mit den *Lessern* zu tun?« Doch Vishous blickte sie nur weiterhin an, und ihr Herz fing an zu rasen. Sie könnte nicht ertragen, wenn Butch in diesen Krieg hineingezogen würde. *Seht doch nur, was man ihm schon angetan hat.* »Gottverdammt, sag es mir, wenn es mit den Jägern zu tun hatte, du selbstgefälliger Mistkerl.«

Nichts als Schweigen. Was natürlich ihre Frage beantwortete. Und außerdem darauf schließen ließ, dass es Vishous egal war, ob sie eine gute Meinung von ihm hatte.

Nun raffte Marissa ihre Röcke und marschierte auf den Bruder zu. Sie musste den Kopf in den Nacken legen, um ihm in die Augen zu sehen. Gott, diese Augen, diese diamantweißen Augen mit den mitternachtsblauen Linien um die Iris herum. Kalt. So bitterkalt.

Sie bemühte sich, ihr Zittern zu verbergen, doch es entging ihm nicht.

»Hast du Angst vor mir, Marissa?«, fragte er. »Was genau glaubst du, würde ich mit dir machen?«

Sie überging seine Frage. »Ich will nicht, dass Butch kämpft.«

Eine schwarze Augenbraue wurde hochgezogen. »Das liegt nicht in deiner Entscheidung.«

»Es ist zu gefährlich für ihn.«

»Nach heute Abend bin ich mir da nicht mehr so sicher.«

Das harte Lächeln des Bruders ließ sie einen Schritt rückwärts machen, doch die Wut bewahrte sie vor einem völligen Rückzug. »Kannst du dich noch an seinen Anblick im Krankenhaus erinnern? Du hast doch gesehen, was sie ihm beim letzten Mal angetan haben. Ich dachte, er würde dir etwas bedeuten.«

»Wenn er von Nutzen sein kann und bereit dazu ist, dann wird er auch eingesetzt werden.«

»In diesem Augenblick hasse ich die Bruderschaft«,

platzte es aus ihr heraus. »Und dich mag ich besonders wenig.«

Sie wollte an ihm vorbeigehen, doch seine Hand schnellte vor, hielt sie am Arm fest und zog sie an sich, ohne ihr allerdings wehzutun. Seine Augen wanderten über ihr Gesicht und ihren Hals, dann an ihrem Körper herunter.

Und in diesem Moment entdeckte sie das Feuer in ihm. Die vulkanische Hitze. Das innere Inferno, das vom Eis der Selbstbeherrschung eingemauert war.

»Lass mich los«, flüsterte sie mit pochendem Herzen.

»Das überrascht mich nicht.« Seine Entgegnung war ruhig, still wie ein scharfes Messer, das auf einen Tisch gelegt wird.

»W-was?«

»Du bist eine Frau von Wert. Deshalb solltest du mich nicht mögen.« Die glitzernden Augen verengten sich. »Weißt du, du bist wirklich die größte Schönheit unserer Spezies.«

»Nein … nein, das bin ich nicht.«

»O doch, das bist du.« Vishous' Stimme wurde tiefer und tiefer, weicher, bis sie nicht mehr sicher war, ob sie ihn hörte oder die Worte nur in ihrem Kopf erklangen. »Butch wäre eine kluge Wahl für dich. Er würde sich gut um dich kümmern, wenn du ihn lassen würdest. Wirst du das, Marissa? Wirst du ihn … für dich sorgen lassen?«

Seine Diamantaugen hypnotisierten sie, und sie spürte seinen Daumen über ihr Handgelenk streichen. Hin und her, bis ihr Herzschlag sich allmählich an den trägen Rhythmus des Streichelns anpasste.

»Beantworte meine Frage, Marissa.«

Sie schwankte. »Was … was hast du gefragt?«

»Wirst du ihm erlauben, dich zu nehmen?« Vishous beugte sich herunter, bis sein Mund an ihrem Ohr lag. »Wirst du ihn in dir aufnehmen?«

»Ja …«, hauchte sie. Ihr war sehr wohl bewusst, dass sie über Sex sprachen, doch im Augenblick war sie zu betört, um keine Antwort zu geben. »Ich werde ihn in mir aufnehmen.«

Die harte Hand lockerte den Griff, dann streichelte V ihren Arm, bewegte sich warm, stark über ihre Haut. Er senkte den Blick auf die Stelle, an der er sie berührte, einen Ausdruck tiefer Konzentration auf dem Gesicht. »Gut. Das ist gut. Ihr beide seid wunderschön zusammen. Eine wahre Inspiration.«

Damit drehte sich der Vampir auf dem Absatz um und stapfte aus dem Zimmer.

Desorientiert und geschockt taumelte sie zum Türrahmen und sah Vishous die Treppe hinaufgehen.

Ohne Vorwarnung blieb er stehen und drehte ihr ruckartig den Kopf zu. Ihre Hand schnellte zitternd an ihren Hals.

Vishous' Lächeln war so dunkel, wie seine Augen hell waren. »Komm schon, Marissa. Hast du wirklich geglaubt, ich würde dich küssen?«

Sie keuchte leise. Genau das war ihr in den Sinn …

Vishous schüttelte den Kopf. »Du bist Butchs Frau, und egal, ob du am Ende mit ihm zusammenbleibst oder nicht, das wirst du für mich immer bleiben.« Er ging wieder weiter. »Außerdem bist du nicht mein Typ. Deine Haut ist zu weich.«

V betrat Wraths Arbeitszimmer und zog die Tür hinter sich zu. Die kleine Plauderei mit Marissa war in vielerlei Hinsicht verstörend gewesen. Zum einen hatte er seit Wochen niemandes Gedanken lesen können, ihre aber hatte er klar und deutlich vor sich gesehen. Oder vielleicht hatte er auch einfach nur wild geraten. Sehr wahrscheinlich Letzteres. Ihren untertassengroßen Augen nach zu urteilen, war sie eindeutig überzeugt davon gewesen, er würde seine Lippen auf ihren Mund pressen.

Falsch. Der Grund, warum er sie so angesehen hatte, war, dass er sie faszinierend fand. Nicht anziehend. Er wollte wissen, was genau an ihr Butch dazu brachte, ihr eine solche Liebe entgegenzubringen. Hatte es etwas mit ihrer Haut zu tun? Ihrem Körper? Der Schönheit ihres Gesichtes? Wie machte sie das?

Wie schaffte sie es, Butch an einen Ort mitzunehmen, an dem Sex Verbundenheit bedeutete?

V rieb sich die Brust, er spürte eine stechende Einsamkeit.

»Hallo? Bruder?« Wrath stützte sich mit seinen schweren Armen und den großen Händen auf dem zierlichen Schreibtisch ab. »Bist du hier, um Bericht zu erstatten, oder um Statue zu spielen?«

»Äh … Sorry. Ich war abgelenkt.«

Vishous zündete sich eine Fluppe an und beschrieb den Kampf, ganz besonders den letzten Teil, als der *Lesser* sich in Luft aufgelöst hatte, dank seines Mitbewohners.

»Das gibt's doch nicht …«, raunte Wrath.

V stellte sich neben den Kamin und warf die Kippe in die Flammen. »So etwas hab ich noch nie gesehen.«

»Geht es ihm gut?«

»Weiß nicht. Ich würde ihn ja zu Havers bringen, um ihn durchchecken zu lassen, aber wir können ihn unmöglich zurück in die Klinik schaffen. Jetzt im Moment ist er in meiner Wohnung. Sein Handy hat er dabei. Er ruft mich an, wenn die Lage sich verschlimmert, dann lasse ich mir was einfallen.«

Wraths Augenbrauen verschwanden unter der Sonnenbrille. »Wie überzeugt bist du, dass die *Lesser* ihn nicht aufspüren können?«

»Extrem überzeugt. In beiden Fällen war er es, der ihnen gefolgt ist. Als hätte er sie gerochen oder so was. Wenn er näher kommt, dann scheinen sie ihn zu erkennen, aber er macht den ersten Schritt.«

Wrath betrachtete die Unterlagen auf seinem Schreibtisch. »Es gefällt mir nicht, dass er allein da draußen ist. Überhaupt nicht.«

Eine lange Pause entstand, dann sagte V: »Ich könnte ihn holen, und ihn nach Hause bringen.«

Wrath nahm die Sonnenbrille ab. Als er sich die Augen rieb, funkelte der Ring des Königs, der massive schwarze Diamant, an seinem Mittelfinger. »Wir haben Frauen im Haus, von denen eine schwanger ist.«

»Ich könnte ihn ja im Auge behalten und dafür sorgen, dass er in der Höhle bleibt. Ich könnte den Tunnelzugang versiegeln.«

»Zum Teufel.« Die Sonnenbrille kehrte an ihren angestammten Platz zurück. »Geh ihn holen. Bring unseren Menschen nach Hause.«

Für Van war der schauerlichste Teil seiner Einführung in die Gesellschaft der *Lesser* nicht die körperliche Umwandlung, oder Omega, oder dass er nicht freiwillig teilnahm. Nicht, dass all dies nicht entsetzlich gewesen wäre. Das war es durchaus. Du lieber Himmel ... zu wissen, dass das Böse tatsächlich existierte und herumlief und ... Leuten Dinge antat war ein totaler Schock.

Aber das war nicht der schauerlichste Teil.

Grunzend hob Van den Kopf von der schlichten Matratze, auf der er Gott weiß wie lange gelegen hatte. Er sah an seinem Körper herunter, streckte den Arm aus, betastete seinen Schulteransatz und zog den Arm dann wieder an.

Nein, der schauerlichste Teil war gewesen, dass er – als er endlich fertig damit war, sich zu übergeben, und wieder Luft bekam – sich nicht mehr richtig erinnern konnte, warum er eigentlich ursprünglich gar nicht mitmachen wollte. Denn die Kraft war in seinen Körper zurückgekehrt; die wilde Energie seiner jungen Jahre hatte wieder Einzug in seine Knochen gehalten. Dank Omega war er in sich selbst zurückgekehrt, war nicht länger ein heruntergekommener, zerrütteter Schatten seiner selbst. Klar, die Mittel waren der blanke Horror gewesen. Aber der Zweck ... war herrlich.

Wieder beugte er seinen Bizeps, genoss das Gefühl der Muskeln und Knochen.

»Sie lächeln«, bemerkte Xavier, als er in den Raum trat.

Van sah auf. »Mir geht es großartig. Echt ... richtig ... großartig.«

Xaviers Blick war abwesend. »Lassen Sie es sich nicht zu Kopf steigen. Und hören Sie mir gut zu. Sie bleiben in meiner Nähe. Sie gehen ohne mich nirgendwohin. Haben Sie das verstanden?«

»Ja. Klar.« Van stellte die Beine auf den Fußboden. Er konnte es kaum erwarten, loszurennen und auszuprobieren, wie sich das anfühlte.

Als er aufstand, trug Xavier einen merkwürdigen Gesichtsausdruck zur Schau. Frustriert?

»Was ist denn?«, wollte Van wissen.

»Ihre Einführung war so … normal.«

Normal? Für ihn war es alles andere als normal gewesen, das Herz herausgerissen zu bekommen und sein Blut gegen etwas einzutauschen, das wie Teer aussah. Und verflucht noch mal, Van wollte sich auf gar keinen Fall den Spaß verderben lassen. Die Welt war wieder frisch und neu, soweit es ihn betraf. Er war wiedergeboren.

»Tut mir leid, Sie zu enttäuschen«, murmelte er.

»Ich bin nicht enttäuscht von Ihnen. Noch nicht.« Xavier sah auf die Uhr. »Ziehen Sie sich an. In fünf Minuten geht es los.«

Van ging ins Badezimmer und stellte sich vor die Kloschüssel, nur um festzustellen, dass er nicht musste. Und er hatte auch weder Hunger noch Durst.

Gut, das war schon merkwürdig. Es schien ihm unnatürlich, nicht dem üblichen morgendlichen Ablauf zu folgen.

Er beugte sich vor und betrachtete sein Spiegelbild über dem Waschbecken. Seine Gesichtszüge waren noch dieselben, doch seine Augen hatten sich verändert.

Ein leichtes Unbehagen schlich sich ein, er rubbelte sich über das Gesicht, um sich zu überzeugen, dass er noch aus Fleisch und Blut bestand. Als er die Knochen seines Schädels durch die Haut spürte, musste er an Richard denken.

Der zu Hause bei Frau und Kindern war. In Sicherheit.

Van würde keinerlei Kontakt mehr zu seiner Familie haben. Niemals wieder. Aber für das Leben seines Bruders schien ihm das ein fairer Tausch zu sein. Väter waren wichtig.

Außerdem war er doch auch für sein Opfer entschädigt worden. Sein spezielles Etwas war wieder da und bereit für einen neuen Tag.

»Fertig?«, rief Xavier aus dem Flur.

Van schluckte heftig. Mann, auf was auch immer er sich da eingelassen hatte – es war dunkler und tiefer als einfach nur das Leben eines Kriminellen. Er war jetzt ein Agent des Bösen, oder nicht?

Und das hätte ihn eigentlich mehr stören sollen.

Doch stattdessen genoss er seine Macht, und war mehr als bereit, sie auch auszuüben. »Ja, fertig.«

Van lächelte sein Spiegelbild an. Er hatte das Gefühl, als hätte sich sein ganz spezielles Schicksal erfüllt. Und er war genau der, der er sein musste.

20

Am darauffolgenden Abend stieg Marissa gerade aus der Dusche, als sie die Rollläden für die Nacht herunterfahren hörte.

Sie war so müde, aber es war ja auch ein hektischer Tag gewesen. Sehr hektisch.

Wobei es gut war, so viel zu tun zu haben. Es hatte sie davon abgehalten, ununterbrochen über Butch nachzugrübeln. Na ja, es hatte sie überwiegend abgelenkt. Okay, gelegentlich hatte es funktioniert.

Dass er wieder von einem *Lesser* verletzt worden war, machte dabei nur einen Teil ihrer Sorgen aus. Sie fragte sich, wo er war und wer sich um ihn kümmerte. Ihr Bruder natürlich nicht. Aber wen hatte Butch sonst noch?

Hatte er den Tag mit einer anderen Frau verbracht, wurde er von ihr gepflegt?

Sicher, Marissa hatte gestern Nacht mit ihm telefoniert, und er hatte die richtigen Sachen gesagt: Er hatte ihr beteuert, dass es ihm gut ginge. Hatte nicht gelogen, was den Kampf mit dem *Lesser* betraf. Hatte ihr offen und ehrlich gesagt, dass er sie nicht sehen wolle, bis er sich wieder stabiler fühle. Und er hatte ihr gesagt, er wolle sie heute beim Ersten Mahl treffen.

Sie hatte angenommen, seine Zurückhaltung läge daran, dass er noch ziemlich mitgenommen war, wofür sie ihm keinen Vorwurf machen konnte. Aber erst, nachdem sie aufgelegt hatte, wurde ihr klar, was sie alles zu fragen versäumt hatte.

Angewidert von ihrer eigenen Unsicherheit stopfte sie ihr Handtuch in den Wäschekorb. Als sie sich wieder aufrichtete, wurde ihr so schwindlig, dass sie auf ihren bloßen Füßen ins Schwanken geriet und sich hinhocken musste. Sonst wäre sie in Ohnmacht gefallen.

Bitte lass diesen Hunger vorübergehen. *Bitte.*

Sie atmete tief durch, bis ihr Kopf wieder klar wurde, dann stand sie langsam auf und ging zum Waschbecken. Sie spritzte sich kaltes Wasser ins Gesicht. Sie wusste, dass sie eigentlich zu Rehvenge gehen müsste. Aber nicht heute. Heute Nacht musste sie mit Butch zusammen sein. Sie musste ihn sehen und sich vergewissern, dass es ihm gut ging. Und sie musste mit ihm sprechen. Er war jetzt wichtig, nicht ihre körperlichen Bedürfnisse.

Als sie sich wieder einigermaßen sicher auf den Beinen fühlte, zog sie sich das türkisblaue Kleid von Yves Saint Laurent an. Wie sie es hasste, dieses Kleid jetzt zu tragen. Daran hafteten so viele schlechte Erinnerungen, als wäre die Auseinandersetzung mit ihrem Bruder ein ekelhafter Geruch, der den Stoff durchdrang.

Das Klopfen, auf das sie gewartet hatte, ertönte exakt um sechs Uhr. Fritz stand vor der Zimmertür, er verbeugte sich lächelnd.

»Guten Abend, Herrin.«

»Guten Abend. Hast du die Unterlagen?«

»Wie Ihr es wünschtet.«

Sie nahm die Mappe entgegen, die er ihr hinhielt, und ging zum Sekretär, wo sie durch die Papiere blätterte und an mehreren Stellen unterschrieb. Als sie die Mappe wieder zuklappte, legte sie die Hand darauf. »Das ist so schnell vorbei.«

»Wir haben gute Anwälte, nicht wahr?«

Mit einem tiefen Seufzer gab sie ihm die Vollmacht und die Mietunterlagen zurück. Dann ging sie zum Nachttisch und holte das Brillantarmband, das sie getragen hatte, als sie auf dem Anwesen der Bruderschaft eintraf. Als sie dem *Doggen* das glitzernde Stück reichte, schoss ihr durch den Kopf, dass ihr Vater ihr den Schmuck vor über einhundert Jahren geschenkt hatte.

Niemals hätte er geahnt, wozu er benutzt werden würde. Der Jungfrau der Schrift sei Dank.

Jetzt runzelte der Butler die Stirn. »Der Herr wird das nicht gutheißen.«

»Ich weiß, aber Wrath war schon viel zu gut zu mir.« Die Brillanten funkelten auf ihren Fingerspitzen. »Fritz? Nimm bitte das Armband.«

»Der Herr heißt das aber wirklich nicht gut.«

»Er ist nicht mein Hüter. Also hat er das nicht zu entscheiden.«

»Er ist der König. Er hat alles zu entscheiden.« Trotzdem nahm Fritz das Schmuckstück entgegen.

Als er sich abwandte, wirkte der Butler so gramgebeugt, dass sie sagte: »Vielen Dank, dass du mir etwas Unterkleidung gebracht und diese Robe hast reinigen lassen. Das war sehr aufmerksam.«

Seine Miene erhellte sich ein wenig bei diesem Lob. »Vielleicht wünscht Ihr, dass ich noch einige andere Kleider für Euch aus den Koffern hole?«

Sie sah an ihrem Kleid hinunter und schüttelte den Kopf. »Ich werde nicht lange hierbleiben. Am besten packen wir nichts aus.«

»Wie Ihr wünscht, Herrin.«

»Danke, Fritz.«

Er zögerte noch. »Ihr solltet wissen, dass ich für Euer Rendezvous mit unserem Herrn Butch frische Rosen in die Bibliothek gestellt habe. Er bat mich, Euch damit eine Freude zu machen. Er schärfte mir ein, sie müssten einen so hübschen, blassen Goldton haben wie Euer Haar.«

Sie schloss die Augen. »Danke, Fritz.«

Butch spülte seinen Rasierer ab, klopfte ihn auf dem Waschbeckenrand ab und stellte das Wasser ab. Dem Spiegel zufolge hatte das Rasieren nicht viel geholfen; jetzt sah man seine Prellungen noch deutlicher, die sich langsam gelblich verfärbten. Mist. Er wollte für Marissa gut aussehen, besonders da die vergangene Nacht so katastrophal verlaufen war.

Geistesabwesend betrachtete er sein Spiegelbild und tippte sich auf den Vorderzahn, von dem ein Stückchen fehlte. Sehr witzig – wenn er so aussehen wollte, als verdiente er sie, bräuchte er kosmetische Chirurgie, eine Entgiftung und neue Zähne.

Egal. Es gab Wichtigeres, worüber er nachdenken musste, wenn er sie in zehn Minuten treffen sollte. Letzte Nacht am Telefon hatte sie furchtbar geklungen, und es sah fast so aus, als hätten sie sich wieder voneinander entfernt. Aber wenigstens war sie bereit, ihn überhaupt zu sehen.

Was ihn zu seiner großen Sorge führte. Er nahm das kleine scharfe Messer in die Hand, streckte seinen Arm aus und …

»Bulle, du wirst bald völlig durchlöchert sein, wenn du so weitermachst.«

Butch sah in den Spiegel. Hinter ihm lehnte V am Türrahmen, ein Glas Wodka in der einen, eine Zigarette in der anderen Hand. Türkischer Tabak würzte die Luft, ein durchdringender, männlicher Duft.

»Komm schon, V. Ich muss ganz sicher sein. Ich weiß, dass deine Hand Wunder wirkt, aber …« Er zog die Klinge über seine Haut, dann schloss er aus Angst vor dem, was hervorquellen würde, die Augen.

»Es ist rot, Butch. Alles in Ordnung.«

Vorsichtig besah er sich den feuchten hellroten Streifen. »Wie kann ich mir aber sicher sein?«

»Du riechst nicht mehr wie ein *Lesser*, und das schon seit letzter Nacht.« V kam ins Badezimmer. »Und außerdem …«

Bevor Butch reagieren konnte, packte V seinen Unterarm und leckte den Schnitt ab, wodurch die Wunde sich sofort schloss.

Hektisch riss Butch den Arm weg. »Himmel, V! Was, wenn das Blut verseucht ist!«

»Es ist in Ordnung. Völlig in …« Unvermittelt schnappte Vishous nach Luft und ließ sich wie ein nasser Sack gegen die Wand fallen, die Augen rollten willenlos in den Höhlen herum.

»O mein Gott …!« Entsetzt streckte Butch die Hand aus …

Woraufhin V seine Vorstellung abbrach und seelenruhig einen Schluck aus seinem Glas nahm. »Alles in bester Ordnung, Bulle. Schmeckt völlig normal. Soll heißen, für einen Menschen ganz okay. Was jetzt nicht so mein Ding ist, wenn du verstehst, was ich meine.«

Butch holte aus und verpasste seinem Mitbewohner einen Faustschlag auf den Oberarm. Und als der Bruder fluchte, legte Butch noch einen Schlag nach.

V funkelte ihn an und rieb sich die Stelle. »Verflucht, Bulle.«

»Klappe, das hast du dir verdient.«

Er schob den Bruder beiseite und ging zum Schrank. Unschlüssig, was er anziehen sollte, schob er die Klamotten unsanft auf den Bügeln hin und her.

Er hielt inne. Kniff die Augen zu. »Was ist nur los, V, letzte Nacht war mein Blut schwarz. Jetzt ist es rot. Ist mein Körper so eine Art *Lesser*-Aufbereitungsanlage?«

V ließ sich aufs Bett fallen und lehnte den Kopf an die Wand, das Glas auf dem Oberschenkel balancierend. »Vielleicht. Ich weiß es nicht.«

O Mann, er hatte es so satt, sich so verloren zu fühlen. »Ich dachte, du weißt alles.«

»Das ist unfair, Butch.«

»Scheiße ... du hast recht. Tut mir leid.«

»Können wir die Entschuldigung weglassen, und ich darf dir dafür auch eine ballern?«

Beide brachen in Gelächter aus. Butch zwang sich zu einer Entscheidung und warf einen schwarzblauen Zegna-Anzug neben V aufs Bett. Dann durchwühlte er seine Krawatten. »Ich habe Omega getroffen, stimmt's? Das Ding in mir war ein Teil von ihm. Er hat mir etwas von sich eingepflanzt.«

»Ja. Das glaube ich zumindest.«

Plötzlich hatte Butch das dringende Bedürfnis, in die Kirche zu gehen und für seine Erlösung zu beten. »Wahrscheinlich werde ich nie wieder ganz normal werden, oder?«

»Vermutlich nicht.«

Butch betrachtete versunken seine Krawattenkollektion, überwältigt von den Farben und der Auswahl. Wie er so unentschlossen dastand, musste er aus irgendeinem Grund an seine Familie in Boston denken.

Apropos normal ... sie änderten sich auch nie, blieben unerbittlich gleich. Für den O'Neal-Clan hatte es ein zentrales Ereignis gegeben, und diese Tragödie hatte das Schachbrett der Familie hoch in die Luft geschleudert. Als die Teile wieder herunterfielen, waren die Figuren in Klebstoff gelandet: Nachdem Jane mit fünfzehn Jahren vergewaltigt und ermordet worden war, war jeder an seinem Platz geblieben. Und er war der Außenseiter am Rande, dem nicht verziehen wurde.

Um seinen Gedankengang zu unterbrechen, zog Butch eine blutrote Ferragamo vom Krawattenständer. »Also, was liegt bei dir heute an, Vampir?«

»Ich soll mir freinehmen.«

»Gut.«

»Nein, schlecht. Du weißt, dass ich es hasse, nicht zu kämpfen.«

»Du bist viel zu verspannt.«

»Ha.«

Butch warf ihm einen Blick über die Schulter zu. »Muss ich dich an heute Nachmittag erinnern?«

V senkte den Blick in sein Glas. »War doch nichts.«

»Du hast beim Aufwachen so laut geschrien, dass ich dachte, du wirst erschossen. Was zum Teufel hast du geträumt?«

»Nichts.«

»Versuch nicht, mich zu verscheißern, das nervt.«

V ließ den Wodka im Glas kreisen. Trank ihn aus. »Nur ein Traum.«

»Quatsch. Ich wohne seit neun Monaten mit dir zusammen, Kumpel. Wenn du überhaupt schläfst, bist du totenstill.«

»Kann schon sein.«

Butch ließ das Handtuch fallen, zog schwarze Boxershorts an und zog ein frisch gestärktes weißes Hemd aus dem Schrank. »Du solltest Wrath erzählen, was los ist.«

»Wie wär's, wenn wir nicht darüber sprechen.«

Jetzt zog Butch das Hemd über, knöpfte es zu, dann nahm er die Hose mit den Nadelstreifen vom Bügel. »Ich meine ja bloß ...«

»Lass stecken, Bulle.«

»Meine Güte, du bist aber auch ein verschwiegener Bengel. Aber wenn du mit jemandem reden willst, ich bin für dich da, okay?«

»Halt besser nicht die Luft an, bis es so weit ist. Aber ... trotzdem danke.« V räusperte sich. »Übrigens, ich habe mir letzte Nacht eines deiner Hemden geliehen.«

»Kein Problem. Ich kann es nur nicht ausstehen, wenn du meine Socken klaust.«

»Ich wollte deine Freundin nicht in Kampfmontur treffen. Und was anderes besitze ich ja nicht.«

»Sie hat erzählt, dass du mit ihr gesprochen hast. Ich glaube, du machst sie nervös.«

V nuschelte etwas wie: »Das sollte wohl auch so sein.«

Butch wandte sich um. »Was hast du gesagt?«

»Nichts.« Blitzschnell stand V vom Bett auf und ging zur Tür. »Pass auf, ich werde heute Nacht in meinem Penthouse abhängen. Hier allein zu sein, während alle anderen bei der Arbeit sind, ist nichts für mich. Wenn du mich brauchst, weißt du ja, wo du mich findest.«

»V.« Als sein Mitbewohner stehen blieb und sich umsah, sagte Butch: »Danke.«

»Wofür?«

Butch hob den Arm mit der kaum noch sichtbaren Wunde. »Du weißt schon.«

V zuckte nur die Achseln. »Ich dachte mir, so bist du beruhigt, wenn du in ihre Nähe kommst.«

John lief durch den unterirdischen Tunnel, seine Schritte hallten so laut wie ein Trommelwirbel, was ihm heftiger als alles andere bewusst machte, wie allein er war.

Sein einziger Gefährte war seine Wut. Sie war jetzt immer bei ihm, so nah wie seine eigene Haut, sie umhüllte ihn von Kopf bis Fuß. Mann, er konnte es kaum erwarten, bis der Unterricht heute endlich anfing, um etwas von der Wut abzureagieren. Er war fahrig, gehetzt, ruhelos.

Aber vielleicht hatte es zum Teil damit zu tun, dass er auf seinem Weg zum Haupthaus immer daran denken musste, wie er diesen Gang zum ersten Mal mit Tohr betreten hatte. Damals war er so nervös gewesen, und den Mann neben sich zu wissen, hatte ihm ein Gefühl von Sicherheit gegeben.

Genau heute vor drei Monaten war alles zerstört worden. Vor drei Monaten waren der Mord an Wellsie und der Mord an Sarelle und Tohrs Verschwinden ausgeteilt worden wie Tarotkarten mit schlechten Nachrichten. Zack. Zack. Zack.

Und die Nachwirkungen waren eine ganz besondere Form der Hölle. Ein paar Wochen nach der Tragödie hatte John immer noch damit gerechnet, dass Tohr zurückkehren würde. Er hatte gewartet, gehofft, gebetet. Aber … nichts. Kein Lebenszeichen, kein Telefonat, kein … gar nichts.

Tohr war tot. Er musste tot sein.

Als John die flachen Stufen zum Haus hinaufstieg, konnte er den Gedanken nicht ertragen, durch die verborgene Tür in die Eingangshalle zu gehen. Er hatte absolut keine Lust auf dieses Essen. Wollte keinen sehen. Wollte nicht am Tisch sitzen. Aber so sicher wie das Amen in der Kirche würde Zsadist ihn holen kommen. Der Bruder hatte ihn in den vergangenen Tagen zu den Mahlzeiten buchstäblich ins Haus geschleift. Was für beide peinlich und ärgerlich war.

Also zwang sich John die Treppe hinauf und ins Haus. Für ihn waren die blendend bunten Farben der Halle eine Beleidigung des Auges, nicht mehr länger ein Fest für die Sinne. Mit gesenktem Kopf lief er zum Speisezimmer. Als er unter dem prächtigen Bogen hindurchschritt, sah er, dass der Tisch gedeckt war, aber noch niemand saß. Und er roch Lammbraten – Wraths Lieblingsessen.

Johns Magen knurrte gierig, aber darauf fiel er nicht herein. In letzter Zeit bekam er sofort Krämpfe, wenn er einen Bissen schluckte, egal, wie hungrig er war. Selbst bei dem speziell für Vampire vor der Transition zubereiteten Essen. Und er sollte extra viel essen, um sich für die Wandlung zu stärken? Aber sicher doch.

Als er leichte, eilige Schritte hörte, wandte er den Kopf in die Richtung, aus der sie kamen. Jemand rannte über die Balustrade im ersten Stock.

Dann wehte Gelächter von oben herab. Herrliches weibliches Gelächter.

Er schielte durch den Türbogen die Freitreppe hinauf.

Bella tauchte oben auf dem Treppenabsatz auf, atemlos, lächelnd, den schwarzen seidenen Morgenmantel in der Hand gerafft. Kurz vor den Stufen verlangsamte sie ihre Schritte und blickte über die Schulter, das lange dunkle Haar schwang auf ihrem Rücken.

Das darauf folgende Stampfen war schwer und weiter entfernt, doch es wurde immer lauter, bis es klang, als fielen Felsbrocken zu Boden. Offenbar hatte Bella darauf gewartet. Sie stieß ein Kichern aus, hob ihren Morgenmantel noch höher und jagte die Treppe hinunter, ihre bloßen Füße schienen die Stufen kaum zu berühren. Unten angekommen, trat sie auf den Mosaikfußboden und wirbelte genau in dem Augenblick herum, als Zsadist oben im Flur erschien.

Der Bruder entdeckte sie und rannte direkt auf die Treppe zu. Mit den Händen umklammerte er das Geländer, schwang die Füße seitlich herum und stieß sich ab. Den Kopf voraus, die Arme ausgebreitet, flog er in die Luft – nur, dass er nicht in ein Schwimmbecken sprang, sondern ein Stockwerk tief auf den Steinboden.

Johns Hilferuf blieb stumm, ein anhaltender Luftstrom …

Der abbrach, als Zsadist sich mitten im Sprung dematerialisierte. Ein paar Meter vor Bella, die mit leuchtenden Augen die Show bewunderte, nahm er wieder Gestalt an.

Wohingegen Johns Herz vor Schreck laut hämmerte … und dann noch aus einem anderen Grund pochte.

Bella lächelte ihren Partner an, ihr Atem ging immer noch heftig, die Hände umklammerten weiterhin den Morgenmantel, die Augen schimmerten einladend. Und Zsadist folgte dem Ruf, er schien immer größer zu werden, als er auf sie zukam. Der Bindungsduft des Bruders erfüllte die Eingangshalle, genau wie sein tiefes, löwenartiges Knurren. In diesem Moment war er … ein sehr sinnliches Tier.

»Du wirst wohl gern gejagt, *Nalla.*« Zs Stimme war jetzt so tief, dass sie verzerrt klang.

Bellas Lächeln wurde noch breiter, während sie in eine Ecke zurückwich. »Vielleicht.«

»Dann lauf doch noch ein bisschen.« Die Worte klangen dunkel, und selbst John nahm die erotische Drohung darin wahr.

Bella rannte los, um ihren Gefährten herum und Richtung Billardzimmer. Z verfolgte sie wie eine Beute, kreiselte herum, die Augen immer fest auf das wehende Haar und die anmutige Figur seiner Frau geheftet. Als seine Lippen sich über den Fängen öffneten, verlängerten sich die Eckzähne. Und das war nicht seine einzige Reaktion auf seine *Shellan.*

Auf Hüfthöhe presste sich eine Erektion von der Größe eines Baumstamms gegen seine Lederhose.

Z warf John einen raschen Blick zu, dann wandte er sich wieder seiner Jagd zu und verschwand im Billardzimmer. Das pulsierende Knurren wurde lauter, durch die offene Tür hörte man ein entzücktest Quieken, ein Gerangel, ein weibliches Keuchen und dann … nichts.

Er hatte sie eingefangen.

John stützte die Hand gegen die Wand, er war ins Taumeln geraten, ohne es zu bemerken. Als er daran dachte, was die beiden gerade zweifelsohne taten, wurde sein Körper merkwürdig schwerelos und ein bisschen kribbelig. Als würde etwas in ihm aufwachen.

Einen Augenblick später kam Zsadist mit Bella auf den Armen wieder heraus, ihr dunkles Haar fiel ihm über die Schulter, während sie sich in seine Umarmung kuschelte.

Ihr Blick war auf Zs Gesicht gerichtet, und er passte auf, wo er hintrat. Sie strich über seine Brust, die Lippen zu einem sehr vertraulichen Lächeln verzogen.

Am Hals hatte sie eine Bisswunde, eine, die definitiv vorher noch nicht da gewesen war, und Bellas Zufriedenheit angesichts des Hungers in der Miene ihres *Hellren* war bezwingend. Instinktiv wusste John, dass Zsadist oben zwei Dinge zu Ende bringen würde: Der Bruder würde sich an ihrem Hals und zwischen ihren Beinen laben. Vermutlich beides gleichzeitig.

O Gott, wie John sich diese Art von Verbundenheit wünschte.

Doch was war mit seiner Vergangenheit? Selbst wenn er die Transition überstehen würde – wie sollte er jemals so unbefangen und vertrauensvoll im Umgang mit einer Frau sein? Richtige Männer hatten nicht erlebt, was er erlebt hatte, waren nicht mit einem Messer zu scheußlicher Unterwerfung gezwungen worden.

Man musste sich doch nur Zsadist ansehen. So stark, so mächtig. Frauen standen auf so was, nicht auf Schwächlinge wie John. Denn eins stand außer Frage. Egal, wie groß Johns Körper werden würde, er bliebe immer ein Schwächling, auf ewig gekennzeichnet durch das, was man ihm angetan hatte. Er wandte sich ab und ging zum Esstisch, setzte sich allein zwischen all das Porzellan und Silber und Kristall und Kerzenlicht.

Aber allein zu sein war schon okay, befand er.

Allein war sicher.

21

Während Fritz oben Marissa abholte, wartete Butch in der Bibliothek und dachte daran, was für ein guter Kerl der *Doggen* doch war. Als Butch ihn um einen Gefallen gebeten hatte, war der alte Mann entzückt gewesen, sich darum kümmern zu dürfen. Obwohl es eine eigenartige Bitte gewesen war. Nun wehte der Duft einer Meeresbrise in den Raum und Butchs Körper reagierte unmittelbar und deutlich erkennbar darauf. Im Umdrehen zog er seine Jacke vorne zusammen.

Du meine Güte, sie war so wunderschön in diesem türkisblauen Kleid. »Hey, Baby.«

»Hallo Butch.« Marissas Stimme war leise, unsicher strich sie sich mit der Hand das Haar glatt. »Du siehst … gut aus.«

»Ja, mir geht es auch gut.« Was dank Vs heilender Hand auch stimmte.

Lange Zeit sagte keiner von beiden etwas. Dann fragte er: »Ist es okay, wenn ich dich korrekt begrüße?«

Auf ihr Nicken hin ging er zu ihr und nahm ihre Hand. Ihre Handfläche war eiskalt, als er sich darüberbeugte und sie küsste. War sie nervös? Oder krank?

Er zog die Brauen zusammen. »Marissa, möchtest du dich ein paar Minuten hinsetzen, bevor wir zum Essen gehen?«

»Ja, bitte.«

Er führte sie zu einer mit Seide bezogenen Couch und bemerkte, dass ihre Hand leicht zitterte, als sie ihren Rock raffte und sich neben ihn setzte.

Er drehte ihren Kopf zu sich herum. »Sprich mit mir.« Da sie nicht sofort reagierte, drängte er sie. »Marissa, dich bedrückt doch etwas, oder?«

Sie zögerte noch. »Ich möchte nicht, dass du gemeinsam mit der Bruderschaft kämpfst.«

Also das war es. »Marissa, letzte Nacht war ein unvorhergesehener Zwischenfall. Ich kämpfe nicht. Ehrlich nicht.«

»Aber V sagte, wenn du bereit wärst, würde man dich einsetzen.«

Na so was. Das hörte er zum ersten Mal. Seinen Informationen nach war es vergangene Nacht darum gegangen, seine Loyalität zu testen; nicht darum, ihn als regulären Spieler aufs Feld zu bringen. »Hör mal, die Brüder haben sich die letzten neun Monate die größte Mühe gegeben, mich aus den Kämpfen *heraus*zuhalten. Auf die Sache mit den *Lessern* lasse ich mich nicht ein. Das ist nicht meine Baustelle.«

Ihre Anspannung ließ etwas nach. »Ich kann nur den Gedanken nicht ertragen, du könntest wieder verletzt werden.«

»Darüber musst du dir keine Sorgen machen. Die Bruderschaft zieht ihr Ding durch, das hat mit mir wenig zu tun.« Er klemmte ihr eine Strähne hinter das Ohr. »Gibt es sonst noch etwas, worüber du mit mir sprechen willst?«

»Ich hätte da wirklich eine Frage.«

»Bitte, frag.«

»Ich weiß nicht, wo du wohnst.«

»Hier. Ich wohne hier.« Sie wirkte verwirrt, daher deutete er mit dem Kopf auf die offene Bibliothekstür. »Im Pförtnerhäuschen gegenüber. Ich wohne mit V zusammen.«

»Ach – und wo warst du letzte Nacht?«

»Da drüben. Aber ich habe mein Zimmer nicht verlassen.«

Sie runzelte die Stirn. Dann platzte sie heraus: »Hast du andere Frauen?«

Als könnte ihr eine das Wasser reichen. »Nein! Warum fragst du das?«

»Du hast noch nicht bei mir gelegen, und du bist ein Mann mit offensichtlichen … Bedürfnissen. Selbst jetzt hat sich dein Körper verändert, er ist hart und groß geworden.«

Mist. Er hatte sich bemüht, die Erektion zu verstecken, ehrlich. »Marissa …«

»Sicherlich musst du dir regelmäßig Erleichterung verschaffen? Dein Körper ist *phearsom.*«

Das klang ja nicht so gut. »Bitte was?«

»Mächtig und kraftvoll. Würdig, in eine Frau einzudringen.«

Butch schloss die Augen und dachte, dass seine Würde sich gerade alle Mühe gab, sich der Lage gewachsen zu zeigen. »Marissa, es gibt keine außer dir. Niemanden. Wie sollte es?«

»Die Männer meiner Spezies können sich mehr als eine Partnerin nehmen. Ich weiß nicht, ob Menschen …«

»Ich nicht. Nicht bei dir. Ich kann mir überhaupt nicht vorstellen, mit einer anderen Frau zusammen zu sein. Ich meine, könntest du einen anderen haben?«

Das darauf folgende Zögern jagte ihm einen eiskalten

Schauer über den Rücken, vom Hintern bis zur Schädelbasis. Und während er fast ausflippte, nestelte sie an ihrem extravaganten Rock herum. Scheiße, jetzt wurde sie auch noch rot.

»Ich möchte mit keinem anderen zusammen sein«, flüsterte sie.

»Was verheimlichst du mir, Marissa?«

»Es gibt da jemanden, den ich … getroffen habe.«

In Butchs Kopf gingen einige Fehlzündungen los, so als wären die Nervenbahnen verstopft, und es führten keine funktionierenden Straßen mehr durch sein Gehirn. »Was genau heißt ›getroffen‹?«

»Es ist völlig harmlos, Butch. Das schwöre ich dir. Er ist ein Freund, aber er ist eben auch ein Mann, und deshalb erzähle ich dir das.« Sie legte eine Hand auf sein Gesicht. »Du bist der, den ich will.«

Ihr feierlicher Blick überzeugte ihn von der Wahrheit dessen, was sie da sagte. Aber verflucht noch mal, trotzdem fühlte er sich, als hätte man ihm einen ordentlichen Schlag mit dem Hammer verpasst. Was lächerlich war und kleinkariert und … o Gott, sie mit einem anderen, das hielt er einfach nicht aus …

Reiß dich zusammen, O'Neal. Komm wieder auf den Teppich, Kumpel. Und zwar sofort.

»Gut«, sagte er. »Ich möchte der sein, den du willst. Der Einzige.«

Entschlossen schob er all den Eifersuchtsquatsch beiseite, küsste ihre Hand … und war erstaunt über das heftige Zittern darin.

Er strich über die kalten Finger. »Warum zitterst du denn so? Bist du aufgeregt oder krank? Brauchst du einen Arzt?«

Sie tat die Bemerkung mit einer Geste ab, die deutlich weniger elegant als üblich war. »Ich komme schon klar. Mach dir keine Sorgen.«

Und wie er das tat. Sie wirkte geschwächt, die Augen geweitet, die Bewegungen unkoordiniert. Krank, sie war eindeutig krank.

»Wie wäre es, wenn ich dich wieder nach oben bringe, Süße? Ich würde nur sehr ungern auf unser Zusammensein verzichten, aber du siehst nicht aus, als wärest du fit für eine Abendgesellschaft. Und ich kann dir ja etwas zu essen aufs Zimmer bringen.«

Sie ließ die Schultern sinken. »Ich hatte gehofft ... Ja, ich glaube, das wäre am besten.«

Unsicher stand sie auf. Er hielt sie am Arm fest und verfluchte ihren Bruder im Geiste. Wenn sie medizinische Hilfe bräuchte, wohin sollte er sie dann bringen?

»Komm schon, Baby, stütz dich auf mich.«

Ganz langsam führte er sie in den ersten Stock hinauf, dann an Rhage und Marys Zimmer vorbei, weiter an Phurys Tür vorüber und noch weiter, bis sie das Eckzimmer erreichten, in dem sie untergebracht war.

Sie legte die Hand auf den Messingknauf. »Es tut mir leid, Butch. Ich wollte dich heute Nacht unbedingt sehen. Ich dachte, ich hätte mehr Kraft.«

»Darf ich bitte einen Arzt rufen?«

Ihre Augen waren glasig, aber seltsam unbesorgt, als sie ihn anblickte. »Es ist nichts, was ich nicht allein in den Griff bekäme. Und sehr bald wird es mir wieder gut gehen.«

»Aber ... ich möchte mich so gern um dich kümmern.«

Sie lächelte. »Kein Kindermädchen, schon vergessen?«

»Zählt es auch, wenn es nur meiner eigenen Beruhigung dient?«

»Ja.«

Als sie einander in die Augen sahen, ergriff ein machtvoller Gedanke Besitz von seinem Hirn: Er liebte diese Frau. Er liebte sie wie wahnsinnig.

Und er wollte, dass sie es wusste.

Zart strich er ihr mit dem Daumen über die Wange. Es war wirklich ein Jammer, dass er nicht die Gabe des Wortes besaß. Er wollte etwas Kluges und Liebevolles sagen, seine frohe Botschaft vorsichtig ankündigen. Doch in seinem Kopf herrschte völlige Leere.

Also platzte er mit seinem üblichen Mangel an Feingefühl einfach so heraus: »Ich liebe dich.«

Marissa fielen fast die Augen aus dem Kopf.

Mist, Mist, Mist. Zu viel, zu schnell ...

Sie schlang die Arme um seinen Nacken und hielt ihn ganz fest, vergrub den Kopf an seiner Brust. Als er die Umarmung erwiderte und sich gerade mit Vollgas zum Affen machen wollte, hörte man Stimmen im Flur. Rasch drückte er ihre Tür auf und schob sie ins Zimmer. Seiner Einschätzung nach brauchten sie ein bisschen Privatsphäre.

Er brachte sie zum Bett, half ihr beim Hinlegen, während er sich gleichzeitig allen möglichen Kitsch im Kopf zurechtlegte, um der Sache ein bisschen Romantik zu verleihen. Doch noch ehe er etwas sagen konnte, umklammerte sie seine Hand und drückte sie so fest, dass seine Knochen knackten.

»Ich liebe dich auch, Butch.«

Bei diesen Worten vergaß er zu atmen.

Völlig perplex sank er auf die Knie und konnte das

Lächeln nicht zurückdrängen. »Warum solltest du denn so was tun, Süße? Ich dachte immer, du wärst eine kluge Frau.«

Sie lachte leise. »Du weißt, warum.«

»Weil du Mitleid mit mir hast?«

»Weil du ein Mann von Wert bist.«

Er musste sich räuspern. »Das bin ich wirklich nicht.«

»Wie kannst du so etwas nur sagen?«

Mal sehen. Bei der Mordkommission hatte man ihn an die Luft gesetzt, weil er einem Verdächtigen die Nase gebrochen hatte. Er hatte fast nur Huren und verlorene Seelen gevögelt. Hatte Leute erschossen. Und dann war da noch die Sache mit dem Koks gewesen und sein derzeitiger, beharrlicher Scotchkonsum.

Ach ja, hatte er schon erwähnt, dass er seit dem Mord an seiner Schwester vor all den Jahren latent selbstmordgefährdet war?

Ja, er war schon etwas wert. Aber nur eine Fahrt zur Mülldeponie. Schon machte er den Mund auf, um die Katze aus dem Sack zu lassen, da bremste er sich.

Halt bloß die Klappe, O'Neal. Diese Frau sagt dir, dass sie dich liebt, und sie ist weit mehr, als du verdienst. Mach nicht alles kaputt mit deiner hässlichen Vergangenheit. Fang ganz von vorne an, hier und jetzt, mit ihr.

Er strich mit dem Daumen über ihre makellose Wange. »Ich möchte dich küssen. Meinst du, das wäre drin?«

Als sie noch zögerte, konnte er das gut nachvollziehen. Das letzte Mal, als sie zusammen gewesen waren, hatte in einer Katastrophe geendet, mit seinem schwarzen Samen, und ihrem Bruder, der sie in flagranti erwischt hatte. Zudem war sie offensichtlich sehr müde.

Er zog den Kopf zurück. »Entschuldige …«

»Es liegt nicht daran, dass ich nicht bei dir sein möchte. Denn das möchte ich.«

»Du musst nichts erklären. Ich bin schon glücklich, in deiner Nähe sein zu dürfen, selbst wenn ich nicht …« In dir sein kann. »Selbst wenn wir nicht … du weißt schon, uns lieben.«

»Ich halte mich nur zurück, weil ich Angst habe, dir wehzutun.«

Jetzt grinste Butch unkontrolliert. Wenn sie ihm den Rücken in Fetzen reißen wollte, weil sie ihn so fest umklammerte, hätte er überhaupt nichts dagegen. »Mir ist egal, ob ich verletzt werde.«

»Mir ist es aber nicht egal.«

Er wollte aufstehen. »Das ist süß von dir. Jetzt hör mal, ich bringe dir einfach etwas zu …«

»Warte.« Ihre Augen leuchteten im Dämmerlicht. »O … lieber Himmel … Butch. Küss mich.«

Er blieb stocksteif stehen. Dann sank er wieder auf die Knie. »Ich bin ganz vorsichtig, versprochen.«

Dann beugte er sich zu ihr und legte den Mund sanft auf ihren. Gütiger, sie war so weich. Warm. Verdammt … er wollte in ihr sein. Aber er würde sie nicht drängen.

Doch dann hielt sie ihn an den Schultern fest und sagte: »Mehr.«

Noch einmal strich er leicht über ihren Mund, innerlich um Beherrschung betend, dann wollte er sich zurückziehen. Doch sie folgte ihm, ließ den Kontakt ihrer Lippen nicht abbrechen … und noch ehe er sich davon abhalten konnte, fuhr er ihr mit der Zunge über die Unterlippe.

Mit einem sinnlichen Seufzen öffnete sie sich, und er musste einfach nur hineingleiten, konnte die Gelegenheit, in sie einzudringen, einfach nicht verstreichen lassen.

Als sie ihn noch näher an sich heranzog, schob er seinen Oberkörper aufs Bett und drückte seinen Brustkorb auf sie. Was nicht so eine prickelnde Idee war. Denn das Gefühl ihrer Brüste unter ihm löste einen Feueralarm in seinem Körper aus und ermahnte ihn, wie verzweifelt ein Mann werden konnte, wenn seine Frau sich in der Horizontalen befand.

»Baby, ich sollte aufhören.« Denn sonst würde er sich auf sie werfen und ihr den Rock über die Hüften ziehen.

»Nein.« Sie schob die Hand unter sein Jackett und streifte es ihm ab. »Noch nicht.«

»Marissa, ich kann mich kaum noch beherrschen. Und du fühlst dich nicht gut …«

»Küss mich.« Sie vergrub ihre Fingernägel in seinen Schultern, das Stechen drang in köstlichen Schauern durch sein teures Hemd.

Er knurrte und ergriff nun schon deutlich weniger sanft Besitz von ihrem Mund. Wieder eine schlechte Idee. Je heftiger er sie küsste, desto heftiger erwiderte sie den Kuss, bis ihre Zungen sich ein Duell lieferten und jeder Muskel in seinem Körper sich bereit machte, sie zu besteigen.

»Ich muss dich berühren«, stöhnte er und hievte seinen gesamten Körper auf das Bett, ein Bein über ihres gelegt. Er legte die Hand auf ihre Hüfte und drückte sie, dann schob er sie höher auf ihren Brustkorb, bis direkt unterhalb der Wölbung ihrer Brüste.

Lange konnte er sich nicht mehr zusammenreißen.

»Tu es«, wisperte sie in seinen Mund. »Fass mich an.«

Als sie den Rücken durchbog, nahm er, was ihm angeboten wurde, und umfing ihre Brust, streichelte sie durch den Seidenstoff des Kleides hindurch. Mit einem leisen Keuchen legte sie die Hand über seine und drückte ihn fester an sich.

»Butch …«

»Lass mich dich ansehen, Baby. Darf ich?« Noch bevor sie etwas erwidern konnte, legte er wieder seinen Mund auf ihren, doch ihre Zunge gab ihm seine Antwort. Rasch setzte er sie auf und machte sich über die Knöpfe am Rücken ihres Kleides her. Seine Hände waren ungeschickt, aber glücklicherweise löste sich der Stoff dennoch.

Nur waren so viele Schichten zu durchdringen. Verdammt, ihre Haut … er musste an ihre Haut gelangen.

Ungeduldig, erregt, konzentriert zog er ihr das Oberteil des Kleides aus, dann schob er ihr die Träger des Unterhemds über die Schultern, sodass die blasse Seide sich um ihre Hüfte bauschte. Das weiße Korsett, das zum Vorschein kam, war eine erotische Überraschung, und er strich mit den Händen darüber, spürte die Stäbe darin und die Wärme ihres Körpers darunter. Doch dann hielt er es nicht länger aus und riss ihr das Ding praktisch herunter.

Als ihre Brüste befreit waren, ließ sie den Kopf in den Nacken fallen, elegant wölbten sich ihr Hals und die Schultern ihm entgegen. Den Blick auf ihr Gesicht gerichtet, beugte Butch sich herunter, nahm eine ihrer Brustwarzen in den Mund und saugte daran. O Himmel, er würde gleich kommen, so gut schmeckte sie. Er hechelte wie ein Hund, schon völlig neben sich, obwohl sie noch nicht einmal nackt waren.

Aber sie war hier, ganz nah bei ihm, begierig, heiß, hungrig, ihre Beine fuhren wie wild unter dem Rock hin und her. Die Situation geriet hier in rasender Geschwindigkeit außer Kontrolle, ein sich immer schneller drehender Kreisel. Und er war völlig machtlos dagegen.

»Darf ich dir das ausziehen?« Wahnsinn, seine Stimme war völlig weg. »Das Kleid … alles?«

»Ja …«Das war mehr ein Stöhnen, ein verzweifeltes Stöhnen.

Leider lagen die Verschlüsse des Kleides deutlich über seinem technischen Verständnis, und er hatte einfach nicht die Geduld, sich mit den ganzen Knöpfen und Haken noch länger herumzuschlagen. Deshalb knautschte er schließlich den ganzen bodenlangen Rock um ihre Hüften zusammen und zog ihr den weißen, hauchdünnen Slip über die langen, glatten Beine herunter. Dann strich er an den Innenseiten ihrer Schenkel hinauf.

Als sie sich verspannte, hielt er inne. »Wenn ich aufhören soll, dann tue ich das. Sofort. Aber ich möchte dich nur weiter berühren. Und dich vielleicht … ansehen.« Sie runzelte die Stirn, und er zog das Kleid wieder herunter. »Ist schon okay …«

»Ich sage ja nicht Nein. Es ist nur … was, wenn ich dort nicht schön bin?«

Wie sie sich darüber Sorgen machen konnte, überstieg sein Fassungsvermögen. »Unmöglich. Ich weiß doch schon, wie vollkommen du bist. Ich habe dich gespürt, weißt du noch?«

Sie holte tief Luft.

»Marissa, du hast dich wunderbar angefühlt, ehrlich. Und ich habe ein wunderschönes Bild von dir im Kopf. Ich will nur die Realität kennenlernen.«

Nach einem kurzen Zögern nickte sie. »Gut dann … tu es.«

Ohne seinen Blick von ihrem zu lösen, legte er seine Hand zwischen ihre Schenkel, spreizte sie und dann … o, ja, diese weiche, verborgene Stelle. So feucht und heiß, dass ihm fast die Sinne schwanden. Er legte den Mund an ihr Ohr.

»Du bist so wunderschön dort.« Ihre Hüften zuckten, als er sie streichelte, seine Finger waren leicht und schlüpfrig von ihrem Honig. »Mm, ja … ich möchte in dir sein. Ich möchte meinen« – das Wort *Schwanz* war eindeutig zu derb, aber genau das dachte er – »mich in dich stecken, Baby. Genau hier. Ich möchte umgeben sein von all dem hier, möchte in dir festgehalten werden. Glaubst du mir jetzt, wenn ich dir sage, dass du schön bist? Marissa? Sag mir, was ich hören will.«

»Ja …« Als er ein bisschen tiefer rieb, erschauerte sie. »Gütige Jungfrau … ja.«

»Möchtest du mich eines Tages in dir haben?«

»Ja …«

»Möchtest du, dass ich dich ganz erfülle?«

»Ja …«

»Gut, denn das möchte ich auch.« Er knabberte an ihrem Ohrläppchen. »Ich möchte mich tief in dir verlieren und deine Fäuste auf mir spüren, wenn du auch kommst. Mm … reib dich an meiner Hand, ich will spüren, wie du dich bewegst. O Mann … das ist großartig. Das ist … weiter so, genau so …«

Shit, er musste aufhören zu sprechen. Denn wenn sie seinen Anweisungen weiter so gut Folge leistete, würde er noch explodieren.

Ach, Scheiß drauf. »Marissa, mach die Beine noch breiter für mich. Noch weiter. Und hör nicht auf mit dem, was du tust.«

Als sie gehorchte, zog er langsam und vorsichtig den Kopf zurück und betrachtete ihren Körper. Unter der zerknautschten, türkisblauen Seide sah man ihre cremeweißen, weit geöffneten Schenkel und seine Hand, die dazwischen verschwand. Ihre Hüften wanden sich in einem Rhythmus, der ihn fast durchdrehen ließ. Er legte den Mund auf eine ihrer Brüste und schob sanft das eine Bein noch weiter nach außen. Dann strich er den ganzen Stoff beiseite, hob den Kopf und nahm die Hand weg. Unter ihrem flachen Bauch, vorbei an dem Grübchen ihres Bauchnabels, über das Tal zwischen ihren Beckenknochen hinweg konnte er den anmutigen Schlitz ihres Geschlechts sehen.

Er zitterte am ganzen Körper. »So vollkommen«, flüsterte er. »So köstlich.«

Verzückt rutschte er herunter und nahm ihren Anblick ganz in sich auf. Rosa, glitzernd, zart. Er war völlig berauscht, in seinem Kopf flogen Funken. »O ... lieber Himmel ...«

»Was ist denn los?« Ihre Knie klappten ruckartig zusammen.

»Rein gar nichts.« Er drückte seine Lippen oben auf ihren Schenkel und streichelte ihre Beine, versuchte sie sanft wieder zu öffnen. »Ich habe nur noch nie so etwas Schönes gesehen.«

Schön traf es nicht einmal annähernd. Er leckte sich die Lippen. Seine Zunge wartete ungeduldig auf mehr. Gedankenverloren sagte er: »Mein Gott, Baby, ich würde dich jetzt so gerne lecken.«

»Lecken?«

Angesichts ihrer Verwirrung wurde er rot. »Ich ... äh, ich möchte dich küssen.«

Sie lächelte und setzte sich auf, dann nahm sie sein Gesicht zwischen ihre Hände. Doch als sie ihn zu sich ziehen wollte, schüttelte er den Kopf.

»Dieses Mal nicht auf den Mund.« Sie schien nicht zu begreifen, also legte er ihr die Hand zwischen die Schenkel. »Hier.«

Sie riss die Augen so weit auf, dass er am liebsten laut geflucht hätte. *Jetzt fühlt sie sich bestimmt richtig entspannt, O'Neal.*

»Warum …« Sie klang als hätte sie einen Frosch im Hals. »Warum solltest du das tun wollen?«

Du meine Güte, hatte sie etwa noch nie davon gehört, dass … natürlich nicht. Aristokraten taten es wahrscheinlich nur in Missionarsstellung, und selbst wenn sie über Oralsex Bescheid wussten, würden sie mit Sicherheit *niemals* ihren Töchtern davon erzählen.

Kein Wunder, dass sie geschockt war.

»Warum, Butch?«

»Ähm … weil du es wirklich genießen würdest, wenn ich es richtig mache. Und, also, ich auch.«

Wieder betrachtete er ihren Körper. O ja, er würde es genießen. Eine Frau zu lecken war noch nie unbedingt ein Muss für ihn gewesen. Aber bei ihr war es anders. Er brauchte es. Er lechzte danach. Wenn er nur daran dachte, sie mit dem Mund zu lieben, wurde jeder Zentimeter seines Körpers steif.

»Ich möchte dich einfach unbedingt schmecken.«

Ganz allmählich lockerten sich ihre Schenkel etwas. »Ganz … vorsichtig?«

Was denn, sie würde ihn wirklich lassen? Er begann zu zittern. »Versprochen, Baby. Und du wirst es mögen, ganz sicher.«

Seitlich, um sie nicht zu sehr zu bedrängen, rutschte er an ihr herunter. Je näher er an ihre Mitte rückte, desto mehr drehte sein Körper durch, und sein Kreuz verspannte sich wie unmittelbar vor einem Orgasmus.

Er müsste auf jeden Fall ganz langsam und vorsichtig sein. Für sie beide.

»Ich liebe deinen Duft, Marissa.« Er küsste ihren Nabel, dann den Hüftknochen, schob sich Zentimeter für Zentimeter nach unten. Tiefer ... tiefer ... bis er schließlich den geschlossenen Mund auf ihre Spalte drückte.

Was für ihn fantastisch war. Das Problem war nur, dass sie sich völlig versteifte. Und zusammenzuckte, als er seine Hand außen auf ihren Oberschenkel legte.

Er ließ seinen Mund wieder ein Stück nach oben wandern und rieb mit den Lippen über ihren Bauch. »Ich bin so ein Glückspilz.«

»W-warum denn?«

»Wie würde es dir gehen, wenn jemand dir so sehr vertraut? Dir etwas so *Intimes* anvertraut?« Er blies auf ihren Nabel, und sie kicherte leise, als kitzelte die warme Luft sie. »Das ist eine große Ehre für mich, weißt du? Ganz ehrlich.«

Mit Worten und bedächtigen Küssen, die mit jedem Mal etwas länger dauerten und etwas tiefer auftrafen, beschwichtigte er sie. Als sie so weit war, glitt er mit der Hand auf die Innenseite ihres Beins, umschloss das Knie und spreizte die Schenkel nur einen Spalt breit. Sanft küsste er ihren Schlitz, wieder und wieder. Bis die Spannung in ihr nachließ.

Dann senkte er das Kinn, öffnete den Mund und leckte sie. Keuchend setzte sie sich auf.

»Butch ...?« Als wollte sie sichergehen, dass er wusste, was er da getan hatte.

»Hatte ich das nicht erwähnt?« Er beugte sich hinunter und ließ seine Zunge über das rosa Fleisch gleiten. »Es ist ein Zungenkuss.«

Als er die langsame Bewegung wiederholte, ließ sie den Kopf zurückfallen, reckte die Spitzen ihrer Brüste hoch in die Luft und bog den Rücken durch. Perfekt. Genau da wollte er sie haben. Nicht besorgt um Sittsamkeit oder Scham, sondern einfach nur das Gefühl genießend, dass jemand sie so liebte, wie sie es verdiente.

Lächelnd machte er weiter, drang tiefer und tiefer vor, bis er sie richtig schmecken konnte.

Er verdrehte die Augen, als er schluckte. Noch nie hatte er so etwas durch seinen Hals gleiten lassen. Der Ozean und reife Melonen und Honig, alles zusammen, ein Cocktail, dessen Vollkommenheit ihn fast in Tränen ausbrechen ließ. Mehr ... er brauchte mehr. Aber er musste sich zurückhalten. Er wollte in ihr schwelgen, und sie war noch nicht bereit für diese Art von Völlerei.

Als er kurz verschnaufte, hob sie den Kopf. »Ist es vorbei?«

»Noch lange nicht.« O Mann, er liebte diesen glasigen, wollüstigen Ausdruck in ihren Augen. »Lehn dich einfach zurück, und lass mich machen. Wir fangen gerade erst richtig an.«

Sie entspannte sich wieder, und er wandte sich ihren Geheimnissen zu, sah das Schimmern der zarten Knospe, dachte, dass der Glanz noch viel intensiver sein würde, wenn er fertig wäre. Wieder küsste er sie, dann leckte er sie wie einen Lolli, zog die Zunge ganz flach und träge nach oben. Er wischte mit dem Mund von Seite zu Seite, wühlte sich tiefer, hörte sie aufstöhnen. Mit sanftem Druck öffnete er ihre Beine noch weiter und nahm sie in den Mund, saugte rhythmisch an ihrem Zentrum.

Als sie anfing, um sich zu schlagen, schrillten in seinem Kopf alle Alarmglocken. Gleich würden sie beide abheben. Aber er konnte nicht aufhören, besonders jetzt nicht, da sie das Laken umklammert hielt und sich aufbäumte, als würde sie jeden Moment kommen.

»Fühlt sich das gut an?« Er kitzelte sie oben am Spalt, züngelte über die empfindlichste Stelle. »Gefällt dir das? Magst du es, wenn ich dich lecke? Oder vielleicht ist das besser …« Er saugte sie in seinen Mund hinein, und sie schrie auf. »O ja … Gott, meine Lippen sind von dir bedeckt … fühl sie, fühl mich …«

Er zog ihre Hand auf seinen Mund und strich die Finger hin und her, dann leckte er sie sauber. Mit großen Augen beobachtete sie ihn, keuchend, die Nippel aufgerichtet. Er schonte sie nicht, das war ihm bewusst, aber sie war ganz bei ihm.

Jetzt biss er sie in die Handfläche. »Sag mir, dass du es willst. Sag mir, dass du mich willst.«

»Ich …« Ihr Körper wand sich auf dem Bett.

»Sag mir, dass du mich willst.« Er drückte seine Zähne noch ein kleines bisschen fester in ihre Haut. Scheiße, er wusste nicht genau, warum er das unbedingt von ihr hören musste, aber es war so. »Sag es.«

»Ich will dich«, keuchte sie.

Aus dem Nichts überfiel ihn eine gefährliche, gierige Lust, und seine Selbstbeherrschung brach zusammen. Mit einem dunklen Laut tief unten aus seinem Leib legte er die Hände fest auf die Innenseite ihrer Schenkel, spreizte sie, so weit es ging, und tauchte buchstäblich zwischen ihren Beinen ab. Während er mit der Zunge in sie eindrang, einen Rhythmus mit seinem Mund fand, kam ihm verschwommen eine Art Geräusch im Raum zu Bewusstsein, ein Knurren.

War er das? Nein, ausgeschlossen. Das war der Klang … eines Tieres.

Am Anfang war Marissa geschockt gewesen. Fleischliche Gelüste. Diese sündige Nähe, die furchterregende Verletzlichkeit. Doch bald schon spielte all das keine Rolle mehr. Butchs warme Zunge war so erotisch, dass sie die feuchte, schlüpfrige Empfindung kaum ertragen konnte – und die Vorstellung, dass er irgendwann wieder damit aufhören könnte. Dann hatte er begonnen, an ihr zu saugen und zu schlucken und Dinge zu sagen, die ihr Geschlecht anschwellen ließen, bis die Lust in ihr schmerzlich brannte.

Doch all das war nichts im Vergleich zu dem Moment, als er die Fesseln sprengte. Mit einem Aufbäumen männlicher Begierde hielten seine Hände sie fest, sein Mund, seine Zunge, sein Gesicht auf ihr … Gott, und dieser Laut, der aus ihm drang, dieses kehlige, pulsierende Schnurren …

Sie kam wild und heftig, das erschütterndste, schönste Gefühl, das sie je gespürt hatte, ihr Körper wand sich in flüssigen Blitzen der Lust …

Doch auf dem Scheitelpunkt veränderte sich die tosende Energie, wandelte sich, entlud sich. Ihre Blutlust meldete sich dröhnend neben der sexuellen Erfüllung und zog sie in einer Spirale nach unten. Der Hunger durchbrach ihr zivilisiertes Wesen, zerfetzte alles außer dem Trieb, sich auf seinen Hals zu stürzen. Sie fletschte die Fänge, wollte ihn schon mit dem Rücken aufs Bett werfen, in seine Halsader beißen und in tiefen Zügen trinken …

Sie würde ihn umbringen.

Sie schrie auf und wehrte sich gegen seinen Griff. »O Gott, nein!«

»Was ist?«

Sie drückte Butch an den Schultern von sich weg, schob sich von ihm weg, sprang seitlich aus dem Bett und fiel zu Boden. Verwirrt streckte er den Arm nach ihr aus, doch sie krabbelte in die hinterste Ecke des Raumes, das Kleid hinter sich herschleifend. Als sie nicht mehr weiterkonnte, rollte sie sich zu einer Kugel zusammen und schlang die Arme um sich. Sie zitterte unkontrolliert am ganzen Körper, der Schmerz in ihrem Köper kam in Wellen, jedes Mal doppelt so heftig wie beim letzten Mal.

In Panik folgte Butch ihr. *»Marissa …?«*

»Nein!«

Er blieb wie angewurzelt stehen, die Miene fassungslos, jegliche Farbe aus dem Gesicht gewichen. »Es tut mir so leid – lieber Gott …«

»Du musst gehen.« Tränen stiegen in ihr auf, ihre Stimme wurde kehlig.

»Gütiger Himmel, es tut mir so leid … so leid … ich wollte dir keine Angst machen …«

Mühsam versuchte sie, ihre Atmung in den Griff zu bekommen, um ihn zu beruhigen, aber vergeblich: Sie bekam kaum Luft, sie schluchzte. Ihre Fänge pochten. Ihr Hals war trocken. Und alles, woran sie denken konnte, war, sich an seine Brust zu werfen. Ihn auf den Boden zu drücken. Ihre Zähne in seinem Hals zu versenken.

Gütige Jungfrau, das Trinken. Er würde gut schmecken. So gut, dass sie niemals genug von ihm bekäme.

Wieder versuchte er, sich ihr zu nähern. »Ich wollte es nicht so weit treiben …«

Sie sprang auf, machte den Mund auf und zischte ihn an. »Raus hier! Um Himmels willen, geh! Oder ich werde dir wehtun!«

Sie rannte ins Badezimmer und schloss sich ein. Als das Geräusch der zuknallenden Tür hinter ihr verebbte und sie ihr Gleichgewicht wieder gefunden hatte, erhaschte sie einen Blick auf sich im Spiegel. Sie sah furchtbar aus. Ihr Haar war zerzaust, das Kleid offen, die Fänge ragten weiß und lang aus dem Mund.

Außer Kontrolle. Würdelos. *Defekt.*

Sie griff nach dem ersten Gegenstand, der ihr ins Auge fiel, einem schweren Glaskerzenständer, und schleuderte ihn gegen den Spiegel. Als ihr Spiegelbild in tausend Scherben zerschellte, sah sie durch bittere Tränen die Stücke ihrer selbst zu Boden fallen.

22

Butch warf sich gegen die Badezimmertür und riss am Türgriff, bis die Haut seiner Faust beinahe aufplatzte. Auf der anderen Seite hörte er Marissa weinen. Dann ein lautes Klirren.

Noch einmal drückte er die Schulter gegen das Holz. »Marissa!«

Wieder und wieder rammte er gegen die Tür, doch dann hielt er inne und lauschte. Als er nur Schweigen vernahm, bekam er es mit der Angst. »Marissa?«

»Geh einfach.« Die stille Verzweiflung in ihrer Stimme ließ seine Augen brennen. »Geh ... einfach.«

Er legte die Hand flach auf das Holz, das sie voneinander trennte. »Es tut mir so leid.«

»Geh ... geh einfach. Bitte, du musst hier weg.«

»Marissa ...«

»Ich komme erst heraus, wenn du weg bist. Geh!«

Wie in einem Albtraum gefangen, nahm er sein Jackett und taumelte aus dem Zimmer, mit weichen Knien und tauben Füßen. Draußen im Flur ließ er sich gegen eine Wand sinken und schlug den Kopf gegen den Putz.

Wenn er die Augen schloss, sah er immer nur sie vor sich, in die Ecke gekauert, zitternd, abwehrend, das Kleid lose über den bloßen Brüsten hängend, als wäre es ihr vom Leib gerissen worden.

Er war so ein Scheißkerl. Sie war eine wunderbare Frau, eine *Jungfrau,* und er hatte sie wie eine Hure behandelt, hatte es zu weit getrieben, nur weil er sich nicht hatte beherrschen können. Egal, wie heiß sie brannte, sie war nicht an das gewöhnt, was sich ein Mann beim Sex alles wünschte. Oder was geschah, wenn die Triebe eines Mannes die Kontrolle übernahmen. Und obwohl ihm all das klar gewesen war, hatte er sie trotzdem auf das Bett gedrückt und festgehalten, während er es ihr mit der Zunge machte, verflucht noch mal.

Wieder knallte Butch den Hinterkopf gegen die Wand. Lieber Gott, sie hatte solche Angst gehabt, sie hatte sogar ihre Fänge gefletscht, als müsste sie sich vor ihm schützen.

Mit einem schmutzigen Fluch rannte er die Treppe hinunter, versuchte, vor seinem Selbstekel wegzulaufen. Aber er wusste, dass er niemals so schnell und so weit laufen könnte.

Als er in die Halle kam, rief jemand: »Butch? Hey, Butch! Alles klar?«

Er stürmte nach draußen, sprang in den Escalade und ließ den Motor röhren. Er wollte nichts, als sich bei ihr so lange zu entschuldigen, bis er heiser war; doch er war der letzte Mensch auf Erden, den sie jetzt im Moment sehen wollte. Und das konnte er gut nachvollziehen.

Er jagte den SUV Richtung Innenstadt zu Vs Wohnung.

Bis er den Escalade geparkt hatte und mit dem Aufzug zum Penthouse hochfuhr, war er schon so weit, von der Brücke zu springen, so mitgenommen war er. Er riss die Tür auf …

O Scheiße!

Im Schein schwarzer Kerzen lag V vornübergebeugt,

den Kopf gesenkt, die von Leder umhüllten Hüften vor- und zurückstoßend, die nackten Schultern und massigen Arme hart angespannt. Unter ihm war eine Frau an Hand- und Fußgelenken auf den Tisch gefesselt, den ganzen Körper in Leder gekleidet außer den Spitzen ihrer Brüste und der Stelle, an der V sich in ihre Mitte bohrte. Obwohl sie eine Maske über dem Gesicht trug und einen Ballknebel im Mund hatte, war Butch sich ziemlich sicher, dass sie kurz vor einem Orgasmus stand. Sie machte leise wimmernde Geräusche und bettelte um mehr, selbst als ihr Tränen über die mit Leder bedeckten Wangen rannen.

Als V den Kopf vom Hals der Frau hob, leuchteten seine Augen, und seine Fänge waren so lang … jedenfalls müssten die Wunden an ihrem Hals unter Umständen genäht werden, anders ausgedrückt.

»Sorry«, platze es aus Butch heraus, und er machte sich schleunigst aus dem Staub.

Wie im Nebel lief er zurück zum Wagen, ihm fiel nicht ein, wohin er jetzt fahren könnte. Also setzte er sich einfach auf den Fahrersitz, den Schlüssel im Zündschloss, die Hand auf der Gangschaltung … und sah Vishous vor sich.

Die leuchtenden Augen. Die langen Fänge. Der Sex.

Ihm fiel wieder ein, wie wenig Sorgen sich Marissa gemacht hatte, krank zu sein. Und dann hörte er im Geiste ihre Stimme. *Ich komme schon klar.* Und dann: *Ich will dir nicht wehtun.*

Was, wenn Marissa sich ernähren musste? Was, wenn sie ihn deswegen fortgeschickt hatte? Sie war eine Vampirin, Grundgütiger. Oder glaubte er etwa, ihre wunderschönen Fänge seien nur zur Dekoration gedacht?

Er legte den Kopf aufs Lenkrad. O Mann, das war so unsexy. Es stand ihm nicht zu, nach anderen Erklärungen zu suchen. Außerdem, warum hatte sie ihn nicht einfach gebeten, ob sie etwas Blut von ihm haben konnte? Er hätte sie sofort gelassen. Vielleicht sogar noch schneller als sofort.

Allein bei dem Gedanken daran bekam er einen massiven Ständer. Die Vorstellung, dass sie sich an seinen Hals kuscheln und an ihm saugen würde, turnte ihn an wie nichts anderes jemals zuvor. Er sah sie nackt vor sich, auf seiner Brust kauernd, das Gesicht an seinem Hals …

Vorsicht, O'Neal. Pass auf, dass du hier nicht nur nach einem Hintertürchen suchst.

Aber sie war doch erregt gewesen, oder nicht? Er hatte es schmecken können. Als es richtig heftig zur Sache ging, war die Süße sogar noch stärker aus ihr geflossen, da war er sicher. Aber warum hatte sie ihm nicht einfach gesagt, was los war?

Vielleicht wollte sie nicht von ihm trinken. Vielleicht dachte sie, weil er ein Mensch war, würde er das nicht aushalten.

Und vielleicht stimmte das ja auch. Vielleicht würde er es nicht aushalten, weil er ein Mensch war.

Ja, na und? Er würde lieber dabei sterben, sie zu nähren, als zu wissen, dass ein anderer Mann sich um seine Frau kümmerte. Die Vorstellung von Marissa am Hals eines anderen, ihre Brüste auf der Brust eines anderen, ihr Geruch in der Nase eines anderen … und mit dem Blut eines anderen in ihrer Kehle …

Mein.

Das Wort schoss unaufgefordert durch seinen Kopf. Und er stellte fest, dass seine Hand von allein den Weg in seine Manteltasche und an den Abzug der Glock gefunden hatte.

Er stieg aufs Gas und fuhr zum *ZeroSum*. Zuallererst musste er sich jetzt beruhigen und seinen Kopf wieder klarkriegen. Mordgierige Eifersucht gegenüber einem männlichen Vampir stand nicht auf der Tagesordnung.

Als sein Handy klingelte, zog er es aus der Tasche. »Ja?«

Vs Stimme war leise. »Tut mir leid, dass du das sehen musstest. Ich hatte dich nicht erwartet …«

»V, was passiert, wenn ein Vampir sich nicht nährt?«

Eine Pause folgte. »Nichts Gutes. Man wird müde, wirklich wahnsinnig müde. Und der Hunger tut weh. Ist ein bisschen ähnlich wie eine Lebensmittelvergiftung. Der Schmerz trifft dich in Wellen. Wenn man es aus dem Ruder laufen lässt, verwandelt man sich in ein Tier. Dann wird's gefährlich.«

»Ich habe solche Geschichten über Zsadist gehört, bevor er mit Bella zusammenkam. Er hat von Menschen gelebt, oder? Und ich weiß ganz sicher, dass die Frauen nicht daran gestorben sind. Ich habe sie danach wieder im Club gesehen, wenn er mit ihnen fertig war.«

»Denkst du dabei an deine Frau?«

»Ja.«

»Lust auf einen Schluck?«

»Mehrere.«

»Wir treffen uns dort.«

Als Butch auf den Parkplatz des *ZeroSum* bog, wartete V bereits neben dem Club und rauchte eine Selbstgedrehte. Butch stieg aus und aktivierte die Alarmanlage.

»Bulle.«

»V.« Butch räusperte sich und versuchte nicht daran

zu denken, wie sein Mitbewohner beim Sex ausgesehen hatte. Was ihm nicht gelang. Immer wieder sah er Vishous über dieser Frau vor sich, sie beherrschend, in sie hineinstoßend, sein Körper hart wie ein Kolben.

Dank dieser kleinen Episode würde er seine Definition von Hardcore wohl noch mal überdenken müssen.

V inhalierte tief, dann drückte er die Kippe am Absatz seines Stiefels aus und steckte sie in die Tasche. »Gehen wir rein?«

»Auf jeden Fall.«

Die Türsteher ließen sie an der Warteschlange vorbei, dann marschierten sie durch die sich windende, schwitzende, unersättliche Menge in den VIP-Bereich. Ohne dass sie eine Bestellung aufgeben mussten, standen innerhalb von Sekunden ein doppelter Lagavulin und ein Grey Goose vor ihnen. In diesem Augenblick klingelte Vs Handy, und während er sprach, blickte Butch sich um – nur um mit einem Fluch zu erstarrten. In der Ecke, im trüben Schutz des Schattens, entdeckte er die große, muskulöse Vampirin. Und Rehvenges Sicherheitschefin beobachtete ihn, die Augen brennend, als wünschte sie sich eine Wiederholung der gemeinsamen Toilettenaktion.

Das würde nicht passieren.

Butch starrte in sein Glas, als V das Telefon zuklappte. »Das war Fritz. Er hatte eine Nachricht für dich von Marissa.«

Mit einem Ruck hob Butch den Kopf. »Was hat sie gesagt?«

»Sie wollte dir Bescheid geben, dass es ihr gut geht. Sagte, sie wolle heute Abend den Ball ein bisschen flach halten, aber morgen sei alles wieder in Ordnung. Und du sollst dir keine Sorgen machen und sie … äh, sie liebt dich, und du hast nichts falsch gemacht, als du gemacht hast, was du gemacht hast.« Er räusperte sich. »Also, was hast du gemacht? Oder war das jetzt zu viel auf einmal?«

»Viel zu viel.« Butch kippte seinen Scotch runter und hob das leere Glas hoch. Sofort kam die Kellnerin.

Als sie wieder abzog, um ihm einen neuen Drink zu bringen, betrachtete er seine Hände. Und spürte Vs bohrenden Blick auf sich.

»Butch, sie wird mehr brauchen, als du ihr geben kannst.«

»Zsadist hat sich doch auch ...«

»Z hat von vielen verschiedenen Menschen getrunken. Du bist nur einer. Die Sache ist die, da dein Blut so schwach ist, wird sie dich in null Komma nichts leer saugen, weil sie es so oft tun muss.« Er holte tief Luft. »Hör mal, sie kann mich benutzen, wenn du willst. Du könntest sogar dabei sein, damit du siehst, was passiert. Es muss nicht mit Sex verbunden sein.«

Butch legte den Kopf schräg und betrachtete die Halsader seines Mitbewohners. Dann stellte er sich Marissa an diesem Hals vor, die beiden zusammen. Ineinander verschlungen.

»V, du weißt, dass ich dich wie einen Bruder liebe.«

»Ja.«

»Aber wenn du sie nährst, reiß ich dir deine verdammte Kehle raus.«

V grinste, dann breitete sich ein Lächeln auf seinem Gesicht aus. So breit, dass er sich die Hand vor die Fänge halten musste. »Ist ja gut, Kumpel. Und umso besser. Ich habe noch nie jemanden an meine Vene gelassen.«

Butch sah ihn ungläubig an. »Nie?«

»Nein. Ich bin sozusagen eine vaskulare Jungfrau. Mir

persönlich ist die Vorstellung zuwider, dass eine Frau sich von mir nährt.«

»Warum?«

»Einfach nicht mein Ding.« Butch machte den Mund auf, aber V hielt eine Hand hoch. »Genug davon. Du sollst nur wissen, dass ich da bin, falls du es dir anders überlegst und mich dafür benutzen willst.«

Das kommt nicht infrage, dachte Butch. *Niemals.*

Aber er dankte Gott für Marissas Nachricht. Und er hatte recht gehabt: Sie hatte ihn wegen ihres Durstes fortgejagt. Das war die einzige Erklärung. Er war schwer in Versuchung, sofort nach Hause zu fahren. Doch er wollte ihre Wünsche respektieren und sie nicht zu sehr bedrängen. Außerdem – wenn es um Blut ging, dann hätte er morgen Nacht etwas für sie.

Sie würde von ihm trinken.

Als die Kellnerin mit dem Scotch kam, tauchte Rehvenge neben ihr am Tisch auf. Der imposante Körper des Vampirs versperrte den Blick auf die Menge, was bedeutete, dass Butch die Sicherheitschefin nicht sehen konnte. Was wiederum bedeutete, er konnte aufatmen.

»Halten euch meine Leute bei Laune?«

Butch nickte. »Absolut.«

»Das höre ich doch gern.« Der Reverend ließ sich am Tisch nieder, seine Amethystaugen suchten den VIP-Bereich ab. Er sah gut aus, der Anzug schwarz, das Seidenhemd schwarz, sein Irokese ein dunkler, kurz geschorener Streifen, der sich von vorne bis hinten über den Schädel zog. »Ich habe Neuigkeiten für euch.«

»Willst du etwa heiraten?« Butch leerte sein Glas in einem Zug zur Hälfte. »Wo hast du denn deinen Hochzeitstisch aufgebaut, bei Villeroy & Boch?«

»Versuch's mal mit Heckler und Koch.« Der Reverend schlug die Jacke zurück und ließ den Kolben einer Pistole aufblitzen.

»Hübsches Spielzeug hast du da, Vampir.«

»Das bohrt ein Höllen...«

Jetzt schaltete V sich ein. »Euch beiden zuzuschauen ist schlimmer, als Tennis zu gucken. Mich langweilen Sportarten mit Schlägern. Also, was gibt's?«

Rehv sah Butch an. »Er kann so fantastisch mit Menschen umgehen, nicht wahr.«

»Du solltest erst mal mit ihm zusammenwohnen.«

Der Reverend grinste, dann wurde er ernst. Sein Mund bewegte sich kaum, als er sprach, und seine Worte waren nicht weit zu hören. »Vorletzte Nacht hat sich der Rat der *Princeps* getroffen. Es ging um eine obligatorische Bannung für alle unvereinigten Frauen. Der *Leahdyre* will so schnell wie möglich eine Empfehlung verabschieden und sie Wrath vorlegen.«

V pfiff leise. »Der Rat will sie alle wegsperren.«

»Exakt. Als Begründung benutzen sie die Entführung meiner Schwester und Wellesandras Tod. Was natürlich echte Totschlagargumente sind.« Der Reverend sah V direkt in die Augen. »Steck das deinem Boss. Die *Glymera* ist stinksauer über die ganzen zivilen Verluste in der Stadt. Dieser Antrag ist ein Warnschuss an Wraths Adresse, und sie meinen es todernst damit. Der *Leahdyre* rennt mir die Bude ein, weil sie keine Abstimmung abhalten können, wenn nicht jedes einzelne Mitglied des Rats anwesend ist. Und ich lasse mich dort nie blicken. Eine Weile kann ich das Treffen noch rauszögern, aber nicht ewig.« In diesem Augenblick klingelte ein Handy im Jackett des Reverend, und er zog es heraus. »Wenn man vom Teufel spricht – das ist Bella. Hallo Schwesterherz ...«

Die Augen des Vampirs blitzten auf, und er rutschte auf seinem Sitz herum.

Butch runzelte die Stirn. Er hatte schwer den Eindruck, dass da am Telefon zwar eine Frau war, aber keine Schwester: Rehvenge strahlte plötzlich eine Hitze ab wie ein Schwelbrand.

Man musste sich fragen, was für eine Frau sich mit einem so krassen Vertreter seiner Spezies wie dem Reverend abgab. Andererseits wurde auch V offensichtlich flachgelegt, also gab es solche Frauen.

»Bleib mal kurz dran, *Tahlly.*« Rehv stand auf. »Bis dann, Gentlemen. Und die Getränke gehen heute auf mich.«

»Danke für die Info«, sagte V.

»Bin ich nicht ein Vorzeigeuntertan?« Rehv schlenderte zu seinem Büro und schloss sich ein.

Butch schüttelte den Kopf. »So, so, hat der Reverend also eine Schnecke am Start.«

V grunzte. »Die Frau tut mir leid.«

»Aber echt.« Butch ließ den Blick schweifen und verkrampfte sich.

Diese beinharte Frau mit dem Männerhaarschnitt ließ ihn immer noch nicht aus den Augen.

»Hast du's mit ihr gemacht, Bulle?«, fragte V leise.

»Mit wem?« Er kippte den letzten Schluck.

»Du weißt ganz genau, wen ich meine.«

»Geht dich nichts an, Kumpel.«

Während Marissa darauf wartete, dass Rehvenge wieder ans Telefon kam, überlegte sie, wo er wohl gerade war.

Es war ziemlich laut im Hintergrund – Musik, Stimmen. Eine Party?

Der Lärm wurde abrupt abgeschnitten, als er die Tür hinter sich schloss. »*Tahlly*, wo bist du? Oder hat Havers seine Nummern verschlüsseln lassen?«

»Ich bin nicht zu Hause.«

Schweigen. Dann. »Bist du da, wo ich vermute? Bist du bei der Bruderschaft?«

»Woher weißt du das?«

Er murmelte etwas Unverständliches, dann sagte er: »Es gibt nur eine Nummer auf diesem Planeten, die mein Telefon nicht verfolgen kann. Und das ist die, von der aus meine Schwester mich normalerweise anruft. Und jetzt zeigt das Display bei dir auch einen unbekannten Teilnehmer an. Was zum Teufel ist los?«

Sie erzählte ihm eine leicht geschönte Version. Dass sie und Havers sich gestritten hatten und sie eine Bleibe gebraucht hatte.

Rehv fluchte. »Du hättest zuerst mich fragen sollen. Ich möchte mich um dich kümmern.«

»Es ist kompliziert. Deine Mutter …«

»Mach dir um sie keine Sorgen.« Rehvs Stimme senkte sich zu einem weichen Schnurren. »Komm doch lieber zu mir, *Tahlly*. Du musst dich nur zum Penthouse materialisieren, und dort lasse ich dich abholen.«

»Danke, aber nein. Ich werde hier nur so lange bleiben, bis ich etwas Eigenes gefunden habe.«

»Etwas Eigenes – soll das heißen, das Zerwürfnis mit deinem Bruder ist dauerhaft?«

»Das kommt schon wieder in Ordnung. Aber weswegen ich anrufe, Rehvenge, ich … brauche dich. Ich muss noch einmal versuchen, mich zu …« Sie stützte den Kopf in die Hand. Es war ihr zuwider, ihn so zu benutzen, aber zu wem konnte sie sonst schon gehen? Und Butch … ach, Butch. Sie hatte das Gefühl, ihn zu hintergehen. Doch was hatte sie für eine Alternative?

Rehvenge knurrte. »Wann, *Tahlly?* Wann willst du mich?«

»Jetzt.«

»Komm einfach zum – ach, Mist, ich muss mich mit dem *Princeps-Leahdyre* treffen. Und danach habe ich was Geschäftliches zu erledigen.«

Sie umklammerte den Hörer. Warten war nicht gut. »Dann morgen?«

»Bei Einbruch der Nacht. Außer, du möchtest doch bei mir wohnen. Dann hätten wir … den ganzen Tag.«

»Wir treffen uns morgen am frühen Abend.«

»Ich kann es kaum erwarten, *Tahlly.*«

Nachdem sie aufgelegt hatte, streckte sie sich auf dem Bett aus. Sie war völlig erschöpft, ihr Körper verschmolz mit dem Laken und den Kissen und der Decke, nur ein weiteres lebloses Objekt auf der Matratze.

Ach, was sollte es … vielleicht war es sogar besser, bis morgen zu warten. Sie konnte sich etwas ausruhen, mit Butch sprechen und ihm erklären, was los war. Solange sie nicht sexuell erregt war, sollte sie sich doch in seiner Gegenwart ausreichend im Griff haben. Und das war ein Gespräch, das man besser von Angesicht zu Angesicht führte: Wenn verliebte Menschen auch nur annähernd so waren wie gebundene männliche Vampire, dann würde Butch es nicht besonders gut aufnehmen, dass sie zu einem anderen gehen musste.

Seufzend dachte sie an Rehv. Dann an den Rat der *Princeps.* Dann an ihre Geschlechtsgenossinnen im Allgemeinen.

Mein Gott, selbst wenn dieser Antrag auf Bannung durch ein Wunder abgelehnt wurde – es gab trotzdem keinen sicheren Ort für Frauen, wenn sie zu Hause bedroht wurden. Durch den Zerfall der Vampirgesellschaft und die ewigen Kämpfe mit den *Lessern* war die soziale Organisation ihrer Rasse fast zusammengebrochen. Es gab kein Sicherheitsnetz. Niemanden, der Frauen und ihren Kindern helfen konnte, wenn der *Hellren* im Haus gewalttätig war. Oder wenn die Familie eine Frau verstieß.

Gütiger, was wohl mit ihr passiert wäre, wenn Beth und Wrath sie nicht aufgenommen hätten? Oder wenn sie Rehvenge nicht hätte?

Sie hätte sterben können.

Unten im Trainingszentrum des Anwesens war John nach dem theoretischen Unterricht als Erster im Umkleideraum. Er zog sich ungeduldig das Suspensorium und den Gi an, er wollte schnell zum Kampftraining.

»Warum so eilig, John? Ach stimmt ja, du lässt dir ja gerne in den Arsch treten.«

John sah über die Schulter. Lash stand vor einem offenen Spind und zog sein teures Hemd aus. Seine Brust war auch nicht breiter als Johns, und seine Arme waren genauso dünn, aber seine Augen brannten, als wäre er so massig wie ein Stier.

John wich dem Blick nicht aus, Hitze stieg in ihm auf. Er wartete nur darauf, dass Lash den Mund aufmachte und etwas sagte. Nur noch ein Wort.

»Willst du wieder in Ohnmacht fallen, Johnnylein? Du kleine Schwuchtel?«

Das war's.

John stürzte sich auf den Jungen, kam aber nicht weit. Blaylock, der Rothaarige, schritt ein und hielt ihn fest, um die aufziehende Prügelei zu verhindern. Doch Lash hatte keinen solchen Hemmschuh. Der Bastard zog die Faust zurück und verpasste John einen so heftigen rechten Haken, dass John aus Blaylocks Griff rutschte und mit einem Scheppern in die Spinde krachte.

Benommen tastete John blind um sich.

Blaylock fing ihn auf. »Verdammt, Lash …«

»Was denn? Er ist auf mich losgegangen.«

»Weil du darum *gebettelt* hast.«

Lash verengte die Augen zu Schlitzen. »Was hast du da gesagt?«

»Du solltest nicht immer so ein Arschloch sein.«

Als Lash mit dem Finger auf Blaylock zeigte, blitzte seine teure Armbanduhr auf wie eine batteriebetriebene Lichterkette.

»Vorsicht, Blay. In seinem Team zu spielen, ist keine so heiße Idee.« Er schüttelte sich die Hand und ließ die Hose fallen. »Mann, das tat gut. Wie war's für dich, John-Boy?«

John ließ die Bemerkung durchgehen und entwand sich Blaylocks Griff. Sein Gesicht pochte im Takt zu seinem Herzschlag und aus irgendeinem absurden Grund musste er an einen Autoblinker denken.

Mist … wie schlimm sah er aus? Er taumelte zu der Wand mit den Waschbecken und betrachtete sich eingehend in dem großen Spiegel. Na super. Ganz toll. Sein Kinn und seine Lippe schwollen bereits an.

Hinter ihm tauchte Blaylock mit einer kalten Wasserflasche auf. »Halt dir das drauf.«

John nahm den eiskalten Plastikbehälter entgegen und

drückte ihn sich vorsichtig auf das Gesicht. Dann schloss er die Augen, um weder sich noch den Rotschopf anschauen zu müssen.

»Soll ich Zsadist sagen, dass du heute Nacht nicht mitmachst?«

John schüttelte den Kopf.

»Sicher?«

Ohne zu reagieren, gab John ihm die Wasserflasche zurück und stapfte in die Turnhalle. Die anderen Jungs folgten dicht zusammengedrängt, stolperten über die Matten und reihten sich neben ihm auf.

Zsadist kam aus dem Geräteraum, warf einen Blick auf Johns Gesicht und wurde wütend. »Hände ausstrecken, alle, und zwar mit den Flächen nach unten.« Er marschierte an jedem Schüler vorbei, bis er vor Lash stehen blieb. »Nette Knöchel. Rüber an die Wand.«

Lässig bummelte Lash durch die Halle, offenbar mit sich zufrieden, weil er nicht mittrainieren musste.

Vor Johns Händen blieb Zsadist ebenfalls stehen. »Dreh sie um.«

John gehorchte. Es gab eine kurze Pause, dann legte Zsadist John die Hand unters Kinn und hob den Kopf hoch. »Siehst du doppelt?«

John schüttelte den Kopf.

»Ist dir schlecht?«

John schüttelte den Kopf.

»Tut das weh?« Zsadist piekte gegen seinen Kiefer.

John zuckte. Schüttelte den Kopf.

»Lügner. Aber das wollte ich hören.« Z trat zurück und richtete sich an alle Schüler. »Zwanzig Runden zum Aufwärmen. Und jedes Mal, wenn ihr an eurem Klassenkameraden dort drüben vorbeikommt, geht ihr auf den Boden und macht zwanzig Liegestützen. Und kein Schummeln, ich will eure Nasen am Boden sehen. Los.«

Allgemeines Stöhnen.

»Sehe ich so aus, als würde mich eure Meinung interessieren?« Zsadist pfiff durch die Zähne. *»Los jetzt.«*

Als John sich mit den anderen zusammen in Bewegung setzte, dachte er, dass dies eine verdammt lange Nacht werden würde. Aber wenigstens wirkte Lash nicht mehr ganz so selbstzufrieden.

Vier Stunden später stellte sich heraus, dass John recht hatte.

Am Ende waren alle völlig erschöpft. Z hatte sie nicht nur in Grund und Boden geschunden, sondern auch länger gemacht als sonst. Gefühlte Jahrhunderte länger als sonst. Das Training war so mörderisch gewesen, dass nicht einmal John die Energie aufbrachte, danach noch weiterzuüben. Er ging schnurstracks in Tohrs Büro und ließ sich auf den Sessel fallen, ohne auch nur zu duschen.

Er würde sich nur eine Minute ausruhen und dann ...

Die Tür schwang auf. »Alles klar bei dir?«, bellte Z.

Ohne den Kopf zu heben, nickte John.

»Ich werde vorschlagen, Lash aus dem Programm zu werfen.«

Mit einem Ruck setzte John sich auf und schüttelte den Kopf.

»Egal, John. Das ist das zweite Mal, dass er dich angegriffen hat. Oder muss ich dich an die Nunchakus vor ein paar Monaten erinnern?«

Nein, das war John noch lebhaft in Erinnerung. Was für ein Scheiß.

Da er zu viel zu sagen hatte, um es Z mit den Händen zu zeigen, zog er seinen Block hervor und schrieb extra ordentlich und leserlich: *Wenn er fliegt, halten mich die anderen für einen Schwächling. Ich möchte eines Tages mit den Jungs zusammen kämpfen. Wie sollen sie mir vertrauen, wenn sie mich für einen Jammerlappen halten?*

Er reichte Zsadist den Block, der ihn vorsichtig in den großen Händen hielt. Der Bruder senkte den Kopf tief und kniff die Augenbrauen zusammen, sein verzerrter Mund bewegte sich leicht, als spräche er jedes Wort leise mit.

Als er zu Ende gelesen hatte, warf er den Block auf den Schreibtisch. »Ich werde nicht zulassen, dass der kleine Scheißer dich drangsaliert. Das kommt nicht infrage. Aber du hast nicht unrecht. Er kriegt eine straffe Bewährung verpasst. Aber noch ein solcher Vorfall, und er ist raus.«

Zsadist ging auf den Schrank zu, hinter dem sich der Zugang zum Tunnel verbarg, dann blickte er sich noch einmal um. »Hör mal, John. Ich will keine Raufereien während des Trainings. Also lass den Kerl in Ruhe, selbst wenn er eine Lektion verdient hätte. Behalte einfach den Kopf unten und die Hände bei dir. Phury und ich behalten ihn für dich im Auge, okay?«

John wandte sich ab. Er hätte Lash vorhin so unglaublich gern eine verpasst. Und daran hatte sich bis jetzt nichts geändert.

»John? Haben wir uns verstanden? Keine Prügeleien.«

Nach einer kleinen Ewigkeit nickte John langsam.

Und hoffte, er könnte sein Wort halten.

23

Stunden um Stunden später war Butchs Hintern so taub, dass er nicht mehr wusste, wo der Fußboden aufhörte und sein Sitzfleisch anfing. Den ganzen Tag hatte er auf dem Flur vor Marissas Schlafzimmer gesessen. Wie ein Hund. Was er ja auch war.

Man konnte nicht sagen, dass die Zeit vergeudet gewesen war. Er hatte immerhin viel nachgedacht.

Und hatte einen Anruf getätigt, der völlig richtig, aber trotzdem der absolute Horror gewesen war: Er hatte in den sauren Apfel gebissen und seine Schwester Joyce angerufen.

Zu Hause hatte sich nichts verändert. Offenbar hatte seine Familie in Boston immer noch keinerlei Interesse an ihm. Was ihm nicht besonders viel ausmachte, denn das war ja nichts Neues. Aber nun tat ihm Marissa noch mehr leid. Sie und ihr Bruder hatten sich einmal sehr nahegestanden, deshalb musste es eine böse Überraschung gewesen sein, von ihm vor die Tür gesetzt zu werden.

»Herr?«

Butch blickte auf. »Hallo, Fritz.«

»Ich habe, worum Ihr gebeten hattet.« Der *Doggen* verneigte sich tief und hielt einen schwarzen Samtbeutel hoch. »Ich hoffe, dass es Euren Wünschen entspricht, aber falls nicht, finde ich etwas anderes.«

»Ich bin mir sicher, dass es perfekt ist.« Butch nahm das schwere Säckchen entgegen, zog die Schnur auf und schüttete sich den Inhalt in die Handfläche. Das massive Goldkreuz war etwa sieben Zentimeter lang, fünf Zentimeter breit und so dick wie ein Finger. Es hing an einer langen Goldkette und war genau, was er sich vorgestellt hatte. Zufrieden legte er es sich um den Hals.

Das beträchtliche Gewicht fühlte sich genauso an, wie er gehofft hatte – wie ein greifbarer Schutz.

»Herr, wie ist es?«

Butch lächelte den *Doggen* an, während er sich das Hemd aufknöpfte und die Kette darunter verbarg. Er spürte das Kreuz über seine Haut rutschen, bis es genau auf seinem Herzen zu liegen kam. »Wie gesagt, perfekt.«

Fritz strahlte, verbeugte sich und ging, genau als die Standuhr am Ende des Flurs zu schlagen begann. Einmal, zweimal … sechsmal.

Die Tür vor ihm ging auf.

Wie eine Erscheinung tauchte Marissa vor ihm auf. Nach so vielen Stunden, in denen er über sie nachgedacht hatte, flimmerte es vor seinen Augen; als wäre sie nicht real, sondern eine Ausgeburt seiner Verzweiflung, als wäre ihr Kleid aus Äther und nicht aus Stoff, ihr Haar eine herrliche goldene Aura, ihr Gesicht ein verwunschener Quell der Schönheit. Sein Herz verwandelte sie in eine Ikone seiner katholischen Kindheit, die Madonna des Heils und der Liebe. Und er war ihr unwürdiger Diener.

Er hievte sich vom Fußboden hoch, die Wirbelsäule knackte. »Marissa.«

O Mann, all seine Emotionen lagen in seiner rostigen Stimme, der Schmerz, die Traurigkeit, das Bedauern.

Sie streckte ihm die Hände entgegen. »Ich habe ernst gemeint, was ich dir gestern Nacht ausrichten ließ. Es war wunderbar, mit dir zusammen zu sein. Jeder Augenblick davon. Das war nicht der Grund, warum du gehen musstest, und ich wünschte, ich hätte mich besser erklären können. Butch … wir müssen reden.«

»Ja, ich weiß. Aber könnten wir das vielleicht woanders tun?« Denn er hatte keine Lust auf Zuhörer, und egal, was sie sagte, sie wäre sicher lieber nicht allein mit ihm im Schlafzimmer. Sie war ohnehin schon so nervös.

Als sie nickte, gingen sie in das Wohnzimmer am Ende des Korridors. Unterwegs konnte er kaum fassen, wie schwach sie wirkte. Sie bewegte sich langsam, als könnte sie ihre Beine kaum spüren, und sie war schrecklich blass, beinahe durchsichtig vor Kraftmangel.

In dem pfirsichfarben und gelb gehaltenen Raum trat sie ans Fenster, weit entfernt von ihm.

Ihre Stimme klang so dünn, dass er Mühe hatte, ihre Worte zu verstehen. »Butch, ich weiß nicht, wie ich das sagen soll …«

»Ich weiß, was los ist.«

»Wirklich?«

»Ja.« Er ging mit ausgestreckten Armen auf sie zu. »Weißt du denn nicht, dass ich alles für dich tun …«

»Komm nicht näher.« Sie trat zurück. »Du musst dich von mir fernhalten.«

Er ließ die Hände sinken. »Du musst dich nähren, richtig?«

Ihre Augen weiteten sich. »Ja. Woher …«

»Ist schon in Ordnung, Baby.« Er lächelte schwach. »Es ist absolut in Ordnung. Ich habe mit V gesprochen.«

»Dann weißt du, was ich tun muss? Und du … hast nichts dagegen?«

Er schüttelte den Kopf. »Es macht mir nichts aus. Nicht im Geringsten.«

»Der Jungfrau sei Dank.« Sie stürzte zu dem Sofa und setzte sich hin, als hätten ihre Knie nachgegeben. »Ich hatte solche Angst, es würde dich kränken. Für mich wird es auch schwer sein, aber es ist der einzig sichere Weg. Und ich kann nicht länger warten. Es muss heute Nacht geschehen.«

Sie legte die Hand neben sich auf das Polster. Eine Einladung. Erleichtert ging er zu ihr und setzte sich. Er nahm ihre Hände in seine. Wie kalt sie waren.

»Ich bin wirklich bereit dazu«, sagte er erwartungsvoll. Mann, plötzlich konnte er es kaum erwarten, zurück in ihr Schlafzimmer zu gehen. »Gehen wir.«

Ein verblüffter Ausdruck erschien auf ihrem Gesicht. »Du willst zusehen?«

Er hielt den Atem an. »Zusehen?«

»Ich, äh … ich bin mir nicht sicher, ob das so eine gute Idee ist.«

»Moment mal … zuschauen?« Er merkte, wie ihm das Herz in die Hose rutschte. Als hätte jemand die Aufhängung in seinem Brustkorb gelöst. »Wovon redest du denn da? Zuschauen?«

»Wenn ich bei dem Vampir bin, der mich an seine Vene lässt.«

Plötzlich wich Marissa zurück, wodurch er sich ziemlich gut vorstellen konnte, was für einen Gesichtsausdruck er hatte. Oder vielleicht war das auch die Reaktion darauf, dass er zu knurren begonnen hatte.

»Der Vampir«, sagte er langsam, während er die Puzzleteile im Geiste zusammenfügte. »Der, mit dem du dich getroffen hast. Du hast dich von ihm genährt.«

Zögerlich nickte sie. »Ja.«

Butch sprang auf die Füße. »Oft?«

»Äh ... vier- oder fünfmal.«

»Und er ist natürlich ein Aristokrat.«

»Tja, also, ja.«

»Und er würde einen gesellschaftlich akzeptablen Gefährten für dich abgeben, nicht wahr?« Im Gegensatz zu einem Penner wie ihm. »Ist es nicht so?«

»Butch, das hat nichts mit Liebe zu tun, das schwöre ich dir.«

Vielleicht hatte es das von ihrer Seite aus nicht. Aber es war verdammt schwer, sich vorzustellen, dass irgendein Mann sie nicht begehrte. Der Mistkerl müsste schon impotent oder so was sein. »Er steht auf dich, oder? Beantworte mir die Frage, Marissa. Der Goldjunge mit dem Superheldenplasma ist scharf auf dich, stimmt's? *Stimmt's?*«

Du meine Güte, wo kam denn diese wilde Eifersucht jetzt her?

»Aber er weiß, dass ich das Gefühl nicht erwidere.«

»Hat er dich geküsst?«

Als sie nicht antwortete, war Butch heilfroh, dass er den Namen und die Adresse des Kerls nicht wusste. »Du wirst ihn nicht mehr benutzen. Du hast mich.«

»Butch, ich kann mich nicht von dir nähren. Ich werde zu ... Wohin gehst du?«

Er marschierte quer durch den Raum, schloss die Flügeltüre und versperrte sie. Dann kam er zurück, warf im Gehen seine Jacke auf den Boden und riss sich das Hemd mit solcher Gewalt auf, dass die Knöpfe absprangen. Er fiel vor ihr auf die Knie, legte den Kopf zurück und bot ihr seine Kehle an, bot ihr sich selbst dar.

»Du wirst mich benutzen.«

Ein langes Schweigen entstand, währenddessen ihre Blicke miteinander rangen. Dann wurde ihr Duft, dieser herrliche reine Geruch, immer stärker, bis er schließlich den gesamten Raum überflutete. Ihr Körper begann zu beben, ihr Mund öffnete sich. Als ihre Fänge sich verlängerten, bekam er sofort eine Erektion.

»O ... ja.« Seine Stimme war dunkel. »Nimm mich. Ich muss dich nähren.«

»Nein«, stöhnte sie, Tränen schimmerten in ihren kornblumenblauen Augen.

Sie wollte aufstehen, doch er hielt sie an den Schultern fest, drückte sie auf die Couch. Dann schob er sich zwischen ihre Beine, presste seinen Körper an sie. Sie zitterte unter ihm und versuchte ihn von sich wegzudrücken. Er umklammerte sie ... bis sie plötzlich die beiden Hälften seines Hemdes mit den Händen umschloss. Und ihn ganz fest an sich zog.

»Genau so, Baby«, knurrte er. »Halt mich fest. Lass mich deine Fänge tief in mir spüren. Ich will es.«

Er legte ihr die Hand um den Kopf und brachte ihren Mund an seinen Hals. Eine Welle reinster sexueller Energie entlud sich zwischen ihnen, und beide keuchten auf. Ihr Atem und ihre Tränen berührten heiß seine Haut.

Doch dann schien sie wieder zu Sinnen zu kommen. Sie wehrte sich heftig, und er tat sein Möglichstes, um sie festzuhalten, wenngleich er wusste, er würde den Kampf gegen sie rasch verlieren. Da Butch nur ein Mensch war, war sie ihm physisch überlegen, obwohl er viel schwerer war als sie.

»Marissa, bitte nimm mich«, ächzte er, die Stimme heiser und beinahe flehentlich.

»Nein …«

Ihm brach schier das Herz, als sie aufschluchzte, aber er ließ sie nicht los. Er konnte einfach nicht. »Nimm, was in mir ist. Ich weiß, dass ich nicht gut genug bin, aber nimm mich trotzdem.«

»Zwing mich nicht dazu.«

»Ich muss.« O Gott, am liebsten hätte er mit ihr geweint.

»Butch …« Sie sträubte sich gegen ihn, schob ihn von sich weg. »Ich halte es nicht mehr … lange aus … lass mich gehen … bevor ich dir wehtue.«

»Niemals.«

Es ging so schnell. Laut stieß sie seinen Namen aus, und dann spürte er einen brennenden Schmerz seitlich am Hals.

Ihre Fänge in seiner Halsader.

»O … Gott … ja!« Er lockerte seinen Griff und umschlang sie, als sie sich in ihn verbiss.

Als er das kraftvolle, erotische Saugen an seiner Vene spürte, rief er ihren Namen. Die Lust überrollte ihn, Funken stoben durch seinen ganzen Körper, als hätte er einen Orgasmus.

Genauso musste es sein. Sie musste von ihm nehmen, damit sie leben konnte …

Unvermittelt löste sich Marissa von ihm und dematerialisierte sich direkt aus seinen Armen heraus.

Mit dem Kopf voran fiel er in die leere Luft, wo sie gerade noch gewesen war, mit dem Gesicht voraus auf die Sofakissen. Er drückte sich hoch und wirbelte herum.

»Marissa! Marissa!«

Blitzschnell warf er sich gegen die Tür und rüttelte daran, aber das Schloss gab nicht nach. Und dann hörte er ihre gebrochene, verzweifelte Stimme auf der anderen Seite.

»Ich werde dich umbringen ... Gott helfe mir, ich bringe dich um ... ich will dich zu sehr.«

Hilflos hämmerte er gegen die Tür. »Lass mich raus!«

»Es tut mir leid ...« Ihre Stimme versagte kurz, dann wurde sie wieder fester, und diese Entschlossenheit fürchtete er mehr als alles andere. »Verzeih mir. Ich komme danach zu dir. Wenn es vorbei ist.«

»Marissa, tu das nicht ...«

»Ich liebe dich.«

Er schlug die Fäuste gegen das Holz. »Es ist mir egal, ob ich sterbe!«

Das Schloss sprang auf, und er stürmte in die Eingangshalle. Die Tür, die nach draußen führte, fiel gerade ins Schloss. Er rannte los.

Doch als er in den Innenhof kam, war sie bereits verschwunden.

Am anderen Ende der Stadt, in der verlassenen Parkgarage, in der die Kämpfe stattfanden, sprang Van in den Maschendrahtkäfig und hüpfte auf den Fußballen auf und ab. Der Trommelschlag seiner Aufwärmübung hallte durch die Betonhalle und durchbrach die Stille.

Heute war kein großes Publikum da, nur drei Leute. Aber er war so heiß, als stünden die Zuschauer dicht gedrängt.

Den Schauplatz hatte Van vorgeschlagen, und er hatte Mr. X auch gezeigt, wie man hier einbrechen konnte. Da er die Zeiten für die Kämpfe kannte, war er sicher gewesen, dass heute Abend niemand da sein würde. Und ein großer Teil von ihm wollte die Stunde seines Triumphes, seine Wiederauferstehung hier in diesem Ring erleben, nicht in irgendeinem anonymen Keller.

Er probte ein paar Kicks, hochzufrieden über seine Kraft, und beäugte dann seinen Gegner. Der andere *Lesser* war genauso begierig auf diese Begegnung wie er.

Von draußen vor dem Käfig bellte Xavier: »Ihr hört erst auf, wenn es vorbei ist. Und Mr. D, regungslos auf dem Boden heißt nicht ›vorbei‹, klar?«

Van nickte, er hatte sich schon daran gewöhnt, nur mit der Initiale seines Nachnamens angesprochen zu werden.

»Gut.« Xavier klatschte in die Hände, und der Kampf war eröffnet.

Van und der andere *Lesser* umkreisten einander, doch Van beabsichtigte nicht, den gemütlichen Tanz zu lange dauern zu lassen. Er schlug zuerst zu, zwang seinen Gegner durch prasselnde Boxhiebe mit dem Rücken an die Käfigwand. Der Bursche steckte seine Treffer weg, als wären sie nur ein feiner Regen, und verpasste ihm dann einen gemeinen rechten Haken. Er traf Van in einem blöden Winkel, und der Schlag ließ seine Lippe aufplatzen wie einen Ballon.

Das tat weh, aber der Schmerz war gut, er gab ihm Kraft, steigerte seine Konzentration. Van schnellte herum und ließ seinen Fuß hochfliegen. Der mächtige Tritt schickte den *Lesser* sofort flach auf die Bretter. Van sprang auf ihn und nahm ihn in eine Art Polizeigriff, bog ihm den einen Arm auf den Rücken, sodass die Gelenke an Schulter und Ellbogen fast nachgaben. Noch ein bisschen fester, und er würde dem Sackgesicht die …

Wie ein Aal wand sich der *Lesser* aus dem Griff und donnerte Van sein Knie in die Weichteile. Ein schneller Positionswechsel, und Van lag unten. Dann vollführte Van eine Rolle, und sie standen beide wieder auf den Füßen.

Der Kampf dauerte immer länger an, es gab keine Verschnaufpausen, keine Auszeiten. Die beiden prügelten sich einfach nur gegenseitig die Seele aus dem Leib. Es war ein verdammtes Wunder. Van fühlte sich, als könnte er stundenlang so weitermachen, egal, wie viel er einstecken musste. Als hätte er einen Motor in sich, eine treibende Kraft, eine, die von Erschöpfung oder Schmerz nicht geschwächt wurde wie bei seinem alten Selbst.

Als endlich die Wende eintrat, war der ausschlaggebende Faktor Vans spezielles ... etwas. Obwohl die beiden in körperlicher Hinsicht einander exakt ebenbürtig waren, gewann Van die Oberhand und entdeckte schließlich eine Lücke für den Sieg. Er hieb dem anderen Vampirjäger einen Schwinger in die Nieren, der einem Menschen den Rest gegeben hätte. Dann packte er seinen Gegner am Kragen und schleuderte ihn auf den Boden des Rings. Als Van auf seinen Gegner kletterte und nach unten sah, quoll ihm Blut aus den aufgeplatzten Stellen um die Augen und tropfte dem Kerl unter ihm ins Gesicht wie Tränen ... schwarze Tränen.

Die Farbe brachte Van vorübergehend völlig aus dem Konzept, und der andere *Lesser* nutzte diese Schwäche sofort aus, indem er ihn auf den Rücken warf.

Aber das passierte ihm nicht noch einmal. Van ballte die Faust und rammte sie dem Kerl mit genau der richtigen Wucht und an genau der richtigen Stelle gegen die Schläfe. Der andere Jäger wurde bewusstlos. In einer blitzschnellen Bewegung trat Van ihn von sich herunter, sodass er auf den Rücken plumpste. Dann setzte er sich rittlings auf seine Brust und schlug auf seinen Kopf ein, bis die Schädeldecke butterweich war. Und er machte einfach immer weiter, ließ nicht ab, bis sich die Gesichtsstruktur des Mannes komplett auflöste, sein Kopf nur mehr ein formloser Sack war und sein Gegner mausetot.

»Bringen Sie es zu Ende«, rief Xavier von draußen.

Heftig keuchend blickte Van auf. »Das hab ich doch gerade.«

»Nein … *bringen Sie es zu Ende!*«

»Wie denn?«

»Sie sollten wissen, was zu tun ist!« Xaviers blasse Augen glänzten in einer gespenstischen Verzweiflung. »Sie müssen es wissen!«

Van war nicht ganz klar, wie viel toter er den Burschen noch schlagen konnte, aber er fasste ihn an den Ohren und drehte herum, bis das Genick brach. Dann stieg er von ihm herunter. Auch wenn er kein Herz mehr hatte, das schlagen konnte, brannten doch seine Lungen, und er fühlte sich köstlich ermattet von der Anstrengung … nur, dass die Ermattung nicht lange vorhielt.

Er fing an zu lachen. Jetzt schon kehrte seine Kraft zurück, strömte von irgendwoher in ihn hinein, so als hätte er gegessen, geschlafen und sich tagelang erholt.

Hart schlugen Xaviers Stiefel im Ring auf, und der Haupt-*Lesser* kam wütend auf ihn zu. »Ich habe gesagt, Sie sollen es zu Ende bringen, verflucht noch mal.«

»Sicher, schon klar.« *Himmel Herrgott.* Xavier musste ihm natürlich den Moment des Sieges verderben. »Glauben Sie etwa, der steht gleich wieder auf und spaziert hier heraus?«

Bebend vor Zorn zog Xavier sein Messer. *»Ich sagte, Sie sollen es zu Ende bringen.«*

Van erstarrte und sprang auf die Füße. Doch Xavier beugte sich nur über den zerbeulten Sandsack von einem *Lesser* und stach ihm in die Brust. Es gab einen Lichtblitz, und dann war er … weg. Nur ein paar schwarze Flecken auf dem Fußboden des Rings blieben übrig.

Van wich zurück, bis er gegen den Maschendraht stieß. »Was zum Teufel …«

Über den Ring hinweg deutete Xavier mit dem Messer auf Vans Brust. »Ich habe Erwartungen an Sie.«

»Wie zum Beispiel?«

»Sie sollten in der Lage sein, das« – er fuchtelte mit der Klinge über dem Fleck auf dem Boden herum – »allein zu tun.«

»Dann geben Sie mir für die nächste Runde ein Messer.«

Xavier schüttelte den Kopf, ein absonderlicher Ausdruck von Panik huschte über seine Miene. »Verflucht!« Er tigerte auf und ab, dann murmelte er: »Es wird einfach etwas Zeit brauchen. Gehen wir.«

»Was ist mit dem Blut?« Mann, dieses ölige schwarze Zeug machte Van plötzlich ganz schwindelig.

»Ist mir scheißegal.« Xavier hob die Sporttasche des toten *Lessers* auf und ging.

Als Van ihm aus der Tiefgarage folgte, fand er es wahnsinnig ärgerlich, dass Mr. X sich so benahm. Es war ein guter Kampf gewesen, und Van hatte ihn gewonnen. Er wollte das Gefühl genießen.

In gespanntem Schweigen schritten die beiden auf den Minivan zu, der ein paar Straßen weiter geparkt stand. Im Gehen rubbelte sich Van das Gesicht mit einem Handtuch ab und verkniff sich einen deftigen Fluch. Am Auto angekommen, setzte sich Xavier hinters Steuer.

»Wohin fahren wir?«, wollte Van wissen.

Xavier gab keine Antwort, fuhr einfach los. Also starrte Van durch die Windschutzscheibe und fragte sich, wie er wohl von dem Kerl wegkommen könnte. Das würde nicht so einfach werden, vermutete er.

Als sie an einem im Bau befindlichen Wolkenkratzer vorbeikamen, betrachtete er die Männer, die in der Nachtschicht arbeiteten. Unter dem Flutlicht wuselten die Handwerker im ganzen Gebäude herum wie Ameisen, und er beneidete sie, obwohl er es immer gehasst hatte, auf dem Bau zu arbeiten.

Wenn er immer noch einer von ihnen wäre, dann müsste er sich nicht mit Mr. X' beschissener Laune herumschlagen.

Einem flüchtigen Gedanken folgend, hob Van seine rechte Hand. Er musste daran denken, wie ihm der kleine Finger abhandengekommen war. Ein saublöder Unfall. Er hatte auf einer Baustelle Bretter mit einer Kreissäge zugeschnitten und beschlossen, die Schutzhaube abzumontieren, um den Vorgang zu beschleunigen. Er hatte bloß eine Sekunde nicht aufgepasst, und sein Finger war in hohem Bogen durch die Luft geflogen. Der Blutverlust war ihm enorm vorgekommen. Das Zeug war überall gewesen, auf ihm, auf dem Sägeblatt, auf der Erde. Rot, nicht schwarz.

Van legte sich die Hand auf die Brust und spürte keinen Herzschlag unter seinem Brustbein.

Angst kroch ihm den Nacken hinauf. Er warf einen Blick auf Xavier, die einzige Informationsquelle, die ihm zur Verfügung stand. »Sind wir lebendig?«

»Nein.«

»Aber dieser Kerl wurde doch getötet, oder? Also müssen wir lebendig sein.«

Xaviers sah ihn von der Seite an. »Wir sind nicht lebendig, glauben Sie mir.«

»Was ist dann mit ihm passiert?«

Erschöpfung flackerte in Xaviers blassen, toten Augen auf, die hängenden Lider ließen ihn aussehen, als wäre er eine Million Jahre alt.

»Was ist mit ihm passiert, Mr. X?«

Der Haupt-*Lesser* gab ihm keine Antwort, sondern fuhr einfach weiter.

24

Marissa materialisierte sich auf der Terrasse vor Rehvenges Penthouse und kollabierte fast. Als sie auf die Schiebetür zutaumelte, riss er sie von innen weit auf.

»Gütige Jungfrau der Schrift. Marissa.« Hastig legte er den Arm um sie und zog sie hinein.

Von Blutlust übermannt, umklammerte sie seinen Bizeps. Der Durst in ihr war so stark, dass sie kurz davor stand, ihn hier auf der Stelle und im Stehen zu beißen. Um sich davon abzuhalten, ihm die Kehle aufzureißen, entwand sie sich seinem Griff. Doch er fing sie wieder ein und wirbelte sie herum.

»Komm sofort hierher!« Er schleuderte sie beinahe auf die Couch. »Du wirst noch zusammenklappen.«

Erschöpft sank sie auf den Polstern zusammen, sie wusste, dass er recht hatte. Ihr Körper war völlig aus dem Gleichgewicht, in ihrem Kopf drehte sich alles, Hände und Füße waren taub. Ihr Magen war nur mehr ein hohles, knirschendes Loch, die Fänge pochten, die Kehle war so trocken wie der Winter, so heiß wie der August.

Doch als er hektisch seine Krawatte löste und die Knöpfe an seinem Hemd aufmachte, murmelte sie: »Nicht an deinem Hals. Das ertrage ich nicht … nicht dein …«

»Für das Handgelenk bist du schon zu entkräftet. Du

könntest nicht genug heraussaugen, und uns bleibt nicht mehr viel Zeit.«

Wie auf dieses Stichwort hin trübte sich ihre Sicht, und ihr schwanden langsam die Sinne. Sie hörte ihn noch fluchen, dann zog er sie auf sich, drückte ihr Gesicht an seinen Hals und ...

Die Biologie übernahm das Kommando. Sie biss ihn so heftig, dass sie seinen Körper zucken fühlte, und der pure Instinkt ließ sie saugen. Mit einem donnernden Brüllen strömte seine Kraft in ihre Eingeweide, breitete sich in ihren Gliedmaßen aus und ließ das Leben in ihren Körper zurückkehren.

Während sie verzweifelt schluckte, flossen ihre Tränen so heiß wie sein Blut.

Rehvenge hielt Marissa nur locker fest. Er war erschüttert, wie ausgehungert sie war. Dabei war sie so ein zerbrechliches, zartes Wesen.

Sie sollte niemals so leiden müssen. Er strich ihr mit der Hand beruhigend über den schlanken Rücken. Innerlich wurde er immer wütender. Verdammt, was war nur mit dem Kerl los, auf den sie so stand? Wie konnte er sie zwingen, zu einem anderen zu gehen?

Zehn Minuten später hob sie den Kopf. Auf ihrer Unterlippe war ein schmaler Blutstreifen zu sehen, und Rehv musste sich mit der Hand an der Sofalehne festklammern, um ihn nicht abzulecken.

Endlich gesättigt, aber mit tränennassem Gesicht lehnte sich Marissa anmutig gegen die ledernen Polster am anderen Ende der Couch und schlang die schmalen Arme um sich. Sie schloss die Augen, und er beobachtete, wie die Farbe in ihre feuchten Wangen zurückkehrte.

Schon ihr Haar allein. So samtig. So üppig. So vollkommen. Er wollte nackt und ohne Medikamente und hart wie Stein sein und diese blonde Pracht überall auf seinem Körper ausgebreitet fühlen. Und wenn er all das nicht haben konnte, dann wollte er sie wenigstens küssen. Und zwar sofort.

Doch er streckte nur den Arm nach seinem Anzugsakko aus, holte ein Taschentuch heraus und beugte sich zu ihr herüber. Sie zuckte zusammen, als er ihre Tränen abtupfte und nahm ihm rasch das Stück Leinen aus der Hand.

Sofort rutschte er zurück in seine Sofaecke. »Marissa, zieh doch zu mir. Ich möchte für dich sorgen.«

In der folgenden Stille dachte er an den Ort, an dem sie derzeit untergeschlüpft war – und kam zu dem Schluss, dass der Mann, den sie begehrte, sich auf dem Anwesen der Bruderschaft befinden musste. »Du liebst Wrath noch immer, habe ich recht?«

Ihre Augenlider schnellten nach oben. »Was?«

»Du hast gesagt, du könntest dich nicht bei dem Mann, den du liebst, nähren. Wrath hat jetzt eine Partnerin …«

»Es ist nicht Wrath.«

»Dann Phury? Da er im Zölibat lebt …«

»Nein. Und ich – ich kann jetzt nicht darüber sprechen, tut mir leid.« Sie senkte den Blick auf sein Taschentuch. »Rehvenge, ich hätte jetzt wirklich sehr gern ein wenig Zeit für mich. Darf ich hier ein bisschen sitzen bleiben? Allein?«

Auch wenn er nicht gewöhnt war, fortgeschickt zu werden – schon gar nicht aus seiner eigenen Wohnung –, war er ihr gegenüber zu jeder Form von Nachsicht bereit. »Bleib, so lange du möchtest, *Tahlly.* Schließ einfach nur die Tür hinter dir, wenn du gehst. Ich aktiviere die Alarmanlage dann per Fernbedienung.«

Er zog die Anzugjacke über, ließ aber die Krawatte gelockert und den Hemdkragen geöffnet, denn die Bisswunden an seinem Hals waren zu empfindlich, um sie zu bedecken. Nicht, dass ihm das auch nur das Geringste ausgemacht hätte.

»Du bist so gut zu mir«, sagte sie, den Blick starr auf seine Schuhe gerichtet.

»Nein, das bin ich nicht.«

»Wie kannst du so etwas sagen? Niemals bittest du mich um eine Gegenleistung …«

»Marissa, sieh mich an. *Sieh mich an.«* Gütige Jungfrau im Schleier, sie war so wunderschön. Besonders mit seinem Blut in ihren Adern. »Mach dir doch nichts vor. Ich möchte dich als meine *Shellan.* Ich möchte dich nackt in meinem Bett haben. Ich möchte deinen Leib mit meinem Kind anschwellen sehen. Ich möchte von dir … das volle Programm. Ich tue das alles nicht, um nett zu dir zu sein, sondern um dir nahezukommen. Ich tue es, weil ich hoffe, dass ich dich irgendwann, irgendwie dahin bringen kann, wo ich dich haben will.«

Als ihre Augen sich weiteten, behielt er den Rest lieber für sich. Es war besser, nicht damit herauszurücken, dass der Symphath in ihm in ihrem Kopf herumwühlen und jede Emotion besitzen wollte, die sie jemals empfunden hatte. Oder ihr anzuvertrauen, dass Sex mit ihm … kompliziert wäre.

Ach ja, die Freuden seiner Veranlagung. Und seiner Anomalie.

»Aber auf eines kannst du dich unbedingt verlassen,

Marissa. Ich werde niemals die Grenze überschreiten, wenn du es nicht willst.«

Außerdem hatte Xhex vermutlich recht. Mischlinge wie er blieben besser solo. Selbst wenn Symphathen nicht diskriminiert würden und leben und lieben dürften wie Normale, sollten sie niemals mit jemandem zusammen sein, der gegenüber ihrer dunklen Seite wehrlos war.

Er zog seinen bodenlangen Zobelmantel an. »Dein Mann ... sollte besser mal langsam die Kurve kriegen. Verdammt schade um eine so wertvolle Frau wie dich.« Rehv schnappte sich seinen Stock und ging zur Tür. »Wenn du mich brauchst, ruf mich.«

Butch marschierte ins *ZeroSum,* ging nach hinten zum Stammtisch der Bruderschaft und zog seinen Aquascutum-Regenmantel aus. Er hatte vor, ein Weilchen zu bleiben. Was nicht gerade sensationell neu war. Am besten sollte er hier sein Zelt aufschlagen und gleich einziehen.

Als die Kellnerin mit einem Scotch kam, fragte er: »Wäre es unter Umständen möglich, einfach eine Flasche zu bekommen?«

»Das geht leider nicht.«

»Na gut, dann komm mal her.« Er krümmte den Zeigefinger. Als sie sich nach unten beugte, legte er ihr einen Hunderter auf das Tablett. »Das ist für dich. Pass schön auf, dass mein Glas immer voll ist.«

»Geht klar.«

Wieder allein am Tisch betastete Butch die kreisrunden Bisswunden an seinem Hals. Er versuchte, sich nicht vorzustellen, was Marissa jetzt in diesem Augenblick mit einem anderen tat. Einem Aristokraten. Einem Kerl aus gutem Hause, der besser als er selbst war; Platin im Vergleich zu seinem armseligen Eisen. O *nein.*

Wie ein Mantra wiederholte er im Kopf, was V zu ihm gesagt hatte. Dass das Trinken nicht unbedingt etwas Sexuelles haben musste. Dass es eine biologische Notwendigkeit war. Dass Marissa keine Wahl hatte. Dass es ... nicht sexuell sein musste. Er hoffte, wenn er die Litanei nur oft genug im Geiste aufsagte, dann würden seine Empfindungen sich beruhigen, und er könnte die Unausweichlichkeit dieser Sache akzeptieren. Marissa war ja nicht absichtlich grausam zu ihm. Sie war ebenso verstört gewesen wie er selbst.

Lebhaft blitzte ihr nackter Körper vor seinem geistigen Auge auf, und er konnte das Bild eines anderen Mannes, der ihre Brüste streichelte, einfach nicht abschütteln. Eines anderen Mannes, dessen Lippen über ihre Haut wanderten. Der ihr die Unschuld raubte, während er sie nährte; dessen harter Körper sich auf ihr, in ihr bewegte.

Und die gesamte Zeit über trank sie ... trank, bis sie genug hatte, bis sie gesättigt war.

Ein anderer sorgte für sie.

Butch kippte seinen doppelten Whiskey in einem Zug hinunter.

O Mann, er würde noch kaputt gehen. Er würde hier und jetzt zusammenbrechen, sein wundes Innerstes würde sich auf den Boden ergießen, seine Organe zusammen mit heruntergefallenen Servietten und Kreditkartenbons unter den Füßen von Fremden zermalmt werden.

Die Kellnerin, die gute Seele, kam mit Nachschub.

Als er das zweite Glas hob, predigte er sich selbst: *O'Neal, kneif die Arschbacken zusammen, und zeig etwas Selbstachtung. Hab Vertrauen zu ihr. Sie würde nie-*

mals mit einem anderen Mann schlafen. Das würde sie einfach nicht tun.

Doch der Sex war ja nur ein Teil davon.

Das wurde ihm bewusst, als er das Glas leerte. Dieser Albtraum hatte noch eine weitere Dimension. Sie würde sich in regelmäßigen Abständen nähren müssen. Sie beide müssten das wieder und wieder und wieder durchstehen.

Mist. Er betrachtete sich selbst gern als einen Mann, der erwachsen genug war, selbstbewusst genug, um mit seinem Leben klarzukommen. Doch er war auch besitzergreifend und selbstsüchtig. Und beim nächsten Mal würde es wieder genau dasselbe sein: sie in den Armen eines anderen Mannes, er allein in einer Kneipe saufend und kurz davor, sich aufzuhängen. Nur wäre es dann noch schlimmer. Und danach noch schlimmer.

Er liebte sie so sehr, so tief, dass er sie beide zerstören würde. Und es würde nicht lange dauern.

Abgesehen davon – was für eine gemeinsame Zukunft konnten sie schon haben? Bei seinem Whiskeykonsum würde seine Leber das Spiel wahrscheinlich nur noch zehn Jahre mitmachen. Marissas Spezies lebte jahrhundertelang. Er wäre lediglich eine Fußnote in ihrem ewigen Leben, ein Schlagloch auf der Straße zu ihrem endgültigen Partner, der zu ihr passte, der ihr geben konnte, was sie brauchte.

Als die Kellnerin mit dem dritten Doppelten kam, hielt Butch seinen Zeigefinger hoch, damit sie neben ihm stehen blieb. Er leerte das Glas in einem Zug und gab es ihr zurück.

Kurz darauf kam sie mit Nummer vier. Gleichzeitig bemühte sich dieses dürre, blonde Jüngelchen mit seinem Trio von stiernackigen Bodyguard-Typen zwei Tische weiter, ihre Aufmerksamkeit zu erregen.

Der kleine Scheißer schien jeden verdammten Abend hier zu sein. Oder vielleicht kam Butch das auch nur so vor, weil man den Idioten einfach nicht übersehen konnte.

»Hey!«, rief der Bursche. »Wir wollen was bestellen. Bewegung.«

»Ich komme gleich«, sagte die Kellnerin.

»Sofort«, zischte der Widerling. »Nicht gleich.«

Widerstrebend ging sie an den Tisch, und Butch beobachtete, wie sie übel belästigt wurde. Verfluchte, großmäulige Angeber, die ganze Bande. Und sie würden ihr Verhalten mit Sicherheit im Laufe des Abends nicht bessern.

So wenig wie seine Laune sich bessern würde.

»Du wirkst ein bisschen aggressiv, Butch O'Neal.«

Er kniff die Augen zu. Als er sie wieder aufschlug, stand die Vampirin mit dem Männerhaarschnitt und dem Männerkörper immer noch vor ihm.

»Wirst du uns heute Abend Ärger machen, Butch O'Neal?«

Er wünschte, sie würde aufhören, seinen Namen zu sagen. »Ich kann mich gerade noch beherrschen.«

Ein erotisches Leuchten blitzte in ihren Augen auf. »Oh, das weiß ich. Aber jetzt red mal Tacheles. Machst du heute Abend noch Probleme?«

»Nein.«

Sie sah ihn lange und intensiv an. Dann lächelte sie kaum merklich. »Ich werde dich im Auge behalten. Denk dran.«

25

Joyce O'Neal Rafferty versperrte ihrem Mann mit dem Baby auf der Hüfte und einem bösen Funkeln in den Augen den Weg. Man sah Mike an, dass er von seinen Doppelschichten bei den Verkehrsbetrieben erschöpft war, aber das war ihr vollkommen egal. »Mein Bruder hat heute angerufen. Butch. Du hast ihm von der Taufe erzählt, stimmt's?«

Ihr Mann küsste den kleinen Sean, versuchte es aber bei seiner Frau erst gar nicht. »Ach, komm schon, Liebling …«

»Das geht dich nichts an!«

Mike schloss die Haustür hinter sich. »Warum hasst ihr ihn alle so?«

»Darüber werde ich nicht mit dir diskutieren.«

Als sie sich abwandte, sagte er: »Er hat deine Schwester nicht umgebracht, Jo. Er war zwölf Jahre alt. Was hätte er tun können?«

Sie setzte sich ihren Sohn auf die andere Hüfte, drehte sich aber nicht um. »Es geht nicht um Janie. Butch hat seiner Familie vor Jahren den Rücken gekehrt. Es war seine eigene Entscheidung, es hatte nichts mit dem zu tun, was passiert ist.«

»Vielleicht habt ja auch ihr alle ihm den Rücken gekehrt.«

Sie blitzte ihn über die Schulter hinweg wütend an. »Warum verteidigst du ihn?«

»Er war mein Freund. Bevor ich dich kennengelernt habe, und wir ein Paar wurden, war er mein Freund.«

»Toller Freund. Wann hast du zum letzten Mal was von ihm gehört?«

»Das spielt keine Rolle. Er war ein guter Freund.«

»Du bist ja so eine sentimentale Seele.« Sie stapfte zur Treppe. »Ich gehe Sean stillen. Dein Essen steht im Kühlschrank.«

Als sie im oberen Stock ankam, warf sie dem Kruzifix an der Wand einen finsteren Blick zu. Dann wandte sie sich ab, ging in Seans Zimmer und setzte sich in den Schaukelstuhl neben seiner Wiege. Sie entblößte eine Brust, legte ihren Sohn daran, und er saugte sich sofort fest. Sein Händchen quetschte die Haut neben seinem Gesicht. Der kleine Körper war warm und mollig und gesund, die Wimpern lagen auf den rosigen Wangen.

Joyce holte ein paarmal tief Luft.

Mist. Jetzt hatte sie ein schlechtes Gewissen, weil sie laut geworden war. Und weil sie das Kreuz des Heilands missachtet hatte. Sie sprach ein Ave Maria und versuchte sich zu entspannen, indem sie Seans perfekte kleine Zehen zählte.

Mein Gott – sollte ihm jemals etwas zustoßen, dann würde sie sterben. Ihr Herz würde buchstäblich nie mehr so schlagen wie vorher. Wie hatte ihre Mutter das ertragen? Wie hatte sie den Verlust eines Kindes überlebt?

Und Odell hatte sogar zwei Kinder verloren, wenn man es genau nahm. Zuerst Janie. Dann Butch. Es war ein Glück, dass die Frau sie nicht mehr alle beisammen hatte. Die Erlösung von ihren Erinnerungen musste ein Segen sein.

Joyce strich über Seans weiches, dunkles Haar. Zum ersten Mal wurde ihr bewusst, dass ihre Mutter sich nie von Janie hatte verabschieden können. Die Leiche war zu zerstört gewesen, um sie für einen offenen Sarg zu präparieren. Eddie O'Neal als ihr Vater hatte sie identifiziert.

Ach, hätte doch nur Butch an jenem furchtbaren Nachmittag die Geistesgegenwart besessen, ins Haus zu laufen und einem Erwachsenen zu erzählen, dass Janie weggefahren war … vielleicht hätte man sie retten können. Eigentlich war es Janie untersagt gewesen, zu Jungs ins Auto zu steigen, und jeder kannte die Regeln. Butch kannte die Regeln. Hätte er nur …

Ach, was sollte das alles? Ihr Mann hatte recht. Die gesamte Familie hasste Butch. Kein Wunder, dass er sich aus dem Staub gemacht hatte.

Seans Mund zuckte leicht und wurde dann schlaff, sein Händchen ließ ihre Brust los. Doch dann wurde er mit einem Ruck wieder wach und nuckelte weiter.

Apropos aus dem Staub machen … ihre Mutter würde sich auch von Butch nicht verabschieden können. Ihre lichten Momente waren inzwischen extrem kurz und selten. Selbst wenn Butch sich an diesem Sonntag in der Kirche blicken ließ, könnte es gut passieren, dass sie ihn nicht einmal erkannte.

Joyce hörte ihren Mann mit langsamen Schritten die Treppe hinaufkommen.

»Mike?«, rief sie.

Der Mann, den sie liebte und geheiratet hatte, tauchte im Türrahmen auf. Er wurde allmählich rundlich um die Mitte, und die Haare fielen ihm aus, obwohl er erst siebenunddreißig war. Doch als sie ihn jetzt anblickte, sah sie sein jüngeres Selbst durchscheinen: den lässigen Typen aus der Schule. Den Freund ihres älteren Bruders Butch. Den Spitzen-Footballspieler, in den sie jahrelang heimlich verknallt gewesen war.

»Ja?«, fragte er.

»Es tut mir leid, dass ich so sauer geworden bin.«

Er lächelte schwach. »Das alles ist ganz schön hart. Das verstehe ich.«

»Und du hast recht. Wahrscheinlich hätte man Butch wirklich einladen sollen. Ich wollte – ich wollte nur, dass der Tag der Taufe *rein* ist, verstehst du? Es ist Seans Start ins Leben, und ich möchte nicht, dass ein Schatten darauf fällt. Butch trägt einen Schatten mit sich herum, und alle anderen würden sich in seiner Nähe verkrampfen. Und wo Mutter so krank ist, will ich mich damit nicht befassen.«

»Hat er gesagt, dass er kommt?«

»Nein. Er ...« Sie dachte an das Gespräch. Komisch, er hatte geklungen wie immer. Ihr Bruder hatte schon immer eine merkwürdige Stimme gehabt, so heiser und rau. Als wäre entweder seine Kehle deformiert, oder als ob es zu viel gäbe, was er nicht erzählte. »Er sagte, er freue sich für uns. Hat mir für den Anruf gedankt. Sagte, er hoffe, Mom und Dad gehe es gut.«

Ihr Mann betrachtete Sean, der wieder eingeschlummert war. »Butch weiß nicht, dass eure Mutter krank ist, oder?«

»Nein.« Anfangs, als Odell einfach nur vergesslich wurde, hatten Joyce und ihre Schwester beschlossen, es Butch erst zu erzählen, wenn sie Genaueres wüssten.

Doch das war inzwischen zwei Jahre her. Und sie wussten längst genau, was los war. Alzheimer.

Niemand konnte sagen, wie lange ihre Mutter noch da wäre. Die Krankheit schritt unerbittlich fort.

»Ich bin eine Diebin, weil ich es Butch nicht erzähle«, sagte sie leise. »Stimmt's?«

»Ich liebe dich«, murmelte Mike.

Ihre Augen füllten sich mit Tränen, als sie vom Gesicht ihres Söhnchens hoch in das seines Vaters blickte. Michael Rafferty war ein guter Mann. Ein verlässlicher Mann. Er würde nie so gut aussehen wie Hugh Jackman oder so reich sein wie Bill Gates oder so mächtig wie der Präsident. Aber er gehörte ihr, und er gehörte Sean, und das war mehr als genug. Besonders an Abenden wie diesem, während Gesprächen wie diesem.

»Ich liebe dich auch«, sagte sie.

Vishous materialisierte sich hinter dem *ZeroSum* und lief dann durch die Seitengasse zum Vordereingang des Clubs. Als er den Escalade auf der Tenth Street parken sah, atmete er erleichtert auf. Phury hatte gesagt, Butch habe wie ein geölter Blitz das Anwesen der Bruderschaft verlassen, und er habe nicht gerade fröhlich ausgesehen.

Jetzt betrat V den Club und marschierte schnurstracks zum VIP-Bereich. Aber so weit kam er gar nicht.

Die Sicherheitschefin baute sich vor ihm auf und versperrte ihm den Weg. Als er sie rasch von oben bis unten musterte, überlegte er kurz, wie es wohl wäre, sie zu fesseln. Wahrscheinlich würde sie ihre Krallen einsetzen. Aber das wäre doch ein angenehmer Zeitvertreib für ein oder zwei Stündchen.

»Dein Freund muss gehen«, sagte sie.

»Sitzt er an unserem Tisch?«

»Ja, und du solltest ihn besser hier rausschaffen. Sofort.«

»Was hat er angestellt?«

»Noch nichts.« Beide machten sich auf den Weg nach hinten. »Aber ich möchte, dass es gar nicht erst so weit kommt, und viel fehlt dazu nicht mehr.«

Während sie sich durch die Menge schlängelten, betrachtete V ihre muskulösen Arme und dachte an den Job, den sie hier im Club machte. Der wäre für jeden beinhart, aber vor allem für eine Frau. Warum sie das wohl machte?

»Macht es dich an, Männer zu verprügeln?«, fragte er.

»Manchmal ja, aber bei O'Neal ziehe ich den Sex vor.«

V blieb wie angewurzelt stehen.

Sie warf einen Blick über die Schulter. »Ist was?«

»Wann hast du es mit ihm gemacht?« Wobei er aus irgendeinem Grund wusste, dass es noch nicht lange her war.

»Die Frage ist doch: Wann werde ich es wieder tun?« Sie deutete mit dem Kopf auf die Sicherheitskontrolle des VIP-Bereichs. »Heute Nacht jedenfalls nicht. Jetzt hol ihn dir, und schaff ihn raus.«

V verengte die Augen. »Das mag ja altmodisch klingen, aber Butch ist schon besetzt.«

»Ach ja? Sitzt er deshalb fast jeden Abend hier und dröhnt sich zu? Seine Partnerin muss ja ein richtiges Schätzchen sein.«

»Lass ihn in Ruhe.«

Ihre Miene verhärtete sich. »Bruder hin oder her, du sagst mir *nicht*, was ich zu tun habe.«

V beugte sich ganz nah zu ihr und fletschte die Fänge. »Wie gesagt: Du hältst dich von ihm fern.«

Den Bruchteil einer Sekunde glaubte er tatsächlich, sie würden aufeinander losgehen. Er hatte sich noch nie mit einer Frau geschlagen, aber diese hier … na ja, sie wirkte nicht gerade eingeschüchtert von ihm. Besonders, als sie seinen Kiefer beäugte, als schätzte sie den Abstand für einen Aufwärtshaken ein.

»Wollt ihr zwei ein Zimmer oder einen Boxring?«

Hinter ihnen stand Rehvenge, keinen Meter entfernt. Die Amethystaugen des Vampirs leuchteten im Dämmerlicht. In der schummrigen Beleuchtung wirkte sein Irokese genauso dunkel wie der bodenlange Zobelmantel, den er trug.

»Haben wir ein Problem?« Rehvenge blickte von einem zum anderen, während er seinen Pelz auszog und einem Ordner gab.

»Aber nicht doch«, sagte V. Er warf der Frau einen Blick zu. »Alles in bester Ordnung, oder?«

»Ja«, bestätigte sie lässig, die Arme vor der Brust verschränkt. »Absolut.«

Damit drängte sich V an den Türstehern vorbei und zum Tisch der Bruderschaft – *ach du Scheiße*.

Butch sah völlig fertig aus, und das nicht nur, weil er betrunken war. Tiefe Furchen zogen sich über sein Gesicht, die Augen waren halb geschlossen. Seine Krawatte hing schief, das Hemd war aufgeknöpft … und am Hals hatte er eine Bisswunde, aus der ein wenig Blut auf seinen Kragen getropft war.

Und ganz recht, er suchte Streit, stierte die großkotzigen Krawallbrüder zwei Tischreihen weiter unbeweglich an. Jeden Moment konnte er sich auf sie stürzen.

»Hallo, mein Freund.« V ließ sich betont langsam auf

dem Stuhl nieder. Jetzt bloß keine plötzlichen Bewegungen. »Was geht ab?«

Butch kippte seinen Scotch, ohne die erstklassigen Arschlöcher nebenan aus den Augen zu lassen. »Wie läuft's, V?«

»Gut, gut. Wie viele von den Lagavulins hattest du denn schon?«

»Nicht genug. Ich bin immer noch in der Vertikalen.«

»Willst du mir erzählen, was los ist?«

»Nicht unbedingt.«

»Du wurdest gebissen, Kumpel.«

Als die Kellnerin vorbeikam und das leere Glas abräumte, tastete Butch nach der Wunde an seinem Hals. »Nur, weil ich sie dazu gezwungen habe. Und sie hat sofort wieder aufgehört. Sie wollte mich nicht nehmen, nicht richtig. Also ist sie bei einem anderen. Und zwar genau in dieser Sekunde.«

»Verdammt.«

»So kann man es zusammenfassen. Während wir hier sitzen, ist meine Frau bei einem anderen Kerl. Er ist übrigens ein Aristokrat. Hatte ich das bereits erwähnt? Supermann begrapscht ... ist ja auch egal ... Wer auch immer er sein mag, er ist stärker als ich. Er gibt ihr, was sie braucht. Er nährt sie. Er ...« Butch brach ab. »Und, wie läuft es bei dir so?«

»Ich hab dir doch erklärt, dass das Trinken nicht unbedingt etwas Sexuelles haben muss.«

»Ja, das weiß ich ja.« Der Ex-Cop lehnte sich zurück, als sein nächster Whiskey serviert wurde. »Willst du einen Wodka? Nein? Okay ... dann sauf ich für uns beide.« Noch bevor die Kellnerin sich umgedreht hatte, war das Glas schon wieder halb geleert. »Aber es geht nicht nur um den Sex. Ich kann die Vorstellung nicht ertragen, dass das Blut eines anderen in ihr ist. *Ich* möchte sie nähren. *Ich* möchte sie am Leben erhalten.«

»Das ist unlogisch, mein Freund.«

»Scheiß auf die Logik.« Butch starrte in seinen Whiskey. »Hatten wir das nicht gerade erst?«

»Wie bitte?«

»Ich meine ... wir waren doch erst letzte Nacht hier. Selbes Getränk. Selber Tisch. Selbes ... alles. Es ist, als wäre ich in einer Endlosschleife gefangen, und es hängt mir zum Hals raus. *Ich* hänge mir zum Hals raus.«

»Wie wäre es, wenn ich dich nach Hause bringe?«

»Ich will nicht nach ...« Butchs Stimme erstarb, und er versteinerte auf seinem Sitz. Ganz langsam stellte er das Glas auf dem Tisch ab.

Sofort war V in höchster Alarmbereitschaft. Beim letzten Mal, als sein Freund diesen starren Gesichtsausdruck bekommen hatte, hatten *Lesser* auf sie gelauert.

Doch er konnte nichts Besonderes entdecken, nur den Reverend, der durch den VIP-Bereich zu seinem Büro lief.

»Butch? Kumpel?«

Butch stand auf.

Er war so schnell, dass V keine Zeit blieb, ihn festzuhalten.

26

Butchs Körper befand sich außerhalb seines Kontrollbereichs und agierte scheinbar völlig selbstständig, als er quer durch den Raum auf Rehvenge zuschoss. Er wusste nur, dass er Marissas Duft aufgeschnappt und ihn zu dem Vampir mit dem Irokesenschnitt zurückverfolgt hatte. Woraufhin er auf ihn zustürzte, als wäre er ein Massenmörder.

Er riss den Reverend heftig zu Boden. Das Überraschungsmoment war auf seiner Seite. Als die beiden auf den Holzdielen auftrafen, fluchte der Vampir lautstark: »Was zum Henker!«, und sofort rasten Rausschmeißer aus allen Richtungen herbei. Bevor Butch von seinem Gegner weggezerrt wurde, gelang es ihm noch, Rehvenges Hemdkragen aufzureißen.

Da waren sie. Bisswunden direkt an der Kehle.

»Nein … verflucht, *nein* …« Butch wehrte sich gegen die stählernen Hände, die ihn umklammerten, er trat und schlug um sich, bis jemand vor ihm auftauchte, eine Faust hob und sie ihm mitten ins Gesicht donnerte. Während in seinem linken Auge ein irrsinniger Schmerz explodierte, stellte er fest, dass es die krasse Vampirin gewesen war, die ihm den Hieb verpasst hatte.

Rehvenge bohrte seinen Stock in den Fußboden und

erhob sich, die Augen glitzerten in einem bösartigen Violett. »In mein Büro. Sofort.«

Jetzt fand eine Art Gespräch statt, dem Butch allerdings nicht ganz folgen konnte. Er konnte sich nur auf den Kerl vor sich und den sichtbaren Beweis an seinem Hals konzentrieren. Er stellte sich diesen massigen Körper unter Marissa vor, ihr Gesicht an seiner Kehle, während ihre Fänge die Haut durchbohrten.

Ohne jeden Zweifel hatte Rehvenge sie befriedigt. Ohne jeden Zweifel.

»Warum ausgerechnet du?«, schrie Butch. *»Ich mag dich, verdammt noch mal.* Warum du?«

»Zeit zu gehen.« Energisch nahm V Butch in den Schwitzkasten. »Ich bringe dich jetzt nach Hause.«

»O nein, noch nicht«, zischte Rehvenge. »Er hat sich in *meinem* eigenen Laden auf mich gestürzt. Ich will verflucht noch mal wissen, was er sich dabei gedacht hat. Und dann wirst du mir einen guten Grund nennen müssen, warum ich ihm nicht beide Kniescheiben zertrümmern sollte.«

Butch erhob laut und vernehmlich die Stimme. *»Du hast sie genährt.«*

Rehvenge blinzelte. Hob die Hand an den Hals. »Wie bitte?«

Butch knurrte die Bisswunden an, er versuchte bereits wieder, sich loszureißen. Es war, als gäbe es zwei Hälften von ihm. Die eine war einigermaßen vernunftbegabt, und die andere war vollkommen jenseits von Gut und Böse. Nicht schwer zu erraten, welche sich gerade durchsetzte.

»Marissa«, schnaubte er. »Du hast sie genährt.«

Rehv riss die Augen weit auf. »Du bist es? Du bist der, den sie liebt?«

»Ja.«

Der Reverend keuchte geschockt. Dann rieb er sich das Gesicht und zog seinen Hemdkragen zusammen, um die Wunde zu verdecken. »Ach … Scheiße. Verdammter Mist.« Er wandte sich ab. »Vishous, schaff ihn hier raus, und sieh zu, dass du ihn nüchtern kriegst. Gütige Jungfrau, die Welt ist heute Nacht viel zu klein.«

Jetzt verwandelten sich Butchs Knie plötzlich in Gummi, und der Raum begann sich wild um ihn zu drehen. Mannomann, er war doch um einiges betrunkener, als er gedacht hatte, und der Schlag ins Gesicht hatte ihm auch nicht gerade gutgetan.

Unmittelbar bevor er bewusstlos wurde, stöhnte er: *»Ich hätte es sein sollen. Sie hätte mich benutzen sollen …«*

Mr. X parkte seinen Minivan in einer Seitenstraße der Tenth Street und stieg aus. Die Stadt schaltete schon einen Gang höher, die Kneipen drehten die Musik auf und füllten sich mit den Betrunkenen und anderweitig Berauschten.

Zeit, auf die Jagd nach den Brüdern zu gehen.

Während Mr. X die Autotür schloss und seine Waffen überprüfte, warf er einen Blick über die Motorhaube zu Van.

Er war immer noch höllisch enttäuscht von seinem Auftritt im Ring. Auch erschrocken. Andererseits würde es sicherlich ein Weilchen dauern, bis die Macht verschmolz. Kein *Lesser* ging sofort mit der vollen Kraft aus seiner Initiation hervor, und nur weil Van der Mann aus der Weissagung war, gab es keinen Grund zu glauben, dass er eine Ausnahme bildete.

Trotzdem Scheiße.

»Woran erkenne ich, wer ein Vampir ist?«, fragte Van.

Richtig. Konzentration auf ihre Arbeit. X räusperte sich. »Die Zivilisten werden Ihren Geruch entdecken. Und Ihnen werden sie auffallen, weil sie Angst bekommen. Was die Brüder angeht: Die kann man nicht übersehen. Sie sind größer und aggressiver als alles, was Sie je erlebt haben, und sie schlagen immer zuerst zu. Wenn sie uns entdecken, werden sie angreifen.«

Nebeneinander marschierten sie auf die Trade Street. Die Nacht war eisig, genau die Mischung aus kalt und feucht, die X früher immer zum Kampf angestachelt hatte. Doch jetzt hatte sich sein Fokus verschoben. Er musste unterwegs sein, weil er der Haupt-*Lesser* war; aber ihm ging es einzig und allein darum, sich und Van auf dieser Seite der Wirklichkeit zu halten, bis der Kerl zu dem gereift war, was er sein sollte.

Gerade wollten sie sich in eine kleine Gasse ducken, als Mr. X stehen blieb. Er wandte den Kopf um und blickte hinter sich. Dann auf die andere Straßenseite.

»Was ist denn …«

»Klappe.« Mr. X schloss die Augen und ließ seinen Instinkten freien Lauf. Er atmete ruhig und sammelte sich, ließ seine mentalen Fühler durch die Nacht schweifen.

Omega war in der Nähe.

Dann öffnete er die Lider hoch und dachte, dass das unmöglich sein konnte. Der Meister konnte ohne den Haupt-*Lesser* nicht auf diese Seite kommen.

Und doch war das Böse nah.

Auf den Absätzen seiner Springerstiefel wirbelte Mr. X herum. Ein Auto fuhr auf der Trade Street vorbei. Er blickte darüber hinweg zum *ZeroSum,* diesem Technoschuppen. Der Meister war da drin. Eindeutig.

Ach, du Scheiße, hatte es schon wieder einen Machtwechsel an der Spitze der Gesellschaft gegeben?

Nein, in diesem Fall wäre Mr. X nach Hause gerufen worden. Dann hatte Omega vielleicht einen anderen benutzt, um herüberzukommen? War das überhaupt möglich?

Ohne ein Wort zu verlieren, trabte Mr. X über die Straße auf den Club zu, und Van folgte ihm dicht auf den Fersen. Er war zwar völlig ahnungslos, aber zu allen Schandtaten bereit.

Vor dem *ZeroSum* stand eine lange Schlange von Menschen in grellen Klamotten. Alle bibberten vor Kälte, rauchten oder telefonierten mit ihren Handys. Mr. X hielt inne. Dahinter … der Meister war hinter dem Gebäude.

Mit der Hüfte schob Vishous die Feuerschutztür des *ZeroSum* auf und schleppte Butch zum Escalade. Als er seinen Freund wie eine bleischwere Teppichrolle auf den Rücksitz hievte, betete er, der Bursche würde nicht aufwachen und um sich schlagen.

V klemmte sich gerade hinter das Lenkrad, als er etwas kommen spürte. Seine Instinkte erwachten und heizten die Adrenalinproduktion an. Obwohl die Bruderschaft weder dazu veranlagt noch darauf trainiert war, jemals einem Konflikt aus dem Weg zu gehen, befahl ihm sein sechster Sinn jetzt, Butch hier wegzuschaffen. Und zwar so schnell wie möglich.

Er ließ den Motor an und fuhr los. An der Mündung der Straße entdeckte er zwei Männer, die auf den SUV zuliefen. Einer der beiden war hellhaarig. *Lesser.* Nur – woher hatten sie gewusst, dass er und Butch hier waren?

V trat das Gaspedal durch. Brachte sich und seinen Kumpel aus der Schusslinie.

Sobald er sich davon überzeugt hatte, dass sie nicht verfolgt wurden, warf er einen Blick auf den Rücksitz. Der Ex-Cop rührte sich nicht. Total ausgeknockt. O Mann, diese Sicherheitschefin hatte einen ganz schönen Schlag drauf. Andererseits galt das auch für den ganzen Lagavulin.

Die gesamte Fahrt über gab Butch keinen Mucks von sich. Erst als V ihn in die Höhle trug und auf seinem Bett ablegte, öffnete er die Augen.

»Alles dreht sich.«

»Das kann ich mir lebhaft vorstellen.«

»Gesicht tut weh.«

»Warte, bis du in einen Spiegel gesehen hast, dann weißt du, warum.«

Butch schloss die Lider wieder. »Danke, dass du mich nach Hause gebracht hast.«

Vishous wollte ihm gerade aus dem Anzug helfen, als es an der Tür klingelte.

Schimpfend ging er zum Vordereingang und warf einen Blick auf die Monitore. Ihn überraschte nicht, wen er da sah, aber Butch war momentan wirklich nicht in der Verfassung für ein großes Publikum.

V trat in die Vorhalle und schloss die Tür hinter sich, bevor er die Haustür öffnete. Sie sah zu ihm auf, und er konnte die Traurigkeit und die Sorge an ihr riechen, ein Duft wie getrocknete Rosen.

Sie sprach leise. »Ich habe den Wagen vorfahren sehen,

deshalb weiß ich, dass er jetzt zu Hause ist. Ich muss ihn sehen.«

»Heute nicht. Komm morgen wieder.«

Ihr Gesichtsausdruck wurde hart, sie sah aus wie die Marmorstatue einer Göttin. »Ich gehe erst, wenn er mich selbst wegschickt.«

»Marissa …«

Ihre Augen blitzten auf. »Erst, wenn er es mir selbst sagt, Krieger.«

V musterte sie. In ihrer Entschlossenheit wirkte sie angriffslustig – ähnlich wie die muskulöse Vampirin vorhin im Club, nur ohne die Faust.

Das war offenbar die Nacht der weiblichen Kerle.

V schüttelte den Kopf. »Lass mich ihn wenigstens erst mal ein bisschen herrichten, okay?«

Panik flackerte in ihren Augen auf. »Warum ist das denn nötig?«

»Du lieber Himmel, Marissa. Was hast du denn gedacht, was passieren würde, wenn du dich bei Rehvenge nährst?«

Ihr fiel die Kinnlade herunter. »Woher weißt du das?«

»Butch hat sich im Club auf ihn gestürzt.«

»Was? Er … lieber Himmel.« Unvermittelt verengten sich ihre Augen zu Schlitzen. »Du lässt mich jetzt ins Haus. Und zwar auf der Stelle.«

V hielt die Hände hoch und murmelte: »Scheiße«, als er die Tür öffnete.

27

Marissa stapfte an Vishous vorbei, und der Bruder sprang zur Seite. Was bewies, dass er so klug war, wie man allgemein annahm.

Vor der geöffneten Tür zu Butchs Zimmer blieb sie stehen. Im Schein des Flurlichts sah sie ihn auf dem Rücken im Bett liegen. Sein Anzug war völlig zerknittert, und auf seinem Hemd war Blut. Auf dem Gesicht ebenfalls.

Sie ging zum Bett und musste sich die Hand vor den Mund halten. »Gütige Jungfrau im Schleier ...«

Das eine Auge war geschwollen und färbte sich bereits blau und grün. Auf dem Nasenrücken war die Haut aufgeplatzt, was das Blut erklärte. Und er roch nach Scotch.

Hinter ihr ertönte Vishous' Stimme, untypisch sanft. »Du solltest wirklich besser morgen wiederkommen. Er wird stinksauer sein, dass du ihn so gesehen hast.«

»Wer hat das mit ihm gemacht? Und wenn du jetzt wieder sagst, es sei nur ein kurzer Kampf gewesen, dann schreie ich.«

»Wie ich schon sagte, er ist Rehvenge an die Gurgel gegangen. Und Rehv hat ganz zufällig einen Haufen Bodyguards.«

»Das müssen große Männer sein«, raunte sie benommen.

»Um genau zu sein, war es eine Frau, die ihm den Schlag verpasst hat.«

»Eine Frau?« Ach, Schluss jetzt, was spielten die Einzelheiten schon für eine Rolle? »Kannst du mir ein paar Handtücher und ein wenig heiße Seifenlauge bringen?« Sie zog Butch die Schuhe aus. »Ich möchte ihn waschen.«

Nachdem V im Flur verschwunden war, zog sie Butch bis auf die Boxershorts aus und setzte sich neben ihn. Das schwere Goldkreuz auf seiner Brust überraschte sie. In der ganzen Aufregung, die früher am Abend im oberen Wohnzimmer geherrscht hatte, war ihr das Ding gar nicht aufgefallen. Jetzt fragte sie sich, woher er es wohl hatte.

Dann ließ sie den Blick weiter nach unten zu der Narbe auf seinem Bauch wandern. Die weder besser noch schlimmer aussah als vorher.

Als V mit einer Schüssel und einem Stapel Frotteetücher wieder auftauchte, sagte sie: »Stell alles auf dem Tischchen ab, und dann lass uns bitte allein. Und mach die Tür hinter dir zu.«

Es entstand eine kurze Pause. Was kein Wunder war. Man kommandierte ein Mitglied der Black Dagger nicht einfach so herum, ganz besonders nicht in seinem eigenen Haus. Aber ihre Nerven lagen blank, und ihr brach das Herz. Und es war ihr wirklich völlig gleichgültig, was irgendjemand von ihr hielt.

So lautete ihre neue oberste Regel.

Nach kurzem Schweigen wurden die Gegenstände dort deponiert, wo sie sie haben wollte, und danach hörte sie die Tür ins Schloss fallen. Seufzend machte sie sich an die Arbeit. Sie befeuchtete einen der Waschlappen. Als sie Butchs Gesicht damit berührte, zuckte er zusammen und murmelte etwas.

»Es tut mir so leid, Butch … aber jetzt ist es vorbei.« Wieder tauchte sie das Tuch in die Schüssel und wrang es kurz aus. Das Geräusch des heraustropfenden Wassers kam ihr sehr laut vor. »Und ich habe bloß getrunken, sonst ist nichts passiert. Ich schwöre es dir.«

Sie wusch ihm das Blut vom Gesicht, dann streichelte sie ihm übers Haar. Die dicken Strähnen waren feucht. Seine Reaktion auf ihre Berührung war, den Kopf zu drehen und sich an ihre Hand zu schmiegen. Trotzdem war unübersehbar, dass er sturzbetrunken war und nicht so bald wieder zu sich kommen würde.

»Wirst du mir Glauben schenken?«, flüsterte sie.

In jedem Fall konnte sie es ja beweisen. Wenn sie als Novizin zu ihm käme, dann wüsste er, dass kein anderer Mann …

»Ich kann ihn an dir riechen.«

Beim harten Klang seiner Stimme schrak sie zurück.

Butchs Augen öffneten sich ganz langsam, und sie sahen schwarz aus, nicht haselnussbraun. »Ich kann ihn überall an dir riechen. Weil du nicht am Handgelenk von ihm getrunken hast.«

Sie wusste nicht, was sie entgegnen sollte. Vor allem, da er die Augen auf ihren Mund richtete und sagte: »Ich habe die Wunden an seinem Hals gesehen. Und dein Duft war auch überall an ihm.«

Als Butch die Hand ausstreckte, zuckte sie zusammen. Doch er strich ihr nur so leicht wie die Berührung einer Feder mit dem Zeigefinger über die Wange.

»Wie lange hat es gedauert?«, fragte er.

Sie schwieg weiter, instinktiv ahnte sie, dass es besser war, wenn er so wenige Details wie möglich erfuhr.

Dann zog er seine Hand zurück, die Miene hart und

müde. Emotionslos. »Ich glaube dir. Was den Sex betrifft.«

»Das sieht man dir aber nicht an.«

»Tut mir leid, ich bin etwas abgelenkt. Ich versuche mir einzureden, dass ich mit der heutigen Nacht klarkomme.«

Sie betrachtete ihre Hände. »Für mich hat es sich auch ganz falsch angefühlt. Ich habe die ganze Zeit geweint.«

Butch atmete heftig ein, plötzlich wich alle Anspannung aus der Luft zwischen ihnen. Er setzte sich auf und legte ihr die Hände auf die Schultern. »Ach, Baby, entschuldige, dass ich so eine Nervensäge bin …«

»Nein, mir tut es leid, dass ich das tun muss.«

»Sch-sch, Marissa. Es ist doch nicht deine Schuld. Es ist nicht deine Schuld.«

»Aber so fühlt es sich an.«

»Es ist doch meine Unzulänglichkeit, nicht deine.« Seine Arme, diese wunderbaren, schweren Arme umschlangen sie und zogen sie fest an seine nackte Brust. Im Gegenzug klammerte sie sich an ihn, als hinge ihr Leben davon ab.

Er küsste sie auf die Schläfe und murmelte: »Es ist nicht deine Schuld. Niemals. Und ich wünschte, ich käme besser damit zurecht, ehrlich. Ich weiß nicht, warum mir das alles so schwerfällt.«

Unvermittelt entzog sie sich seiner Umarmung, erfüllt von einem Drang, dem sie sich nicht länger entziehen konnte. »Butch, leg dich zu mir. Vereinige dich mit mir. Jetzt gleich.«

»Ach … Marissa … das würde ich wahnsinnig gerne, wirklich.« Sanft strich er ihr das Haar glatt. »Aber nicht so. Ich bin betrunken, und dein erstes Mal sollte …«

Sie unterbrach ihn mit ihrem Mund, schmeckte den Scotch und den Mann auf seinen Lippen, während sie ihn auf die Matratze drückte. Als sie die Hand zwischen seine Beine schob, stöhnte er auf und wurde sofort hart.

»Ich brauche dich in mir«, keuchte sie. »Wenn schon nicht dein Blut, dann deinen Körper. In mir. Schnell.«

Wieder küsste sie ihn, und als seine Zunge in ihren Mund schoss, wusste sie, dass sie gewonnen hatte. Und oh, war er gut. Er drehte sie auf den Rücken, ließ die Hand von ihrem Hals zu den Brüsten wandern und folgte der Spur dann mit seinen Lippen. Als er das Mieder ihres Kleides erreichte, hielt er kurz inne, sein Gesicht bekam wieder einen harten Ausdruck. Mit einem wilden Ruck packte er die Seide und riss die Vorderseite der Robe einfach auseinander. Und er hörte nicht in der Taille auf. Immer weiter zerteilten seine Hände den Stoff, bis zum Saum.

»Zieh das aus«, forderte er.

Sie streifte sich die Überreste von den Schultern, und als sie die Hüften anhob, zerrte er das Kleid unter ihr hervor, zerknüllte es und schleuderte es quer durch den Raum.

Mit grimmigem Blick kam er zu ihr zurück, zog das Unterkleid nach oben und spreizte ihre Schenkel. Mit rauer Stimme sagte er zu ihr: »Trag dieses Ding nie wieder.«

Als sie nickte, schob er ihre Unterhose zur Seite und legte den Mund direkt auf ihre Mitte. Der Orgasmus, den er ihr schenkte, war die Kennzeichnung eines Partners, und er dehnte ihn so lange aus, bis sie vor Ermattung zitterte.

Dann brachte er zärtlich ihre Beine wieder zusammen. Obwohl sie diejenige war, die einen Höhepunkt gehabt hatte, war er jetzt so viel entspannter, als er sich an ihrem Körper hochschob. Benommen von dem, was er mit ihr gemacht hatte, war sie schwach und leistete keinen Widerstand dagegen, dass er sie nackt auszog und danach aufstand und seine Boxershorts ablegte.

Seine schiere Größe und die Erwartung des Kommenden jagten ihr einen flüchtigen Angstschauer über den Rücken. Doch sie war so beseelt, dass es ihr nicht viel ausmachte.

Er stieg zurück aufs Bett, sein Geschlecht hart und dick, bereit, in sie einzudringen. Sie öffnete die Schenkel für ihn, doch er legte sich neben sie statt auf sie.

Er nahm sich Zeit. Küsste sie träge und liebevoll, mit der Handfläche über ihre Brüste streichend, sie vorsichtig betastend. Atemlos umfing sie seine Schultern und spürte das Muskelspiel unter der warmen, geschmeidigen Haut, während er ihre Hüften und die Oberschenkel liebkoste.

Ganz zart und ohne jede Eile berührte er sie zwischen den Beinen. Er nahm sich Zeit, bis einer seiner Finger in sie eindrang. Er hörte auf, genau, als ein seltsames innerliches Ziehen sie aufschrecken und die Hüften zurückziehen ließ.

»Weißt du, was jetzt kommt?«, fragte er an ihrer Brust, die Stimme leise, weich.

»Äh … ja, ich denke schon.« Aber dann sah sie wieder die Größe seiner Erektion vor sich. Wie in Gottes Namen sollte er in sie hineinpassen?

»Ich werde so sanft sein, wie ich nur kann, aber es … wird dir wehtun. Ich hatte gehofft, dass du vielleicht …«

»Ich weiß, dass das dazugehört.« Sie hatte gehört, dass ein leichtes Stechen zu erwarten war. Aber danach folgte eine wunderbare Verzückung. »Ich bin bereit.«

Jetzt rollte er sich auf sie, und sein Körper glitt zwischen ihre Beine.

Urplötzlich fühlte sie alles überdeutlich: seine heiße Haut, den Druck seines Gewichts und die Kraft seiner Muskeln … und das Kissen unter ihrem Kopf, die Matratze unter ihrem Rücken, und wie weit genau ihre Schenkel gespreizt waren. Sie blickte an die Decke. Ein Lichtkegel huschte über sie hinweg, als wäre gerade ein Auto in die Einfahrt gebogen.

Sie war angespannt; sie konnte nichts dagegen machen. Obwohl es Butch war, und sie ihn liebte, fühlte sie sich von der drohenden Erfahrung, dem überwältigenden Wesen dieser Sache bedrängt. Dreihundert Jahre, und jetzt war es plötzlich so weit.

Aus irgendeinem albernen Grund stiegen ihr Tränen in die Augen.

»Süße, wir müssen das nicht tun, wirklich nicht.« Mit den Daumen wischte er ihr die Tränen von den Wangen und zog die Hüften zurück, als wollte er von ihr heruntersteigen.

»Ich will nicht aufhören.« Sie umschlang seinen Rücken. »Nicht, Butch, bleib. Ich will es. Ich will.«

Er schloss die Augen. Dann ließ er den Kopf auf ihren Hals sinken und schlang die Arme um sie. Er drehte sich leicht zur Seite und zog sie fest an seinen harten Körper. So blieben sie lange Zeit liegen, sein Gewicht so verlagert, dass sie atmen konnte, seine Erregung heiß und brennend auf ihrem Oberschenkel. Allmählich fragte sie sich, ob er überhaupt noch etwas tun würde.

Sie wollte ihn schon fragen, da regte er sich, und seine Hüften rutschten wieder zwischen ihre Beine.

Er küsste sie; eine tiefe, berauschende Verführung, die

sie innerlich zum Lodern brachte, bis sie sich unter ihm wand, sich an ihm rieb, sich noch näher an ihn herandrängte.

Und dann geschah es. Er bewegte sich ein wenig nach links, und sie spürte seine Erektion zwischen ihren Schenkeln, ganz hart und glatt. Dann folgten ein seidiges Streicheln und ein leichter Druck.

Butch schluckte so heftig, dass sie ihn hören konnte, dann brach ihm der Schweiß zwischen den Schultern aus und rann ihm über den Rücken. Je stärker der Druck zwischen ihren Beinen wurde, desto heftiger ging sein Atem, bis er bei jedem Ausatmen aufstöhnte. Als sie deutlich zusammenzuckte, wich er zurück.

»Was ist denn?«, fragte sie.

»Du bist sehr eng.«

»Und du bist sehr groß.«

Er lachte kurz auf. »Die nettesten Sachen ... sagst du immer. Die nettesten Sachen.«

»Hörst du auf?«

»Nur, wenn du das willst.«

Da nichts dergleichen von ihr zu hören war, spannte er sich an, und seine Spitze fand erneut ihren Eingang. Seine Hand tauchte neben ihrem Gesicht auf und strich ihr das Haar hinters Ohr.

»Wenn es geht, Marissa, dann entspann dich. Das macht es einfacher für dich.« Er begann eine schaukelnde Bewegung, seine Hüften schoben sich zwischen ihre und wieder zurück. Doch jedes Mal, wenn er sich ein winziges Stückchen in sie hineindrängen wollte, setzte sich ihr Körper zur Wehr.

»Alles okay?«, presste er zwischen den Zähnen hervor.

Sie nickte, obwohl sie zitterte. Alles fühlte sich so

merkwürdig an, vor allem, da sie keine echten Fortschritte machten …

Ganz plötzlich glitt er in sie hinein, vorbei an einigen äußeren Muskeln, bis er an die Barriere stieß, die sein Finger erspürt hatte. Als sie ganz steif wurde, stöhnte Butch wieder auf und ließ das Gesicht neben ihrem Kopf aufs Kissen fallen.

Sie lächelte vorsichtig, sie hatte nicht damit gerechnet, so ausgefüllt zu werden. »Ich … äh, habe das Gefühl, ich sollte dich fragen, ob bei dir alles in Ordnung ist.«

»Machst du Witze? Ich platze gleich.« Wieder schluckte er, ein verzweifeltes Geräusch. »Aber die Vorstellung, dir wehzutun, ist schrecklich für mich.«

»Dann bringen wir diesen Teil endlich hinter uns.«

Sie spürte sein Nicken mehr, als sie es sah. »Ich liebe dich.«

Mit einem schnellen Ruck zog er die Hüften zurück und stieß zu.

Der Schmerz war rau und unvermittelt, und sie keuchte, drückte gegen seine Schultern um ihn daran zu hindern, noch weiter einzudringen. Ihr Körper wehrte sich instinktiv gegen ihn, wollte fliehen oder doch zumindest etwas Abstand zwischen sie bringen.

Beide atmeten schwer. Butch hob seinen Oberkörper etwas an, sodass sein schweres goldenes Kreuz an der Kette zwischen ihnen hin und her schwang. Sie stieß einen unterdrückten Fluch aus. Bisher hatte der Druck nur ein Unbehagen verursacht. Jetzt nicht mehr. Jetzt tat es weh.

Und sie fühlte sich von ihm so bedrängt, so belagert. Dieses ganze Gerede anderer Vampirinnen, das sie mit angehört hatte, wie wundervoll alles sei, wie magisch das erste Mal, wie alles quasi ganz von allein gehe – nichts davon bewahrheitete sich für sie.

Panik stieg in ihr auf. Was, wenn sie wirklich innerlich nicht in Ordnung war? War dies der Defekt, den die Männer der *Glymera* an ihr gespürt hatten? Was wenn …

»Marissa?«

… sie es nie durchstände? Was, wenn es jedes Mal so schmerzen würde? O gütige Jungfrau, Butch war sehr männlich und sehr körperlich. Was, wenn er sich eine andere suchte, um …

»Marissa, sieh mich an.«

Widerstrebend gehorchte sie, doch sie konnte sich nur auf die Stimme in ihrem Kopf konzentrieren. Lieber Himmel, es war doch nicht normal, dass es so wehtat, oder? Sie … war defekt …

»Wie geht es dir?«, fragte er brüsk. »Sprich mit mir. Behalt nicht alles für dich.«

»Was, wenn ich es nicht aushalten kann?«, platzte sie heraus.

Seine Miene wurde vollkommen ausdruckslos, eine Maske bemühter Ruhe. »Ich glaube nicht, dass vielen Frauen ihr erstes Mal gefällt. Diese romantische Version vom Verlust der Unschuld ist eine Lüge«

Oder auch nicht. Vielleicht lag das Problem bei ihr.

Das Wort *defekt* kreiste immer schneller und lauter durch ihren Kopf.

»Marissa?«

»Ich wollte, dass es schön wird«, flüsterte sie verzagt.

Ein schreckliches Schweigen entstand … währenddessen sie nichts wahrnahm außer dem Druck seiner Erektion in sich. Dann sagte Butch: »Es tut mir leid, dass du enttäuscht bist. Aber überrascht bin ich nicht gerade.«

Er zog sich heraus, und in diesem Moment änderte sich etwas. Seine Bewegung sandte ein Kribbeln durch ihren ganzen Körper.

»Warte noch.« Sie hielt seine Hüften fest. »Das war noch nicht alles, oder?«

»Mehr oder weniger. Es wird nur noch zudringlicher.«

»Aber du bist noch nicht fertig …«

»Das muss ich auch nicht werden.«

Als seine Erektion aus ihr herausschlüpfte, fühlte sie sich merkwürdig leer. Dann rutschte er von ihr herunter, und sie spürte eine unvermittelte Kälte. Er warf ihr eine Decke über, und sie spürte seine Erregung flüchtig über ihren Oberschenkel streifen. Der Schaft war feucht und jetzt etwas weicher.

Er legte sich neben sie auf den Rücken, die Unterarme über das Gesicht gelegt.

Lieber Gott … was für ein Reinfall. Jetzt, wo sie wieder zu Atem gekommen war, hätte sie ihn gern gebeten, weiterzumachen. Aber sie kannte seine Antwort schon im Voraus. Das »Nein« lag in der Erstarrung seines Körpers.

Während sie so nebeneinanderlagen, glaubte sie, etwas sagen zu müssen. »Butch …«

»Ich bin wirklich müde und stehe ein bisschen neben mir. Lass uns einfach schlafen, okay?« Er drehte sich weg, zerknautschte ein Kissen und stieß einen gedehnten, ungleichmäßigen Atemzug aus.

28

Marissa wachte später auf, erstaunt, dass sie überhaupt geschlafen hatte. Doch so war das mit dem Nähren. Danach musste sie immer ausruhen.

Sie betrachtete die rot leuchtenden Zahlen des Weckers. Noch vier Stunden bis zum Morgengrauen, und sie hatte Dinge zu erledigen, die sie nur nachts tun konnte.

Sie blickte über die Schulter. Butch lag auf dem Rücken, die Hand über der nackten Brust, die Augen unter seinen Lidern hin und her flatternd im tiefen Schlaf. Ihm waren Bartstoppeln gewachsen, seine Haare standen in alle Richtungen ab, und er wirkte um einige Jahre jünger. Und er war attraktiv in seinem Schlummer.

Warum hatte es nicht besser klappen können? Wenn sie doch nur ein wenig länger ausgehalten, mehr Geduld gehabt hätte. Und jetzt musste sie gehen.

Sie schlüpfte unter der Decke hervor, und die Luft war kühl auf ihrer Haut. Leise sammelte sie ihre Kleider ein, das Unterkleid, das Korsett, die Unterhose ... wo war die Unterhose?

Plötzlich stockte sie und sah verblüfft an sich herunter. Auf der Innenseite eines ihrer Schenkel spürte sie ein warmes Rinnsal – Blut. Weil er sie genommen hatte.

»Komm her«, hörte sie Butch wispern.

Beinahe ließ sie ihre Sachen fallen. »Ich … äh, ich wusste nicht, dass du wach bist.«

Er streckte ihr seine Hand entgegen, und sie ging zu ihm. Als sie nah genug war, wickelte er seinen Arm um ihr Bein und zog sie auf die Matratze, sodass ihr Gewicht auf einem Knie ruhte. Dann beugte er sich vor, und mit einem leisen Keuchen nahm sie seine Zunge an der Innenseite ihres Oberschenkels wahr. Sacht küsste er die Reste ihrer Jungfräulichkeit weg.

Sie fragte sich, woher er diese Tradition wohl kannte. Schwer vorstellbar, dass Menschen das ebenfalls bei ihren Frauen taten, wenn sie sich zum ersten Mal mit ihnen vereinigt hatten.

Für ihre Spezies hingegen galt das als heiliger Moment in einer Beziehung.

Ach, Mist, sie hätte schon wieder heulen können.

Butch ließ sie los und legte sich wieder hin. Er beobachtete sie mit einer Miene, die nicht zu deuten war. Aus irgendeinem Grund fühlte sie sich so furchtbar nackt vor ihm, obwohl sie sich den Unterrock vor die Brüste hielt.

»Nimm meinen Morgenmantel«, sagte er.

»Wo ist er?«

»Hängt an der Schranktür.«

Sie wandte sich um. Sein Morgenmantel war tiefrot und von seinem Duft gekennzeichnet. Unbeholfen zog sie ihn über. Die schwere Seide fiel bis auf den Boden und bedeckte ihre Füße, mit dem Gürtel hätte sie ihre Taille vier Mal umwickeln können.

Sie schielte zu dem ruinierten Kleid auf dem Fußboden.

»Lass es liegen«, meinte er. »Ich werfe es weg.«

Sie nickte. Ging zur Tür. Griff nach der Klinke.

Was konnte sie sagen, um das hier besser zu machen?

Sie hatte das Gefühl, nichts als Chaos verursacht zu haben: Erst hatte ihre biologische Notwendigkeit einen Keil zwischen sie getrieben, dann war ihre sexuelle Unzulänglichkeit enthüllt worden.

»Es ist schon okay, Marissa. Du kannst einfach gehen. Du musst nichts sagen.«

Sie ließ den Kopf sinken. »Sehen wir uns beim Ersten Mahl?«

»Ja … klar.«

Wie in einem Nebel lief sie vom Pförtnerhäuschen zum Haupthaus. Als ein *Doggen* die Tür der Vorhalle für sie öffnete, musste sie den Saum von Butchs Morgenmantel raffen, um nicht zu stolpern … wodurch ihr einfiel, dass sie ja überhaupt nichts anzuziehen hatte.

Zeit, sich mit Fritz zu unterhalten.

Nachdem sie den Butler in der Küche gefunden hatte, fragte sie ihn nach dem Weg zur Garage.

»Sucht Ihr nach Euren Kleidern, Herrin? Soll ich Euch nicht welche aufs Zimmer bringen?«

»Ich würde lieber selbst ein paar Dinge aussuchen.« Da er nervös zu einer Tür rechts von sich schielte, ging sie in diese Richtung. »Ich verspreche, mich zu melden, wenn ich Hilfe brauche.«

Der *Doggen* nickte, nicht im Mindesten beschwichtigt.

Sobald sie die Garage betrat, blieb sie stocksteif stehen. Wo war sie denn hier hineingeraten? Da standen keine Autos in den sechs Parkbuchten. Dafür war kein Platz. Du liebe Güte … Kisten. Nein, keine Kisten. Särge? Was war das?

»Herrin, Eure Habseligkeiten sind hier drüben.« Fritz' Stimme hinter ihr war respektvoll, aber sehr fest, als gingen sie die ganzen Kiefernholzbehälter nichts an. »Würdet Ihr mir bitte folgen?«

Er führte sie zu ihren vier Schrankkoffern, ihren Reisetaschen und Schachteln. »Seid Ihr sicher, dass ich Euch keine Kleider aufs Zimmer bringen soll?«

»Ja.« Sie berührte das Messingschloss an einer ihrer Louis-Vuitton-Taschen. »Würdest du mich bitte allein lassen?«

»Selbstverständlich, Herrin.«

Sie wartete, bis sie die Tür zufallen hörte, dann löste sie den Riegel an dem Schrankkoffer vor sich. Als sie die beiden Hälften auseinanderzog, quollen Röcke hervor, farbenprächtig, üppig, wunderschön. Sie erinnerte sich, die Kleider zu Bällen und Treffen des *Princeps*-Rates getragen zu haben und anlässlich der Abendgesellschaften ihres Bruders und …

Sie bekam eine Gänsehaut.

Rasch wandte sie sich dem nächsten Koffer zu. Und dem nächsten. Und dem letzten. Dann fing sie wieder beim ersten an und nahm jeden einzelnen erneut in Augenschein. Und dann wiederholte sie das Ganze noch einmal.

Das war doch lächerlich. Was spielte es schon für eine Rolle, was sie trug? *Such dir einfach eins aus.*

Sie streckte die Hand aus und nahm sich … Nein, das hatte sie getragen, als sie sich damals zum ersten Mal von Rehvenge genährt hatte. Wie wäre es mit diesem? Nein, das Kleid hatte sie bei einer Geburtstagsfeier ihres Bruders getragen. Aber das hier …

Wie ein Feuer spürte Marissa die Wut in sich auflodern. Der Zorn durchströmte sie, erhitzte sie innerlich, flammte durch ihren Körper. Wahllos riss sie Kleider von den gepolsterten Bügeln, auf der Suche nach einem, das keine bösen Erinnerungen auslöste. Immer war sie unterworfen gewesen, eingekerkert, absichtlich verletzlich gehalten im goldenen Käfig. Sie ging zum nächsten Schrank, und noch mehr feinste Stoffe flogen durch die Luft. Ihre Hände wüteten, zerrten, zerrissen.

Dann flossen die Tränen, und sie wischte sie ungeduldig weg, bis sie nichts mehr sehen konnte und aufhören musste. Sie rieb sich mit beiden Händen über das Gesicht, dann ließ sie die Arme sinken und stand einfach nur still inmitten des regenbogenfarbenen Durcheinanders, das sie angerichtet hatte.

In diesem Moment fiel ihr die Tür in der hinteren Ecke auf.

Und jenseits davon konnte sie durch die Glasscheibe den Rasen hinter dem Haus erkennen.

Marissa starrte auf die Schneeflecken. Dann blickte sie nach links, wo der Rasenmäher neben der Tür stand – und daneben eine rote Dose. Weiter wanderte ihr Blick, über Vertikutierer und Eimer mit Düngemitteln bis hin zu einem Gasgrill, auf dessen Deckel eine kleine Schachtel stand.

Dann betrachtete sie die Haute Couture im Wert von hundert- und aberhunderttausend Dollar.

Sie brauchte gute zwanzig Minuten, um jedes einzelne ihrer Kleider in den Garten zu schleppen. Und auch die Korsetts und die Umhänge wurden nicht verschont. Als sie endlich fertig war, schimmerten ihre Roben geisterhaft im Mondlicht, stumme Schatten eines Lebens, zu dem sie nie zurückkehren würde, einem Leben voller Privilegien … voller Beschränkungen … und golden verbrämter Herabsetzungen.

Sie zog eine Schärpe aus dem Haufen und ging mit dem schmalen rosa Seidenstreifen zurück in die Garage. Dann nahm sie ohne weiteres Zögern den Benzinkanister und die Streichholzschachtel mit nach draußen und stellte sich vor die unbezahlbare Flut aus Chiffon und Seide, tränkte sie mit dem durchsichtigen, süßlichen Brandbeschleuniger und nahm ein Streichholz heraus.

Sie zündete die Schärpe an. Dann warf sie das Stoffstück auf den Kleiderberg.

Die Explosion war heftiger, als sie erwartet hatte, und der plötzliche Druck schleuderte sie nach hinten, versengte ihr das Gesicht, flammte zu einem riesigen Feuerball auf.

Orangefarbener und schwarzer Qualm stieg auf, und sie schrie im Angesicht des Infernos.

Butch lag auf dem Rücken und starrte an die Decke, als der Alarm losging. Er schoss aus dem Bett, zog sich seine Boxershorts über und knallte dann gegen Vishous, der ebenfalls aus seinem Zimmer und in den Flur gestürzt kam. Zusammen torkelten sie zu den Computern.

»Verflucht noch mal!«, brüllte V. »Es brennt im Garten!«

Ein sechster Sinn ließ Butch ohne weitere Überlegung aus der Tür stürmen. Barfuß raste er über den Hof, er spürte die kalte Luft und die Kiesel unter den Sohlen nicht einmal. Dann nahm er die Abkürzung um die Front des Haupthauses herum und rannte in die Garage. *Ach du Scheiße!* Durch die Fenster am hinteren Ende konnte er ein grelles Flammenmeer im Garten erkennen.

Und dann hörte er die Schreie.

Als er durch die hintere Tür preschte, wurde Butch

von Hitze und dem schweren Geruch von Benzin und brennendem Stoff empfangen. Und er war der Feuersbrunst nicht einmal halb so nah wie die Gestalt unmittelbar davor.

»Marissa!«

Ihr Körper war nach vorn zum Feuer geneigt, ihr Mund weit offen, ihr gellender Schrei durchschnitt die Nacht so deutlich wie die Flammen. Sie war wie rasend, taumelte am äußeren Rand entlang … und dann rannte sie.

Nein! Der Morgenmantel! Sie würde stolpern …

Entsetzt sah er es geschehen. Sein langer, blutroter Morgenmantel wickelte sich um Marissas Bein und brachte sie zum Straucheln. Sie stürzte nach vorn, mit dem Gesicht voran auf das Feuer zu.

Als die Panik auf Marissas Miene sichtbar wurde und ihre Arme hoch in die Luft flogen, spielte sich plötzlich alles in Zeitlupe ab: Butch rannte, so schnell er konnte, und schien sich dennoch überhaupt nicht zu bewegen.

»Nein!«, schrie er.

Im letzten Moment, kurz bevor sie den Flammen zum Opfer fiel, materialisierte sich Wrath hinter ihr und riss sie in seine Arme. Rettete sie.

Butch kam schlitternd zum Stehen, eine lähmende Schwäche verwandelte seine Beine in Pudding. Er hatte keinen Hauch von Luft mehr in den Lungen und sank zu Boden … brach einfach zusammen.

So lag er auf den Knien und starrte zu Wrath empor, der die kraftlose Marissa in den Armen hielt.

»Gott sei Dank war mein Bruder rechtzeitig da«, murmelte V irgendwo in der Nähe.

Butch kam mühsam auf die Füße, er wankte, als schwanke der Boden unter ihm.

»Alles klar bei dir?« V hielt ihm die Hand hin.

»Ja.« Butch taumelte zurück in die Garage und lief einfach weiter, stolperte über irgendwelche Türschwellen, stieß gegen Wände. Wo war er? Ach ja, in der Küche. Fahrig sah er sich um … und machte die Speisekammer aus. Er schob sich in den kleinen Raum, lehnte sich mit dem Rücken an die Regale und schloss sich mit all den Konservendosen, dem Mehl und dem Zucker ein.

Dann erst begann sein gesamter Körper zu zittern, bis seine Zähne klapperten. Die Arme flatterten wie Flügel. Alles, woran er denken konnte, war eine brennende Marissa. In Flammen stehend. Hilflos. Qualen leidend.

Hätte nur er sie zu erreichen versucht, hätte Wrath nicht irgendwie rechtzeitig erkannt, was geschah, und sich unmittelbar zu ihr materialisiert, dann wäre sie jetzt tot.

Butch wäre nicht in der Lage gewesen, sie zu retten.

Natürlich versetzte ihn diese Vorstellung auf direktem Weg in die Vergangenheit. Mit grausiger Klarheit blitzten Bilder seiner Schwester vor ihm auf, wie sie vor fünfundzwanzig Jahren in dieses Auto gestiegen war. Janie hatte er auch nicht retten können. Hatte sie nicht rechtzeitig aus diesem Chevy ziehen können.

Verflucht, wenn Wrath damals da gewesen wäre, dann hätte der König vielleicht auch Janie retten können.

Butch rieb sich die Augen und redete sich ein, dass der Schleier davor nur die Nachwirkungen des ganzen Rauchs waren.

Eine halbe Stunde später saß Marissa auf dem Bett in dem blau tapezierten Raum und schämte sich zutiefst. Sie hatte ihre neue oberste Regel ein bisschen zu weit getrieben.

»Das ist mir so peinlich.«

Wrath, der im Türrahmen stand, schüttelte den Kopf. »Das muss es nicht sein.«

»Ist es aber.« Sie versuchte zu lächeln, was ihr beispiellos misslang. Ihr Gesicht fühlte sich unbeweglich an, die Haut straff von der sengenden Hitze. Und ihr Haar roch nach Benzin und Rauch. Wie auch der Morgenmantel.

Verstohlen schielte sie zu Butch. Er stand draußen im Flur, mit dem Rücken an die Wand gelehnt. Seit er vor einigen Minuten aufgetaucht war, hatte er kein Wort gesagt, und er wirkte auch nicht so, als wollte er ins Zimmer kommen. Wahrscheinlich hielt er sie für völlig durchgedreht. Mit gutem Grund. Sie hielt sich ja selbst für durchgedreht.

»Ich weiß nicht, warum ich das getan habe.«

»Du stehst unter gewaltiger Anspannung«, sagte Wrath, obwohl sie ihn dabei gar nicht angeschaut hatte.

»Das ist keine Entschuldigung.«

»Marissa, versteh das jetzt nicht falsch. Aber das interessiert keine Menschenseele. Wir wollen nur, dass es dir gut geht, und dass du in Sicherheit bist. Der blöde Rasen ist uns scheißegal.«

Als sie immer weiter an Wrath vorbei Butch anstarrte, warf der König einen kurzen Blick über die Schulter. »Ja, ich sollte euch zwei wohl besser allein lassen. Versucht, ein bisschen zu schlafen, ja?«

Wrath drehte sich um, und Butch sagte etwas, das sie nicht hören konnte. Als Antwort gab der König dem Mann einen freundschaftlichen Schlag in den Nacken. Weitere leise Worte wurden gewechselt.

Nachdem Wrath gegangen war, trat Butch vor, aber nur bis zur Schwelle. »Kommst du klar?«

»Ähm, ja. Ich brauche nur eine Dusche.« Und eine Lobotomie.

»Alles klar, dann gehe ich zurück in die Höhle.«

»Butch, es tut mir so leid, was ich getan habe. Es war nur … ich konnte einfach kein einziges Kleid finden, das nicht von Erinnerungen verseucht war.«

»Das verstehe ich.« Was eindeutig nicht stimmte. Seine Miene war völlig starr, als hätte er sich von allem losgelöst. Vor allem von ihr. »Also dann … pass gut auf dich auf, Marissa.«

Sie sprang auf die Füße, als er sich zurückzog. »Butch?«

»Mach dir mal keine Sorgen.«

Was zum Teufel sollte denn das bedeuten?

Sie wollte ihm nachlaufen, aber da erschien Beth im Türrahmen, ein Bündel in der Hand. »Äh, hallo, ihr beiden. Hättest du mal ein Momentchen Zeit, Marissa?«

»Butch, geh nicht.«

Er nickte Beth zur Begrüßung zu, dann blickte er den Flur hinunter. »Ich muss endlich mal ausnüchtern.«

»Butch«, sagte Marissa in scharfem Ton. »Ist das ein Abschied?«

Sein Lächeln war schwermütig. »Du wirst immer bei mir sein, Baby.«

Dann ging er ganz langsam fort, als wäre der Boden unter seinen Füßen rutschig.

O … Himmel …

Beth räusperte sich. »Also, tja, Wrath meinte, du könntest vielleicht ein paar Klamotten gebrauchen? Ich hab dir ein paar Sachen mitgebracht, falls du etwas anprobieren möchtest.«

Marissa wollte unbedingt Butch nachlaufen, aber sie hatte sich heute Nacht schon genug blamiert. Außerdem hatte er ausgesehen, als bräuchte er wirklich dringend eine Pause von den Dramen. Was sie wirklich gut nachvollziehen konnte. Nur, dass es für sie keine Flucht gab. *Sie selbst* war das Problem.

Jetzt sah sie Beth in dem Bewusstsein an, dass dies gut und gern die schlimmsten vierundzwanzig Stunden ihres Lebens sein könnten. »Hat Wrath dir erzählt, dass ich meine gesamte Garderobe verbrannt habe?«

»Na ja, er hat da so was erwähnt.«

»Außerdem habe ich einen Krater in den Rasen gebrannt. Es sieht aus, als wäre ein UFO gelandet. Ich kann nicht fassen, dass er nicht böse auf mich ist.«

Das Lächeln der Königin war sanft. »Das Einzige, was ihn nicht so begeistert, ist die Tatsache, dass du Fritz dein Armband hast verkaufen lassen.«

»Ich kann doch nicht zulassen, dass ihr beide mir eine Wohnung mietet.«

»Eigentlich wäre es uns am liebsten, du würdest hierbleiben.«

»O … nein, ihr wart schon viel zu freundlich zu mir. Ursprünglich hatte ich heute Nacht vorgehabt … also, bevor ich von der Sache mit dem Benzin und den Streichhölzern abgelenkt wurde … wollte ich mich in dem neuen Haus umsehen. Und überlegen, was ich für Möbel kaufen muss.«

Nämlich alle.

Beth runzelte die Stirn. »Was dieses Haus betrifft: Wrath möchte, dass Vishous zuerst die Sicherheitsvorkehrungen dort checkt. Es könnte gut sein, dass V die Alarmanlage noch nachrüsten will.«

»Das ist doch bestimmt nicht nötig …«

»Darüber gibt es keine Diskussion. Probier's erst gar

nicht. Wrath möchte, dass du zumindest so lange hierbleibst, bis das erledigt ist. Okay? Marissa?«

Sie dachte an Bellas Entführung. So sehr sie sich die Unabhängigkeit auch wünschte – Leichtsinn war auch keine Lösung. »Ja ... ich ... ist gut. Danke.«

»Möchtest du jetzt ein paar Sachen anprobieren?« Beth deutete mit dem Kopf auf den Stapel auf ihrem Arm. »Ich habe nicht viele Kleider, aber Fritz kann dir noch welche besorgen.«

»Weißt du was?« Marissa beäugte die Jeans, die die Königin trug. »Ich habe noch nie eine Hose getragen.«

»Ich habe zwei dabei, falls du sie anprobieren willst.«

Heute Nacht war wohl die Nacht der ersten Male. Erster Sex. Erste Brandstiftung. Erste Hose. »Ich glaube, ich würde gern ...«

Doch unvermittelt brach Marissa in Tränen aus. Verlor völlig die Fassung. Und zwar so restlos, dass sie nur auf dem Bett sitzen und weinen konnte.

Als Beth die Tür schloss und sich vor sie kniete, wischte sich Marissa rasch das Gesicht ab. Was für ein Albtraum. »Du bist die Königin. Du solltest nicht vor mir knien.«

»Richtig, ich bin die Königin, also kann ich wohl machen, was ich will.« Beth legte die Kleider zur Seite. »Was ist denn los?«

Puh, die Liste war ziemlich lang.

»Marissa?«

»Ich glaube ... ich glaube, ich könnte jemanden zum Reden brauchen.«

»So ein Jemand sitzt vor dir. Möchtest du es nicht mal ausprobieren?«

Ach je, es gab so vieles, was ihr auf der Seele lag. Aber

eine Sache wog schwerer als der ganze Rest. »Nur zur Vorwarnung, meine Königin, es handelt sich nicht um ein schickliches Thema. Sex, um genau zu sein. Es geht um … Sex.«

Beth lehnte sich zurück und setzte sich im Schneidersitz auf den Boden. »Leg los.«

Marissa öffnete den Mund. Schloss ihn wieder. Öffnete ihn. »Man hat mir beigebracht, nicht von solchen Dingen zu sprechen.«

Beth lächelte. »Außer dir und mir ist ja niemand im Raum. Keiner muss es je erfahren.«

Also gut … tief Luft holen. »Na ja … ich war eine Jungfrau. Bis heute Nacht.«

»Aha.« Nach einer langen Pause fragte die Königin: »Und weiter?«

»Es war nicht …«

»Es hat dir nicht gefallen?« Da sie keine Antwort bekam, fuhr Beth fort: »Ich fand mein erstes Mal auch nicht so berauschend.«

Marissa blickte auf. »Ehrlich?«

»Es tat weh.«

»Bei dir auch?« Beths Nicken verblüffte Marissa. Und es erleichterte sie. »Es war nicht alles schmerzhaft. Ich meine, was davor kam, war … ist herrlich. Butch ist so … wie er mich berührt, das macht mich ganz … o mein Gott, ich kann nicht fassen, dass ich darüber rede. Und ich kann gar nicht erklären, wie es mit ihm ist.«

Beth gluckste. »Das macht nichts. Ich weiß, was du meinst.«

»Wirklich?«

»O ja.« Die dunkelblauen Augen der Königin leuchteten. »Ich weiß exakt, was du meinst.«

Marissa lächelte, dann sprach sie weiter. »Als es so weit war … du weißt schon, als es geschah, war Butch wirklich sanft und alles. Und ich *wollte* es mögen, ganz ehrlich. Es war nur alles zu viel, und es tat ziemlich weh. Ich glaube, mit mir stimmt etwas nicht. Innen.«

»Bei dir stimmt alles, Marissa.«

»Aber es … es tat wirklich weh.« Sie schlang sich die Arme um die Taille. »Butch sagte, den meisten Frauen fällt es am Anfang schwer, sich fallen zu lassen, aber ich konnte einfach nicht … Das entspricht jedenfalls nicht dem, was sich die *Glymera* erzählt.«

»Nichts für ungut, denn du gehörst zur Aristokratie – aber ich würde der *Glymera* nicht alles glauben.«

Da hatte die Königin vermutlich nicht so ganz unrecht. »Wie war das denn bei dir und Wrath, als ihr … äh …«

»Mein erstes Mal war nicht mit ihm.«

»Oh.« Marissa wurde rot. »Verzeih mir, ich wollte nicht …«

»Kein Problem. Ich persönlich mochte Sex nicht besonders, bevor ich Wrath kennenlernte. Ich war vor ihm mit zwei Typen zusammen und konnte einfach nicht … Egal. Also, ich wusste nicht, was die ganze Aufregung soll. Offen gestanden, wäre es wahrscheinlich, selbst wenn Wrath mein Erster gewesen wäre, auch nicht leichter gewesen bei der Größe seines …« Jetzt errötete die Königin. »Auf jeden Fall bedeutet der erste Sex für die Frau immer einen Übergriff. Vielleicht ist es erotisch und wundervoll, aber nichtsdestotrotz ein Übergriff. Daran muss man sich erst gewöhnen. Und für manche ist das erste Mal ziemlich schmerzhaft. Butch wird sicher Geduld mit dir haben. Er wird …«

»Er hat es nicht zu Ende gebracht. Ich hatte den Eindruck … er konnte nicht.«

»Wenn er dir wehgetan hat, dann kann ich gut nachvollziehen, warum er aufhören wollte.«

Marissa warf die Arme hoch. »Gütige Jungfrau, ich schäme mich ja so. Als es passierte, war ich so durcheinander … mir schossen so viele Dinge durch den Kopf. Und dann wollte ich mit ihm reden, bevor ich ging, aber ich fand die passenden Worte nicht. Dabei liebe ich ihn.«

»Gut. Das ist gut.« Beth nahm Marissas Hand. »Alles wird gut werden, das verspreche ich dir. Ihr beiden müsst es einfach noch mal probieren. Jetzt, wo der Schmerz für dich vorbei ist, sollte es kein Problem mehr geben.«

Marissa sah in die mitternachtsblauen Augen der Königin. Und erkannte, dass in ihrem ganzen bisherigen Leben niemand je offen über ein Problem mit ihr gesprochen hatte. Ja, sie hatte noch nie eine Freundin gehabt. Und genauso kam ihr die Königin vor. Wie … eine Freundin.

»Weißt du was?«, murmelte Marissa.

»Was denn?«

»Du bist großartig. Ich verstehe, warum Wrath sich so an dich gebunden hat.«

»Ich sagte es ja schon, ich würde alles tun, um dir zu helfen.«

»Das hast du. Heute Nacht hast du das getan.« Marissa musste sich räuspern. »Dürfte ich … äh, dürfte ich die Hosen anprobieren?«

»Aber unbedingt.«

Marissa nahm die Sachen und verschwand im Badezimmer.

Als sie wieder herauskam, trug sie eine schmale schwarze Hose und einen Rollkragenpulli. Und sie konnte nicht aufhören, an sich herunterzustarren. Ihr Körper wirkte so viel schmaler ohne das ganze Drumherum.

»Wie fühlst du dich?«, fragte Beth.

»Komisch. Leicht. Unbeschwert.« Mit bloßen Füßen lief sie im Zimmer umher. »Ein bisschen nackt.«

»Du bist dünner als ich, deshalb sitzt alles ein bisschen lockerer. Aber die Sachen sehen toll an dir aus.«

Wieder ging Marissa ins Bad und betrachtete sich im Spiegel. »Ich glaube, das gefällt mir.«

Als Butch in die Höhle zurückkehrte, ging er schnurstracks in sein Badezimmer und stellte die Dusche an. Das Licht ließ er aus; er verspürte keine Lust, zu sehen, wie betrunken und verstört er immer noch war. Obwohl das Wasser kalt war, stieg er unter den Strahl, in der Hoffnung, eine arktische Wäsche würde ihn nüchtern werden lassen.

Unsanft rubbelte er sich mit einem Stück Seife ab, und als er an seinem Unterleib ankam, sah er nicht hin. Konnte es nicht ertragen. Er wusste, was er da von sich abwusch und bei dem Gedanken an das Blut, das auf Marissas Schenkel gelaufen war, brannte seine Brust.

Das zu sehen, war der Horror gewesen. Und danach hatte er sich selbst mit dem geschockt, was er tat. Warum er seinen Mund auf ihre Haut gepresst hatte, oder woher diese Idee gekommen war, überstieg sein Fassungsvermögen. Es war ihm einfach als die passende Handlungsweise erschienen.

Ach … zum Teufel. Er konnte jetzt nicht darüber nachdenken.

Haare waschen, ausspülen. Und Schluss. Er machte

sich nicht die Mühe, sich abzutrocknen, ging einfach tropfend zu seinem Bett und setzte sich hin. Die Luft war eiskalt auf seiner nassen Haut, was sich wie eine gerechte Strafe anfühlte. Er stützte das Kinn auf die Faust und starrte quer durch den Raum. Im trüben Schein, der unter der Tür hindurchdrang, entdeckte er die Klamotten, die Marissa ihm vorhin ausgezogen hatte. Daneben lag ihr Kleid auf dem Boden.

Er wandte sich wieder den Sachen zu, die er getragen hatte. Der Anzug gehörte ihm eigentlich gar nicht. Genau wie das Hemd, die Socken, die Schuhe. Nichts von dem, was er trug, gehörte ihm.

Er warf einen Blick auf seine Armbanduhr. Zog sie aus. Ließ sie auf den Teppich fallen.

Er wohnte nicht in seiner eigenen Wohnung. Er gab nicht sein eigenes Geld aus. Er hatte keinen Job, keine Zukunft. Er war ein gut gepflegtes Haustier, kein Mann. Und so sehr er Marissa auch liebte – nach dem, was gerade im Garten passiert war, war sonnenklar, dass es mit ihnen beiden nicht funktionieren konnte. Diese Beziehung war schlicht und einfach zerstörerisch, besonders für Marissa: Sie war verwirrt und gab sich selbst die Schuld an Dingen, für die sie nichts konnte. Sie litt, und das alles seinetwegen. Verdammt, sie verdiente so viel mehr. Sie verdiente … ja, sie verdiente Rehvenge, diesen reinblütigen Aristokraten. Rehv wäre in der Lage, sich um sie zu kümmern, ihr zu geben, was sie brauchte, sich mit ihr in der Gesellschaft sehen zu lassen, in den kommenden Jahrhunderten ihr Partner zu sein.

Butch stand auf, lief zum Schrank und zog eine Gucci-Tasche hervor … doch dann machte er sich bewusst, dass er nichts mitnehmen wollte, wenn er abhaute.

Also warf er die Tasche beiseite, zog eine Jeans und ein Sweatshirt an, steckte die Füße in ein Paar Turnschuhe und fand die alte Brieftasche und den Schlüsselbund, die er damals bei sich gehabt hatte, als er bei Vishous einzog. Als er das Metallgewirr an dem schlichten silbernen Schlüsselring betrachtete, fiel ihm ein, dass er sich seitdem gar nicht mehr um seine Wohnung gekümmert hatte. Nach all der Zeit musste der Vermieter längst die Tür aufgebrochen und seine Sachen entrümpelt haben. Was in Ordnung ging. Es zog ihn sowieso nichts dorthin zurück.

Er ließ die Schlüssel liegen und ging aus dem Zimmer, bis ihm einfiel, dass er keinen fahrbaren Untersatz hatte. Sah ganz so aus, als müsste er zu Fuß zur Route 22 laufen und von dort aus trampen.

Einen konkreten Plan, wohin er gehen wollte, hatte er nicht. Er wusste nur, dass er die Brüder und Marissa verlassen musste. Ende. Und er musste aus Caldwell verschwinden. Vielleicht könnte er Richtung Westen ziehen.

Als er ins Wohnzimmer kam, war er erleichtert, dass V nicht da war. Sich von seinem Mitbewohner zu verabschieden wäre beinahe so schrecklich gewesen, wie seine Frau zu verlassen. Er hatte keinen Bedarf an Abschiedsszenen.

Scheiße. Wie würde die Bruderschaft darauf reagieren, dass er abhaute? Immerhin wusste er eine Menge über sie – *egal.* Er konnte nicht bleiben. Und wenn das bedeutete, dass sie etwas gegen ihn unternahmen, dann würde ihn das jedenfalls aus seinem Elend erlösen.

Und was die Sache mit Omega betraf? Tja, auf diese ganze *Lesser*-Frage wusste er auch keine Antwort. Aber wenigstens müsste er sich dann keine Sorgen mehr machen, die Brüder oder Marissa zu verletzen. Denn er hatte nicht die Absicht, einen von ihnen jemals wiederzusehen.

Seine Hand lag schon auf der Klinke zur Vorhalle, als V fragte: »Wohin gehst du, Bulle?«

Butch schwang den Kopf herum, als V aus dem Schatten der Küche trat.

»V ... ich verschwinde.« Noch bevor er eine Antwort bekam, schüttelte er den Kopf. »Falls das bedeutet, du musst mich töten, dann mach es schnell, und begrab mich. Und erzähl Marissa nichts davon.«

»Warum haust du ab?«

»Es ist besser so, selbst wenn das bedeutet, dass ich ein toter Mann bin. He, du würdest mir doch geradezu einen Gefallen tun, wenn du mir das Licht ausknipst. Ich liebe eine Frau, die ich nie wirklich haben kann. Du und die Bruderschaft, ihr seid meine einzigen Freunde, und euch gebe ich jetzt auch auf. Und was zum Henker wartet schon in der realen Welt auf mich? Nichts. Ich habe keinen Job. Meine Familie hält mich für total kaputt. Das einzig Gute daran ist, dass ich auf mich gestellt unter meinesgleichen sein werde.«

V kam auf ihn zu, ein riesiger, bedrohlicher Schatten.

Verflucht, vielleicht wäre heute Nacht alles vorbei. Hier und jetzt.

»Butch, Mann, du kannst nicht abhauen. Ich hab es dir von Anfang an gesagt. Aussteigen ist nicht drin.«

»Wie schon gesagt, dann mach kurzen Prozess mit mir. Nimm deinen Dolch, und erledige mich. Aber sei versichert: Keine Minute länger werde ich als ein Außenseiter in eurer Welt bleiben.«

Als ihre Blicke sich trafen, rührte Butch sich noch nicht

einmal. Er würde sich nicht wehren. Er würde ganz sanft in die Nacht gleiten, getragen von der Hand seines besten Freundes in einen guten, sauberen Tod.

Es gab schlimmere Arten zu gehen. Viel, viel schlimmere Arten.

Vishous' Augen wurden schmal. »Möglicherweise gibt es einen anderen Weg.«

»Einen anderen ... V, Kumpel, Plastikeckzähne machen die Sache auch nicht besser.«

»Vertraust du mir?« Als er nur ein Schweigen als Antwort erhielt, wiederholte V: »Butch, vertraust du mir?«

»Ja.«

»Dann gib mir eine Stunde, Bulle. Lass mich sehen, was ich tun kann.«

29

Die Zeit zog sich wie Kaugummi, und Butch schlich im Haus herum, während er auf Vs Rückkehr wartete. Schließlich legte er sich aufs Bett, da er den Whiskeydunst einfach nicht abschütteln konnte, und ihm immer noch schwindlig war. Die Augen schloss er mehr der Helligkeit wegen als in der ernsthaften Hoffnung auf Schlaf.

Umgeben von einer lastenden Stille dachte er an seine Schwester Joyce und ihr Baby. Er wusste, wo die Taufe heute stattgefunden hatte: Am selben Ort, wo man auch ihn getauft hatte. Am selben Ort, wo alle O'Neals getauft worden waren.

Wo man ihnen die Erbsünde abgewaschen hatte.

Er legte eine Hand auf den Bauch, auf die schwarze Narbe, und dachte, dass das Böse ihn eindeutig wieder eingeholt hatte. Es war direkt in seinem Innersten gelandet.

Er ballte eine Faust um sein Kreuz und drückte so fest zu, dass das Gold ihm in die Haut schnitt. Er müsste wieder in die Kirche gehen. Regelmäßig.

Während er immer noch das Kreuz umklammerte, kroch die Erschöpfung verstohlen in ihm hoch, entzog ihm die Gedanken und ersetzte sie durch ein Nichts.

Irgendwann später wachte er auf und blickte auf die Uhr. Er hatte zwei Stunden durchgeschlafen, und jetzt war er in die Katerphase eingetreten; sein Kopf war ein einziger großer, dumpfer Schmerz, die Augen hyperempfindlich gegen das Licht, das unter der Tür hindurchdrang. Er drehte sich auf die Seite und reckte sich. Seine Wirbelsäule knackte.

Ein unheimliches Stöhnen wehte den Flur hinunter.

»V?«, fragte er.

Ein weiteres Stöhnen.

»Alles okay bei dir, V?«

Aus dem Nichts ertönte ein krachendes Geräusch, als wäre etwas Schweres heruntergefallen. Dann folgten erstickte Laute, wie jemand sie von sich gab, der zu verletzt zum Schreien und gleichzeitig zu Tode verängstigt war. Butch sprang vom Bett hoch und rannte ins Wohnzimmer.

»Du lieber Himmel!«

V hatte sich von der Couch geworfen und war mit dem Gesicht nach unten auf dem flachen Tisch gelandet, wobei Flaschen und Gläser zu Bruch gegangen waren. Er fuchtelte wild mit Armen und Beinen, seine Augen aber waren fest zugekniffen, und der Mund in einem lautlosen Schrei weit geöffnet.

»Vishous! Wach auf!« Butch wollte schon die Arme des Bruders festhalten, da bemerkte er, dass V seinen Handschuh ausgezogen hatte: Seine schreckliche Hand leuchtete wie die Sonne und brannte Löcher in den Holztisch und die Ledercouch.

»Scheißdreck!« Mit einem Satz brachte sich Butch aus der Gefahrenzone, nachdem er beinahe getroffen worden war.

Alles, was er tun konnte, war, Vishous' Namen zu rufen, während sich sein Freund im Klammergriff eines wie auch immer gearteten Dämons wand. Endlich drang etwas durch. Ob es nun der Klang von Butchs Stimme war, oder ob V sich selbst durch sein heftiges Zucken geweckt hatte.

Als Vishous die Augen aufschlug, keuchte und zitterte er. Er war schweißgebadet.

»Kumpel?« Als Butch sich vor ihn kniete und an der Schulter berührte, wich V vor ihm zurück, was dem Ex-Cop wirklich Angst machte. »Hey, ganz locker, du bist zu Hause. Du bist in Sicherheit.«

Vs Augen, normalerweise so kühl und ruhig, waren glasig. »Butch, o gütige Jungfrau. Butch … der Tod. Der Tod … Das Blut auf meinem T-Shirt. Eins von meinen T-Shirts …«

»Ganz ruhig. Wir atmen jetzt mal ganz tief durch, mein Großer.« Eine Hand unter Vs rechte Achsel geklemmt, hievte Butch den Bruder zurück auf die Couch. Der arme Kerl fiel auf die Lederpolster wie eine Stoffpuppe. »Wir holen dir erst mal was zu trinken.«

Butch suchte in der Küche nach einem einigermaßen sauberen Glas und spülte es aus. Dann füllte er es mit kaltem Wasser, obwohl V zweifellos Grey Goose bevorzugen würde.

Als er zurückkam, zündete sich Vishous gerade eine Zigarette mit Händen an, die wie Fähnchen im Wind flatterten.

Er nahm das Glas entgegen, und Butch fragte: »Möchtest du was Stärkeres?«

»Nein. Das ist gut. Danke, Mann.«

Butch setzte sich ans andere Ende des Sofas. »V, es wird Zeit, dass wir etwas gegen diese Albträume unternehmen.«

»Ich will nicht darüber reden.« V inhalierte tief und stieß langsam und konzentriert den Rauch durch die Lippen aus. »Außerdem habe ich gute Neuigkeiten. Oder so.«

Butch hätte das Thema lieber bei Vs Land der Träume gelassen, aber das sollte offenbar nicht sein. »Dann raus damit. Du hättest mich wecken sollen, sobald du ...«

»Hab ich versucht. Du warst völlig weg. Jedenfalls ...« Wieder stieß V Rauch aus, dieses Mal schon normaler. »Du weißt, dass ich mich mit deiner Vergangenheit beschäftigt habe, oder?«

»Dachte ich mir schon.«

»Ich musste wissen, was los ist, wenn du bei mir ... bei uns leben solltest. Ich habe dein Blut bis nach Irland zurückverfolgt. Haufenweise bleiche Inselbewohner in deinen Venen, Bulle.«

Butch wurde ganz reglos. »Hast du ... noch etwas gefunden?«

»Nicht, als ich vor neun Monaten suchte. Und nicht, als ich deine Abstammung vor einer Stunde noch mal überprüft habe.«

Spielverderber. Obwohl – was hatte er denn geglaubt? Er war kein Vampir. »Und warum sprechen wir dann darüber?«

»Bist du ganz sicher, dass es keine eigentümlichen Storys in deiner Familiengeschichte gibt? Besonders damals in Europa? Du weißt schon, eine Urahnin, die bei Nacht und Nebel stibitzt wurde? Vielleicht eine unerklärliche Schwangerschaft? Eine Tochter, die verschwand und mit einem Kind zurückkehrte?«

Um ehrlich zu sein, waren in seiner Familie nicht sonderlich viele O'Neal-Legenden weitergereicht worden. Die ersten zwölf Jahre seines Lebens war seine Mutter damit beschäftigt gewesen, sechs Kinder aufzuziehen und nebenbei als Krankenschwester zu arbeiten. Dann, nach Janies Ermordung, war Odell zu zerrüttet gewesen, um Geschichten zu erzählen. Und sein Vater? Nee, klar. Tagsüber bei der Telefongesellschaft zu arbeiten und danach Nachtschichten als Wachmann zu schieben ließ nicht viel Freizeit für die lieben Kleinen übrig: Wenn Eddie O'Neal zu Hause gewesen war, dann hatte er getrunken oder geschlafen.

»Ich weiß von nichts.«

»Mein Vorschlag lautet folgendermaßen.« V inhalierte, dann sprach er durch den Rauch, als er wieder ausatmete. »Ich möchte herausfinden, ob du etwas von uns in dir hast.«

Wow. »Aber du kennst meinen Stammbaum. Und hätten meine Blutuntersuchungen in der Klinik nicht etwas aufweisen müssen?«

»Nicht notwendigerweise, und ich habe eine ganz präzise Methode, um es herauszufinden. Es nennt sich Ahnenregression.« V hielt seine leuchtende Hand hoch und ballte sie zur Faust. »Wie ich dieses Scheißding hasse. Aber so machen wir es.«

Butch schielte zu dem verbrannten Couchtisch hinüber. »Du willst mich abfackeln wie Brennholz.«

»Ich werde in der Lage sein, die Energie auf diesen Zweck zu kanalisieren. Was nicht heißen soll, dass es spaßig für dich wird. Aber es sollte dich nicht umbringen. Was dabei herauskommen wird? Die ganze Sache mit Marissa und dem Nähren und wie du darauf reagiert hast; dass du in ihrer Nähe einen Duft verströmst; dazu noch, dass du weiß Gott aggressiv genug bist. Wer weiß, auf was wir stoßen werden.«

Etwas Warmes kribbelte in Butchs Brust. Etwas wie Hoffnung. »Und was, wenn ich einen Vampir-Verwandten hätte?«

»Dann könnten wir …« Jetzt nahm V einen tiefen Zug von der Selbstgedrehten. »Wir könnten es schaffen, dich umzudrehen.«

Ach, du großer Gott. »Ich dachte, das ginge gar nicht.«

V deutete mit dem Kopf auf einen hüfthohen Stapel ledergebundener Bücher neben den Computern. »Da steht etwas in den Chroniken. Wenn du etwas von unserem Blut in dir hast, dann können wir einen Versuch starten. Es ist sehr riskant, aber wir könnten es probieren.«

O Mann, Butch war ja so was von einverstanden mit diesem Plan. »Dann machen wir eben diese Regression. Jetzt sofort.«

»Geht nicht. Selbst wenn du die DNS haben solltest, dann brauchen wir erst grünes Licht von der Jungfrau der Schrift. Vorher dürfen wir nicht mal dran denken, irgendwelche Veränderungen in Gang zu bringen. Solche Sachen dürfen nicht leichtfertig unternommen werden. Dann ist da noch die zusätzliche Komplikation dessen, was die *Lesser* mit dir gemacht haben. Wenn die Jungfrau der Schrift uns nicht gestattet, damit fortzufahren, dann wäre es völlig unerheblich, ob du Verwandte mit Fängen hast. Und ich möchte dich keiner Ahnenregression unterziehen, wenn wir nichts unternehmen können.«

»Wie lange wird es dauern, bis wir Bescheid wissen?«

»Wrath hat gesagt, er würde heute Nacht mit ihr sprechen.«

»Grundgütiger! V, ich hoffe …«

»Ich möchte, dass du in Ruhe darüber nachdenkst. Die

Regression ist ein ganz schöner Hammer. Dein Gehirn wird sich vorübergehend verabschieden, und soweit ich gehört habe, sind die Schmerzen kein Kindergeburtstag. Außerdem möchtest du vielleicht auch mit Marissa darüber sprechen.«

Butch dachte an sie. »Ach, das stehe ich schon durch. Mach dir da mal keine Sorgen.«

»Jetzt werd mal nicht übermütig …«

»Bin ich nicht. Das muss einfach klappen.«

»Könnte aber auch sein, dass es nicht klappt.« V starrte die Spitze seiner Zigarette an. »Vorausgesetzt, du überstehst die Regression wohlbehalten, und wir können einen lebenden Verwandten auftreiben, um die Veränderung ins Rollen zu bringen, dann könntest du trotzdem während der Transition sterben. Deine Überlebenschance ist ziemlich gering.«

»Ich mach's.«

V lachte kurz auf. »Ich kann mich nicht entscheiden, ob du echt Mumm in den Knochen hast oder dich die schlichte Todessehnsucht treibt.«

»Du solltest niemals die Macht des Selbsthasses unterschätzen, V. Das ist eine Wahnsinnsmotivation. Zudem wissen wir beide, wie die andere Option aussieht.«

Als ihre Blicke sich trafen, wusste Butch, dass V dasselbe dachte wie er: Gleich, welche Risiken damit verbunden waren, alles war besser, als von V auf der Stelle getötet zu werden, weil er hier abhauen musste.

»Ich gehe jetzt zu Marissa.«

Auf dem Weg nach draußen blieb Butch noch einmal stehen. »Bist du sicher, dass wir nichts gegen deine Träume tun können?«

»Du hast schon genug Ärger am Hals.«

»Ich bin super im Multitasking, mein Freund.«

»Geh zu deiner Frau, Bulle. Mach dir um mich keine Gedanken.«

»Du bist so eine Nervensäge.«

»Sagte die SIG zur Glock.«

Butch stieß einen Fluch aus und verschwand im Tunnel, bemüht, nicht allzu nervös zu werden. Im großen Haus angekommen, ging er hoch in den ersten Stock, wo er an Wraths Arbeitszimmer vorbeikam. Einem Impuls folgend, klopfte er am Türrahmen. Der König rief ihn herein, und Butch blieb maximal zehn Minuten bei ihm im Zimmer, bevor er weiter zu Marissa ging.

Gerade wollte er anklopfen, als er hinter sich eine Stimme hörte: »Sie ist nicht da.«

Er wirbelte herum und sah Beth aus dem Wohnzimmer am Ende des Flurs kommen, eine Blumenvase in der Hand.

»Wo ist Marissa?«, wollte er wissen.

»Sie ist mit Rhage in ihrem neuen Haus, um sich umzusehen.«

»Was für ein neues Haus?«

»Sie hat sich eine Unterkunft gemietet. Ungefähr zehn Kilometer von hier entfernt.«

Mist. Sie zog aus. Und sie hatte ihm noch nicht mal etwas davon erzählt. »Wo genau ist das?«

Nachdem Beth ihm die Adresse genannt und versichert hatte, dass das Haus völlig sicher war, wollte er sofort losrasen. Aber dann überlegte er es sich anders. Wrath würde jetzt sofort zur Jungfrau der Schrift gehen. Vielleicht konnten sie die Regression schon hinter sich bringen, und es gäbe gute Nachrichten von der anderen Seite.

»Sie kommt doch heute Nacht noch zurück, oder?«

Wie er sich wünschte, sie hätte ihm von ihrem Umzug erzählt.

»Auf jeden Fall. Und Wrath wird Vishous bitten, die Alarmanlage aufzurüsten, weshalb sie so lange hier wohnen bleiben wird, bis das erledigt ist.« Beth blickte ihn misstrauisch an. »Hey ... du siehst nicht besonders gut aus. Komm doch mit mir nach unten, und iss was.«

Er nickte, obwohl er keinen blassen Schimmer hatte, was sie gerade zu ihm gesagt hatte. »Du weißt, dass ich sie liebe, oder?«, platzte er heraus, ohne selbst so recht zu wissen, warum er davon anfing.

»Ja, das weiß ich. Und sie liebt dich auch.«

Warum redete sie dann nicht mit ihm?

O ja, weil er es ihr ja so leicht gemacht hatte in letzter Zeit. Wegen der Sache mit dem Nähren war er völlig ausgetickt. Hatte ihr betrunken die Unschuld geraubt. Und sie dabei verletzt. Großartig.

»Ich hab keinen Hunger«, sagte er. »Aber ich sehe dir beim Essen zu.«

In der Höhle trat Vishous aus der Dusche und quiekte wie ein Mädchen. Vor Schreck knallte er mit dem Rücken an die Marmorwand.

Wrath stand im Badezimmer, ein riesiger, in Leder gekleideter Vampir von der Größe eines SUV.

»*Himmel,* Herr. Schleichst dich hier an deinen Bruder an.«

»Bisschen schreckhaft, was?« Wrath reichte ihm ein Handtuch. »Ich komme gerade von der Jungfrau der Schrift.«

Das Frotteetuch unter einen Arm geklemmt, hielt V inne. »Was hat sie gesagt?«

»Sie hat mich nicht empfangen.«

»Aber warum denn nicht?« Er wickelte sich das Tuch um die Hüften.

»Irgendein Blödsinn vom Rad des Schicksals, das sich weiterdreht. Wer weiß. Eine der Auserwählten hat mit mir gesprochen.« Wraths Kiefer war so angespannt, dass es ein Wunder war, dass er überhaupt sprechen konnte. »Jedenfalls gehe ich morgen Nacht gleich wieder hin. Aber offen gestanden, sieht es nicht gut aus.«

Als die Enttäuschung zu ihm durchdrang, begannen Vs Augenlider zu flattern. »Mist.«

»Ja.« Eine Pause entstand. »Und wo wir schon beim Thema Scheiße sind, sprechen wir doch mal über dich.«

»Über mich?«

»Du bist fester gespannt als ein Drahtseil, und dein Auge zuckt.«

»Ja, weil du hier gerade einen auf *Freitag, der Dreizehnte* gemacht hast.« V drückte sich am König vorbei in sein Schlafzimmer.

Während er den Handschuh überzog, lehnte sich Wrath an den Türahmen. »Hör mal, Vishous ...«

Das kam ja überhaupt nicht infrage. »Mir geht's prima.«

»Aber sicher. Also, die Sache sieht so aus. Ich gebe dir bis Ende der Woche. Wenn du dich bis dahin nicht wieder eingekriegt hast, entferne ich dich aus dem Einsatzplan.«

»Was?«

»Zeit für einen kleinen Urlaub. Ein bisschen Erholung wird dir guttun.«

»Hast du sie noch alle? Ist dir klar, dass wir nur noch zu viert sind, seit Tohr weg ist? Du kannst dir nicht erlauben ...«

»Dich zu verlieren. Ja, das weiß ich. Und deshalb müssen wir dich aus dem Verkehr ziehen, solange was auch immer in deinem Kopf vorgeht. Oder nicht vorgeht, wahlweise.«

»Wir sind doch alle etwas angespannt, wegen …«

»Butch kam vorhin bei mir vorbei. Er hat mir von deinem wiederkehrenden Albtraum berichtet.«

»Dieser miese Sack.« Dafür würde er seinen Mitbewohner in den Boden rammen wie einen angespitzten Pfahl.

»Es war gut, dass er es mir erzählt hat. Du hättest es mir selbst sagen sollen.«

V ging zu seinem Sekretär, in dem er die Blättchen und den Tabak aufbewahrte. Schnell drehte er sich eine, er brauchte etwas zwischen den Lippen. Sonst müsste er noch laut losfluchen.

»Du musst dich untersuchen lassen, V.«

»Von wem? Von Havers? Keine Computertomografie oder Laboruntersuchung wird mir sagen, was los ist, weil es nichts Körperliches ist. Ich krieg das schon wieder in den Griff.« Er blickte über die Schulter und atmete aus. »Ich bin hier der Hirnakrobat, schon vergessen? Ich komm schon dahinter.«

Wrath senkte die Sonnenbrille, seine blassgrünen Augen brannten. »Du hast eine Woche Zeit, sonst gehe ich deinetwegen zur Jungfrau der Schrift. Und jetzt zieh dir was über. Ich muss noch etwas anderes in Bezug auf den Bullen mit dir besprechen.«

Als der König sich auf den Weg ins Wohnzimmer machte, zog V heftig an seiner Zigarette und sah sich dann nach einem Aschenbecher um. Verflucht, den hatte er vorne stehen lassen.

Schon wollte er ihn holen gehen, als sein Blick auf seine Hand fiel. Er hob den behandschuhten Albtraum an den Mund und zog das Leder mit den Zähnen herunter. Dann betrachtete er seinen leuchtenden Fluch.

Verdammt, verdammt, *verdammt*. Das Strahlen wurde immer stärker und stärker, mit jedem Tag.

Den Atem anhaltend, drückte er sich die brennende Zigarette in die Handfläche. Als das angezündete Ende auf seine Haut traf, flackerte der weiße Schein darunter noch heftiger auf und beleuchtete die tätowierten Warnungen, bis sie dreidimensional zu werden schienen.

Mit einem Lichtblitz ging die Selbstgedrehte in Flammen auf, das Brennen prickelte in seinen Nervenenden. Nur Staub blieb übrig, den er in die Luft blies. Dann sah er zu, wie die kleine Wolke rasch wegflog und sich danach in nichts auflöste.

Marissa machte einen Rundgang durch das leere Haus, der sie schließlich wieder an ihren Anfangspunkt im Wohnzimmer führte. Es war viel größer, als sie gedacht hatte, vor allem durch die sechs unterirdischen Zimmer mit jeweils angeschlossenen Badezimmern. Sie hatte sich dafür entschieden, weil es so viel kleiner wirkte als das Haus ihres Bruders Havers', doch Größe war eben relativ. Dieses Haus war riesig. Und sehr leer.

Als sie sich ihren Einzug ausmalte, wurde ihr bewusst, dass sie nie zuvor allein in einem Gebäude gewesen war. Zu Hause hatte es immer Dienstboten gegeben, Havers und Patienten und medizinisches Personal. Und das Anwesen der Bruderschaft war ebenfalls zu jeder Zeit voller Leute.

»Marissa?« Sie hörte Rhages schwere Stiefel hinter sich treten. »Zeit zu gehen.«

»Ich habe die Räume noch nicht ausgemessen.«

»Lass das doch Fritz machen.«

Sie schüttelte den Kopf. »Das ist mein Haus. Ich will es selbst machen.«

»Morgen Nacht ist ja auch noch Zeit. Aber wir müssen jetzt los.«

Sie sah sich ein letztes Mal um, dann ging sie zur Tür. »Gut. Dann morgen.«

Sie dematerialisierten sich zurück zum Anwesen, und als sie durch die Vorhalle traten, konnte sie Rinderbraten riechen und Gespräche aus dem Esszimmer hören. Rhage lächelte sie an und legte seine Waffen ab. Noch während er das Brusthalfter über die Schultern zog, rief er nach Mary.

»Hallo.«

Marissa schnellte herum. Butch stand im Schatten des Billardzimmers, an den Tisch gelehnt, ein gedrungenes Kristallglas in der Hand. Er trug einen edlen Anzug und eine blassblaue Krawatte – doch vor ihr geistiges Auge schob sich beharrlich das Bild, wie er sich nackt über sie beugte.

Schon stieg die Hitze in ihr auf, da wandte er den Blick ab. »Du siehst ganz anders aus in einer Hose.«

»Was – ach so, die gehört Beth.«

Er nahm einen Schluck. »Ich habe gehört, du mietest dir ein Haus.«

»Ja, ich komme gerade von ...«

»Beth hat es mir erzählt. Wie lange bleibst du noch hier? Eine Woche? Oder kürzer? Wahrscheinlich kürzer, oder?«

»Wahrscheinlich. Ich wollte es dir erzählen, aber ich habe gerade erst den Vertrag unterzeichnet, und bei der ganzen anderen Aufregung hatte ich keine Zeit dazu. Ich wollte es nicht vor dir verheimlichen oder so etwas.« Als er keine Antwort gab, sagte sie: »Butch? Ist alles in Ordnung bei dir … bei uns?«

»Ja.« Er starrte in seinen Scotch. »Zumindest wird es das bald sein.«

»Butch, wegen dem, was vorgefallen ist …«

»Du weißt doch, dass die Sache mit dem Feuer kein Problem für mich ist.«

»Nein, ich meine … die Sache in deinem Schlafzimmer.«

»Der Sex?«

Sie errötete und senkte den Blick. »Ich möchte es noch mal probieren.«

Wieder antwortete er nicht gleich, also blickte sie auf.

Seine braunen Augen ruhten durchdringend auf ihr. »Weißt du, was ich will? Nur einmal möchte ich genug für dich sein. Nur ein einziges Mal.«

»Aber du bist doch …«

Er breitete die Arme aus und blickte an sich hinunter. »So nicht. Aber ich werde dafür sorgen, dass ich es sein kann. Ich werde mich um das Problem, das ich bin, kümmern.«

»Wovon sprichst du?«

»Darf ich dich zum Abendessen begleiten?« Als wollte er sie ablenken, trat er auf sie zu und bot ihr seinen Arm an. Da sie ihn nicht nahm, sagte er: »Vertrau mir, Marissa.«

Nach langem Zögern gab sie nach. Wenigstens hatte er sich nicht von ihr abgewandt. Womit sie nach dem Feuer im Garten fest gerechnet hatte.

»Hey, Butch. Warte mal kurz.«

Sowohl Marissa als auch Butch sahen zur Seite. Wrath kam durch die verborgene Tür unter der Treppe, und Vishous war bei ihm.

»Schönen Abend, Marissa«, grüßte der König. »Bulle, ich muss dich kurz sprechen.«

Butch nickte. »Was gibt's?«

»Würdest du uns kurz entschuldigen, Marissa?«

Die Mienen der Brüder waren ausdruckslos, ihre Körper locker. Und sie nahm ihnen die Gelassenheit nicht eine Sekunde lang ab. Trotzdem würde sie sich natürlich dem Willen des Königs beugen.

»Ich warte am Tisch auf dich«, sagte sie zu Butch.

In der Tür zum Speisezimmer sah sie sich noch einmal um. Die drei Männer standen dicht zusammen, Vishous und Wrath ragten über Butch auf, während sie auf ihn einredeten. Ein überraschter Ausdruck huschte über Butchs Gesicht, die Brauen wurden zur Stirn hochgezogen. Dann nickte er und verschränkte die Arme vor der Brust – als wäre er bereit und entschlossen.

Ein Angstschauer überlief sie. Bruderschaftsangelegenheiten. Sie wusste es einfach.

Als Butch zehn Minuten später an den Tisch kam, fragte sie: »Was wollten Wrath und Vishous denn von dir?«

Er schüttelte seine Serviette aus und legte sich den Damast auf den Schoß. »Ich soll in Tohrs Haus Spuren sichern. Herauskriegen, ob er vielleicht zwischenzeitlich wieder da war oder irgendwelche Hinweise auf seinen Verbleib hinterlassen hat.«

Ach. »Das ist … gut.«

»Immerhin war so was jahrelang mein Beruf.«

»Und das ist alles, was du machen wirst?«

Ein Teller wurde vor ihm abgestellt, und er leerte seinen Whiskey. »Ja. Beziehungsweise ... die Brüder werden anfangen, in ländlichen Gegenden Patrouillen auszuschicken. Weswegen sie mich gebeten haben, eine Route für sie auszuarbeiten. Heute nach Sonnenuntergang werde ich mich mit Vishous auf den Weg machen.«

Sie nickte und redete sich gut zu, ihm werde schon nichts passieren. Solange er nicht kämpfte. Und solange er nicht ...«

»Marissa, was hast du denn?«

»Ich, äh, ich will nur nicht, dass du verletzt wirst. Ich meine, du bist ein Mensch und ...«

»Also, heute tagsüber muss ich ein bisschen was recherchieren.«

So viel dazu. Und wenn sie das Thema weiterverfolgte, würde es nur klingen, als hielte sie ihn für schwach. »Was denn recherchieren?«

Er nahm seine Gabel. »Was mit mir passiert ist. V hat die Chroniken schon durchforstet, aber er meinte, ich könnte mich gern auch noch mal daran versuchen.«

Langsam nickte sie. Das bedeutete, sie würden den heutigen Tag nicht damit verbringen, zusammen zu schlafen, Seite an Seite, in seinem Bett. Oder ihrem.

Sie nahm einen Schluck Wasser und staunte. Wie nah man doch neben jemandem sitzen und dennoch meilenweit von ihm entfernt sein konnte.

30

Am folgenden Nachmittag nahm John ungeduldig im Klassenzimmer Platz. Der Stundenplan sah vor, jeweils nach drei Tagen einen Tag zu pausieren, und er war jetzt mehr als bereit, wieder an die Arbeit zu gehen.

Während er seine Notizen zum Thema Plastiksprengstoff noch einmal durchging, kamen allmählich die anderen Schüler herein und ließen sich nieder, wie üblich munter quasselnd und herumalbernd … bis alle mucksmäuschenstill wurden.

John blickte auf. Ein Mann stand im Türrahmen, ein Mann, der etwas unsicher auf den Beinen wirkte, oder vielleicht auch betrunken. Was zum Henker …

Johns Mundwinkel sanken herab, als er das Gesicht und die roten Haare musterte. Blaylock. Es war … Blaylock, nur besser.

Der Bursche senkte den Blick und lief unbeholfen durch den Raum nach hinten. Eigentlich schlurfte er mehr, als er ging, als hätte er seine Arme und Beine nicht so ganz unter Kontrolle. Beim Hinsetzen musste er erst mal seine Knie unter dem Tisch sortieren, bis sie passten, dann beugte er sich vornüber, als versuchte er, sich kleiner zu machen.

Na, viel Glück dabei. Der Kerl war riesig.

Heiliger Strohsack. Er war durch seine Transition gegangen.

Zsadist kam in den Raum, schloss die Tür und warf einen schnellen Blick auf Blaylock. Nach einem kurzen Nicken begann er direkt mit dem Unterricht.

»Heute werden wir eine Einführung in chemische Kampfstoffe machen. Dabei geht es um Tränengas, Senfgas …« Der Bruder hielt inne. Dann schimpfte er leise, als ihm offenbar bewusst wurde, dass niemand aufpasste, weil alle nur Blay anstarrten. »Okay, von mir aus. Blaylock, möchtest du ihnen erzählen, wie es war? Vorher kriegen wir hier sowieso nichts geregelt.«

Blaylock wurde dunkelrot und schüttelte den Kopf, die Arme um die Brust gelegt.

»Na gut. Alle mal herhören.« Die ganze Klasse sah Z an. »Ihr wollt wissen, wie es ist. Dann werde ich es euch erzählen.«

John lauschte konzentriert. Z blieb ganz allgemein, erzählte nichts Persönliches, aber er gab wichtige Informationen preis. Und je mehr der Bruder erzählte, desto mehr kribbelte Johns Körper.

Genau, sagte er innerlich zu seinen Knochen und seinen Muskeln. *Schreibt gut mit, und dann machen wir das bald nach.*

Er war so was von bereit, endlich ein Mann zu werden.

Van stieg aus X' Wagen aus, schloss leise die Beifahrertür und hielt sich im Schatten. Was er da hundert Meter vor sich beobachtete, erinnerte ihn an seine Kindheit: Ein heruntergekommenes, mit Dachpappe gedecktes Haus, daneben im Garten ein vergammelndes Auto. Der einzige Unterschied war, dass dieser Müllberg hier mitten in der Prärie lag und er früher näher am Stadtzentrum gewohnt hatte. Aber es waren dieselben zwei Schritte von der Armut entfernt.

Als er sich aufmerksam umsah, fiel ihm als Erstes ein merkwürdiges Geräusch auf, das durch die Nacht schallte. Ein rhythmisches Schlagen ... als hackte jemand Holz? Nein, eher ein Hämmern. Jemand hämmerte gegen etwas, vermutlich gegen die Hintertür des Hauses dort.

»Das ist Ihr Zielobjekt für heute Nacht«, erklärte Mr. X, als zwei weitere *Lesser* aus dem Auto stiegen. »Die Tagschicht beobachtet den Kasten seit einer Woche. Keine Aktivitäten vor Sonnenuntergang. Eisengitter vor den Fenstern. Die Vorhänge sind immer vorgezogen. Die Vorgabe lautet Gefangennahme, aber töten Sie die Bewohner lieber, falls Sie befürchten, sie könnten Ihnen entkommen ...«

Mr. X stockte und runzelte die Stirn. Dann wandte er den Kopf.

Van tat es ihm gleich, konnte aber nichts Auffälliges erkennen.

Bis ein schwarzer Cadillac Escalade die Straße herunterkam. Mit seinen getönten Scheiben und dem blitzenden Chrom sah der Schlitten aus, als habe er mehr als das gesamte Haus gekostet. Was zum Teufel machte der hier draußen in der Pampa?

»Zieht die Waffen«, zischte Mr. X. »Sofort.«

Van zückte seine schicke neue Smith & Wesson und genoss das Gefühl des schweren Metalls in seiner Handfläche. Sein Körper spannte sich für das kommende Gefecht an, er war mehr als willens, sich einen Gegner vorzuknöpfen.

Nur, dass Mr. X ihm einen unnachgiebigen Blick zuwarf. »Sie bleiben im Hintergrund. Ich möchte nicht, dass Sie sich beteiligen. Sie sehen einfach nur zu.«

Du Mistkerl, dachte Van und fuhr sich mit der Hand durch das dunkle Haar. *Du elender Mistkerl.*

»Haben wir uns verstanden?« Mr. X' Gesicht war eiskalt. »Sie schalten sich *nicht* ein.«

Zu mehr als einem kaum merklichen Senken seines Kinns konnte Van sich nicht überwinden. Er musste das Gesicht abwenden, um einen Fluch zu unterdrücken. Dann verfolgte er mit den Augen den Cadillac, bis er am Ende der schäbigen kleinen Sackgasse zum Stehen kam.

Es handelte sich eindeutig um eine Art Streife. Aber es waren keine Cops. Zumindest keine menschlichen Cops.

Der Motor wurde ausgeschaltet, und zwei Männer stiegen aus. Einer war von relativ normaler Größe, zumindest wenn man von Footballer-Maßstäben ausging. Der andere Typ war ein Riese.

Du lieber Himmel ... ein Bruder. Musste einer sein. Und Mr. X hatte recht gehabt. Dieser Vampir war größer als jeder andere Kerl, den Van je gesehen hatte – und er war zu seiner Zeit mit so manchem Koloss von einem Fighter in den Ring gestiegen.

Dann verschwand der Bruder einfach. *Puff!* Einfach weg. Bevor Van noch fragen konnte, was das denn jetzt wieder bedeuten sollte, drehte der Partner des Vampirs den Kopf und starrte Mr. X direkt an, obwohl sie alle im Schatten verborgen standen.

»O mein Gott ...«, hauchte Xavier. »*Er lebt.* Und der Meister ... ist bei ...«

Der Haupt-*Lesser* machte einen Satz nach vorn und

marschierte los. Direkt ins Mondlicht. Mitten auf die Straße.

Was zur Hölle dachte er sich dabei?

Butch zitterte am ganzen Körper, während er den hellhaarigen *Lesser* beobachtete, der aus der Dunkelheit getreten war. Keine Frage, das war derjenige, der ihn gefoltert hatte: Obwohl Butch keine bewussten Erinnerungen an diese Stunden hatte, schien sein Körper genau zu wissen, wer ihm den Schaden zugefügt hatte. Die Erinnerung war in eben das Fleisch eingebettet, das von diesem Scheißkerl geschunden und gequält worden war.

Butch konnte es kaum erwarten, sich den Haupt-*Lesser* zur Brust zu nehmen.

Doch dann brach um ihn herum das Chaos los.

Hinter dem Haus hörte man, wie eine Kettensäge brüllend ansprang und dann zu einem hohen, jammernden Heulen überging. Und in genau demselben Augenblick kam ein zweiter *Lesser* aus dem Wald und zielte mit einer Waffe auf Butch.

Als die Halbautomatik losging und Kugeln um seinen Kopf schwirrten, hechtete Butch hinter den Escalade, die Hand an seiner Glock. Sobald er etwas Deckung hatte, erwiderte er die ratternden Willkommensgrüße. Die Glock zuckte in seiner Hand, während er gleichzeitig seine lebenswichtigen Organe aus der Schusslinie hielt. In einer kurzen Verschnaufpause zwischen zwei Runden schielte er durch die kugelsichere Scheibe. Der Angreifer hockte hinter einem verrosteten Autoskelett und lud nach. Genau wie Butch.

Und doch hatte sich der erste Vampirjäger, Butchs Folterknecht, immer noch nicht bewaffnet. Der Kerl stand einfach nur mitten auf der Straße und starrte den Ex-Cop an.

Beinahe so, als wäre es seine Lieblingsbeschäftigung, Blei zu fressen.

Falls das so war, tat Butch ihm den Gefallen verdammt gerne. Er beugte sich um den Wagen herum, drückte den Abzug und verpasste dem Burschen einen Schuss in die Brust. Mit einem Grunzen taumelte der Haupt-*Lesser* rückwärts, aber er ging nicht zu Boden. Er wirkte nur etwas ärgerlich und schüttelte sich, als wäre der Treffer ein lästiges Insekt.

Butch hatte keine Ahnung, welchen Reim er sich darauf machen sollte. Aber jetzt war keine Zeit, darüber nachzugrübeln, warum seine Spezialkugeln diesem speziellen Jäger nichts anhaben konnten. Er streckte den Arm in den Wind und feuerte wieder auf den Kerl. In schneller Abfolge rasten die Kugeln aus seinem Lauf. Endlich geriet der *Lesser* ins Wanken und fiel rückwärts hin, alle viere von sich gestreckt …

Genau als hinter Butch ein Knallen zu hören war, so laut, dass er glaubte, eine weitere Pistole werde abgeschossen.

Er wirbelte herum, die Glock in beiden Fäusten, um sie ruhig zu halten. *Ach du Scheiße!*

Eine Vampirin mit einem Kind auf dem Arm kam in wilder Panik aus dem Haus gerast. Und sie hatte guten Grund, die Beine in die Hand zu nehmen. Ihr unmittelbar auf den Fersen folgte ein Hüne von einem Mann, mit brutalem Gesichtsausdruck und einer Kettensäge auf der Schulter. Der Wahnsinnige wollte mit der kreisenden Klinge über die beiden Flüchtenden herfallen.

Butch hob die Waffe ein paar Zentimeter an, zielte auf den Kopf des Mannes und drückte den Abzug …

In genau der Sekunde, als Vishous hinter dem Kerl auftauchte und nach der Säge griff.

»Verflucht!« Butch wollte seinen Zeigefinger daran hindern, abzudrücken, aber die Waffe bäumte sich auf, die Kugel flog …

Und jemand umklammerte Butchs Kehle: Der zweite *Lesser* mit der Waffe hatte sich ihm blitzschnell genähert.

Butch wurde von den Füßen gerissen und knallte wie ein Baseballschläger auf die Motorhaube des Escalade. Durch die Wucht des Aufpralls fiel ihm die Glock aus der Hand und hüpfte weg, Metall auf Metall.

Scheißegal. Er schob die Hand in die Manteltasche und tastete nach dem Klappmesser. Braves Messerchen, es sprang geradezu in seine Handfläche, und er zerrte den Arm aus der Tasche. Mit einer blitzschnellen Bewegung bog er seinen Oberkörper leicht nach links und hieb dem Jäger die Klinge in die Seite.

Schmerzgeheul ertönte, und der Griff lockerte sich.

Butch drückte fest gegen die Brust des *Lesser*. Als der Kerl für den Bruchteil einer Sekunde mitten in der Luft hing, holte Butch mit dem Messer weit aus. Es sauste über die Kehle seines Angreifers. Eine Fontäne schwarzen Blutes schoss hervor.

Butch trat den Jäger zu Boden und wandte sich dem Haus zu. Vishous wehrte sich beherzt gegen den Mann mit der Kettensäge, wich der brüllenden Klinge aus, während er gleichzeitig Hiebe austeilte. Die Frau mit dem Kind floh weiterhin durch den Garten, doch jetzt rückte ein weiterer *Lesser* von rechts nach.

»Ich hab Rhage gerufen«, schrie Vishous geistesgegenwärtig.

»Ich schnappe mir die Frau«, rief Butch, als er losrannte. Er gab alles, seine Füße donnerten auf den Boden, die Knie flogen an die Brust. Er betete, dass er rechtzeitig ankommen würde, betete, er wäre schnell genug … *Nur dieses eine Mal, bitte …*

Mit einem spektakulären Hechtsprung schnitt er dem *Lesser* den Weg ab. Als die beiden zu Boden gingen, schrie er im Flug der Frau zu, bloß nicht stehen zu bleiben.

Irgendwo gingen Schüsse los, aber er war zu beschäftigt, um sich darum zu kümmern. Er und der *Lesser* rollten im schmutzigen Schnee herum, einander prügelnd und würgend. Er wusste, er würde verlieren, wenn sie so weitermachten. Also gab er einem seltsamen Instinkt nach und hörte auf, sich zu wehren. Er ließ den Jäger die Oberhand gewinnen … Und dann sah er dem Untoten direkt in die Augen.

Diese Einheit, diese grausige Gemeinschaft, dieses eiserne Band zwischen ihnen stellte sich sofort ein, machte sie beide bewegungslos. Und mit der Verbindung erwachte der Drang in Butch, zu verzehren.

Er öffnete den Mund und begann einzuatmen.

31

Mitten auf der Straße liegend und blutend wie ein angeschossener Hase, ließ Mr. X den verseuchten Menschen, der eigentlich tot sein sollte, nicht aus den Augen. Der Bursche hielt sich ganz gut, sogar, als er einen *Lesser* im Garten ansprang. Aber er würde überwältigt werden. Und so war es auch. Der Vampirjäger drehte ihn auf den Rücken und würde ihn zu Hackfleisch verarbeiten …

Doch dann erstarrten beide, und die Dynamik verschob sich, die Gesetze von Stärke und Schwäche gerieten aus dem Gleichgewicht. Der *Lesser* mochte zwar oben sein, doch der Mensch hatte die Oberhand.

Mr. X stockte der Atem. Etwas geschah da drüben … irgendetwas …

Genau in dem Moment materialisierte sich ein blonder Bruder aus dem Nichts unmittelbar neben den beiden. Der Krieger beugte sich nach unten und riss den *Lesser* von dem Menschen herunter, zerbrach das Band, das zwischen ihnen bestand …

Aus dem Schatten trat Van zu ihm und verstellte Mr. X den Blick. »Wie wäre es, wenn ich Sie hier wegschaffen würde?«

Das wäre wahrscheinlich das Schlaueste. Er würde gleich ohnmächtig werden. »Ja … und machen Sie schnell.«

Als Mr. X aufgehoben und zum Minivan getragen wurde, hüpfte sein Kopf auf und ab wie der einer Puppe. Dennoch beobachtete er, wie der blonde Bruder den anderen *Lesser* auflöste und sich dann neben den Menschen kniete.

Was für verdammte Helden.

Mr. X gestattete sich, den Blick abzuwenden. Und dankte einem Gott, an den er nicht glaubte, dass Van Dean noch zu neu in der Gesellschaft war, um zu wissen, dass *Lesser* ihre Verletzten nicht mit nach Hause nahmen.

Normalerweise wurde ein verwundeter Jäger an Ort und Stelle zurückgelassen, wo er entweder von den Brüdern zu Omega zurückgeschickt wurde oder allmählich verrottete.

Mr. X spürte, wie er in den Wagen gewuchtet wurde, dann wurde der Motor angelassen, und sie fuhren los. Er drehte sich auf den Rücken und betastete die Verletzung in seiner Brust. Er würde sich wieder erholen. Es würde ein bisschen dauern, doch sein Körper war nicht so schwer verwundet, dass er nicht wieder genesen konnte.

In einer scharfen Rechtskurve wurde X gegen die Wagentür geschleudert.

Van drehte sich um, als er das schmerzerfüllte Keuchen von hinten hörte. »Sorry.«

»Scheiß drauf. Weiter.«

Der Motor heulte wieder auf, und Mr. X schloss die Augen. Mann o Mann, dieser Mensch war immer noch am Leben? Diese Erkenntnis bedeutete Ärger. Schweren Ärger. Was war passiert? Und warum wusste Omega nicht, dass der Mensch noch lebte? Besonders, da der Kerl nach der Anwesenheit des Meisters doch förmlich stank?

Wer konnte schon die Gründe kennen? Entscheidender war, ob X jetzt, da er es wusste, Omega davon berichten sollte? Oder würde diese kleine, bescheidene Information zu einem erneuten Wechsel an der Spitze der Gesellschaft führen, und X wäre für alle Zeit verdammt? Er hatte dem Meister geschworen, dass die Brüder den Menschen getötet hatten. Er stände da wie ein Idiot, wenn sich das als falsch herausstellte.

Wichtig war im Augenblick nur, dass er noch am Leben und auf dieser Seite war, und das musste er auch bleiben, bis Van Dean seine volle Macht erreichte. Deshalb würde es keinen Bericht über den trojanischen Menschen an Omega geben.

Dennoch war der Mann eine gefährliche Unwägbarkeit. Eine, die so schnell wie möglich eliminiert werden musste.

Steif lag Butch im Schneematsch und versuchte, wieder zu Atem zu kommen, immer noch ratlos über das, was da vor sich ging, wenn er in die unmittelbare Nähe der *Lesser* kam.

Sein Magen drehte sich um, und er fragte sich, wo Rhage wohl war. Nachdem Hollywood das Band zwischen ihm und dem *Lesser* zerrissen und den Kerl getötet hatte, war er in den Wald gegangen, um nachzusehen, ob noch mehr von ihnen in der Nähe waren.

Deshalb war es vermutlich eine gute Idee, sich in die Vertikale zu begeben und wieder zu bewaffnen, falls tatsächlich noch mehr auftauchten.

Als Butch sich auf die Ellbogen stützte, entdeckte er die Mutter mit dem Kind am anderen Ende des Gartens. Die beiden duckten sich an einen Schuppen, wie Weinranken ineinander verschlungen. Herrje – er erkannte sie; er hatte sie bei Havers gesehen. Das waren die beiden, in deren Zimmer Marissa an dem Tag gesessen hatte, als er endlich aus der Quarantäne entlassen worden war.

Genau, das waren sie. Die Kleine hatte einen Gips am Bein.

Die Armen, dachte er. So zusammengekauert sahen sie genauso aus wie die menschlichen Opfer von Gewalttaten, die er früher in seinem Job gesehen hatte; die Merkmale des Traumas überschritten die Grenzen der Spezies: Die Augen der Mutter waren weit aufgerissen, die Haut bleich, die Miene drückte ihre zerstörten Illusionen aus. Den Verlust des Glaubens an das Gute im Leben. Genau damit hatte er zu oft zu tun gehabt.

Langsam stand er auf und ging auf sie zu.

»Ich bin …« Beinahe hätte er *von der Polizei* gesagt. »Ich bin ein Freund. Ich weiß, wer ihr seid und werde mich um euch kümmern.«

Der Blick aus den geweiteten Pupillen der Frau hob sich vom zerzausten Haar ihres Kindes.

Mit möglichst gleichmäßiger Stimme und auf physischen Abstand achtend deutete er auf den Escalade. »Ich möchte euch bitten, euch in das Auto dort drüben zu setzen. Ihr bekommt den Schlüssel, damit ihr selbst entscheiden könnt, ob ihr euch einschließen wollt. Danach mache ich einen schnellen Rundgang mit meinem Partner, okay? Und dann bringen wir euch zu Havers.«

Er wartete ab, während die Frau ihn auf eine vertraute Weise prüfend musterte: *Würde er ihr oder ihrem Kind etwas tun?*, fragte sie sich. Sollte sie es wagen, einem Angehörigen des anderen Geschlechts zu vertrauen? Welche Möglichkeiten standen ihr sonst noch offen?

Ohne ihre Tochter loszulassen, stand sie mühsam auf und streckte den Arm weit aus.

Er legte ihr den Schlüssel in die Hand, wohl wissend, dass V auch noch einen hatte, sodass sie notfalls trotzdem noch in den Wagen kämen.

Wie der Blitz drehte sie sich um und rannte weg.

Butch sah ihnen nach und wusste, dass das Gesicht der Kleinen ihn die ganze Nacht wach halten würde. Im Gegensatz zu ihrer Mutter war sie vollkommen ruhig. Als wäre diese Art von Gewalt für sie das Normalste auf der Welt.

Fluchend trabte er zum Haus und rief: »V, ich komme rein.«

Vishous' Stimme wehte von oben herab. »Hier ist sonst niemand. Und ich konnte das Nummernschild des Minivans nicht erkennen, der gerade weggefahren ist.«

Butch besah sich den Körper auf der Türschwelle. Männlicher Vampir, ungefähr vierunddreißig Jahre alt. Wobei – so sahen sie alle aus, bis sie zu altern begannen.

Mit dem Fuß stupste er gegen den Kopf. Er saß so locker wie eine Schleife auf einem Geschenk.

Vs Stiefel trampelten die Treppe herunter. »Ist er immer noch tot?«

»Ja. Den hast du gut erwischt – Mist, du blutest am Hals. Hab ich dich angeschossen?«

V fasste mit der Hand an seine Kehle, dann betrachtete er das Blut auf seiner Hand. »Weiß ich nicht. Wir haben hinter dem Haus gekämpft, und er hat mich mit der Säge erwischt. Es könnte auch davon kommen. Wo ist Rhage?«

»Zur Stelle.« Hollywood kam herein. »Ich hab den

Wald durchkämmt. Die Luft ist rein. Was ist mit Mutter und Kind?«

Butch deutete mit dem Kopf zur Tür. »Sitzen im Escalade. Sie sollten in die Klinik gebracht werden. Die Frau hat frische Verletzungen.«

»Dann bringen wir beide sie dahin«, beschloss V. »Rhage, mach du dich doch auf den Weg zu den Zwillingen.«

»Alles klar. Die sind unterwegs in die Stadt zur Jagd. Passt auf euch auf, ihr zwei.«

Als Rhage sich dematerialisierte, fragte Butch: »Was willst du mit der Leiche machen?«

»Wir legen sie hinten in den Garten. Die Sonne wird in ein paar Stunden aufgehen, dann ist das erledigt.«

Zusammen hoben sie den Vampir auf und trugen ihn durch das ärmliche Haus in den Garten, wo sie ihn neben einem verfaulenden Gartenstuhl ablegten.

Butch hielt inne und betrachtete die eingeschlagene Tür. »Da kommt dieser Typ vorbei und macht bei seiner Frau und seiner Tochter einen auf *Shining*. Und in der Zwischenzeit spähen die *Lesser* das Haus aus und suchen sich ausgerechnet heute Nacht zum Angriff aus.«

»Bingo.«

»Habt ihr häufig solche familiären Probleme?«

»Im Alten Land auf jeden Fall, aber hier habe ich noch nicht viel darüber gehört.«

»Vielleicht werden sie einfach nur nicht angezeigt.«

V rieb sich das zuckende rechte Auge. »Ja, vielleicht. Vielleicht.«

Sie stiegen durch das, was von der Hintertür noch übrig war, ins Haus und verrammelten den Eingang, so gut es ging. Auf dem Weg zur Vordertür entdeckte Butch ein zerfleddertes Stofftier in einer Ecke des Wohnzimmers, als hätte es jemand dort fallen lassen. Er hob den Tiger auf und stutzte. Das Ding wog ungefähr eine Tonne.

Er klemmte es sich unter den Arm, holte sein Handy aus der Tasche und erledigte zwei kurze Anrufe, während V sich mit der Vordertür abmühte. Dann liefen sie zum Wagen.

Vorsichtig und mit ausgestreckten Händen näherte sich Butch den Insassen von der Fahrerseite, der Tiger baumelte an einer Hand. Mit derselben *Ganz locker bleiben*-Haltung ging V um die Motorhaube herum und blieb etwa einen Meter vor der Beifahrertür stehen. Keiner von beiden rührte sich.

Der Wind blies von Norden her, ein kalter, feuchter Strom, der Butch die Blessuren aus seinem Kampf spüren ließ.

Nach einem kurzen Moment wurde das Auto mit einem *Plopp* von innen entriegelt.

John konnte den Blick nicht von Blaylock losreißen. Besonders in der Dusche. Der Junge war jetzt riesig, überall waren Muskeln, breiteten sich von der Wirbelsäule zu den Seiten aus, wölbten sich in Beinen und Schultern, pumpten seine Arme auf. Außerdem war er locker fünfzehn Zentimeter gewachsen. Er musste jetzt ungefähr eins neunzig sein.

Die Sache war nur, dass er nicht glücklich wirkte. Er bewegte sich eckig und unbeholfen. Den Großteil der Zeit unter der Dusche stand er mit dem Gesicht zur gefliesten Wand. Und seinem Zucken nach zu urteilen, reizte die Seife seine Haut. Oder vielleicht war auch die Haut selbst das Problem. Immer wieder trat er unter den Wasserstrahl und gleich wieder zurück, um die Temperatur zu regulieren.

»Verliebst du dich jetzt in ihn? Nicht, dass die Brüder noch eifersüchtig werden.«

John funkelte Lash böse an. Der Kerl lächelte, während er seine schmale Brust einseifte. Der Schaum blieb an der dicken Diamantkette um seinen Hals hängen.

»Hey, Blay, pass bloß auf, dass du nicht die Seife fallen lässt. Unser John-Boy hier lässt dich nicht aus den Augen.«

Blaylock ignorierte die Bemerkung.

»Hey, Blay, hast du mich gehört? Oder träumst du gerade von John-Boy, der auf den Knien vor dir liegt?«

John baute sich vor Lash auf und verstellte ihm die Sicht auf den anderen.

»Och, wie süß, willst du ihn beschützen?« Lash schielte zu Blaylock. »Blay braucht nicht beschützt zu werden. Er ist jetzt ein grooooofßer Junge, stimmt's, Blay? Sag mal, wenn Johnny hier es dir besorgen will, lässt du ihn dann? Ich wette schon. Ich wette, du kannst es kaum erwarten. Ihr beiden wärt so ein schönes …«

John sprang nach vorn, riss Lash mit sich auf die nassen Fliesen … und prügelte wie ein Wahnsinniger auf ihn ein.

Als wäre er auf Autopilot. Er schlug ihm einfach wieder und wieder ins Gesicht, seine Fäuste wurden angetrieben von einer blinden Wut, das Wasser floss schon hellrot in den Abfluss. Und egal, wie viele Hände an seinen Schultern zerrten, er schenkte ihnen keine Beachtung und boxte immer weiter.

Bis er plötzlich einfach hochgehoben wurde.

Er wehrte sich, schlug um sich und kratzte weiter,

selbst als er verschwommen wahrnahm, dass der Rest der Klasse ängstlich zurückgewichen war.

Und selbst noch, als er aus der Dusche geschleppt wurde, hörte John nicht auf zu zappeln und lautlos zu schreien. Durch den Umkleideraum. In den Flur. Er hieb und trat, bis er auf die blauen Matten in der Turnhalle geschleudert wurde, und er keine Luft mehr bekam.

Einen Augenblick konnte er nur an die von Gittern geschützten Deckenlichter starren, doch als ihm bewusst wurde, dass er festgehalten wurde, wehrte er sich weiter. Er fletschte die Zähne und biss in das massige Handgelenk, das seinem Mund am nächsten war.

Unvermittelt wurde er auf den Bauch geworfen, und ein unheimliches Gewicht drückte sich in seinen Rücken.

»Wrath! Nicht!«

Der Name drang nur abstrakt zu ihm durch. Die Stimme der Königin ebenfalls. John war jenseits von simpler Wut, er brannte innerlich vor Zorn.

»Du tust ihm weh!«

»Halt dich da raus, Beth!« Die harte Stimme des Königs erreichte Johns Gehörgang. »Bist du jetzt fertig, Junge? Oder willst du es noch mal mit deinen Zähnen probieren?«

Obwohl er sich nicht bewegen konnte, und seine Kräfte erlahmten, zappelte John weiter.

»Wrath, bitte lass ihn …«

»Das ist eine Sache zwischen ihm und mir, *Lielan*. Geh bitte in die Umkleide und kümmere dich um die andere Hälfte dieses Schlamassels. Der Junge auf den Fliesen muss zu Havers gebracht werden.«

John hörte einen unterdrückten Fluch. Kurz darauf fiel eine Tür ins Schloss.

Jetzt ertönte Wraths Stimme wieder unmittelbar neben Johns Kopf. »Glaubst du etwa, einem von den Bürschchen da draußen die Fresse zu polieren macht dich zu einem Mann?«

John krümmte sich unter der Last auf seinem Rücken, ihm war es egal, dass es sich dabei um den König handelte. Das Einzige, was zählte, was er spürte, war der Zorn in seinen Adern.

»Meinst du, wenn du diesen Blödmann mit der großen Klappe bluten lässt, kommst du in die Bruderschaft? Meinst du das?«

John wehrte sich noch heftiger. Zumindest, bis eine schwere Hand hinten in seinem Nacken landete, und sein Gesicht nähere Bekanntschaft mit der Fußbodenmatte machte.

»Ich brauche keine Raufbolde. Ich brauche Soldaten. Willst du wissen, was der Unterschied ist? Soldaten denken nach.« Der Druck auf seinen Nacken wurde erhöht, bis John nicht einmal mehr blinzeln konnte, und ihm die Augen fast aus dem Kopf sprangen. »Soldaten *denken nach.*«

Urplötzlich war das Gewicht verschwunden, und John dehnte seinen Brustkorb aus, saugte mit gierigen Zügen Luft ein.

Atmen. Atmen.

»Steh auf.«

Leck mich, dachte John. Doch er drückte sich von der Matte ab. Leider fühlte sich sein nutzloser Körper an, als wäre er auf dem Fußboden angekettet. Er konnte sich buchstäblich nicht hochhieven.

»Steh auf.«

Leck mich.

»Was hast du zu mir gesagt?« John wurde unter den Achseln vom Boden hochgerissen. Der König hielt ihn sich direkt vor das Gesicht. Und Wrath war brutal wütend.

Eine heftige Furcht überfiel John. Allmählich dämmerte ihm, wie weit er es getrieben hatte.

Wrath fletschte Fänge, die so lang zu sein schienen wie Johns Beine. »Du glaubst wohl, ich kann dich nicht hören, bloß weil du nicht sprechen kannst?«

Voller Verachtung blickte Wrath auf ihn herab. »Ich kann nur sagen: Verdammt gut, dass Tohr jetzt nicht in der Nähe ist.«

Das ist nicht fair, wollte John schreien. *Nicht fair.*

»Meinst du, Tohr wäre beeindruckt von deinem Auftritt?«

John machte sich frei und stellte sich schwankend vor Wrath hin.

Sag diesen Namen nicht, formten seine Lippen. *Sag seinen Namen nicht.*

Ein Schmerz bohrte sich in seine Schläfen. In seinem Kopf hörte er Wraths Stimme wieder und wieder den Namen *Tohrment* sagen. Panisch schlug er sich die Hände auf die Ohren, stolperte über seine eigenen Füße, taumelte rückwärts.

Wrath folgte ihm Schritt für Schritt, der Name wurde lauter und lauter, bis er einen erbarmungslosen, gellenden, hämmernden Singsang formte. Dann sah John das Gesicht vor sich, Tohrs Gesicht, so deutlich, als stünde er vor ihm. Die dunkelblauen Augen. Den kurzen, militärischen Haarschnitt. Die harten Züge.

John öffnete den Mund und begann zu schreien. Es kam kein Ton heraus, aber er machte weiter, bis er vom

Weinen übermannt wurde. Sein Herz schmerzte, so sehr vermisste er den einzigen Vater, den er je gekannt hatte. Die Hände vor den Augen, die Schultern nach vorn gebeugt, sank er in sich zusammen und schluchzte.

Im selben Augenblick fiel alles von ihm ab: Sein Geist wurde ganz still. Die Vision verschwand.

Starke Arme hoben ihn hoch.

Ohne einen Fluchtweg klammerte er sich an Wraths kräftige Schultern. Er wollte doch nur, dass der Schmerz aufhörte … Er wollte von dem Kummer in sich, von allem, was er tief in sich begrub, befreit werden. Die Verluste in seinem Leben und die Tragödien hatten ihn zerschunden, in seinem Inneren war alles wund.

»Ach …« Wrath wiegte ihn sanft hin und her. »Ist schon gut, mein Sohn. Gottverdammt.«

32

Marissa stieg aus dem Mercedes aus und sofort wieder ein. »Würdest du bitte hier warten, Fritz? Ich möchte von hier aus direkt zu meinem Haus fahren.«

»Natürlich, Herrin.«

Sie betrachtete den Hintereingang der Klinik. Ob Havers sie überhaupt hereinlassen würde?

»Marissa.«

Rasch drehte sie sich um. »O, der Jungfrau sei Dank, Butch.« Sie rannte zum Escalade. »Ich bin ja so froh, dass du mich angerufen hast. Geht es dir gut? Und den beiden?«

»Ja. Sie werden gerade untersucht.«

»Und du?«

»Alles bestens. Ich dachte mir nur, ich sollte lieber draußen warten, weil … du weißt schon.«

Ja, Havers wäre nicht besonders begeistert davon, ihn zu sehen. Wahrscheinlich ebenso wenig wie von ihrem Anblick.

Wieder beäugte Marissa den Klinikeingang. »Mutter und Kind … sie können wohl nicht wieder nach Hause, oder?«

»Auf keinen Fall. Die *Lesser* wissen von dem Haus, deshalb ist es dort nicht mehr sicher. Abgesehen davon war sowieso nicht viel drin.«

»Was ist mit dem *Hellren* der Frau?«

»Er ... kann keinen Schaden mehr anrichten.«

Sie sollte eigentlich nicht erleichtert darüber sein, dass es einen Toten gegeben hatte, doch sie war es. Wodurch sie aber wieder an Butchs Kampf erinnert wurde.

»Ich liebe dich«, platzte sie heraus. »Deshalb will ich nicht, dass du kämpfst. Wenn ich dich aus irgendeinem Grund verlieren würde, dann wäre mein Leben vorbei.«

Seine Augen weiteten sich, was ihr bewusst machte, dass sie schon länger nicht mehr über Liebe gesprochen hatten. Aber sie folgte ihrer neuen obersten Regel. Es war furchtbar für sie, den Tag ohne ihn zu verbringen, furchtbar, die Distanz zwischen ihnen zu spüren. Und sie würde dem von ihrer Seite her ein Ende setzen.

Butch trat ganz dicht vor sie hin und legte ihr die Hände aufs Gesicht. »Ach, Marissa, du weißt ja gar nicht, was es mir bedeutet, das von dir zu hören. Ich muss das hören. Muss es fühlen.«

Sanft küsste er sie, flüsterte Zärtlichkeiten an ihren Lippen, und als sie erbebte, zog er sie liebevoll an sich. Zwischen ihnen gab es immer noch Dinge, die geklärt werden mussten, doch im Augenblick spielte das keine Rolle. Sie musste einfach nur wieder eine neue Verbindung zu ihm herstellen.

Als er den Kopf leicht zurückzog, sagte sie: »Ich gehe jetzt rein, aber würdest du hier auf mich warten? Ich möchte dir mein neues Haus zeigen.«

Zart fuhr er ihr mit der Fingerspitze über die Wange. Zwar bekamen seine Augen einen traurigen Ausdruck, aber er antwortete: »Ja, ich warte. Und ich würde sehr gern sehen, wo du wohnen wirst.«

»Es dauert nicht lange.«

Sie küsste ihn noch einmal und ging dann zum Eingang. Da sie sich wie ein Eindringling vorkam, war sie überrascht, gleich eingelassen zu werden. Was aber noch lange nicht bedeuten musste, dass alles glattgehen würde, das war ihr wohl bewusst. Im Aufzug nestelte sie an ihrem Haar herum. Sie war nervös, Havers gegenüberzutreten. Würde es eine Szene geben?

Als sie in den Wartebereich kam, wussten die Schwestern sofort, weshalb sie hier war und brachten sie in ein Krankenzimmer. Sie klopfte an die Tür.

Havers, der gerade mit dem Mädchen sprach, blickte auf, und seine Miene erstarrte. Ihm schienen die Worte zu entgleiten, er schob seine Brille hoch, dann räusperte er sich.

»Da bist du ja!«, rief die Kleine, als sie Marissa sah.

»Hallo.« Sie hob die Hand.

»Wenn du mich jetzt entschuldigst«, murmelte Havers zu der Mutter. »Ich kümmere mich um die Entlassungspapiere. Aber, wie schon gesagt, es besteht keine Eile für dich, die Klinik zu verlassen.«

Marissa sah ihren Bruder unverwandt an, als er auf sie zukam, unsicher, ob er ihre Anwesenheit überhaupt zur Kenntnis nehmen würde. Aber das tat er. Sein Blick fiel auf ihre Hose, und er zuckte zusammen.

»Marissa.«

»Havers.«

»Du siehst … gut aus.«

Freundliche Worte. Aber er meinte damit, dass sie *anders* aussah. Und er das nicht billigte. »Es geht mir gut.«

»Ich muss gehen.«

Als er verschwand, ohne auf eine Entgegnung zu warten, stieg Wut in ihr auf, aber sie ließ kein böses Wort über ihre Lippen schlüpfen. Stattdessen ging sie zu dem Bett und setzte sich auf die Kante. Sie nahm die Hände des kleinen Mädchens in ihre und suchte nach den passenden Worten. Doch die melodische Stimme der Kleinen kam ihr zuvor.

»Mein Vater ist tot«, stellte sie sachlich fest. »Meine *Mahmen* hat Angst. Und wir haben keinen Schlafplatz, wenn wir hier weggehen.«

Kurz schloss Marissa die Augen und dankte der Jungfrau der Schrift, dass sie wenigstens für eines dieser Probleme eine Lösung hatte. Sie sah die Mutter an. »Ich weiß einen Ort, wo ihr hingehen könnt.«

Die Vampirin schüttelte langsam den Kopf. »Wir haben kein Geld …«

»Aber ich kann die Miete bezahlen«, verkündete die Kleine und hielt ihren zerlumpten Tiger hoch. Sie löste vorsichtig die Naht auf der Rückseite und steckte die Hand hinein. Der Wunschteller kam zum Vorschein. »Das ist Gold, oder? Und Gold ist wie Geld, stimmt's?«

Marissa atmete tief ein und riss sich zusammen, um nicht in Tränen auszubrechen. »O nein, das war ein Geschenk von mir an dich. Und ihr müsst auch keine Miete bezahlen. Ich habe ein leeres Haus, und es muss mit Leben gefüllt werden.« Erneut sah sie die Mutter an. »Ich würde mich riesig freuen, wenn ihr beide dort mit mir zusammen wohnen würdet, sobald alles bereit ist.«

Als John schließlich nach seinem Zusammenbruch zurück in die Umkleide ging, war er ganz allein. Wrath war ins Haupthaus zurückgekehrt, Lash in die Klinik gebracht worden, und die anderen waren nach Hause gegangen.

Was gut war. In der überwältigenden Stille duschte er so lange wie noch nie in seinem Leben, stand einfach nur unter dem heißen Strahl und ließ das Wasser auf sich herabprasseln. Ihm tat alles weh. Ihm war schlecht.

Mannomann. Hatte er wirklich den *König* gebissen? Einen Klassenkameraden windelweich geprügelt?

John lehnte sich mit dem Rücken an die Fliesen. Trotz all des Wassers und all der Seife wurde er nicht sauber. Er kam sich immer noch eigenartig ... schmutzig vor. Andererseits gaben einem Schmach und Scham auch das Gefühl, in Kuhfladen gebadet zu haben.

Unwillig sah er an seinen spärlichen Brustmuskeln, der eingesunkenen Bauchhöhle und den spitzen Hüftknochen herab, an seinem durch und durch unscheinbaren Geschlechtsteil vorbei auf seine kleinen Füße. Dann wanderte sein Blick weiter zu dem Abfluss, durch den Lashs Blut geflossen war.

Er hätte ihn töten können, stellte er fest. So außer Kontrolle war er gewesen.

»John?«

Er riss den Kopf hoch. Zsadist stand im Eingang zu den Duschen, die Miene völlig ungerührt.

»Wenn du fertig bist, kommst du ins Haupthaus. Wir sind in Wraths Arbeitszimmer.«

John nickte und drehte das Wasser ab. Es war nicht ausgeschlossen, dass man ihn aus dem Trainingsprogramm werfen würde. Vielleicht sogar aus dem Haus. Und er konnte es ihnen nicht verdenken. Nur, wo sollte er dann hingehen?

Wieder allein trocknete John sich ab, zog seine Kleider an und ging über den Flur in Tohrs Büro. Er musste die Augen den gesamten Weg durch den Tunnel gesenkt halten. Denn seine Erinnerungen an Tohrment konnte er augenblicklich nicht ertragen. Nicht eine davon.

Wenige Minuten später stand er im Foyer des Hauses und sah die breite Freitreppe hinauf. Langsam stieg er die mit rotem Teppich bezogenen Stufen hinauf. Er war unerträglich müde und die Erschöpfung wurde noch schlimmer, als er oben ankam: Die Flügeltür zu Wraths Büro stand offen, und man hörte Stimmen, die des Königs und auch die der Brüder. Wie er sie alle vermissen würde, dachte er.

Das Erste, was ihm beim Eintreten in den Raum auffiel, war Tohrs Sessel. Das hässliche grüne Ungetüm stand nun leicht nach hinten versetzt links vom Thron. Seltsam.

John ging nach vorn und wartete darauf, dass man ihn bemerkte.

Wrath saß über einen mit Papierstapeln bedeckten, antiken kleinen Schreibtisch gebeugt, eine Lupe in der Hand, die ihm offenbar das Lesen erleichterte. Z und Phury standen zu beiden Seiten des Königs, beide ebenfalls über die Karte gebeugt, die Wrath studierte.

»Hier haben wir das erste Foltercamp gefunden«, erklärte Phury gerade und zeigte auf ein großes, grünes Gelände. »Und hier wurde Butch gefunden. Hier wurde ich hingebracht.«

»Dazwischen liegen große Abstände«, murmelte Wrath.

»Was wir brauchen, ist ein Flugzeug«, meinte Z. »Ein Blick aus der Vogelperspektive wäre viel effektiver.«

»Das ist wahr.« Wrath schüttelte den Kopf. »Aber wir müssen gut aufpassen. Fliegen wir zu dicht am Boden, haben wir die Flugsicherung am Hals.«

John schob sich ein wenig näher an den Schreibtisch heran. Reckte den Hals.

Mit einer geschmeidigen Bewegung schob Wrath das Papier von sich, als hätte er genug gesehen. Oder vielleicht ... wollte er auch John auffordern, einen Blick darauf zu werfen. Doch statt sich die topografische Karte anzusehen, betrachtete John den Unterarm des Königs. Die Bissspur am Handgelenk beschämte ihn, und er machte einen Schritt zurück.

Genau in diesem Moment trat Beth ein. Sie hielt eine Lederschachtel in Händen, die einige mit roten Schleifen zusammengehaltene Schriftrollen enthielt.

»Also gut, Wrath, wie wäre es mit einer kleinen Lagebesprechung? Die hier scheinen mir am wichtigsten.«

Wrath lehnte sich zurück, als Beth die Schachtel abstellte. Dann nahm er ihr Gesicht in die Hände und küsste sie auf den Mund und auf beide Seiten des Halses. »Danke, *Lielan*. Das passt jetzt super, obwohl V und Butch gleich mit Marissa herkommen. Ach, Scheiße, hab ich dir schon von der fantastischen Idee des *Princeps*-Rates erzählt? Obligatorische Bannung für alle nicht gebundenen Frauen.«

»Du machst Witze.«

»Die Spinner haben den Antrag noch nicht angenommen, aber laut Rehvenge wird bald abgestimmt.« Der König wandte sich an Z und Phury. »Ihr beiden checkt mal die Sache mit dem Flugzeug. Haben wir jemanden, der so was fliegen kann?«

Phury zuckte die Achseln. »Ich habe so was früher schon mal gemacht. Und wir könnten V darauf ansetzen ...«

»Mich worauf ansetzen?«, fragte V, der gerade ins Arbeitszimmer spaziert kam.

Wrath schob den Kopf um die Zwillinge herum. »Sagt dir das Wort Cessna etwas, mein Bruder?«

»Wie nett. Heben wir ab?«

Unmittelbar hinter V kamen Butch und Marissa herein. Und sie hielten Händchen.

John trat beiseite und beobachtete die Szene: Wrath begann ein Gespräch mit Beth, während V, Butch und Marissa sich miteinander unterhielten, und Phury und Z den Raum verließen.

Chaos. Bewegung. Planung. So funktionierte die Monarchie, die Bruderschaft. Und John fühlte sich privilegiert, auch im Raum sein zu dürfen ... wenn auch nur für kurze Zeit, bis sie seinen armseligen Hintern an die Luft setzen würden.

In der Hoffnung, sie würden vielleicht vergessen, dass er da war, sah er sich nach einem Platz zum Sitzen um und schielte zu Tohrs Sessel hinüber. Sich immer schön an den Wänden haltend, schlich er hin und ließ sich auf dem ausgeblichenen, zerschlissenen Leder nieder. Von hier aus hatte er alles im Blick: Wraths Schreibtischplatte und was auch immer darauf lag; die Tür, durch die alle kamen und gingen; jeden Winkel des Zimmers.

John zog die Beine auf den Sitz hoch und neigte sich vor, um mitzuhören, was Beth und Wrath bezüglich der Versammlung der *Princeps* besprachen. Wow. Sie arbeiteten wirklich großartig zusammen. Sie gab ihm ausgezeichnete Ratschläge, und der König nahm sie dankbar an.

Als Wrath nickte, fiel ihm das lange schwarze Haar über die Schulter und auf den Schreibtisch. Er schob es zurück, dann öffnete er eine Schublade und entnahm ihr einen Spiralblock und einen Stift. Ohne hinzusehen, hielt er beides rückwärts John direkt unter die Nase.

John nahm die Gabe mit zitternden Händen entgegen.

»Tja, *Lielan,* das passiert, wenn man mit der *Glymera* zu tun hat. Ein Haufen Mist.« Wrath schüttelte den Kopf und blickte dann zu V, Butch und Marissa auf. »Also, was gibt's, ihr drei Hübschen?«

Undeutlich hörte John Wortfetzen, aber er war zu sehr mit einem Gedanken beschäftigt, um sich zu konzentrieren. Lieber Gott, vielleicht würden ihn die Brüder doch nicht rauswerfen ... vielleicht.

Er hörte erst wieder hin, als Marissa gerade sagte: »Sie wissen nicht, wohin, deshalb bleiben sie in dem Haus, das ich gerade gemietet habe. Aber, Wrath, sie brauchen langfristig Unterstützung, und ich fürchte, es gibt noch mehr solche Fälle – Familien, die auseinandergerissen wurden, weil Mitglieder von den *Lessern* getötet wurden oder eines natürlichen Todes starben. Oder Frauen, deren Männer sie misshandeln und denen niemand hilft. Ich wünschte, es gäbe eine Art Programm ...«

»Ja, so etwas brauchen wir unbedingt. Neben ungefähr weiteren achttausend Dingen.« Wrath rieb sich die Augen unter der Sonnenbrille, dann sah er wieder Marissa an. »In Ordnung, ich übertrage dir diese Angelegenheit. Mach dich kundig, was die Menschen in solchen Fällen alles an Unterstützung bieten. Überleg dir, was wir für unsere Spezies brauchen. Sag mir, was du an Geld und Personal und Ausrüstung benötigst. Und dann fang damit an.«

Marissa fiel die Kinnlade herunter. »Herr?«

Beth nickte. »Das ist eine fabelhafte Idee. Und weißt

du was? Mary hat doch früher im sozialen Bereich gearbeitet, beim Notruf. Sie könnte dir sicher helfen, ich glaube, sie kennt sich gut mit den einschlägigen Behörden aus.«

»Ich … ja, gut, das mache ich.« Marissa sah Butch an und er lächelte, voller Respekt. »Moment mal, Herr. Ich habe so etwas noch nie gemacht. Also, ich habe zwar in der Klinik gearbeitet, aber …«

»Das schaffst du locker, Marissa. Und wie ein Freund von mir einst sagte: Du wirst um Hilfe bitten, wenn du welche brauchst. Okay?«

»Ähm, ja, danke.«

»Vor dir liegt eine Menge Arbeit.«

»Ja.« Sie machte einen Knicks, obwohl sie eine Hose trug. Wrath lächelte, dann sah er Butch an, der sich anschickte, seiner Frau zu folgen. »Hey, Bulle, du, V und ich setzen uns heute Nacht noch zusammen. Grünes Licht. Sei in einer Stunde zurück.«

Butch schien etwas blass um die Nase zu werden. Doch dann nickte er und ging, Vishous im Schlepptau.

Als Wrath sich wieder auf seine *Shellan* konzentrierte, kritzelte John rasch etwas auf den Block und hielt es Beth hin. Sie las es dem König laut vor, und Wrath neigte den Kopf.

»Nur zu, mein Junge. Und ja, ich weiß, dass es dir leidtut. Entschuldigung angenommen. Aber von jetzt ab schläfst du hier oben im Haus. Ob in dem Sessel da oder in einem Bett, ist mir egal. Aber du schläfst hier.« John nickte, und der König fügte hinzu. »Und eins noch. Jede Nacht um vier Uhr machst du einen Spaziergang mit Zsadist.«

John stieß einen ansteigenden Pfiff aus.

»Warum? Weil ich es sage. Jede Nacht. Sonst bist du raus aus dem Training und raus aus dem Haus. Kapiert? Pfeif zweimal, wenn du mich verstanden hast und einverstanden bist.«

John pfiff.

Dann sagte er in Zeichensprache etwas unbeholfen *Danke*. Und ging.

33

Fünfundvierzig Minuten später stand Butch in der Tür zur Küche und beobachtete Marissa im Gespräch mit Mary und John. Die drei hatten sich über ein Diagramm gebeugt, welches die miteinander verknüpften Ämter der New Yorker Sozialbehörden darstellte. Anhand eines Beispielfalls erläuterte Marissa die Funktionsweise des Systems, und John hatte freiwillig den Part des Beispielfalls übernommen.

Der arme Junge hatte es nicht leicht gehabt. Er war in der Toilette eines Busbahnhofs auf die Welt gekommen, von einer Putzfrau gefunden und ins katholische Waisenhaus gebracht worden. Dann wurde er bei einer Pflegefamilie untergebracht, der er vollkommen egal war, nachdem die Mittel des Hilfsprogramms gekürzt worden waren. Und es kam noch schlimmer: Die Schule hatte er mit sechzehn abgebrochen und war weggelaufen. Er hatte in Schmutz und Verwahrlosung gelebt, während er sich notdürftig als Küchenhilfe über Wasser hielt. Er hatte Glück, überhaupt noch am Leben zu sein.

Und Marissa würde in Zukunft Kindern wie ihm helfen.

Je länger die Unterhaltung dauerte, desto stärker merkte Butch eine Veränderung in ihrer Stimme. Sie wurde tiefer. Überzeugender. Ihr Blick wurde fester, und ihre

Fragen noch direkter. Sie war, stellte er fest, unglaublich klug, und sie würde ihre Arbeit sehr gut machen.

Ach, wie er sie liebte. Und er wollte unbedingt das sein, was sie brauchte. Was sie verdiente.

Wie auf dieses Stichwort hörte er Schritte und roch dann Vs türkischen Tabak. »Wrath wartet auf uns, Bulle.«

Butch ließ den Blick noch einen Augenblick länger auf seiner Frau ruhen.

Marissa hob den Kopf. »Butch? Ich würde gern von dir hören, was du von einer Polizeitruppe halten würdest.« Sie tippte auf das Diagramm. »Ich erkenne hier eine Menge Szenarien, die das Eingreifen von Ordnungskräften erfordern. Wrath wird über die Einrichtung einer zivilen Sicherheitstruppe nachdenken müssen.«

»Was immer du willst, Baby.« Er prägte sich ihr Gesicht ein. »Aber erst muss ich schnell was erledigen, okay?«

Marissa nickte, lächelte etwas zerstreut und ging wieder an die Arbeit.

Er konnte einfach nicht anders – er musste zu ihr gehen und sie an der Schulter berühren. Als sie aufblickte, küsste er sie auf den Mund und flüsterte: »Ich liebe dich.«

Ihre Augen leuchteten auf, und er küsste sie noch einmal, dann wandte er sich ab. O Mann, er hoffte inständig, dass diese Ahnenregression mehr als nur einen Riesenhaufen irischer Langweiler zutage fördern würde.

Zusammen mit Vishous ging er hinauf ins Arbeitszimmer und fand es leer vor, bis auf Wrath, der vor dem Kamin stand, einen schweren Arm auf den Sims gelegt. Der König sah aus, als zermarterte er sich das Gehirn, während er in die Flammen starrte.

»Herr?«, fragte V. »Ist das jetzt ein guter Zeitpunkt?«

»Ja.« Wrath winkte sie herein, sein schwarzer Diamantring blitzte am Mittelfinger auf. »Schließt die Tür.«

»Was dagegen, wenn ich ein bisschen Muskelkraft zu Hilfe hole?« V deutete mit dem Kopf in den Flur. »Ich möchte, dass Rhage ihn festhält.«

»In Ordnung.« Als Vishous den Raum verließ, starrte Wrath Butch so durchdringend an, dass seine Augen hinter der Sonnenbrille wie Fackeln brannten. »Ich habe nicht damit gerechnet, dass die Jungfrau der Schrift uns das erlaubt.«

»Ich bin froh darüber.« Und wie froh.

»Dir ist klar, worauf du dich hier einlässt? Das wird wahnsinnig wehtun, und es könnte gut passieren, dass du als körperliches und geistiges Wrack daraus hervorgehst.«

»V hat mich erschöpfend aufgeklärt. Es ist okay.«

»Sieh einer an«, murmelte Wrath beifällig. »Du bist wild entschlossen.«

»Was bleibt mir denn anderes übrig, wenn ich es wissen will? Nichts. Nur darüber nachzugrübeln bringt mich auch nicht weiter.«

Die Flügeltüre wurde erneut geöffnet, und Butch sah sich um. Rhage hatte feuchte Haare und trug eine völlig zerfledderte Jeans, einen schwarzen Sweater und weder Schuhe noch Strümpfe. Absurderweise stellte Butch fest, dass sogar die Füße dieses Typen schön waren. Keine Spur von haarigen Zehen und eingewachsenen Nägeln, nicht bei Hollywood. Der Typ war einfach die Vollkommenheit in Person.

»Mensch, Bulle«, sagte der Bruder. »Willst du das wirklich machen?«

Als Butch nickte, trat Vishous vor ihn und zog seinen Handschuh ab. »Du musst dein Hemd ausziehen, Kumpel.«

Butch machte den Oberkörper frei und warf sein teures Hemd aufs Sofa. »Kann ich das Kreuz anbehalten?«

»Ja, es sollte eigentlich nicht schmelzen. Nicht vollständig zumindest.« V schob seinen Handschuh in die Gesäßtasche, zog den schwarzen Ledergürtel aus der Hose und hielt ihn Rhage hin. »Steck ihm das in den Mund und halt es gut fest, damit er sich nicht in die Zunge beißt. Aber komm nicht mit ihm in Berührung. Du wirst sowieso einen Sonnenbrand davon bekommen, so nah dabei zu stehen.«

Rhage trat hinter Butch, doch ein Klopfen an der Tür unterbrach sie.

Marissas Stimme drang durch die Holztür herein. »Butch? Wrath?« Wieder Klopfen. Lauter. »Herr? Was geht hier vor?«

Wrath sah Butch fragend an.

»Lass mich mit ihr sprechen«, erwiderte der Ex-Cop.

Als Wrath die Türschlösser aufschnappen ließ, stürmte Marissa ins Zimmer. Sie warf einen Blick auf Vs ungeschützte Hand und Butchs nackte Brust und wurde so weiß wie die Wand.

»Was macht ihr mit ihm?«

Butch ging zu ihr. »Wir werden herausfinden, ob ich etwas von deiner Art in mir habe.«

Mit offenem Mund starrte sie ihn an. Dann wirbelte sie zu Wrath herum. »Du musst es ihnen verbieten. Sag ihnen, dass sie das nicht tun können. Sag ihnen …«

»Es ist seine Entscheidung, Marissa.«

»Es wird ihn umbringen!«

»Marissa«, ging Butch dazwischen. »Es ist das Risiko wert, Klarheit über mich zu bekommen.«

Jetzt wandte sie sich ihm zu. Vor Wut leuchtete ihr Gesicht geradezu. Einen Augenblick lang geschah gar nichts. Dann gab sie ihm eine schallende Ohrfeige.

»Das ist dafür, dass du nicht auf dich selbst achtest.« Ohne Atem zu holen, schlug sie ihn noch einmal, der Knall hallte von der Decke wider. »Und das dafür, dass du mir nicht erzählt hast, was du vorhast.«

Schmerz flammte in seiner Wange auf und pochte im Rhythmus seines Herzschlags.

»Könnt ihr uns eine Minute allein lassen?«, bat er leise, ohne die Augen von ihrem blassen Gesicht zu nehmen.

Als die Brüder verschwunden waren, wollte Butch ihre Hände in seine nehmen, aber sie riss sie weg und schlang die Arme um sich.

»Marissa … das ist der einzige Ausweg, den ich sehe.«

»Ausweg aus was?«

»Es besteht eine Chance für mich, der zu werden, den du brauchst …«

»Den ich brauche? Ich brauche dich! Und ich brauche dich lebendig!«

»Das hier wird mich nicht umbringen.«

»Ach, und das weißt du so genau, weil du das schon mal gemacht hast? Da bin ich aber erleichtert.«

»Ich muss das tun.«

»Nein, musst du nicht.«

»Marissa«, zischte er. »Versetz dich doch mal in meine Lage. Wie würde es dir gehen, wenn ich mit einer anderen zusammen sein, von einer anderen leben müsste, ohne dass du etwas dagegen unternehmen könntest, Monat für Monat, Jahr für Jahr? Stell dir doch einmal vor, wie es wäre, wenn du zuerst sterben und mich allein lassen müsstest. Möchtest du ein Mensch zweiter Klasse in meiner Welt sein?«

»Du willst mir also damit sagen, dass du lieber tot als bei mir wärest?«

»Ich hab dir doch schon gesagt, das wird mich nicht ...«

»Aber was kommt dann? Glaubst du, ich kann deiner Logik nicht folgen? Wenn du herausfindest, dass du einen Vampirahnen hast – willst du mir ernsthaft erzählen, du würdest dann nicht etwas *wirklich* Dummes probieren?«

»Ich liebe dich zu sehr ...«

»Gütige Jungfrau im Schleier! Wenn du mich lieben würdest, dann würdest du dir das nicht antun. Wenn du mich lieben würdest ...« Marissas Stimme versagte. »Wenn du mich *wirklich* lieben würdest ...«

Tränen stiegen ihr in die Augen, und mit einer ruckartigen Bewegung schlug sie zitternd die Hände vors Gesicht. Sie bebte am ganzen Körper.

»Baby, alles wird gut.« Wenigstens duldete sie seine Arme um sich. »Mein Liebling ...«

»Ich bin im Augenblick so wütend auf dich«, murmelte sie an seiner Brust. »Du bist so ein arroganter, hochmütiger Narr, der mir das Herz bricht.«

»Ich bin ein Mann, der für seine Frau sorgen will.«

»Wie ich schon sagte: ein verdammter Narr. Und du hattest mir versprochen, mich nicht mehr zu beschützen, indem du mich aus deinem Leben aussperrst.«

»Es tut mir ehrlich leid, ich wollte es dir erst erzählen, wenn es vorbei ist. Und ich würde V jederzeit mein Leben anvertrauen. Das hier wird mich nicht umbringen.« Er hob ihr Gesicht an und wischte die Tränen mit den Daumen ab. »Ich denke nur an die Zukunft. Ich bin jetzt siebenunddreißig und habe viel getrunken und viel geraucht. Ich könnte in zehn Jahren tot sein, wer weiß?«

»Und wenn du jetzt stirbst, dann hatte ich nicht einmal diese zehn Jahre. Ich möchte diese Zeit mit dir erleben.«

»Aber ich will Jahrhunderte. Äonen. Und du sollst aufhören, dich bei Rehvenge zu nähren.«

Müde schloss sie die Augen. »Ich sagte doch, das ist nicht so …«

»Für dich vielleicht nicht. Aber kannst du mir ehrlich versichern, dass er dich nicht liebt?« Da sie keine Antwort gab, nickte er. »Das dachte ich mir. Ich mache ihm keinen Vorwurf, aber es gefällt mir nicht. Auch wenn du besser … mit jemandem wie ihm zusammen sein solltest, jemandem aus deiner Schicht.«

»Butch, die *Glymera* ist mir völlig gleichgültig. Dieses Leben liegt hinter mir, und weißt du was? Es ist besser so. Eigentlich sollte ich mich bei Havers bedanken, dass er mich zur Unabhängigkeit gezwungen hat. Er hat mir einen Gefallen getan.«

»Tja, nichts für ungut, aber ich würde ihn trotzdem am liebsten vermöbeln.«

Als er sie noch fester an sich drückte, seufzte sie an seiner Brust. »Was werden sie tun, wenn du etwas von uns in dir trägst?«

»Darüber sprechen wir später.«

»Nein.« Sie schob ihn von sich weg. »Du sollst mich nicht ausschließen. Tust du das für *uns?* Dann sollte ich auch mitreden, verdammt. Wir sprechen jetzt sofort darüber.«

Er raufte sich die Haare. »Dann würden sie versuchen, die Wandlung auszulösen.«

Langsam öffnete sich ihr Mund. »Und wie?«

»V sagt, er kann das.«

»Wie?«

»Das weiß ich nicht. Soweit waren wir noch nicht.«

Eine lange Zeit blickte Marissa ihn nur an, und er wusste, dass sie im Geiste all seine Fehlgriffe noch einmal durchging. Dann sagte sie: »Du hast dein Versprechen mir gegenüber gebrochen, indem du mir von all dem nichts erzählt hast.«

»Ich … stimmt, ich hab's vermasselt.« Er legte sich eine Hand aufs Herz. »Aber ich schwöre dir, Marissa, ich wollte sofort zu dir kommen, sobald ich Gewissheit gehabt hätte. Ich hatte nie die Absicht, in die Transition zu gehen, ohne vorher mit dir darüber zu reden. Ehrlich.«

»Ich möchte dich nicht verlieren.«

»Und ich möchte nicht verloren gehen.«

Als sie zur Tür blickte, breitete sich eine Stille im Raum aus, die fast greifbar für ihn war, die über seine Haut strich wie kalter Nebel.

Endlich sagte sie: »Ich will während der Regression im Raum sein.«

Butch stieß pfeifend die Luft aus. »Komm her, ich muss dich kurz festhalten.«

Er zog sie an sich, schlang seine Arme um sie. Ihre Schultern waren steif, aber die Hände umklammerten seine Taille. Fest.

»Butch?«

»Ja?«

»Es tut mir nicht leid, dass ich dich geohrfeigt habe.«

Er ließ den Kopf auf ihren Hals sinken. »Ich hatte es verdient.« Dann presste er seine Lippen auf ihre Haut und atmete tief ein, versuchte, ihren Duft nicht nur in seinen Lungen zu behalten, sondern in seinem Blut. Als er den Kopf anhob, betrachtete er die Ader an ihrem Hals und dachte, *lieber Gott, bitte lass mich mehr werden, als ich jetzt bin.*

»Bringen wir es hinter uns«, sagte sie.

Er küsste sie noch einmal, dann holte er Wrath, V und Rhage wieder herein.

»Ziehen wir es durch?«, wollte Vishous wissen.

»Ja.«

Butch schloss die Tür, dann stellte er sich mit V vor den Kamin.

Als Rhage hinter ihn trat und ihm den Gürtel zwischen die Zähne schieben wollte, sah Butch Marissa an. »Ist schon okay, Baby. Ich liebe dich.« Dann warf er Wrath einen Blick zu. Als könnte der König Gedanken lesen, stellte er sich neben Marissa. Bereit, sie aufzufangen. Oder zurückzuhalten.

V kam ihm so nahe, dass sie sich beinahe berührten. Vorsichtig legte er Butch das Goldkreuz an der Kette auf den Rücken. »Kann es losgehen?«

Butch nickte und schob den Gürtel in seinem Mund in eine einigermaßen bequeme Position. Er wappnete sich innerlich, als V den Arm hob.

Doch dann legte sich die Handfläche seines Mitbewohners auf seine nackte Brust, und alles, was er spürte, war Wärme. Butch runzelte die Stirn. Das war alles? Das war verflucht noch mal alles? Dafür hatten sie Marissa zu Tode erschreckt?

Er blickte nach unten, stinksauer.

Hoppla, die falsche Hand.

»Entspann dich, mein Freund«, sagte V und ließ seine Hand kreisförmig über Butchs Herz gleiten. »Atme ganz tief ein. Je ruhiger du bist, desto besser für dich.«

Merkwürdige Wortwahl. Genau das hatte Butch zu Marissa gesagt, als er …

Um seinen Puls nicht zu beschleunigen, verdrängte er diesen Gedanken hastig und versuchte, seine Schultern zu lockern. Ohne viel Erfolg.

»Lass uns eine Minute zusammen atmen. Genau so. Ein und aus. Atme mit mir. Sehr gut. Wir haben alle Zeit der Welt.«

Butch schloss die Augen und konzentrierte sich auf die wohltuende Empfindung auf seiner Brust. Die Wärme. Die kreisende Bewegung.

»So ist es gut. Schön. Fühlt sich gut an, oder? Einfach nur entspannen …«

Das Kreisen wurde langsamer und langsamer. Und Butchs Atmung wurde tiefer und leichter. Sein Herz machte kurze Pausen vor den einzelnen Schlägen, die Intervalle zwischen den Kontraktionen wurden größer und größer. Und dazu ertönte die ganze Zeit Vs Stimme … die trägen Worte verführten ihn, schlichen sich in seinen Kopf, versetzten ihn in Trance.

»Gut, Butch. Sieh mich an. Lass mich deine Augen sehen.«

Butch hob schwer die Lider und schwankte, während er V ins Gesicht blickte.

Dann verspannte er sich. Die Pupille in Vs rechtem Auge dehnte sich aus, bis da nur noch Schwärze war. Nichts Weißes mehr. Keine Iris. Was zum …

»Ganz locker, Butch. Mach dir keine Sorgen. Schau nur einfach in mich rein. Komm schon. Schau in mein Inneres, Butch. Fühl meine Hand auf deiner Brust. Sehr gut … und jetzt will ich, dass du dich in mich fallen lässt. Lass los. Lass dich … in … mich … fallen …«

Butch konzentrierte sich auf die Schwärze und spürte wieder die Hand über seinem Herzen. Aus dem Augenwinkel sah er die leuchtende Hand auf sich zukommen, doch er war viel zu weggetreten, um Angst zu haben. Er taumelte auf eine herrliche, sanfte Art mitten durch die Luft und fiel in Vishous hinein …

Tauchte in eine Leere ein …

In die Dunkelheit …

Mr. X wachte auf und tastete seine Brust nach den Schusswunden ab. Zu seiner Zufriedenheit heilten sie schnell, aber trotzdem hatte er noch nicht annähernd seine normale Kraft zurückgewonnen.

Vorsichtig hob er den Kopf an und sah sich um. Was einst das gemütliche Heim einer Familie gewesen war, hatte sich, seit die Gesellschaft der *Lesser* das Haus nutzte, in kahle vier Wände mit verschlissenem Teppich und welken Vorhängen verwandelt.

Van kam aus der leeren Küche hereinspaziert und blieb abrupt stehen. »Sie sind ja wach. Meine Güte, ich hatte schon gedacht, ich müsste ein Loch im Garten graben.«

Mr. X hustete leicht. »Bringen Sie mir meinen Laptop.«

Als Van gehorchte, hievte sich Mr. X hoch, sodass er sich an der Wand abstützen konnte. Er öffnete ein Dokument mit dem Namen »Arbeitsnotizen«. Dann scrollte er zur Überschrift »Juli« herunter und überflog seine neun Monate alten Eintragungen. Es gab eine für jeden Tag aus der Zeit, in der er zum ersten Mal Haupt-*Lesser* geworden war.

Während er suchte, merkte er, dass Van neben ihm wartete.

»Wir haben eine neue Aufgabe, Sie und ich«, sagte Mr. X geistesabwesend.

»Ach ja?«

»Dieser Mensch, den wir letzte Nacht gesehen haben. Wir werden ihn finden.« X verweilte kurz bei den Aufzeichnungen für den siebzehnten Juli, doch sie waren nicht, was er suchte. »Wir werden diesen Menschen finden und ihn beseitigen. Finden und beseitigen.«

Der Kerl musste sterben, damit Mr. X' Fehler nachträglich korrigiert wurde, und Omega nie erfuhr, dass sein trojanischer Mensch nicht von den Brüdern getötet worden war.

Der eigentliche Mord müsste allerdings von einem anderen *Lesser* durchgeführt werden. Nach dem gestrigen Showdown sollte Mr. X sich aus dem Gefahrenbereich halten. Er konnte nicht noch einmal eine so ernsthafte Verletzung riskieren.

Juli ... Juli ... vielleicht irrte er sich im Monat, aber er hätte schwören können, dass um die Zeit ein Cop, der dem Menschen ähnelte, in der Caldwell Martial Arts Academy, dem ehemaligen Hauptquartier der Gesellschaft, aufgetaucht war – genau. Gewissenhafte Aufzeichnungen waren ja so hilfreich. Genau wie die Tatsache, dass er damals darauf bestanden hatte, sich die Polizeimarke zeigen zu lassen.

Laut sagte Mr. X: »Er heißt Butch O'Neal. Polizeimarke Nummero acht fünf zwei. Wohnsitz früher in den Cornwell Apartments, aber er ist sicher umgezogen. Geboren im Bostoner Frauenkrankenhaus, Eltern ein gewisser Edward und eine Odell O'Neal.« Mr. X verzog seinen Mund zu einem Lächeln. »Um was wollen wir wetten, dass seine Eltern immer noch in Boston leben?«

34

Regen fiel auf Butchs Gesicht. War er draußen? Ganz offensichtlich. Mannomann, er musste nach einer Sauftour umgekippt sein. Denn er lag flach auf dem Rücken, und in seinem Kopf war nur Matsch, und schon allein die Vorstellung, seine Augen zu öffnen, war viel zu anstrengend.

Wahrscheinlich sollte er am besten einfach hier liegen bleiben und abwarten. Genau … einfach eine Mütze voll Schlaf …

Nur, dass dieser Regen wirklich nervtötend war. Das Zeug kitzelte, wenn es auf seine Wangen traf und ihm den Hals hinunterrann. Er hob einen Arm, um das Gesicht abzuschirmen.

»Er kommt zu sich.«

Wessen tiefe Stimme war das? Vs – genau, und V war … sein Mitbewohner? Oder so was in der Art. Richtig, Mitbewohner. Er mochte V sehr.

»Butch?« Jetzt erklang eine Frauenstimme. Die Stimme einer sehr ängstlichen Frau. »Butch, kannst du mich hören?«

Oh, er kannte sie. Das war die Liebe seines Lebens. *Marissa.*

Mühsam öffnete er die Lider, aber er war nicht ganz sicher, was Wirklichkeit war, und was sein schriller Trip. Bis er das Gesicht seiner Frau entdeckte.

Marissa beugte sich über ihn, und sein Kopf lag in ihrem Schoß. Es waren ihre Tränen, die auf sein Gesicht fielen. Und V hockte direkt neben ihr, die Lippen über seinem Ziegenbärtchen zu einem dünnen, besorgten Strich gepresst.

Butch wollte etwas sagen, aber da war etwas in seinem Mund. Als er danach schlug, um es loszuwerden, wollte Marissa ihm helfen.

»Noch nicht«, sagte V. »Ich glaube, da kommen noch ein paar.«

Ein paar was?

Aus heiterem Himmel hörte er das Geraschel von Füßen.

Er hob den Kopf ein wenig an und stellte überrascht fest, dass er selbst die Geräusche machte. Seine Schuhe hopsten auf und ab, und er konnte zusehen, wie die Krämpfe durch seine Beine nach oben fuhren. Er wollte sich dagegen wehren, doch der Anfall bemächtigte sich seiner, fuhr ihm in Hüften und Oberkörper, ließ seine Arme flattern und seinen Rücken auf den Boden knallen.

Er ritt die Welle so gut er konnte, klammerte sich, so lange es ging, an seinem Bewusstsein fest.

Als er wieder zurückkam, war er benommen.

»Dieser hat nicht so lange gedauert«, befand Marissa und strich ihm das Haar glatt. »Butch, kannst du mich hören?«

Er nickte und versuchte, den Arm zu heben. Aber da starteten seine Füße schon wieder die Fred-Astaire-Nummer.

Noch drei Runden mit dem Anfall-Karussell, dann wurde ihm endlich der Gürtel aus dem Mund genommen. Als er zu sprechen versuchte, wurde ihm erst bewusst, wie irrsinnig betrunken er war. Sein Gehirn kam nur stotternd in Gang, so blau war er. Nur … Moment mal. Er konnte sich gar nicht daran erinnern, sich über den Scotch hergemacht zu haben.

»Marissa«, murmelte er und nahm ihre Hand. »Du solltest nicht so viel trinken.« Nee, das war jetzt nicht ganz richtig rübergekommen. »Äh … vor *nicht so viel trinken* … ich.«

Egal. Wahnsinn, stand er neben sich.

V lächelte schwach, aber es war das falsche Lächeln eines Arztes gegenüber einem Patienten, der sich gleich übergeben muss. »Er bräuchte jetzt was mit viel Zucker. Rhage, hast du zufällig einen Lolli dabei?«

Butch drehte den Kopf zur Seite, als ein unverschämt gut aussehender Blonder sich vor ihn hinkniete. »Dich kenne ich«, sagte Butch. »Hallo … Kumpel.«

»Hallo, mein Junge.« Rhage zog einen Tootsie-Pop-Lutscher aus seiner Sweatertasche, wickelte ihn aus und steckte ihn Butch in den Mund.

Butch stöhnte. Wow, das war das Beste, was er je im Leben geschmeckt hatte. Traube. Süß. Aaaahhhh …

»Bekommt er wieder einen Anfall?«, fragte Marissa.

»Ich glaube, es schmeckt ihm«, murmelte Rhage. »Stimmt's, Bulle?«

Butch nickte und verlor beinahe seinen Lolli, deshalb hielt Rhage ihn am Stiel fest.

O Mann, sie waren so gut zu ihm. Marissa strich ihm über die Haare und hielt seine Hand. Vs Hand lag schwer auf seinem Bein. Rhage passte auf, dass der Lolli da blieb, wo er hingehörte …

Aus heiterem Himmel kehrten sein logisches Denkvermögen und sein Kurzzeitgedächtnis auf einen Schlag zurück, als würde man ihm das Gehirn zurück in den Schädel stopfen. Er war nicht betrunken. Die Regression. Die Ahnenregression. Vs Hand auf seiner Brust. Die Schwärze.

»Was ist dabei rausgekommen?«, fragte er panisch. »V … was hast du herausgefunden?«

Alle um ihn herum atmeten auf, und jemand murmelte: *Gott sei Dank, er ist wirklich wieder da.*

In diesem Augenblick tauchten zwei Stahlkappenstiefel von rechts auf. Butchs Augen saugten sich daran fest, dann wanderten sie höher, erkannten zwei in Leder gehüllte Beine und einen riesigen Körper.

Wrath ragte über ihnen allen auf.

Der König setzte seine Panoramasonnenbrille ab und enthüllte hell leuchtende blassgrüne Augen. Da sie keine Pupillen zu haben schienen, war es, wie von einem 12000-Watt-Scheinwerfer beschienen zu werden.

Wrath grinste breit, seine Fänge blitzten weiß. »Wie geht's, wie steht's … *Cousin.*«

Butch war baff. »Wie bitte?«

»Du hast was von mir in dir, Bulle.« Wraths Grinsen blieb auf seinem Gesicht hängen, als er die Brille wieder anzog. »Ich habe natürlich immer gewusst, dass du was Besonderes bist. Hatte allerdings keine Ahnung, dass es über ›besonders nervig‹ hinausgeht.«

»Ist das dein Ernst?«

Wrath nickte bestätigend. »Du stammst aus meiner Linie, Butch. Einer von meiner Sippe.«

Als Butchs Brustkorb sich zusammenzog, machte er sich auf einen weiteren Anfall gefasst. Wie alle anderen: Rhage nahm ihm den Lolli aus dem Mund und griff nach dem Gürtel. Marissa und V hielten den Atem an. Doch was dann kam, war ein brüllendes Gelächter. Eine absurde, zwerchfellerschütternde, vollkommen alberne Welle der Hysterie.

Butch lachte und lachte und küsste Marissas Hand. Dann lachte er weiter.

Marissa spürte die Zufriedenheit und die Aufregung durch Butchs Körper summen, als er losließ. Doch sie konnte in seine hörbare Freude nicht einstimmen.

Woraufhin auch ihm das Lächeln verging. »Baby, es wird schon gut gehen.«

Vishous stand auf. »Wir sollten euch beide mal kurz allein lassen.«

»Danke«, sagte sie.

Als die Brüder alle weg waren, setzte sich Butch auf. »Das ist unsere große Chance.«

»Wenn ich dich darum bäte, würdest du dann auf die Transition verzichten?«

Er erstarrte. Als hätte sie ihn wieder geohrfeigt. »Aber Marissa ...«

»Würdest du?«

»Warum willst du mich denn nicht bei dir haben?«

»Das will ich ja. Und ich würde jederzeit unsere unmittelbare Zukunft einer hypothetischen Chance auf irgendwelche Jahrhunderte vorziehen. Kannst du das denn nicht verstehen?«

Er stieß hörbar den Atem aus und biss die Zähne zusammen. »Ich liebe dich doch.«

Okay, das hieß wohl, dass er ihre Logik nicht so umwerfend fand. »Butch, wenn ich darum bäte, würdest du darauf verzichten?«

Als er nicht reagierte, legte sie die Hand vor die Augen, obwohl sie keine Tränen mehr übrig hatte.

»Ich liebe dich«, wiederholte er. »Also, ja … wenn du mich darum bätest, würde ich es nicht tun.«

Sie senkte die Hand wieder und schluchzte leise auf. »Schwöre es. Jetzt sofort.«

»Bei meiner Mutter.«

»Danke …« Sie zog ihn in die Arme. »Gütige Jungfrau … danke. Und für das Nähren finden wir eine Lösung. Mary und Rhage haben es geschafft. Ich will nur – Butch, wir werden eine gute Zukunft haben.«

Sie schwiegen eine Weile, saßen einfach nur still auf dem Boden. Dann sagte er plötzlich ohne Überleitung: »Ich habe drei Brüder und eine Schwester.«

»Was?«

»Ich habe noch nie mit dir über meine Familie gesprochen. Ich habe drei Brüder und eine Schwester. Eigentlich hatte ich zwei Schwestern, aber wir haben eine verloren.«

»Oh.« Sie lehnte sich zurück. In was für einem merkwürdigen Tonfall er jetzt sprach.

»Meine früheste Kindheitserinnerung ist die, als meine Schwester Joyce als Neugeborene aus dem Krankenhaus kam. Ich wollte sie mir ansehen und rannte zu ihrer Wiege, aber mein Vater schubste mich beiseite, damit mein älterer Bruder und meine Schwester sie sehen konnten. Während ich gegen die Wand prallte, hob mein Vater meinen Bruder hoch, damit er das Baby anfassen konnte. Ich werde nie die Stimme meines Vaters vergessen …« Butchs Akzent veränderte sich, die Vokale wurden ganz flach. *»Das ist deine neue Schwester, Teddy. Du wirst sie lieben und auf sie aufpassen*. Ich dachte: Und was ist mit mir? Ich würde sie auch gerne lieben und auf sie aufpassen. Ich sagte, *Pa, ich möchte auch helfen.* Er sah mich nicht einmal an.«

Marissa merkte plötzlich, dass sie Butchs Hand so fest drückte, als wollte sie ihm die Knochen brechen. Doch er schien es überhaupt nicht zu bemerken. Und sie konnte den Griff einfach nicht lockern.

»Danach«, fuhr er fort, »begann ich meine Eltern zu beobachten; zu beobachten, wie anders sie mit meinen Geschwistern umgingen. Hauptsächlich freitags und samstags. Mein Vater trank gern, und wenn er dann etwas zum Abreagieren brauchte, dann war ich meist dran.« Als Marissa scharf die Luft einsog, schüttelte Butch vollkommen teilnahmslos den Kopf. »Nein, ist schon in Ordnung. Es war gut. Dank ihm kann ich heute ordentlich was einstecken, und glaub mir, das kam mir schon diverse Male ziemlich gelegen.

Eines Tages jedenfalls, an einem vierten Juli ... damals war ich fast zwölf ...« Er rieb sich den Kiefer. »Also, es war der vierte Juli, und wir machten bei meinem Onkel in Cape Cod einen auf Familienfest. Mein Bruder klaute ein paar Biere aus der Kühlbox, und er und seine Kumpels gingen hinter die Garage und machten sie auf. Ich versteckte mich in den Büschen, weil ich auch eingeladen werden wollte. Du weißt schon, ich hoffte, mein Bruder würde ...« Er räusperte sich. »Als mein Vater kam, um nach ihnen zu suchen, rannten die anderen Jungs weg, und mein Bruder machte sich beinahe in die Hose. Mein Vater hat nur gelacht. Sagte zu Teddy, er dürfte es bloß nie meiner Mutter erzählen. Dann sah Dad mich im Gebüsch hocken. Er kam auf mich zu, zerrte mich am Kragen hoch und verpasste mir mit dem Handrücken einen so heftigen Schlag, dass ich Blut spuckte.«

Verbissen lächelte Butch und gab unwillkürlich den Blick auf die unebene Kante seines Vorderzahns frei.

»Er erklärte mir, das sei dafür, dass ich ein Schnüffler und eine Petze sei. Ich schwor ihm, ich hätte nur zugesehen, ich würde es niemandem erzählen. Aber er knallte mir noch eine und nannte mich einen Perversen. Mein Bruder – mein Bruder sah einfach nur zu. Sagte kein Wort. Und als ich später mit meiner aufgeplatzten Lippe und dem abgeschlagenen Zahn an meiner Mutter vorbeikam, drückte sie nur meine kleine Schwester Joyce fester an sich und drehte den Kopf weg.« Langsam schüttelte er den Kopf. »Ich ging ins Badezimmer und wusch mich, dann ging ich in das Zimmer, in dem ich schlafen sollte. Gott war mir scheißegal, aber ich kniete mich hin, legte meine Hände aneinander und betete wie ein guter Katholik. Ich flehte Gott an, dass dies nicht meine Familie war. *Bitte,* lass das nicht meine Familie sein. *Bitte,* lass es einen anderen Ort geben, an den ich gehen kann …«

Sie hatte das Gefühl, er merkte gar nicht, dass er ins Präsens gerutscht war. Oder, dass er das goldene Kreuz an seinem Hals umklammert hielt, als hinge sein Leben davon ab.

Seine Lippen verzogen sich zu einem schiefen Lächeln. »Aber Gott muss gemerkt haben, dass ich mir im Hinblick auf ihn nicht so ganz sicher war, denn daraus wurde nichts. Im folgenden Herbst dann wurde meine Schwester Janie ermordet.« Als Marissa leise keuchte, deutete er auf seinen Rücken. »Daher das Tattoo auf meinem Rücken. Ich zähle die Jahre, seit sie weg ist. Ich war der Letzte, der sie lebend gesehen hat, bevor sie zu diesen Jungs ins Auto stieg, die sie hinter unserer Schule … schändeten.«

»Butch, es tut mir so …«

»Nein, lass mich mir das von der Seele reden, okay?

Es ist wie ein Güterzug, jetzt, wo er sich einmal bewegt, kann man ihn nicht stoppen.« Er ließ das Kreuz wieder fallen und fuhr sich mit der Hand durch das Haar. »Nachdem sie Janies Leiche gefunden hatten, fasste mein Vater mich nie wieder an. Kam nicht mal mehr in meine Nähe. Sah mich nicht an. Sprach auch nicht mit mir. Meine Mutter drehte kurz darauf durch, und sie steckten sie in eine geschlossene Anstalt. Ungefähr um die Zeit fing ich an zu trinken. Trieb mich auf der Straße rum. Probierte Drogen aus. Geriet in Prügeleien. Die Familie schleppte sich irgendwie weiter. Die Veränderung meines Vaters allerdings habe ich nie begriffen. Jahrelang schlägt er mich und dann – passiert nichts mehr.«

»Ich bin froh, dass er aufgehört hat, dich zu schlagen.«

»Für mich machte es keinen Unterschied. Darauf zu warten, eine geknallt zu kriegen, war genauso schlimm, wie tatsächlich versohlt zu werden. Und nicht zu wissen, warum … Aber am Ende habe ich es herausbekommen. Auf dem Junggesellenabschied meines ältesten Bruders. Ich war damals ungefähr zwanzig und wohnte schon in Caldwell, weil ich meine Stelle bei der hiesigen Polizei angetreten hatte. Wie dem auch sei, ich war wegen der Party nach Boston gefahren. Wir waren alle in einem Haus mit einer Menge Stripperinnen versammelt. Mein Vater gab sich mit Bier richtig die Kante, ich sniffte Koks und schüttete mir Scotch rein. Die Party ging zu Ende, und ich war völlig jenseits von Gut und Böse. Ich hatte ziemlich viel Koks intus. Mannomann, in der Nacht war ich so was von draufgeschickt. Also, Dad ging, er sollte von irgendjemandem im Auto mitgenommen werden. Und ganz plötzlich musste ich mit dem Scheißkerl reden.

Ich lief ihm bis auf die Straße nach, aber er hat mich

einfach ignoriert. Also habe ich ihn vor allen Gästen am Kragen gepackt und hochgehoben. Ich war nicht mehr zurechnungsfähig. Und dann ging ich auf ihn los, sagte ihm, was für ein beschissener Vater er mir gewesen sei; wie überrascht ich war, als er aufhörte mich zu verprügeln, weil es ihm doch immer so viel Spaß gemacht habe. Ich brüllte immer weiter, bis mir mein alter Herr plötzlich direkt in die Augen blickte. Da wurde ich stocksteif. In seinen Augen lag der totale Horror. Er hatte Angst vor mir. Dann sagte er: *Ich habe dich in Ruhe gelassen, damit du nicht noch mehr meiner Kinder umbringst.* Und ich fragte: Wovon zum Teufel sprichst du? Da fängt er an zu heulen und faselt: *Du wusstest, dass sie mein Liebling war. Das wusstest du, und deshalb hast du sie zu den Jungs in das Auto geschickt. Du wusstest genau, was passieren würde.«* Noch immer schien Butch fassungslos. »Mann, alle haben es gehört. Die ganzen besoffenen Besucher. Mein ältester Bruder auch. Mein Vater dachte tatsächlich, ich hätte meine Schwester umbringen lassen, um mich an ihm zu rächen.«

Marissa versuchte, ihn zu umarmen, aber er entzog sich ihr. »Ich fahre nicht mehr nach Hause. Nie mehr. Mein letzter Stand der Dinge ist, dass meine Eltern jedes Jahr eine Zeit lang in Florida sind, den Rest des Jahres aber immer noch in unserem Haus verbringen. Dass zum Beispiel das Baby meiner Schwester Joyce gerade getauft wurde, weiß ich nur, weil ihr Mann mich angerufen hat, weil er wohl ein schlechtes Gewissen hatte.

Also, Marissa, so sieht es bei mir aus. Mein gesamtes Leben lang hat mir etwas gefehlt. Immer schon war ich anders als die anderen Leute, nicht nur in meiner Familie, auch bei den Cops. Ich passte nie richtig irgendwo rein – bis ich die Bruderschaft getroffen habe. Bis ich deinesgleichen kennenlernte, und jetzt weiß ich auch, warum. Ich war ein Fremder unter den Menschen.« Jetzt fluchte er leise. »Ich wollte die Wandlung nicht nur deinet-, sondern auch meinetwegen. Weil ich dachte, dass ich dann … der sein könnte, der ich eigentlich sein soll. Mein ganzes Leben lang habe ich am Rand gelebt. Ich wollte einfach gerne wissen, wie es mittendrin ist.«

Mit einer kraftvollen Bewegung kam er auf die Füße. »Deshalb will ich … wollte ich das tun. Es ging nicht nur um dich.«

Dann ging er zu einem Fenster und schob den blassblauen Samtvorhang davor zur Seite. Der Schein einer Schreibtischlampe fiel auf sein Gesicht, seine muskulösen Schultern, die massige Brust, während er in die Nacht starrte. Und auf das goldene Kreuz, das über seinem Herzen hing.

Welche Sehnsucht ihn quälte, als er so aus dem Fenster sah. Eine Sehnsucht, die seine Augen fast zum Glühen brachte.

Sie dachte an die Nacht, als sie von Rehvenge getrunken hatte. Er war so traurig, so verletzt, so gelähmt gewesen.

Er zuckte die Achseln. »Aber, weißt du, manchmal bekommt man eben einfach nicht, was man will. Also arrangiert man sich damit und macht weiter.« Er drehte sich zu ihr um. »Wie ich schon sagte, wenn du es nicht willst, werde ich es nicht tun.«

35

Butch wandte den Blick von Marissa ab und schaute wieder in die Dunkelheit. Vor dem pechschwarzen Hintergrund der Nacht sah er Bilder seiner Familie, Schnappschüsse, die seine Augen zum Brennen brachten. Du großer Gott, nie zuvor hatte er die ganze Geschichte in Worte gefasst. Und er war fest davon überzeugt gewesen, dass er das niemals tun würde.

Kein besonders schöner Anblick, das Ganze.

Was ein weiterer Grund dafür war, dass er durch die Transition hatte gehen wollen. Er hätte einen zweiten Versuch gut gebrauchen können. Die Wandlung wäre doch wie eine Neugeburt gewesen, oder? Ein neuer Anfang, durch den er ein anderer sein konnte, ein … besserer Mann. Und außerdem gereinigt. Eine Art Taufe durch das Blut.

Verdammt, wie sehr er danach hungerte, die Vergangenheit hinter sich zu lassen: Seine Kindheit, die Dinge, die er als Erwachsener getan hatte, den ganzen Mist mit Omega und den *Lessern*.

Und er war so nah dran gewesen. »Ja, äh, ich sage nur schnell Wrath und den anderen Bescheid, dass wir nicht …«

»Butch, ich …«

Er schnitt ihr das Wort ab, indem er zur Tür ging und diese öffnete. Seine Brust brannte, als er den König und

V ansah. »Sorry, Freunde, es gibt eine kleine Änderung im Plan.«

»Was werdet ihr mit ihm machen?« Marissas Stimme war laut und schneidend.

Butch blickte über die Schulter. Ihre Miene war so finster, wie er sich fühlte.

»Also?«, fragte sie. »Was werdet ihr mit ihm machen?«

Wrath nickte V zu. »Vishous, dafür bist du zuständig.«

Vs Antwort war sachlich, und kam direkt auf den Punkt. Entsetzlich.

Scheiße, jeder Plan, der mit den Worten endete »Und dann beten wir« klang nicht gerade wie ein Trip nach Disneyland.

»Wo würdet ihr es tun?«, wollte sie wissen.

»Unten im Trainingszentrum«, erwiderte V. »Der Geräteraum hat einen separaten Erste-Hilfe-Bereich.«

Ein ausgedehntes Schweigen entstand, währenddessen Butch Marissa unverwandt ansah. Sie wollte doch wohl nicht …

»In Ordnung«, sagte sie. »Wann machen wir es?«

Butch fielen fast die Augen aus dem Kopf. »Baby …?«

Ihr Blick blieb auf V geheftet. »Wann?«

»Morgen Nacht. Seine Chancen sind größer, wenn er sich vorher von der Regression erholen kann.«

»Dann also morgen Nacht.« Marissa schlang die Arme um sich.

V nickte und wandte sich dann an Butch. »Ich könnte mir vorstellen, dass ihr beide heute ein bisschen für euch sein wollt. Ich schlafe im Haupthaus, dann seid ihr in der Höhle ungestört.«

Butch war so perplex, dass er überhaupt nichts mehr kapierte. »Marissa, bist du dir ganz …«

»Ja, ich bin mir sicher. Und ich habe schreckliche Angst.« Sie schob sich an ihm vorbei zur Tür. »Und jetzt würde ich gern ins Pförtnerhaus gehen, wenn du nichts dagegen hast.«

Er schnappte sich sein Hemd und rannte ihr nach.

Im Gehen nahm er ihren Ellbogen – hatte dabei aber eher den Eindruck, als führte sie ihn.

In der Höhle angekommen, konnte Butch Marissas Stimmung nicht deuten. Sie war still, war aber über den Innenhof marschiert wie ein Soldat. Sie strahlte pure Kraft und Konzentration aus.

»Ich würde gern etwas trinken«, erklärte sie, als er die Tür hinter ihnen schloss.

»Gut.« Das wenigstens sollte er geregelt kriegen. Zumindest, falls sie irgendetwas außer Schnaps im Haus hatten.

Er ging in die Küche und zog die Kühlschranktür auf. Himmel, lauter Pizzakartons und Fast-Food-Tüten in unterschiedlich weit fortgeschrittenen Stadien der Verwesung. Senftütchen. Ein Schluck Milch, der inzwischen steinhart geronnen war. »Ich bin nicht sicher, was wir so anzubieten haben. Äh – Wasser?«

»Nein, ich möchte etwas *trinken.*«

Er sah sie über die Tür hinweg an. »Okay … wenn du meinst. Wir haben Scotch und Wodka.«

»Dann probiere ich den Wodka.«

Während er ihr Grey Goose auf Eis eingoss, beobachtete er sie. Sie lief herum und nahm Vs Computer in Augenschein. Den Kickertisch. Den Plasmafernseher.

Dann ging er zu ihr und hätte sie am liebsten in die Arme genommen; gab ihr aber stattdessen nur das Glas.

Sie setzte es an, legte den Kopf in den Nacken und nahm einen ausgiebigen Schluck … und hustete, bis ihr die Tränen kamen. Fürsorglich steuerte er sie zur Couch, dann setzte er sich neben sie.

»Marissa …«

»Halt den Mund.«

Aaa-ha. Gehorsam verschränkte er die Finger ineinander, während sie weiter mit dem Wodka kämpfte. Als sie ungefähr einen Zentimeter geschafft hatte, stellte sie das Glas mit einer Grimasse auf dem Couchtisch ab.

Sie war so schnell, dass Butch überhaupt nicht wusste, wie ihm geschah. Im einen Moment betrachtete er seine fest ineinander verschränkten Finger. Im nächsten wurde er in die Polster gepresst, und sie saß rittlings auf ihm und … o lieber Gott, ihre Zunge war in seinem Mund.

Sie fühlte sich so verdammt gut an, aber die Schwingungen zwischen ihnen stimmten nicht. All diese Verzweiflung, die Wut, die Furcht waren einfach nicht die passende Hintergrundmusik. Wenn sie weitermachten, würden sie sich noch weiter voneinander entfernen. Er schob sie von sich weg, obwohl sein Schwanz lautstark protestierte. »Marissa.«

»Ich will Sex.«

Er schloss die Augen. Herrgott, er doch auch. Die ganze Nacht. Aber nicht so.

Krampfhaft suchte er nach den richtigen Worten … und als er die Lider wieder aufschlug, hatte sie ihren Rolli ausgezogen und mühte sich mit dem Verschluss eines BHs ab, der ihn total umhaute.

Sein Griff um ihre Taille wurde fester, als die Seidenkörbchen herabfielen und ihre Brustwarzen sich in der kühlen Luft aufrichteten. Gierig beugte er sich vor, um seine Lippen mit ihrer Haut in Berührung zu bringen, doch dann hielt er inne. So würde er sie nicht nehmen. Zwischen ihnen lag zu viel Härte in der Luft.

Er hielt ihre Hände fest, die auf dem Weg in seine Hose waren. »Marissa – nein.«

»Sag das nicht.«

Er setzte sich auf, um etwas Abstand zwischen ihre Körper zu bringen. »Ich liebe dich.«

»Dann lass mich weitermachen.«

Er schüttelte den Kopf. »Ich werde das nicht tun. Nicht so.«

Ungläubig starrte sie ihn an. Dann entriss sie ihm ihre Handgelenke und drehte den Kopf weg.

»Marissa, bitte.«

Unwillig schüttelte sie seine Hände ab. »Ich kann das nicht fassen. Unsere einzige gemeinsame Nacht – und du sagst *nein.*«

»Lass mich … bitte … lass mich dich einfach nur im Arm halten. Komm schon, Marissa.«

Sie rieb sich die Augen. Lachte traurig auf. »Es ist wohl mein Schicksal, als Jungfrau ins Grab zu steigen, oder? Klar, streng genommen bin ich keine mehr, aber …«

»Ich habe ja nicht gesagt, dass ich nicht mit dir zusammen sein will.« Mit Tränen in den Wimpern blinzelte sie ihn an. »Nur nicht mit all der Wut. Es würde alles vergiften. Ich möchte, dass es etwas ganz Besonderes wird.«

Na gut, dann klang das eben wie aus einem Aufklärungshandbuch für Schüler. Aber es war die Wahrheit.

»Baby, lass uns einfach in mein Schlafzimmer gehen und im Dunklen beieinanderliegen.« Er hielt ihr den Rolli hin, und sie drückte ihn sich vor die Brüste. »Und wenn wir die ganze Nacht nichts anderes machen als an die

Decke zu starren, dann wären wir wenigstens zusammen. Und wenn etwas passiert, dann nicht aus Frust und Wut. Einverstanden?«

Sie wischte sich die beiden Tränen ab, die herabgefallen waren. Zog sich den Pulli über den Kopf. Betrachtete den Wodka, den sie zu trinken versucht hatte.

Er stand auf und bot ihr die Hand. »Komm mit.«

Nach langem Zögern legte sie ihre Finger in seine und ließ sich auf die Füße ziehen. Dann gingen sie zusammen ins Schlafzimmer. Als er die Tür schloss, wurde es stockfinster, also knipste er die kleine Lampe auf der Kommode an. Die schwache Birne glomm wie Glut in einem Kamin.

»Komm her.« Er zog sie zum Bett, legte sie hin und ließ sich dann neben ihr auf der Matratze nieder, sodass er auf der Seite lag und sie auf dem Rücken.

Zärtlich strich er einige ihrer Haarsträhnen auf dem Kissen glatt, woraufhin sie die Augen schloss und mit einem Schauer einatmete. Nach und nach löste sich die Spannung aus ihrem Körper.

»Du hast recht. Das wäre nicht gut gelaufen.«

»Es liegt ja nicht daran, dass ich dich nicht wollte.« Als er sie auf die Schulter küsste, drehte sie das Gesicht zu seiner Hand herum und presste ihre Lippen in die Innenfläche.

»Hast du Angst?«, fragte sie. »Wegen dem, was morgen passieren wird?«

»Nein.« Sorgen machte er sich nur um sie. Er wollte nicht, dass sie ihn sterben sah. Betete, dass es nicht dazu käme.

»Butch, was ist mit deiner menschlichen Familie? Möchtest du, dass sie informiert werden, falls du …«

»Nein, es gibt keinen Anlass, ihnen irgendetwas mitzuteilen. Und sag so was nicht. Ich komme schon durch.« *Bitte, lieber Gott, lass sie nicht mit ansehen, wie ich sterbe.*

»Aber es kann ihnen doch nicht egal sein?« Als er nickte, wurde ihr Blick traurig. »Du solltest von deinem eigenen Blut betrauert werden.«

»Das werde ich. Von der Bruderschaft.« Ihre Augen füllten sich mit Tränen, und er küsste sie. »Und jetzt kein Wort mehr von Trauer. Das steht nicht auf dem Programm. Denk einfach nicht daran.«

»Aber ich …«

»Sch-sch. Darüber wollen wir nicht reden. Du und ich bleiben einfach nur hier liegen.«

Er legte seinen Kopf neben ihren und strich ihr weiter mit den Fingern durch das wunderschöne blonde Haar. Als ihre Atmung tief und gleichmäßig wurde, rutschte er noch etwas näher, drückte sie an seine nackte Brust und schloss die Augen. Er musste ebenfalls eingeschlafen sein, denn ein Weilchen später wurde er wach. Auf die bestmögliche Art und Weise.

Er küsste ihren Hals, und seine Hand wanderte an ihrer Seite nach oben, auf der Suche nach ihrer Brust. Ein Bein hatte er über ihres gelegt, und seine Erektion drückte gegen ihre Hüfte. Leise fluchend rückte er von ihr ab, doch sie folgte ihm, bis sie halb auf ihm lag.

Ihre Augen öffneten sich. »O …«

Seine Hände fanden ihr Gesicht und strichen das Haar zurück. Sie sahen sich in die Augen.

Träge hob er den Kopf vom Kissen und küsste sie sanft auf den Mund. Einmal. Zweimal. Noch einmal.

»Passiert etwas?«, wisperte sie.

»Ja, ich glaube, es passiert etwas.«

Er zog sie zu einem weiteren Kuss dicht an sich, dann drang er mit der Zunge in sie ein, streichelte damit ihre. Gleichzeitig nahmen ihre Körper einen gemeinsamen Rhythmus auf, ahmten den Geschlechtsakt nach, seine Hüften bewegten sich vor und zurück, ihre nahmen ihn auf, rieben sich an ihm.

Es bestand kein Grund zur Eile, und er nahm sich alle Zeit der Welt, zog sie Stück für Stück aus. Als sie nackt war, legte er sie zurück aufs Bett und betrachtete ihren Körper.

O Jesus. All diese weibliche Haut. Ihre vollkommenen Brüste, die Nippel steil nach oben gerichtet. Ihre Geheimnisse. Und das Beste von allem war ihr Gesicht: Darauf lag keine Furcht, nur erotische Vorfreude.

Was bedeutete, sie würden das hier vollenden. Wenn auch nur ein Hauch von Zweifel in ihren Augen zu entdecken gewesen wäre, hätte er ihr einfach nur Lust bereitet und es dabei belassen. Aber sie wollte dasselbe wie er, und er war sicher, dass sie dieses Mal keinen Schmerz dabei empfinden würde.

Butch stand auf und streifte seine Schuhe ab. Mit großen Augen beobachtete sie, wie seine Hände den Knopf am Hosenbund öffneten, dann den Reißverschluss herunterzogen. Die Unterhose fiel gleichzeitig mit der Hose zu Boden, und seine Erektion stand waagerecht von seinem Körper ab. Rasch bedeckte er sich mit der Hand, klappte seinen Schwanz zum Bauch hoch, um sie nicht zu entmutigen.

Doch als er sich hinlegte, presste sie sich fest an ihn.

»O mein Gott«, hauchte er, als Haut auf Haut traf.

»Du bist so sehr nackt«, flüsterte sie an seiner Schulter.

Er musste lächeln. »Du auch.«

Dann fuhr sie mit den Händen an seinen Seiten auf und ab, und er spürte die Hitze in sich auf Kernschmelztemperatur ansteigen, besonders, als sie eine Hand zwischen ihre Körper schob, und ihre Finger einen südlichen Kurs aufnahmen. In dem Moment, da sie seinen Bauch erreichte, pochte seine Erektion in dem verzweifelten Verlangen, berührt zu werden, gestreichelt zu werden, geknetet zu werden, bis sie explodierte.

Doch er hielt ihr Handgelenk fest und zog sie von sich weg. »Marissa, ich möchte dich um eines bitte.«

»Was denn?«

»Überlass dieses Mal mir, okay? Es soll jetzt nur um dich gehen.« Noch ehe sie protestieren konnte, bedeckte er ihren Mund mit seinem.

Butch behandelte sie mit solch liebevoller Aufmerksamkeit, dachte Marissa. Und solcher Beherrschung. Jede Berührung war sanft und zart, jeder Kuss bedächtig, ohne Hast. Selbst wenn seine Zunge in ihrem Mund und seine Hand zwischen ihren Beinen war, und sie fast durchdrehte bei seinen Liebkosungen, dann hatte er sich unter Kontrolle.

Daher zuckte sie weder noch zögerte sie, als er sich auf sie rollte und sein Knie ihre Oberschenkel spreizte. Sie war bereit, ihn in sich aufzunehmen. Das erkannte sie an dem feuchten Gefühl, als er sie berührt hatte. Erkannte es auch an ihrem Hunger nach seinem Geschlecht.

Er verlagerte sein Gewicht so auf ihr, dass es bequem war, dieser herrliche harte Teil von ihm brannte in ihrer Mitte, als er sie streifte. Dann wölbten sich seine Schultern. Er legte seine Hand zwischen ihre Körper, und seine Spitze fand die Schwelle zu ihrem Inneren.

Butch stützte sich auf seine kräftigen Arme auf und blickte hinab in ihre Augen, während er diesen sanft schaukelnden Rhythmus begann, an den sie sich noch so gut erinnern konnte. Sie lockerte sich, so gut sie es vermochte, obwohl sie nun doch etwas nervös wurde.

»Du bist so schön«, keuchte er. »Alles in Ordnung?«

Sie strich ihm über die Rippen, spürte die Knochen unter seiner Haut. »Ja.«

Druck und Rückzug, Druck und Rückzug, jedes Mal ein wenig tiefer. Mit geschlossenen Augen überließ sie sich dem Gefühl seines Körpers auf ihr, in ihr. Dieses Mal empfand sie die Dehnung, das Nachgeben ihres Inneren, die Fülle als köstlich, nicht als Furcht einflößend. Instinktiv bog sie den Rücken durch. Als ihre Hüften wieder nach unten sanken, nahm sie wahr, dass ihre Becken sich berührt hatten.

Sie hob den Kopf und sah nach unten. Er war jetzt ganz in ihr.

»Wie fühlt sich das an?« Butchs Stimme war brüchig, seine Muskeln flatterten unter schweißüberströmter Haut. Und dann lief ein Zucken durch seine Erektion.

Ein Schauer der Lust blitzte tief in ihrem Inneren auf, und sie stöhnte. »Gütige Jungfrau im Schleier – mach das noch mal. Ich kann dich spüren, wenn du das machst.«

»Ich habe eine noch bessere Idee.«

Als er seine Hüften zurückzog, packte sie seine Schultern, um ihn in sich festzuhalten. »Nein, nicht aufhören …«

Da stieß er wieder vor, zurück in ihren Körper, füllte sie erneut aus. Marissas Augen traten fast hervor, und sie erbebte, besonders, als er weitermachte, vor und zurück, vor und zurück.

»Ja«, seufzte sie. »Besser. Das ist noch viel besser.«

Sie betrachtete ihn, während er sie so vorsichtig ritt, die Brustmuskeln und Arme hart angespannt, die Bauchmuskeln in Wellen gekräuselt, wann immer seine Hüften in sie hineindrängten und wieder nachließen.

»Oh, Butch.« Sein Anblick, seine Gegenwart. Sie machte die Augen wieder zu, um sich auf jedes noch so winzige Detail konzentrieren zu können.

Nie hätte sie gedacht, dass Sex so erotisch sein würde, so erotisch klingen würde.

Mit geschlossenen Lidern hörte sie sein Keuchen, das leise Quietschen des Bettes, das Rascheln der Laken, wenn er sein Gewicht erneut verlagerte.

Mit jedem Stoßen und Ziehen wurde sie heißer. Genau wie er. Schon glühte seine feuchte Haut wie im Fieber und sein Atem ging stoßweise.

»Marissa?«

»Mhm«, machte sie.

Da spürte sie seine Hand zwischen ihren Leibern. »Komm für mich, Baby. Ich möchte spüren, wie du kommst.«

Seine Berührung war feucht und ungeniert, während er gleichzeitig weiter langsam zustieß. Innerhalb von Sekunden ballte sich ein Blitz in ihrem Kern zusammen und zerbarst, zuckte durch sie hindurch und fuhr ihr bis in die Fingerspitzen. Der Orgasmus verschmolz ihren Körper in einer Abfolge von Kontraktionen fest mit seinem.

»O ja«, krächzte er heiser. »Halt mich fest. So mag ich es … verdammt.«

Als sie endlich erschlaffte, schlug sie benommen die Augen auf und stellte fest, dass er sie ehrfürchtig – und besorgt betrachtete.

»War das gut für dich?«

»Wahnsinnig.« Die Erleichterung in seiner Miene ließ ihre Brust schmerzen. Und dann fiel ihr etwas ein. »Moment, was ist mit dir?«

Er schluckte heftig. »Ich würde gern in dir kommen.«

»Dann tu es.«

»Es wird nicht lange dauern«, stieß er hervor.

Als er erneut mit seinen Bewegungen begann, wurde sie ganz reglos, überließ sich einfach nur dem Gefühl.

»Baby?«, fragte er heiser. »Alles okay? Du bist so still.«

»Ich will wissen, wie es bei dir ist.«

»Himmlisch«, flüsterte er ihr ins Ohr. »Mit dir ist es himmlisch.«

Dann ließ er sich nach unten fallen, sein Körper lag hart und schwer auf ihr, als er sich auf ihr aufbäumte. Sie spreizte die Beine so weit sie nur konnte, ihr Kopf wurde von seinen Stößen ins Kissen gedrückt. Mein Gott, er war so stark.

Mit träger Zurückhaltung strich sie ihm über die gewölbten Schultern, dann die durchgebogene Wirbelsäule hinab bis zu der Stelle, an der er mit ihr vereinigt war. Sie wusste genau, wann es für ihn so weit war. Sein Rhythmus wurde drängender, die Abstände zwischen den Stößen dichter, das Tempo höher. Sein gesamter Körper wurde starr, hob und senkte sich kraftvoll, bis es kein Halten mehr gab.

Der Atem schoss ihm aus dem Mund und strich über ihre Schulter, der Schweiß perlte von seiner Haut auf ihre herab. Als seine Hand eine ihrer Haarsträhnen packte und sich zur Faust ballte, spürte sie einen leichten Schmerz, doch das war ganz egal. Vor allem, da er gleichzeitig den Kopf hob und die Augen zukniff, als litte er köstliche Qualen.

Dann hörte er ganz auf zu atmen. Die Venen seitlich an seinem Hals traten hervor, als er den Kopf in den Nacken warf und ein Brüllen ausstieß. Tief in sich spürte sie seine Erektion wild zucken, eine heiße Flüssigkeit ergoss sich in Wellen, die seinen ganzen Körper schüttelten, in sie hinein.

Dann sank er auf ihr zusammen, nass, erhitzt, keuchend. Sämtliche Muskeln zitterten.

Sie schlang ihre Arme und Beine um ihn und presste ihn an sich, hielt ihn ganz fest.

Wie schön er war, dachte sie. Wie schön ... das alles war.

36

Marissa erwachte vom Geräusch der Rollläden, die sich für die Nacht öffneten und von Händen, die ihr über den Bauch, die Brüste, den Hals strichen. Sie lag auf der Seite, Butch dicht von hinten an sie gedrängt … und er bewegte sich in einem erotischen Rhythmus.

Seine Erektion war heiß und forschend, bohrte sich in die Falte in ihrem Gesäß, wollte herein. Sie legte den Arm nach hinten und grub ihre Finger in seine Seite, drängte ihn weiter, und er gehorchte. Wortlos rollte er sich auf ihren Rücken, wodurch sie mit dem Gesicht nach vorn ins Kissen gepresst wurde. Sie schob es beiseite, damit sie atmen konnte, während er mit den Knien ihre Beine spreizte.

Sie stöhnte. Was ihn offensichtlich aufweckte.

Er schrak zurück. »Marissa … ich … äh, das wollte ich nicht …«

Doch als er sich weiter zurückzog, schob sie sich auf die Knie, um den Kontakt zwischen ihren Körpern aufrechtzuerhalten. »Nicht aufhören.«

Kurze Zeit sagte er nichts. Dann: »Du musst wund sein.«

»Überhaupt nicht. Komm zurück, bitte.«

Seine Stimme kratzte und knirschte. »Ich hatte so gehofft, dass du es noch mal machen wolltest. Und ich bin ganz vorsichtig, versprochen.«

Dieser raue Klang war einfach wunderbar am frühen Abend.

Mit seiner breiten Hand strich er ihr über den Rücken, dann streifte sein Mund flüchtig ihre Hüfte, ihr Steißbein, die Haut ihres Hinterns.

»Du siehst wunderbar aus. Ich möchte dich genau so haben.«

Ihre Augen öffneten sich fragend. »Geht das denn?«

»O ja. Ich werde tiefer drin sein. Möchtest du es probieren?«

»Ja …«

Er zog ihre Hüften noch weiter nach oben, bis ihr Gewicht auf allen vieren ruhte. Das Bett knarrte unter ihnen. Als er sich hinter ihr aufbaute, blickte sie zwischen ihren Beinen hindurch. Alles, was sie sah, waren seine breiten Oberschenkel, seine schweren, herabhängenden Hoden und seine aufgerichtete Erektion. Sie wurde wahnsinnig feucht, als ahnte ihr Körper ganz genau, was jetzt käme.

Dann brachte er seine Brust sanft auf ihren Rücken herab, eine seiner Hände tauchte neben ihrem Kopf auf und ballte sich auf der Matratze zur Faust. Sein Unterarm spannte sich an, und die Venen darin wurden dicker, als er sich zur Seite lehnte und die Spitze seiner Erektion an die zarte Haut zwischen ihren Beinen führte. Neckisch streifte er mit Vor- und Rückwärtsbewegungen die Außenseite ihres Geschlechts, und sie wusste, er betrachtete es dabei.

Seinem Zittern nach zu urteilen gefiel ihm, was er sah.

»Marissa … ich möchte …« Mit einem geflüsterten Fluch unterbrach er sich selbst.

»Was denn?« Sie drehte sich ein bisschen seitlich, um ihn über die Schulter ansehen zu können.

In seinen Augen lag dieser feste, durchdringende Glanz, den er offenbar immer hatte, wenn er es ernst meinte mit dem Sex. Aber zusätzlich war da noch etwas anderes, ein brennendes Begehren, das nichts mit ihren Körpern zu tun hatte. Anstatt sich zu erklären, stützte er auch die andere Hand auf dem Bett ab und stieß seine Hüften fest nach vorn, ohne in sie einzudringen. Mit einem Keuchen ließ sie den Kopf fallen und beobachtete, wie sein Penis durch ihre Beine geschossen kam. Die Spitze kam fast bis zu ihrem Bauchnabel.

Jetzt wusste sie, warum er so gerne zusah. Weil – ja, weil auch sie den Anblick seiner Erregung faszinierend fand.

»Was wolltest du sagen?«, stöhnte sie.

»Süße …« Sein Atem blies ihr heiß über den Nacken, die Stimme hallte dunkel und fordernd in ihrem Ohr. »Ach, Mist, ich kann dich das so nicht fragen.«

Er legte den Mund auf ihre Schulter, die Zähne drückten sich in ihre Haut. Sie schrie leise auf, und ihre Ellbogen gaben nach, doch er fing sie auf, bevor sie auf die Matratze fallen konnte, und hielt sie mit einem Arm zwischen ihren Brüsten fest.

»Frag mich«, ächzte sie.

»Das würde ich ja … wenn ich hiermit nur aufhören könnte … o mein Gott …«

Er zog sich zurück, dann stieß er in sie hinein, genauso tief, wie er es angekündigt hatte. Bei dieser machtvollen Erschütterung bäumte sie sich auf und rief laut seinen Namen. Schon begann er wieder diesen Rhythmus, der sie völlig wild machte, aber noch war er sanft, seine Bewegungen nicht so kraftvoll, wie sie sein konnten, das spürte sie.

Sie liebte dieses Gefühl, dieses *Ausgefülltsein,* dieses Dehnen und Gleiten; da fiel ihr plötzlich wieder ein, dass schon in einer Stunde sein Körper einer furchtbaren Prozedur unterzogen würde.

Was, wenn dies ihr letztes Mal war?

Tränen quollen hervor. Benetzten ihre Wimpern. Verschleierten ihren Blick. Und als er ihr Kinn zu sich drehte, um sie zu küssen, sah er sie.

»Denk nicht daran«, flüsterte er an ihren Lippen. »Bleib einfach in diesem Moment ganz bei mir. Bleib ganz nah bei mir.« Sie musste sich diesen Augenblick einprägen, ihn bei ihr ...

Er zog sich heraus und drehte sie um, drang von vorne in sie ein, rieb seine Wange an ihr und bedeckte sie mit Küssen, während er immer weiter in sie stieß. Gleichzeitig erreichten sie ihren Höhepunkt, die Lust war so überwältigend, dass sein Kopf kraftlos nach vorn fiel, als könnte er ihn nicht länger oben halten.

Danach rollte er sich auf die Seite und zog sie an seine Brust. Während sie dem Pochen seines Herzens lauschte, betete sie inständig, dass es so stark war, wie es klang.

»Was wolltest du vorhin sagen?«, wisperte sie.

»Willst du meine Frau werden?«

Sie hob den Kopf. Seine haselnussbraunen Augen blickten todernst, und sie hatte das Gefühl, er stellte sich dieselbe Frage wie sie: Warum hatten sie sich nicht schon früher vereinigt?

Ein einziges Wort kam mit einem Seufzen über ihre Lippen: »Ja.«

Sanft küsste er sie. »Ich möchte das auf beide Arten machen. Auf eure Weise und in einer katholischen Kirche. Wäre das für dich in Ordnung?«

Sie berührte das Kreuz an seinem Hals. »Ja, sehr.«

»Ich wünschte, wir hätten Zeit für …«

Der Wecker piepte los. Mit einem ärgerlichen Schlag brachte er ihn zum Schweigen.

»Wir müssen wohl aufstehen«, sagte sie und rückte ein wenig von ihm ab.

Weit kam sie nicht. Er zog sie zurück auf die Matratze, klemmte sie mit seinem Körper fest und ließ die Hand zwischen ihre Beine gleiten.

»Butch …«

Er küsste sie auf den Mund und raunte dann: »Noch einmal für dich. Noch einmal, Marissa.«

Seine gleitenden, begnadeten Finger ließen sie geradezu zerfließen, ihre Haut und ihre Knochen verschmolzen mit ihm, als sein Mund sich ihren Brüsten zuwandte. Als er einen Nippel zwischen die Lippen nahm und mit einem Finger in sie eindrang, verlor sie die Beherrschung, ihr Gesicht rötete sich, sie keuchte, bäumte sich ihm entgegen, völlig entrückt.

Eine drängende, elektrisierte Spannung baute sich in ihr auf und entlud sich in einem heftigen Ausbruch. Mit liebevoller Aufmerksamkeit half er ihr, den Orgasmus auszukosten, bis sie wie ein flacher Stein auf dem Wasser sprang, die Oberfläche der Wollust leicht berührend und dann wieder hochfliegend, nur um erneut zu landen und abzuprallen.

Und die gesamte Zeit schwebte er über ihr und beobachtete sie mit einem Blick, der sie den Rest ihres Lebens verfolgen würde.

Er würde heute Nacht sterben. Sie wusste es mit absoluter Gewissheit.

John saß allein in dem leeren Klassenzimmer ganz hinten auf seinem Stammplatz in der Ecke. Das Training begann üblicherweise um vier, aber Zsadist hatte eine Rundmail geschickt, dass der Unterricht heute drei Stunden später losgehen würde. Was okay war. So war John mehr Zeit geblieben, Wrath in Action zu beobachten.

Als der Zeiger sich langsam der Sieben näherte, trudelten langsam die anderen Schüler ein. Blaylock kam als Letzter. Er bewegte sich immer noch langsam, aber inzwischen unterhielt er sich wieder lockerer mit den anderen Jungs, als gewöhnte er sich allmählich an sein neues Selbst. Dann setzte er sich in die erste Reihe, bemüht, seine langen Beine unterzubringen.

Unvermittelt fiel John auf, dass jemand fehlte. Wo war Lash? O je ... was, wenn er gestorben war? Aber nein, das hätte man ihm doch längst erzählt.

Ganz vorne lachte Blaylock einem der anderen zu, dann beugte er sich vor, um seinen Rucksack auf dem Fußboden abzustellen. Als er wieder hochkam, begegnete sein Blick dem von Johns quer durch den Raum.

John errötete und wandte den Kopf ab.

»Hey, John«, rief Blaylock ihm zu. »Möchtest du dich zu mir setzen?«

Die ganze Klasse verstummte. John sah auf.

»Von hier aus hat man einen besseren Blick.« Blaylock deutete mit dem Kopf auf die Tafel.

Ohne zu wissen, was er sonst tun sollte, schnappte sich John seine Bücher, marschierte nach vorn und ließ sich auf dem leeren Stuhl nieder. Sobald er saß, ging die Unterhaltung wieder weiter, Hefte wurden auf Tischen abgelegt, Papier raschelte.

Die Uhr an der Wand tickte, es war jetzt Punkt sieben.

Da von Zsadist immer noch nichts zu sehen war, wurde das Gerede lauter, und die Jungen wurden ausgelassener.

John malte Kreise auf eine leere Seite seines Blocks, er fühlte sich irrsinnig unwohl und fragte sich, was zum Teufel er hier vorne sollte. Vielleicht wollte man ihm einen Streich spielen? Mist, er hätte hinten bleiben …

»Danke«, sagte Blaylock leise. »Dass du mich gestern unterstützt hast.«

Wow. Vielleicht war das ja doch keine Falle.

Verstohlen schob John ihm seinen Block hin, damit Blaylock ihn auch sehen konnte. Dann schrieb er: *So weit wollte ich nicht gehen.*

»Das weiß ich. Und du wirst es auch nicht wieder tun müssen. Ich komme schon mit ihm klar.«

John beäugte seinen Klassenkameraden. *Davon gehe ich aus,* schrieb er.

Links von ihnen stimmte einer der Jungen die Melodie von *Raumschiff Enterprise* an, aus welchem Grund auch immer. Weitere fielen ein. Jemand gab eine William-Shatner-Parodie zum Besten: »Ich weiß auch nicht … warum ich so … sprechen muss, Spock …«

Mitten in all dem Chaos drang das Donnern schwerer Stiefel vom Flur in den Raum. Als wäre dort draußen eine ganze Armee im Anmarsch. Mit gerunzelter Stirn blickte John auf und sah Wrath an der Tür vorbeistapfen. Dann kamen Butch und Marissa. Gefolgt von Vishous.

Warum wirken sie alle so verbissen?, fragte er sich.

Blaylock räusperte sich. »Also, John, hättest du Bock, heute nach dem Training ein bisschen mit mir und Qhuinn abzuhängen? Bei mir zu Hause. Ein paar Bier trinken. Nichts Großes.«

Blitzschnell wandte John den Kopf herum, und bemühte sich gleichzeitig, seine Überraschung zu verbergen. Wahnsinn. Zum ersten Mal hatte einer von ihnen ein Treffen nach dem Unterricht vorgeschlagen.

Klar, schrieb John, als Zsadist endlich eintrat und die Tür hinter sich zuzog.

Auf dem Polizeirevier von Caldwell lächelte Van Dean die Marke vor sich mit betont lässiger Miene an. »Ich bin ein alter Freund von Brian O'Neal.«

Kommissar José de la Cruz musterte ihn aus klugen braunen Augen. »Wie war Ihr Name noch mal?«

»Bob. Bobby O'Connor. Ich bin zusammen mit Brian in Boston aufgewachsen. Dann ist er weggezogen. Ich auch. Als ich kürzlich wieder zurück in den Osten kam, erzählte mir jemand, dass er als Bulle in Caldwell arbeitet, und da dachte ich mir, schau ich doch mal vorbei. Aber in der Telefonzentrale haben sie mir nur gesagt, dass hier kein Brian O'Neal arbeitet.«

»Was bringt Sie auf den Gedanken, dass sich die Antwort ändert, wenn Sie persönlich hier erscheinen?«

»Ich hatte gehofft, jemand könnte mir sagen, was mit ihm passiert ist. Seine Eltern habe ich auch schon angerufen. Sein Vater meinte, er hätte schon lange nicht mit Brian gesprochen, aber das letzte Mal wäre er noch bei der Polizei gewesen. Hören Sie, ich habe keine bösen Hintergedanken, ich will nur ein paar Antworten.«

De la Cruz nahm einen langen Schluck aus seinem schwarzen Kaffeebecher. »O'Neal wurde im Juli beurlaubt. Danach ist er nicht zur Truppe zurückgekehrt.«

»Das ist alles?«

»Warum geben Sie mir nicht Ihre Telefonnummer?

Dann kann ich Sie anrufen, falls mir noch was einfällt.«

»Aber klar doch.« Van Dean zählte wahllos einige Ziffern auf, die de la Cruz notierte. »Danke, würde mich freuen, wenn Sie anrufen. Hey, Sie waren doch sein Partner, oder?«

Sein Gegenüber schüttelte den Kopf. »Nein, war ich nicht.«

»Ach so, nur weil der Typ in der Zentrale das behauptet hatte.«

De la Cruz nahm eine Akte von seinem überfüllten Schreibtisch und klappte sie auf. »Das wär's dann von meiner Seite.«

Van lächelte schief. »Aber sicher doch. Danke noch mal, Officer.«

Er war schon fast durch die Tür, als er de la Cruz sagen hörte: »Übrigens ist mir durchaus bewusst, dass Sie nur Müll reden.«

»Wie bitte?«

»Wenn Sie wirklich ein Freund von ihm wären, dann hätten Sie nach Butch gefragt. Und jetzt schieben Sie Ihren Arsch hier raus und beten Sie, dass ich zu viel zu tun habe, um mich weiter mit Ihnen zu befassen.«

Verdammte Scheiße. Erwischt. »Namen ändern sich, Officer.«

»Dieser nicht. Bis dann, Bobby O'Connor. Oder wie auch immer Sie heißen.«

Van verließ die Wache. Er konnte froh sein, dass man fürs blöde Fragestellen nicht verhaftet werden konnte. Denn mit Sicherheit hätte dieser de la Cruz ihm liebend gern Handschellen angelegt.

Verdammt, die beiden waren also doch keine Partner

gewesen. Van hatte in einem Zeitungsartikel etwas über sie gelesen. Aber es war sonnenklar, dass selbst, falls de la Cruz wusste, was aus Brian … Butch … wie auch immer O'Neal geworden war, der Kerl dennoch eine Sackgasse für Van war. Von dem würde er künftig null Komma null Informationen bekommen.

Eilig joggte Van durch den Schneeregen zum Wagen. Dank seiner Fleißarbeit hatte er eine relativ klare Vorstellung vom Verbleib O'Neals innerhalb der letzten neun Monate. Die letzte bekannte Adresse war eine Einzimmerwohnung in irgendeinem Mietbunker ein paar Blocks weiter gewesen. Der Hausmeister hatte erzählt, dass irgendwann der Briefkasten übergequollen sei und keine Miete mehr gezahlt wurde, woraufhin sie sich Zugang zur Wohnung verschafft hätten. Die Möbel und alle übrigen Einrichtungsgegenstände seien noch da gewesen, aber man habe deutlich erkennen können, dass schon eine Weile niemand mehr dort wohnte. Das bisschen Essen in der Küche sei vergammelt gewesen, Strom und Telefon wegen nicht bezahlter Rechnungen abgestellt. Es war, als wäre O'Neal eines Morgens wie immer aus der Tür gegangen … und einfach nie zurückgekehrt.

Weil er in die Vampirwelt eingetreten war.

Musste ähnlich sein, wie der Gesellschaft der *Lesser* beizutreten, dachte Van, während er den Minivan anließ. Wenn man einmal drin war, wurden alle früheren Verbindungen gekappt. Und man kam nie zurück.

Nur, dass der Typ immer noch in Caldwell war.

Was bedeutete, dass O'Neal früher oder später dran glauben würde. Und Van wollte derjenige sein, der den Job erledigte. Es war höchste Zeit für einen Antrittsabschuss, und dieser Ex-Cop war genauso gut wie alles andere mit intaktem Herzschlag.

Genau wie Mr. X gesagt hatte. *Finden. Beseitigen.*

Als Van an einer Ampel anhielt, kam ihm der Gedanke, dass ihn dieser Drang zu morden eigentlich beunruhigen sollte. Doch seit er in die Gesellschaft eingeführt worden war, schien etwas von seiner … Menschlichkeit verloren gegangen zu sein. Und jeden Tag verflüchtigte sich mehr davon. Er vermisste seinen Bruder nicht einmal mehr.

Denn er spürte eine dunkle Macht in sich wachsen, die eben den Raum ausfüllte, den seine Seele bei ihrer Abreise hinterlassen hatte. Und jeden Tag wurde er noch … mächtiger.

37

Butch stakste über die leuchtend blauen Matten der Turnhalle, sein Ziel war eine Stahltür am gegenüberliegenden Ende mit der Aufschrift GERÄTERAUM. Die ganze Zeit, während er hinter Wrath und V herlief, hielt er Marissas kalte Hand. Er wollte ihr so gern ein paar aufmunternde Worte sagen, aber sie war viel zu klug für den *Alles wird gut*-Blödsinn. Fazit war doch, dass keiner wusste, was passieren würde, und sie mit falschen Beteuerungen zu beruhigen, wäre bloß wie einen Scheinwerfer auf den freien Fall zu richten, den er gleich antreten würde.

V schloss die verstärkte Tür auf. Im Gänsemarsch liefen sie durch einen Dschungel von Trainingsausrüstung und Waffenschränken auf den abgetrennten Erste-Hilfe-Bereich zu. V ging voraus und machte das Licht an, die Neonröhren flackerten summend auf.

Das Zimmer sah aus wie eine Kulisse von Emergency Room, alles war weiß gefliest, hinter den Glastüren der Stahlschränke standen Fläschchen und Medikamente aufgereiht. In einer Ecke befanden sich ein Whirlpool und ein Massagetisch, daneben ein Defibrillator, aber nichts davon nahm Butch richtig wahr. Er war hauptsächlich an der Mitte des Raums interessiert, wo sich der Zauber abspielen würde: Wie auf einer Theaterbühne wartete dort eine fahrbare Liege, ein mobiler Untersuchungstisch, über dem ein Hightech-Kronleuchter hing. Und darunter befand sich – ein Abfluss im Fußboden.

Er versuchte sich seinen eigenen Körper auf dem Tisch unter dem Leuchter vorzustellen. Und hatte das Gefühl, zu ertrinken.

Als Wrath die Tür schloss, sagte Marissa mit ausdrucksloser Stimme: »Wir hätten das bei Havers in der Klinik machen sollen.«

V schüttelte den Kopf. »Nimm das nicht persönlich, aber ich würde Butch nicht mal mit einem aufgeschürften Knie zu Havers bringen. Und je weniger Leute Bescheid wissen, desto besser.« Er ging zu der Liege und vergewisserte sich, dass die Bremse verankert war. »Außerdem bin ich ein super Mediziner. Butch, runter mit den Klamotten, lass uns anfangen.«

Butch zog sich bis auf die Unterhose aus und bekam sofort Gänsehaut am ganzen Körper. »Kann man an der Temperatur in diesem Kühlschrank noch was ändern?«

»Ja.« V ging zur Wand. »Für den Anfang wollen wir es warm haben. Aber danach werde ich die Klimaanlage volle Pulle aufdrehen, und du wirst mich dafür lieben.«

Brav ging Butch zu der Liege und legte sich hin. Von oben strömte zischend mollig warme Luft herab, und er streckte die Arme nach Marissa aus. Sie machte kurz die Augen zu, dann ging sie zu ihm, und er flüchtete sich in ihre Körperwärme, hielt sie fest umklammert. Ihre Tränen flossen langsam und still, und als er mit ihr zu sprechen versuchte, schüttelte sie den Kopf.

»Würdet ihr euch am heutigen Tag zu vereinigen wünschen?«

Alle Köpfe im Raum schnellten herum. Eine winzige

Gestalt in einem schwarzen Umhang war aus dem Nichts in einer Ecke aufgetaucht. *Die Jungfrau der Schrift.*

Butchs Herz ging wie ein Presslufthammer. Er hatte sie erst einmal gesehen, bei Wrath und Beths Trauungszeremonie, und sie war jetzt, wie sie immer gewesen war: Eine Präsenz, die es gleichzeitig zu respektieren und zu fürchten galt, Fleisch gewordene Macht, eine Naturgewalt.

Dann erst registrierte er, was sie gefragt hatte. »Ich würde, ja ... Marissa?«

Marissas Hände sanken herab, als wollte sie den Saum eines Kleides raffen, das sie nicht trug. Daraufhin ließ sie die Arme verlegen wieder sinken, machte aber trotzdem einen tiefen, anmutigen Knicks. Während sie in dieser Stellung verharrte, sagte sie: »Wenn es gestattet wäre, dann würde es uns über alle Maßen hinaus ehren, von Eurer Heiligkeit vereint zu werden.«

Die Jungfrau der Schrift trat vor, ihr tiefes Glucksen erfüllte den Raum. Als sie ihre leuchtende Hand auf Marissas geneigten Kopf legte, sagte sie: »Was für Umgangsformen, mein Kind. Deine Linie hatte immer vollendete Umgangsformen. Doch jetzt richte dich auf, und erhebe deinen Blick zu mir.« Marissa beendete ihren Knicks und hob den Kopf. In diesem Moment hätte Butch schwören können, dass die Jungfrau der Schrift einen kleinen Seufzer ausstieß. »Wunderschön. Einfach wunderschön. Du bist von solch ausgesuchter Gestalt.«

Dann wandte sich die Jungfrau der Schrift an Butch. Obwohl ein blickdichter schwarzer Schleier vor ihrem Gesicht hing, verursachte ihr Blick ein warnendes Kribbeln auf seiner Haut, als stünde er genau in der Einflugschneise eines drohenden Blitzschlags.

»Wie ist deines Vaters Name, Mensch?«

»Eddie. Edward. O'Neal. Aber wenn es Ihnen nichts ausmacht, dann würde ich ihn heute lieber aus dem Spiel lassen, okay?«

Alle Anwesenden erstarrten, und V murmelte: »Schön vorsichtig mit den Anfragen hier, Bulle. *Sehr* vorsichtig.«

»Und woran liegt das, Mensch?«, erkundigte sich die Jungfrau der Schrift. Das Wort *Mensch* klang seiner Betonung nach eher wie *Ungeziefer.*

Butch zuckte die Achseln. »Er bedeutet mir nichts.«

»Sind Menschen immer so geringschätzig gegenüber ihren Ahnen?«

»Mein Vater und ich haben nichts miteinander zu tun, das ist alles.«

»Demzufolge bedeuten dir Blutsbande also wenig, richtig?«

Nein, dachte Butch und schielte zu Wrath. Blutsbande bedeuten mir *alles.*

Er blickte wieder die Jungfrau der Schrift an. »Haben Sie eine Vorstellung, wie erleichtert …«

Als Marissa leise ächzte, ging V dazwischen, schlug Butch die behandschuhte Hand auf den Mund, riss seinen Kopf zurück und zischte ihm ins Ohr: »Willst du hier gebraten werden wie ein Spiegelei, Kumpel? Keine Fragen …«

»Lass von ihm ab, Krieger«, befahl die Jungfrau der Schrift. »Ich wünsche das zu hören.«

V löste seinen Griff. »Pass bloß auf.«

»Sorry wegen der Frage«, sagte Butch zu dem schwarzen Umhang. »Es ist nur … ich bin so froh, zu wissen, welches Blut wirklich in meinen Adern fließt. Und ganz ehrlich, wenn ich heute sterbe, dann bin ich dankbar, endlich herausgefunden zu haben, was ich bin.« Er nahm

Marissas Hand. »Und wen ich liebe. Wenn das der Punkt ist, zu dem mein Leben mich all die verlorenen Jahre über geführt hat, dann würde ich sagen, meine Zeit hier war nicht vergeudet.«

Ein langes Schweigen entstand. Dann sagte die Jungfrau der Schrift: »Bereust du, deine menschliche Familie zurückzulassen?«

»Kein bisschen. Das hier ist meine Familie. Hier bei mir und auf dem restlichen Anwesen. Warum sollte ich etwas anderes brauchen?« Das allgemeine, unterdrückte Fluchen im Raum erinnerte ihn daran, dass ihm schon wieder eine Frage herausgerutscht war. »Äh, tut mir leid …«

Ein leises weibliches Lachen drang unter dem Umhang hervor. »Du bist recht furchtlos, Mensch.«

»Man könnte es auch *recht dumm* nennen.« Als Wrath die Kinnlade herunterklappte, rieb sich Butch das Gesicht. »Wissen Sie, ich gebe mir wirklich Mühe. Ehrlich. Sie wissen schon, Respekt zu zeigen.«

»Deine Hand, Mensch.«

Er bot ihr die Linke, die Freie.

»Handfläche nach oben«, bellte Wrath.

»Sag mir, Mensch«, fragte die Jungfrau der Schrift. »Wenn ich dich um die Hand bäte, mit der du diese Frau hältst, würdest du sie mir reichen?«

»Ja. Dann würde ich sie einfach mit der anderen festhalten.« Wieder hörte man das leise Lachen, woraufhin er sagte: »Wissen Sie, es klingt wie Vogelzwitschern, wenn Sie dieses Geräusch machen. Das ist hübsch.«

Links von ihm ließ Vishous den Kopf in die Hände sinken.

Wieder sagte lange niemand etwas.

Dann holte Butch tief Luft. »Ich schätze mal, so was darf ich nicht sagen.«

Die Jungfrau der Schrift hob langsam die Kapuze von ihrem Gesicht.

Du ... lieber Himmel ... Butch quetschte Marissas Hand beim Anblick dessen, was enthüllt wurde.

»Sie sind ein Engel«, flüsterte er.

Vollkommene Lippen verzogen sich zu einem Lächeln. »Nein. Ich bin ich selbst.«

»Sie sind schön.«

»Das weiß ich.« Jetzt wurde ihre Stimme wieder gebieterisch. »Deine rechte Handfläche, Butch O'Neal, Nachkomme des Wrath, Sohn des Wrath.«

Butch wechselte die Hand, die Marissa festhielt, und streckte den Arm aus. Als die Jungfrau der Schrift ihn berührte, zuckte er zusammen. Auch wenn seine Knochen nicht knackten, fühlte er die ihr innewohnende Kraft. Sie könnte ihn zermalmen, wenn ihr der Sinn danach stünde, daran bestand kein Zweifel.

Nun wandte sich die Jungfrau der Schrift an Marissa. »Kind, gib mir auch deine Hand.«

Sobald die Verbindung hergestellt war, durchspülte ein warmer Strom Butchs Körper. Zuerst glaubte er, es läge an der Heizung, die jetzt bis zum Anschlag aufgedreht war, aber dann stellte er fest, dass die Hitze unter seiner Haut floss.

»Ah, ja. Das ist eine sehr gute Verbindung«, erklärte die Jungfrau der Schrift. »Und ihr habt meine Erlaubnis, eure gesamte Lebenszeit miteinander vereint zu bleiben.« Sie ließ die Hände sinken und sah Wrath an. »Er wurde mir vorgeführt, dieser Teil ist hiermit beendet. Sollte er überleben, wirst du die Zeremonie fortsetzen, sobald er ausreichend genesen ist.«

Der König neigte den Kopf. »So sei es.«

Dann wandte sich die Jungfrau der Schrift wieder Butch zu. »Nun werden wir sehen, wie stark du bist.«

»Moment noch«, sagte Butch, da ihm die *Glymera* einfiel. »Marissa hat jetzt einen Partner, richtig? Ich meine, selbst wenn ich sterben sollte, dann hatte sie einen offiziellen Gefährten, oder?«

»Todessehnsucht«, murmelte V unterdrückt. »Unser Kleiner hier hat eine verdammte Todessehnsucht.«

Die Jungfrau der Schrift wirkte vollkommen fassungslos. »Ich sollte dich jetzt töten.«

»Verzeihen Sie, aber das ist wirklich von Bedeutung. Ich will nicht, dass sie unter diese Bannungs-Regelung fällt. Ich möchte, dass sie meine Witwe ist, damit sie sich keine Sorgen darum machen muss, von einem anderen kontrolliert zu werden.«

»Mensch, du bist *erstaunlich* arrogant«, fauchte die Jungfrau der Schrift. Doch dann lächelte sie. »Und nicht im Mindesten reumütig, wie ich sehe.«

»Ich wollte nicht unhöflich sein, ich schwöre es. Ich brauche nur die Gewissheit, dass es ihr gut gehen wird, selbst wenn mir etwas zustößt.«

»Hast du dich mit ihrem Körper vereinigt? Hast du sie genommen, wie ein Mann es tut?«

»Ja.« Als Marissa leuchtend rot anlief, verbarg Butch ihr Gesicht an seiner Schulter. »Und es war … Sie wissen schon, mit Liebe.«

Als er Marissa etwas Tröstliches ins Ohr flüsterte, schien die Jungfrau der Schrift gerührt, ihre Stimme wurde beinahe gütig. »Dann wird sie deine Witwe sein, so wie du es sagst, und daher nicht den Bestimmungen für unvereinigte Frauen unterworfen.«

Erleichtert seufzte Butch auf und streichelte Marissas Rücken. »Gott sei Dank.«

»Weißt du, Mensch, wenn du dir ein paar Manieren aneignen würdest, könnte ich dir sehr gewogen sein.«

»Wenn ich verspreche, daran zu arbeiten – helfen Sie mir dann, das hier zu überleben?«

Der Kopf der Jungfrau der Schrift fiel ihr in den Nacken, als sie schallend loslachte. »Nein, ich werde dir nicht helfen. Aber ich stelle fest, dass ich dir alles Gute wünsche, Mensch. Alles Gute, wahrlich.« Unvermittelt funkelte sie Wrath an, der lächelte und den Kopf schüttelte. »Glaube nicht, dass solche Freiheiten von der Etikette auch für andere gelten, die mich aufsuchen.«

Wrath unterdrückte sein Lächeln. »Ich weiß wohl, was sich geziemt, wie auch meine Brüder.«

»Gut.« Die Kapuze wurde ohne Zuhilfenahme der Hände wieder über den Kopf gezogen. Unmittelbar, bevor ihr Gesicht bedeckt wurde, sagte sie noch: »Ihr werdet die Königin in diesen Raum bringen, bevor ihr beginnt.«

Und damit verschwand die Jungfrau der Schrift.

Vishous pfiff durch die Zähne und wischte sich die Stirn mit dem Unterarm ab. »Mannomann, Butch, du hast so was von Schwein, dass sie dich mag.«

Wrath klappte sein Handy auf und wählte. »Scheiße, ich dachte schon, wir verlieren dich, bevor es überhaupt losgeht – Beth? Hallo, *Lielan,* könntest du bitte rüberkommen?«

In der Zwischenzeit rollte Vishous ein Edelstahlwägelchen zu einem der Schränke. Als er anfing, Dinge in steriler Verpackung darauf zu stapeln, streckte Butch sich auf der Liege aus.

Er sah Marissa an. »Wenn irgendwas schiefläuft, dann warte ich im Schleier auf dich«, sagte er. Nicht, weil er das glaubte, sondern weil er sie beruhigen wollte.

Sie beugte sich zu ihm herunter und küsste ihn, dann ließ sie ihre Wange an seine gelehnt, bis V sich hinter ihr höflich räusperte. Marissa trat zurück und murmelte etwas in der Alten Sprache, einen weichen Strom verzweifelter Worte, ein Gebet, das mehr Hauch als Stimme war.

Jetzt rollte V das Wägelchen neben die Liege und ging zu Butchs Füßen. Er hatte etwas in der Hand, zeigte ihm aber nicht, was es war, sondern hielt den Arm immer außer Sicht. Es gab ein metallisches Klirren, und das hintere Ende der Liege neigte sich nach oben. In der Hitze des Raums spürte Butch, wie ihm das Blut in den Kopf strömte.

»Bist du bereit?«, fragte V.

Butch starrte Marissa an. »Alles geht plötzlich so schnell.«

Dann ging die Tür auf, und Beth kam herein. Sie flüsterte ein Hallo und stellte sich dann zu Wrath, der seinen Arm um sie legte und sie an sich zog.

Wieder an Marissa gewandt, deren Gebete immer schneller wurden, bis sie nur mehr ein undeutliches Gemurmel waren, sagte er: »Ich liebe dich.« Dann zu V: »Fang an.«

Vishous hob die Hand. Darin lag ein Skalpell, und schneller als Butch ihm mit den Augen folgen konnte, schnitt er mit der Klinge tief in eines seiner Handgelenke. Zweimal. Blut quoll hervor, ein helles, glitzerndes Rot, und ihm wurde übel, als er es über seinen Arm rinnen sah.

Dieselben beiden brennenden Schnitte wurden auch in sein anderes Handgelenk gemacht.

»Du lieber Himmel.« Durch seinen rasenden Herzschlag floss sein Blut noch schneller.

Heftige Furcht überfiel ihn, und er musste den Mund öffnen, um noch Luft zu bekommen.

Aus der Ferne hörte er Stimmen, aber er konnte sie nicht zuordnen. Und der Raum schien zurückzuweichen. Während die Realität sich verzerrte und verdrehte, heftete er den Blick auf Marissas Gesicht, auf die hellblauen Augen und das weißblonde Haar. Er hielt sich daran fest.

Er tat sein Bestes, um die Panik herunterzuschlucken, um ihr keine Angst zu machen. »Ist schon okay«, sagte er. »Ist okay, ist okay. Ich bin okay …«

Jemand griff nach seinen Knöcheln, und er zuckte überrascht zurück – aber es war nur Wrath. Und der König hielt ihn fest, als Vishous die Liege noch stärker neigte, damit das Blut noch schneller aus ihm herausfließen konnte. Dann kam V zu ihm herum und legte seine Arme sanft über die Kante, sodass sie nach unten hingen. Näher am Abfluss.

»V?«, fragte Butch. »Geh nicht weg, ja?«

»Niemals.« Mit einer Geste, die so zärtlich war, dass sie für einen Mann völlig unangebracht schien, strich er ihm das Haar aus der Stirn.

Irgendwie wurde alles jäh beängstigend. Aus einem Überlebensreflex heraus begann Butch sich zu wehren, doch V lehnte sich von oben auf seine Schultern und hielt ihn fest.

»Ganz ruhig, Bulle. Wir sind alle bei dir. Entspann dich, wenn es geht.«

Die Zeit dehnte sich aus. Zeit … die Zeit verging doch, oder? Leute sprachen mit ihm, aber Marissas brüchige

Stimme war alles, was er wirklich hörte … obwohl er nicht wusste, was sie sagte, weil sie immer noch betete.

Er hob den Kopf und sah nach unten, aber er konnte seine Handgelenke nicht mehr sehen, um sich zu überzeugen, was da …

Urplötzlich begann er unkontrolliert zu zittern. »Mir ist k-k-kalt.«

V nickte. »Ich weiß. Beth, dreh bitte die Heizung höher.«

Hilflos blickte Butch zu Marissa. »Mir wird immer kälter.«

Sie unterbrach den Strom ihrer Gebete. »Kannst du meine Hand auf deinem Arm spüren?« Er nickte. »Fühlst du, wie warm sie ist? Gut. Stell dir vor, sie läge auf deinem ganzen Körper. Ich halte dich. Ich habe dich im Arm. Du liegst bei mir. Ich liege bei dir.«

Er lächelte. Das gefiel ihm.

Doch dann flatterten seine Augenlider, und ihr Bild flimmerte vor seinen Augen wie ein Kinofilm auf einem kaputten Projektor.

»Kalt … mehr Heizung.« Seine Haut kribbelte, sein Magen fühlte sich an wie eine Bleikugel. Das Herz flatterte in seiner Brust statt zu schlagen.

»Kalt …« Seine Zähne klapperten so laut, dass er nichts anderes mehr hören konnte. »Liebe … dich …«

Marissa beobachtete, wie die Lache von Butchs hellrotem Blut sich um den Abfluss herum immer weiter ausdehnte, bis sie ihre Füße erreichte. O gütige Jungfrau, sämtliche Farbe war aus ihm gewichen, seine Haut war kalkweiß. Er schien nicht mehr zu atmen.

V kam mit einem Stethoskop an die Liege und hielt es auf Butchs Brust. »Er ist jetzt nah dran. Beth, komm her.

Ich brauche dich.« Er gab der Königin das Stethoskop. »Achte auf seinen Herzschlag. Du musst mir sofort Bescheid geben, wenn du länger als zehn Sekunden lang nichts hörst.« Er deutete auf die Uhr an der Wand. »Kontrollier das mit dem Sekundenzeiger. Marissa, du stellst dich hierhin und hältst unserem Jungen die Fußgelenke fest, klar? Wrath bekommt jetzt gleich was zu tun.«

Als sie zögerte, schüttelte V den Kopf. »Wir brauchen jemanden, der ihn auf der Liege festhält, und Wrath und ich müssen uns an die Arbeit machen. Du bist ja trotzdem bei ihm und kannst von dort hinten mit ihm sprechen.«

Also beugte sie sich zu Butch herunter, küsste ihn auf die Lippen und flüsterte ihm zu, dass sie ihn liebte. Dann übernahm sie Wraths Platz am Fußende, damit Butch nicht von der Liege auf den Fußboden rutschte.

»Butch?«, rief sie. »Ich bin hier, *Nallus*. Spürst du mich?« Sie drückte die kalte Haut über seinen Knöcheln. »Ich bin hier bei dir.«

Mit ruhiger Stimme sprach sie weiter zu ihm, obwohl sie schreckliche Angst vor dem hatte, was als Nächstes passieren würde. Besonders, als Vishous den Defibrillator dicht an die Liege schob.

»Bereit, Wrath?«, fragte der Bruder.

»Wo soll ich hin?«

»Direkt hier neben seine Brust.« Vishous nahm eine lange, dünne, sterile Packung und riss sie auf. Die Nadel darin war ungefähr fünfzehn Zentimeter lang und wirkte so dick wie ein Bleistift. »Wie sieht es mit dem Herzschlag aus, Beth?«

»Verlangsamt sich. Mein Gott, er ist so schwach.«

»Marissa? Ich möchte dich bitten, still zu sein, damit sie besser hören kann, in Ordnung?«

Marissa gehorchte und betete im Geiste weiter. In den folgenden Minuten erstarrten sie wie Figuren auf einem Gemälde um Butch herum. Das Einzige, was sich bewegte, war das Blut, das aus den tiefen Wunden an seinem Handgelenk tropfte und in den Abfluss rann. Das leise *gluck, gluck, gluck* machte Marissa schier wahnsinnig.

»Es schlägt noch«, wisperte Beth.

»Wir werden jetzt Folgendes machen«, erklärte Vishous und sah alle nacheinander an. »Wenn Beth mir das Signal gibt, bringe ich die Liege wieder in die Waagerechte. Während ich mit Wrath beschäftigt bin, müsst ihr zwei Butchs Handgelenke versiegeln. So schnell wie möglich, jede Sekunde zählt. Die Wunden müssen unbedingt geschlossen werden, kapiert?«

Die beiden Frauen nickten.

»Langsamer«, verkündete Beth. Ihre dunkelblauen Augen fixierten die Uhr an der Wand, und sie presste sich mit einer Hand den Ohrstöpsel des Stethoskops fester ins Ohr. »Langsamer …«

Sekunden dehnten sich ins Unendliche aus, und Marissa schaltete auf Autopilot, vergrub ihre Angst und ihre Panik unter einer starken Konzentration.

Beth runzelte die Stirn. Beugte sich weiter herunter, als könnte das helfen. »Jetzt!«

V klappte die Liege herunter, und Marissa rannte zu Butchs linkem Handgelenk, während Beth sich neben das rechte kniete. Sie saugten an den Wunden, um sie zu schließen. Zeitgleich schob V die dicke Nadel direkt in Wraths Armbeuge.

»Zur Seite«, bellte V, als er die Nadel wieder aus der Vene des Königs zog.

Er wechselte seinen Griff um den Kolben, sodass er die

Spritze nun in der Faust hielt, dann beugte er sich über Butch. Eilig tastete er das Brustbein mit den Fingerspitzen ab. Dann rammte er die Nadel geradewegs in Butchs Herz.

Marissa taumelte rückwärts, als er den Kolben herunterdrückte. Jemand fing sie auf. Wrath.

V zog die Spritze wieder heraus und warf sie auf den Tisch. Er nahm die Elektroden des Defibrillators in die Hand, dann hörte man das Anspringen der Maschine.

»Alle weg!«, rief V. Er klatschte die Metallplättchen auf Butchs Brustkorb.

Butchs Oberkörper zuckte heftig, und V legte seine Finger an seine Halsschlagader.

»Zur Seite!« Er wiederholte den Stromstoß.

Marissa sackte in Wraths Armen zusammen, als Vishous die Elektroden auf den Rollwagen schleuderte, Butch die Nase zuhielt und ihm zweimal in den Mund blies. Dann begann der Bruder mit einer Herzmassage. Er knurrte und fletschte die Fänge, als wäre er stocksauer auf Butch.

Dessen Haut allmählich eine graue Färbung annahm.

»... drei ... vier ... fünf ...«

Während V immer weiterzählte, riss sich Marissa los. »Butch? Butch ... geh nicht ... bleib bei uns. Bleib bei mir.«

»... neun ... zehn ...« V hob den Kopf, blies wieder zweimal in Butchs Mund und fühlte mit dem Finger den Puls an seinem Hals.

»Bitte, Butch«, flehte sie.

V nahm sich das Stethoskop. Tastete suchend herum. »Nichts. Verflucht!«

38

Zwei Minuten später rüttelte Marissa Vs Schultern, als der Bruder die Herz-Lungen-Wiederbelebung beendete. »Du kannst nicht aufhören!«

»Tue ich ja nicht. Gib mir deinen Arm.« Sie tat es, und Vishous schnitt ihr mit einer raschen Bewegung ins Handgelenk. »Auf seinen Mund. *Schnell.*«

Marissa rannte zu Butchs Kopf, drückte Lippen und Zähne auseinander und legte ihm den Schnitt genau über den Mund, während Vishous weiterhin den Brustkorb des Ex-Cops bearbeitete. Sie hielt den Atem an, betete, dass Butch zu trinken anfangen möge, hoffte, dass ein paar Tropfen von allein die Kehle hinunterfließen und ihm helfen würden.

Aber nein … er war tot … Butch war tot … *Butch war tot* –

Jemand stöhnte. Sie. Ja, sie.

Vishous hielt inne und legte prüfend die Finger an Butchs Hals. Dann tastete er nach dem Stethoskop. Gerade positionierte er den Kopf, als Marissa glaubte, eine Bewegung in Butchs Brustkorb zu sehen. Oder vielleicht auch nicht.

»Butch?«, sagte sie.

»Ich habe was.« Vishous legte den Schalltrichter neu an. »Ja – ich habe was …«

Butchs Rippen dehnten sich aus, als er durch die Nase einatmete. Dann bewegte sich sein Mund an ihrem Handgelenk.

Sie veränderte die Stellung ihres Armes, damit er besser über seine Lippen passte. »Butch?«

Jetzt blähte sich sein Brustkorb schon weiter auf, die Lippen rückten von ihrem Handgelenk ab, während er die Luft tief in seine Lungen saugte. Es gab eine Pause, dann einen weiteren Atemzug. Noch tiefer …

»Butch? Kannst du …«

Butchs Augen öffneten sich. Und sie spürte einen eiskalten Schauer.

In diesem Augenblick war er nicht der Mann, den sie liebte. In seinem Blick lag nichts, nur blanker Hunger.

Mit einem Brüllen packte er ihren Arm, sein Griff war so kräftig, dass ihr die Luft wegblieb. Es gab kein Entrinnen, er biss sich an ihr fest und trank in brutalen Zügen. Sich windend, zerfleischte er ihr das Handgelenk, die Augen starr, beinahe tierisch, während er durch die Nase atmete und ruckartig schluckte.

Durch den Schmerz hindurch empfand sie eine heftige, bittere Furcht.

Sag mir, dass du immer noch da drin bist, dachte sie. Sag mir, dass du noch bei uns bist …

Es dauerte nicht lange, bis ihr schwindlig wurde.

»Er nimmt zu viel.« Vishous' Stimme hatte einen alarmierenden Tonfall.

Bevor sie noch reagieren konnte, nahm sie einen Duft im Raum wahr, einen dunklen … ja, einen Bindungsduft. Er stammte eindeutig von Wrath. Nur, warum sollte er den Drang verspüren, sein Revier hier und jetzt abzustecken?

Sie schwankte, und Vishous' harte Finger umschlossen ihren Oberarm. »Marissa, du bist fertig.«

Aber Butch war ausgehungert, wahnsinnig vor Gier. »Nein! Nein ...«

»Lass mich übernehmen.«

Marissas Kopf schnellte zu Beth herum – und dann zu Wrath. Er stand neben seiner *Shellan,* aggressive Gewalt in der Miene, der ganze Körper angespannt, als wollte er gleich gegen etwas oder jemanden kämpfen.

»Marissa? Gestattest du mir, ihn zu nähren?«, fragte Beth.

Marissa blickte die Königin an. Mein Gott, diese Worte, dieselben Worte, die damals im Juli gesprochen worden waren ... als Wraths Leben auf Messers Schneide stand, und Marissas Blut benötigt wurde.

»Lässt du mich, Marissa?«

Als sie benommen mit dem Kopf nickte, begann Wrath zu knurren, die Lippen entblößten seine verlängerten Fänge, die weiß und tödlich glitzerten.

O Gütige Jungfrau, das war eine höchst gefährliche Situation. Gebundene Vampire teilten ihre *Shellans* nicht. Niemals. Sie würden eher auf Leben und Tod kämpfen, als einen anderen Vampir auch nur in die Nähe ihrer Frauen zu lassen, wenn es ums Nähren ging.

Beth blickte zu ihrem *Hellren* empor. Doch noch bevor sie etwas sagen konnte, stieß Wrath aus: »V, beweg deinen Arsch hierher, und halt mich fest.«

Vishous wünschte wirklich, Rhage wäre bei ihm, als er auf den König zuging.

Scheiße, das war keine gute Idee. Ein reinblütiger, gebundener männlicher Vampir sollte dabei zusehen, wie seine *Shellan* einen anderen nährte. Verdammter Mist, als die Jungfrau der Schrift vorgeschlagen hatte, Beth zu holen, hatte V vermutet, es ginge um zeremonielle Zwecke. Nicht, dass sie ihr Blut zur Verfügung stellen sollte. Aber was blieb ihnen denn sonst übrig? Butch würde Marissa leer saugen und immer noch nicht genug haben, und eine andere Frau stand nicht zur Verfügung: Mary war immer noch ein Mensch, und Bella war schwanger.

Außerdem wären Rhage oder Z wohl kaum leichter in den Griff zu kriegen. Für Hollywoods innere Bestie bräuchten sie mindestens Elefanten-Tranquilizer, und für Z … ach, *vergiss es.*

Beth streichelte ihrem *Hellren* über die Wange. »Vielleicht solltest du lieber nicht zuschauen.«

»Geh zu ihm. Sofort.« Er schob sie von sich weg, dann rammte er seinen Rücken gegen die Wand. »Vishous, du solltest mich besser jetzt festhalten. Sonst wird das hier noch unschön.«

Wraths gigantischer Körper erzitterte, seine Muskeln waren zum Zerreißen gespannt, die Augen leuchteten so wild, dass man sie durch die Sonnenbrille erkennen konnte.

Ohne weiteres Zögern warf sich V auf seinen König und traf auf unmittelbaren Widerstand. Lieber Gott, das würde ungefähr so spaßig werden, wie einen wütenden Bullen zu bändigen.

»Warum … gehst du nicht raus?«, knurrte V, während er mühsam Wraths Körper zügelte.

»Müsste … an ihnen vorbei … zur Tür. Völlig … ausgeschlossen.«

V drehte den Kopf herum und schielte zur Liege.

Mann, Marissa würde gleich umkippen, wenn sie sich

nicht von Butch befreite. Und der Bulle würde auf keinen Fall zulassen, dass die Blutquelle sich von seinem Mund entfernte.

»Beth!«, stieß V atemlos hervor, während er mit Wrath rang. »Halt ihm die Nase zu. Ganz fest zuhalten und die Stirn nach unten drücken. Sonst lässt er sie nie los.«

Als Beth Butchs Nase packte, stieß der Ex-Cop ein unmenschliches Geräusch aus, als wüsste er, was jetzt kommen würde. Und sein Oberkörper schnellte hoch, bereit, jeden anzufallen, der ihm seine Nahrung wegnehmen wollte.

Gütige Jungfrau, lass ihn nicht Beth angreifen, dachte V. Wrath war so aufgepeitscht, dass er den Kerl umbringen würde. *Bitte …*

Die Frauen machten einfach alles richtig. Marissa riss ihr Handgelenk weg und schlug Butch auf die Schultern, drückte ihn mit aller Gewalt nach unten und hielt ihn fest, während Beth ihr Handgelenk an seinen Mund anlegte. Als er die frische Ader schmeckte, schmatzte Butch wie ein Baby und stöhnte vor Entzücken.

Woraufhin Wrath natürlich fast durch die Decke ging.

Der König machte einen Satz auf die Liege zu, Vishous hinter sich herschleifend.

»Marissa!« V rutschte an Wrath herunter, sodass er ihm wie eine Schärpe um die Taille hing. »Ich brauche Hilfe!«

Sie warf einen Blick auf Wrath – und sie war gut. Verdammt, die Frau war gut.

Unübersehbar wollte sie lieber an Butchs Seite bleiben. Trotzdem war sie wie der Blitz bei ihm und rammte ihren Körper in das Knäuel aus Vishous und Wrath, das sich eben zu entwirren drohte. Unter der Wucht des

Aufpralls taumelte der König rückwärts, und V konnte seinen Griff erneuern. Zwar war jetzt sein Kopf in einem unangenehmen Winkel verdreht, aber seine Arme lagen genau richtig: Einer von hinten um Wraths Hals geschlungen, der andere um die Hüfte. Nur so aus Spaß schob er außerdem noch ein Bein zwischen Wraths Unterschenkeln durch, sodass der erst mal stolpern würde, falls er loszustürmen versuchte.

Wie auf Kommando tat Marissa es ihm gleich; sie wickelte ein Bein um Wraths herum und presste ihm einen Arm von vorn gegen die Brust.

Ach du Scheiße. Sie blutete heftig aus dem Handgelenk.

»Marissa … schieb deinen Arm näher zu mir …« Vishous keuchte, die Muskeln bis zum Zerreißen angespannt. »Marissa …«

Sie schien ihn nicht zu hören. War zu beschäftigt damit, die Geschehnisse auf der Liege zu beobachten.

»Marissa … du verblutest. Halt dein Handgelenk tiefer.«

Sie verlagerte ihren Ellbogen, und der Unterarm sank herab, obwohl sie immer noch nicht auf sich selbst konzentriert war.

Bis V seine Lippen auf ihre Haut legte. Dann schnappte sie nach Luft und senkte den Kopf.

Ihre Blicke trafen sich. Marissas Augen waren weit aufgerissen.

»Nur, damit du aufhörst zu bluten«, sagte er an ihrem Handgelenk.

Als Butch ein Geräusch machte, wandte sie sich ihm wieder zu.

Und plötzlich blieb für V die Zeit stehen, trotz der Last, die er zurückzuhalten hatte. Unverwandt betrachtete er Marissas perfektes Profil, während er ihr schlimm zerbissenes Handgelenk ableckte, die Wunden versiegelte, den Schmerz linderte, den Heilungsprozess anstieß. Getrieben von etwas, das er nicht benennen wollte, fuhr er wieder und wieder mit der Zunge über ihre Haut, schmeckte ihr Blut und … Butchs Mund.

Vishous dehnte das Lecken länger aus, als er musste. Und beim letzten Mal, da er wusste, dass er aufhören musste, weil er die Grenze schon überschritten hatte … da er wusste, er würde die Kontrolle über Wrath verlieren, wenn er nicht aufpasste … beim letzten Mal sah er Butch an. Und formte die Lippen zu einem Kuss.

Er hatte das merkwürdige Gefühl, dass er sich von seinem Mitbewohner verabschiedete.

Butch erwachte in einem Strudel. Einem Whirlpool. Einem … Mixer.

In seinem Körper war ein Toben, etwas, das jeden einzelnen Muskel zur Kontraktion brachte. Er … trank etwas. Etwas so Gutes, dass es ihm Tränen in die Augen trieb … es war dickflüssig und wunderbar angenehm auf der Zunge, wie ein schwerer, dunkler Wein. Wieder und wieder schluckte er und dachte benommen, dass er so etwas schon einmal geschmeckt hatte. Nicht genau denselben Jahrgang, aber …

Seine Augenlider klappten hoch, und er wurde beinahe ohnmächtig.

Verflucht noch mal, er war am Leben und auf der anderen Seite und …

Moment, das war nicht Marissa. Das Haar, das ihm ins Gesicht hing, war rabenschwarz.

Er riss seinen Mund weg. »Marissa?«

Als er sie antworten hörte, drehte er den Kopf in die Richtung, aus der ihre Stimme kam. Nur, um sofort zurückzuschrecken.

Du lieber Himmel. Das war nicht gerade der Anblick, den er erwartet hatte. Und auch kein besonders fröhliches Begrüßungskomitee in seinem neuen Leben.

Wrath schien direkt aus einem Horrorfilm entsprungen zu sein – ein riesiges, fauchendes Vampirmonster, die Fänge gefletscht, die Augen leuchtend. Und er wollte Butch an die Gurgel.

Die gute Nachricht war, dass er von Vishous und Marissa festgehalten wurde. Die schlechte, dass die beiden nicht mehr lange durchhalten würden.

Butch blickte zu Beth auf, die an der Wunde an ihrem Handgelenk saugte, um sie zu schließen. »Ach, du Scheiße.« Er hatte ziemlich viel von ihr getrunken, oder? *Ach, du Scheiße.*

Er ließ den Kopf zurück auf die Liege fallen. Wrath würde ihn umbringen, so viel stand fest. Wenn sie den Burschen losließen, dann würde der König mit ihm den Fußboden aufwischen.

Noch während Butch hektisch den Abstand zur Tür prüfte, spazierte Beth zu dem Trio hinüber.

»Wrath?« Mit leiser Stimme fügte sie hinzu: »Noch nicht loslassen.«

Butch drehte sich auf die Seite und sah Marissa in die Augen. Er betete, dass er nicht jetzt gleich sein Leben verlieren würde. Und er konnte es kaum erwarten, zu seiner Frau zu kommen. Aber diese Situation musste mit Bedacht entschärft werden.

»Wrath?«, wiederholte Beth.

Wraths Instinkte waren so übersteuert, dass sie eine

Weile mit ihm sprechen musste, bevor er sich auf sie konzentrieren konnte statt auf Butch.

»Es ist vorbei, okay?« Sie berührte sein Gesicht. »Es ist vorbei, wir sind fertig.«

Mit einem verzweifelten Stöhnen presste Wrath seine Lippen in ihre Handfläche, dann kniff er gequält die Augen zu. »Sag ihnen … sag ihnen, sie sollen mich langsam loslassen. Und Beth … Beth, ich werde mich auf dich stürzen. Dagegen … kann ich nichts machen. Aber besser, als ihn zu töten …«

»Ja, viel besser«, bekräftigte Butch.

Beth trat einen Schritt zurück und holte tief Luft. »Lasst ihn los.«

Es war, wie einen Tiger aus dem Käfig zu lassen. Marissa ging geduckt aus dem Weg, während Wrath Vishous mit solcher Kraft abschüttelte, dass der Bruder donnernd in einen Schrank krachte.

In einer einzigen fließenden Bewegung warf sich der König auf Beth und biss ihr in den Hals. Als sie aufkeuchte und in Ekstase den Kopf zurückfallen ließ, drehte sich Wrath herum und durchbohrte Butch mit einem mordlüsternen Blick.

Es war deutlich sichtbar, dass der König nicht auf Nahrung aus war. Sein Bindungsduft war eine brüllend laute Warnung, die den ganzen Raum erfüllte. Sobald er das Gefühl hatte, seine Botschaft wäre angekommen, hob er seine *Shellan* hoch und verließ den Raum. Es gab keine Frage, wohin er ging: in das nächstgelegene Zimmer mit einer Tür, um in ihr sein zu können.

Butch streckte die Hände nach Marissa aus, und sie kam zu ihm und brachte die Hoffnung mit: eine helle Wärme, ein Versprechen auf eine lebenswerte Zukunft, eine liebende Segnung. Als sie sich über ihn beugte und fest in die Arme nahm, küsste er sie sanft und brabbelte einen Haufen Unsinn; unkontrolliert und unüberlegt strömten ihm die Worte über die Lippen.

Als sie sich kurz voneinander lösten, um Atem zu schöpfen, fiel sein Blick auf Vishous. Der Bruder stand etwas betreten an der offenen Tür und starrte auf den Boden, sein großer Körper zitterte kaum merklich.

»V?«

Die Diamantaugen hoben sich, und er blinzelte rasch. »Hey, Kumpel.« Als Butch eine Hand ausstreckte, schüttelte V den Kopf. »Bin froh, dass du wieder da bist, Bulle.«

»Leck mich, komm her. V … rück rüber.«

V schob die Hände in die Taschen und ging langsam zu der Liege. Marissa war es, die die beiden verknüpfte, indem sie Vishous' Arm hochzog, damit Butch die Hand des Bruders erreichen konnte.

»Alles klar bei dir?«, fragte Butch und quetschte die Hand.

Den Bruchteil einer Sekunde wurde der Druck erwidert. Dann stampfte V mit dem Stiefel auf wie ein Pferd und zog seinen Arm weg. »Ja, alles klar.«

»Danke.«

»Schon gut.«

V war so zappelig, dass Butch Mitleid mit ihm bekam und das Thema wechselte. »Also, ist es jetzt vorbei? War's das?«

V strich sich über das Bärtchen und warf einen Blick auf die Uhr. Dann wieder auf Butchs Körper. »Warten wir noch zehn Minuten.«

Na gut, bitte. Butch vertrieb sich die Zeit damit, über

Marissas Arme zu streichen. Und über die Schultern. Und das Gesicht. Und die Haare.

Schließlich murmelte V: »Ich schätze mal, es ist vorbei.«

Obwohl in der Stimme des Bruders eine seltsame Enttäuschung lag, grinste Butch. »So schlimm war es ja gar nicht. Also jetzt abgesehen von dem Teil mit dem Sterben. Das war nicht so ...« Die Worte erstarben auf seinen Lippen, und er legte die Stirn in Falten.

»Was ist denn?«, fragte Marissa.

»Ich weiß nicht. Ich ...« Etwas passierte ... in seinen Eingeweiden.

Vishous kam wieder näher. »Was ist los, Kumpel?«

»Ich ...« Die ungeheure Schmerzattacke traf ihn wie ein Mantel aus Nägeln, der sich um seinen gesamten Körper legte und ihn aus allen Richtungen zu durchbohren schien. Er keuchte laut, sein Blick trübte sich, dann konnte er wieder sehen. »Ach, du Scheiße. Ich sterbe ...«

Vishous' Gesicht tauchte vor seinem auf. Und der Mistkerl lächelte – ein fettes, zufriedenes, breites Grinsen. »Das ist die Wandlung, mein Freund. Jetzt ... jetzt wandelst du dich.«

»Was zum T...« Butch konnte das Wort nicht zu Ende sprechen. Rotglühender Schmerz vernebelte sein Bewusstsein, und er zog sich tief in sein Inneres zurück, verlor sich in den kreiselnden Folterqualen. Immer stärker wurde die Pein, er hoffte, ohnmächtig zu werden. Doch so ein Glück war ihm nicht beschieden.

Nach ungefähr einhundertfünfzig Lichtjahren Leiden setzte das Knacken ein: Die Knochen in seinen Oberschenkeln barsten als Erstes, und er heulte auf. Aber ihm blieb keine Zeit, sich damit länger aufzuhalten, denn schon waren seine Oberarme an der Reihe. Dann die

Schultern. Seine Wirbelsäule, die Unterschenkel ... Hände ... Füße ... sein Schädel hämmerte, und der Kiefer schmerzte. Er drehte sich zur Seite, spuckte zwei Zähne aus ...

Während des Hurrikans der Wandlung blieb Marissa an seiner Seite, sprach mit ihm. Er klammerte sich an ihrer Stimme und an seinem Bild von ihr fest, dem einzig Guten in einer Welt der Qual.

39

Am anderen Ende der Stadt trank John in einem sehr hübschen, sehr abgeschiedenen Haus sein erstes Bier aus. Und dann sein zweites. Und sein drittes. Er war erstaunt, dass sein Magen damit zurechtkam, aber die Biere rutschten problemlos seine Kehle hinunter.

Blaylock und Qhuinn saßen auf dem Boden vor dem Bett und spielten auf einem Plasmafernseher *sKillerz,* dieses irrsinnig coole Spiel, das jetzt jeder hatte. Durch eine absurde Fügung des Schicksals hatte John beide besiegt, sodass sie jetzt untereinander um den zweiten Platz spielten.

John machte es sich auf Blaylocks Bettdecke bequem und setzte die Corona-Flasche an, stellte fest, dass sie leer war, und blickte auf die Uhr. Fritz würde ihn in ungefähr zwanzig Minuten abholen, und das könnte ein Problem werden. Er war total aufgedreht.

Fühlte sich echt gut an.

Blaylock lachte und kippte zur Seite. »Ich kann nicht fassen, dass du mich geschlagen hast, du Sack.«

Qhuinn nahm seine Bierflasche und tippte Blay damit leicht ans Bein. »Sorry, Riesenbaby. Aber du spielst miserabel.«

John stützte den Kopf in die Hand und genoss das Gefühl, auf angenehme Art benebelt und total locker zu sein. Er war so lange pausenlos wütend gewesen, dass er sich kaum noch erinnern konnte, wie es sich anfühlte, relaxt zu sein.

Jetzt warf Blay ihm mit einem Grinsen auf dem Gesicht einen Blick zu. »Obwohl natürlich der große Schweiger da oben der echte Champion ist. Ich hasse dich, weißt du das?«

John lächelte und zeigte ihm den Finger. Als die beiden auf dem Fußboden in Gelächter ausbrachen, klingelte irgendwo ein BlackBerry.

Qhuinn ging dran. Machte einige Mal *M-hm.* Legte auf. »Mann, Lash wird so schnell nicht wieder zurückkommen. Sieht aus, als hättest du« – er sah John an – »ihm einen Mordsschrecken eingejagt.«

»Der Typ war doch schon immer ein Arschloch«, sagte Blay.

»Ungelogen.«

Eine Weile lang schwiegen sie und lauschten »Nasty« von Too Short. Dann bekam Qhuinn einen ernsten Gesichtsausdruck.

Seine Augen – eins blau, eins grün – verengten sich. »Du, Blay … wie war es denn eigentlich?«

Blay verdrehte die Augen zur Decke. »Bei *sKillerz* zu verlieren, meinst du? Total nervig, danke der Nachfrage.«

»Du weißt genau, dass ich das nicht meine.«

Mit einem leisen Fluch öffnete Blay einen kleinen Kühlschrank, nahm noch ein Bier heraus und machte es auf. Er hatte schon sieben getrunken und wirkte so nüchtern wie eh und je. Natürlich hatte er außerdem vier Big Macs, zwei große Portionen Pommes, einen Schokomilkshake und zwei Cherry Pies vertilgt. Plus eine Tüte Chips.

»Blay? Komm schon, was passiert genau dabei?«

Blaylock nahm einen Schluck aus der Flasche und schluckte geräuschvoll. »Nichts.«

»Leck mich doch.«

»Na *gut.*« Wieder trank er. »Ich ... wäre am liebsten gestorben, kapiert? Und ich war auch fest überzeugt davon, dass ich sterben würde. Und dann, ihr wisst schon ...« Er räusperte sich. »Dann habe ich von ihr getrunken. Und danach wurde es noch schlimmer. Noch verdammt viel schlimmer.«

»Von wem hast du getrunken?«

»Von Jasim.«

»Wow. Die ist scharf.«

»Kann sein.« Blay lehnte sich zur Seite, schnappte sich ein Sweatshirt, zog es über den Kopf und weit bis über seine Hüften. Als hätte er dort etwas zu verbergen.

Qhuinn folgte seiner Bewegung mit den Augen. Genau wie John.

»Hast du sie gehabt, Blaylock?«

»Nein! Das könnt ihr mir glauben, wenn die Transition losgeht, dann habt ihr anderes im Kopf als Sex.«

»Aber ich habe gehört, dass hinterher ...«

»Nein, ich hab es nicht mit ihr gemacht.«

»Okay, cool.« Aber man konnte deutlich erkennen, dass Qhuinn seinen Freund für bescheuert hielt. »Und was ist mit der Wandlung? Wie hat sich das angefühlt?«

»Ich ... man bricht auseinander und wird neu zusammengesetzt.« Blaylock nahm noch einen tiefen Schluck. »Das war's.«

Qhuinn bog seine schmalen Hände durch, dann ballte er sie zu Fäusten. »Fühlst du dich jetzt anders?«

»Ja, schon.«

»Und wie?«

»Ach, Mann, Qhuinn …«

»Was hast du denn zu verheimlichen? Wir müssen doch alle da durch. Ich meine … John, du willst es doch auch hören, oder?«

John sah Blay an und nickte. Er hoffte inständig, die beiden würden weiterreden.

In der folgenden Stille streckte Blaylock seine Beine aus. Durch seine neue Jeans konnte man die kräftigen Muskeln erkennen.

»Also, wie fühlst du dich jetzt?«, hakte Qhuinn nach.

»Ganz normal. Nur … ich weiß auch nicht, so viel *stärker.*«

»Suuuuper!«, lachte Qhuinn. »Ich kann es kaum erwarten.«

Blaylocks Augen flatterten. »Das ist nichts, worauf man sich freuen muss. Glaub mir.«

Qhuinn schüttelte den Kopf. »Da liegst du so was von falsch.« Pause. Dann: »Wirst du jetzt oft steif?«

Blay wurde so rot wie ein Feuermelder. »*Was?*«

»Ach, komm schon, du musst doch geahnt haben, dass die Frage kommt. Also, ist es so?« Die Stille dehnte sich aus. »Hallo, Blay? Beantworte die Frage. Ist das so?«

Blay rieb sich das Gesicht. »Äh … ja.«

»Oft?«

»Ja.«

»Und, kümmerst du dich dann drum? Ich meine, das musst du doch, oder? Also, wie ist das so?«

»Bist du völlig irre? Ich werde doch nicht …«

»Erzähl es uns einfach kurz. Dann fragen wir dich nie wieder. Versprochen. Stimmt's, John?«

John nickte langsam, ihm fiel auf, dass er den Atem anhielt. Er selbst hatte schon Träume gehabt, erotische

Träume, aber das war nicht dasselbe, als würde es tatsächlich passieren. Oder Informationen aus erster Hand darüber zu bekommen.

Leider schien Blaylock unbedingt mauern zu wollen.

»Ach, Blay, bitte … wie ist es? Sag schon. Mein ganzes Leben lang warte ich schon auf das, was du jetzt hast. Sonst kann ich doch niemanden fragen … oder glaubst du, ich würde meinem Vater gleich alles erzählen? Spuck es schon aus. Wie fühlt es sich an, wenn man kommt?«

Blay zupfte am Etikett seiner Bierflasche herum. »Mächtig. Das ist es. Wie ein mächtiger Sturm, der sich in einem aufbaut und dann … explodiert man und treibt vor sich hin.«

Qhuinn schloss die Augen. »Mann, das will ich auch. Ich will ein Mann sein.«

Und genau danach sehnte sich John ebenfalls.

Blay leerte seine Bierflasche, dann wischte er sich den Mund ab. »Jetzt will ich es natürlich mit jemandem machen.«

Qhuinns Mund verzog sich zu seinem typischen schiefen Lächeln. »Was ist mit Jasim?«

»Nee. Sie ist nicht mein Typ. Und das ist das Ende dieses Gesprächs. Mehr sage ich nicht.«

John schielte zur Uhr, dann rutschte er zur Bettkante. Eilig kritzelte er etwas auf seinen Block und zeigte ihn dann den beiden. Blay und Qhuinn nickten.

»Hört sich gut an«, sagte Blay.

»Hast du Lust, morgen wieder vorbeizukommen?«, erkundigte sich Qhuinn.

John bejahte und stand auf – nur, um ins Taumeln zu geraten und sofort wieder auf die Matratze zu sinken.

Qhuinn lachte. »Sieh dir den Kleinen an. Total voll.«

John zuckte nur mit den Schultern und konzentrierte sich darauf, wohlbehalten zur Tür zu kommen. Als er die Klinke runterdrückte, rief ihm Blay nach: »Hey, John.«

John blickte über die Schulter und zog eine Augenbraue fragend nach oben.

»Wo können wir diese Zeichensprache lernen?«

Qhuinn nickte und machte noch ein Bier auf. »Genau, wo kann man das?«

John blinzelte. Dann schrieb er auf den Block: Internet. Sucht nach *Gebärdensprache.*

»Alles klar. Und du kannst uns dabei helfen, oder?«

John nickte wieder.

Dann wandten sich die beiden wieder dem Fernseher zu und luden ein neues Spiel. Als John die Tür hinter sich schloss, hörte er sie lachen, und ein Lächeln breitete sich auf seinem Gesicht aus. Woraufhin er sich sofort schämte.

Tohr und Wellsie waren tot, dachte er. Er sollte sich nicht … gut fühlen. Ein richtiger Mann würde sich nicht von seinem Ziel, von seinen Feinden abbringen lassen – einfach nur durch die Gesellschaft von Freunden.

Er schlingerte den Flur entlang, einen Arm ausgestreckt, um das Gleichgewicht zu halten.

Das Blöde war nur … es tat so gut, einfach einer von den Jungs zu sein. Er hatte sich immer Freunde gewünscht. Es musste ja keine Riesenclique sein oder so was. Einfach nur ein paar verlässliche, starke … Freunde.

Von der Sorte, auf die man sich bis in den Tod verlassen konnte. Wie auf Brüder.

Marissa begriff nicht, wie Butch überleben konnte. Noch, was mit seinem Körper geschah. Es schien einfach unmöglich. Doch genau das mussten männliche Vampire offenbar durchmachen, besonders Krieger. Und da er von Wraths Linie abstammte, hatte er definitiv dessen starkes Blut in sich.

Als es überstanden war, Stunden später, lag Butch auf der Liege in dem nun eiskalten Raum und atmete einfach nur. Seine Haut war wachsbleich und so mit Schweiß bedeckt, als hätte er zwölf Marathons hinter sich. Die Füße baumelten über die Kante der Stahlliege hinaus. Seine Schultern waren fast doppelt so breit wie vorher, und seine Boxershorts dehnten sich straff über den Oberschenkeln.

Doch sein Gesicht tröstete sie. Es war dasselbe wie vorher, proportional zu seinem neuen Körper zwar, aber dasselbe. Und als er die Augen aufschlug, hatten sie das Haselnussbraun, das ihr so vertraut war, und verrieten den Geist, der ihm allein gehörte.

Er war zu benommen, um zu sprechen, aber er zitterte, also holte sie ihm eine Decke und breitete sie über ihm aus. Beim Auftreffen des zarten, weichen Stoffs auf seiner Haut zuckte er zusammen, als wäre alles überempfindlich. Doch dann formten seine Lippen die Worte *Ich liebe dich*, und er sank langsam in den Schlaf.

Plötzlich wurde sie müder, als sie je zuvor gewesen war.

Mit einer Sprühflasche in der Hand putzte Vishous den Rest des Bodens sauber und sagte: »Lass uns was essen.«

»Ich möchte ihn nicht alleinlassen.«

»Das war mir klar. Deshalb habe ich Fritz gebeten, uns etwas zu bringen und es draußen abzustellen.«

Marissa folgte dem Bruder aus dem Geräteraum, und beide setzten sich auf breite Bänke, die in die Wand gemauert waren. Dort verspeisten sie Fritz' kleines Picknick zwischen Regalen voller Nunchakus, Trainingsdolchen, Schwertern und Pistolen. Die Sandwiches schmeckten gut, genau wie der Apfelsaft und die Haferkekse.

Ein Weilchen später zündete sich Vishous eine Selbstgedrehte an und lehnte sich zurück. »Er kommt schon wieder in Ordnung.«

»Mir ist es ein Rätsel, wie er das überstehen konnte.«

»Meine Transition war genauso.«

Sie ließ das zweite Schinkensandwich mitten in der Luft hängen. »Wirklich?«

»Noch schlimmer sogar. Ich war schmächtiger, als es anfing.«

»Aber innerlich ist er doch noch derselbe, oder?«

»Ja, er ist immer noch dein Butch.«

Als sie ihr Sandwich aufgegessen hatte, legte sie beide Beine auf die Bank hoch und lehnte sich an die Wand. »Danke.«

»Wofür?«

»Dass du meine Wunde verschlossen hast.« Sie hielt ihr Handgelenk hoch.

Sein Diamantblick wandte sich ab. »Gern geschehen.«

In der Stille fielen ihre Lider herunter, und sie schüttelte sich wieder wach.

»Schlaf ruhig«, murmelte Vishous. »Ich passe schon auf ihn auf, und sobald er wach wird, gebe ich dir Bescheid. Also los, leg dich hin.«

Sie streckte sich aus, dann rollte sie sich auf der Seite zusammen. Sie rechnete nicht damit, schlafen zu können, machte aber trotzdem die Augen zu.

»Heb mal kurz den Kopf«, forderte V sie auf. Sie gehorchte, und er legte ihr ein aufgerolltes Handtuch unter das Ohr. »So ist es besser für deinen Hals.«

»Du bist sehr nett.«

»Machst du Witze? Der Bulle würde mir kräftig in den Hintern treten, wenn ich dich so unbequem hier liegen lassen würde.«

Sie hätte schwören können, dass Vishous ihr mit der Hand über das Haar streichelte; aber dann sagte sie sich, das müsse wohl Einbildung gewesen sein.

»Was ist mit dir?«, sagte sie leise, als er sich wieder auf die andere Bank legte. Er musste doch ebenso müde sein wie sie.

Sein Lächeln war nicht zu deuten. »Mach dir um mich keine Sorgen, Frau. Schlaf einfach.«

Und überraschenderweise tat sie das auch.

V sah Marissa zu, wie sie vor lauter Erschöpfung die Besinnung verlor. Dann neigte er den Kopf, um durch die Tür einen freien Blick auf die Liege zu haben. Aus diesem Winkel konnte er nur Butchs jetzt viel größere Fußsohlen erkennen. Wahnsinn ... Butch war jetzt tatsächlich einer von ihnen. Ein richtiger, mit Fängen bewehrter Vampirkrieger, der wahrscheinlich an die zwei Meter groß war.

Wraths Blutlinie war unverkennbar in dem Burschen – und V fragte sich, ob sie jemals den Grund dafür erfahren würden.

Die Tür schwang auf, und Z kam herein, Phury im Schlepptau.

»Was ist passiert?«, fragten die beiden unisono.

»Sch-sch.« V deutete mit dem Kopf auf Marissa. Dann sagte er etwas leiser: »Schaut ihn euch selbst an. Er liegt da drinnen.«

Die Zwillinge traten in den Türrahmen. »Heilige Scheiße ...«, raunte Phury.

»Das ist aber ein ganz schöner Brocken«, murmelte Z. Dann schnüffelte er. »Warum hängt Wraths Bindungsduft so satt im Raum? Oder bin das ich?«

V stand auf. »Kommt mit raus, ich will keinen von den beiden wecken.«

Die drei gingen hinaus auf die blauen Matten, und V zog die Tür bis auf einen schmalen Spalt zu.

»Wo ist Wrath denn jetzt?«, wollte Phury wissen, als sie sich hinsetzten. »Ich dachte, er war dabei?«

»Er hat zu tun.« Ohne Zweifel.

Z starrte die Tür an. »Dieser Kerl ist riesig, V, wirklich riesig.«

»Ich weiß.« V legte sich flach auf den Rücken und zog an seiner Zigarette. Beim Ausatmen wich er dem Blick der Brüder aus.

»V, er ist echt groß.«

»Jetzt hört schon damit auf. Es ist noch viel zu früh, um einzuschätzen, wie er sein wird.«

Z rieb sich über den geschorenen Schädel. »Ich sage ja nur, er ist …«

»Ja-ha.«

»Und er hat Wraths Blut in sich.«

»Stimmt ja alles. Aber es ist zu früh, Z. Einfach noch zu früh. Außerdem ist seine Mutter keine Auserwählte.«

Zs gelbe Augen verengten sich vor Ärger. »Das ist eine total bescheuerte Regelung, wenn du mich fragst.«

40

Butch wachte davon auf, dass er tief durch die Nase einatmete. Er … roch etwas. Etwas, das ihm außerordentlich zusagte. Etwas, das ihn vor Kraft innerlich summen ließ. *Mein,* sagte eine Stimme in seinem Kopf.

Er versuchte das Wort abzuschütteln, aber es wurde nur noch lauter. Mit jedem Atemzug, den er machte, wiederholte sich die Silbe in seinem Gehirn, bis sie so automatisch wie sein Herzschlag wurde. Die wahre Quelle seines Lebens. Der Sitz seiner Seele.

Stöhnend setzte er sich auf der Liege auf, verlor aber sofort das Gleichgewicht und fiel beinahe auf den Boden. Er fing sich mühsam ab und betrachtete fragend seine Arme. Was zum – nein, hier stimmte etwas nicht, ganz und gar nicht. Das waren nicht seine Arme, und auch nicht seine Beine. Seine Oberschenkel waren *gigantisch.*

Das bin nicht ich, dachte er.

Mein, sagte die Stimme wieder.

Er sah sich um. Alles in diesem Krankenzimmer war kristallklar, als wären seine Augen Fenster, die geputzt worden waren. Und seine Ohren … er betrachtete die Neonlampen an der Decke. Er konnte buchstäblich den Strom durch die Röhren fließen hören.

Mein.

Wieder sog er die Luft ein. Marissa. Dieser Duft gehörte zu Marissa. Sie war in der Nähe.

Sein Mund öffnete sich von ganz allein, und er stieß ein tiefes, rhythmisches Schnurren aus, das in einem geknurrten Wort endete: *Mein.*

Sein Herz begann zu hämmern, als ihm bewusst wurde, dass die Steuerung in seinem Kopf vollständig von einer fremden Macht übernommen worden war. Statt von Logik wurde er jetzt von Instinkten beherrscht, gegen die sich seine bisherigen Gefühle für Marissa wie eine vorübergehende Schwärmerei anfühlten.

Mein!

Er warf einen Blick auf seine Hüften und traute seinen Augen kaum: Auch sein Schwanz war gewachsen, zusammen mit seinem restlichen Körper, und jetzt drängte er sich von innen gegen den dünnen Baumwollstoff der inzwischen viel zu knappen Boxershorts. Das Gerät zuckte, als wollte es seine Aufmerksamkeit erregen.

O mein Gott. Sein Körper wollte sich vereinigen. Mit Marissa. *Sofort.*

Als hätte er ihren Namen gerufen, tauchte sie im Türrahmen auf. »Butch?«

Ohne Vorwarnung verwandelte er sich in einen Torpedo, der Kurs auf sie nahm und quer durch den Raum schoss. Er riss sie mit sich zu Boden und küsste sie heftig, bestieg sie, während er gleichzeitig den Reißverschluss ihrer Hose herunterzog. Knurrend zerrte er ihr mühsam die Hose über die glatten Beine, spreizte grob ihre Schenkel und vergrub das Gesicht in ihrer Mitte.

Als hätte er eine gespaltene Persönlichkeit, beobachtete er sich selbst aus der Ferne, sah, wie seine Hände ihren Pulli hochschoben und ihre Brüste umfingen, während er sie gleichzeitig leckte. Dann machte er einen Satz nach vorn, fletschte Fänge, die er aus irgendeinem Grund zu nutzen wusste, und biss ihren BH durch. Die ganze Zeit wollte sein Verstand seinen Körper bremsen, aber er war in einer Art Mahlstrom gefangen, und Marissa ... sie war das Zentrum, um das er kreiste.

Aus dem Strudel heraus ächzte er: »Es tut mir leid ... o mein Gott ... ich kann nicht aufhören ...«

Sie nahm sein Gesicht zwischen ihre Hände – und er wurde vollkommen reglos. Es war unglaublich, und er hatte keine Ahnung, wie sie das machte. Aber sein Körper kam zum totalen Stillstand. Wodurch ihm klar wurde, was für eine seltsame Macht sie über ihn hatte. Wenn sie Nein sagte, würde er aufhören. Auf der Stelle. Schluss.

Allerdings trat sie gar nicht auf die Bremse. In ihren Augen schimmerte ein erotisches Leuchten. »Nimm mich. Mach mich zu deiner Frau.«

Sie bog ihm ihre Hüften entgegen, und sein Körper versank sofort wieder in dieser Raserei. Er bäumte sich auf, riss den Gummibund seiner Unterhose durch und stieß mit voller Wucht in sie hinein, ohne die Stofffetzen erst abzulegen. Er drang so tief in sie ein, dehnte sie so weit, dass es sich anfühlte, als umfinge sie jeden einzelnen Zentimeter seines Körpers.

Als sie aufschrie, und ihre Nägel in seinen Hintern bohrte, ging er hart und schnell zur Sache. Und während der Sex tobte, spürte er die beiden Hälften seines Selbst verschmelzen. Während er wild pumpte, verbanden sich die innere Stimme, die er immer als seine eigene gekannt hatte, und diese neue, die zu ihm sprach, zu ein und derselben.

Er sah ihr in die Augen, als sein Orgasmus begann, und die Ejakulation war anders als alles, was er je erlebt hatte. Machtvoller, heftiger, und sie dauerte schier endlos, als hätte er einen unbegrenzten Vorrat von dem Samen, mit dem er sie anfüllte. Und sie war verzückt, warf den Kopf vor Lust nach hinten auf die Fliesen, die Beine fest um seine Hüften geschlungen, während sie alles in sich aufsaugte, was er ihr gab.

Als es vorbei war, sank Butch in sich zusammen, keuchend, schwitzend, schwindlig. Erst jetzt bemerkte er, dass sie anders zusammenpassten als vorher; sein Kopf überragte ihren weit, seine Hüften beanspruchten mehr Platz zwischen ihren Schenkeln, seine Hände sahen neben ihrem Gesicht viel größer aus.

Sie küsste ihn auf die Schulter. Leckte ihm über die Haut. »Mhmm ... und du riechst auch so gut.«

Ja, das tat er. Der dunkle Duft, der ihm früher schon ein paarmal entströmt war, hing jetzt lebendig im Raum. Und die Kennzeichnung war überall auf Marissas Haut und Haar ... und sie war auch in ihr.

So sollte es sein. Sie gehörte *ihm*.

Er rollte von ihr herunter. »Baby ... ich weiß auch nicht genau, warum ich das tun musste.« Na ja, das stimmte nur zur Hälfte. Die andere Hälfte wollte es gleich wieder tun.

»Ich bin froh darüber.« Das Lächeln, das sie ihm schenkte, war strahlend. So hell wie die Mittagssonne.

Und dieser Anblick führte ihm vor Augen, dass er auch ihr Mann war: Es funktionierte gegenseitig. Sie gehörten einander.

»Ich liebe dich, Baby.«

Sie wiederholte die Worte, doch dann verschwand ihr

Lächeln. »Ich hatte solche Angst, dass du sterben würdest.«

»Bin ich aber nicht. Es ist jetzt vorbei und überstanden. Und ich bin auf der anderen Seite. *Ich bin bei dir auf der anderen Seite.*«

»Noch mal kann ich das nicht durchstehen.«

»Das musst du auch nicht.«

Sie entspannte sich etwas und streichelte sein Gesicht. Dann runzelte sie die Stirn. »Es ist ein wenig kalt hier drin, oder?«

»Komm, wir ziehen uns an und gehen rüber ins Haupthaus.« Er wollte ihr den Pulli wieder herunterziehen ... da blieb sein Blick an ihren Brüsten mit den vollkommenen rosa Nippeln hängen.

Er wurde wieder hart. Zum Bersten gefüllt. Gierig nach einer weiteren Entladung.

Ihr Lächeln kehrte zurück. »Leg dich wieder auf mich, *Nallus.* Lass meinen Körper deinem Erleichterung verschaffen.«

Sie musste ihn nicht zweimal bitten.

Draußen vor dem Geräteraum unterbrachen V, Phury und Zsadist ihre Unterhaltung und lauschten. Den gedämpften Geräuschen nach, war Butch wach, auf den Beinen und ... schwer beschäftigt. Als die Brüder loslachten, ließ V die Tür ganz ins Schloss fallen und dachte still, dass er sehr glücklich für die beiden da drin war. Sehr ... glücklich.

Er und die Zwillinge quatschten weiter, hin und wieder zündete sich V eine an und aschte in eine leere Wasserflasche. Eine Stunde später ging die Tür auf, und Marissa und Butch erschienen. Marissa war in einen Kampfsport-

Gi gekleidet, Butch hatte sich ein Handtuch um die Hüften gewickelt; an beiden hing schwer der Bindungsduft. Sie sahen ermattet und sehr, sehr zufrieden aus.

»O … ähm, hallo, Jungs«, sagte Butch errötend. Im Prinzip sah er gut aus, aber seine Bewegungen waren noch nicht so rund. Um genau zu sein benutzte er seine Frau als Stütze.

V verzog den Mund zu einem Grinsen. »Du siehst größer aus.«

»Ja, aber ich fürchte, ich bin noch nicht so gelenkig. Ist das normal?«

Phury nickte. »Auf jeden Fall. Ich hab ziemlich lang gebraucht, um mich an meinen neuen Körper zu gewöhnen. In ein paar Tagen hast du das im Griff, aber es wird sich noch eine Zeit lang komisch anfühlen.«

Die beiden gingen weiter, doch Marissa sah aus, als wäre ihr Mann zu schwer für sie, und Butch wirkte wackelig auf den Beinen. Offenbar versuchte er, sich nicht allzu schwer auf sie zu stützen.

V erhob sich. »Braucht ihr Hilfe auf dem Weg in die Höhle?« Butch nickte. »Das wäre super. Ich will sie nicht zerquetschen.«

V ging zu ihm und legte sich seinen Arm um die Schulter. »Nach Hause, Dicker?«

»O ja. Ein Königreich für eine Dusche.«

Butch nahm Marissas Hand, und die drei machten sich langsam auf den Weg zur Höhle.

Auf dem Weg durch den Tunnel schwiegen sie, und man hörte nichts außer dem Schlurfen von Butchs Füßen. V musste an den Tag denken, als er aus seiner eigenen Transition hervorgegangen war. Beim Aufwachen hatte er feststellen müssen, dass sich überall auf seinem

Gesicht und seiner Hand und seiner Schamgegend Tätowierungen mit Warnungen befanden. Wenigstens war Butch in Sicherheit und hatte Leute um sich, die ihn beschützten, solange er Kraft sammelte.

V hatte man weggeschafft und in dem Glauben, er wäre tot, im Wald jenseits eines Kriegercamps abgelegt.

Und noch einen Vorteil hatte Butch: eine Frau, die ihn liebte. Marissa leuchtete förmlich an seiner Seite, und V bemühte sich, sie nicht allzu oft anzustarren ... doch er konnte einfach nicht anders. Ihr Blick war so warm, wenn sie Butch ansah. So unheimlich warm.

V fragte sich unwillkürlich, wie es wohl sein mochte, so angesehen zu werden.

In der Höhle angekommen, stieß Butch ein röchelndes Seufzen aus. Seine Kräfte waren eindeutig völlig am Ende, ihm stand der Schweiß auf der Stirn, und er hielt sich nur mühsam aufrecht.

»Wie wär's mit deinem Bett?«, schlug V vor.

»Nein ... lieber die Dusche. Ich brauche eine Dusche.«

»Hast du Hunger?«, fragte Marissa.

»Ja, und wie. Ich will ... Speck. Speck und ...«

»Schokolade«, meinte V ironisch, während er den Bullen in sein Zimmer schleppte.

»Au ja, Schokolade! Verdammt, dafür würde ich jetzt töten.« Butch stockte. »Aber eigentlich mag ich gar keine Schokolade.«

»Jetzt schon.« Mit dem Fuß stieß V die Badezimmertür auf, und Marissa schlüpfte in die Duschkabine, um das Wasser aufzudrehen.

»Noch was?«, fragte sie.

»Pfannkuchen. Und Waffeln mit Sirup und Butter. Und Eier ...«

V warf ihr einen Blick zu. »Bring einfach irgendwas Essbares. Im Moment würde er sogar seine eigenen Schuhsohlen essen.«

»... und Eis und Brathähnchen und ...«

Marissa küsste Butch auf die Lippen. »Ich bin gleich wieder d...«

Blitzschnell umklammerte Butch ihren Kopf und presste ihn stöhnend an seinen Mund. Der Bindungsduft flackerte wieder auf, und er manövrierte sie an die Wand und nagelte sie dort mit seinem Körper fest, die Hände tastend, die Hüften nach vorn drängend.

Ah, ja, dachte V. *Der frisch gewandelte Vampir.* Butch würde eine Zeit lang alle Viertelstunde eine Latte kriegen.

Marissa lachte, völlig entzückt von ihrem Partner. »Später. Erst hole ich dir was zu essen.«

Sofort ließ Butch von ihr ab, als wäre seine Begierde bei Fuß gerufen worden und hätte artig gehorcht. Aber als sie ging, sah er ihr mit wildem Hunger und Anbetung im Blick nach.

V schüttelte den Kopf. »Du bist ein Volltrottel.«

»Mann, wenn ich vorher schon dachte, ich liebe sie ...«

»Die Bindung an eine Frau ist nicht ohne.« V nahm Butch das Handtuch ab und schob ihn unter die Dusche. »Zumindest nicht nach dem, was ich so gehört habe.«

»Aua.« Misstrauisch beäugte Butch den Duschkopf. »Nicht gut.«

»Deine Haut wird noch ungefähr eine Woche lang hyperempfindlich sein. Schrei, wenn du mich brauchst.«

V war schon halb im Flur, als er ein Winseln hörte. Sofort spurtete er zurück und stürmte durch die Tür. »Was? Was ist denn ...«

»Ich werde kahl!«

V riss den Duschvorhang zur Seite und runzelte die Stirn. »Wovon redest du denn? Du hast doch noch alle Haare …«

»Nicht auf dem Kopf! Am Körper, du Idiot! Mir gehen alle Haare aus!«

Jetzt senkte V den Blick. Butchs Oberkörper und Beine schälten sich, dunkelbraune Härchen rieselten an ihm herab und versammelten sich langsam um den Abfluss.

V brach in Gelächter aus. »Sieh es mal so: Wenigstens musst du dir nicht den Rücken rasieren, wenn du alt wirst. Keine schmerzhafte Wachsbehandlung, ist doch prima.«

Er war nicht überrascht, als ein Stück Seife auf ihn zugesaust kam.

41

Eine Woche nach der Schießerei fand Van etwas sehr Wichtiges über sich heraus.

Seine Menschlichkeit war verschwunden.

Ein Stöhnen, das durch den leeren Keller hallte, lenkte seinen Blick auf den auf dem Tisch festgeschnallten Vampir. Mr. X bearbeitete das Wesen, und Van sah zu. Als wäre das Ganze nichts weiter als ein Friseurbesuch.

Er hätte das für falsch halten sollen. In all seinen Jahren als Kämpfer hatte er seinen Gegnern reichlich Schmerz zugefügt; aber immer hatte er es vermieden, Unschuldige zu verletzen, und er hatte Menschen verachtet, die sich die Schwachen vornahmen. Und jetzt? Seine einzige Reaktion auf diese furchtbare Grausamkeit war Verärgerung – weil es nicht funktionierte. Die einzige Information über O'Neal, die sie bekommen hatten, war ziemlich dürftig. Ein Mensch, auf den die Beschreibung passte, war in Begleitung einiger Vampire, die möglicherweise Brüder waren, in einigen Bars in der Innenstadt gesichtet worden. Vor allem im *Screamer's* und im *ZeroSum*. Aber das hatten er und X ja schon vorher gewusst.

Allmählich bekam er den Verdacht, dass der Haupt-*Lesser* an der Kreatur auf dem Tisch vor allem seinen Frust abreagierte. Was eine solche Zeitverschwendung war. Van wollte Vampire jagen, nicht stiller Beobachter solch eines blutigen Schauspiels sein.

Noch immer hatte er keine Gelegenheit gehabt, einen dieser Blutsauger zu erledigen. Dank Mr. X, der ihn immer aus der Schusslinie hielt, hatte er seit seinem Eintritt in die Gesellschaft der *Lesser* nichts außer anderen *Lessern* massakriert. Jeden Tag stellte ihn Mr. X gegen einen neuen Untoten auf. Und jeden Tag schlug Van seinen Gegner erst zu Brei und rammte ihm dann das Messer in die Brust. Und mit jedem Tag regte sich Mr. X mehr auf. Es war, als sei der Haupt-*Lesser* ständig von Van enttäuscht, obwohl bei einem Stand von sieben zu null schwer zu kapieren war, warum genau das so war.

Gurgelnde Geräusche drangen durch die angstgeschwängerte Luft zu Van durch, und er fluchte unterdrückt.

»Langweile ich Sie hier?«, fauchte Mr. X.

»Überhaupt nicht. Das ist total spannend.«

Es gab ein kurzes Schweigen. Dann ein angewidertes Zischen. »Seien Sie nicht so ein Waschlappen.«

»Ist ja schon gut. Ich bin ein Kämpfer, Mann. Ich steh nicht darauf, Geiseln zu foltern, vor allem nicht, wenn es nichts bringt.«

Die ausdruckslosen, blassen Augen loderten auf. »Dann gehen Sie mit ein paar Kollegen auf Patrouille. Denn, wenn ich Sie noch länger anschauen muss, dann liegen Sie bald selbst hier auf dem Tisch.«

»Na, endlich.« Van ging zur Treppe.

Als er die erste Stufe erreichte, rief Mr. X ihm verächtlich hinterher: »Ihr schwacher Magen ist wirklich eine Schande.«

»Mein Magen ist hier nicht das Problem, glauben Sie mir.« Van ging einfach weiter.

Butch stieg vom Laufband und wischte sich mit dem T-Shirt den Schweiß von der Stirn. Er war gerade achtzehn Kilometer gerannt. In fünfzig Minuten. Was einen Schnitt von gut einundzwanzig Stundenkilometern ergab. Heilige Mutter Gottes!

»Wie fühlst du dich?«, fragte V von der Hantelbank.

»Wie der verfluchte Lee Majors.«

Man hörte ein Scheppern, als dreihundert Kilo auf der Halterung zu liegen kamen. »Der *Sechs-Millionen-Dollar-Mann,* was? Du bist ein ganz schön alter Sack, Bulle, wenn du dich daran noch erinnern kannst.«

»Na und? Ich bin eben in den Siebzigern aufgewachsen. Was dagegen?« Butch trank einen Schluck Wasser, dann wandte er plötzlich den Kopf zur Tür. Ihm stockte der Atem, und eine halbe Sekunde später kam Marissa herein.

Sie sah in der schwarzen Hose und der cremefarbenen Jacke einfach umwerfend aus – professionell-schick, und doch feminin. Und ihre hellen Augen blitzten durch den Raum.

»Ich wollte noch mal vorbeischauen, bevor ich mich auf den Weg mache«, sagte sie.

»Freut mich, meine Süße.« Er trocknete sich den Schweiß ab, so gut es ging, doch sie schien es nicht zu stören, wenn er verschwitzt war. Überhaupt nicht. Sie legte die Hand um sein Kinn, als er sich zu ihr herunterbeugte und sie begrüßte.

»Du siehst gut aus«, flüsterte sie und strich ihm mit der Hand über den Hals bis hinunter auf die nackten

Brustmuskeln. Dann fuhr sie mit dem Finger die Form des goldenen Kreuzes nach. »Sehr gut.«

»Ach ja?« Bei der Erinnerung daran, wie er sie vor eineinhalb Stunden aufgeweckt hatte, musste er lächeln und wurde schon wieder hart in der kurzen Trainingshose. »Sicher nicht so gut wie du.«

»Das möchte ich bestreiten.« Er zischte, als sie dicht an ihn herantrat.

Mit einem Knurren ging er im Geiste den Lageplan des Trainingszentrums durch. Wohin könnten sie schnell mal für zehn Minuten verschwinden? Ah, genau, ganz in der Nähe war ein Unterrichtsraum mit solidem Schloss an der Tür. Perfekt. Er schielte zu V hinüber, um ihm einen *Bin gleich zurück*-Blick zuzuwerfen, ertappte den Bruder aber dabei, wie er sie beide beobachtete, die Lider gesenkt und mit schwer zu deutender Miene.

»Also, ich muss los«, verkündete Marissa und trat zurück. »Ich habe heute eine lange Nacht vor mir.«

»Kannst du nicht noch ein bisschen bleiben? Fünf Minuten?«

»Würde ich ja gerne, aber nein.«

Moment mal, dachte er da. Irgendetwas an ihrem Blick war anders als sonst. Ihre Augen fixierten eine Stelle seitlich an seinem Hals, und ihr Mund war leicht geöffnet. Dann fuhr sie sich mit der Zunge rasch über die Unterlippe, als hätte sie etwas Leckeres geschmeckt. Oder vielleicht wollte sie auch etwas Leckeres schmecken?

Eine wilde Lust blitzte in ihm auf.

»Baby?«, fragte er mit rauer Stimme. »Brauchst du etwas von mir?«

»Ja …« Sie stellte sich auf die Zehenspitzen und flüsterte ihm ins Ohr. »Während deiner Transition habe ich dir so viel gegeben, dass ich geschwächt bin. Ich brauche dein Blut.«

Wahnsinn – darauf hatte er schon die ganze Zeit gewartet. Die Gelegenheit, sie von sich trinken zu lassen.

Butch schlang ihr den Arm um die Taille, hob sie vom Boden hoch und trug sie in Richtung der Tür, so hastig, als stünde der Fitnessraum in Flammen.

»Noch nicht sofort, Butch.« Sie lachte. »Lass mich runter. Deine Wandlung ist doch erst eine knappe Woche her.«

»Nein.«

»Butch, lass mich runter.«

Sein Körper gehorchte ihrem Befehl, obwohl sein Geist nicht einverstanden war. »Wie lange noch?«

»Bald.«

»Ich bin jetzt stark.«

»Ein paar Tage kann ich schon noch warten. Und das wäre auch besser für uns beide.«

Sie küsste ihn und sah auf die Uhr. Sein Lieblingsstück aus seiner Kollektion, die Patek Philippe mit dem schwarzen Krokoarmband. Die Vorstellung, dass Marissa sie immer und überall bei sich trug, gefiel ihm ungemein.

»Ich werde die ganze Nacht über im Asyl sein«, sagte sie. »Wir haben einen Neuzugang, eine Vampirin mit zwei Kindern, und ich möchte da sein, wenn sie ankommen. Außerdem werde ich das erste Mitarbeitertreffen einberufen. Mary kommt auch, wir halten es zusammen ab. Also werde ich wahrscheinlich erst im Morgengrauen zurück sein.«

»Ich bin hier.« Als sie sich umdrehte, hielt er sie am Arm fest und wirbelte sie noch einmal zu sich herum. »Pass auf dich auf da draußen.«

»Das mache ich.«

Dann küsste er sie noch einmal intensiv, die Arme um ihren schlanken Körper geschlungen. Mann, er konnte es kaum erwarten, bis sie zurückkam. Er vermisste sie jetzt schon.

»Ich bin so was von armselig«, verkündete er, als sich die Tür hinter ihr geschlossen hatte.

»Sag ich doch.« V stand von der Bank auf und schnappte sich zwei Hanteln. »Gebundene Vampire sind eine Sache für sich.«

Kommentarlos schüttelte Butch den Kopf und versuchte sich wieder auf sein Trainingsprogramm für heute Nacht zu konzentrieren. Die letzten sieben Tage war er, während Marissa ihrer neuen Arbeit nachging, auf dem Anwesen geblieben und hatte daran gearbeitet, seinen neuen Körper in den Griff zu bekommen. Die Lernkurve verlief steil. Anfangs hatte er mit den einfachsten Tätigkeiten Schwierigkeiten gehabt. Mit Besteck essen oder einen Stift halten. Inzwischen testete er seine physischen Grenzen aus, um ein Gefühl dafür zu bekommen, wann – und ob – er sich verletzte. Die gute Nachricht war, dass bisher alles funktionierte. Na gut, fast alles. Eine Hand war ein bisschen ramponiert, aber nichts Ernstes.

Und die Fänge waren fantastisch.

Wie auch seine Kraft und Ausdauer. Egal, wie sehr er sich abrackerte, sein Körper nahm die Strapaze hin und reagierte darauf mit Wachstum. Bei den Mahlzeiten langte er ebenso zu wie Rhage und Z, nahm jeden Tag fünftausend Kalorien zu sich. Und trotzdem hatte er immer Hunger. Er legte an Muskelmasse zu, als würde er sich regelmäßig Steroide reinziehen.

Zwei Fragen blieben allerdings weiterhin ungeklärt.

Konnte er sich dematerialisieren? Und wie würde er auf Sonnenstrahlen reagieren? V hatte den Vorschlag gemacht, die beiden Experimente noch um etwa einen Monat zu verschieben, und damit war er einverstanden. Er hatte momentan genug andere Sorgen.

»Du hörst doch wohl nicht schon auf, oder?«, fragte V zwischen seinen Bizepsbeugern. In jeder Hand stemmte er ungefähr fünfunddreißig Kilo.

So viel konnte Butch jetzt auch drücken.

»Keine Sorge, ich hab noch Saft.« Er stieg auf einen Crosstrainer und dehnte seine Beine.

Apropos Saft – über seine körperliche Fitness hinaus war er absolut und endlos sexbesessen. Ununterbrochen. Marissa war mittlerweile in sein Zimmer in der Höhle gezogen, und er konnte die Hände nicht von ihr lassen. Er hatte ein wahnsinnig schlechtes Gewissen deshalb und bemühte sich, sein Verlangen zu verbergen, aber sie spürte unweigerlich, wann er sie wollte, und wies ihn nie ab.

Sie schien die sexuelle Macht, die sie über ihn hatte, wirklich zu genießen. Genau wie er.

Meine Güte, er wurde schon wieder hart. Er musste nur an sie denken und stand schon Gewehr bei Fuß, selbst wenn er sie an dem Tag schon vier-, fünfmal gehabt hatte. Es ging ihm dabei nicht einfach darum, sich Erleichterung zu verschaffen. Es ging ausschließlich um sie. Er wollte bei ihr sein, in ihr sein, um sie herum sein: kein Sex zum Selbstzweck, sondern – na ja – Liebe machen. Mit ihr. Das machte die ganze Sache zu so einem köstlichen Vergnügen.

Scheiße noch mal, er war wirklich ein armseliger Typ.

Aber warum sollte er sich auch verstellen? Das war die beste Woche seines ganzen erbärmlichen Lebens gewesen. Er und Marissa waren so gut zusammen – und nicht nur im Bett. Neben seinem Training verbrachte er viel Zeit damit, sie bei ihrem sozialen Projekt zu unterstützen, und dieses gemeinsame Ziel hatte sie einander noch näher gebracht.

Das Refugium, wie sie ihr Haus getauft hatte, war zur Eröffnung bereit. V hatte die alte Villa im Kolonialstil generalstabsmäßig verdrahtet und gesichert, und obwohl noch eine Menge zu tun blieb, konnten sie schon Bedürftige aufnehmen. Bisher lebte nur die Frau mit der Tochter und ihrem Gipsbein dort, aber es klang so, als kämen bald noch viel mehr.

In dieser ganzen Zeit voller Neuerungen, Veränderungen und Herausforderungen war Marissa einfach wunderbar. Klug. Kompetent. Mitfühlend. Er kam zu dem Schluss, dass der Vampir in ihm, dieser bislang verborgene Teil seines Wesens, sich seine Gefährtin sehr weise gewählt hatte.

Wobei er immer noch Schuldgefühle hatte, sich mit ihr vereinigt zu haben. Immer wieder musste er an all das denken, was sie aufgegeben hatte – ihren Bruder, ihr altes Leben, die ganze Glitzerwelt der *Glymera*. Er hatte sich stets wie ein Waisenkind gefühlt, nachdem er sowohl seine Familie als auch seine Herkunft hinter sich gelassen hatte, und so etwas wollte er nicht für sie. Doch freigeben würde er sie deshalb auf keinen Fall.

Hoffentlich konnten sie ihre Trauungszeremonie bald zu Ende bringen. V hatte gesagt, ihm während der ersten Woche zusätzliche Schnitte zuzufügen, sei keine so tolle Idee. Was okay für ihn war, aber er wollte die Sache so schnell wie möglich vollenden. Und dann würden er und Marissa auch vor den Altar treten.

Komisch, er hatte sich angewöhnt, regelmäßig die Mitternachtsmesse zu besuchen. Die Red-Sox-Kappe in die Stirn gezogen, den Kopf gesenkt saß er ganz hinten in der Kirche *Our Lady* und blieb für sich, während er die Verbindung zu Gott und der Kirche neu knüpfte. Die Gottesdienste beruhigten ihn unermesslich, mehr als alles andere.

Denn die Finsternis war noch immer in ihm. Er war nicht allein in seiner Haut. In seinem Inneren wohnte ein Schatten, lauerte in ihm, eingeschlossen von Wirbeln und Rippen. Er spürte es dort zu jeder Zeit, wie es wanderte, sich hin und her schob, lauerte. Manchmal blickte es buchstäblich durch seine Augen nach draußen, und in diesen Momenten fürchtete er sich am meisten.

Doch in die Kirche zu gehen half. Er stellte sich gern vor, dass die Güte, die dort in der Luft lag, in ihn hineinsickerte. Wollte gern glauben, dass Gott ihm zuhörte. Musste wissen, dass es außerhalb seines Körpers eine Kraft gab, die ihm helfen würde, die Verbindung zu seiner Menschlichkeit und seiner Seele aufrechtzuerhalten. Denn ohne das wäre er tot, auch wenn sein Herz weiterschlüge.

»Hey, Bulle?«

Ohne auf seinem Crosstrainer auszusetzen, wandte Butch den Kopf der Tür zu. Phury stand dort, seine irrsinnigen Haare glänzten rot, gelb und braun unter dem Neonlicht.

»Was gibt's, Phury?«

Der Bruder kam herein. Es war kaum zu merken, dass er ein Bein nachzog »Wrath möchte, dass du heute Abend zu unserem Treffen kommst, bevor wir losziehen.«

Butch schielte zu V hinüber. Der emsig seine Hanteln

stemmte und die Augen auf den Boden gerichtet hatte. »Warum?«

»Einfach so.«

»Ist gut.«

Nachdem Phury wieder gegangen war, fragte er: »V, weißt du, was es damit auf sich hat?«

Sein Mitbewohner zuckte mit den Schultern. »Komm einfach zu den Treffen.«

»Den Treffen? Im Sinne von jede Nacht?«

V stemmte weiter, sein Bizeps wölbte sich unter dem Druck der Gewichte. »Ja. Jede Nacht.«

Drei Stunden später fuhren Butch und Rhage im Escalade los … und Butch fragte sich, was zum Teufel eigentlich los war. Er war bis an die Zähne bewaffnet, unter der schwarzen Lederjacke trug er je eine Glock unter den Achseln und zusätzlich ein zwanzig Zentimeter langes Jagdmesser an der Hüfte.

Heute Nacht zog er als Kämpfer los.

Es war nur ein Probeeinsatz, und er musste sein Vorgehen mit Marissa besprechen, aber er wünschte sich so sehr, dass es klappte. Er wollte … ja, er wollte kämpfen. Und die Brüder wollten das auch. Die ganze Truppe hatte es besprochen, vor allem die Sache mit seiner dunklen Seite. Herausgekommen war, dass er in der Lage und auch willens war, *Lesser* zu töten; und die Bruderschaft brauchte mehr Mitstreiter auf ihrer Seite der Front. Also würden sie heute einen Versuchsballon steigen lassen.

Rhage saß am Steuer, und Butch sah aus dem Fenster und wünschte sich, V wäre heute Nacht nicht freigestellt. Ihm wäre es lieber gewesen, wenn sein Mitbewohner bei seinem Jungferneinsatz dabei gewesen wäre. Wenigstens setzte V aus, weil er turnusmäßig dran war, nicht, weil er nicht mehr kampffähig war. Es schien ihm sogar inzwischen besser zu gehen, schon lange war er tagsüber nicht mehr schreiend aus seinen Träumen aufgewacht.

»Bereit zur Jagd?«, fragte Rhage.

»Ja.« Mehr als das, sein Körper brüllte danach, eingesetzt zu werden. Und zwar hier, im Kampf.

Ungefähr fünfzehn Minuten später parkte Rhage hinter dem *Screamer's*. Als sie ausstiegen und Richtung Tenth Street losmarschierten, blieb Butch auf halbem Weg stehen und wandte sich der Seitenmauer des Gebäudes zu.

»Butch?«

In Gedenken an seine eigene Geschichte streckte er die Hand aus und berührte noch einmal den verrußten Fleck, wo Darius' Wagen in die Luft geflogen war. Ja, hier hatte alles begonnen ... an genau dieser Stelle. Und doch – als er die rissigen, feuchten Ziegel unter den Fingern spürte, wusste er, dass der wahre Anfang genau hier, in diesem Moment lag. Sein wahres Wesen war zutage getreten. Jetzt erst war er, wer er sein musste.

»Alles klar, Kumpel?«

»Der Kreis schließt sich, Hollywood.« Er drehte sich zu seinem Bruder um. »Der Kreis schließt sich.« Auf Rhages ratlosen Blick reagierte Butch mit einem Lächeln und ging weiter.

»Also, wie läuft das normalerweise ab?«, fragte er, als sie in der Tenth Street ankamen.

»Üblicherweise decken wir einen Radius von fünfundzwanzig Häuserblocks zweimal ab. Im Prinzip gehen wir auf die Pirsch. Die *Lesser* suchen nach uns, wir suchen nach ihnen. Der Kampf beginnt, sobald wir ...«

Butch blieb abrupt stehen, sein Kopf schnellte von

ganz allein herum, die Oberlippe gefletscht, die nagelneuen Fänge entblößt.

»Rhage«, sagte er leise.

Der Bruder stieß ein tiefes, zufriedenes Lachen aus. »Wo sind sie, Bulle?«

Butch flitzte bereits los, auf das Signal zu, das er aufgeschnappt hatte. Im Laufen spürte er die rohe Kraft seines Körpers. Er war wie ein Wagen mit einem brandneuen Hochleistungsmotor, kein stinknormaler Ford mehr. Und er hielt sich nicht zurück, donnernd rannte er im Gleichschritt mit Rhage die dunkle Straße hinunter.

Zwei Killer auf der Jagd.

Sechs Häuserblocks weiter stießen sie auf drei *Lesser,* die an der Mündung einer Seitenstraße eine Lagebesprechung abhielten. Völlig synchron wandten sie die Köpfe zu den heranstürmenden Vampiren um, und sobald ihre Blicke sich begegneten, spürte Butch dieses schreckliche gegenseitige Erkennen zwischen ihnen aufblitzen. Die Verbindung war unabänderlich, auf seiner Seite mit Entsetzen gekoppelt, auf ihrer mit Verwirrung: Sie schienen wahrzunehmen, dass er sowohl einer von ihnen als auch ein Vampir war.

In der dunklen, schmutzigen Gasse tobte die Schlacht rasch wie ein Sommergewitter, die Gewalt ballte sich zusammen und explodierte dann in Tritten und Schlägen. Butch steckte Hiebe an Kopf und Körper ein und schenkte keinem davon Beachtung. Nichts tat weh genug, um sich darum zu kümmern, als wäre seine Haut ein Panzer und seine Muskeln aus Stahl.

Schließlich schleuderte er einen der Jäger zu Boden, setzte sich rittlings auf ihn und tastete nach dem Messer an seiner Hüfte.

Doch dann hielt er inne, überwältigt von einem Bedürfnis, gegen das er machtlos war. Die Klinge blieb, wo sie war; stattdessen brachte er sein Gesicht ganz dicht vor das seines Gegners und hielt ihn mit seinem Blick unter Kontrolle. Die Augen des *Lesser* traten vor Angst hervor, als Butch den Mund öffnete.

Wie aus weiter Ferne drang Rhages Stimme zu ihm durch: »Butch? Was machst du denn da? Ich habe die anderen beiden, du brauchst deinen nur noch mit dem Messer aufzulösen. Butch? *Mit dem Messer.*«

Doch Butch schwebte weiter über den Lippen des *Lesser.* Die Macht, die er in sich spürte, hatte *nichts* mit seinem Körper und *alles* mit dem dunklen Teil in ihm zu tun. Das Einsaugen begann langsam, beinahe sanft ... doch der Atemzug schien sich endlos fortzusetzen, ein stetiges Ziehen, das an Kraft gewann, bis die Schwärze aus dem *Lesser* entwich und in den Ex-Cop eindrang. Die Übertragung der wahren Essenz des Bösen, des ureigensten Wesens Omegas. Als Butch die widerwärtige schwarze Wolke schluckte und in sein Blut und seine Knochen einsinken fühlte, löste sich der *Lesser* in grauen Staub auf.

»Ach, du Scheiße«, raunte Rhage.

Van bremste an der Einfahrt der schmalen Straße, ein Instinkt befahl ihm, sich in die Schatten zu drücken. Er war kampfbereit hier angekommen, gerufen von einem Vampirjäger, der ihm von einem Handgemenge mit zwei Brüdern berichtet hatte. Doch als er jetzt eintraf, entdeckte er etwas, das auf keinen Fall richtig sein konnte.

Ein gigantischer Vampir hockte auf einem *Lesser,* die

Blicke ineinander versenkt, während der Vampir ... *Verdammter Mist,* den Jäger einfach ins Nirwana saugte.

Als eine Aschewolke aufs Pflaster rieselte, sagte der blonde Bruder: »Ach, du Scheiße.«

In diesem Moment hob der Vampir, der den *Lesser* eingesaugt hatte, den Kopf und blickte genau zu Van, obwohl die Dunkelheit seine Gegenwart eigentlich hätte verbergen müssen.

Verflucht noch mal – das war der, nach dem sie suchten. Der Cop. Van hatte im Internet ein Foto von dem Kerl in einem Artikel über die Polizei von Caldwell gesehen. Nur, dass er damals ein Mensch gewesen war. Und jetzt mit Sicherheit keiner mehr war.

»Da ist noch einer«, sagte der Vampir mit heiserer, brüchiger Stimme. Schwach hob er den Arm und deutete auf Van. »Genau dort.«

Van nahm die Beine in die Hand, er war nicht scharf darauf, sich inhalieren zu lassen.

Es wurde allerhöchste Zeit, Mr. X aufzutreiben.

42

Etwa einen Kilometer davon entfernt, in einem Penthouse mit Blick über den Fluss öffnete Vishous eine neue Flasche Grey Goose. Während er sich einen weiteren Klaren eingoss, beäugte er die beiden leeren Einliterflaschen, die schon auf der Küchentheke standen.

Sie würden bald einen neuen Freund haben. Sehr bald.

Zu hämmerndem Rap nahm er sein Kristallglas in die eine und die volle Flasche in die andere Hand und torkelte zur Terrassentür. Er ließ das Schloss aufspringen und schob die Glastür weit auf.

Ein kalter Windstoß traf ihn, und er lachte laut, während er nach draußen trat, den Nachthimmel betrachtete und einen tiefen Schluck nahm.

Was für ein guter Lügner er doch war. So ein guter Lügner.

Alle glaubten, es ginge ihm gut. Weil er seine kleinen Problemchen geschickt tarnte. Trug jetzt immer die Sox-Kappe, um das Zucken des Augenlides zu verstecken. Stellte sich den Wecker an seiner Armbanduhr auf alle halbe Stunde, um den Traum zurückzudrängen. Aß, obwohl er keinen Appetit hatte. Lachte, auch wenn er nichts komisch fand.

Und geraucht hatte er schon immer wie ein Schlot.

Er war sogar so weit gegangen, dass er sich Wrath gegenüber verstellt hatte. Auf die Frage des Königs nach seinem Befinden hatte V dem Bruder direkt in die Augen gesehen und mit bedächtiger, nachdenklicher Stimme behauptet, er habe zwar weiterhin »Schwierigkeiten« beim Einschlafen, der Albtraum sei aber »weg« und er fühle sich viel »ausgeglichener«.

Totaler Quatsch. Er war eine Glasscheibe mit einer Million Sprüngen darin. Es bräuchte nur ein sanftes Pochen, und er würde zerbersten.

Seine Zerbrechlichkeit lag nicht nur daran, dass seine Visionen ihn im Stich gelassen hatten. Auch nicht daran, dass er von seinem abartigen Albtraum gequält wurde. Das alles machte die Sache natürlich noch schlimmer, aber er wusste, ohne all das wäre er dennoch in einer ähnlichen Verfassung.

Butch und Marissa zu beobachten brachte ihn um.

Nicht, dass er ihnen ihr Glück nicht gönnte oder so was in der Art. Im Gegenteil, er freute sich wahnsinnig, dass die beiden zusammengefunden hatten, und inzwischen mochte er Marissa sogar inzwischen ein wenig. Es tat einfach nur weh, in ihrer Nähe zu sein.

Die Sache war die: Obwohl es vollkommen unangebracht und ihm selbst unheimlich war – betrachtete er Butch als … *seins.* Er hatte dem Mann Einlass in ihre Welt gewährt. Er hatte monatelang mit ihm zusammengelebt. Er hatte ihn gefunden und zurückgeholt, nachdem die *Lesser* ihn in ihren schmutzigen Händen gehabt hatten. Und er hatte ihn geheilt.

Und es waren seine Hände gewesen, die ihn gewandelt hatten.

Fluchend schlingerte Vishous zu der einen Meter zwanzig hohen Mauer, die um die gesamte Terrasse der

Dachwohnung verlief. Die Wodkaflasche machte ein schabendes Geräusch, als er sie abstellte, und er geriet ins Schwanken, als er das Glas an den Mund hob. Hoppla, Moment, er brauchte Nachschub. Beim Eingießen verschüttete er etwas, und wieder machte die Flasche beim Absetzen das schabende Geräusch.

Rasch kippte er das Zeug runter, dann lehnte er sich über die Mauer und schaute die dreißig Stockwerke hinunter auf die Straße. Schwindel packte und schüttelte ihn, bis die ganze Welt sich im Kreis drehte. Mitten in dem wirbelnden Tumult fand er endlich den passenden Begriff für seine spezielle Form des Leidens: Er hatte ein gebrochenes Herz.

Verfluchter Dreck, was für ein Chaos.

Ohne jede Freude lachte er über sich selbst, doch der harte Klang wurde vom stürmischen, bitterkalten Märzwind verschluckt.

Unsicher setzte er einen nackten Fuß hoch auf den kalten Stein. Dann streckte er den Arm aus, um sich festzuhalten, wobei sein Blick auf die Hand ohne den Handschuh fiel. Er erstarrte vor Schreck.

»O … Gütiger … *nein* …«

Mr. X starrte Van unverwandt an. »Was haben Sie gesagt?«

Die beiden standen in einem Schattenstreifen an der Ecke Commerce und Fourth Street, und Mr. X war sehr froh, dass sie alleine waren. Denn er konnte nicht glauben, was er da hörte, und wollte nicht vor irgendwelchen anderen Jägern allzu fassungslos wirken.

Van zuckte die Achseln. »Er ist ein Vampir. Sah aus wie einer. Benahm sich wie einer. Und er hat mich sofort erkannt, obwohl ich keinen Schimmer habe, wie er mich überhaupt sehen konnte. Aber der Jäger, den er erledigt hat – das war das wirklich Merkwürdige daran. Der Bursche ist einfach … verdampft. Überhaupt nicht so wie sonst, wenn Sie einen von uns erstechen. Außerdem war der blonde Bruder auch total geschockt. Passieren solche Sachen denn öfter?«

Nichts davon passierte öfter. Ganz besonders nicht der Mittelteil mit dem Kerl, der mal ein Mensch gewesen war und jetzt offenbar Fänge hatte. So ein Scheiß verstieß gegen die Natur, genau wie die Nummer mit dem Inhalieren.

»Und sie haben Sie einfach so abhauen lassen?«, fragte Mr. X jetzt.

»Der Blonde hat sich Sorgen um seinen Kumpel gemacht.«

Loyalität. Herrgott noch mal. Immer diese Loyalität unter den Brüdern. »Ist Ihnen an O'Neal irgendetwas aufgefallen? Abgesehen davon, dass er offenbar die Wandlung durchlaufen hat?«

Vielleicht täuschte sich Van …

»Ähm, mit der einen Hand stimmte was nicht. Die war … irgendwie krumm.«

Mr. X spürte ein innerliches Kribbeln, als wäre sein Körper eine Glocke, die geläutet worden war. Mit Absicht hielt er seine Stimme ruhig. »Was genau stimmte denn nicht damit?«

Van hob seine Hand und zog den kleinen Finger ganz nah an die Innenfläche. »Sie sah ungefähr so aus. Der kleine Finger war ganz steif und gekrümmt, als könnte er ihn nicht bewegen.«

»Welche Hand?«

»Hmm … die rechte. Genau, die rechte.«

Benommen lehnte sich Mr. X mit dem Rücken an die Seitenwand der chemischen Reinigung. Und rief sich die Prophezeiung ins Gedächtnis:

Es wird Einer kommen, das Ende vor den Meister zu bringen, ein Kämpfer moderner Zeit, angetroffen im Siebten des Einundzwanzigsten,
und man wird ihn erkennen an den Zahlen, die er trägt:
Eines mehr als der Umkreis, dessen er gewahr wird,
doch zu seiner Rechten bloße Vier zu zählen.
Drei Leben hat er,
zwei Kerben in seiner Front
und mit einem einzigen schwarzen Auge wird in einem Quell er geboren werden und sterben.

Mr. X bekam am ganzen Körper eine Gänsehaut. Scheiße, Scheiße, Scheiße.

Wenn O'Neal die Anwesenheit von *Lessern* spüren konnte, dann bedeutete das vielleicht »eines mehr als den Umkreis, dessen er gewahr wird«. Und das mit der rechten Hand passte auch dazu, falls er den kleinen Finger nicht ausstrecken konnte. Aber was war mit der zusätzlichen Narbe? Moment mal – die Öffnung, durch die Omega das Stück seiner selbst in O'Neal gesteckt hatte. Zusammen mit seinem Nabel wären das zwei Kerben. Und das schwarze Mal, das dabei zurückgeblieben war, wäre vielleicht das Auge, das die Schriftrollen erwähnten. Was das Geborenwerden und Sterben betraf, so war O'Neal in Caldwell als Vampir neu zur Welt gekommen und würde vermutlich auch hier irgendwann den Tod finden.

Die Gleichung ging auf, aber der echte Hammer daran

war nicht die Mathematik. Sondern dass man noch nie, absolut niemals davon gehört hatte, dass ein *Lesser* auf diese Art und Weise ins Jenseits befördert wurde.

Jetzt richtete Mr. X den Blick wieder auf Van, die Erkenntnis sickerte durch, alles musste völlig neu ausgerichtet werden. »Sie sind es nicht.«

»Du hättest mich einfach dort lassen sollen«, sagte Butch, als er und Rhage vor Vs Haus anhielten. »Und dem anderen *Lesser* hinterherlaufen.«

»Ja, klar. Du sahst aus, als hätte dich ein Bus überfahren, und es waren noch mehr von den Kerlen unterwegs, das garantiere ich dir.« Rhage schüttelte den Kopf, als die beiden ausstiegen. »Soll ich mit hochkommen? Du hast immer noch so ein komisches Glänzen in den Augen.«

»Ja, kann schon sein. Aber geh du lieber raus, und mach die Arschlöcher fertig.«

»Ich mag es, wenn du schmutzige Worte benutzt.« Rhage lächelte kurz, dann wurde er ernst. »Hör mal, was da passiert ist ...«

»Genau deshalb muss ich mit V sprechen.«

»Gut. V weiß alles.« Rhage drückte Butch den Schlüssel zum Escalade in die Hand und schlug ihm freundschaftlich die Schulter. »Ruf mich, wenn du mich brauchst.«

Damit löste er sich in Luft auf, und Butch ging in die Lobby, winkte dem Wachmann und stieg in den Aufzug. Die Fahrt nach oben schien endlos lang zu dauern, und die ganze Zeit über spürte er das Böse in seinen Adern. Sein Blut war wieder schwarz. Er wusste es genau. Und er stank widerlich nach Talkum. Er kam sich vor wie ein Aussätziger.

Als er aus dem Lift stieg, hörte er schon laut Musik wummern. Ludacris. »Chicken N Beer« dröhnte durch das gesamte Treppenhaus.

Er hämmerte an die Tür. »V?«

Nichts. Mist. Er war schon mal unangemeldet reingeplatzt und …

Aus irgendeinem Grund hörte er ein Klicken im Schloss, und die Tür ging einen Spaltbreit auf. Butch drückte dagegen, seine Polizisten-Antennen aufs Äußerste angespannt. Die Musik wurde lauter.

»Vishous?« Eine kalte Brise wehte durch die offene Terrassentür in das Penthouse. »Hey, V?«

Im Vorbeigehen warf Butch einen Blick auf die Küchentheke. Da standen zwei leere Wodkaflaschen. Drei Deckel lagen daneben. Eine sichere Fahrkarte ins Koma.

Er rechnete damit, V bewusstlos in einem Sessel vorzufinden.

Doch stattdessen bot sich ihm ein schauderhafter Anblick: Vishous stand auf der Mauer, die um die Terrasse herum verlief, nackt, im Wind schwankend und … von Kopf bis Fuß leuchtend.

»Du lieber Himmel, V.«

Der Bruder wirbelte herum, dann breitete er seine strahlenden Arme weit aus. Mit einem irren Lächeln drehte er sich langsam einmal im Kreis herum. »Hübsch, was? Es ist überall auf mir.« Er hob eine Flasche Grey Goose an die Lippen und nahm einen langen Schluck. »Hey, glaubst du, sie wollen mich jetzt festbinden und jeden Zentimeter meiner Haut tätowieren?«

Ganz langsam überquerte Butch die Terrasse. »V, mein Freund, wie wär's, wenn du mal da runterkommst?«

»Warum denn? Ich wette, dass ich klug genug zum

Fliegen bin.« V warf einen Blick über die Schulter auf den Abgrund hinter sich. Während er im Wind vor und zurück schaukelte, war sein leuchtender Körper erschreckend schön. »Ja, ich bin so beschissen schlau, dass ich bestimmt die Schwerkraft überlisten kann. Willst du mal sehen?«

»V …« Ach, Mist. »V, Kumpel, jetzt komm schon da runter.«

Vishous wandte ihm wieder den Kopf zu und schien abrupt nüchtern zu werden. Seine Augenbrauen waren so weit zusammengezogen, dass sie sich in der Mitte trafen. »Du riechst wie ein *Lesser.*«

»Ja, ich weiß.«

»Warum?«

»Das erzähle ich dir, wenn du runterkommst.«

»So was nennt man Erpressung.« V nahm noch einen Schluck Wodka. »Ich will nicht runterkommen, Butch. Ich will fliegen … wegfliegen.« Er legte den Kopf wieder in den Nacken und sprang hoch … fing sich aber wieder, indem er wild mit der Flasche fuchtelte. »Hoppla. Beinahe abgestürzt.«

»Vishous … jetzt lass den Quatsch!«

»Soso, Bulle. Du hast also wieder Omega in dir. Und dein Blut fließt schwarz in deinen Adern.« V schob sich die Haare aus den Augen, sodass man die Tätowierung an der Schläfe sehen konnte, von hinten beleuchtet durch den Schein unter seiner Haut. »Und doch bist du nicht eigentlich böse. Wie hat sie das noch formuliert? Ach, genau … der Sitz des Bösen ist in der Seele. Und du … du, Butch O'Neal, hast eine gute Seele. Besser als das, was ich in mir habe.«

»Vishous, komm sofort runter.«

»Ich mochte dich, Bulle. Vom ersten Moment an. Nein, nicht im allerersten Moment. Da wollte ich dich töten. Aber dann mochte ich dich. Sehr.« Mein Gott, so hatte Butch Vishous noch nie gesehen. Traurig, zärtlich, aber vor allem – sehnsüchtig. »Ich hab euch beiden zugeschaut, Butch. Ich hab dich gesehen, als du … sie geliebt hast.«

»Was?«

»Marissa. Ich habe gesehen, wie du auf ihr gelegen hast, in der Klinik.« Er wedelte mit seiner weiß glühenden Hand in der Luft herum. »Das war falsch, ich weiß, und es tut mir sehr leid … aber ich konnte mich von dem Anblick nicht losreißen. Ihr beide ward so wunderschön zusammen, und ich wollte das auch … was auch immer das war. Ich wollte das auch fühlen. Nur ein Mal. Ich wollte wissen, wie das ist, ganz normal Sex zu haben; wie das ist, wenn einem derjenige etwas bedeutet, mit dem man kommt.« Er lachte unschön auf. »Tja, das, was ich will, ist nicht gerade normal, oder? Wirst du mir meine Perversion verzeihen? Wirst du mir meinen beschämenden und schändlichen Diebstahl verzeihen? Verflucht noch mal … wie ich uns beide erniedrige …«

Butch hätte im Augenblick absolut alles gesagt, um seinen Freund von dieser Mauer herunterzulocken, aber er spürte ganz deutlich, dass V von sich selbst entsetzt war. Was vollkommen unnötig war. Niemand konnte doch etwas für seine Gefühle, und Butch empfand diese Offenbarung nicht als Bedrohung. Aus irgendeinem Grund auch nicht als Überraschung.

»V, Kumpel. Wir sind Freunde. Du und ich … wir sind doch Freunde.«

Der sehnsüchtige Ausdruck verschwand von Vs Miene,

und sein Gesicht wurde zu einer kalten Maske, die in Anbetracht ihrer Situation beängstigend war. »Du warst der einzige Freund, den ich je hatte.« Wieder dieses furchtbare Lachen. »Auch wenn meine Brüder bei mir waren, warst du doch der Einzige, dem ich mich nahe fühlte. Ich bin nicht so gut in Beziehungskisten, weißt du. Aber bei dir war es anders.«

»V, das empfinde ich ganz genauso. Aber wir sollten dich …«

»Und du warst nicht wie die anderen, dir hat es nie was ausgemacht, dass ich anders war. Die anderen … die haben mich gehasst, weil ich anders war. Was jetzt auch egal ist. Sie sind sowieso alle tot. Tot, tot …«

Butch hatte keine Ahnung, wovon V sprach, aber der Inhalt spielte auch keine große Rolle. Die Vergangenheitsform war akut das Problem.

»Ich bin immer noch dein Freund. Ich bleibe immer dein Freund.«

»Immer … komisches Wort, immer.« V beugte die Knie, er konnte kaum das Gleichgewicht halten, während er in die Hocke ging.

Butch machte einen Schritt nach vorn.

»Das lässt du schön bleiben, Bulle. Bleib da stehen.« V stellte den Wodka ab und strich leicht mit dem Finger über den Flaschenhals. »Das Zeug hat sich immer gut um mich gekümmert.«

»Warum trinken wir dann nicht einen zusammen?«

»Ach nee. Aber du kannst den Rest haben.« Vishous' Diamantblick hob sich, die linke Pupille dehnte sich mehr und mehr aus, bis sie den gesamten weißen Teil verschlungen hatte. Es gab eine lange Pause, dann lachte V. »Weißt du, ich kann nichts sehen … selbst wenn ich mich öffne, selbst wenn ich mich freiwillig melde, bin ich blind. Ich bin visionsbehindert.« Er sah an sich herunter. »Aber ich bin trotzdem noch ein verdammtes Nachtlicht. Wie eine von diesen Lampen, die man in die Steckdose einstöpselt und die dann leuchten.«

»V …«

»Du bist doch ein guter Ire, oder?« Als Butch nickte, fuhr V fort: »Ire, Ire, lass mich mal überlegen. Genau …« Vishous' Augen bekamen einen nüchternen Ausdruck und mit brechender Stimme sagte er: »Möge die Straße uns zusammenführen. Und der Wind in deinem Rücken sein. Sanft falle der Regen auf deine Felder und warm auf dein Gesicht der Sonnenschein. Und, mein lieber Freund, bis wir uns wiedersehen, halte Gott dich im Frieden seiner Hand.«

Mit einem mächtigen Satz sprang V rückwärts von der Mauer ins Leere.

43

»John, ich muss mit dir sprechen.«

John blickte von Tohrs Sessel auf, als Wrath ins Arbeitszimmer kam und die Tür hinter sich schloss. Dem finsteren Gesichtsausdruck des Königs nach zu urteilen, ging es um etwas Ernstes. Also legte er das Lehrbuch der Alten Sprache beiseite und machte sich innerlich auf etwas gefasst. Was, wenn es um die Nachricht ging, vor der er sich seit drei Monaten gefürchtet hatte?

Wrath ging um den Schreibtisch herum und drehte den Thron so, dass er John gegenübersaß. Dann setzte er sich hin und holte tief Luft.

Ja, das ist es. Tohr ist tot. Sie haben seine Leiche gefunden.

Wrath zog die Stirn in Falten. »Ich kann deine Angst und deine Traurigkeit riechen, mein Junge. Und beides kann ich gut nachvollziehen. Die Beerdigung ist in drei Tagen.«

John schluckte und schlang sich die Hände um die Schultern, ein schwarzer Strudel wirbelte um ihn herum und nahm die Welt mit sich.

»Die Familie deines Klassenkameraden hat darum gebeten, dass alle Schüler dabei sind.«

John riss den Kopf hoch. *Was?*, formten seine Lippen.

»Dein Klassenkamerad, Hhurt. Er hat die Wandlung nicht überstanden. Er ist letzte Nacht gestorben.«

Dann war Tohr gar nicht tot?

Mühsam erholte sich John von dem einen Schock, nur um gleich den nächsten zu erleiden. Einer der Schüler war an der Wandlung *gestorben?*

»Ich dachte, du hättest schon davon gehört.«

John verneinte und rief sich Hhurts Bild vor Augen. Er hatte ihn nicht besonders gut gekannt, aber trotzdem …

»Das kann vorkommen, John. Aber darum solltest du dir keine Sorgen machen. Wir werden uns gut um dich kümmern.«

Jemand war während der Transition *gestorben? O Mann …*

Ein längeres Schweigen entstand. Dann stützte Wrath die Ellbogen auf die Knie und beugte sich vor. Als ihm das glänzende schwarze Haar über die Schultern nach vorn fiel, strich es über seine in Leder gehüllten Oberschenkel. »Wir müssen uns langsam Gedanken machen, wer für dich da sein soll, wenn du durch die Wandlung gehst. Du weißt schon – wer dich nähren soll.«

John musste an Sarelle denken, die zusammen mit Wellsie von den *Lessern* getötet worden war. Sein Herz krampfte sich zusammen. Sie hätte diejenige sein sollen, die während der Transition für ihn da war.

»Es gibt zwei Möglichkeiten für uns, mein Sohn. Wir könnten dich mit jemandem von außen zusammenbringen. Bella kennt einige Familien mit Töchtern, und eine von denen … eine von ihnen könnte sogar eine gute Partnerin für dich abgeben.« Als John sich verkrampfte, fuhr Wrath schnell fort: »Aber ich will ehrlich zu dir sein: Mich begeistert diese Lösung nicht so sehr. Es könnte schwierig sein, jemanden von außen rechtzeitig zu dir zu bringen. Fritz müsste sie abholen, und wenn die Wandlung kommt, zählt jede Minute. Falls du das allerdings möchtest …«

John legte Wrath die Hand auf den tätowierten Unterarm und schüttelte den Kopf. Er kannte die andere Option nicht, aber er war sich verdammt sicher, dass er nicht in die Nähe einer verfügbaren Vampirin kommen wollte. Ohne weiter nachzudenken, sagten seine Hände: *Keine Partnerin. Was bleibt mir sonst für eine Möglichkeit?*

»Wir könnten dich eine der Auserwählten nutzen lassen.«

John legte den Kopf zur Seite.

»Das sind die engsten Vertrauten der Jungfrau der Schrift, Vampirinnen, die auf der anderen Seite leben. Rhage benutzt eine von ihnen, Layla, weil er sich von Marys Blut nicht nähren kann. Layla ist eine sichere Option, und wir können sie in null Komma nichts hierherholen.«

Jetzt tippte John Wrath auf den Arm und nickte mit dem Kopf.

»Ist es das, was du möchtest?«

Ja, wer auch immer diese Vampirin sein mochte.

»Okay. Prima. Das ist sicher eine gute Idee, Sohn. Ihr Blut ist sehr rein, und das wird hilfreich sein.«

John lehnte sich im Sessel zurück, wie von Ferne hörte er das alte Leder knarren. Er dachte an Blaylock und Butch, die beide die Wandlung überlebt hatten … vor allem dachte er an Butch. Der Ex-Cop war jetzt so glücklich. Und so groß. Und stark.

Die Transition war das Risiko auf jeden Fall wert, redete John sich gut zu. Abgesehen davon – ihm blieb ja ohnehin nichts anderes übrig, als sich darauf einzulassen. Es war nicht so, dass er in dieser Sache eine Wahl gehabt hätte.

Wrath sprach weiter. »Ich werde die Directrix der Auserwählten fragen, aber das ist eine reine Formalität. Komisch eigentlich, früher war es immer so, dass Krieger von diesen Vampirinnen ihre Kraft erhielten. Sie werden entzückt sein.« Jetzt fuhr er sich mit der Hand durchs Haar. »Du wirst sie natürlich vorher kennenlernen wollen.«

John bestätigte das. Dann wurde er leicht nervös.

»Ach, mach dir keine Gedanken. Layla wird dich mögen. Danach darfst du sie bestimmt sogar nehmen, wenn du willst. Darin, Vampire auf diese Art und Weise einzuweihen, können die Auserwählten sehr gut sein. Manche, wie Layla, sind sogar dazu ausgebildet.«

John spürte, wie sich ein dümmlicher Gesichtsausdruck auf seine Miene legte. Wrath sprach ja wohl nicht über Sex, oder?

»Doch, Sex. Je nachdem, wie hart die Wandlung für dich war, könnte es sein, dass du unmittelbar danach Sex haben willst.« Wrath stieß ein trockenes Kichern aus. »Frag nur Butch.«

Als Antwort konnte John den König nur anstarren und rot flackern wie ein Leuchtturm.

»Das hätten wir dann also geklärt.« Wrath stand auf und schob den massiven Thron ohne die geringste Anstrengung zurück an den Schreibtisch. Dann legte er den Kopf schief. »Was dachtest du denn, worüber ich mit dir reden wollte?«

John ließ den Kopf sinken und strich geistesabwesend über die Armlehne von Tohrs Sessel.

»Ach so, du dachtest, es ging um Tohrment?«

Der Klang dieses Namens brachte Johns Augen zum Brennen, und er weigerte sich, aufzusehen, als Wrath seufzte.

»Du dachtest, ich würde dir sagen, dass er tot ist.«

John zuckte mit den Schultern.

»Tja, ich persönlich glaube nicht, dass er in den Schleier gegangen ist.«

Jetzt schnellte Johns Kopf automatisch hoch.

»Ich kann immer noch einen Widerhall von ihm in meinem Blut spüren. Als wir Darius verloren, da fühlte ich nichts mehr in den Adern. Deshalb bin ich überzeugt davon, dass Tohr noch lebt.«

Erleichterung übermannte John, doch dann nahm er das Streicheln über die Lehne wieder auf.

»Du glaubst, du bist ihm egal, weil er sich nicht gemeldet hat oder zurückgekommen ist?«

John nickte.

»Weißt du, mein Sohn, wenn ein gebundener Vampir seine Partnerin verliert, dann verliert er sich selbst. Das ist die schlimmste Art von Trennung, die man sich vorstellen kann – ich habe gehört, es soll für einen Mann sogar noch schlimmer sein, als ein Kind zu verlieren. Deine Gefährtin ist dein Leben. Beth ist meines. Wenn ich sie verlöre … ja, ich habe einmal zu Tohr gesagt, dass ich mir das nicht einmal rein theoretisch vorstellen kann.« Wrath streckte die Hand aus und legte sie John auf die Schulter. »Eines will ich dir sagen. Falls Tohr je zurückkommt, dann wird es deinetwegen sein. Für ihn warst du wie ein eigenes Kind. Vielleicht könnte er die Bruderschaft hinter sich lassen, aber dich niemals. Darauf hast du mein Wort.«

John stiegen die Tränen in die Augen, aber er würde

nicht vor dem König weinen. Er drückte den Rücken durch und biss die Zähne zusammen, und Wrath senkte den Kopf, als wollte er seine Anstrengung anerkennen.

»Du bist ein Mann von Wert, John, und du wirst Tohr stolz machen. Und jetzt werde ich mich an Layla wenden.«

Der König ging zur Tür, dann warf er noch einen letzten Blick über die Schulter. »Z hat mir erzählt, dass ihr beide euch jede Nacht trefft. Das ist gut. Ich möchte, dass ihr das fortsetzt.«

Als Wrath gegangen war, sank John in den Sessel zurück. Mein Gott, diese Spaziergänge mit Z waren so seltsam. Sie sprachen nicht miteinander, sondern zogen sich nur unmittelbar vor Morgengrauen ihre Parkas über und marschierten durch den Wald. Er wartete immer noch darauf, dass der Bruder ihm irgendwelche Fragen stellte, bohrte und löcherte, in seinem Kopf herumzuwühlen versuchte. Doch bisher war nichts dergleichen geschehen. Sie waren einfach nur schweigend zu zweit unter den hohen Kiefern herumgelaufen.

Das Merkwürdige daran war, dass er sich inzwischen an ihre Touren gewöhnt hatte, sich fest darauf verließ. Und nach dem Gespräch über Tohr würde er heute Nacht wirklich einen kleinen Streifzug brauchen.

Butch schrie aus Leibeskräften, während er über die Terrasse rannte. Er stieß sich ab und warf sich auf die Mauer, konnte aber nichts erkennen, weil er so weit oben war und sich auf dieser Seite des Gebäudes keine Laternen befanden. Was das Geräusch eines auf den Boden prallenden Körpers betraf – er schrie weiß Gott laut genug, um diese Art von dumpfem Schlag zu übertönen.

»Vishous!«

O mein Gott, wenn er doch nur schnell genug hinterherkäme, dann könnte er … was auch immer, V zu Havers bringen oder so was … irgendwas. Er fuhr herum, um zum Aufzug zu rennen …

Da erschien Vishous vor ihm wie ein leuchtendes Gespenst, eine perfekte Spiegelung dessen, was der Bruder gewesen war, eine ätherische Vision von Butchs einzig wahrem Freund.

Butch geriet ins Taumeln, ein jämmerliches Winseln kam ihm über die Lippen. »V …«

»Ich konnte es nicht«, sagte das Gespenst.

Butchs Miene wurde fragend. »V?«

»So sehr ich mich selbst hasse – ich will nicht sterben.«

Butch wurde es eiskalt. Dann glühte er plötzlich so heiß wie der Körper seines Mitbewohners.

»Du verfluchtes Arschloch!« Ohne nachzudenken, schoss er auf Vishous zu und umklammerte seine Kehle. »Du verfluchtes … Arschloch! Du hast mich zu Tode erschreckt!«

Er riss den Arm zurück und schlug V direkt ins Gesicht, krachend landete seine Faust auf dem Kieferknochen. Rasend vor Wut machte er sich auf einen Gegenschlag gefasst. Doch statt sich zu wehren, schlang V die Arme um Butch, ließ den Kopf an seine Schulter sinken und – brach in Tränen aus. Bebte am ganzen Körper. Zitterte so stark, dass er zu zerbrechen drohte.

Immer noch stinksauer stützte Butch Vishous, hielt den nackten, leuchtenden Körper seines Bruders fest umschlungen, während der kalte Wind um sie herum heulte.

Als ihm langsam die Kraftausdrücke ausgingen, raunte er V ins Ohr: »Wenn du so was noch mal abziehst, dann bringe ich dich höchstpersönlich um. Haben wir uns verstanden?«

»Ich verliere den Verstand«, nuschelte V an Butchs Hals. »Das Einzige, was mich immer gerettet hat, verliere ich jetzt … habe ich schon verloren … ist verschwunden. Es ist das Einzige, was mich gerettet hat, und jetzt habe ich nichts mehr …«

Als Butch ihn noch fester an sich drückte, bemerkte er in seinem Inneren ein Gefühl von Erleichterung und Heilung. Wobei er nicht länger darüber nachdachte, da er etwas Heißes und Nasses in seinen Kragen tropfen spürte. Er hatte so einen Verdacht, dass es Tränen waren, wollte aber nicht darauf herumreiten. V war zweifellos entsetzt über diese Zurschaustellung von Schwäche, falls er wirklich weinte.

Butch legte seinem Mitbewohner die Hand in den Nacken und murmelte: »Überlass das mit dem Retten doch einfach mir, bis du wieder klar im Kopf bist, was meinst du dazu? Ich sorge dafür, dass dir nichts passiert.«

Als Vishous endlich nickte, dämmerte Butch plötzlich etwas. Scheiße – er war dem Leuchten ganz nah … aber er brannte nicht, und er spürte auch keinen Schmerz. Im Gegenteil, er konnte fühlen, wie die Schwärze aus seiner Haut und seinen Knochen sickerte, in das weiße Licht hineinströmte, das Vishous war: Das war die Erleichterung, die er vorhin gespürt hatte.

Warum nur verglühte er nicht?

Aus dem Nichts sagte eine weibliche Stimme: »Weil dies ist, was sein soll, das Licht und die Dunkelheit vereint, zwei Halbe, die ein Ganzes ergeben.«

Butch und V rissen die Köpfe herum. Die Jungfrau der

Schrift schwebte über die Terrasse, ihr schwarzer Umhang unbewegt, trotz der eisigen Böen um sie herum.

»Deshalb wirst du nicht von der Hitze verzehrt«, sagte sie. »Und deshalb erkannte er dich von Anfang an.« Sie lächelte leicht, obwohl Butch nicht klar war, woher er das wusste. »Das ist der Grund, aus dem das Schicksal dich zu uns geführt hat, Butch, Nachkomme des Wrath, Sohn des Wrath. Der Zerstörer ist angekommen, und du bist er.

Und nun beginnt eine neue Epoche in diesem Kriege.«

44

Nickend wechselte Marissa das Handy ans andere Ohr und überprüfte die Bestellliste auf ihrem Schreibtisch. »Ganz recht, wir brauchen eine Großküchenausstattung. Mindestens sechs Kochplatten.«

Sie spürte jemanden im Türrahmen stehen und blickte auf. Nur um völlig den Faden zu verlieren. »Könnte ich ... äh, könnte ich Sie vielleicht zurückrufen?« Sie wartete nicht auf eine Entgegnung, sondern legte direkt auf. »Havers. Wie hast du uns gefunden?«

Ihr Bruder neigte den Kopf. Er war gekleidet wie üblich – Burberrysakko, graue Hose und Fliege. Die Hornbrille war neu. Und sah doch genauso aus wie die, die sie an ihm kannte.

»Meine Krankenschwestern haben mir mitgeteilt, wo du dich aufhältst.«

Marissa erhob sich von ihrem Stuhl und verschränkte die Arme vor der Brust. »Und was führt dich hierher?«

Anstatt zu antworten, sah er sich um. Sie konnte sich gut vorstellen, dass er nicht besonders beeindruckt war. Ihr Büro bestand im Augenblick lediglich aus einem Tisch, einem Stuhl, einem Laptop und viel nacktem Holzfußboden. Daraus, und aus Tausenden von Zetteln, auf denen sie notiert hatte, was es zu erledigen galt. Havers' Arbeitsraum dagegen war ein typisches, vornehmes Studierzimmer der Alten Welt. Auf den Böden lagen Aubusson-Teppiche, an den Wänden hingen seine Zeugnisse aus Harvard neben einem Teil seiner Kunstsammlung.

»Havers?«

»Du hast Großes geleistet in dieser Einrichtung.«

»Wir fangen gerade erst an, und es ist ein Heim, ein Refugium, keine *Einrichtung*. Also, warum bist du hier?«

Er räusperte sich. »Ich bin auf Bitte des *Princeps*-Rates hier. Beim nächsten Treffen soll über das Bannungs-Gesuch abgestimmt werden, und der *Leahdyre* sagte, er habe die ganze letzte Woche versucht, dich zu erreichen. Du hast keinen seiner Anrufe erwidert.«

»Ich bin beschäftigt, wie du siehst.«

»Aber sie können nicht abstimmen, wenn nicht alle Mitglieder anwesend sind.«

»Dann sollen sie mich eben ausschließen. Es überrascht mich geradezu, dass sie nicht längst ausgetüftelt haben, wie das geht.«

»Du gehörst zu den sechs Gründerblutlinien. So wie die Dinge liegen, kannst du weder ausgeschlossen noch entschuldigt werden.«

»Tja, wie unpraktisch für euch. Du wirst allerdings Verständnis dafür haben, dass ich an dem Abend nicht abkömmlich bin.«

»Ich habe dir noch gar kein Datum genannt.«

»Wie ich schon sagte, ich bin nicht abkömmlich.«

»Marissa, wenn du mit dem Gesuch nicht einverstanden bist, dann kannst du deinen Standpunkt während der Einlassungsphase des Treffens geltend machen. Du kannst dir Gehör verschaffen.«

»Und alle, die ein Wahlrecht besitzen, werden das Gesuch unterstützen?«

»Es ist wichtig, für die Sicherheit unserer Frauen zu sorgen.«

Marissa wurde innerlich kalt. »Und doch hast du mich aus dem einzigen Heim, das ich besaß, vertrieben, und das dreißig Minuten vor Sonnenaufgang. Bedeutet das, du hast dir dein Engagement für mein Geschlecht anders überlegt? Oder bin ich für dich nur einfach keine Frau?«

Immerhin wurde er rot. »Zu dem Zeitpunkt war ich emotional stark aufgewühlt.«

»Auf mich hast du sehr ruhig gewirkt.«

»Marissa, es tut mir leid ...«

Sie brachte ihn mit einer scharfen Handbewegung zum Schweigen. »Sei still. Ich will es nicht hören.«

»Bitte. Aber du solltest dem Rat keine Steine in den Weg legen, nur um dich an mir zu rächen.«

Als er an seiner Fliege nestelte, erhaschte sie einen flüchtigen Blick auf den Familiensiegelring an seinem kleinen Finger. Mein Gott – wie hatte es so weit mit ihnen kommen können? Sie konnte sich noch genau an Havers' Geburt erinnern und wie er auf dem Arm ihrer Mutter ausgesehen hatte. So ein niedliches Baby. So ein ...

Marissa erstarrte, als ihr plötzlich ein Gedanke kam. Hastig verbarg sie den Schock, der sich sicherlich auf ihrer Miene abzeichnete. »In Ordnung. Ich komme zu dem Treffen.«

Havers ließ erleichtert die Schultern sinken, und er teilte ihr Zeit und Ort mit. »Danke. Ich danke dir dafür.«

Sie lächelte kühl. »Sehr gern geschehen.«

Ein Schweigen entstand, während er ihre Hose und den Pulli und den überfüllten Schreibtisch musterte. »Du wirkst … verändert.«

»Das bin ich auch.«

An seinem verkniffenen, verlegenen Gesichtsausdruck erkannte sie, dass er noch derselbe war. Natürlich hätte er es vorgezogen, wenn sie sich dem Idealbild der *Glymera* angepasst hätte: eine würdevolle Vampirin, die einem distinguierten Heim vorsteht. Tja, Pech gehabt. Sie hielt sich jetzt nur noch an ihre neue oberste Regel: Ob richtig oder falsch, sie selbst traf die Entscheidungen in ihrem Leben. Niemand sonst.

Jetzt nahm sie das Telefon wieder zur Hand. »Wenn du mich jetzt entschuldigen würdest.«

»Ich möchte dir meine Dienste anbieten. Die der Klinik, meine ich. Kostenfrei.« Er schob sich die Brille auf der geraden Nase zurecht. »Die Frauen und Kinder, die hier Unterschlupf finden, werden medizinische Versorgung benötigen.«

»Danke. Danke … dafür.«

»Außerdem werde ich das Pflegepersonal anweisen, Ausschau nach Anzeichen von Missbrauch zu halten. Wir werden jeden Verdachtsfall an dich verweisen.«

»Das wäre sehr hilfreich.«

Noch einmal neigte er den Kopf. »Wir stehen gern zu Diensten.«

Als ihr Handy klingelte, sagte sie: »Auf Wiedersehen, Havers.«

Seine Augen weiteten sich, und ihr wurde bewusst, dass sie zum ersten Mal *ihn* fortgeschickt hatte.

Doch Veränderung war immer gut – und er gewöhnte sich besser schnell an die neue Weltordnung.

Wieder klingelte das Telefon. »Schließ bitte die Tür hinter dir. Wenn es dir nichts ausmacht.«

Als er weg war, prüfte sie die Nummer auf dem Display und seufzte erleichtert auf: Butch, der Jungfrau sei Dank. Sie musste jetzt seine Stimme hören.

»Hallo«, begann sie, »du glaubst ja nicht, wer gerade …«

»Kannst du nach Hause kommen? Sofort?«

Ihre Hand umschloss den Hörer fester. »Was ist denn los? Bist du verletzt?«

»Mir geht es gut.« Seine Stimme war viel zu ruhig. Unglaubwürdig ruhig. »Aber ich brauche dich hier. Sofort.«

»Ich bin schon unterwegs.«

Sie schnappte sich ihren Mantel, schob das Telefon in die Tasche und machte sich auf die Suche nach ihrer bisher einzigen Angestellten.

Als sie die ältere *Doggen* gefunden hatte, sagte sie: »Ich muss weg.«

»Herrin, Ihr scheint beunruhigt. Kann ich irgendetwas tun?«

»Nein danke. Ich komme bald zurück.«

»Ich werde mich an Eurer statt um alles kümmern.«

Sie drückte die Hand der Frau und eilte nach draußen. Auf dem Rasen vor dem Haus, in der frischen Frühlingsnacht, versuchte sie sich zu entspannen und zu dematerialisieren. Da es nicht sofort klappte, überlegte sie, Fritz anzurufen, damit er sie abholte: Nicht nur war sie besorgt, sie brauchte auch Blut.

Doch dann merkte sie, wie sie sich verflüchtigte. Sobald sie sich vor der Höhle wieder materialisiert hatte, stürmte sie in die Vorhalle. Das Schloss sprang auf, noch ehe sie das Gesicht vor die Kamera halten konnte, und

Wrath stand auf der anderen Seite der schweren Tür aus Holz und Stahl.

»Wo ist Butch?«

»Ich bin hier.« Butch trat in ihr Gesichtsfeld, kam aber nicht näher.

In der Totenstille, die darauf folgte, trat Marissa langsam ins Haus. Die Luft schien sich in eine zähe Masse verwandelt zu haben, durch die sie sich mühsam kämpfen musste. Wie betäubt hörte sie Wrath die Tür schließen, und aus dem Augenwinkel sah sie Vishous hinter seinen Computern aufstehen. Als er um den Schreibtisch herum kam, wechselten die drei Männer einen Blick.

Butch streckte die Hand aus. »Komm her, Marissa.«

Sie ließ sich von ihm zu den Computern führen, dann deutete Butch auf einen der Monitore. Auf dem Bildschirm sah sie ... einen Text. Einen dicht gesetzten Text. Genauer gesagt, gab es zwei Spalten, die in der Mitte voneinander abgesetzt waren.

»Was ist das?«, fragte sie.

Sanft drückte Butch sie auf den Stuhl und stellte sich hinter sie, dann legte er ihr die Hände auf die Schultern. »Lies die kursive Passage.«

»Welche Seite?«

»Egal. Sie sind identisch.«

Stirnrunzelnd ließ sie die Augen über etwas gleiten, das ihr beinah wie ein Gedicht vorkam:

Es wird Einer kommen, das Ende vor den Meister zu bringen,
ein Kämpfer moderner Zeit, angetroffen im Siebten des
Einundzwanzigsten
und man wird ihn erkennen an den Zahlen, die er trägt:

Eines mehr als der Umkreis, dessen er gewahr wird,
doch zu seiner Rechten bloße Vier zu zählen.
Drei Leben hat er,
zwei Kerben in seiner Front
und mit einem einzigen schwarzen Auge wird in einem Quell er geboren werden und sterben.

Verwirrt suchte sie den Text darum herum ab, und zu ihrem Entsetzen sprangen ihr schreckliche Begriffe ins Auge: »Gesellschaft der *Lesser«*, »Einführung«, »Meister«. Sie fand die Überschrift der Seite und schauderte.

»Lieber Himmel – es geht um die *Lesser.*«

Butch hörte die eisige Panik in ihrer Stimme und kniete sich neben sie. »Marissa …«

»Was zum Teufel hat das zu bedeuten?«

Tja, wie sollte man das jetzt beantworten? Er selbst hatte ja noch die größten Schwierigkeiten damit. »Es sieht fast so aus, als wäre … ich das.« Er tippte auf den Bildschirm und betrachtete dann seinen verformten kleinen Finger, der bis zur Handfläche gekrümmt war – den er nicht ausstrecken konnte.

Misstrauisch rückte Marissa von ihm ab. »Und das ist *was* genau?«

Glücklicherweise schaltete V sich ein. »Was du da siehst, sind zwei unterschiedliche Übersetzungen der Gesetzesrollen der Gesellschaft der *Lesser.* Eine besaßen wir schon länger. Die andere stammt von einem Laptop, den ich vor etwa zehn Tagen bei einem *Lesser* konfisziert habe. Die Gesetzesrollen sind quasi das Handbuch der Gesellschaft, und der Abschnitt, den du hier vor dir hast, nennt sich *Die Prophezeiung des Zerstörers.* Wir wussten schon seit Generationen davon, seit uns das erste Exemplar der Gesetzesrollen in die Hände fiel.«

Marissas Hand legte sich auf ihre Kehle, als sie zu verstehen begann. Langsam schüttelte sie den Kopf. »Aber sie sprechen doch in Rätseln. Das kann doch sicher …«

»Butch hat alle Kennzeichen.« V zündete sich eine Selbstgedrehte an und stieß Rauch aus. »Er kann die *Lesser* spüren, was bedeutet, er nimmt eins mehr als Nord, Süd, Ost und West wahr. Sein kleiner Finger ist seit der Transition verformt, also kann er nur vier Finger an dieser Hand zeigen. Er hatte drei Leben, Kindheit, Erwachsenenalter und jetzt als Vampir. Und man könnte sagen, er wurde in Caldwell geboren, als wir ihn gewandelt haben. Aber eindeutig wird es durch die Narbe auf seinem Bauch. Sie ist das schwarze Auge und eine von zwei Kerben in seiner Front. Wenn man davon ausgeht, dass sein Nabel die erste ist.«

Sie wandte sich an Wrath. »Und was bedeutet das alles?«

Der König holte tief Luft. »Es bedeutet, dass Butch unsere beste Waffe in diesem Krieg ist.«

»Aber wie …« Marissas Stimme verlor sich.

»Er kann die Rückkehr eines *Lessers* zu Omega umgehen. Während der Einführung eines Menschen in die Gesellschaft der *Lesser* tritt Omega jedem neuen Jäger ein Teil von sich ab, und dieses Stück kommt zum Meister zurück, wenn der *Lesser* getötet wird. Da Omega ein endliches Wesen ist, hat diese Rückkehr eine entscheidende Bedeutung. Er muss zurückbekommen, was er in sie hineingesteckt hat, wenn er weiter seine Kämpfer bestücken will.« Wrath deutete mit dem Kopf auf Butch. »Er kann diesen Teil des Kreislaufs unterbrechen.

Je mehr *Lesser* Butch demnach konsumiert, desto schwächer wird Omega, bis am Ende buchstäblich nichts mehr von ihm übrig ist. Es ist, wie mit einem Meißel langsam einen Felsbrocken zu bearbeiten.«

Marissas Blick glitt zurück zu Butch. »Wie genau konsumierst du sie?«

Den Teil der Geschichte würde sie vermutlich nicht so berauschend finden. »Ich ... inhaliere sie einfach. Ich nehme sie in mich auf.«

Der Schrecken in ihren Augen war furchtbar für ihn. »Aber wirst du dann nicht selbst zu einem *Lesser?* Warum ergreifen sie nicht Besitz von dir?«

»Ich weiß es nicht.« Butch hockte sich auf die Fersen, er hatte Angst, sie könnte wegrennen. Nicht, dass er ihr das übel genommen hätte. »Aber Vishous hilft mir. So wie er mich schon früher mit der Hand geheilt hat.«

»Wie oft hast du das ... was du da machst, schon getan?«

»Dreimal. Einschließlich heute.« Sie kniff die Augen zu. »Und wann hast du das zum ersten Mal gemacht?«

»Vor ungefähr zwei Wochen.«

»Keiner von euch weiß also, was das für Spätfolgen haben kann, richtig?«

»Aber es geht mir gut ...«

Unvermittelt sprang Marissa vom Stuhl auf und trat mit gesenktem Blick und um die Taille geschlungenen Armen hinter dem Schreibtisch hervor. Vor Wrath blieb sie stehen und funkelte ihn wütend an. »Und du willst ihn benutzen.«

»Es geht um das Überleben unserer Art.«

»Was ist mit seinem Leben?«

Da erhob sich auch Butch. »Ich *will* dafür benutzt werden, Marissa.«

Mit hartem Blick musterte sie ihn von oben bis unten. »Darf ich dich daran erinnern, dass du an der Verseuchung durch Omega beinahe gestorben wärst?«

»Das war etwas anderes.«

»Ach ja? Wenn du dir immer mehr und mehr von diesem Bösen in den Organismus jagen willst, was genau ist dann daran anders?«

»Ich sagte doch, V hilft mir, das zu verarbeiten. Es bleibt nicht in mir.« Darauf bekam er keine Antwort. Sie stand einfach nur stocksteif mitten im Raum, so abweisend, dass er nicht wusste, wie er sie erreichen sollte. »Marissa, es geht hier um eine Aufgabe. Um meine Aufgabe.«

»Komisch, noch heute Morgen im Bett hast du mir erzählt, ich sei dein Leben.«

»Das bist du. Aber das hier ist etwas anderes.«

»Natürlich, alles ist anders, wenn du es willst.« Sie schüttelte den Kopf. »Deine Schwester konntest du nicht retten, aber jetzt – jetzt hast du die Chance, Tausende von Vampiren zu retten. Dein Heldenkomplex muss ja Samba tanzen vor Freude.«

Butch musste heftig schlucken, seine Kiefer mahlten. »Das war unter der Gürtellinie.«

»Aber es stimmt.« Übergangslos fühlte sie sich unendlich müde. »Weißt du, ich habe diese ganze Gewalt so satt. Die Kämpfe. Leute, die verletzt werden, obwohl sie daran gar nicht beteiligt sind. Und du hast mir gesagt, du würdest dich in diesen Krieg nicht einmischen.«

»Damals war ich noch ein Mensch …«

»Ach, bitte.«

»Marissa, du hast doch gesehen, wozu diese *Lesser* fähig sind. Du warst in der Klinik deines Bruders, als die

Leichen gebracht wurden. Wie kann ich nicht dagegen kämpfen?«

»Aber hier geht es ja nicht nur um einen normalen Kampf Mann gegen Mann. Wir sprechen hier von einer völlig anderen Ebene. Vampirjäger einzusaugen. Wie kannst du sicher sein, dass du dich nicht in einen verwandelst?«

Aus heiterem Himmel überkam ihn eine große Furcht, und als ihre Augen sich verengten, wusste er, dass er die Angst nicht schnell genug versteckt hatte.

»Darüber machst du dir selbst Sorgen, oder etwa nicht? Du bist dir einfach nicht sicher, ob du nicht auch zu einem werden könntest.«

»Das stimmt nicht. Ich werde mich nicht verlieren. Das weiß ich einfach.«

»Ach. Und warum klammerst du dich dann so an dein Kreuz, Butch?«

Er senkte den Kopf. Mist, seine Hand hielt das Kruzifix wirklich so fest umschlossen, dass die Knöchel weiß hervortraten. Er zwang sich, den Arm sinken zu lassen.

Da unterbrach Wraths Stimme sie. »Wir brauchen ihn, Marissa. Wir alle brauchen ihn.«

»Und was ist mit seiner Sicherheit?« Sie stieß ein Schluchzen aus, drängte es aber rasch zurück. »Es tut mir leid, aber ich kann nicht lächeln und sagen: Los, schnappt sie euch. Ich habe tagelang in Quarantäne verbracht und ihm zugesehen …« Sie wirbelte zu Butch herum. »Dir zugesehen, wie du beinahe gestorben wärst. Es hat mich fast umgebracht. Und damals hattest du keine Wahl, aber jetzt … jetzt hast du eine, Butch.«

Damit hatte sie nicht unrecht. Aber er konnte jetzt nicht mehr zurück. Er war, was er war, und er musste daran glauben, stark genug zu sein, um nicht der Dunkelheit zum Opfer zu fallen. »Ich möchte kein verhätschelter Schoßhund der Bruderschaft sein, Marissa. Ich möchte eine Aufgabe …«

»Du hast eine Aufg…«

»… und diese Aufgabe besteht nicht darin, zu Hause zu sitzen und darauf zu warten, dass du von deinem Leben zurückkommst. Ich bin ein Mann, kein Möbelstück.« Als sie ihn nur wortlos anstarrte, sagte er: »Ich kann nicht still dasitzen, wenn ich weiß, dass ich etwas tun kann, um deiner Art – *meiner* Art zu helfen.« Er trat auf sie zu. »Marissa …«

»Ich kann … ich kann das nicht.« Sie zog ihre Hände zurück und wich zurück. »Ich habe dich schon zu oft an der Schwelle des Todes gesehen. Ich will nicht … kann das nicht, Butch. So kann ich nicht leben. Es tut mir leid, aber du bist auf dich allein gestellt. Ich werde nicht abwarten und zusehen, wie du dich selbst zerstörst.«

Damit drehte sie sich um und verließ das Haus.

Im Haupthaus saß John in der Bibliothek und wartete, vor lauter Nervosität konnte er nicht stillhalten. Als die Uhr schlug, betrachtete er seine schmächtige Brust und die Krawatte, die an seinem Hals hing. Er hatte ordentlich aussehen wollen, aber vermutlich sah er eher aus wie ein verschüchterter Konfirmand.

Als er Schritte vernahm, warf er einen Blick durch die offen stehende Flügeltür. Marissa stapfte traurig vorbei zur Treppe, dicht gefolgt von Butch, der noch schlimmer aussah.

O je, hoffentlich ging es ihnen gut. Er mochte die beiden so gern.

Oben knallte eine Tür zu, und er stellte sich an eines der rautenförmigen Fenster und blickte hinaus. Er legte die Hand auf die Scheibe und dachte daran, was Wrath gesagt hatte – dass Tohr am Leben war, irgendwo.

Er würde so gern daran glauben.

»Herr?« Beim Klang von Fritz' Stimme wandte er den Kopf. Der alte Mann lächelte. »Euer Gast ist eingetroffen. Darf ich sie zu euch geleiten?«

John schluckte. Zweimal. Dann nickte er. Fritz verschwand und kehrte einen Augenblick später mit einer Frau zurück. Ohne John anzusehen, verbeugte sie sich vor ihm und verharrte in dieser demütigen Pose, den Oberkörper parallel zum Fußboden geneigt. Sie musste etwa einen Meter achtzig groß sein und trug eine Art weiße Toga. Ihr blondes Haar hatte sie auf dem Kopf aufgetürmt, und obwohl er ihr Gesicht nicht sehen konnte, hatte sich ihm der kurze Anblick, den er beim Eintreten von ihr erhascht hatte, fest eingebrannt.

Sie war mehr als schön. Engelsgleich.

Lange Zeit hörte man keinen Laut, und John nutzte die Zeit, sie einfach nur anzustarren.

»Euer Gnaden«, begann sie leise. »Darf ich Euch in die Augen blicken?«

Er machte den Mund auf. Dann nickte er eifrig.

Doch sie rührte sich nicht. *Super, du Blödmann, sie kann dich ja nicht sehen.*

»Euer Gnaden?« Jetzt flackerte ihre Stimme leicht. »Vielleicht … wünschtet Ihr eine andere von uns?«

John ging zu ihr und streckte die Hand aus, um sie zu berühren. Bloß wo? Dieses Toga-Ding war tief ausgeschnitten und hatte Schlitze in den Ärmeln wie auch vorne im Rock. Und sie roch so gut.

Unbeholfen tippte er ihr auf die Schulter, und sie zuckte, als hätte er sie überrascht.

»Euer Gnaden?«

Mit leichtem Druck auf ihre Arme richtete er sie auf. Wow ... ihre Augen waren richtig grün. Wie Trauben. Oder das Innere einer Limette.

Er zeigte auf seine Kehle und machte dann eine Geste, als schnitte er sie durch.

Ihr vollkommenes Gesicht neigte sich zur Seite. »Ihr sprecht nicht, Euer Gnaden?«

Er schüttelte den Kopf, etwas überrascht, dass Wrath das nicht erwähnt hatte. Andererseits hatte der König auch wirklich viel um die Ohren gehabt in letzter Zeit.

Daraufhin leuchteten Laylas Augen geradezu, und sie lächelte, was ihn vollends umhaute. Ihre Zähne waren vollendet und die Fänge ... unglaublich hübsch. »Euer Gnaden, Euer Schweigegelübde ist sehr löblich. Solche Selbstbeherrschung. Ihr werdet ein Krieger von großer Kraft sein, Ihr, der Ihr abstammt von Darius, Sohn des Marklon.«

Ach, du liebes bisschen. Sie war ja ernsthaft beeindruckt von ihm. Und wenn sie glauben wollte, dass er ein Gelübde abgelegt hatte, bitte, von ihm aus. Kein Grund, ihr mitzuteilen, dass er einen körperlichen Defekt hatte.

»Vielleicht wünscht Ihr, etwas über mich zu erfahren?«, fragte sie. »Damit Ihr Euch versichern könnt, dass es Euch an nichts mangeln wird?« Er nickte und schielte zur Couch. Gut, dass er einen Block dabeihatte. Sie könnten sich ein Weilchen setzen und einander kennenlernen ...

Als er ihr den Kopf wieder zuwandte, war sie herrlich nackt, die Toga um die Füße gebauscht.

John fielen fast die Augen aus dem Kopf. Ach, du … *großer Gott.*

»Gefalle ich Euch, Euer Gnaden?«

Jesus, Maria und Joseph – selbst wenn er einen Kehlkopf besessen hätte, wäre er sprachlos gewesen.

»Euer Gnaden?«

Als John langsam nickte, dachte er: *O Mann, warte, bis ich das Blaylock und Qhuinn erzähle.*

45

Am nächsten Abend kam Marissa aus den Kellerräumen des Refugiums und tat so, als wäre ihre Welt nicht eingestürzt und zu Asche verbrannt.

»Mastimon möchte mit dir sprechen«, hörte sie eine Kinderstimme sagen.

Marissa drehte sich um und entdeckte die Kleine mit dem Gipsbein. Sie zwang sich zu einem Lächeln, hockte sich hin und sah dem Stofftiger ins Gesicht. »Ach ja?«

»Ja. Er sagt, du sollst nicht traurig sein, weil er hier ist und uns beschützt. Und er möchte dich umarmen.«

Marissa nahm das zerfledderte Stofftier und drückte es sich an den Hals. »Er ist gleichzeitig grimmig und freundlich.«

»Das stimmt. Und du solltest ihn jetzt mal kurz behalten.« Die Miene des Mädchens war sehr gewissenhaft. »Ich muss *Mahmen* helfen, das Erste Mahl zuzubereiten.«

»Ich passe gut auf ihn auf.«

Mit einem feierlichen Kopfnicken trollte sich die Kleine auf ihren Krücken.

Den Tiger im Arm haltend, dachte Marissa an das Gefühl von letzter Nacht, als sie ihre Sachen gepackt und aus der Höhle ausgezogen war. Butch hatte versucht, es ihr auszureden, doch seine Entscheidung war in seinen

Augen zu lesen gewesen, deshalb hatten die Worte nichts verändert.

Die Wahrheit war, dass ihre Liebe seine Todessehnsucht und sein waghalsiges Wesen nicht hatte heilen können. Und so schmerzlich die Trennung auch war, bei ihm zu bleiben wäre unerträglich gewesen: Nacht für Nacht würde sie auf den Anruf warten, dass er tot war. Oder noch tragischer, dass er sich in etwas Böses verwandelt hatte.

Zudem vertraute sie ihm, je mehr sie darüber nachdachte, immer weniger. Sie vertraute nicht darauf, dass er auf sich achtgab. Nicht nach seinem Selbstmordversuch in der Klinik. Und nach der Regression, zu der er sich bereit erklärt hatte. Dann auch noch die Transition, die er sich zugemutet hatte. Die Kämpfe. Und jetzt – das Verschlingen von *Lessern*. Schon richtig, bisher waren die Ergebnisse positiv gewesen, aber die Tendenz sah nicht gut aus: Es zeichnete sich ein beständiges Muster von Selbstverletzungen ab, das mit Sicherheit früher oder später schwere Schäden verursachen musste.

Sie liebte ihn zu sehr, um ihm dabei zuzusehen, wie er sich umbrachte.

Tränen stiegen ihr in die Augen, und sie wischte sie ärgerlich weg und starrte ins Leere. Nach einer Weile blitzte ein flüchtiger Gedanke wie ein Echo in ihrem Hinterkopf auf. Doch was auch immer es war, es verblasste rasch wieder.

Als sie endlich unter Aufbietung ihrer gesamten Selbstdisziplin wieder aufstand, war sie vorübergehend hilflos. Sie konnte sich buchstäblich nicht erinnern, was sie hatte tun wollen oder warum sie im Flur stand. Schließlich ging sie in ihr Büro, weil dort immer Arbeit auf sie wartete.

Eines änderte sich nie für einen ehemaligen Cop: Man verlor nie seinen Idiotenradar.

Butch blieb in der Seitenstraße neben dem *ZeroSum* stehen. Da hinten am Notausgang des Clubs lungerte dieser Dreikäsehoch herum, der stinkreiche, blonde, kleine Angeber, der vergangene Woche die Kellnerin so blöd angemacht hatte. Neben ihm stand einer seiner Dumpfbacken-Kollegen und die beiden zündeten sich gerade Zigaretten an.

Wobei nicht ganz einleuchtend war, warum sie das hier draußen in der Kälte taten.

Butch hielt sich im Hintergrund und wartete ab. Was ihm Zeit zum Nachdenken gab. Was, wie üblich, Mist war. Jedes Mal, wenn es etwas ruhiger wurde, dann sah er Marissa vor sich, die in Fritz' Mercedes stieg und durchs Tor verschwand.

Fluchend rieb sich Butch über die Brust und hoffte inständig, einen *Lesser* aufzutreiben. Er musste sich abreagieren, um diesen Dauerschmerz zu dämpfen. Und zwar schnell.

Von der Trade Street bog ein Wagen um die Ecke und fuhr in hohem Tempo die kleine Straße vor. Der schwarze Infiniti schoss vorbei und hielt mit quietschenden Bremsen vor dem Notausgang des *ZeroSum.* Vor lauter blitzendem Chrom hätte man ihn mit einer Discokugel verwechseln können. Und wer hätte es gedacht, Idioten-Blondie schlenderte wie auf Knopfdruck zu dem Auto rüber.

Während der Junge und der Fahrer des Wagens sich die Hände schüttelten und begrüßten, konnte Butch zwar nicht genau erkennen, was da abging; aber er war verdammt sicher, dass sie keine Backrezepte austauschten.

Kurze Zeit später fuhr der Infiniti rückwärts wieder aus der Straße heraus, und Butch trat aus dem Häuserschatten. Es gab nur einen Weg, seinen Verdacht zu bestätigen: Bluffen. »Du willst den Scheiß ja wohl nicht da drinnen verticken, oder? Der Reverend hasst Freischaffende.«

Der kleine Blonde schnellte herum, offenbar stinksauer. »Wer zum Henker bist ...« Die Worte erstarben. »Moment mal, dich hab ich doch schon mal gesehen, nur dass du ...«

»Ja, ich hab mir das Fahrgestell überholen lassen. Läuft jetzt um einiges besser. Also, was hast du da ...« Butch erstarrte, alle seine Instinkte schalteten auf Alarmbereitschaft.

Lesser. Ganz in der Nähe. *Mist.*

»Jungs«, sagte er ruhig. »Ihr müsst euch verpissen. Und zwar nicht zurück durch diese Tür.«

Sofort spielte sich der kleine Holzkopf wieder auf. »Für wen hältst du dich eigentlich?«

»Vertrau mir einfach, und setz dich in Bewegung. Sofort.«

»Leck mich, wir können die ganze Nacht hier stehen, wenn wir ...« Plötzlich hielt der kleine Scheißer inne und wurde kalkweiß, als ein süßlicher Geruch zu ihnen geweht wurde. »O mein Gott.«

So, so, der blonde Trottel war ein Vampir vor der Transition, kein Mensch. »Wie gesagt. Verzieh dich, Kleiner.«

Die beiden machten sich aus dem Staub, waren aber nicht schnell genug: Drei *Lesser* tauchten am Ende der Straße auf und versperrten ihnen den Weg.

Na, super. Einfach riesig.

Butch aktivierte seine neueste Armbanduhr und sandte damit ein Lichtsignal sowie die Koordinaten aus. Innerhalb weniger Augenblicke materialisierten sich V und Rhage neben ihm.

»Wir bleiben bei der Strategie, die wir ausgearbeitet haben«, murmelte Butch. »Ich räume hinterher auf.«

Die beiden nickten, während die *Lesser* immer näher kamen.

Rehvenge stand von seinem Schreibtisch auf und zog den Zobelmantel an. »Ich muss los, Xhex. Ein Treffen des *Princeps*-Rates. Ich werde mich dematerialisieren, das Auto brauche ich also nicht. Bin hoffentlich in einer Stunde zurück. Aber sag mir vorher noch schnell eines: Wie ist der Stand bei der neuesten Überdosis?«

»Unterwegs ins Krankenhaus. Er wird wahrscheinlich überleben.«

»Und dieser Dealer?«

Xhex öffnete ihm die Tür, als wollte sie seinen Abgang beschleunigen. »Den haben wir immer noch nicht gefunden.«

Rehv fluchte, nahm seinen Stock und kam zu ihr. »Ich bin nicht gerade begeistert.«

»Was du nicht sagst«, murmelte sie. »Und ich dachte, du freust dich.«

Er sah sie durchdringend an. »Leg dich nicht mit mir an.«

»Keine Sorge, Boss«, zischte sie. »Wir tun, was wir können. Meinst du, es macht mir Spaß, wegen dieser Hohlköpfe den Notarzt zu rufen?«

Er atmete tief durch und bemühte sich, seine Wut zu zügeln. Mann, die Woche war wirklich schlimm gewesen. Bei ihnen beiden lagen die Nerven ziemlich blank, und das restliche Personal des *ZeroSum* wollte sich am liebsten auf der Toilette erhängen.

»Sorry«, sagte er. »Ich bin total fertig.«

Sie fuhr sich mit der Hand durch den Stoppelschnitt. »Ja, ich auch.«

»Was steht bei dir so an?«

Er erwartete eigentlich keine Antwort von ihr. Doch zu seiner Überraschung gab sie ihm eine. »Hast du von diesem Menschen gehört, O'Neal?«

»Ja. Er ist einer von uns. Wer hätte das gedacht.« Rehv hatte den Kerl noch nicht aus der Nähe in Augenschein nehmen können, aber Vishous hatte angerufen und ihm von dem Wunder berichtet.

Rehv wünschte dem Bullen ehrlich alles Gute. Er mochte diesen Mann – Verzeihung, Vampir – mit der großen Klappe. Gleichzeitig war ihm schmerzlich bewusst, dass damit seine Tage mit Marissa ein Ende hatten, wie auch seine Hoffnung, sich mit ihr zu vereinigen. Das tat weh, wirklich weh, obwohl es von vornherein keine gute Idee gewesen war.

»Stimmt es?«, fragte Xhex jetzt. »Das mit ihm und Marissa?«

»Ja, er ist nicht mehr sein eigener Herr.«

Ein merkwürdiger Ausdruck huschte über Xhex' Züge … Traurigkeit? Ja, sah ganz so aus.

»Ich wusste nicht, dass du ihn so toll findest.«

Sofort hatte sie sich wieder im Griff. Ihr Blick war wachsam, die Miene hart wie Stein. »Nur, weil ich ihn gern gevögelt habe, heißt das noch nicht, dass ich ihn heiraten wollte.«

»Ist ja schon gut. Wie du meinst.«

Ihre Oberlippe entblößte die Fänge. »Sehe ich aus wie die Sorte Frau, die unbedingt einen Kerl braucht?«

»Nein, und ich danke dem Himmel dafür. Die Vorstellung, du könntest weich werden, verstößt gegen die natürliche Ordnung der Welt. Außerdem bist du die Einzige, bei der ich mich nähren kann, also brauche ich dich ungebunden.«

Er ging an ihr vorbei. »Ich sehe dich in zwei Stunden, allerhöchstens.«

»Rehvenge.« Als er sich umdrehte, sagte sie: »Ich brauche dich auch als Single.«

Ihre Blicke trafen sich. Mann, sie beide waren schon ein Paar. Zwei Freaks mitten unter den Normalos ... zwei Schlangen im hohen Gras.

»Keine Sorge«, murmelte er. »Ich werde nie eine *Shellan* nehmen. Marissa war ... ein Aroma, das ich gern gekostet hätte. Aber das hätte langfristig niemals funktioniert.«

Xhex nickte, wie um ihre Abmachung neu zu besiegeln, und Rehv ging.

Auf dem Weg durch den VIP-Bereich hielt er sich dicht an den Wänden. Er ließ sich lieber ohne seinen Stock sehen; und wenn er ihn benutzte, sollten die Leute denken, es sei ein modisches Accessoire, weswegen er sich nicht so stark darauf stützte. Was wiederum in Anbetracht seines mangelnden Gleichgewichtssinns gefährlich war.

Er erreichte den Notausgang, veranstaltete einen kleinen mentalen Zauber an der Alarmanlage und ließ die Tür aufgehen. Dann trat er hinaus und dachte ...

Verdammt noch mal! Draußen herrschte das totale Chaos. *Lesser.* Brüder. Und mittendrin zwei zivile Vampire, zusammengekauert und bibbernd. Und der große, böse Butch O'Neal.

Als die Tür hinter ihm ins Schloss fiel, baute Rehv sich breitbeinig auf und wunderte sich, warum die Überwachungskameras das Ganze nicht – ach so, ein *Mhis*. Sie waren von einem *Mhis* umgeben. Nette Geste.

Er blieb am Rande des Geschehens stehen und beobachtete den Kampf, lauschte dem dumpfen Schlag von Fäusten auf Haut, hörte das Knurren und das Schaben von Metall, roch den Schweiß und das Blut der Vampire vermischt mit der Talkum-Süße der Jäger.

Verdammt, er wollte auch mitspielen. Und er sah nicht ein, warum er es eigentlich nicht tun sollte.

Als ein *Lesser* auf ihn zugetaumelt kam, fing er den Burschen auf, donnerte ihn gegen die Backsteinwand und lächelte beim Blick in ein helles Augenpaar. Es war so lange her, dass Rehv etwas getötet hatte, und seine dunkle Seite vermisste das Gefühl. Gierte danach. Das Auslöschen von Leben war etwas, wonach sich das Böse in ihm sehnte.

Und er würde diese Bestie füttern. Hier und jetzt.

Trotz des Dopamins in seinem Organismus waren seine Symphath-Fähigkeiten sofort zur Stelle, ritten auf der Welle seiner Aggression, trübten seinen Blick mit einem roten Schleier. Die Fänge zu einem breiten Lächeln fletschend gab er dem finsteren Teil in sich mit der ekstatischen Freude eines lange nicht befriedigten Süchtigen nach.

Mit unsichtbaren Händen bohrte er sich in das Gehirn des *Lesser,* wühlte darin herum und löste alle möglichen lustigen Erinnerungen aus. Es war, wie Deckel von gut geschüttelten Flaschen zu schrauben, und was hervorquoll, entkräftete seine Beute, brachte den *Lesser* so durcheinander, dass er wehrlos wurde. Igitt, welche Hässlichkeit im Kopf dieser Dreckskerle wohnte – dieser spezielle Jäger hatte eine sadistische Ader. Und als jede einzelne seiner Gemeinheiten und ekelhaften Untaten sein geistiges Auge umwölkte, fing er an zu schreien, schlug sich die Hände auf die Ohren und fiel zu Boden.

Rehv hob seinen Stock hoch und zog die äußere Hülle ab, wodurch eine tödliche Stahlklinge zum Vorschein kam, die Klinge so rot wie seine zweidimensionale Sicht. Doch gerade als er zustoßen wollte, hielt Butch seinen Arm fest.

»An der Stelle trete ich auf den Plan.«

Rehv funkelte ihn an. »Vergiss es, der gehört mir.«

»Nein, tut er nicht.« Butch ging neben dem *Lesser* auf die Knie und …

Rehv hielt sich die Faust vor den Mund und beobachtete fasziniert, wie Butch sich über den Jäger beugte und etwas aus ihm herauszusaugen begann. Leider hatte er kaum Zeit, diese Folge von *Twilight Zone* in Ruhe zu genießen. Ein weiterer *Lesser* stürmte von hinten auf Butch zu, und Rehv musste zur Seite springen, weil Rhage den Kerl mit einem Hechtsprung zu Boden riss.

Jetzt hörte Rehv noch weitere Schritte und sah noch einen *Lesser* auf sie zu rennen. Gut. Um diesen würde *er* sich jetzt kümmern, dachte er mit einem kalten Grinsen.

Symphathen liebten den Kampf, und wie. In der Hinsicht bildete er keine Ausnahme vom Rest seiner Spezies.

Mr. X donnerte die kleine Straße hinunter, wo die Schlacht stattfand. Obwohl er nichts sehen oder hören konnte, spürte er den Puffer um den Schauplatz herum, deshalb wusste er, dass er richtig war.

Hinter ihm keuchte Van. »Was zum Teufel ist hier los? Ich kann den Kampf spüren …«

»Wir durchdringen gleich ein *Mhis*. Machen Sie sich bereit.«

Die beiden stürmten weiter und trafen auf etwas, das sich anfühlte wie eine Wand aus kaltem Wasser. Als sie durch die Barriere brachen, offenbarte sich ihnen das Gefecht: Zwei Brüder. Sechs Jäger. Zwei auf den Boden gekauerte Vampire. Ein sehr großer Kerl in einem langen Pelzmantel. Und Butch O'Neal.

Der Ex-Cop erhob sich gerade vom Asphalt, offenbar war ihm kotzübel. Er strahlte den Abdruck des Meisters förmlich aus. Als Mr. X O'Neals Blick begegnete, blieb der Haupt-*Lesser* schlitternd stehen, überwältigt von einem Gefühl der Übereinkunft.

Und Ironie des Schicksals – genau in dem Augenblick, als die Verbindung geknüpft wurde, als das gegenseitige Erkennen stattfand, rief ihn Omega von der anderen Seite.

Zufall? Vollkommen gleichgültig. Mr. X schob die Forderung von sich fort, schenkte dem Kribbeln unter seiner Haut keine Beachtung. »Van«, raunte er. »Es wird Zeit für Sie, zu zeigen, was Sie draufhaben. Schnappen Sie sich O'Neal.«

»Na endlich, geht doch.« Ohne zu zögern, raste Van auf den neugeborenen Vampir zu, und die beiden gingen in Kampfstellung, umkreisten einander wie zwei Ringer. Zumindest, bis Van regungslos wurde und sich in eine atmende Statue verwandelte.

Weil Mr. X ihn durch seinen Willen dazu zwang.

Mann, er musste lächeln, als er den panischen Ausdruck auf Vans Gesicht bemerkte. Die Kontrolle über die eigenen Muskeln und Sehnen zu verlieren konnte einen Mann schon die Nerven verlieren lassen.

Und auch O'Neal war überrascht. Vorsichtig pirschte er sich an, misstrauisch, aber offenbar auch bereit, sich die Situation zunutze zu machen. Dann ging alles ganz schnell. O'Neal nahm Van in den Schwitzkasten, riss ihn hoch und knallte ihn mit dem Rücken auf den Boden.

Ein Arbeitsgerät wie Van zu opfern ging Mr. X gelinde gesagt am Arsch vorbei. Er musste wissen, was geschah, wenn – *ach, du Heiliger!*

O'Neal ... O'Neal hatte den Mund geöffnet und atmete ein und ... Van Dean wurde einfach ins Nichts gesaugt, absorbiert, geschluckt, einverleibt. Bis er zu Staub zerfiel.

Eine Welle der Erleichterung überrollte Mr. X. Ja, ja, die Prophezeiung erfüllte sich. Die Prophezeiung hatte sich in der Haut eines Iren bewahrheitet, der zu einem Vampir geworden war. *Danke, Gott.*

Mr. X machte einen zögerlichen, verzweifelten Schritt nach vorn. Jetzt ... jetzt fände er den Frieden, nach dem er suchte, sein Schlupfloch hatte sich aufgetan, seine Freiheit war gesichert. O'Neal war derjenige.

Da wurde Mr. X plötzlich von einem Bruder mit Ziegenbärtchen und Tätowierungen im Gesicht abgefangen. Der große Kerl kam wie ein Rammbock aus dem Nichts gestürzt und versetzte X einen solchen Schlag, dass seine Knie nachgaben. Sie rangen miteinander, doch X hatte Todesangst, dass er erstochen würde, statt von O'Neal verschlungen zu werden. Weswegen er, als noch ein weiterer Jäger sich ins Getümmel und auf den Bruder stürzte, den Schauplatz verließ und das Weite suchte.

Omegas Ruf war inzwischen ein brüllender Befehl, das grausige Kitzeln ein Prasseln auf seiner Haut, doch Mr. X antwortete nicht. Er würde sich heute Nacht töten lassen. Aber nur auf die richtige Art und Weise.

Butch hob den Kopf von dem Aschehäufchen, das sein letztes Opfer gewesen war und musste heftig, krampfartig würgen. Er fühlte sich wie damals, als er in der Klinik erwacht war. Verseucht. Befleckt. Zu schmutzig, um je wieder reingewaschen werden zu können.

Was, wenn er zu viel geschluckt hatte? Was, wenn er den Punkt erreicht hatte, an dem es kein Zurück mehr gab?

Während er sich übergab, spürte er V näher kommen, auch wenn er ihn nicht sehen konnte. Mühsam hob er den Kopf und ächzte: »Hilf mir …«

»Das werde ich, *Trahyner.* Gib mir deine Hand.« Als Butch sie verzweifelt ausstreckte, zog Vishous sich den Handschuh ab und umklammerte die Finger seines Freundes so fest er konnte. Vs Energie, dieses wunderschöne, weiße Licht floss an Butchs Arm herab und strömte in einem Schwall durch ihn hindurch, reinigend, erneuernd.

Verbunden durch die ineinander verschränkten Hände wurden sie wieder zu den zwei Hälften, dem Licht und der Dunkelheit. Dem Zerstörer und dem Retter. Ein Ganzes.

Butch nahm alles, was V ihm zu geben hatte. Und als es vorbei war, wollte er nicht loslassen, aus Angst, das Böse könnte irgendwie zurückkehren, wenn die Verbindung unterbrochen würde.

»Alles okay bei dir?«, fragte V sanft.

»Jetzt schon.« Meine Güte, seine Stimme war noch heiserer geworden von dem ganzen Inhalieren. Oder vielleicht auch vor Dankbarkeit.

V zupfte an seinem Arm, und Butch kam mit Schwung auf die Füße. Als er sich rückwärts an die Hauswand fallen ließ, stellte er fest, dass der Kampf vorüber war.

»Ganz ordentlich für einen Zivilisten«, bemerkte Rhage.

Butch warf einen Blick nach links, da er glaubte, er wäre gemeint. Doch dann entdeckte er Rehvenge. Der Vampir bückte sich vorsichtig und hob ein Futteral auf. Mit einer eleganten Bewegung ließ er das Schwert mit der roten Klinge wieder in die Scheide gleiten. Ach so – der Stock war auch eine Waffe.

»Danke«, entgegnete Rehv. Dann wandten sich seine Amethystaugen an Butch.

Als ihre Blicke sich trafen, wurde Butch bewusst, dass sie sich seit der Nacht, in der er Marissa genährt hatte, nicht mehr begegnet waren.

»Hey, Mann.« Butch streckte ihm den Arm entgegen.

Schwer auf seinen Stock gestützt, kam Rehvenge auf ihn zu. Als sie sich die Hände schüttelten, atmeten alle Anwesenden auf.

»Also, Bulle«, begann Rehvenge, »was dagegen, wenn ich frage, was du da mit den Jägern angestellt hast?«

Ein Winseln unterbrach das Gespräch, und alle Köpfe wandten sich dem Müllcontainer gegenüber zu.

»Ihr könnt jetzt rauskommen, Jungs«, sagte Rhage. »Die Luft ist rein.«

Der blonde Angeber und sein gemieteter Schläger schlurften ins Licht. Beide sahen aus, als hätten sie eine Runde in der Geschirrspülmaschine hinter sich: Trotz der Kälte waren sie nass vor Schweiß, Haare und Klamotten waren völlig zerfetzt.

Rehvenges harte Miene zeigte Erstaunen. »Lash, warum bist du denn nicht beim Training? Dein Vater bekommt einen Anfall, wenn er hört, dass du hier bist statt …«

»Er nimmt sich eine kleine Auszeit vom Unterricht«, murmelte Rhage trocken.

»Um Drogen zu dealen«, ergänzte Butch. »Schau mal in seine Taschen.«

Rhage ging hinüber, um ihn zu filzen, und Lash war viel zu geschockt, um zu protestieren. Das Ergebnis war ein Bündel Scheine, so dick wie der Kopf des Burschen sowie eine Handvoll Zellophanpäckchen.

Rehvs Augen leuchteten vor Wut violett auf. »Gib mir das Zeug, Hollywood – das Pulver, nicht das Grüne.« Als Rhage seinem Wunsch nachkam, riss Rehv eines der Tütchen auf, leckte sich den Finger ab und steckte ihn hinein. Dann hielt er ihn sich an die Zunge, zog eine Grimasse und spuckte aus. Er hielt dem Jungen seinen Stock ins Gesicht. »Du bist hier nicht mehr willkommen.«

Diese kleine Ansage schien Lash aus seiner Erstarrung zu rütteln. »Warum nicht? Das ist ein freies Land.«

»Zuallererst ist das hier mal *mein* Haus, darum. Nicht, dass ich noch einen zweiten Grund bräuchte – aber zweitens möchte ich wetten, dass du für die ganzen Überdosen in meinem Laden in letzter Zeit verantwortlich bist. Also, wie schon gesagt: Du bist hier nicht mehr willkommen. Ich lasse mir doch von Pissern wie dir nicht das Geschäft kaputt machen.« Rehv stopfte sich die Tütchen in die Manteltasche und blitzte Rhage an. »Was willst du mit ihm machen?«

»Ihn nach Hause fahren.«

Rehv lächelte kalt. »Wie praktisch für uns alle.«

Urplötzlich schaltete Lash auf Winselmodus. »Aber wir werden doch meinem Vater nicht erzählen …«

»Alles werden wir ihm erzählen«, zischte Rehvenge. »Glaub mir, dein Daddy wird verdammt noch mal *alles* erfahren.«

Lashs Knie zitterten. Und dann gingen dem großen Macker die Lichter aus.

Marissa betrat den Raum, in dem das Treffen des *Princeps*-Rates stattfand. Es war ihr egal, dass sie zum ersten Mal von *allen* angesehen wurde.

Andererseits hatte sie auch noch nie Hosen getragen oder ihre Haare zu einem Pferdeschwanz gebunden. Überraschung.

Sie nahm Platz, klappte ihre nagelneue Aktenmappe auf und blätterte durch Bewerbungen von Hausmeistern. Obwohl sie eigentlich nicht viel wahrnahm. Sie war erschöpft, nicht nur von der Arbeit und dem Stress, sondern weil sie trinken musste. Und zwar bald.

Allein bei der Vorstellung wurde ihr übel vor Kummer, und sie versank in Gedanken an Butch. Als sie ihn vor sich sah, kehrte dieses hartnäckige, dunstige Echo in ihrem Hinterkopf zurück. Es war wie ein kleines Glöckchen, das klingelte und sie an etwas erinnerte … nur was?

Eine Hand landete auf ihrer Schulter. Sie zuckte zusammen und sah sich Rehv gegenüber, der sich neben sie setzte.

»Ich bin's nur.« Seine Amethystaugen tasteten ihr Gesicht und ihre Haare ab. »Es tut gut, dich zu sehen.«

»Dich auch.« Sie lächelte und wandte dann den Kopf ab. Ob sie wohl wieder auf sein Blut zurückgreifen müsste? Ach … Mist. Natürlich müsste sie das.

»Was ist los, *Tahlly?* Geht es dir gut?«, fragte er sanft. Die Frage war so beiläufig, dass sie das unheimliche Gefühl hatte, er würde ihren Kummer und den Grund dafür ganz genau kennen. Irgendwie wusste er immer so gut, wie es in ihrem Inneren aussah.

Gerade, als sie etwas erwidern wollte, sauste der Hammer des *Leahdyre* auf das andere Ende des schimmernden Tischs herab. »Ich möchte um eure Aufmerksamkeit bitten.«

Die Stimmen in der Bibliothek verstummten rasch, und Rehv lehnte sich in seinem Stuhl zurück, einen gelangweilten Blick auf dem harten Gesicht. Mit eleganten, kräftigen Händen wickelte er sich den Zobelmantel um die Beine, als läge die Temperatur im Raum bei minus dreißig Grad statt der wohligen einundzwanzig.

Marissa klappte ihre Mappe zu und ließ sich zurücksinken. Ihr fiel auf, dass sie die gleiche Haltung angenommen hatte wie er, nur ohne den Pelz. Du meine Güte, dachte sie. Wie sehr sich doch alles verändert hat. Früher war sie so eingeschüchtert von all diesen Vampiren gewesen. Geradezu verängstigt in ihrer Gegenwart. Wenn sie sich jetzt unter den ganzen kostbar gekleideten Frauen und förmlich gewandeten Männern umsah, war sie nur … angeödet. Heute Nacht schienen die *Glymera* und der gesamte *Princeps*-Rat nichts als ein antiquierter gesellschaftlicher Albtraum ohne Relevanz für ihr Leben zu sein. Gott sei Dank.

Der *Leahdyre* lächelte und nickte einem *Doggen* zu, der nach vorn trat. In den Händen des Dieners befand sich ein Blatt Pergament, das auf ein Ebenholzbrett aufgezogen war. Lange Seidenbänder hingen von dem Dokument herab, die bunten Farben repräsentierten die sechs ursprünglichen Familien. Das Seidenband von Marissas Linie war blassblau.

Jetzt blickte sich der *Leahdyre* in der Runde um, geflissentlich musterte er Marissa. »Nun, da der gesamte Rat sich versammelt hat, würde ich gern unseren ersten Tagesordnungspunkt besprechen, betreffend die Verabschiedung der Empfehlung an den König in der Angelegenheit der obligatorischen Bannung aller nicht vereinigter weiblichen Angehörigen unserer Spezies. Zunächst steht es per Verfahrensregelung den nicht stimmberechtigten Mitgliedern frei, Stellung zu nehmen.«

Rasch äußerten alle ihre Zustimmung ... außer Rehvenge. Der seine Ansichten dennoch äußerst deutlich machte.

In der auf seine knappe Ablehnung des Gesuchs folgenden Pause konnte Marissa Havers' Blick auf sich spüren. Sie machte den Mund nicht auf.

»Sehr gut, verehrte Anwesende«, schloss der *Leahdyre*. »Nun werde ich das Register der sechs Stimmberechtigten aufrufen.« Bei jedem Namen, der verlesen wurde, erhob sich der entsprechende *Princeps*, gab die Zustimmung seiner oder ihrer Blutlinie und setzte das Siegel des Familienrings auf das Pergament. Das geschah reibungslos fünf Mal hintereinander. Und dann wurde der letzte Name aufgerufen. »Havers, Sohn des Wallen, Enkel des ...«

Als ihr Bruder sich von seinem Stuhl erhob, klopfte Marissa vernehmlich mit den Fingerknöcheln auf den Tisch. Die Augen aller Anwesenden wandten sich zu ihr. »Falscher Name.«

Der *Leahdyre* riss seine Augen so weit auf, dass sie sicher war, er könnte seinen eigenen Rücken sehen. Und er war derart entgeistert über ihre Unterbrechung, dass er sprachlos zuließ, wie sie lächelte und einen Seitenblick zu Havers warf. »Du darfst dich setzen, Arzt«, sagte sie.

»Ich muss doch sehr bitten«, stammelte der *Leahdyre.*

Marissa stand auf. »Es ist so lange her, seit wir zuletzt eine solche Abstimmung abgehalten haben – seit dem Tod von Wraths Vater kam das nicht mehr vor.« Jetzt beugte sie sich nach vorn, die Hände auf den Tisch gestützt, und durchbohrte den *Leahdyre* mit einem festen Blick. »Damals, vor Jahrhunderten, lebte mein Vater noch und gab die Stimme unserer Familie ab. Daraus resultiert wohl deine Verwirrung.«

Der *Leahdyre* blickte in Panik zu Havers. »Vielleicht möchtest du deiner Schwester mitteilen, dass sie gegen die Ordnung …«

Marissa ließ ihn nicht ausreden. »Ich bin nicht mehr seine Schwester, zumindest hat er mich das wissen lassen. Obwohl wir uns sicher alle einig sind, dass die Abstammung des Blutes unveränderlich ist. Wie auch die Abfolge der Geburten.« Sie lächelte kühl. »Wie es der Zufall will, wurde ich elf Jahre *vor* Havers geboren. Was bedeutet, dass ich älter bin als er. Was wiederum bedeutet, er kann sich hinsetzen, denn als das älteste noch lebende Mitglied meiner Familie besitze *ich* das Stimmrecht unserer Blutlinie. Und in diesem Falle stimme ich … ganz entschieden gegen den Antrag.«

Jetzt brach Chaos aus. Totale Konfusion.

Nur Rehv saß mittendrin, lachte und klatschte in die Hände. »Verflucht noch mal, Frau. Du bist einfach der Hammer.«

Marissa empfand wenig Freude an dem kleinen Machtspielchen, aber sie war erleichtert. Die Abstimmung musste einstimmig ausfallen, sonst verlief das alberne Gesuch im Sande. Und dank ihr passierte nun exakt das.

»O mein Gott«, sagte jemand.

Als hätte sich mitten im Fußboden ein Loch aufgetan, wurde jegliches Geräusch aus dem Raum gesaugt. Marissa drehte sich um.

Im Türrahmen der Bibliothek ragte Rhage auf und hielt einen jungen Vampir am Kragen. Hinter ihm standen Vishous … und Butch.

46

Butch gab sich die allergrößte Mühe, Marissa nicht allzu offen anzustarren. Was ihm schwerfiel. Besonders, da sie direkt neben Rehvenge saß.

Um sich abzulenken, sah er sich um. Das Treffen bestand praktisch nur aus arroganten Schnöseln. Man hätte glauben können, es handle sich um ein politisches Gipfeltreffen, hätten sich nicht alle so in Schale geworfen, besonders die Frauen. Die Klunker von Elizabeth Taylor waren ein Dreck gegen das, was diese Tussis trugen.

Und dann platzte die nächste Bombe.

Der Typ am Kopfende des Tisches drehte den Kopf, erspähte Lash und wurde kalkweiß. Ganz langsam kam er auf die Füße, schien aber seine Stimme verloren zu haben. Wie jeder andere im Raum.

»Wir müssen uns unterhalten, Sire«, sagte Rhage und schüttelte Lash ordentlich durch. »Über die außerschulischen Aktivitäten dieses Knaben hier. Deines Sohnes«

Rehvenge stand auf. »Und wie wir das müssen.« Das sprengte die Versammlung wie eine Axt einen Eisblock. Lashs Vater sauste aus der Bibliothek und scheuchte Rhage, Rehvenge und den Jungen in einen Salon. Er wirkte, als würde er vor Scham am liebsten im Boden versinken. Gleichzeitig erhoben sich die vornehmen Gäste vom Tisch und stellten sich zu Grüppchen zusammen. Keiner von ihnen wirkte besonders glücklich, und die meisten warfen Marissa böse Blicke zu.

Was in Butch den Wunsch weckte, ihnen etwas Respekt beizubringen. Und zwar, bis sie bluteten.

Seine Hände ballten sich zu Fäusten, seine Nasenflügel blähten sich auf, und er schnüffelte, bis er Marissas Duft herausgefiltert hatte und durch jede verfügbare Pore in sich aufnahm. Selbstverständlich drehte er fast durch in dieser unmittelbaren Nähe zu ihr, sein Körper heizte sich auf, sein Verlangen wurde drängend. Er hatte alle Hände voll damit zu tun, seine Arme und Beine an Ort und Stelle zu halten. Besonders, als er ihren Blick auf sich spürte.

Ein kühler Windhauch, der durch das Haus strich, erinnerte Butch daran, dass die Eingangstür immer noch weit offen stand. Er sah in die Nacht hinaus und wusste, es wäre besser für ihn zu gehen. Sauberer. Und auch weniger gefährlich in Anbetracht seines dringenden Bedürfnisses, diese Snobs zu zermalmen, weil sie Marissa mit solcher Kälte behandelten.

Er ging hinaus und lief über den Rasen, spazierte ein Weilchen über den matschigen Frühlingsboden, bevor er sich wieder zum Haus wandte. Neben dem Escalade blieb er stehen, weil er merkte, dass er nicht mehr allein war.

Marissa trat hinter dem Wagen hervor. »Hallo, Butch.«

Herr im Himmel, sie war so schön. Besonders jetzt, wo sie so nah bei ihm war.

»Hi, Marissa.« Er steckte die Hände in die Taschen seiner Lederjacke. Wie sehr er sie vermisst hatte. Wie sehr er sie begehrte. Sich nach ihr verzehrte. Und nicht nur wegen des Sex.

»Butch … ich …«

Ganz plötzlich spannte sich jeder Muskel in seinem Körper an, seine Augen entdeckten etwas, nein, *jemanden,* der über den Rasen gelaufen kam. Ein Mann … ein weißhaariger Mann … ein *Lesser.*

»Verdammt«, zischte Butch. Blitzschnell hob er Marissa hoch und schleifte sie auf das Haus zu.

»Was machst du denn …« Doch sobald sie den *Lesser* bemerkte, hörte sie auf sich zu wehren.

»Lauf«, befahl er. »Lauf und sag Rhage und V Bescheid. Sie sollen sofort herkommen. Und schließ die Tür ab.« Er gab ihr einen Schubs und wirbelte dann herum. Erst als er hinter sich die Tür zuschlagen und die Schlösser einschnappen hörte, atmete er wieder aus.

Na, sieh mal einer an. Es war der Haupt-*Lesser,* der da über den Rasen auf ihn zukam.

Mann, wie er sich wünschte, jetzt kein Publikum zu haben. Denn er wollte den Kerl erst noch in Stücke reißen, bevor er ihn tötete. Auge um Auge, sozusagen.

Als der Kerl näher kam, hob er die Hände, wie um sich zu ergeben. Aber das kaufte Butch ihm nicht ab. Er ließ seine Sinne die Gegend absuchen, in Erwartung einer ganzen Armee von Jägern auf dem Gelände. Überraschenderweise fand er niemanden. Trotzdem fühlte er sich sicherer, als V und Rhage sich hinter ihm materialisierten und mit ihren Körpern die kalte Luft verdrängten.

»Ich glaube, er ist allein«, raunte Butch, ohne seinen Gegner aus den Augen zu lassen. »Und – das brauche ich wohl nicht zu betonen – der hier gehört mir.«

Der Jäger kam immer näher, und Butch machte sich bereit zum Kampf, doch dann wurde plötzlich alles sehr merkwürdig. Zum Teufel, das war ja wohl eine Halluzination: Dem *Lesser* konnten doch schlecht Tränen über die Wangen laufen, oder?

Mit gequälter Stimme sagte das Wesen: »Du. Du musst mich töten … bring es zu Ende. Bitte …«

»Lass dich nicht einwickeln«, flüsterte ihm Rhage von links zu.

Die Augen des *Lessers* wanderten zu dem Bruder, dann zurück zu Butch. »Ich will nur, dass es vorbei ist. Ich sitze in der Falle … Bitte, töte mich. Du musst es tun, kein anderer.«

»Aber liebend gern«, murmelte Butch.

Er stürzte sich auf ihn, in Erwartung heftigster Gegenwehr, aber der Kerl verteidigte sich überhaupt nicht, sondern landete wie ein Sandsack auf dem Rücken.

»Danke … Danke …« Die gespenstischen Beteuerungen rollten dem *Lesser* von den Lippen, ein nicht enden wollender Strom, aus dem schmerzliche Erleichterung zu hören war.

Der Drang einzuatmen regte sich in Butch, und er hielt den Haupt-*Lesser* an der Kehle fest und öffnete den Mund. Er konnte die Blicke der *Glymera* durch die Fenster des Hauses unangenehm im Rücken spüren. Unmittelbar bevor er zu saugen begann, musste er an Marissa denken. Er wollte nicht, dass sie sah, was jetzt geschehen würde.

Nur, dass gar nichts geschah. Es gab keinen Austausch. Eine Art Blockade hinderte das Böse daran, übertragen zu werden.

Panisch riss der Haupt-*Lesser* die Augen weit auf. »Es hat doch funktioniert … bei den anderen. Es hat funktioniert! Ich habe dich gesehen …«

Butch saugte weiter und weiter, bis eindeutig klar war,

dass er, aus welchem Grund auch immer, diesen Jäger nicht verschlingen konnte. Vielleicht, weil er der Haupt-*Lesser* war? Wen interessierte das schon.

»Bei den andern …«, brabbelte der Jäger weiter, »bei den anderen hat es funktioniert …«

»Bei dir offenbar nicht.« Butch griff nach seinem Messer. »Gut, dass es noch einen anderen Weg gibt.« Er holte aus und hob die Klinge hoch über den Kopf.

Jetzt schrie der *Lesser* und fuchtelte wild mit Armen und Beinen. »Nein! Er wird mich foltern! Neeeeeeeiiiiiiiinnnnnn«

Das Gebrüll erstarb, als der Vampirjäger zerplatzte und sich zischend auflöste.

Erleichtert atmete Butch auf, froh, dass er es vollbracht hatte …

Doch da durchfuhr ihn eine Welle der Bösartigkeit, brannte wie extreme Kälte und Hitze gleichzeitig. Er schnappte nach Luft und hörte ein gemeines Lachen aus dem Nichts aufsteigen und sich durch die Nacht schlängeln, die Art von körperlosem Geräusch, bei der ein Mensch an seinen eigenen Sarg denken musste.

Omega.

Butch griff durch das Hemd nach seinem Kreuz und sprang auf die Füße, gerade als eine statisch aufgeladene Erscheinung des Bösen vor ihm auftauchte. Butchs gesamter Körper rebellierte, doch er wich nicht zurück. Wie durch einen Nebel merkte er, dass Rhage und V dicht neben ihn traten, ihn flankierten, beschützten.

»Was ist los, Bulle?«, fragte V kaum hörbar. »Was starrst du so an?«

Verdammt, sie konnten Omega nicht sehen.

Noch ehe Butch etwas erklären konnte, wand sich die

unverkennbare, hallende Stimme des Bösen in seinen Kopf und wieder hinaus, in seine Gedanken und wieder in den Wind. »Du bist also der Eine, ist das wahr? Mein … Sohn, gleichsam.«

»Niemals.«

»Butch? Mit wem sprichst du?«, fragte V.

»Habe ich dich etwa nicht gezeugt?« Wieder lachte Omega. »Gab ich dir nicht einen Teil von mir? O ja, das tat ich. Und du weißt, was man von mir sagt, oder?«

»Ich will es nicht wissen.«

»Das solltest du aber.« Omega streckte eine Geisterhand aus, und obwohl sie ihm nicht nahe kam, spürte Butch sie auf dem Gesicht. »Ich erhebe immer Anspruch auf das, was mein ist. Sohn.«

»Sorry, aber der Job als Vater ist bei mir nicht mehr zu vergeben.«

Butch holte sein Kreuz hervor und ließ es an der Kette pendeln. Undeutlich hörte er V einen Fluch ausstoßen, als hätte sich der Bruder endlich zusammengereimt, was hier los war. Aber Butchs Aufmerksamkeit war ausschließlich auf die Ereignisse vor ihm konzentriert.

Omega betrachtete das schwere Goldkreuz. Dann ließ er den Blick über Rhage und V schweifen wie auch über das Haus hinter sich. »Solches Talmi macht keinen Eindruck auf mich. Ebenso wenig wie die Brüder. Oder die robustesten Schlösser und Türen.«

»Aber ich.«

Omegas Kopf schnellte herum.

Die Jungfrau der Schrift materialisierte sich hinter ihm, ganz ohne Umhang und leuchtend wie eine Supernova.

Sofort veränderte Omega seine Gestalt und verwandelte sich in ein Wurmloch im Gewebe der Realität, nicht länger eine Erscheinung, sondern ein rauchender, schwarzer Spalt.

»Ach, du Scheiße«, bellte V, als könnten er und Rhage jetzt alles sehen.

Omegas Stimme drang aus den finsteren Tiefen hervor. »Schwester, wie fühlst du dich heute Nacht?«

»Ich schicke dich zurück in die *Dhund*. Pack dich, auf der Stelle.« Ihr Schein wurde noch stärker, bis er Omegas schwarzen Schlund allmählich einhüllte.

Ein hässliches Knurren erklang. »Glaubst du etwa, dass Verbannung mein Dasein beenden kann? Wie einfältig du bist.«

»Mach dich fort.« Eine Flut von Worten floss aus ihr in die Nacht hinaus, Worte, die weder der Alten Sprache noch einer anderen Zunge entsprangen, die Butch je gehört hatte.

Unmittelbar bevor Omega vollständig verschwand, spürte Butch die Augen des Bösen, die sich in ihn hineinbohrten, während gleichzeitig diese grausige Stimme hallte: »Siehe, mein Sohn, wie du mich inspirierst. Und ich darf sagen, es wäre weise von dir, nach deinem Blut zu suchen. Familien sollten zusammenhalten.« Und mit einem grellen, weißen Auflodern war Omega fort. Wie auch die Jungfrau der Schrift.

Weg. Beide. Nichts blieb übrig außer einem bitterkalten Wind, der die Wolken vom Himmel vertrieb wie eine Hand, die ruckartig einen Vorhang wegzieht.

Rhage räusperte sich. »Okay … also, ich kann die nächsten eineinhalb Wochen nicht schlafen. Was ist mit euch?«

»Alles klar bei dir?«, fragte V Butch.

»Ja.« Nein.

Jesus Christus – er war doch nicht Omegas Sohn. Oder?

»Nein«, sagte V. »Das bist du nicht. Er möchte dich das nur glauben machen. Aber dadurch wird es nicht wahr.«

Lange Zeit sagte keiner etwas. Dann landete Rhages Hand schwer auf Butchs Schulter. »Außerdem siehst du ihm kein bisschen ähnlich. Ich meine, hallo? Du bist der bullige, irische Typ und er eher … so eine Art Lkw-Auspuff oder so was.«

Butch sah Hollywood aus dem Augenwinkel an. »Du bist echt krank, weißt du das?«

»Ja, aber du liebst mich, stimmt's? Komm schon. Ich weiß, dass es so ist.«

Butch fing als Erster an zu kichern. Dann stimmten die anderen beiden mit ein, die Last der unheimlichen Episode, die sie gerade erlebt hatten, fiel ein wenig von ihnen ab.

Doch als ihr Gelächter nach und nach verebbte, wanderte Butchs Hand zu seinem Bauch.

Er drehte sich um und suchte unter den bleichen, angstvollen Mienen hinter den Bleifenstern ein bestimmtes Gesicht. Marissa stand ganz vorne, ihr goldblondes Haar spiegelte sich im Mondlicht.

Er schloss die Augen und wandte sich ab. »Ich möchte mit dem Escalade nach Hause fahren. Allein.« Wenn er jetzt nicht ein bisschen Zeit für sich hätte, müsste er laut schreien. »Eine Frage noch: Müssen wir wegen der *Glymera* und dem, was sie gesehen haben, etwas unternehmen?«

»Wrath wird definitiv von ihnen hören«, murmelte V. »Aber was mich betrifft, sind sie auf sich allein gestellt. Von mir aus können sie gerne ihre Therapeuten dafür bezahlen, den ganzen Scheiß aufzuarbeiten. Ist nicht unsere Sache, bei denen Händchen zu halten.«

Nachdem Rhage und V sich zurück zum Anwesen der Bruderschaft dematerialisiert hatten, ging Butch zum Wagen. Er deaktivierte die Alarmanlage, doch dann hörte er jemanden über den Rasen laufen.

»Butch! Warte!«

Er warf einen Blick über die Schulter. Marissa lief auf ihn zu, und als sie anhielt, stand sie so nah vor ihm, dass er das Blut in ihren Herzkammern hören konnte.

»Bist du verletzt?«, fragte sie und suchte ihn von Kopf bis Fuß mit den Augen ab.

»Nein.«

»Ganz sicher nicht?«

»Ja.«

»War das Omega?«

»Ja.«

Sie atmete tief ein, als wollte sie nachforschen; gleichzeitig wusste sie aber, dass er nicht über den Vorfall sprechen würde. Nicht so, wie die Dinge zwischen ihnen lagen. »Bevor Omega kam, habe ich gesehen, wie du diesen Jäger getötet hast. Ist dieser … dieser Lichtblitz das, was du …«

»Nein.«

»Ach so.«

Sie senkte den Blick auf ihre Hände. Nein, auf den Dolch an seiner Hüfte. »Du warst unterwegs zu einem Kampf, bevor du herkamst.«

»Ja.«

»Und du hast diesen Jungen gerettet, diesen Lash, oder?«

Er blickte zum Wagen hinüber. Wusste, er war nur eine

Haaresbreite davon entfernt, sich ihr an den Hals zu werfen, sie an sich zu drücken und sie anzuflehen, mit ihm nach Hause zu kommen. Wie ein totaler Volltrottel. »Hör mal, Marissa, ich muss jetzt fahren. Pass auf dich auf.«

Er ging zur Fahrerseite und stieg ein. Als sie ihm folgte, verriegelte er die Türen, damit sie nicht herein konnte, ließ den Motor aber nicht an.

Ach, Mist, selbst durch das Glas und den Stahl des Escalade konnte er sie so lebhaft spüren, als hielte er sie im Arm.

»Butch …« Sein Name klang gedämpft. »Ich möchte mich bei dir für etwas entschuldigen, was ich gesagt habe.«

Er umklammerte das Lenkrad und starrte durch die Windschutzscheibe. Dann – Waschlappen, der er war – entriegelte er die Tür und drückte sie auf. »Warum?«

»Es tut mir leid, dass ich die Sache mit deiner Schwester ins Spiel gebracht habe. Du weißt schon, in der Höhle. Das war gemein.«

»Ich … du hattest ja nicht ganz unrecht. Mein ganzes Leben lang habe ich versucht, Menschen zu retten. Und es *war* immer um Janies willen. Also mach dir mal keinen Kopf deswegen.«

Lange schwiegen sie beide, und er fühlte etwas Starkes aus ihr strömen, etwas – ach ja, sie musste sich nähren. Sie war ausgehungert nach Blut.

Und natürlich lechzte sein Körper danach, ihr jeden Tropfen seines eigenen zu schenken. Völlig klar.

Um sich selbst am Aussteigen zu hindern, legte er den Sicherheitsgurt an, dann blickte er ihr ein letztes Mal ins Gesicht. Es war straff vor Anspannung und … Hunger.

Sie wehrte sich gegen das Bedürfnis, versuchte es zu verstecken, damit sie sich unterhalten konnten.

»Ich muss los«, sagte er. *Sofort.*

»Ja, ich auch.« Sie errötete und trat zurück, ihr Blick begegnete seinem flüchtig. »Also dann, bis ... irgendwann.«

Sie drehte sich um und ging rasch zum Haus zurück. Und wer stand wohl schon in der Tür, um sie zu empfangen: Rehvenge.

Rehv ... so stark ... so mächtig ... so voll und ganz in der Lage, sie zu nähren.

Marissa kam keinen Meter weiter.

Butch schoss aus dem Wagen, umschlang ihre Taille und zerrte sie zurück ins Auto. Wobei sie sich nicht gerade wehrte. Nicht einmal ansatzweise.

Er warf sie fast auf den Rücksitz und wollte gerade selbst einsteigen, als sein Blick auf Rehvenge fiel. Seine violetten Augen leuchteten, als hätte er nicht übel Lust, sich einzuschalten. Aber Butch wich seinem Blick nicht aus und zeigte mit dem Finger genau auf Rehvs Brust. Die Botschaft war unmissverständlich: Bleib, wo du bist, und du darfst deine Zähne behalten. Rehvs Lippen formten einen Fluch, doch dann neigte er den Kopf und dematerialisierte sich.

Sofort sprang Butch zu Marissa auf den Rücksitz, schlug auf den Knopf, um die Türen zu verriegeln, und lag schon auf ihr, bevor das Innenlicht verlosch. Es war eng da hinten, seine Beine waren seltsam verdreht, die Schulter klemmte irgendwo, wahrscheinlich an der Lehne, egal. Ihm war das total gleichgültig, genau wie ihr. Marissa schlang die Beine um seine Hüften und öffnete ihren Mund für ihn, als er sie rabiat küsste.

Dann rollte Butch sie beide herum, sodass sie oben lag, packte eine Haarsträhne und zog sie direkt an seinen Hals. »Beiß zu!«, knurrte er.

Und wie sie das tat.

Er spürte einen stechenden Schmerz, als ihre Fänge seine Haut durchschnitten, und sein Körper zuckte wild unter der Penetration, wodurch die Wunde noch weiter aufriss. Oh, aber es war gut. So gut. Sie trank in tiefen Zügen, und die Befriedigung, sie zu nähren, machte ihn ganz benommen.

Er schob seine Handfläche zwischen ihre Körper und umfing die Hitze in ihrer Mitte, rieb über ihren Kern. Als sie ein wildes Stöhnen ausstieß, schob er ihr mit der anderen Hand das Oberteil hoch. Dem Himmel sei Dank, sie hob lange genug den Kopf von seinem Hals, damit er ihr die Bluse abstreifen und den BH loswerden konnte.

»Die Hose«, krächzte er. »Zieh die Hose aus.«

Während sie sich umständlich in der Enge des Wagens entkleidete, zog er den Reißverschluss an seiner Hose auf und ließ seine Erektion hervorfedern. Er wagte es nicht, seinen Schwanz anzufassen, so nah war er schon am Orgasmus.

Splitternackt bestieg sie ihn, die hellblauen Augen leuchteten, standen geradezu lichterloh in Flammen. Ein roter Streifen von seinem Blut lag auf ihren Lippen, und er stemmte sich hoch, um sie auf den Mund zu küssen. Dann legte er sich so zurück, dass sie, als sie sich auf ihn setzte, genau richtig auf seinen Körper auftraf. Er warf den Kopf in den Nacken, als sie sich vereinigten, und sie durchbohrte seinen Hals auf der anderen Seite. Seine Hüften begannen heftig zu stoßen, und sie verlagerte sich auf die Knie, um beim Trinken nicht wegzurutschen.

Der Orgasmus erschütterte ihn bis ins Mark.

Doch unmittelbar danach war er bereit, wieder loszulegen.

Was er auch tat.

47

Als Marissa alles genommen hatte, was sie brauchte, kuschelte sie sich an ihn. Er lag auf dem Rücken, den Blick an die Wagendecke gerichtet, eine Hand auf der Brust ruhend. Er atmete heftig, seine Kleider waren völlig zerknittert, das Hemd bis zum Hals hochgeschoben. Sein Geschlecht lag glitzernd und erschlafft auf seinem Bauch, und die Bisse am Hals fühlten sich wund an, obwohl Marissa sie abgeleckt hatte.

Sie hatte ihn mit einer Wildheit benutzt, von der sie nicht geahnt hatte, dass sie in ihr steckte; ihr Verlangen hatte sie beide in eine totale, primitive Raserei getrieben. Und jetzt, als alles vorbei war, machte sich ihr Körper über das her, was er ihr geschenkt hatte. Ihre Augenlider sanken herab.

So gut. Er war so gut gewesen.

»Wirst du mich wieder benutzen?« Butchs immer heisere Stimme war jetzt beinahe nicht zu verstehen.

Marissa schloss die Augen, ihre Brust schmerzte so stark, dass sie kaum Luft bekam.

»An seiner statt?«, fragte er.

Ach so. Es ging hier um ihn und seine Konkurrenz zu Rehvenge, nicht darum, sie zu nähren. Sie hätte es wissen müssen. Vorhin hatte sie den Blick gesehen, mit dem Butch Rehv bedacht hatte, bevor er zu ihr ins Auto stieg. Offenbar hegte er noch immer einen Groll.

»Vergiss es.« Butch verstaute seine Männlichkeit wieder in der Hose und machte den Reißverschluss zu. »Geht mich ja nichts an.«

Sie hatte keine Antwort für ihn, aber er schien auch keine zu erwarten. Dann gab er ihr ihre Kleider und sah nicht zu, wie sie sich wieder anzog. Sobald ihre Nacktheit verhüllt war, machte er die Autotür auf.

Kalte Luft strömte herein … und in diesem Augenblick bemerkte sie etwas. Das Innere des Wagens roch nach Leidenschaft und Blut, üppige, berauschend verführerische Düfte. Aber da war kein Hauch von Bindungsgeruch. Nicht ein Hauch.

Sie konnte es nicht ertragen, sich noch einmal zu ihm umzudrehen, als sie wegging.

Die Sonne ging schon fast auf, als Butch schließlich in den Innenhof des Anwesens einbog. Nachdem er den Escalade zwischen Rhages dunkelviolettem GTO und Beths Audi-Kombi geparkt hatte, stapfte er zur Höhle.

Stundenlang war er durch die Stadt gefahren, über bedeutungslose Straßen, vorbei an immer gleichen Häusern, an Ampeln anhaltend, falls er es nicht vergaß. Nach Hause war er nur gekommen, weil der Tag bald anbrechen würde und es einfach richtig schien.

Er blickte nach Osten, wo man eine Andeutung von Helligkeit erahnen konnte.

Er ging zu dem Springbrunnen in der Mitte des Innenhofs, setzte sich auf den Rand des Marmorbeckens und sah zu, wie die Stahlrollläden des Haupthauses und der Höhle für den Tag heruntterglitten. Das Leuchten am Himmel ließ ihn ein wenig blinzeln. Dann blinzelte er stärker.

Als seine Augen zu brennen begannen, dachte er an Marissa und rief sich jede Einzelheit an ihr ins Gedächtnis, von der Form ihres Gesichts über ihr Haar, ihr Lachen, den Klang ihrer Stimme bis hin zum Geruch ihrer Haut. Hier, unbeobachtet, ließ er seinen Gefühlen freien Lauf, stellte sich seiner schmerzlichen Liebe und dem verhassten Sehnen, das ihm keinen Frieden lassen wollte.

Und siehe da, sein Bindungsduft tauchte wieder auf. Vorhin in ihrer Nähe war es ihm irgendwie gelungen, ihn zurückzudrängen. Es war ihm unfair vorgekommen, sie zu kennzeichnen. Aber hier, ganz allein, gab es keinen Grund sich zu verstecken.

Je mehr Kraft der Sonnenaufgang sammelte, desto heftiger schmerzten seine Wangen, als bekäme er einen Sonnenbrand. Sein Körper sandte ihm Warnsignale. Doch er zwang sich zu bleiben, denn er musste unbedingt die Sonne sehen, auch wenn seine Oberschenkel aus Fluchtinstinkt nervös zuckten und er sie nicht mehr lange würde stillhalten können.

Scheiße ... nie wieder würde er das Tageslicht sehen. Und ohne Marissa in seinem Leben gäbe es für ihn auch keine andere Art von Sonnenschein. Niemals wieder.

Er gehörte der Dunkelheit.

Endlich hörte er auf, sich zu sperren, da er ohnehin keine Chance hatte, und sofort rasten seine Beine los über den Hof. Mit einem Hechtsprung warf er sich durch die Vorhalle der Höhle, knallte die innere Tür hinter sich zu und rang nach Atem.

Man hörte keinen Rap, aber Vs Lederjacke hing über dem Stuhl hinter den Computern. Der Bruder konnte also nicht weit sein. Wahrscheinlich war er immer noch im großen Haus, um zusammen mit Wrath die Ereignisse der Nacht zu rekapitulieren.

Allein im Wohnzimmer, überfiel Butch der vertraute Wunsch nach Alkohol mit aller Heftigkeit, und er sah keinen Grund, dem nicht nachzugeben. Also ließ er Jacke und Waffen fallen, ging in die Küche, goss sich einen x-fachen ein und nahm die Flasche gleich mit. Dann ging er zu seiner Lieblingscouch, setzte das Glas an und schluckte. Dabei fiel sein Blick auf die neueste Ausgabe der *Sports Illustrated.* Darauf war das Foto eines Baseballspielers zu sehen, und neben seinem Kopf stand in gelben Blockbuchstaben ein einzelnes Wort: HELD.

Marissa hatte recht. Er hatte einen Heldenkomplex. Aber es ging dabei nicht um einen albernen Egotrip. Sondern darum, genug Leute zu retten. Denn dann würde ihm … vielleicht … vergeben.

Denn das war seine wahre Motivation: Absolution.

Wie im Fernsehen blitzten Episoden aus jüngeren Jahren vor seinem geistigen Auge auf. Nur dass dies hier mit Sicherheit kein Film war, den er freiwillig einschalten würde. Und während der irren Show wanderte sein Blick immer wieder zum Telefon. Es gab nur einen Menschen, der ihm Linderung verschaffen konnte, und er bezweifelte schwer, dass sie es täte. Aber verflucht noch mal, wenn er seine Mutter doch nur dazu bringen könnte, einmal, ein einziges Mal zu sagen, dass sie ihm vergab, dass er Janie in dieses Auto hatte steigen lassen …

Butch ließ sich auf das Ledersofa sinken und stellte den Scotch ab. Drei Stunden wartete er dort, bis die Uhr neun anzeigte. Dann nahm er den Hörer ab und wählte eine Nummer mit der Vorwahl 617. Sein Vater hob ab.

Das Gespräch war genauso schrecklich, wie Butch es

sich vorgestellt hatte. Nur eines war noch schlimmer: Die Neuigkeiten von zu Hause.

Als er wieder auflegte, sah er, dass die gesamte verstrichene Zeit sich auf eine Minute und vierunddreißig Sekunden belief. Einschließlich der sechs Mal Läuten. Und das war sehr wahrscheinlich das letzte Mal, dass er mit Eddie O'Neal geredet hatte, so viel stand fest.

»Was läuft, Bulle?«

Er schreckte auf und sah Vishous vor sich stehen. Fand keinen Grund zu lügen. »Meine Mutter ist krank. Seit zwei Jahren schon, wie es aussieht. Sie hat Alzheimer, ziemlich schlimm. Natürlich kam keiner auf die Idee, mir das mitzuteilen. Und ich hätte es nie erfahren, wenn ich nicht gerade selbst angerufen hätte.«

»Scheiße ...« V kam zu ihm und setzte sich. »Möchtest du sie besuchen?«

»Nein.« Butch schüttelte den Kopf und hob sein Scotchglas hoch. »Dazu habe ich keinen Grund. Diese Leute gehen mich nichts mehr an.«

48

Am folgenden Abend schüttelte Marissa die Hand der neuen Leiterin ihres Refugiums. Die Vampirin war einfach perfekt für die Stelle. Klug. Freundlich. Sie besaß eine sanfte Stimme und hatte ein Studium des Gesundheitswesens an der New Yorker Uni absolviert – natürlich in Abendkursen.

»Wann soll ich anfangen?«, fragte sie.

»Wie wäre es mit heute Abend?«, entgegnete Marissa trocken. Als sie ein begeistertes Nicken zur Antwort bekam, lächelte sie. »Toll. Dann zeige ich dir jetzt dein Büro.«

Nachdem sie der neuen Leiterin das Zimmer im oberen Stock gezeigt hatte, kam sie wieder nach unten und loggte sich mit ihrem Laptop in Caldwells Immobilienregister ein, um nach weiteren zum Verkauf stehenden Grundstücken zu suchen.

Aber es dauerte nicht lange, bis sie überhaupt nichts mehr sehen konnte. Der Gedanke an Butch lastete wie ein ständiger Druck auf ihrer Brust, ein unsichtbarer Ballast, der ihr das Atmen erschwerte. Und wenn sie nicht durch Arbeit abgelenkt war, wurde sie von den Erinnerungen an ihn verschlungen.

»Herrin?«

Sie hob den Kopf, vor ihr stand die *Doggen.* »Ja, Philipa?«

»Havers hat uns einen Fall anvertraut. Die Frau und ihr Sohn werden morgen hierhergefahren, wenn der Zustand des Jungen sich stabilisiert hat. Aber die zuständige Schwester wollte uns die Krankenakte schon innerhalb der nächsten Stunde per E-Mail schicken.«

»Danke. Bereitest du bitte ein Zimmer für die beiden vor?«

»Ja, Herrin.« Die *Doggen* verneigte sich und ging.

Havers hielt also Wort.

Marissa zog die Brauen zusammen, wieder meldete sich das inzwischen kontinuierlich in ihrem Hinterkopf lauernde Gefühl, dass sie etwas vergessen hatte. Aus irgendeinem Grund hatte sie ein Bild von Havers vor Augen, das nicht weggehen wollte ... und schließlich wurde aus ihrer Ahnung eine konkrete Erinnerung.

Aus heiterem Himmel hörte sie ihre eigene Stimme, als sie mit Butch gesprochen hatte: *Ich werde nicht danebensitzen und zusehen, wie du dich selbst zerstörst.*

Gütiger. Exakt diese Worte hatte ihr Bruder zu ihr gesagt, bevor er sie aus dem Haus geworfen hatte. O du liebe Jungfrau der Schrift, sie tat Butch genau dasselbe an, was Havers ihr angetan hatte: Sie jagte ihn im edelmütigen Gewand ihrer Sorge fort. Doch wollte sie sich nicht eigentlich nur das Gefühl der Angst und des Kontrollverlusts wegen ihrer Liebe zu ihm ersparen?

Aber was war mit seiner Todessehnsucht?

Sein Kampf mit diesem *Lesser* auf dem Rasen vor dem Haus des *Leahdyre* kam ihr wieder in den Sinn: In dieser Situation war Butch vorsichtig gewesen. Bedächtig. Nicht leichtsinnig. Und seine Bewegungen waren gewandt gewesen, seine Treffer gezielt, nicht die wilden Schläge eines Berserkers.

Ach je, dachte sie. Was, wenn sie sich getäuscht hatte? Was, wenn Butch doch kämpfen konnte? Was, wenn er kämpfen *sollte?*

Aber das Böse? Was war mit Omega?

Immerhin war die Jungfrau der Schrift eingeschritten, um Butch zu beschützen. Und er war immer noch … Butch gewesen, nachdem Omega verschwunden war. Was, wenn …

Ein Klopfen ertönte, und sie sprang auf. »Meine Königin!«

Beth lächelte sie aus dem Türrahmen an und hob die Hand. »Hi.« Immer noch völlig mit ihren Gedanken beschäftigt, machte Marissa einen tiefen Knicks, woraufhin Beth kichernd den Kopf schüttelte.

»Werde ich dir das je austreiben können?«

»Vermutlich nicht – das ist die Bürde meiner Erziehung.« Marissa versuchte sich zu konzentrieren. »Bist du hier, äh, um dir ein Bild zu verschaffen, was wir hier in den letzten …«

Da tauchten Bella und Mary hinter der Königin auf.

»Wir möchten mit dir sprechen«, erklärte Beth. »Über Butch.«

Schwerfällig regte sich Butch in seinem Bett. Öffnete ein Auge. Fluchte, als er den Wecker sah. Er hatte verschlafen, vielleicht, weil er es letzte Nacht ein bisschen übertrieben hatte. Waren drei *Lesser* zu viel auf einmal? Oder vielleicht lag es am Nähren …

O nein, nein, nein. Daran wollte er jetzt nicht denken. Das kam überhaupt nicht infrage.

Er drehte sich auf den Rücken …

Und schnellte hoch. »Was zum Teufel …«

Fünf Gestalten in schwarzen Kapuzenumhängen umringten sein Bett.

Wraths Stimme ertönte erst in der alten Sprache, dann auf Englisch: »Es gibt kein Zurück von der Frage, die dir heute Nacht gestellt werden soll. Du wirst sie nur einmal vernehmen, und deine Antwort wird für den Rest deines Lebens bestehen bleiben. Bist du bereit, die Frage zu hören?«

Die Bruderschaft. Heilige Maria, Mutter Gottes.

»Ja«, hauchte Butch und griff nach seinem Kreuz.

»Dann frage ich dich jetzt, Butch O'Neal, von meinem eigenen Blut und meines Vaters Blut: Willst du dich uns anschließen?«

Verdammt, verdammt. Passierte das wirklich? Oder war es nur ein Traum?

Er betrachtete die verhüllten Gestalten, eine nach der anderen. »Ja. Ja, ich werde mich euch anschließen.«

Jemand warf ihm einen schwarzen Umhang zu. »Verhülle dich damit, und zieh die Kapuze über dein Haupt. Du wirst nicht sprechen, ohne dazu aufgefordert zu werden. Du wirst die Augen zu Boden senken. Deine Hände werden in deinem Rücken verschränkt sein. Deine Tapferkeit und die Ehre unserer gemeinsamen Blutlinie wird an jeder deiner Handlungen gemessen werden.«

Butch stand auf und zog den Umhang über. Wünschte sich kurz, er könnte mal eben ins Bad …

»Es wird dir gestattet, dich zu entleeren. Rasch.«

Als Butch wieder herauskam, achtete er darauf, den Kopf nach unten und die Hände im Rücken verschränkt zu halten.

Als eine schwere Hand auf seiner Schulter landete,

wusste er sofort, dass sie von Rhage stammte. Keine andere Pranke wog so viel.

»Nun komm mit uns«, befahl Wrath.

Butch wurde aus der Höhle und direkt in den Escalade geführt. Praktischerweise war der Wagen direkt in der Vorhalle geparkt worden, als sollte niemand ahnen, was heute geschah.

Butch stieg auf den Rücksitz, der Motor wurde angelassen, und viele Türen wurden zugeschlagen. Sie fuhren über den Innenhof, wie Butch vermutete, bis das Auto zu holpern begann, als steuerten sie über den Rasen hinter dem Haus auf den Wald zu. Niemand sagte ein Wort, und in der Stille überlegte er fieberhaft, was sie wohl mit ihm machen würden. Ein Zuckerschlecken würde das sicher nicht werden.

Schließlich hielt der Wagen an, und alle stiegen aus. Um nicht gegen die Regeln zu verstoßen, trat Butch beiseite, heftete den Blick zu Boden und wartete darauf, dass jemand ihn führte. Genau das geschah auch, während gleichzeitig der Escalade weggefahren wurde.

Im Gehen konnte Butch das Mondlicht auf dem Boden erkennen, doch dann wurde diese Lichtquelle abrupt unterbrochen.

Es wurde stockdunkel. Waren sie in einer Höhle? Ja, so musste es sein. Der Geruch feuchter Erde drang ihm in die Nase, und unter seinen bloßen Füßen konnte er kleine Steinchen fühlen, die sich in seine Sohlen bohrten.

Ungefähr vierzig Schritte weiter wurde er durch einen Ruck am Arm gebremst. Man hörte Flüstern, dann ging es wieder weiter, jetzt sanft bergab. Sie hielten erneut an. Noch mehr leise Geräusche ertönten, als würde ein gut geöltes Tor zurückgezogen.

Dann Wärme und Licht. Ein polierter Fußboden aus … Marmor. Schimmernder schwarzer Marmor. Er hatte den Eindruck, sie liefen durch einen Raum mit hohen Decken, denn die wenigen Geräusche, die sie machten, hallten von oben wider. Noch ein Stopp, gefolgt von einigem Rascheln … die Brüder legten ihre Umhänge ab, dachte er.

Eine Hand umklammerte seinen Nacken, und das tiefe Knurren von Wraths Stimme drang in sein Ohr. »Du bist unwürdig, hier einzutreten, so wie du bist. Nicke mit dem Kopf.«

Butch gehorchte.

»Sag, dass du unwürdig bist.«

»Ich bin unwürdig.«

Plötzlich stießen die Brüder einen lauten, harten Ruf in der Alten Sprache aus, als protestierten sie.

Wrath fuhr fort: »Obgleich du nicht würdig bist, wünschst du, es heute Nacht zu werden. Nicke mit dem Kopf.«

Butch tat es.

»Sag, dass du wünschst, würdig zu werden.«

»Ich wünsche, würdig zu werden.«

Wieder ein Ausruf in der Alten Sprache, dieses Mal ein Anfeuern.

Wrath sprach weiter: »Es gibt nur einen Weg, würdig zu werden, und das ist der richtige und maßvolle. Fleisch von unserem Fleisch. Nicke mit dem Kopf.«

Butch nickte.

»Sag, du wünschst, Fleisch von unserem Fleisch zu werden.«

»Ich wünsche, Fleisch von eurem Fleisch zu werden.«

Ein langsamer Singsang hob an, und Butch hatte den

Eindruck, dass sich vor und hinter ihm eine Reihe gebildet hatte. Ohne Vorwarnung begannen sie sich zu bewegen, das stete Vor und Zurück spiegelte sich im Takt tiefer Männerstimmen. Butch mühte sich ab, dem Rhythmus zu folgen; stieß vorn gegen einen Rücken, der dem schwachen Duft nach rotem Rauch zufolge zu Phury gehörte, wurde dann von hinten von jemandem angerempelt, der Vishous war, was er wusste, weil er es einfach wusste. Mist, er vermasselte die ganze Sache hier …

Und dann passierte es. Sein Körper fand sich in den Takt ein, und er schwang mit ihnen gemeinsam … ja, sie alle sangen und bewegten sich wie ein Mann, vor und zurück, nach rechts, nach links … die Stimmen, nicht die Muskeln ihrer Oberschenkel, trugen ihre Füße vorwärts.

Unvermittelt gab es eine akustische Explosion, der Klang des Gesangs brach ab und formierte sich dann neu in tausend unterschiedlichen Richtungen: Sie hatten einen riesigen leeren Raum betreten.

Eine Hand auf seiner Schulter brachte ihn zum Stehen.

Der Gesang hörte auf, als wäre ein Stecker gezogen worden, eine Weile prallten die Klänge noch von den Wänden ab, dann schwebten sie davon.

Er wurde am Arm gefasst und nach vorn geführt.

Neben ihm flüsterte Vishous: »Treppe.«

Butch geriet kurz ins Taumeln, dann nahm er die Stufen. Als er eine Plattform erreichte, wurde er von V positioniert und sein Körper aufgestellt – wo auch immer er eben sein musste. Gehorsam fügte er sich in seine Haltung, er hatte das Gefühl, vor etwas Großem zu stehen. Seine Zehen berührten etwas, das offenbar eine Wand war.

In der darauffolgenden Stille lief ein Schweißtropfen

von Butchs Nasenspitze und traf genau zwischen seinen Füßen auf dem glänzenden Fußboden auf.

V drückte die Schulter des Ex-Cops, wie um ihn zu beruhigen.

»Wer trägt mir diesen Mann an?«, fragte die Jungfrau der Schrift gebieterisch.

»Das bin ich – Vishous, Sohn eines Kriegers der Black Dagger, den man unter dem Namen Bloodletter kennt.«

»Wer weist diesen Mann zurück?« Schweigen. Gott sei Dank.

Jetzt nahm die Jungfrau der Schrift epische Ausmaße an, sie füllte den gesamten Raum um sie herum aus und jeden Zentimeter zwischen Butchs Ohren, bis er nichts mehr wahrnahm als den Klang der Worte, die sie sprach. »Durch das Zeugnis des Wrath, Sohn des Wrath, und folgend dem Antrag des Vishous, Sohn des Bloodletter, befinde ich diesen Vampir vor mir, Butch O'Neal, Nachkomme des Wrath, Sohn des Wrath, als Anwärter auf die Bruderschaft der Black Dagger für würdig. Da es in meiner Macht und meinem Ermessen liegt, und da es dem Schutz der Art dienlich ist, verzichte ich in diesem Fall auf die Anforderung an die mütterliche Linie. Ihr mögt beginnen.«

Wrath ergriff das Wort. »Dreht ihn um. Enthüllt ihn.«

Die Brüder folgten den Worten Wraths, und Vishous nahm Butch den schwarzen Umhang ab. Dann legte er ihm das goldene Kreuz an der Kette auf den Rücken und ging fort.

»Erhebe deinen Blick«, befahl Wrath.

Butch stockte der Atem, als er aufsah.

Er stand in der Mitte eines schwarzen Marmorpodests mit Blick über eine unterirdische Höhle, die von Hunderten schwarzer Kerzen erleuchtet wurde. Vor ihm befand sich ein Altar aus einem riesigen Steinquader, der quer auf zwei niedrigen Stützen lag, und obenauf … ein uralter Schädel. Jenseits davon stand vor ihm aufgereiht die Bruderschaft in all ihrer Pracht, fünf Vampire, deren Mienen ebenso feierlich wie ihre Körper stark waren.

Wrath löste sich aus der Reihe und stellte sich an den Altar. »Tritt zurück an die Wand, und halte dich an den Pflöcken fest.«

Butch tat wie ihm geheißen, er spürte kühlen, glatten Stein an seinen Schultern und seinem Hintern, während seine Hände zwei stabile Griffe zu fassen bekamen.

Jetzt hob Wrath seine Hand, und sie war … ach, du Scheiße, sie war in einen antiken Silberhandschuh gehüllt, an dessen Knöcheln Stacheln angebracht waren. In der Faust, die er ballte, lag der Griff eines schwarzen Dolches.

Der König streckte den Arm aus und ritzte sich selbst ins Handgelenk, dann hielt er die Wunde über den Totenschädel, auf dessen Scheitel eine silberne Schale angebracht war. Was aus Wraths geöffneter Ader floss, wurde aufgefangen, eine schimmernde rote Lache, in der das Kerzenlicht schimmerte.

»Mein Fleisch«, sagte Wrath. Dann leckte er die Wunde, um sie zu schließen, legte die Klinge weg und ging auf Butch zu.

Butch schluckte heftig.

Wrath drückte Butch mit der Handfläche den Kopf in den Nacken und biss ihn kraftvoll in den Hals. Butchs gesamter Körper krampfte sich zusammen, und er biss die Zähne zusammen, um nicht laut aufzuschreien. Er umklammerte die Pflöcke so fest, dass seine Handgelenke zu zerbrechen drohten. Da trat Wrath zurück und wischte sich den Mund ab.

Er lächelte grimmig. »Dein Fleisch.«

Daraufhin ballte der König den Silberhandschuh zur Faust, holte weit aus und donnerte Butch einen Schlag vor die Brust. Die Stacheln versanken in seiner Haut, während mit lautem Knall Luft aus seinen Lungen entwich und das Geräusch durch die Höhle hüpfte und sprang.

Nachdem Butch wieder einigermaßen zu Atem gekommen war, trat Rhage vor und nahm den Handschuh entgegen. Der Bruder vollzog dasselbe Ritual wie Wrath: Der Schnitt ins Handgelenk, das Blut in der Schale, das Murmeln derselben zwei Worte. Nachdem er seine Wunde versiegelt hatte, stellte er sich vor Butch auf. Seine Mörderfänge bohrten sich in seinen Hals, direkt unterhalb von Wraths Biss. Dann raunte er die anderen beiden Worte. Rhages Hieb kam schnell und hart und traf genau auf dieselbe Stelle wie der von Wrath, auf die linke Brusthälfte.

Dann kam Phury dran. Gefolgt von Zsadist.

Als die beiden fertig waren, fühlte sich Butchs Hals so locker an, dass er überzeugt war, sein Kopf würde ihm gleich von den Schultern fallen und die Stufen hinunterkullern. Er war von den Schlägen auf die Brust benommen, Blut rann ihm aus der Wunde über den Bauch auf die Beine.

Schließlich war V an der Reihe.

Vishous trat auf das Podest, die Augen gesenkt. Er nahm den Silberhandschuh von Z und zog ihn über den schwarzen Lederhandschuh, den er immer trug. Dann ritzte er sich mit der schwarzen Klinge und betrachtete den Schädel, während sein Blut in die Schale tropfte und sich mit dem übrigen vereinigte.

»Mein Fleisch«, flüsterte er.

Er schien zu zögern, bevor er sich Butch zuwandte. Dann begegneten sich ihre Blicke. Der Schein des Kerzenlichts zuckte über Vs hartes Gesicht und fing sich in den diamantenen Augen. In diesem Augenblick schnürte sich Butchs Hals zu: Sein Mitbewohner sah für einen Moment so mächtig aus wie ein Gott ... und vielleicht auch so schön.

Vishous trat ganz nah an ihn heran und ließ die Hand von Butchs Schulter in seinen Nacken gleiten. »Dein Fleisch«, raunte er. Dann hielt er inne, als bäte er um etwas.

Ohne nachzudenken hob Butch das Kinn; er war sich bewusst, dass er sich darbot, bewusst, dass er ... ach, Quatsch. Mit Gewalt schob er jeden bewussten Gedanken beiseite, völlig aus dem Konzept gebracht von den Schwingungen, die von wo auch immer gerade über ihn hereingebrochen waren.

Wie in Zeitlupe sank Vishous' dunkler Kopf herab, und Butch spürte ein seidiges Streicheln, als das Bärtchen des Bruders seinen Hals berührte. Mit köstlicher Präzision drückten sich Vs Fänge an die Ader, die von Butchs Herz emporführte. Dann stachen sie langsam, unerbittlich durch die Haut. Ihre Körper verschmolzen.

Butch schloss die Augen und nahm die Empfindungen in sich auf, die Wärme ihrer Haut, so nah aneinander; Vs Haar, das weich an seiner Wange lag; den kraftvollen männlichen Arm, der sich um seine Taille schlang. Von ganz allein ließen Butchs Hände die Pflöcke los und stützten sich auf Vs Hüften, drückten das harte Fleisch, brachten sie beide von Kopf bis Fuß zusammen. Ein Beben lief durch einen von ihnen. Oder nein … es war mehr, als erschauderten sie beide.

Und dann war es vollbracht. Vorbei. Es würde nie wieder geschehen.

Keiner von ihnen blickte auf, als V sich löste; die Trennung war vollständig und unwiderruflich. Ein Pfad, der nicht beschritten würde. Niemals.

Vs Hand schnellte zurück und prallte dann auf Butchs Brust auf, der Stoß heftiger als der aller anderen, selbst der von Rhage. Als Butch unter der Wucht des Schlags keuchte, drehte sich V um und reihte sich wieder in die Bruderschaft ein.

Nach einer kurzen Pause trat Wrath zum Altar, nahm den Schädel und hob ihn hoch in die Luft, um ihn den Brüdern zu zeigen. »Das ist der erste von uns. Ein Hoch dem Krieger, der die Bruderschaft ins Leben rief.«

Die Brüder stießen ein Kriegsgeheul aus, das die ganze Höhle erfüllte, und Wrath wandte sich an Butch.

»Trink, und schließ dich uns an.«

Butch ließ sich nicht lange bitten. Er packte den Schädel, legte den Kopf zurück und ließ sich das Blut in die Kehle rinnen. Die Brüder sangen, während er trank, lauter und lauter schallten ihre Stimmen. Er schmeckte einen jeden von ihnen. Die rohe Kraft und Erhabenheit von Wrath. Die unermessliche Stärke von Rhage. Die brennende, fürsorgliche Loyalität von Phury. Die kalte Wildheit von Zsadist. Den scharfen Verstand von Vishous.

Man nahm ihm den Schädel aus den Händen und schob ihn zurück an die Wand.

Wraths Mundwinkel hoben sich düster. »Halt dich besser fest.«

Butch konnte gerade noch die Pflöcke umfassen, als ihn eine Woge wirbelnder Energie überrollte. Er verbiss sich ein lautes Aufheulen und bekam verschwommen mit, dass die Brüder beifällig knurrten. Als das Brüllen stärker wurde, bäumte er sich von den Pflöcken auf, als hätte er sich ein Kilo Koks in die Nase gejagt. Dann brach alles über ihm zusammen, jedes Neuron in seinem Gehirn flackerte auf, jede Ader und jede Vene füllte sich. Sein Herz hämmerte, in seinem Kopf drehte sich alles, sein gesamter Körper verkrampfte sich, und er …

Butch wachte auf dem Altar auf, nackt und auf der Seite zusammengerollt. Auf seiner Brust fühlte er ein Brennen, und als er die Hand darauflegte, war da etwas Körniges. Salz?

Als er blinzelte und sich umsah, stellte er fest, dass er vor einer schwarzen Marmorwand lag, in die augenscheinlich in der Alten Sprache Namen geritzt waren. Mein Gott, es waren Hunderte. Von dem Anblick überwältigt, setzte er sich auf und kam auf die Füße. Er taumelte nach vorn, konnte gerade noch sein Gleichgewicht halten, ohne zu berühren, was – wie er instinktiv wusste – heilig war.

Die Namen mussten alle von ein und derselben Hand geschrieben worden sein, jeder einzelne, denn alle Symbole waren von der gleichen liebevollen, kostbaren Beschaffenheit.

Vishous hatte das getan. Butch wusste nicht, woher er das wusste – doch, das wusste er schon. In seinem Kopf gab es jetzt Echos, Echos der Leben seiner … Brüder?

Ja, und all diese Vampire, deren Namen er hier las, waren seine Brüder. Irgendwie kannte er sie jetzt alle.

Mit weit aufgerissenen Augen suchte er die Spalten ab, bis … genau, da war es, ganz unten rechts. Der allerletzte Name. War das seiner?

Er hörte Beifall und blickte über die Schulter. Die Brüder trugen wieder ihre schwarzen Umhänge, ohne jedoch die Kapuzen über die Köpfe gezogen zu haben. Und sie strahlten, wirklich, sie alle strahlten, sogar Z.

»Das bist du«, sagte Wrath. »Du wirst ein Krieger der Black Dagger mit dem Namen *Dhestroyer* sein, Nachkomme des Wrath, Sohn des Wrath.«

»Allerdings wirst du für uns immer Butch bleiben«, quatschte Rhage dazwischen. »Und Ironman. Oder Klugscheißer. Nervensägenweltmeister. Du weißt schon, was die jeweilige Situation eben erfordert. Hauptsache es ist freundlich und kommt von Herzen.«

Alle brachen in Gelächter aus, und Butchs Umhang tauchte vor seinem Gesicht auf, gehalten von Vishous' behandschuhter Hand.

V sah ihm nicht in die Augen, als er sagte: »Hier.«

Butch nahm den Umhang, aber er wollte seinen Mitbewohner nicht verlieren. Mit stiller Eindringlichkeit sagte er: »V?« Vishous' Brauen hoben sich, aber die Augen blieben abgewandt. »Vishous? Komm schon, Mann. Irgendwann wirst du mich ansehen müssen. V …?«

Vishous' Brust dehnte sich aus, dann wanderte sein Diamantblick langsam zu Butch. Einen Herzschlag lang lag Spannung in der Luft. Dann streckte V die Hand aus und zog das Kreuz wieder nach vorn, sodass es auf Butchs Herz zu liegen kam. »Du hast dich gut geschlagen, Bulle. Glückwunsch.«

»Danke, dass du mich vorgeschlagen hast – *Trahyner.*« Als Vs Augen kurz aufflackerten, meinte Butch: »Ja, ich hab das Wort nachgeschlagen. ›Geliebter Freund‹ passt ausgezeichnet zu dir, was mich betrifft.«

V errötete. Räusperte sich. »Erstklassig, Bulle. Erste … Klasse.«

Als Vishous wegging, zog Butch den Umhang über und betrachtete seine Brust. Die kreisförmige Narbe über dem linken Brustmuskel war in ihn eingebrannt, ein bleibendes Zeichen, wie es auch die anderen Brüder trugen. Ein Symbol ihrer Verbundenheit.

Er strich mit der Fingerspitze über die versiegelte Narbe, und Salzkristalle rieselten auf den glänzenden Fußboden. Dann sah er zur Wand und stellte sich davor. Er ging in die Hocke, berührte die Luft über seinem Namen. Seinem neuen Namen.

Jetzt bin ich wahrlich neugeboren, dachte er. *Dhestroyer, Nachkomme des Wrath, Sohn des Wrath.*

Die Schrift verschwamm vor seinen Augen, und er blinzelte rasch, doch seine Lider waren nicht schnell genug. Als ihm die Tränen über die Wangen liefen, wischte er sie hastig mit dem Ärmel ab. Und in diesem Moment spürte er die Hände auf seinen Schultern. Die Brüder – seine Brüder – hatten ihn umringt, und er konnte sie jetzt fühlen; er konnte sie sogar fühlen, ohne sie zu berühren.

Fleisch von seinem Fleisch. Wie er Fleisch von ihrem Fleisch war.

Wrath hüstelte, trotzdem klang seine Stimme etwas heiser. »Du bist der erste Neuzugang seit fünfundsiebzig Jahren. Und du bist würdig des Blutes, das du und ich teilen, Butch von meiner Blutlinie.«

Jetzt ließ Butch den Kopf herabfallen und weinte offen – wenn auch nicht vor Glück, wie sie sicher annahmen.

Er weinte ob der Leere in sich.

Denn so wundervoll das alles auch war, ihm schien es hohl.

Ohne eine Gefährtin, die sein Leben mit ihm teilte, war er nichts als eine Leinwand, durch die Ereignisse und Umstände hindurchströmten. Er war nicht einmal leer, denn er war kein Gefäß, das auch nur pure Luft in sich auffangen konnte.

Er lebte, doch er war nicht wirklich am Leben.

49

Im Auto auf der Fahrt zurück zum Anwesen waren alle aufgedreht und bestens gelaunt: Rhage riss wie üblich Witze. Wrath lachte ihn aus. Dann schoss V zurück, und schon bald zog jeder jeden durch den Kakao. Wie Brüder das eben so machen.

Butch ließ sich tief in den Sitz sinken. Ihm war nur zu bewusst, dass diese Heimkehr – genau wie die Zeremonie davor – die Bruderschaft in Hochstimmung versetzte. Und auch wenn er selbst das nicht so empfinden konnte, freute er sich doch von Herzen für sie.

Sie parkten den Wagen vor dem großen Haus. Als Butch ausstieg, schwangen die Flügeltüren weit auf, und die Bruderschaft bildete einen Halbkreis hinter ihm. Wieder verfielen die Brüdern in ihren Singsang, woraufhin die kleine Prozession unter tosendem Applaus in die Eingangshalle einzog: Alle zwanzig *Doggen* warteten schon auf sie, und vor den Dienstboten standen die drei Frauen des Haushalts in atemberaubenden Kleidern: Beth trug die blutrote Robe, in der sie geheiratet hatte; Mary ein Kleid in Königsblau; und Bella hatte schimmerndes Silber gewählt.

In diesem Moment wünschte sich Butch so sehr, Marissa hier zu haben. Vor lauter Schmerz in der Brust konnte er die *Shellan*s seiner Brüder kaum ansehen. Gerade wollte er sich feige in Richtung Höhle verdrücken, als sich die Menge vor ihm teilte und …

Da stand Marissa in einer leuchtend pfirsichfarbenen Robe, deren Farbe so lebendig und strahlend war wie kondensierter Sonnenschein. Der Gesang brach ab, als sie vortrat. Trotz seiner Verwirrung streckte Butch die Hände nach ihr aus.

Dann ging sie vor ihm auf die Knie, das Kleid ergoss sich in seidenen Wogen um sie herum.

Ihre Stimme war heiser vor Rührung, als sie den Kopf senkte. »Krieger, ich wünsche, dir dieses Glückspfand darzubieten.« Sie hob die Hände und darin lag eine dicke, geflochtene Strähne ihres Haars, an jedem Ende mit einer blassblauen Schleife zusammengebunden. »Es würde mich mit Stolz erfüllen, würdest du es im Kampf bei dir tragen. Es würde mich mit Stolz erfüllen, würde mein … *Hellren* unserem Volke dienen. Falls du mich noch … willst.«

Völlig hin und weg von ihrer Geste ging Butch in die Hocke und hob ihr bebendes Kinn an.

Er wischte ihr mit dem Daumen die Tränen ab, nahm den Zopf entgegen und hielt ihn fest an seine Brust gedrückt. »Natürlich will ich dich«, flüsterte er. »Aber was hat sich verändert?«

Sie warf einen Blick auf die drei Frauen in ihren prachtvollen Kleidern hinter sich. Dann erklärte sie mit ruhiger Stimme: »Ich habe mit einigen Freundinnen gesprochen. Oder vielmehr haben sie mit mir gesprochen.«

»Marissa …« Mehr konnte er nicht sagen.

Da seine Stimme offenbar versagte, küsste er sie, und als sie sich umarmten, erhob sich lauter Jubel in der riesigen Halle.

»Es tut mir so leid, dass ich so schwach war«, wisperte sie ihm ins Ohr. »Beth und Mary und Bella kamen zu mir. Ich werde mich nie ganz mit der Gefahr abfinden, in der du als Mitglied der Bruderschaft ständig schwebst. Jede Nacht werde ich Angst um dich haben.

Aber sie vertrauen darauf, dass ihre Männer vorsichtig sind, und ich ... ich glaube, dass du mich liebst. Ich glaube, du würdest mich nicht verlassen, solange du es verhindern kannst. Ich glaube, du wirst gut auf dich aufpassen und aufhören, wenn das Böse dich zu überwältigen droht. Wenn sie ihre Ängste ertragen können, dann kann ich das auch.«

Jetzt drückte er sie noch fester an sich. »Ich werde sehr vorsichtig sein, das schwöre ich. Ich *schwöre* es dir.«

Eine ganze Weile verharrten sie so auf dem Boden. Dann hob Butch den Kopf und sah Wrath an, der Beth in die Arme genommen hatte.

»Na, dann, Bruder«, sagte Butch. »Hast du zufällig ein Messer und eine Prise Salz zur Hand? Höchste Zeit, eine gewisse Vereinigung zu vollenden, wenn du verstehst, was ich meine.«

»Wir sind auf alles vorbereitet, mein Freund.«

Schon trat Fritz mit demselben Krug, der Schüssel und dem Salz vor, die auch schon bei Wrath und Beths Trauung verwendet worden waren. Und bei Rhage und Marys. Und Zsadist und Bellas.

Als Butch seiner *Shellan* in die hellblauen Augen blickte, murmelte er: »Die Dunkelheit wird nie von mir Besitz ergreifen ... wenn du bei mir bist. Das Licht meines Lebens. Das bist du, Marissa.«

50

Am folgenden Abend lächelte Marissa, als sie von ihrem Schreibtisch aufsah. Butch füllte beinahe den gesamten Türrahmen zu ihrem Büro aus, so groß war er.

Obwohl die Wunden an seinem Hals nach der Einführungszeremonie noch nicht verheilt waren, sah er gut aus. Stark. Mächtig. Und er war ihr Partner.

»Hallo«, sagte er, den abgeschlagenen Vorderzahn entblößend. Wie auch seine Fänge.

»Du bist früh dran.«

»Länger konnte ich es nicht mehr aushalten.« Er kam herein, zog die Tür zu ... und als er dezent das Schloss einschnappen ließ, wurde ihr unmittelbar heiß. Er kam um den Schreibtisch herum zu ihr und schwang sie auf dem Drehstuhl zu sich hin. Dann kniete er sich auf den Boden. Als er ihre Beine spreizte, sich dicht an sie drängte und an ihrem Schlüsselbein knabberte, erfüllte sein Bindungsduft den Raum. Seufzend schlang sie ihm die Arme um die schweren Schultern und küsste die weiche Haut hinter seinem Ohr.

»Wie geht es dir, *Hellren?*«

»Jetzt besser, Frau.«

Während sie ihn umarmte, wanderte ihr Blick auf den Schreibtisch. Dort, inmitten ihrer Papiere und Ordner und Stifte, stand ein kleines weißes Figürchen. Die kunstvoll gearbeitete Marmorstatuette stellte eine Frau im Schneidersitz dar, die in der einen Hand einen Dolch mit doppelter Klinge hielt, während auf dem anderen Handgelenk eine Eule saß.

Beth hatte sie anfertigen lassen. Eine Statue für Mary, eine für Bella, eine für Marissa. Und eine hatte die Königin selbst behalten. Die Bedeutung des Dolches lag auf der Hand. Die weiße Eule bezeichnete die Verbindung zur Jungfrau der Schrift, ein Symbol der Gebete, die sie für die Unversehrtheit ihrer Kriegergefährten sprachen.

Die Bruderschaft war stark, eine Einheit, auf ewig eine mächtige Kraft in ihrer Welt. Genau wie ihre Frauen. Stark. Eine Einheit. Auf ewig eine mächtige Kraft in ihrer Welt.

So fest zusammengeschmiedet wie ihre Krieger.

Butch hob den Kopf und sah sie mit grenzenloser Anbetung an. Nun, da ihre Trauungszeremonie hinter ihnen lag und ihr Name auf seinem Rücken verewigt war, hatte sie nach Gesetz und Instinkt die Herrschaft über seinen Körper – eine Kontrolle, der er sich bereitwillig und liebevoll unterwarf. Er ließ sie über sich gebieten, und in dieser einen Sache hatte die *Glymera* recht behalten: es war wundervoll, einen Partner zu haben.

Wenn es auch das Einzige war, womit diese Spinner jemals recht gehabt hatten.

»Marissa, ich möchte dir jemanden vorstellen. In Ordnung?«

»Natürlich. Jetzt sofort?«

»Nein, morgen in der Abenddämmerung.«

»Ist gut. Wer ...«

Er küsste sie. »Das wirst du schon sehen.«

Tief blickte sie ihm in die haselnussbraunen Augen und

strich ihm das dicke, dunkle Haar zurück. Dann zeichnete sie seine Augenbrauen mit den Daumen nach. Ließ eine Fingerspitze über die unebene, zu oft gebrochene Nase gleiten. Tippte ihm sanft auf den abgeschlagenen Vorderzahn.

»Ein bisschen abgenutzt, was?«, meinte er. »Aber weißt du was, mit ein bisschen kosmetischer Chirurgie und moderner Zahnarztkunst könnte ich so ein Schönling werden wie Rhage.«

Wieder betrachtete Marissa die kleine Marmorfigur und dachte über ihr Leben nach. Und über das von Butch.

Dann schüttelte sie ganz langsam den Kopf und beugte sich vor, um ihn zu küssen. »Ich würde nichts an dir verändern wollen. Absolut nichts.«

Epilog

Joyce O'Neal Rafferty war in Eile und total genervt, als sie beim Pflegeheim ankam. Der kleine Sean hatte die ganze Nacht gespuckt, und sie hatte drei Stunden beim Kinderarzt warten müssen, bis er sie dazwischenschieben konnte. Dann hatte Mike eine Nachricht auf dem Anrufbeantworter hinterlassen, dass er heute länger arbeiten musste und keine Zeit hatte, auf dem Heimweg in den Supermarkt zu gehen.

Verdammt, sie hatten keinen Krümel Essen mehr im Kühlschrank oder in der Vorratskammer.

Mit Sean auf dem Arm raste sie den Korridor entlang, diversen Teewagen und einem Trupp Rollstühle ausweichend. Wenigstens schlief der Kleine jetzt und hatte sich seit mehreren Stunden nicht mehr übergeben. Sich um ein krankes, quengelndes Baby und gleichzeitig noch um ihre verwirrte Mutter zu kümmern überstieg Joyce' Kräfte. Besonders nach einem Tag wie diesem.

Sie klopfte an die Tür und trat sofort ein. Odell saß aufrecht im Bett und blätterte in einem Band *Reader's Digest*.

»Hallo, Mama, wie geht es dir?« Joyce ging zu dem Kunstledersessel am Fenster. Als sie sich hinsetzte, quietschte das Polster. Genau wie Sean, als er aufwachte.

»Mir geht es gut.« Odells Lächeln war freundlich. Aber ihre Augen blieben so leer wie dunkle Murmeln.

Joyce blickte schnell auf die Uhr. Zehn Minuten würde sie bleiben, danach wollte sie noch schnell beim Supermarkt vorbeifahren.

»Ich hatte gestern Abend Besuch.«

»Ach ja?« Und sie würde Vorräte für mindestens eine Woche einkaufen. »Wer war es denn?«

»Dein Bruder.«

»Teddy war hier?«

»Butch.«

Joyce erstarrte. Dann folgerte sie, dass ihre Mutter wieder einmal etwas durcheinanderwarf. »Das ist ja schön, Mama.«

»Er kam, als sonst niemand da war. Nach Einbruch der Dunkelheit. Und er hat seine Frau mitgebracht. Sie ist sehr hübsch. Er hat gesagt, sie würden in einer Kirche heiraten. Ich meine, sie sind schon Mann und Frau, aber nach ihrer Religion. Komisch – ich habe nicht rausgekriegt, was sie eigentlich ist. Vielleicht orthodox?«

Odell hatte definitiv Halluzinationen. »Das ist ja toll.«

»Er sieht jetzt aus wie sein Vater.«

»Ach, wirklich? Ich dachte, er wäre der Einzige, der nicht nach Papa schlägt.«

»*Sein* Vater. Nicht deiner.«

Joyce runzelte die Stirn. »Wie bitte?«

Ihre Mutter bekam einen träumerischen Gesichtsausdruck und blickte aus dem Fenster. »Hab ich dir je von dem Blizzard 1969 erzählt?«

»Mama, bleib doch mal bei Butch …«

»Wir saßen alle im Krankenhaus fest, wir Schwestern und die Ärzte. Niemand konnte rein oder raus. Zwei

Tage war ich dort. Mein Gott, dein Vater war so wütend, weil er sich allein um euch Kinder kümmern musste.« Ganz plötzlich wirkte Odell um Jahre jünger und hellwach. »Es gab da einen Chirurgen. Er war so … so anders als alle anderen. Er war der Chefarzt, ein sehr wichtiger Mann. Er war … wunderschön und anders und sehr bedeutend. Auch einschüchternd. Seine Augen sehe ich heute noch in meinen Träumen.« Ebenso plötzlich verpuffte die Begeisterung wieder, und ihre Mutter sank in sich zusammen. »Ich war schlecht. Ich war eine schlechte, schlechte Ehefrau.«

»Mama …« Joyce schüttelte den Kopf. »Was redest du denn da?«

Jetzt liefen Odell Tränen über das faltige Gesicht. »Als ich heimkam, ging ich zur Beichte. Ich betete. Ich betete so inständig. Aber Gott hat mich für meine Sünden bestraft. Selbst die Wehen … die Wehen waren furchtbar bei Butch. Ich bin fast gestorben, so stark habe ich geblutet. All meine anderen Geburten verliefen reibungslos. Aber nicht Butchs …

Joyce drückte Sean so fest an sich, dass er protestierend zu zappeln begann. Sie lockerte ihren Griff wieder und versuchte ihn zu trösten, gleichzeitig flüsterte sie: »Erzähl weiter, Mama … sprich weiter.«

»Janies Tod war meine Strafe dafür, dass ich untreu war und das Kind eines anderen Mannes zur Welt brachte.«

Sean stieß ein Heulen aus. In Joyce' Kopf schwirrte ein schrecklicher, grässlicher Verdacht herum, dass das …

Ach, Quatsch, was dachte sie sich nur dabei? Ihre Mutter war nicht mehr ganz richtig im Kopf.

Schade nur, dass sie im Moment ganz offenbar bei klarstem Verstand war.

Odell nickte, als antwortete sie auf eine Frage, die ihr jemand gestellt hatte. »O ja, ich liebe Butch. Sogar mehr als meine ganzen anderen Kinder, weil er so etwas Besonderes ist. Das durfte ich aber nie zeigen. Ihr Vater musste schon genug ertragen, nachdem ich das getan hatte. Butch zu bevorzugen wäre eine Beleidigung für Eddie gewesen, und ich konnte nicht … ich würde meinen Ehemann niemals so beschämen. Nicht, wo er doch trotzdem bei mir blieb.«

»Papa wusste davon?« Allmählich setzten sich die Puzzleteile zusammen, und ein hässliches Bild kam zum Vorschein. Mist – es war die Wahrheit. *Natürlich hatte Papa Bescheid gewußt. Deshalb hat er Butch so gehasst.*

Jetzt wurde Odells Miene wehmütig. »Butch sah so glücklich aus mit seiner Frau. Und gütige Mutter Gottes, wie schön sie ist. Die beiden passen so gut zusammen. Sie ist genauso besonders, wie sein Vater es war. Wie Butch es ist. Sie sind alle so etwas Besonderes. Wie schade, dass sie nicht bleiben konnten. Er sagte … er sagte, er wäre gekommen, um sich zu verabschieden.«

Als Odells Augen sich mit Tränen füllten, fasste Joyce nach ihrem Arm. »Mama, wohin ist Butch gegangen?«

Ihre Mutter sah auf die Hand, die sie berührte. Dann zog sie die Augenbrauen zusammen. »Ich möchte einen Cracker. Kann ich einen Cracker haben?«

»Mama, sieh mich an. Wohin ist er gegangen?« Wobei sie nicht ganz sicher war, warum ihr das auf einmal so wichtig erschien.

Ausdruckslose Augen wandten sich ihr zu. »Mit Käse. Ich möchte einen Cracker mit Käse.«

»Mama, wir haben von Butch gesprochen, bitte, konzentrier dich.«

Meine Güte, das Ganze war ein solcher Schock – und dann auch wieder nicht. Butch war schon immer anders gewesen, oder nicht?

»Mama, wo ist Butch?«

»Butch? Danke der Nachfrage. Es geht ihm sehr gut. Er sah so glücklich aus. Ich freue mich, dass er geheiratet hat.« Ihre Mutter blinzelte. »Wer sind Sie überhaupt? Sind Sie eine Krankenschwester? Ich war früher auch Krankenschwester …«

Einen Moment lang wollte Joyce weiterbohren, sie zu einer Antwort drängen.

Doch als ihre Mutter weiter vor sich hin brabbelte, sah sie nur aus dem Fenster und atmete tief ein. Odells sinnfreies Gerede war plötzlich tröstlich. Ja, die ganze Sache war Unsinn. Nichts als Unsinn.

Lass es gut sein, sagte Joyce sich. *Lass es einfach gut sein.*

Sean hörte auf zu weinen und schmiegte sich an sie. Joyce liebkoste seinen warmen, kleinen Körper. Inmitten des monotonen Wortschwalls, der vom Bett herüberplätscherte, dachte sie daran, wie sehr sie ihren kleinen Jungen liebte. Und ihn immer lieben würde.

Sie küsste sein weiches Köpfchen. Die Familie war doch trotz allem das Wichtigste im Leben.

Das Allerwichtigste.

J.R. Wards
BLACK DAGGER
wird fortgesetzt in:
Vishous & Jane

Leseprobe

Vishous war in seinem komatösen Körper hellwach, bei vollem Bewusstsein, auch wenn er in einem Käfig aus unbrauchbarem Fleisch und Knochen gefangen war. Er konnte seine Arme und Beine nicht bewegen, und seine Augenlider waren so fest geschlossen, als hätte er Gummilösung geweint. Sein Gehör schien das Einzige zu sein, was noch funktionierte: Irgendwo über ihm fand ein Gespräch statt. Eine Frau und ein Mann, deren Stimmen er nicht erkannte.

Nein, Moment mal. Eine von beiden Stimmen kannte er. Eine von beiden hatte ihn herumkommandiert. Die Frau. Aber warum?

Und warum zum Henker hatte er das zugelassen?

Er lauschte ihrer Stimme, ohne den Worten wirklich zu folgen. Ihr Tonfall war ziemlich maskulin. Direkt. Herrisch.

Wer war sie? Wer …

Die Erkenntnis traf ihn wie eine Ohrfeige und brachte ihn wieder einigermaßen zu Sinnen. Die Ärztin. Die *menschliche* Ärztin, die ihn operiert hatte. Verflucht, er war in einem Menschenkrankenhaus. Er war in die Hände von Menschen gefallen, nachdem … Verflucht, was war heute Nacht mit ihm passiert?

Panik durchfuhr ihn … was ihn keinen Schritt weiterbrachte. Sein Körper war nichts als ein Stück Fleisch, und der Schlauch in seiner Kehle bedeutete sehr wahrscheinlich, dass eine Maschine seine Lunge antrieb. Ganz offensichtlich hatten sie ihn jenseits von Gut und Böse unter Betäubungsmittel gesetzt.

O mein Gott, wie kurz vor Morgengrauen war es? Er musste hier weg. Wie würde er …

Seine Fluchtgedanken rissen abrupt ab. Um genau zu sein, verdunkelten sich jegliche Denkprozesse … weil seine Instinkte brüllend zum Leben erwachten.

Allerdings brach sich nicht der Kämpfer in ihm Bahn. Sondern die ganzen besitzergreifenden männlichen Triebe, die immer in ihm geschlummert hatten; von denen er gelesen oder gehört hatte, die er bei anderen beobachtet, von denen er sich selbst aber frei geglaubt hatte. Und der Auslöser war ein Aroma im Raum, das Aroma eines Mannes, der Sex haben will … mit der Frau, mit Vs Ärztin.

Mein.

Das Wort flog ihn aus dem Nichts an, und im Schlepptau brachte es einen gewaltigen Drang zu töten mit. Er war so aufgebracht, dass er die Augen aufschlug.

Als er den Kopf drehte, entdeckte er eine große Frau mit kurzen blonden Haaren. Sie trug eine randlose Brille, kein Make-up und keine Ohrringe. Auf ihrem weißen Kittel stand DR. JANE WHITCOMB, CHIRURGIE in schwarzer Schreibschrift.

»Manny«, sagte sie. »Bist du von allen guten Geistern verlassen?«

V wandte seinen Blick dem dunkelhaarigen Mann zu. Er trug ebenfalls einen weißen Kittel; nur stand auf seinem Revers DR. MANUEL MANUELLO, CHEFARZT, CHIRURGIE.

»Keineswegs«, erwiderte der Mann. Seine Stimme war tief und herrisch, seine Augen klebten viel zu intensiv an Vs Ärztin. »Und ich weiß, was ich will.«

Mein, dachte V. *Nicht dein.* MEIN.

»Wir streiten uns ständig, Manny«, sagte sie.

»Ich weiß.« Jetzt lächelte der Vollidiot. »Das gefällt mir. Niemand außer dir bietet mir Paroli, Jane.«

Vs Oberlippe zog sich über seine Fänge hoch. Während er zu knurren begann, kreiste immer weiter das eine Wort durch seinen Kopf, eine Granate mit gezogenem Splint: MEIN.

Der Mann blickte nach unten und wirkte überrascht. »Sieh dir das an … da ist jemand aufgewacht.«

Und wie, du Penner, dachte V. *Und wenn du sie anfasst, dann beiße ich dir deinen beschissenen Arm an der Schulter ab.*

Jane Whitcomb betrachtete ihren Patienten. Wider Erwarten und trotz sämtlicher Sedativa in seinem Organismus waren seine Augen geöffnet, und er blickte sie völlig ungetrübt aus seinem harten, tätowierten Gesicht heraus an.

Mein Gott … diese Augen. Noch nie hatte sie so etwas gesehen, die Iris waren unnatürlich weiß mit einem dunkelblauen Rand. So wie er sie jetzt gerade anstarrte, hätte sie schwören können, dass sie leuchteten.

Das ist nicht richtig, dachte sie. Es war nicht richtig, wie er sie ansah. Das Herz mit den sechs Kammern in seiner Brust war nicht richtig. Diese langen Zähne in seinem Oberkiefer waren nicht richtig.

Ihre Schlussfolgerung aus seinen Anomalien war instinktiv, fühlte sich aber für sie wie ein unbestreitbarer Fakt an. Er war kein Mensch.

Aber das war doch lächerlich. Vielleicht ging ihre Fantasie mit ihr durch? Wie dem auch sei, es war ja egal, dachte sie. Sie und ihre Kollegen würden ihn während seiner Genesung nach allen Regeln der Kunst erforschen, so viel stand fest.

»Ich lass dich jetzt mit ihm allein«, sagte Manny. »Aber denk darüber nach, Jane. Denk über mich nach.«

Als sich die Tür hinter ihrem Chef schloss, schüttelte sie den Kopf und konzentrierte sich auf den Mann in dem Krankenbett. Er erwiderte ihren Blick, und irgendwie gelang es ihm, dabei bedrohlich zu wirken, obwohl er einen Schlauch im Hals hatte und seine Not-OP erst zwei Stunden her war.

Warum zum Teufel war der Kerl überhaupt bei Bewusstsein?

»Können Sie mich hören?«, fragte sie. »Nicken Sie bitte mit dem Kopf, wenn Sie mich hören.«

Seine Hand – die mit den Tätowierungen – tastete blind nach seinem Hals, dann begann er langsam an dem Schlauch in seiner Luftröhre zu ziehen.

»O nein, der bleibt drin.« Als sie sich über ihn beugte, um ihn festzuhalten, riss er die Hand vor ihr weg und hielt sie so weit es eben ging von ihr entfernt. »So ist es gut. Sonst müsste ich Sie fixieren.«

Bei der Drohung weiteten sich entsetzt seine Augen, und sein ganzer Körper begann zu zittern. Die Lippen bewegten sich mühsam um den Schlauch in seinem Hals.

Aus irgendeinem Grund rührte sie seine Furcht. Wahrscheinlich, weil sie etwas Animalisches hatte. Er wirkte so wie ein Wolf, wenn seine Pfote in einer Falle steckte: *Hilf mir, dann töte ich dich unter Umständen nicht, wenn du mich befreist.*

Schade nur, dass das mit dem Mitgefühl so überhaupt nicht ihre Baustelle war.

Unbeholfen tätschelte sie ihm den Arm. »Ist ja gut, ist ja gut, lassen Sie es einfach drin ...«

Die Tür zu dem privaten Krankenzimmer ging auf, und Jane wurde stocksteif, als zwei Männer hereinkamen. Beide waren in schwarzes Leder gekleidet und sahen aus wie Kerle, die Waffen am Körper tragen. Einer hatte sich eine Red-Sox-Kappe tief ins Gesicht gezogen. Der andere war der wahrscheinlich größte und attraktivste blonde Mann, den sie je zu Gesicht bekommen hatte.

Janes erster Gedanke beim Anblick der beiden war, dass sie wegen ihres Patienten gekommen waren, und zwar nicht nur, um ihm Pralinen zu bringen und ihn aufzuheitern.

Ihr zweiter Gedanke war, dass sie den Sicherheitsdienst rufen musste. Schleunigst.

»Raus hier«, sagte sie. »Sofort.«

Der Vordere, der mit der Baseballkappe, ignorierte sie einfach. Er ging zum Bett und ergriff die Hand ihres Patienten. Als die Blicke der beiden Männer sich trafen, sagte der Kappentyp: »Wir bringen dich nach Hause. Jetzt gleich.«

Schluss jetzt mit dem Geplauder, dachte Jane. Sie machte einen Satz auf den Notfallknopf zu, und zwar dem, der einen Herzstillstand anzeigte und dementsprechend die halbe Besatzung ins Zimmer rufen würde.

Sie schaffte es nicht.

Der Kumpel des Kappentyps, der schöne Blonde, bewegte sich so schnell, dass sie ihm nicht mit den Augen folgen konnte. Im einen Moment stand er noch an der Tür; im nächsten umschlang er sie von hinten und hob sie hoch.

Als sie zu brüllen anfing, legte er ihr die Hand auf den Mund und bändigte sie mit einer Leichtigkeit, als wäre sie nur ein Kind.

In der Zwischenzeit befreite der Kappentyp den Patienten von allen Schläuchen, Kathetern, Drähten und Monitoren.

Jane rastete völlig aus. Als sämtliche Warnsignale der Maschinen loslegten, holte sie mit dem Fuß aus und trat ihrem Gegner vors Schienbein. Der blonde Koloss grunzte, quetschte ihr dann aber einfach den Brustkorb zusammen, bis sie so beschäftigt mit Luftholen war, dass sie die Fußballtricks vorübergehend einstellte.

Wenigstens würde der Lärm die anderen …

Das schrille Piepen verstummte, obwohl niemand die Apparate angefasst hatte. Und sie hatte die furchtbare Ahnung, dass niemand kommen würde.

Jane wehrte sich noch heftiger, bis ihr die Tränen in die Augen traten.

»Ganz locker bleiben«, raunte ihr der Blonde ins Ohr. »Wir sind in einer Minute wieder verschwunden. Entspann dich einfach.«

Nichts dergleichen würde sie, verflucht noch mal. Die wollten ihren Patienten umbringen …

Der Patient machte einen selbstständigen, tiefen Atemzug. Und noch einen. Und noch einen.

Dann hefteten sich die unheimlichen Diamantaugen wieder auf sie, und sie wurde reglos, als hätte er sie durch seinen bloßen Willen dazu gebracht.

Einen Augenblick lang herrschte Schweigen. Und dann sprach ihr Patient mit rauer Stimme vier Worte, die alles veränderten … ihr Leben, ihr Schicksal:

»Sie. Kommt. Mit. Mir.«

Lesen Sie weiter in:
J.R. Ward
BLACK DAGGER
Vishous & Jane

Bonusmaterial

Dhestroyer, Nachkomme von Wrath, Sohn des Wrath

alias Butch O'Neal

»Du hast was von mir in dir, Bulle.« Wraths Grinsen blieb auf seinem Gesicht hängen, als er die Brille wieder anzog. »Ich habe natürlich immer gewusst, dass du was Besonderes bist. Hatte allerdings keine Ahnung, dass es über ›besonders nervig‹ hinausgeht.«

– BUTCH & MARISSA, Seite 458

Alter:	38
Trat der Bruderschaft bei:	2007
Größe:	2 Meter
Gewicht:	118 Kilo
Haarfarbe:	braun
Augenfarbe:	hellbraun
Unveränderliche Kennzeichen:	schwarzes Tattoo, bestehend aus Linien entlang der Wirbelsäule; Narbe der Bruderschaft rechts auf der

	Brust; den Namen Marissa in der Alten Sprache quer über die Schulterblätter geritzt; kleiner Finger der rechten Hand wurde bei seiner Transition leicht deformiert; Narbe am Bauch.
Anmerkung:	Er ist der prophezeite Zerstörer, den die *Lesser* vorhergesehen haben. Infolge seiner Entführung durch die Gesellschaft und Omegas Einwirken auf ihn kann er *Lesser* einatmen – im Gegensatz zu anderen Todesarten können die Vampirjäger dann nicht mehr zu ihrem Herrn zurückkehren, was Omegas Fortbestehen an sich gefährdet.
Bevorzugte Waffe:	trockener, sprühender Humor (auf Nachfrage gab er an, eigentlich handle es sich um eine vierzig Millimeter Glock)
Beschreibung:	*Butch drehte und wendete sich vor dem großen Spiegel. Er kam sich dabei zwar vor wie eine Tunte, aber er konnte einfach nicht anders. Der schwarze Nadelstreifenanzug stand ihm hervorragend, das weiße Hemd mit dem geöffneten Kragen brachte seine Sommerbräune gut zur Geltung und die eleganten Lederschuhe, die er in einer Schachtel gefunden hatte, waren das I-Tüpfelchen.*

Er sah beinahe gut aus, fand er. Solange sie ihm nicht zu tief in die blutunterlaufenen Augen sah.
Vier Stunden Schlaf und all der Whisky hatten Spuren hinterlassen.

– WRATH & BETH, Seiten 455/456

Tief blickte sie ihm in die haselnussbraunen Augen und strich ihm das dicke, dunkle Haar zurück. Dann zeichnete sie seine Augenbrauen mit den Daumen nach. Ließ eine Fingerspitze über die unebene, zu oft gebrochene Nase gleiten. Tippte ihm sanft auf den abgeschlagenen Vorderzahn.
»Ein bisschen abgenutzt, was?«, meinte er. »Aber weißt du was, mit ein bisschen kosmetischer Chirurgie und moderner Zahnarztkunst könnte ich so ein Schönling werden wie Rhage.«
Wieder betrachtete Marissa die kleine Marmorfigur und dachte über ihr Leben nach. Und über das von Butch.
Dann schüttelte sie ganz langsam den Kopf und beugte sich vor, um ihn zu küssen. »Ich würde nichts an dir verändern wollen. Absolut nichts.«

– BUTCH & MARISSA, Seiten 641/642

Partner von:	Marissa, Blutstochter von Wallen

Persönliche Fragen (von Butch beantwortet)

Zuletzt gesehener Film:	*Die Geister, die ich rief* mit Bill Murray, super Weihnachtsfilm
Zuletzt gelesenes Buch:	*Jeder Tag hat eine Farbe* von Dr. Seuss, Nalla vorgelesen
Lieblings-Fernsehsendung:	Die alten Folgen von *Columbo* und alles auf dem Sportkanal
Zuletzt im Fernsehen gesehen:	Die Folge *Tödliche Trennung* aus der ersten *Columbo*-Staffel in den 1970ern – bei dieser Folge führte Steven Spielberg Regie. Geiler Stoff. Ich kann die Dialoge mitsprechen, so oft hab ich sie mir angeschaut.
Zuletzt gespielt:	Football mit V
Größte Angst:	Dass ich woanders bin, als Marissa glaubt.
Größte Liebe:	Marissa
Lieblingszitat:	»Schönheit liegt im Auge des Betrachters.«
Boxershorts oder Slip:	Emporio Armani Boxer Briefs
Uhr:	Einige – bei der letzten Zählung waren es vierundneunzig. Ich stehe einfach auf wertvolle Uhren. Gerade habe

	ich eine Corum's Golden Tourbillion Panoramique an.
Auto:	Escalade, schwarz. Gehörte erst nur V, jetzt uns beiden.
Um welche Uhrzeit füllst du das hier aus?	Zwei Uhr morgens
Wo bist du gerade?	Sitze in der Höhle auf einem der Ledersofas. *SportsCenter* läuft. Und Ludacris. V schaut mir über die Schulter. Der Mistkerl versucht zu spicken, und er scheint mir nicht zu glauben, dass meine Antworten ihm auch nicht helfen werden, diesen Test zu bestehen ... Au!
Was hast du an?	Jeans von Diesel, weißes Buttondown-Hemd von Vuitton, schwarzen Brunello-Cucinelli-Kaschmir-Pulli und Acqua di Parma Cologne. Oh, und Gucci Loafer. Der Gürtel ist von Martin Dingman.
Was hast du sonst noch im Schrank?	Du meinst wohl Schränke. Ich bin süchtig nach Klamotten – das macht mehr Spaß als der Scotch, mit dem ich's früher hatte, und besser aussehen tu ich auch noch –, aber, Mann, meine neue Sucht ist teuer! Ich habe formelles Zeug von Tom Ford, Gucci, Vuitton, Hermès, Zegna, Marc Jacobs, Prada, Isaia, Cavalli – das Übliche eben. Der lässige, sport-

liche Kram ist von verschiedensten Designern wie Pal Zileri, Etro, Diesel, Nike, Ralph Lauren, Affliction – ich bin ja kein Snob. Mein gestricktes Zeug ist von Lochcarron of Scotland. Phury und ich, wir vergleichen uns gern, was das äußere Erscheinungsbild betrifft – und wir konkurrieren. Fritz hilft uns, die Sachen zu besorgen. Er fährt nach Manhattan und kauft für uns ein – Klamotten, die wir bestellt haben, aber manchmal bringt er auch einfach etwas mit, von dem er denkt, es könnte uns gefallen. Er kümmert sich auch um unsere Maßanfertigungen. Für handgenähte Hemden, Anzüge und Hosen haben wir bei ein paar Läden Modelle von uns stehen, an denen die Sachen abgemessen werden. Also, wenn mich das Tragen von schöner Kleidung metrosexuell macht, dann bitte schön. Aber ich zieh trotzdem jede Nacht los, um ein paar Leuten in den Arsch zu treten. Also Vorsicht!

Deine letzte Mahlzeit: Buttermilchpfannkuchen mit Butter und Ahornsirup und eine Tasse Kaffee. Mit Rhage. In seiner Gegenwart fühle ich mich immer wie ein Fliegengewicht, wenn's ums Essen geht.

	Der Kerl könnte locker ein Rudel Wölfe unter den Tisch futtern.
Beschreib deinen letzten Traum:	Der handelte von einem Zug, der in einen langen, dunklen Tunnel einfuhr. Immer wieder. Was das bedeutet, musst du selbst rausfinden.
Coke oder Pepsi?	Lagavulin. Was das ist? Na, das ist auch Flüssigkeit in 'ner Flasche, was willst du von mir? Also gut – Coke.
Audrey Hepburn oder Marilyn Monroe?	Ich stehe auf Klasse, weniger auf Protz, also auf jeden Fall Audrey. P.S. Marissa ist sogar noch eleganter als AH, und das will was heißen.
Kirk oder Picard?	Absolut Kirk.
Football oder Baseball?	Ich bin ein stolzes Mitglied der Red Sox Nation. Alles klar?
Schärfstes Körperteil einer Frau:	Das auszusprechen wäre etwas taktlos, aber schalt mal dein Hirn ein, dann kommst du wahrscheinlich selbst drauf.
Was magst du am liebsten an Marissa?	Ich liebe ihre Haut und ihre Haare und die Art und Weise, wie sie ihre Beine übereinanderschlägt und die Hände faltet. Ich liebe ihren Akzent und ihre blassblauen Augen, und

	dass sie ungefähr die anständigste Frau der Welt ist und mich trotzdem … äh … egal. Sie hat Stil und einen erlesenen Geschmack, und wenn sie aufwacht, riecht sie gut. Und darüber hinaus liebt sie mich, so wie ich bin. Sie hat nie versucht, mich zu verändern. Kurz gesagt, sie ist ein Engel.
Was war das Erste, was du zu ihr gesagt hast?	*»Nein … Gehen Sie nicht weiter … Ich tue Ihnen nichts.«*
Ihre Antwort:	*»Warum sollte ich das glauben?«*
Dein letztes Geschenk für sie:	Ein Bürostuhl vor zwei Tagen. Der, den sie davor hatte, hat total gequietscht und hatte keine gute Lehne. Also bin ich mit ihr zu einem Büromöbelladen gefahren, damit sie sich einen neuen aussuchen kann.
Das Romantischste, was du je für sie getan hast:	Keine Ahnung. Ich glaube, ich bin kein großer Romantiker. Gott … ich hab keine Ahnung, was das gewesen sein könnte.
Das Romantischste, was sie je für dich getan hat:	Mich jeden Morgen mit einem Lächeln aufzuwecken. Ich habe einen recht teueren Geschmack, aber ein

Lächeln von ihr ist einfach unbezahlbar.

Was würdest du an ihr ändern, wenn du könntest?

Manchmal wünschte ich mir, sie würde nicht so viel arbeiten. Sie setzt sich selbst immer so sehr unter Druck, weil sie jeden Einzelnen retten will, der ins Refugium kommt. Das erinnert mich daran, wie es war, als ich noch bei der Mordkommission war. Es geht nicht immer so aus, wie man sich das erhofft. Sie stellt mir eine Menge Fragen über die Mordfälle, die ich bearbeitet habe, und wie ich mit den Hinterbliebenen umgegangen bin. Es gibt eine Menge Parallelen zwischen dem, was sie tut, und meiner Arbeit früher. Das bringt uns noch näher.

Dein bester Freund (abgesehen von deiner *Shellan*):

Vishous, dann Rhage. Und Phury auch.

Wann hast du zuletzt geweint?

Ich weine nicht. Niemals.

Wann hast du zuletzt gelacht?

Gerade erst, als V Nallas Windeln gewechselt hat. Dafür krieg ich sicher wieder eine aufs Maul, aber es war so – Au!

Nachdem ich mit Zsadist vom Einkaufen zurück bin, helfe ich ihm die Tüten ins Haus zu tragen. Wir sind gerade damit fertig, als Butch aus der Tür unter dem Treppenaufgang kommt. Er trägt einen schwarzen Izod-Pulli und darunter ein weißes Hemd, und außerdem eine wahnsinnig gut sitzende schwarze Hose. Seine Schuhe sind von Tod's, schwarz, und werden ohne Socken getragen. Er hat einen Matchbeutel um die Schulter gehängt und ein monstermäßig breites Grinsen im Gesicht.

Butch: Ich bin dran!
Z: (Beugt sich über eine der Tüten und holt eine der *Miami-Ink*-Kappen heraus) Für dich.
Butch: Die ist cool. (Nimmt sie und setzt sie auf) Danke, Mann.
Z: Ich hab auch eine für deinen Kumpel.
Butch: Super, noch ein Geschenk für mich, weil ich mich dann nicht mit ihm darum streiten muss. (Wendet sich mir zu) Bist du so weit?
J.R.: Klar. Wo …
Butch: Hinten raus. (Zeigt in Richtung Bibliothek) Hier entlang.

Ich lächle Z zum Abschied zu, und er erwidert die Geste mit einem kurzen Zucken seiner zerstörten Lippe. Ich denke mir, wie glücklich Bella und Nalla sind; dann folge ich Butch aus der Halle in eines meiner liebsten Zimmer des Anwesens. Die Bibliothek. Alle Wände sind bis zur Decke mit Bücherregalen vollgestellt, nur die Fenster, Flügeltüren und der Kamin wurden ausgespart. Und hier und da hängen ein paar Ölgemälde.

Butch: (Über die Schulter zu mir) Ich wette, du weißt nicht, wohin wir gehen.

J. R.: Anscheinend nicht bloß in die Bibliothek.

Butch: (Tritt an eine der Flügeltüren und öffnet sie) Ganz recht. Hier entlang.

J. R.: Was ist denn in dem Matchbeutel?

Butch: (Grinst breit, sodass weder seine gebrochene Nase noch der gesprungene Vorderzahn mehr auffallen und er zum attraktivsten Mann des Planeten wird) Ein kleiner Tipp, es ist keine Kartoffelkanone.

J. R.: Warum beruhigt mich das jetzt überhaupt nicht? (Ich trete durch die Tür nach draußen und bleibe abrupt stehen)

Butch: (Stolz) Ich möchte dir Edna vorstellen.

J. R.: Ich … wusste nicht, dass man das mit einem Golfwagen machen kann.

Edna ist eigentlich ein Standard-Golfcart, allerdings hat er ein komplettes Makeover wie aus *RoboCop* bekommen. Das Ding wurde mit Cadillac-Ornamenten am Kotflügel und einem Kühlergrill wie bei einem Escalade gepimpt. Es hat verchromte Felgen, Ledersitze, und es würde mich überhaupt nicht wundern, wenn es auch noch einen Turboantrieb hätte.

Butch: Cool, oder? (Er pfeffert den Matchbeutel hinten in das Gefährt und setzt sich hinter das Chromlenkrad) Ich wollte ihm einen modernen Elvistouch geben.

J. R.: Mission gelungen. (Ich setze mich neben ihn und bin überrascht, weil mein Hintern zu kribbeln anfängt) Sitzheizung?
Butch: Logisch. Warte, bis du die Soundanlage hörst.

Kanye West hämmert aus den Boxen, und wir heizen über den Rollrasen, vorbei an Blumenbeeten, die schon für den kommenden Winter abgedeckt sind. Ich kralle mich am Rand des Daches fest und fange an zu lachen. Wie die Irren mit einem Golfcart herumzurasen weckt garantiert das Kind in dir. Ich kriege mich jedenfalls gar nicht mehr ein und bekomme einen totalen Kicheranfall, als wir so durch die Gartenanlage heizen. Und das alles noch begleitet von Kanye West, der über das »good life« singt – einfach perfekt.

Butch: (Schreit gegen den wummernden Bass an) Nachts ist das Ding noch cooler!
J. R.: Wie das?
Butch: Keine Insekten!

Rehe springen aus dem Weg, ich kann das Weiße an der Unterseite ihrer Schwänzchen sehen. Wie vorher Z hat auch Butch die Scheinwerfer nicht an. Aber so laut, wie Kanye ist, hören uns die grazilen Tiere schon von Weitem.

Schließlich, als wir am Waldrand angekommen sind, bremst Butch Edna scharf ab. Auch Kanye verstummt, und die Stille der Nacht nimmt uns in Empfang wie ein guter Gastgeber, auf dessen Party wir gerade eingetroffen sind. Butch greift nach dem Matchbeutel, und wir gehen wieder ein paar Meter auf das Anwesen zu, das in der Ferne sichtbar ist.

Butch legt die Tasche auf den Boden und kramt eine Weile darin herum. Er holt ein paar Metallstücke daraus hervor und fängt an, sie zusammenzubauen.

J. R.: Kann ich dir damit irgendwie helfen? (Obwohl ich keinen blassen Schimmer habe, was er da tut)
Butch: Zwei Sekunden.

Er baut so etwas wie eine Plattform auf. Sie ist etwa einen Meter hoch und besteht aus einer Ebene und einer schräg darauf montierten Stange.

Butch: (Kramt wieder in der Tasche herum) Die heikle Sache dabei ist die Flugbahn. (Er wendet sich wieder der Plattform zu und nimmt ein paar Messungen vor) Wir fangen besser mal klein an. (Wieder kramt er im Beutel, und diesmal befördert er etwas zutage ...)
J. R.: Oh mein Gott, das ist ja fantastisch!
Butch: (Strahlt) Hab ich selbst gemacht. (Er bringt das Ding zu mir herüber)

Es ist eine Modellrakete, und sie misst in etwa 60 Zentimeter von der Spitze bis zum breiteren Ende. Butch hat sie dreifarbig angemalt. Weiß mit einem Red-Sox-Logo an der Seite, und die Spitze ist neongelb, sicher damit man sie in der Dunkelheit besser sehen kann.

J. R.: Ich wusste gar nicht, dass du dich für so etwas interessierst.
Butch: Ich habe schon als Kind Modelle gebastelt. Flugzeuge und Autos. Weißt du, manche Leute lesen

gerne, um sich zu entspannen, aber ich bin Legastheniker. Beim Modellbauen kann ich richtig abschalten (Grinst). Außerdem kann ich damit meine Hände beschäftigen. (Er bringt die Rakete zur Abschussrampe und schiebt sie in den vertikalen Schaft der Vorrichtung) Kannst du mir die Zündkabel rüberbringen? Es sind zwei aufgerollte Bündel.

J. R.: (Ich gehe zur Tasche) Wahnsinn! Da sind ja noch drei Raketen drin.

Butch: Ich war ganz schön fleißig, was? Ach ja, und nimm die Taschenlampe hier, du wirst sie vielleicht brauchen. Ich habe V gebeten, hier hinten die Bewegungsmelder auszuschalten.

J. R.: (Ich fange die Lampe, die er mir zuwirft, und krame die Kabel aus dem Beutel) Brauchst du auch diese Box mit dem Schalter?

Butch: Ja, aber leg sie gleich weiter weg. Wir sollten lieber ein bisschen Abstand halten, wenn wir die Rakete abfeuern.

J. R.: (Ich gebe ihm die Kabel und bemerke dabei den verkrümmten kleinen Finger an seiner rechten Hand) Kann ich dich was fragen?

Butch: Klar, verdammt. Das ist doch der Sinn der Sache bei einem Interview, oder?

J. R.: Fehlt dir dein altes Leben überhaupt nicht?

Butch: (Hält kurz beim Ausrollen der Kabel inne) Ohne groß darüber nachzudenken, würde ich sagen: nein. (Rollt weiter Kabel aus und befestigt sie am hinteren Ende der Rakete) Und die Wahrheit ist, ich bin glücklicher, so wie es jetzt ist. Aber das heißt natürlich nicht, dass mir nicht manche

Dinge, die ich früher machen konnte, abgehen. An einem Samstagnachmittag ein Red Sox- Spiel anschauen ... die Sonne scheint, und das Bier ist eisgekühlt ... das war schon was.

J. R.: Und was ist mit deiner Familie?

Butch: (Mit gepresster Stimme) Ich weiß nicht. Mich würde schon interessieren, was aus Joyces Kindern wird. Auch aus den anderen. Und ich wünschte, ich könnte von Zeit zu Zeit meine Mutter besuchen – aber sie leidet an Demenz, und ich will sie nicht noch weiter verwirren. Ich denke, mein Besuch war da nicht gerade hilfreich. (Lässt die Rakete wieder in den Schaft gleiten) Aber ich gehe immer noch an Janies Grab.

J. R.: Wirklich?

Butch: Ja.

J. R.: (Ich lasse ihm etwas Zeit, damit er weiterreden kann. Aber er tut es nicht) Hat es dich selbst überrascht, dass du ein Mitglied der Bruderschaft wurdest?

Butch: Lass uns ein bisschen von diesem Knaller hier weggehen, okay? (Wir gehen ein paar Schritte auf Abstand, und Butch zieht die Zündkabel hinter sich mit übers Gras.) Ob es mich überrascht hat? Ja und nein. Ich war überrascht über eine Menge Scheiß in meinem Leben, noch bevor ich die Brüder überhaupt getroffen habe. Aber dass ich als Vampir enden würde? Untote bekämpfen würde? Wenn ich es mir recht überlege, ist das auch nicht schockierender als die Tatsache, dass ich vorher mit all dem selbstzerstörerischen Scheiß in meinem Leben zurechtkam.

J. R.: Das verstehe ich. (Ich warte einen Moment, bevor ich weiterrede) Was ist mit …

Butch: Deine Stimme klingt schon so nach *Oh-mein-Gott-wie-frag-ich-das-bloß*, also kann ich mir denken, worauf du hinauswillst. Es geht um Omega und dieses kleine Implantat, oder?

J. R.: Na ja …

Butch: (rückt die Kappe zurecht) Das mag jetzt etwas komisch klingen … aber für mich ist das ein bisschen so, als hätte ich Krebs, den man nicht operieren kann. Ich kann das Ding, das mir eingesetzt wurde, fühlen. Ich weiß auch genau, wo in meinem Körper es sich befindet, und es ist falsch, total übel. (Er legt die Hand auf den Bauch) Ich will es natürlich loswerden, aber ich weiß auch, dass ich, wenn es entfernt würde, nicht mehr tun kann, was ich jetzt kann. Also … also lebe ich damit.

J. R.: Kannst du mittlerweile schon besser mit den Nachwirkungen umgehen, ich meine, nach dem Einatmen eines …

Butch: (Schüttelt den Kopf) Nein.

J. R.: Noch etwas ganz anderes (Ich wechsle lieber das Thema, weil ich merke, dass er sich unwohl fühlt) Was hat dich am meisten überrascht, seit du der Bruderschaft angehörst?

Butch: (Kniet neben dem Zünder nieder) Himmel, Mädchen, du stellst so verdammt ernste Fragen. (Schaut auf und lächelt mich an) Ich dachte, das hier würde mehr Spaß machen.

J. R.: Entschuldige. Ich wollte dich nicht …

Butch: Ist schon okay. Wie wäre es, wenn wir erst einmal

ein paar Raketen zünden und dann erst wieder mit der Inquisition weitermachen. Du darfst auch das Knöpfchen drücken …

Ich bin mir sicher, dass er lustig mit den Augenbrauen wackelt, als er das sagt, aber unter der Kappe ist es natürlich nicht zu sehen. Ich lache trotzdem, denn … na ja, manchmal kann man einfach nicht anders.

Butch: Komm schon, du willst es doch auch.

J. R.: (Ich knie mich neben ihn) Was muss ich machen?

Butch: Ich erklär's dir … (Er hält die blaue Zünderbox hoch) Da drinnen sind vier Batterien. Wenn ich den Schlüssel umdrehe, geht dieses Licht hier an (zeigt auf ein gelbes Lämpchen, das aufleuchtet). Das bedeutet, dass das Ding startklar ist. Dann ziehen wir den Schlüssel ab (Zieht ihn heraus), und wenn du jetzt hier (Zeigt auf den roten Knopf) draufdrückst, übertragen die Kabel das Signal an den Zünder, und dann knallt es. Deshalb haben wir auch fünf Meter Kabel zwischen uns und der Rakete. Startklar? Okay. Also, Countdown! Drei …

J. R.: (Als er nicht weiterzählt) Was ist? Stimmt was nicht?

Butch: Du hättest *Zwei* sagen sollen.

J. R.: Oh, entschuldige! Zwei!

Butch: Nein, jetzt müssen wir noch mal von vorne anfangen. Drei!

J. R.: Zwei!

Butch: Eins … Feuer!

Ich drücke das Knöpfchen, und eine Sekunde später sehe ich einen Funken und höre ein Zischen, wie hundert Alka Seltzer in einem Wasserglas. Die Rakete schießt hoch in den Herbsthimmel und zieht einen pfeifenden Schweif aus Licht und Rauch hinter sich her. Sie fliegt in einem perfekten Winkel. Wir schauen ihr nach, wie sie immer langsamer wird und anfängt, hin und her zu schlingern wie der Schwanz eines müden Hundes. Im Widerschein des Lichts, das aus der Bibliothek scheint, sehe ich sie in einem Rosenbeet landen.

Butch: (Leise) V.

J. R.: Wie bitte?

Butch: Du hast doch gefragt, was mich am meisten überrascht hat, seit ich hier dabei bin. Und es ist V. (Er holt eine weitere Rakete aus dem Matchbeutel; doch diese ist viel größer als die erste und hat das Lagavulin-Logo auf der Seite) Also dieses Ding ist extrakrass. Es wird mindestens doppelt so weit fliegen wie die erste Rakete (holt ein Fernglas aus der Tasche). Ich sehe jetzt zwar viel besser, vor allem auch nachts, aber längst noch nicht so gut wie die anderen Brüder. Also brauche ich das hier. Ich will ja schließlich die Fallschirme sehen können.

J. R.: (Mir brennt die Frage auf der Zunge, warum ihn V so überrascht hat, aber Butch ist voll und ganz mit seiner Rakete beschäftigt) Wie lange baust du denn an so einem Teil?

Butch: Etwa 'ne Woche. Phury ist für die Bemalung zuständig. (Er geht wieder zur Abschussrampe und bringt die Rakete in Position; als er fertig ist, zeigt er mit dem Kinn auf die Zünderbox) Ich würde sagen, die Lady hat die Ehre …

Wir zählen wieder den Countdown, und diesmal sind wir schon ein eingespieltes Team. Als wir aufspringen, um die Rakete besser in den Himmel fliegen zu sehen, spüre ich, dass er mir noch etwas sagen will.

Butch: Ich liebe Marissa. Aber ohne V wäre ich heute tot, und nicht nur wegen dieser ganzen Heilungsgeschichte.

J. R.: (Sehe vorsichtig zu ihm hoch) Und das ist es, was dich am meisten überrascht hat?

Butch: (Verfolgt die Rakete mit dem Fernglas) Die Beziehung mit V passt einfach in keine Schublade. Und das muss sie auch nicht … obwohl ich mir schon manchmal wünschen würde, sie täte es. Es wäre nicht so eine große Sache, wenn wir einfach nur beste Freunde oder eben Brüder wären. Es ist schon schwer genug, wegen einer Person, sagen wir mal deiner Frau, verwundbar zu sein. Aber wenn man dann noch diesen anderen Typen da draußen rumlaufen hat, der ständig mit irgendwelchen *Lessern* zusammenstößt … Verstehst du, ich habe Angst, sie beide zu verlieren, und ich hasse dieses Gefühl. V zieht ja auch mal alleine los, und ich kann nicht immer bei ihm sein. Dann checke ich ständig mein Handy, bis er wieder sicher zu Hause ist. So manche Nacht habe ich gemeinsam mit Jane in der Höhle gesessen, und wir haben vor Sorge einfach nur so vor uns hingestarrt. (zögert) Das ist ein ziemlicher Scheiß, aber ich brauche sie einfach beide, um glücklich sein zu können.

Butch holt noch eine Rakete aus dem Beutel und erklärt mir die Besonderheiten ihrer Konstruktion. Diese ist sogar noch größer und schwarz mit silbernen Streifen. Wir machen uns daran, sie zu zünden, und er witzelt herum, ist sehr charmant und plaudert mit mir über Belanglosigkeiten. Es ist schwer vorzustellen, dass er eben noch so etwas Persönliches mit mir geteilt hat. Ich nehme an, die ernsthafte Unterhaltung ist für heute Abend vorbei, doch als wir Nummer drei gezündet haben, kommt er noch einmal auf das Thema Vishous zurück.

Butch: Wir haben aber keine ätzende Inzest-Sache laufen.

J. R.: Wie bitte?

Butch: V und ich sind schon eng miteinander verbunden. Ich meine, wir waren schon so eng, bevor Omega … du weißt schon, diesen Scheiß mit mir gemacht hat. Klar, Vishous ist der Sohn der Jungfrau der Schrift und ich … ihr Bruder, aber da ist nichts Anstößiges dabei.

J. R.: Das habe ich auch nie gedacht.

Butch: Gut. Und P.S.: Ich mag Doktor Jane sehr. Sie ist verdammt tough. Mann … (Lacht bellend) Sie würde ihm seinen Kopf auf einem Tablett servieren, wenn es sein müsste. Das ist verdammt lustig zu beobachten – obwohl er sich in ihrer Gegenwart meistens benimmt. Schade eigentlich.

J. R.: Und Marissa? Wie kommt sie mit der anderen Mitbewohnerin klar?

Butch: Sie und Jane kommen super miteinander aus, und Jane ist uns eine wirklich große Hilfe. Sie macht jetzt auch die Check-ups im Refugium. Es ist sowieso besser, wenn eine Ärztin die Untersuchungen macht. Die Krankenschwestern, die Havers immer geschickt hat, waren ganz nett ... aber mit Jane ist es leichter, und außerdem ist sie medizinisch versierter.

J. R.: Haben Marissa und Havers noch viel Kontakt?

Butch: Dafür gibt es keinen Grund. Er ist nur irgendein Arzt. (Er schaut mich an) Familie besteht aus Leuten, die man sich aussucht, und nicht unbedingt aus dem Umfeld, in das man hineingeboren wurde (Er wendet sich wieder seiner Tasche zu.)

Butch bringt die letzte Rakete in Position, und es ist die schönste und größte von allen. Sie ist mit dem Sox-Trikot von David Ortiz bemalt und auf der Seite steht *Big Papi*. Wir zählen wieder herunter, und ich drücke den Zündknopf ... und wieder zischt es, Funken sprühen, und das Ding saust in den Himmel. Diesmal fliegt die Rakete richtig hoch, und an ihrem höchsten Punkt sieht sie aus wie der einzige Stern am bewölkten Nachthimmel.

Butch: (Leise) Schön, oder?

J. R.: Wunderschön.

Butch: Weißt du, warum ich diese Dinger baue?

J. R.: Warum?

Butch: Ich schaue ihnen so gern beim Fliegen zu.

Wir stehen Seite an Seite, als sich der kleine Fallschirm öffnet und die Rakete wieder zu Boden gleitet. Sie landet im Rosengarten. Plötzlich wird mir klar, warum er sie immer in Richtung des Hauses abschießt. Bei all der Sicherheitsbeleuchtung kann er sie dann immer leicht wiederfinden. Außerdem liebt Butch sein Zuhause … deshalb will er diese Modelle, an denen er stundenlang gebastelt hat, auch dahin zurückschicken, wo er sich wohlfühlt, und wo er sein möchte. Nachdem er so lange ohne Familie und Zuhause war, hat er endlich seinen eigenen Fallschirm gefunden, eine weiche Landung nach einem glühenden kometenhaften Steigflug … und dieser Fallschirm besteht aus den Menschen in diesem Haus.

Butch: (Grinst mich an) Verdammt, ich wünschte, wir hätten noch eine, du nicht?

J. R.: (Würde ihn jetzt gerne umarmen) Aber hallo, Butch! Absolut.

Kommentar der Autorin:

Butch O'Neal hatte es mir von der ersten Sekunde an angetan, als ich ihn in *Wrath & Beth* zum ersten Mal erlebte. Er ermittelte gerade wegen des Bombenanschlags auf Darius. Die folgende Beschreibung von ihm ist aus der Perspektive von Beth, und ich mag besonders, wie er seinen Kaugummi bearbeitet:

> *»Also, Randall, was treibst du so?« Er warf sich einen Kaugummi in den Mund und zerknüllte das Papier zu einem festen kleinen Ball. Sein Kiefer machte sich an die Arbeit, als wäre er frustriert; es war mehr ein Mahlen als ein Kauen.*
>
> WRATH & BETH, Seite 44

Butchs Aggression ist spürbar, und ich persönlich finde das richtig scharf. Und meine Bewunderung für ihn nahm noch zu, als er dann Billy Riddle verhaftete, den jungen Kerl, der Beth auf dem Heimweg von der Arbeit überfallen hatte. In dieser Szene liegt Billy, der immer wieder behauptet, Beth »wollte es«, mit dem Gesicht auf dem Boden. Butch trägt ihm gerade seine Rechte vor und legt ihm dabei Handschellen an:

»Wissen Sie nicht, wer mein Vater ist?«, schrie Billy plötzlich hellwach. »Ihre Dienstmarke können Sie vergessen!«

»Wenn du dir keinen leisten kannst, wird dir vom Gericht einer gestellt. Hast du deine Rechte verstanden?«

»Leck mich!«

Butch legte seine Handfläche auf den Hinterkopf des Jungen und drückte die ramponierte Nase auf das Linoleum. »Hast du deine Rechte verstanden?«

Billy stöhnte und nickte. Er hinterließ eine Spur frischen Blutes auf dem Boden.

»Dann ist ja gut. Und jetzt machen wir uns an den Papierkram. Ich halte mich gern an die Vorschriften.«

WRATH & BETH, Seite 60

Butch O'Neal ist ein Kerl nach meinem Geschmack – ein knallharter Querdenker, der zwar nicht immer streng die Regeln befolgt, wohl aber seinen eigenen Ehrenkodex hat.

Außerdem ist er ein Red Sox-Fan – so wie ich.

Die Mitglieder der Bruderschaft sind alle nicht perfekt, zumindest nicht bei näherer Betrachtung. Nehmen wir mal Wrath: In *Wrath & Beth* bringt er Butch fast um. Rhage ist sexsüchtig, Zsadist ein ungehobelter Frauenhasser, bevor er Bella kennenlernt, und Phury hat ein Drogenproblem. Aber der Trick ist, dass sie trotz ihrer Fehler heroische Eigenschaften haben, und das macht sie so anziehend.

Meine Figuren sind Alphamänner. Das waren sie schon immer. Aber die Brüder sind ALPHA-Männer, wenn ihr versteht, was ich meine. Vielleicht liegt es an meiner Schreibregel Nummer zwei, die die Grundlage dafür ist, dass ich in den *Black-Dagger*-Büchern mit allem immer so weit gehe wie irgend möglich. Das schließt natürlich auch die Helden der Geschichte mit ein. Die Brüder, die mir vorschweben, sind einfach extrem hyperaggressiv und in meinen Augen total überwältigend.

In dieser Hinsicht passt Butch perfekt in die Reihe der Brüder: Er hat eine verdammt harte Vergangenheit, die ihn zu dem gemacht hat, was er ist, und außerdem verfügt er über eine komplexe Mischung aus Fehlern und Tugenden. Einige Details über seinen persönlichen Hintergrund kommen ans Licht, als er sich Marissa anvertraut (*Butch & Marissa*, Seite 460–465). Es ist von vorneherein klar, dass sein Hang zur Selbstzerstörung etwas mit der Entführung und Ermordung seiner Schwester zu tun hat, und dass er ein Bulle mit Ecken und Kanten ist, weil er sich deshalb schuldig fühlt. Indem er Marissa von seinem Drogenmissbrauch und all der Gewalt in seinem Leben erzählt und ihr anvertraut, dass er sich allen anderen Menschen immer total entfremdet gefühlt hat, wird deutlich, was für eine entscheidende Rolle die Bruderschaft für ihn spielt – das Anwesen der

Brüder ist der einzige Ort, an dem er sich je zu Hause gefühlt hat, und er möchte innerhalb der Bruderschaft kein Außenseiter mehr sein. (Was das betrifft, ist er John und Beth ganz ähnlich. Alle drei haben immer gespürt, dass sie etwas von den Menschen um sie herum trennt, aber zunächst wissen sie nicht, warum das so ist.)

Was Butch betrifft, wird er ganz wesentlich von dem Wunsch, sein wahres Ich zeigen zu können, bestimmt. Und was seine Geschichte betrifft, wusste ich von vorneherein, dass er mit Marissa zusammenkommen wird und dass sein Schicksal untrennbar mit Vs verbunden ist. In meiner Vorstellung ist Marissa sein perfekter weiblicher Gegenpart, elegant, ladylike und unglaublich hübsch. Sie ist jemand, den er auf ein Podest heben, verehren und anbeten kann. Und was ihn und V betrifft, dazu kommen wir später noch …

Wir bereits erwähnt, war Butchs und Marissas Liebesgeschichte zunächst als Nebenhandlung in *Rhage & Mary* vorgesehen. Aber sie zogen so viel Aufmerksamkeit auf sich, dass ich diese Szenen wieder herausnahm und erst einmal zur Seite legte. Als ich dann den Entwurf von *Zsadist & Bella* fertig hatte, tauschte ich mich mit meiner Lektorin darüber aus, welches Buch als Nächstes kommen sollte. Ich wollte Butch machen, aber sie war der Ansicht, es sei besser, sich an die Brüder zu halten, die bereits Vampire waren. Ich ließ mich davon überzeugen – was bedeutete, dass Vishous der Nächste in der Reihe sein würde (denn zu diesem Zeitpunkt war Tohr gerade weg, und John Matthew hatte seine Transition noch nicht hinter sich gebracht. Und Phurys Geschichte konnte nicht direkt auf Bellas Niederkunft folgen).

Aber die Probleme fingen schon beim Konzept von

Vishous' Geschichte an. Mir wurde eine Sache klar, die ich eigentlich schon seit *Wrath & Beth* wusste: Es war unmöglich, Vishous' Geschichte vor der von Butch zu erzählen. Vs besondere Verbindung zu dem Polizisten und die Gefühle, die er für den Menschen hat, sind es, die ihn emotional öffnen, damit er sich verlieben kann. Er musste erst einmal seine Gefühle für Butch auf die Reihe bekommen, damit er sensibel genug wurde, um sich auf jemand anderen einlassen zu können, und mir war aus verschiedenen Gründen klar, dass ich das nicht alles in nur ein Buch packen konnte. Um die besondere Beziehung zwischen den beiden zu zeigen, würde Vs Buch voller Szenen mit ihm und Butch sein müssen, besonders am Anfang. Aber das hielt ich für riskant, denn auf diese Art und Weise konnte die Handlung leicht aus den Fugen geraten (etwa durch Tonnen von Szenen mit Butch/V, V/Butch, Vishous und Butch … die dann ganz plötzlich von Szenen mit Frau/V, Vishous/Frau, Vishous und Frau hätten abgelöst werden müssen). Außerdem hätte Vishous Butch ja nicht einfach plötzlich stehen lassen können, ohne dass Butch auf romantische Weise mit jemand anderem verbandelt ist. Also musste Butch erst Marissa treffen.

Trotzdem versuchte ich, erst V zu schreiben. Ich gab mein Bestes.

Schon die Outline funktionierte nicht.

Nachdem ich mir ein paar Wochen den Kopf zerbrochen hatte, besann ich mich auf Regel Nummer acht (*Graue Zellen*) und rief meine Lektorin an, in der klassischen *Houston-wir-haben-ein-Problem*-Manier. Ich erklärte ihr, was das Problem war, und sie stimmte mir zu. Und das ist nur einer der Millionen Gründe, warum ich sie anbete: Sie versteht einfach, wie das mit mir und den Brüdern ist.

Also war Butch nun als Nächstes an der Reihe.

Als ich das Konzept schrieb, hatte ich noch keine Ahnung von der Zerstörer-Prophezeiung und von der Rolle, die der Cop im Kampf gegen die Gesellschaft der *Lesser* spielen würde.

Nachdem ich die Szenen, die ich schon über Butch und Marissa und ihre Liebe geschrieben hatte, mit einem Entwurf der restlichen Geschichte zusammengefügt hatte, wurde mir klar, dass etwas fehlte. Die Geschichte war einfach nicht so groß, wie ich gedacht hatte.

Ich brütete darüber nach. Machte mir Sorgen. Brütete noch ein bisschen länger darüber ... und dann kam mir die Idee mit Omega, dessen abgeschnittener Finger in Butchs Bauch landet.

Genau genommen sah ich die Szene direkt vor mir und hörte sogar das Knacken, mit dem Omega sich den Finger abtrennt. Igitt.

Daraufhin drängten sich die weiteren Szenen dieses Handlungsstrangs nur so in meinen Kopf. Und als ich die Geschichte vorantrieb, war ich überrascht, wie sich die Szenen der ursprünglichen Version veränderten und einfügten. Zum Beispiel hatte ich mir vorgestellt, dass Butch von den *Lessern* entführt wird, und dass er und Marissa sich erst in der Klinik wiedersehen, aber jetzt stand er unter Quarantäne, und die Konsequenzen waren viel, viel verheerender. Es waren gar keine riesigen inhaltlichen Veränderungen, aber die Tragweite einzelner Handlungen war plötzlich viel größer.

Das große Grundthema des Buches ist Veränderung. Sowohl das Gute als auch das Böse verändern Butch –

erst durch Omega und dann durch die Tatsache, dass er seiner wahren Natur entsprechend ein Vampir ist. Es ist fast so, als kämpfte die Gesellschaft der *Lesser* und die Bruderschaft um die Kontrolle über sein Schicksal und seine Seele, und es ist nicht von vorneherein klar, wer gewinnt. Nachdem Butch aus der Quarantäne entlassen wird, sind weder er noch die Brüder für eine Weile sicher, ob er nicht zu einem *Lesser* geworden ist, oder was genau passiert, wenn er einen der Vampirjäger einatmet.

Mir gefällt an Butchs Entwicklung am besten, dass ihm eine bedeutende Rolle im Kampf der *Black Dagger* zukommt, indem er es schafft, den Spieß umzudrehen und eine echte Bedrohung für Omega und die *Lesser* zu werden. Die Bruderschaft bekämpft die *Lesser* zwar schon seit Jahrhunderten, aber Butch erniedrigt sie, indem er ihnen ihre Endlichkeit jedes Mal deutlich macht, wenn er zum Einsatz kommt. Ich denke, das ist eine tolle Entwicklung für den Ex-Cop. Sie verschafft ihm einen ebenbürtigen Platz innerhalb der Bruderschaft, obwohl er eigentlich nicht direkt ihrer Blutlinie entstammt.

Und Butch ist nicht der Einzige, der Veränderungen durchmacht. Auch Marissa entwickelt sich von einer zurückgezogen innerhalb der *Glymera* lebenden Vampirin zu jemandem, der sein eigenes Leben lebt.

Ich würde sagen, von allen Vampirinnen ist Marissa vielleicht diejenige, die mir am ähnlichsten ist, denn auch ich stamme aus einem konservativen, abgesicherten Umfeld und musste ein paar Erwartungen enttäuschen und mit ein paar Traditionen brechen, um diejenige sein zu können, die ich wirklich bin. Die Szene am Anfang von *Butch & Marissa* (Seite 20), in der sie während einer Party eine Panikattacke im Salon des Hauses ihres Bruders erleidet, zeigt deutlich den Preis, den sie dafür zahlen muss, ihr bisheriges Leben in der *Glymera* zugebracht zu haben. Sie hat lange genug ihre wahre Persönlichkeit unterdrücken und unfreiwillig Bürden tragen müssen, und nun ist sie am Limit angelangt.

Ich werde oft gefragt, ob ich Teile meiner eigenen Persönlichkeit in meinen Büchern verarbeite, und ob ich Menschen, die ich kenne, als Vorlage verwende. Die Antwort auf beide Fragen ist ein klares Nein. Mein Privatleben ist mir ausgesprochen wichtig, deshalb trenne ich es strikt von meiner schriftstellerischen Arbeit. Außerdem möchte ich nicht, dass sich einer meiner Freunde oder jemand aus meiner Familie von mir benutzt fühlt. Trotzdem muss ich sagen, dass natürlich durchaus Dinge in den Büchern vorkommen, mit denen ich selbst Erfahrung habe. Zum Beispiel habe ich selbst schon einmal eine Panikattacke gehabt, aber ich habe diese Szene nicht geschrieben, um etwas von mir persönlich preiszugeben. Dennoch fühlte ich beim Schreiben mit meiner Romanheldin, so wie man für jemanden Mitgefühl empfindet, der das Gleiche durchmacht wie man selbst.

Für Marissa kommt der wahre Wendepunkt, als sie all ihre Kleider verbrennt. Ich fand, das symbolisiert sehr gut ihren Bruch mit der Tradition, der sie entstammt:

Sie brauchte gute zwanzig Minuten, um jedes einzelne ihrer Kleider in den Garten zu schleppen. Und auch die Korsetts und die Umhänge wurden nicht verschont. Als sie endlich fertig war, schimmerten ihre Roben geisterhaft im Mondlicht, stumme Schatten eines Lebens, zu dem sie nie zurückkehren würde, einem Leben voller Privilegien ... voller Beschränkungen ... und golden verbrämter Herabsetzungen.

Sie zog eine Schärpe aus dem Haufen und ging mit dem schmalen rosa Seidenstreifen zurück in die Garage. Dann nahm sie ohne weiteres Zögern den Benzinkanister und die Streichholzschachtel mit nach draußen und stellte sich vor die unbezahlbare Flut aus Chiffon und Seide, tränkte sie mit dem durchsichtigen, süßlichen Brandbeschleuniger und nahm ein Streichholz heraus.

Sie zündete die Schärpe an. Dann warf sie das Stoffstück auf den Kleiderberg.

Die Explosion war heftiger, als sie erwartet hatte, und der plötzliche Druck schleuderte sie nach hinten, versengte ihr das Gesicht, flammte zu einem riesigen Feuerball auf.

Orangefarbener und schwarzer Qualm stieg auf, und sie schrie im Angesicht des Infernos.

– BUTCH & MARISSA, Seiten 380/381

Ich hatte eine so klare Vorstellung von diesem Feuer und davon, wie sie schreiend um diesen Scheiterhaufen aus brennenden Kleidern herumsprang – diese Szene spiegelt hervorragend die innere Veränderung, die sie gerade durchlebt, ein Befreiungsschlag von der eigenen Vergangenheit und ein klarer Schritt nach vorne.

Und dann erst die Szene, als sie ihrem Bruder und dem kompletten Rat des Princeps eins auf den Deckel gibt, als es um die vorgesehene Bannung ungebundener Vampirinnen aus dem Adel geht. Indem sie aufsteht, macht sie ihren Status als Kopf der Blutlinie geltend, denn sie ist älter als Havers. Sie stimmt dagegen und setzt so der

Diskussion und der Beschränkung ein Ende. Sie ist wie umgekrempelt im Vergleich zu der Szene im Badezimmer, denn sie unterwirft sich nicht mehr der Kontrolle der *Glymera*, sondern übernimmt selbst die Kontrolle über sie.

Ich mag auch sehr, wo sie am Ende der Romane steht. Sie eignet sich perfekt dafür, das Refugium zu leiten, und leistet damit einen echten Beitrag zum Wohlergehen der Vampire. Außerdem ist es schön zu sehen, dass sie nach Jahren der Zwietracht mit Wrath zusammenarbeitet. Denn im Zuge ihrer gemeinsamen Arbeit hat er immer und immer wieder Gelegenheit, ihr zu zeigen, wie sehr er sie respektiert.

Ganz nebenbei bemerkt, ist es außerdem noch bezeichnend, dass alle *Shellans* am Ende von *Butch & Marissa* in Marissas Büro zusammenkommen und Beth die kleinen Eulenstatuen verteilt. Die Szene zeigt nämlich eine Seite der *Shellans*, die ich bisher noch nicht in die Bücher habe einfließen lassen können, und zwar, dass sie wie die Brüder eine eingeschworene Gemeinschaft bilden.

Zurück zu Butch. Am Ende des Buches, als er in die Bruderschaft aufgenommen wird, ist klar, dass er trotz seiner neuen Rolle noch nicht vollständig ist:

Wrath hüstelte, trotzdem klang seine Stimme etwas heiser. »Du bist der erste Neuzugang seit fünfundsiebzig Jahren. Und du bist würdig des Blutes, das du und ich teilen, Butch von meiner Blutlinie.«

Jetzt ließ Butch den Kopf herabfallen und weinte offen – wenn auch nicht vor Glück, wie sie sicher annahmen.

Er weinte ob der Leere in sich.

Denn so wundervoll das alles auch war, ihm schien es hohl.

Ohne eine Gefährtin, die sein Leben mit ihm teilte, war er nichts als eine Leinwand, durch die Ereignisse und Umstände hindurchströmten. Er war nicht einmal leer, denn er war kein Gefäß, das auch nur pure Luft in sich auffangen konnte.

Er lebte, doch er war nicht wirklich am Leben.

– BUTCH & MARISSA, Seiten 635/636

Ohne Marissa ist er gar nichts. Und das trifft auch auf alle anderen Brüder zu. Erst, wenn sie sich binden, sind sie vollkommen, und die Trennung dieser Verbindung führt zu irreparablen Schäden (man denke nur an Tohr). Glücklicherweise bekommen Butch und Marissa ihre Probleme auf die Reihe und finden am Ende wieder zusammen.

Apropos Verbindungen ... reden wir doch mal über Sex. Bei Butch bin ich rot geworden. Ziemlich oft sogar.

Vielleicht deshalb, weil er von allen Brüdern beim Sex am meisten redet. Oder es war die Art und Weise, wie er mit Marissas Jungfräulichkeit umgegangen ist. Aber vielleicht war es auch einfach, weil ich ihn, ehrlich gesagt, superheiß finde. Was auch immer der Grund dafür ist, ich denke, dass sein Buch das schärfste der ganzen Serie ist.

Also passt es ganz gut, dass ich das ganze Sexthema einfach im Zusammenhang mit seiner Geschichte abhandle.

In Interviews werde ich immer wieder gefragt, wie es für mich ist, »heiße« Bücher zu schreiben und ob ich es mache, um der größer werdenden Nachfrage nach erotischem Lesestoff zu entsprechen. Sicher, im Laufe etwa der letzten fünf

Jahre sind Liebesromane mit immer stärkeren sexuellen Inhalten versehen worden, und der Erotikmarkt ist immens gewachsen. Diese Entwicklung begann etwa, als ich mit dem Schreiben der *Black Dagger*-Serie anfing. Kurz darauf fingen viele Verlage an, schärfere Serien zu entwickeln. Der Markt war dabei, sich zu verändern – was sich als ein Glück für mich herausstellte.

Ich wusste von Anfang an, dass meine Romane um die Brüder sexuell expliziter werden würden als meine früheren Arbeiten. Und mir war auch bewusst, dass die Serie meine Leser in ganz neue Richtungen mitnehmen würde (z. B. Rhages Sexsucht, Zs sexuelle Probleme oder Vs erotische Vorlieben). Aber ich habe nie gezielt für den Erotikmarkt geschrieben. Die Brüder sind nun mal sexy, und die Szenen mit ihnen und ihren Partnerinnen, die ich mir ausmale, sind einfach sehr heiß. Auch hier halte ich es mit Regel Nummer acht: Ich schreibe, was mir in den Sinn kommt. Ob ich manchmal denke: *Oh mein Gott, habe ich das eben wirklich geschrieben?* Ja! Aber da meine Sexszenen immer einem emotionalen Hintergrund entspringen, empfinde ich sie nie als übertrieben, egal, wie explizit sie auch werden.

Nehmen wir einmal Rhage, der ans Bett gefesselt wird … oder Z, der Bellas Triebigkeit befriedigt … oder Butch und Marissa auf dem Rücksitz des Escalade, als sie schließlich von ihm trinkt. All diese Szenen sind hocherotisch, aber sie markieren eine Entwicklung, denn die Dynamik innerhalb der Beziehungen verändert sich mit ihnen, egal, ob zum Besseren oder zum Schlechteren. Vielleicht ist das der wesentliche Unterschied zwischen Liebesgeschichte und purer Erotikliteratur. In der Liebesgeschichte wirkt sich der Sex direkt auf die emotionale Bindung der Charaktere aus und bringt diese Verbindung voran. Im reinen Erotikgenre dagegen steht der Sex selbst im Vordergrund.

Ob ich glaube, der Markt bleibt so heiß, wie er aktuell ist? Es würde mich jedenfalls nicht überraschen, wenn ja. Prognosen zu wagen ist immer eine heikle Angelegenheit, aber mir scheint, der Appetit auf Bücher mit heißen Inhalten ist noch lange nicht gestillt. Ich bin relativ sicher, dass die Popularität verschiedener Untergenres zunehmen und wieder abnehmen wird, und dass ganz neue Subgenres entstehen werden, die wir heute noch gar nicht absehen können. Aber ich denke, dass der Trend zu sexuellen Inhalten anhalten wird.

Und wo wir schon mal über Sexualität sprechen … noch ein Wort zu Butch und V.

Wo soll ich anfangen?

Ich hatte beim Schreiben von *Wrath & Beth* das erste Mal den Gedanken, dass die Beziehung der beiden eine sexuelle Komponente haben würde, als sie den Tag in Darius' Gästezimmer verbrachten. Es hatte so etwas Intimes, wie die beiden da betrunken in ihren Betten lagen und sich unterhielten. Und dann zogen sie zusammen in die Höhle und wurden unzertrennlich. Um ehrlich zu sein, war mir von Anfang an klar, was V für Butch fühlte, und mir war ebenso klar, dass Butch nichts davon ahnte – aber ich behielt es noch für mich, und vertraute auf die Eigendynamik der Geschichte. Ich wusste noch nicht so genau, wie ich damit umgehen sollte und wie die Leser dazu stehen würden.

Ich mache das manchmal. Ich entwickle ganze Handlungsstränge, lasse sie aber nicht ins Buch einfließen, und das aus verschiedensten Gründen. Meistens hat es etwas mit dem Schwerpunkt der Geschichte oder dem Umfang des Buches zu tun. Die Kurzgeschichte über Z, Bella und Nalla aus diesem Buch zum Beispiel schwirrt mir schon seit achtzehn Monaten im Kopf herum, aber ich konnte sie bisher nirgendwo unterbringen.

Aber manchmal lasse ich Handlungsstränge auch deshalb aus, weil ich selbst nicht weiß, wie ich damit umgehen soll. Während ich die ersten Teile der Serie schrieb, gab es da all diese Szenen mit V und Butch – auf Papier und in meinem Kopf – und sie faszinierten mich wirklich. Ich sagte mir die ganze Zeit: *Okay, wann kapiert Butch, was er noch alles mit seinem Mitbewohner anstellen könnte, und wie wird er auf die Gefühle von V reagieren?*

Während ich also weiter wild auf der Tastatur herumtippte, fragte ich mich, ob ich diese Entwicklung wirklich zu Papier bringen sollte, und wenn ja, wann …

Schließlich entschloss ich mich jedoch, diesen Schritt einfach zu machen. Ich hatte mich schon in den ersten drei Büchern in heikle Gefilde vorgewagt, und es war immer gut gegangen – und außerdem verdient die Geschichte diese Art von Ehrlichkeit.

Butch & Marissa war nur die logische Entscheidung, was das Timing dafür betraf.

Als Butch am Anfang seines Buches entführt wird, erinnert die entschiedene Art und Weise, wie V seine Rettung angeht, an Z, als er Bella befreite. Natürlich hätte man seine Besessenheit auch damit erklären können, dass die beiden die besten Freunde sind. Ich wusste also, ich musste klarstellen, dass die Sache von Vs Seite aus über eine normale Freundschaft hinausging. Die Szene, in der er zu Butch in die Quarantäne kommt, um ihn zu heilen, und ihn mit Marissa erwischt, war der Moment, in dem ich dem Leser Vs Gefühle offenbarte:

> *Butch drehte sich herum und rollte Marissa auf den Rücken. Als er sich auf sie legte, ging der Kittel hinten auf, und die Schleifen lösten sich. Sein kräftiger Rücken wurde entblößt. Das Tattoo am unteren Ende seiner Wirbelsäule verzog sich, als er mit den Hüften durch ihre Röcke stieß, den Weg nach Hause suchte. Und während er eine zweifellos steinharte Erektion an ihr rieb, schlängelten sich ihre langen, eleganten Hände um ihn herum und krallten sich in seinen nackten Hintern. Als sie ihn mit ihren Nägeln kratzte, hob Butch den Kopf, eindeutig um zu stöhnen.*
>
> *Gute Güte, V konnte es geradezu hören … Ja … er konnte es hören. Und aus dem Nichts heraus durchzuckte ihn ein merkwürdiges Sehnen. Mist. Was genau an diesem Szenario gefiel ihm denn so gut?*
>
> – Butch & Marissa, Seiten 153/154

Doch durch diese Beschreibung wurde ziemlich klar, was (oder wen) er wollte – und es war nicht Marissa. Ich muss aber zugeben, dass ich ziemlich viel Angst hatte. Ich hatte zwar schon vorher Hinweise auf Vs »unkonventionelle Interessen« gegeben, aber dabei habe ich mich immer eher auf seine Vorliebe für BDSM bezogen und nicht auf die Tatsache, dass er auch etwas mit Männern hat. Und jetzt war es so: Es gab einen Held der Serie … der auf einen seiner Mithelden steht.

Butch ist nicht bisexuell. Er steht nicht auf Männer. Wenn ich ihn unbedingt definieren müsste, dann würde ich ihn als V-sexuell bezeichnen. Etwas an seiner Beziehung zu Vishous überschreitet auf beiden Seiten Grenzen. Und man muss dem Bullen zugutehalten, dass er deshalb weder Reißaus nimmt noch ausflippt. Er ist fest mit Marissa zusammen, und die ganze V-Sache ist niemandem unangenehm, weil die Grenzen respektiert werden.

Aber ich muss sagen, dass die Szene, in der Butch in die Bruderschaft aufgenommen und von V gebissen wird, schon wahnsinnig erotisch ist:

Ohne nachzudenken, hob Butch das Kinn; er war sich bewusst, dass er sich darbot, bewusst, dass er … ach, Quatsch. Mit Gewalt schob er jeden bewussten Gedanken beiseite, völlig aus dem Konzept gebracht von den Schwingungen, die von wo auch immer gerade über ihn hereingebrochen waren.

Wie in Zeitlupe sank Vishous' dunkler Kopf herab, und Butch spürte ein seidiges Streicheln, als das Bärtchen des Bruders seinen Hals berührte. Mit köstlicher Präzision drückten sich Vs Fänge an die Ader, die von Butchs Herz emporführte. Dann stachen sie langsam, unerbittlich durch die Haut. Ihre Körper verschmolzen.

Butch schloss die Augen und nahm die Empfindungen in sich auf, die Wärme ihrer Haut, so nah aneinander; Vs Haar, das weich an seiner Wange lag; den kraftvollen männlichen Arm, der sich um seine Taille schlang. Von ganz allein ließen Butchs Hände die Pflöcke los und stützten sich auf Vs Hüften, drückten das harte Fleisch, brachten sie beide von Kopf bis Fuß zusammen. Ein Beben lief durch einen von ihnen. Oder nein … es war mehr, als erschauderten sie beide.

Und dann war es vollbracht. Vorbei. Es würde nie wieder geschehen.

– BUTCH & MARISSA, Seiten 631/632

Wie gesagt, ich wusste nicht, wie die Leser die ganze V/Butch-Sache aufnehmen würden, und nachdem das Buch herauskam war ich überrascht. Die Leute wollten mehr von den beiden – ist das nicht großartig? Dass die Leser mich dabei so unterstützt haben, zeugt von ihrer Offenheit, und ich bin sehr dankbar dafür. Ich bin auch anderen Vorreitern wie Suzanne Brockmann dankbar, die mit ihrer Figur des homosexuellen FBI-Agenten Jules Cassidy den Weg dafür bereitet hat, dass auch Männer wie Blay ihr Liebes-Happy-End bekommen und Brüder wie V akzeptiert werden, wie sie sind.

Und nun aufs Geratewohl noch ein paar Bemerkungen über *Butch & Marissa*.

Butch hat mich nicht nur erröten lassen; er hat mir auch die erste Schreibblockade meiner Karriere als Schriftstellerin beschert – allerdings nicht, weil es in seiner Geschichte die ganze Zeit zur Sache ging.

Mit jeder Folge wurden die Bücher immer länger, und ich fing an, mir Sorgen zu machen. Wohin sollte das führen? Die Bücher würden sich in richtige Wälzer verwandeln. Das Problem war, dass sich die Welt, die ich geschaffen hatte, zu verselbstständigen schien. In Butchs Fall traf das in besonderem Maße zu. Das Geschehen drehte sich nicht mehr nur um die Helden und Heldinnen allein.

Für mich als Autor macht die Tatsache, dass ich das

Hin und Her um Omega und die Jungfrau der Schrift und den Kampf gegen die Gesellschaft der *Lesser* erforschen kann, mit den Reiz der Serie aus. Aber länger ist nicht unbedingt besser. Deshalb achten meine Lektorin und ich bei der Bearbeitung jeder einzelnen Folge immer besonders darauf, dass nichts Überflüssiges auf den Seiten bleibt. Es bestätigt mich zwar, wenn wir nichts finden können, aber es ist doch beunruhigend, wenn ich sehe, wie die Zahlen am oberen Rand der Seiten immer höher werden.

Jedenfalls beschloss ich, vernünftig zu sein, als ich anfing, *Butch & Marissa* zu entwerfen, denn ich wusste von vorneherein um die Komplexität der Handlung. Also entschied ich mich, dass ich einige Szenen zusammenziehen und straffen würde, um Seiten einzusparen.

Schon klar.

Sicher, praktisch gesehen war das sinnvoll, aber die Brüder fanden das überhaupt nicht witzig. Als ich mich daranmachte, die Anfangsszenen zu straffen, verstummten plötzlich die Stimmen in meinem Kopf. Es war wirklich unheimlich. Plötzlich wurde alles totenstill, und meine größte Angst wurde wahr. Weil ich selbst nicht sagen kann, woher ich meine Ideen nehme und warum bestimmte Dinge in der Welt der *Black Dagger* geschehen, werde ich immer von der Angst verfolgt, dass die Brüder eines Tages ganz plötzlich ihre Zelte abbrechen und mich allein sitzen lassen.

Vier Tage hielt die Totenstille an. Und weil ich manchmal ein bisschen begriffsstutzig sein kann, schnallte ich nicht sofort, was das Problem war. Ich drehte fast durch, aber schließlich dämmerte es mir …

Sobald ich aufhörte, mir über die Länge des Buches

Gedanken zu machen, kamen die Brüder und mit ihnen die Ideen zurück. Jede Geschichte hat ihre eigenen Regeln, sei es nun, was das Tempo, die Beschreibungen, die Dialoge … oder eben den Seitenumfang des Buches betrifft. Entsprechend der Regel Nummer acht sollte man einfach immer dem treu bleiben, was man vor dem inneren Auge sieht. Das bedeutet aber nicht, dass man bei der Bearbeitung unflexibel sein sollte. Ganz und gar nicht. Aber beim ersten Entwurf sollte man brutal ehrlich sein – um mögliche Kürzungen kann man sich dann später Gedanken machen.

Noch ein anderes Thema. Viele Leser wollen wissen, was es mit Butchs Vater auf sich hat. Genau genommen fragen sie sich, ob er später in der Serie eine größere Rolle spielen wird. Die Antwort ist: Ich weiß es nicht. Ich sehe einen Weg, der sehr interessante Familienbande eröffnen würde, aber wie es sich entwickelt, wird man abwarten müssen. Aber einer Sache bin ich mir ziemlich sicher: Butchs Vater muss ein Mischling sein. Er muss durch die Transition gegangen sein und entweder – wie Beth – Sonnenlicht vertragen, oder die Wandlung funktionierte bei ihm nicht richtig, und er blieb ein aggressiver Mensch.

Eine andere Frage, die ich oft zu Butchs Hintergrund bekomme, ist, ob er jemals wieder mit seiner Familie vereint sein wird. Hierauf kenne ich die Antwort, und sie lautet: nein. Er hat seiner Mutter Lebwohl gesagt, und seine Geschwister wollen schon seit Jahren nichts mehr mit ihm zu tun haben. Die einzige Person aus seiner Vergangenheit, die er vermisst, ist José de la Cruz – und irgendetwas sagt mir, dass sich ihre Wege noch einmal kreuzen könnten.

Männliche Leser scheinen dazu zu tendieren, von allen Büchern der Serie Butchs Geschichte am liebsten zu mögen, und mich überrascht das wenig. Es hat eine Reihe von guten Kampfszenen, und die Welt ist detaillierter ausgearbeitet als in einigen der anderen Folgen, in denen die Liebesgeschichten oft mehr Raum einnehmen.

Außerdem finden die Jungs Marissa scharf.

So viel zu Butch. Jetzt kommt V.

Seufz

Glossar der Begriffe und Eigennamen

Bannung – Status, der einer Vampirin der Aristokratie auf Gesuch ihrer Familie durch den König auferlegt werden kann. Unterstellt die Vampirin der alleinigen Aufsicht ihres Hüters, üblicherweise der älteste Mann des Haushalts. Ihr Hüter besitzt damit das gesetzlich verbriefte Recht, sämtliche Aspekte ihres Lebens zu bestimmen und nach eigenem Gutdünken jeglichen Umgang zwischen ihr und der Außenwelt zu regulieren.

Die Bruderschaft der Black Dagger – Die Brüder des Schwarzen Dolches. Speziell ausgebildete Vampirkrieger, die ihre Spezies vor der Gesellschaft der *Lesser* beschützen. Infolge selektiver Züchtung innerhalb der Rasse besitzen die Brüder ungeheure physische und mentale Stärke sowie die Fähigkeit zur extrem raschen Heilung. Die meisten von ihnen sind keine leiblichen Geschwister; neue Anwärter werden von den anderen Brüdern vorgeschlagen und daraufhin in die Bruderschaft aufgenommen. Die Mitglieder der Bruderschaft sind Einzelgänger, aggressiv und verschlossen. Sie pflegen wenig Kontakt zu Menschen und anderen Vampiren, außer um Blut zu trinken. Viele Legenden ranken sich um diese Krieger, und sie werden von ihresgleichen mit höchster Ehrfurcht behandelt. Sie können getötet werden, aber nur durch sehr schwere Wunden wie zum Beispiel eine Kugel oder einen Messerstich ins Herz.

Blutsklave – Männlicher oder weiblicher Vampir, der unterworfen wurde, um das Blutbedürfnis eines anderen zu stillen. Die Haltung von Blutsklaven ist heute zwar nicht mehr üblich, aber nicht ungesetzlich.

Die Auserwählten – Vampirinnen, deren Aufgabe es ist, der Jungfrau der Schrift zu dienen. Sie werden als Angehörige der Aristokratie betrachtet, obwohl sie eher spirituell als weltlich orientiert sind. Normalerweise pflegen sie wenig bis gar keinen Kontakt zu männlichen Vampiren; auf Weisung der Jungfrau der Schrift können sie sich aber mit einem Krieger vereinigen, um den Fortbestand ihres Standes zu sichern. Sie besitzen die Fähigkeit zur Prophezeiung. In der Vergangenheit dienten sie alleinstehenden Brüdern zum Stillen ihres Blutbedürfnisses, aber diese Praxis wurde von den Brüdern aufgegeben.

Doggen – Angehörige(r) der Dienerklasse innerhalb der Vampirwelt. *Doggen* pflegen im Dienst an ihrer Herrschaft altertümliche, konservative Sitten und folgen einem formellen Bekleidungs- und Verhaltenskodex. Sie können tagsüber aus dem Haus gehen, altern aber relativ rasch. Die Lebenserwartung liegt bei etwa fünfhundert Jahren.

Gesellschaft der *Lesser* – Orden von Vampirjägern, der von Omega zum Zwecke der Auslöschung der Vampirspezies gegründet wurde.

Glymera – Das soziale Herzstück der Aristokratie, sozusagen die »oberen Zehntausend« unter den Vampiren.

Gruft – Heiliges Gewölbe der Bruderschaft der Black Dagger. Sowohl Ort für zeremonielle Handlungen wie auch Aufbewahrungsort für die erbeuteten Kanopen der *Lesser*. Hier werden unter anderem Aufnahmerituale, Begräbnisse und Disziplinarmaßnahmen gegen Brüder durchgeführt. Niemand außer Angehörigen der Bruderschaft, der Jungfrau der Schrift und Aspiranten hat Zutritt zur Gruft.

Hellren – Männlicher Vampir, der eine Partnerschaft mit einer Vampirin eingegangen ist. Männliche Vampire können mehr als eine Vampirin als Partnerin nehmen.

Hohe Familie – König und Königin der Vampire sowie all ihre Kinder.

Hüter – Vormund eines Vampirs oder einer Vampirin. Hüter können unterschiedlich viel Autorität besitzen, die größte Macht übt der Hüter einer gebannten Vampirin aus.

Jungfrau der Schrift – Mystische Macht, die dem König als Beraterin dient sowie die Vampirarchive hütet und Privilegien erteilt. Existiert in einer jenseitigen Sphäre und besitzt umfangreiche Kräfte. Hatte die Befähigung zu einem einzigen Schöpfungsakt, den sie zur Erschaffung der Vampire nutzte.

Leahdyre – Eine mächtige und einflussreiche Person.

Lesser – Ein seiner Seele beraubter Mensch, der als Mitglied der Gesellschaft der *Lesser* Jagd auf Vampire macht, um sie auszurotten. Die *Lesser* müssen durch einen Stich in die Brust getötet werden. Sie altern nicht, essen und trinken nicht und sind impotent. Im Laufe der Jahre verlieren ihre Haare, Haut und Iris ihre Pigmentierung, bis sie blond, bleich und weißäugig sind. Sie riechen nach Talkum. Aufgenommen in die Gesellschaft werden sie durch Omega. Daraufhin erhalten sie ihre Kanope, ein Keramikgefäß, in dem sie ihr aus der Brust entferntes Herz aufbewahren.

Lheage – Respektsbezeichnung einer sexuell devoten Person gegenüber einem dominanten Partner.

Lielan – Ein Kosewort, frei übersetzt in etwa »mein Liebstes«.

Mahmen – Mutter. Dient sowohl als Bezeichnung als auch als Anrede und Kosewort.
Mhis – Die Verhüllung eines Ortes oder einer Gegend; die Schaffung einer Illusion.
Nalla – Kosewort. In etwa »Geliebte«.
Novizin – Eine Jungfrau.
Omega – Unheilvolle mystische Gestalt, die sich aus Groll gegen die Jungfrau der Schrift die Ausrottung der Vampire zum Ziel gesetzt hat. Existiert in einer jenseitigen Sphäre und hat weitreichende Kräfte, wenn auch nicht die Kraft zur Schöpfung.
Phearsom – Begriff, der sich auf die Funktionstüchtigkeit der männlichen Geschlechtsorgane bezieht. Wörtlich übersetzt etwa: »würdig, in eine Frau einzudringen«.
Princeps – Höchste Stufe der Vampiraristokratie, untergeben nur den Mitgliedern der Hohen Familie und den Auserwählten der Jungfrau der Schrift. Dieser Titel wird vererbt; er kann nicht verliehen werden.
Pyrokant – Bezeichnet die entscheidende Schwachstelle eines Individuums, sozusagen seine Achillesferse. Diese Schwachstelle kann innerlich sein, wie zum Beispiel eine Sucht, oder äußerlich, wie ein geliebter Mensch.
Rythos – Rituelle Prozedur, um verlorene Ehre wiederherzustellen. Der Rythos wird von dem Vampir gewährt, der einen anderen beleidigt hat. Wird er angenommen, wählt der Gekränkte eine Waffe und tritt damit dem unbewaffneten Beleidiger entgegen.
Schleier – Jenseitige Sphäre, in der die Toten wieder mit ihrer Familie und ihren Freunden zusammentreffen und die Ewigkeit verbringen.
Shellan – Vampirin, die eine Partnerschaft mit einem Vampir eingegangen ist. Vampirinnen nehmen sich in der

Regel nicht mehr als einen Partner, da gebundene männliche Vampire ein ausgeprägtes Revierverhalten zeigen.

Symphath – Eigene Spezies innerhalb der Vampirrasse, deren Merkmale die Fähigkeit und das Verlangen sind, Gefühle in anderen zu manipulieren (zum Zwecke eines Energieaustauschs). Historisch wurden die Symphathen oft mit Misstrauen betrachtet und in bestimmten Epochen auch von den Vampiren gejagt. Sind heute nahezu ausgestorben.

Tahlly – Kosewort. Entspricht in etwa »Süße«.

Transition – Entscheidender Moment im Leben eines Vampirs, wenn er oder sie ins Erwachsenenleben eintritt. Ab diesem Punkt müssen sie das Blut des jeweils anderen Geschlechts trinken, um zu überleben, und vertragen kein Sonnenlicht mehr. Findet normalerweise mit etwa Mitte zwanzig statt. Manche Vampire überleben ihre Transition nicht, vor allem männliche Vampire. Vor ihrer Transition sind Vampire von schwächlicher Konstitution und sexuell unreif und desinteressiert. Außerdem können sie sich noch nicht dematerialisieren.

Triebigkeit – Fruchtbare Phase einer Vampirin. Üblicherweise dauert sie zwei Tage und wird von heftigem sexuellem Verlangen begleitet. Zum ersten Mal tritt sie etwa fünf Jahre nach der Transition eines weiblichen Vampirs auf, danach im Abstand von etwa zehn Jahren. Alle männlichen Vampire reagieren bis zu einem gewissen Grad auf eine triebige Vampirin, deshalb ist dies eine gefährliche Zeit. Zwischen konkurrierenden männlichen Vampiren können Konflikte und Kämpfe ausbrechen, besonders wenn die Vampirin keinen Partner hat.

Vampir – Angehöriger einer gesonderten Spezies neben dem Homo sapiens. Vampire sind darauf angewiesen, das Blut des jeweils anderen Geschlechts zu trinken. Menschliches Blut kann ihnen zwar auch das Überleben sichern, aber die daraus gewonnene Kraft hält nicht lange vor. Nach ihrer Transition, die üblicherweise etwa mit Mitte zwanzig stattfindet, dürfen sie sich nicht mehr dem Sonnenlicht aussetzen und müssen sich in regelmäßigen Abständen aus der Vene ernähren. Entgegen einer weitverbreiteten Annahme können Vampire Menschen nicht durch einen Biss oder eine Blutübertragung »verwandeln«; in seltenen Fällen aber können sich die beiden Spezies zusammen fortpflanzen. Vampire können sich nach Belieben dematerialisieren, dazu müssen sie aber ganz ruhig werden und sich konzentrieren; außerdem dürfen sie nichts Schweres bei sich tragen. Sie können Menschen ihre Erinnerung nehmen, allerdings nur, solange diese Erinnerungen im Kurzzeitgedächtnis abgespeichert sind. Manche Vampire können auch Gedanken lesen. Die Lebenserwartung liegt bei über eintausend Jahren, in manchen Fällen auch höher.

Vergeltung – Akt tödlicher Rache, typischerweise ausgeführt von einem Mann im Dienste seiner Liebe.

Wanderer – Ein Verstorbener, der aus dem Schleier zu den Lebenden zurückgekehrt ist. Wanderern wird großer Respekt entgegengebracht, und sie werden für das, was sie durchmachen mussten, verehrt.

Zwiestreit – Konflikt zwischen zwei männlichen Vampiren, die Rivalen um die Gunst einer Vampirin sind.

Danksagung

Mit unendlicher Dankbarkeit den Lesern der Black Dagger und ein Hoch auf die Cellies – auf welcher Couch sind wir jetzt?

Ich danke euch so sehr:

Karen Solem, Kara Cesare, Claire Zion, Kara Welsh.

Dank an Cap'n Bunny alias Pink Beast und PythAngie the Pitbull Mod – im Ernst, Dorine und Angie, ihr kümmert euch so gut um mich.

Dank an die Viererbande: Ich knutsch euch zu Tode …

Ich wüsste nicht, was ich ohne euch machen würde.

An DLB: Vergiss nicht, dass deine Mami dich lieb hat. Immer.

An NTM: Was ich am meisten an du-weißt-schon-wo liebe … bist du. Ich habe so ein Glück, dich zu kennen.

Und wie immer heißen Dank an meinen Exekutivausschuss:

Sue Grafton, Dr. Jessica Andersen, Betsey Vaughan.

Und mit dem größten Respekt an die unvergleichliche Suzanne Brockmann.